Ann Rosman
Die Tote auf dem Opferstein

Liebe Kolleginnen und Kollegen
in Sortiment und Presse,

gerne überreichen wir Ihnen dieses Leseexemplar
und wünschen Ihnen eine anregende Lektüre.
Über Ihre Rückmeldung an
leserstimmen@aufbau-verlag.de
würden wir uns freuen.
**Rezensionen** bitten wir Sie hinsichtlich des geplanten
Erscheinungstermins Ende Februar 2013
**nicht vor dem 16. Februar 2013 zu veröffentlichen.**

Mit freundlichen Grüßen
Ihr Aufbau Verlag

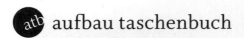

ANN ROSMAN ist passionierte Seglerin, deren Touren sie bis zu den Äußeren Hebriden geführt haben. Sie hat Universitätsabschlüsse in Computertechnologie und Betriebswirtschaft und lebt auf Marstrand. Zeitgleich zu *Die Tote auf dem Opferstein* erscheint bei Rütten & Loening *Die Wächter von Marstrand*, der dritte Fall von Karin Adler. Außerdem bei atb lieferbar: *Die Tochter des Leuchtturmmeisters*.

Mehr zur Autorin unter www.annrosman.com

Eine Schulklasse entdeckt eine enthauptete Leiche im mittelalterlichen Gewand, und eine alte Dame muss feststellen, dass ein abgehackter Kopf ihren zauberhaften alten Klostergarten verschandelt. Laut Rechtsmedizin gehören Kopf und Körper jedoch gar nicht zusammen. Karin Adler von der Kripo Göteborg ist kaum aus ihrem Segelurlaub an der schwedischen Westküste zurück, als Marstrand von einer Serie grausamer Frauenmorde erschüttert wird, die immer deutlichere Parallelen zu den Bohusläner Hexenprozessen des 17. Jahrhunderts aufweisen. Die Kommissarin glaubt nicht an schwarze Magie, doch bringt dieser Fall auch sie ins Grübeln.

»Karin Adler – Ann Rosmans weiblicher Wallander – zieht den Leser in eine düstere Welt voller Leidenschaft und Magie.« *Jolie*

KRIMINAL
ROMAN

# ANN ROSMAN

## DIE TOTE AUF DEM OPFERSTEIN

Aus dem Schwedischen von Katrin Frey

 aufbau taschenbuch

Die Originalausgabe mit dem Titel *Själakistan* erschien 2010 bei Damm Förlag, Schweden.

ISBN 978-3-7466-2921-6 | Aufbau Taschenbuch ist eine Marke der Aufbau Verlag GmbH & Co. KG | 1. Auflage 2013 | © Aufbau Verlag GmbH & Co. KG, Berlin 2013 | Die deutsche Erstausgabe erschien 2012 bei Rütten & Loening, einer Marke der Aufbau Verlag GmbH & Co. KG | © 2010 Ann Rosman | Umschlaggestaltung capa, Anke Fesel unter Verwendung zweier Fotos von Carla Brno/bobsairport, Caro/Muhs | Druck und Binden CPI – Clausen & Bosse, Leck | Printed in Germany | www.aufbau-verlag.de

*»Die Tür zur Vergangenheit lässt sich nicht ohne Knarren öffnen.«*

Alberto Moravia

# 1

Hoch oben auf Marstrandsön thronte die Festung Carlsten über der salzigen Ostsee. Die grauen Steinmauern wurden langsam von der Septembersonne erwärmt, und die Schatten wanderten wieder über den Burghof. Weinrot blühendes Heidekraut suchte sich einen Weg zwischen sämtlichen Spalten in den Felsen von Bohuslän und bildete in der grauen Steinlandschaft ein unregelmäßiges Muster.

Beim Opferstein im Opferhain, zweihundert Meter von Tor 23, dem Eingang zur Festung Carlsten entfernt, kniete eine Frau in einem bodenlangen Leinenkittel, einer Weste und mit einem Ledergürtel um die Taille. In dieser Position befand sie sich nun schon seit rund acht Stunden. Der südwestliche Wind frischte auf und ließ das Buchenlaub oberhalb der Stelle rascheln, wo ihr Kopf hätte sitzen müssen. Vor dieser Nacht war Hunderte von Jahren kein Blut mehr auf dem Opferstein geflossen.

Klasse 9a von der Fiskebäcksskolan Västra Frölunda marschierte verhältnismäßig geordnet zur Festung von Marstrand hinauf. Rechts und links des steilen Weges lagen Holzhäuser.

Es war bereits halb zehn an diesem sonnigen, aber auch etwas windigen Freitagmorgen, dem achtzehnten September. Die Festung öffnete erst um elf, aber Rebecka und Mats hatten den Ablauf minutiös geplant. Mit siebenundzwanzig Jugendlichen im Schlepptau war das absolut notwendig. Sonst konnte alles Mögliche passieren.

»Okay, alle mal hergehört. Hier ist der Eingang zur Festung. Sie heißt ja nicht Festung Marstrand, sondern Festung Carlsten. Der Name kommt daher, dass König Carl Gustav X. ihren Bau anordnete. Carls Steine, Carlsten. Ihr erinnert euch vielleicht, dass Bohuslän 1658 schwedisch wurde ...«

»Der Frieden von Roskilde«, sagte einer der Schüler.

»Genau«, erwiderte Rebecka. »Der Frieden von Roskilde beinhaltete, dass Bohuslän und Marstrand an Schweden fielen. Nun ist es so, dass die Lage von Marstrand sehr wertvoll war und ist. Hat jemand eine Ahnung, warum?« Unter den Schülern wurde es still. »Denkt daran, dass man sich damals häufig auf dem Wasser fortbewegt hat ...«, fuhr Rebecka fort und nahm den einzigen Schüler dran, der sich meldete.

»Der Hafen?«, kam es zögerlich.

»Gut. Der Hafen war äußerst wertvoll. Einerseits hat er zwei Einfahrten, aber es hat auch damit zu tun, dass der Hafen aufgrund der Strömungen fast nie zufriert ... Die Festung öffnet um elf. Ich erwarte euch dann pünktlich vor Tor 23. Und niemand geht vorher hinein.«

»Ja, aber ...«

»Kein Aber. Alle warten, bis entweder Mats oder ich da sind. Verstanden?« Sie räusperte sich und sprach mit ihrer besten Erzählstimme weiter. »Wisst ihr noch, dass wir im Unterricht gestern über die Steinzeit und Siedlungen aus der Vorzeit gesprochen haben?«

Einige Schüler nickten zerstreut. Lebhaft begann Rebecka, Siedlungen, Riten, Rituale und die Menschen zu beschreiben, die einst über denselben Boden gestapft waren, auf dem sie jetzt standen. Die Schüler lauschten interessiert, und einige hoben sogar die Füße und betrachteten die Erde unter sich. Langsam arbeitete sie sich chronologisch vorwärts, bis sie schließlich bei der Zeit angelangt war, in der man die Festung erbaut hatte. Wohl wissend, dass die Ankündigung von Geheimgängen und Gefängniszellen die Schüler besonders aufhorchen lassen würde, hielt sie an dieser Stelle inne.

Nachdem sie einen Blick auf die Liste mit den Arbeitsgruppen geworfen hatte, öffnete sie ihren grünen Fjällräven-Rucksack und teilte die Schüler in Gruppen mit unterschiedlichen Aufgaben ein. Sie stattete jeden von ihnen mit einem Klarsichtordner verschiedenen Inhalts aus. Streithähne hatte sie sorgfältig getrennt und somit zumindest theoretisch dafür gesorgt, dass es funktionieren konnte.

Jede Gruppe erhielt eine Karte der Umgebung sowie eine vergrößerte Abbildung des Gebiets zwischen der Festung und dem Lotsenausguck auf der Anhöhe gleich nebenan. Der Ort war mit Bedacht gewählt worden: eine Ansammlung von alten Pfaden, die hier zusammenliefen, und ein Buchenhain mit dem sagenumwobenen Opferstein.

In ausgelassener Stimmung stiegen die Schüler den grasbewachsenen Hügel hinauf und verschwanden aus ihrer Sichtweite. Rebecka hatte sich gerade hingesetzt und von ihrem Schinkenbrot abgebissen, als sie eine Person im Stimmbruch laut schreien hörte.

»Ah ja«, sagte sie zu Mats. »Wie lange hat es gedauert?«

»Bleib sitzen. Ich geh nachsehen.« Mats stand auf, reichte Rebecka seinen Kaffeebecher und verschwand mit großen Schritten.

Rebecka überblickte die Umgebung. Sie saß auf einem der höchsten Punkte Marstrands, und die Aussicht war überwältigend. Koön im Osten, ein Stück weiter südlich der Albtrektsunds Kanal, ein offener Horizont im Westen, und im Norden auf der Insel Hamneskär erstrahlte rot der frisch gestrichene Leuchtturm Pater Noster.

»Du kommst besser auch, Rebecka.«

Mats kam zurückgerannt. Der Schreck war ihm ins Gesicht geschrieben. Rebecka stellte die beiden Becher ins Gras und stand hastig auf.

## Åkerström, Trollhättan, Spätsommer 1958
## Die geschlossene Tür

*Ein magerer, kleiner Junge mit ungewaschenem Haar und zerrissenen Kleidern saß auf der untersten Stufe der Kellertreppe. Die geschlossene Tür hinter sich beachtete er gar nicht mehr. Er hatte schon lange die Hoffnung aufgegeben, dass sie sich eines Tages öffnen würde. Er starrte ins Leere oder vielleicht auf die dicke Mauer.*

*Es roch muffig, und durch die schmutzigen Kellerfenster drang nur gedämpftes Tageslicht. Außer an den Stellen, wo der Wind hereinblies, waren die Fensterrahmen von einer dicken Staubschicht bedeckt. Von der Decke hing eine nackte Glühlampe.*

*Oben hörte er seine Schwestern zanken und lachen. Fröhliche Füße rannten vom Hausflur in die Küche. An den Schritten hörte er, wer es war und wo sich die Personen befanden. Es war eine andere Welt. Eine Welt aus Licht und klaren Farben. Wo er sich befand, war fast alles grau und braun. Vor drei Tagen war er, ohne es zu wissen, sechs Jahre alt geworden. Zwei dieser Jahre hatte er im Keller zugebracht.*

Die alte Frau Wilson besaß einen der gepflegtesten Gärten auf Marstrandsön. Er lag hinter dem weißgestrichenen Gartenzaun an der Kreuzung von Hospitalsgatan und Kyrkogatan. Als passionierte Gartenliebhaberin und ehe-

malige Besitzerin einer angesehenen Gärtnerei in Southampton an der Südküste Englands, wo sie und ihr ver-
schiedener Gatte achtundzwanzig Jahre gelebt hatten,
legte sie Wert darauf, immer etwas zu bieten zu haben,
das Passanten zum Stehenbleiben und Staunen brachte.
Im Frühling stahl der Kirschbaum mit seiner prächtigen
rosa Blüte allem anderen die Schau, im Sommer waren es
die Pfingstrosen und die atemberaubenden Stockrosen an
der Hauswand. Im Spätsommer und Herbst verströmten
die Rosen ihren bezaubernden Duft über den Gartenzaun
und ließen die Leute auf der Straße behaglich seufzen. Das
bereits im Jahre 1701 erbaute Haus gehörte zu den ältesten und kleinsten auf der Insel, doch der Garten war
dafür umso größer. Im Volksmund wurde er die »Perle«
genannt, und auch in den Broschüren der Touristeninfor-
mation war er abgebildet.

Am anderen Ende des Gartens standen zwei Stühle
im Schatten eines riesigen Apfelbaums. Die Nachbarn im
Haus hinter dem von Frau Wilson hatten lange versucht,
den Apfelbaum loszuwerden, weil er ihnen einen Großteil ihres Meerblicks nahm. Sie hatten mit der alten Dame
darüber gesprochen, doch die Antwort lautete: »Ein Baum
braucht fünfzig Jahre zum Wachsen, aber es dauert nur
zwanzig Minuten, ihn zu fällen.« Damit war die Sache für
Frau Wilson erledigt. Nur ein kleines Stück des Gartens
hatte sie unangetastet gelassen. Das war das Fleckchen zur
Kirche hin. Im Mittelalter hatte es neben der Kirche ein
Franziskanerkloster gegeben, und an dieser Stelle hatten
die Mönche einen Garten mit Heil- und Würzkräutern gepflegt. Ein alter gepflasterter Weg, in dessen Ritzen sich
nach Äpfeln duftende römische Kamille und schwarze
Veilchen ausbreiteten, führte dorthin. Roter Sonnenhut,
Alraune und Nachtviolen hießen die Besucher willkommen, bei denen es sich oft um Schmetterlinge und die

schwarze Katze des Nachbarn handelte, die sich wollüstig auf den sonnenwarmen Steinplatten räkelte.

Unkraut hatte sich von diesem Teil des Gartens auf fast merkwürdige Weise ferngehalten, und daher ließ ihn Frau Wilson, zumal sie ihn als Erbe eines der Vorbesitzer betrachtete, in Ruhe. Die Pflanzen waren schon da gewesen, als sie und ihr Mann das Haus gekauft hatten. Die Robustheit des Rosmarinbuschs in Kombination mit der Tatsache, dass sich die Kugelsamige Platterbse und das Basilikum hier so wohl fühlten, verblüffte sie noch immer. Die Pflanzen standen zwar an der Südseite und im Schutz der Kirchenmauer, aber trotzdem. Die Platterbse war eine botanische Sensation gewesen, als man sie so hoch oben im Norden entdeckt hatte. Das Basilikum brauchte eigentlich Unmengen von Licht und hätte in dem alten Klostergarten eigentlich nicht so gut gedeihen dürfen. Es säte sich jedoch jedes Jahr aufs Neue von selbst aus und benötigte keine Pflege. Die Geschichte der Pflanzen amüsierte Frau Wilson, vor allem die des Basilikums. Es hatte im Mittelalter eine düstere Phase durchgemacht und das Böse repräsentiert. In den Gehirnen von Menschen, die daran gerochen hatten, konnten Skorpione wachsen, wurde behauptet.

Normalerweise holte Frau Wilson die Zeitung, bevor sie frühstückte, aber an diesem Morgen war sie zeitig auf den Beinen gewesen und hatte sich nach dem Frühstück zwei ihrer Spezialcocktails gemixt. Die eine Mischung war ein nährstoffreicher Sud aus Nesseln und die andere ein giftiges Gebräu, das Blattläuse und anderes Ungeziefer von den Rosen fernhielt. Die Ingredienzien der letzteren waren seit langem verboten, und die Totenköpfe auf den alten Kanistern im Schuppen ließen keinen Zweifel daran, dass ihr Inhalt mit größter Versicht zu behandeln war.

Frau Wilson band sich die abgetragene Schürze um und steckte die Gartenschere ein, bevor sie sich den Strohhut aufsetzte und hinaus auf die Steintreppe trat. Dort blieb sie eine Weile genüsslich stehen, jedenfalls bis sie den Gegenstand erblickte, der auf dem Pfosten steckte, an dem sich die Duftwicken und die preisgekrönten englischen Rosen hinaufrankten.

Ein Kopf mit langem, angegrautem Haar, das im Wind wehte. Wo sich einst die Nase befunden hatte, klaffte ein Loch.

Kriminalkommissarin Karin Adler saß barfuß auf einem Gneisfelsen und blickte über den glitzernden Fjord von Marstrand. Bohuslän ist einfach unschlagbar, dachte sie. Nichts berührte sie so wie das Rauschen der Wellen, der Wind in ihrem Haar und die in Jahrtausenden glattgeschliffene sonnenwarme Klippe unter ihr. Dazu der Duft nach Salz und Tang. Das Gefühl war überwältigend, fast religiös. Sie steckte sich die Ohrhörer in die Ohren und suchte auf ihrem Handy eins ihrer Lieblingslieder von Evert Taube heraus.

*Graublauen Wogen gleich rollen Bohusläns Hügel einsam und majestätisch zum Meer ...*

*... wo der Wind weht von der Doggerbank und den Duft von Tang und Salz und Abenteuer mit sich führt ...*

Vor allem diese Zeile mit dem Abenteuer liebte sie. Jedes Mal, wenn sie den Motor ihrer *Andante* anließ, wurde sie von dem Gefühl erfüllt, hinaus aufs offene Meer zu fahren und sich auf den Weg zu neuen Möglichkeiten zu machen. Es war kein schneller Segler, sondern ein ausdauerndes Boot, auf das man sich in fast jedem Wetter verlassen konnte. So wie alles auf diesem Schiff und jede Einrichtung an Bord waren auch die Stagen und Wanten, die den Mast an Ort und Stelle hielten, ein wenig überdimensioniert. Die *Andante* war für alles gerüstet. Die Besatzung dagegen war das schwächere Glied.

Karin war mehrmals über die Nordsee nach Schottland gefahren und kannte das von Angst durchsetzte Entzücken, das diese Reisen hin und wieder mit sich brachten. Wenn die Dunkelheit hereinbrach und der Wind immer mehr zunahm, wenn eine steife Brise im Anmarsch war und sie inständig hoffte, dass die Wettervorhersage falschlag, was allerdings selten der Fall war. Da draußen war man seinem eigenen Können und dem Wetter restlos ausgeliefert. Doch damals waren sie zu zweit an Bord gewesen und hatten abwechselnd gesegelt und geschlafen.

Während sie die Abfahrt vorbereitete, ließ Karin den alten Motor, einen alten dieselbetriebenen Penta MD2B, immer eine Weile laufen und warm werden. Wenn man zu zweit war, konnte man immer den anderen bitten, die Leinen loszumachen und die Fender und das Tauwerk einzuholen. War man allein, war eine andere Art von Vorbereitung nötig. Sie blickte immer auf den Verklicker am Masttopp, um sich einen Eindruck von der Windstärke zu verschaffen und zu sehen, in welche Richtung das Wasser floss. Die laminierte Seekarte war aufgeschlagen und lag an ihrem Platz im Cockpit. Das GPS war eingeschaltet, und am UKW-Seefunkgerät war Kanal 16 eingestellt. Im Inneren des Bootes war alles aufgeräumt und verstaut. Nichts konnte auf den Boden fallen und kaputtgehen, falls es mal etwas schaukelte oder das Boot beim Segeln krängte. Vorne im Bug war die Koje gemacht, das Geschirr in der Pantry war abgewaschen und sicher in den Schapp aus Teak verstaut. Alles musste an seinem Platz sein, das war das ganze Geheimnis.

*... und kam nach Långevik, der Kapitän*
*Herr Johansson, der die Schaumkronen leid ist*
*und sich um seine Apfelbäume und den Flieder kümmert*
*und den Kräutergarten rings um sein Tusculum.*


Bei den Strophen über den Kapitän, der an Land gegangen
war, musste sie fast immer an Göran denken, ihren Ex-
freund. Er hatte als Kapitän gearbeitet und tat das, soweit sie informiert war, noch immer. Aber die Regel, dass
man nach sechs Wochen Dienst sechs Wochen an Land
verbrachte, hatte der Beziehung letztendlich den Garaus gemacht. Karin hatte getan, was sie konnte, um freie
Tage zusammenzukratzen und ihn auf dem großen weißen
Frachter zu begleiteten, sooft sich die Möglichkeit ergab.
Immer wenn sie auf der Brücke stand, wurde ihr bewusst,
wie gut der Beruf des Kapitäns zu Göran passte, und dann
kam es ihr ungerecht vor, dass sie ihn dazu bringen wollte, einen Beruf aufzugeben, der ihm solchen Spaß machte.
Aber die häufigen Trennungen hatten an ihren Kräften ge-
zehrt, sie hatte gespürt, wie die am Anfang so heiße Liebe
jedes Mal ein bisschen mehr verloschen war, so als lebte
man zwei völlig verschiedene Leben.

Da das Boot ihr gehörte, war Karin auf die *Andante*
gezogen, und Göran hatte die Wohnung behalten, die pas-
senderweise neben dem Schifffahrtsmuseum in Göteborg
lag.

Die Leidenschaft fürs Segeln hatten sie geteilt. Göran
und sie hatten lange Törns nach Schottland, zu den Orkneys
und den Shetlandinseln gemacht. Die langen Sommerferi-
en hatten sie für diese weiten Fahrten genutzt, während sie
im Frühling und im Herbst in Bohuslän geblieben waren.
Diesen Sommer hatte Karin jedoch in Bohuslän verbracht.
Mit Hilfe der abgegriffenen Seekarte ihres Vaters, auf der

zahlreiche rote Markierungen und Notizen anzeigten, wo man einfahren konnte, obwohl die Karte etwas anderes behauptete, hatte sie viele Stellen mit wilden Erdbeeren entdeckt. Hier saß sie nun an ihrem letzten Urlaubstag und war tatsächlich zufrieden. Braungebrannt und voller neuer Eindrücke.

Gute Freunde hatten angeheuert und waren ein Wochenende mitgesegelt. Karins abenteuerlustige Großmutter Anna-Lisa hatte trotz ihrer achtzig Jahre ihr Bündel gepackt und sie eine ganze Woche begleitet. Karins Mutter war dazu eine Menge eingefallen. Aber abgesehen von den Gastspielen der Freunde und der Großmutter war sie allein an Bord der *Andante* gewesen und hatte sich dabei wohl gefühlt. Sie hatte dadurch genug Zeit, über den Fall nachzudenken, mit dem sie im Frühjahr befasst gewesen war und der sie in gewisser Weise nach Marstrand geführt hatte. Sie hatte zufällig dort angelegt und sich in dem alten Badeort mit den Kopfsteinpflastergässchen und den hübschen Holzhäusern schließlich zu Hause gefühlt. So sehr, dass sie nun hierher zurückgekehrt war, um das Boot im Herbst hier liegen zu lassen und von dieser Basis aus zur Polizeiwache nach Göteborg zu pendeln.

Das vertraute Signal des Dampfers *Bohuslän* ließ sie eine Weile die Augen schließen und sich ihren Gedanken hingeben. Wie anders es hier vor hundert oder zweihundert Jahren ausgesehen haben musste. Die Landschaft Bohusläns hatte sich wirklich verändert. Mit Wehmut betrachtete sie die blank polierten Schiffe an den Kais. Postkartenschöne Häuser so weit das Auge reichte, Vorhänge von Tricia Guild und Laura Ashley, aber Netze, Reusen und Kescher hingen höchstens noch zur Dekoration an den Bootsschuppen.

Das Klingeln ihres Mobiltelefons riss sie aus ihren Gedanken. Die Arbeit, stellte sie fest, als sie die Nummer auf dem Display sah, aber erstaunlicherweise war ihr das gar nicht mal unangenehm.

»Ich weiß, du hast heute eigentlich noch Urlaub, aber ... wo bist du?«, begann ihr Kollege Robban.

»Ich sitze barfuß auf einer Klippe und schaue aufs Meer. Und ausgerechnet da musst du mich stören.«

Robban räusperte sich. Ohne wichtigen Grund hätte er nicht angerufen.

»Spaß beiseite, Robban, was ist passiert?«, fragte Karin.

»Wir haben zwei Notrufe aus Marstrand bekommen. Der eine betraf eine Leiche ohne Kopf, die oben bei der Festung von einer Schulklasse gefunden wurde, und der andere kam von der Nachbarin einer älteren Dame, die den Kopf in ihrem Garten gefunden hat. Ich dachte, wenn du sowieso gerade in Marstrand wärst, du wolltest doch das Boot dort wieder anlegen ...« Als Robban verstummte, konnte Karin im Hintergrund eine zweite Person reden hören.

»... nicht *wärst*, sondern *bist*. Sie *ist* in Marstrand.« Die Stimme gehörte Folke, der sich selbst zum Sprachwächter seiner Kollegen auserkoren hatte, was allerdings wenig Anklang fand. Karin lächelte.

»Begleitet dich Folke nach Marstrand?«, fragte Karin.

»Nein, ich komme allein, weil er leider zum Arzt muss.« Robban war die Zufriedenheit darüber anzumerken, dass Folke verhindert war.

»Melde dich, wenn du an Kungälv vorbeifährst, dann treffen wir uns an der Fähre.« Karin zog sich die Schuhe an.

Beinahe wäre sie über einen windgepeitschten Wacholderbusch gestolpert, der seine Wurzel in einen Felsspalt krallte. Er sah erstaunlich grün und gesund aus. Zäh, dachte Karin. Wenn die Herbststürme aufkamen, würde der Marstrandsfjord auch ihn mit dem Salzwasser bedenken, das dann die Klippen hochspritzte. Eher herb als süß. Der Wacholder erweckte den Eindruck, als breitete er sich aus, um nach einem besseren Halt zu suchen. Wie sie selbst, dachte Karin. Ein wenig haltlos, aber in verhältnismäßig gutem Zustand. Eher herb als süß.

Sie drehte sich ein letztes Mal um und blickte über das verspielte Glitzern auf dem Fjord, bevor sie zurück zum Hafen ging.

## Åkerström, Trollhättan, im Spätsommer 1958

*Es war schon später Nachmittag, aber er hatte noch immer nichts zu essen bekommen. Er hatte noch einen aufgesparten Kanten Brot vom Vortag, oder war es der Tag davor? Er weichte ihn in seinem Wasserbecher ein, bis die Rinde nicht mehr so hart war.*

*Oben waren den ganzen Tag keine Schritte zu hören. Wie lange sie wegblieben. Sie würden doch bald nach Hause kommen? Niemand sonst wusste, dass im Keller ein kleiner Junge war, der Essen brauchte. Er würde hier unten sterben, wenn ihnen etwas zustieß. Vielleicht würde er sowieso hier unten sterben. Er stieg die steile Treppe hinauf und rüttelte an der Tür. Dass sie verschlossen war, wusste er, bevor er die Klinke berührt hatte. Die Phasen, in denen er eingesperrt wurde, waren immer länger geworden, aber in einem Winkel seines Herzens hoffte er noch immer, dass die Frau dort oben, zu der er nicht »Mutter« sagen durfte, sondern die er »die Frau« nennen musste, ihn eines Tages aus dem Gefängnis herauslassen würde.*

*Er nahm eins der Bücher zur Hand, dessen Bilder er seit langem auswendig kannte. Die Bücherkiste, die von einem früheren Besitzer hier vergessen worden war, war ein Schatz für ihn. Eine ganze Kiste voller Schul- und Kinderbücher, ein Nachschlagewerk von A bis P, das in Leder eingebunden war. Einige Seiten waren von der feuchten Kellerluft fleckig geworden, waren aber immer noch gut lesbar. Er strich mit der Hand über Olle, der durch den Wald lief und Blaubeeren pflückte. Blätterte um und sah, wie der Junge nach Hause kam. Seine Mutter umarmte ihn. Lange betrachtete er dieses Bild. Das Lächeln der Mutter und Olles rote Wangen. Langsam klappte er das Buch zu und legte es beiseite. Draußen hatte es zu dämmern begonnen. Er rollte sich auf der dünnen Matratze des Feldbetts zusammen und zog die Decke über seinen mageren Körper.*

Der Platz wurde Opferhain genannt und lag hoch oben auf der Insel, genau zwischen der Festung und dem Lotsenausguck. Der Opferstein war ein fast quadratischer grauer Stein, bedeckt von blassgrünen Flechten. Einen guten Meter breit und fast ebenso hoch. Er befand sich direkt neben dem Weg, der auf der südlichen Seite zum Wasser hinunterführte. Abgesehen von der eigentümlichen Kerbe, die wie ein flacher, V-förmiger Graben über die Oberseite verlief, war der Stein eigentlich recht unansehnlich.

Kniend lehnte die Frau an dem Stein. Seine gesamte Oberseite war voller Blut, und über die Kerbe war das Blut an beiden Seiten den Stein hinunter und auf die Erde geflossen. Die blassgrünen Flechten bildeten kleine Inseln in all dem Rot.

»Ausgerechnet so zu sterben …« Karin brachte den Satz nicht zu Ende.

»Die Kleidung«, sagte Robban. »Sie ist offensichtlich für einen bestimmten Anlass gekleidet. Als bestünde ein Zusammenhang zwischen der Todesart und ihrem Aufzug.«

Karin musterte das lange Kleid und die Weste darüber.

»Wir müssen auf der Festung fragen, wie deren Guides herumlaufen. Vielleicht ist die Frau eine von ihnen.« Sie betrachtete das Kleid genauer. »Das ist Leinen, würde ich tippen, aber das Gewand muss eine Spezialanfertigung sein.«

Karin und Robban sahen sich um. Die Stelle war erstaunlich gut hinter grünem Laubwerk versteckt. Selbst von dem größeren Fußweg zwischen Festung und Lotsenausguck war die Frauenleiche nicht zu sehen. Robban zückte seine Digitalkamera.

»Jerker wird durchdrehen«, sagte Karin. Robban nickte. »Wir müssen hier und an der Stelle, wo der Kopf gefunden wurde, schnell alles absperren lassen.« Normalerweise näherten sie sich einem Tatort vor dem Eintreffen der Techniker äußerst vorsichtig, aber in diesem Fall war bereits eine ganze Schulklasse hier herumgetrampelt.

Zehn Minuten später kamen der Polizeifotograf und die Kriminaltechniker, drei Mann mit Jerker an der Spitze.

»Ich dachte, du hättest Urlaub«, sagte er, als er Karin erblickte.

»Das dachte ich auch«, erwiderte sie und deutete mit dem Daumen auf Robban.


Ächzend strich sich Jerker durch das rote Haar. Nicht genug damit, dass die Schulklasse das Gelände verwüstet hatte, sondern die Gerätschaften mussten auch noch per Hand angeschleppt werden, weil man nicht mit dem Auto an den Fundort herankam.

»Wir haben noch eine Adresse hier draußen bekommen.« Jerker blätterte in seinem Notizbuch.

»Stimmt«, sagte Robban, bevor Jerker das Gesuchte gefunden hatte. »Der Kopf der Frau ist in einem Garten gefunden worden. Karin und ich gehen jetzt dorthin. Ihr könnt ja nachkommen, wenn ihr hier fertig seid.«

»Wir sind dabei ...«, begann Jerker, wie um zu erklären, dass das, was er und seine Kollegen hier zu tun hatten, eine Weile dauern würde.

»Präzisionsarbeit«, fiel Karin ihm ins Wort. Sie kannte
seine Bemerkungen inzwischen auswendig. »Wir wissen
es, Jerker. Robban und ich schießen ja nur so ins Blaue,
aus der Hüfte, und raten, wer der Täter sein könnte. Und
manchmal liegen wir zufällig richtig.« Sie lachte ihr herz-
haftestes Lachen.

»Du ...«, setzte Jerker zu einer Drohung an, suchte
jedoch vergeblich nach einer bissigen Antwort.

»Nein, nein. Stürz dich nicht in ein verbales Match, das
du nur verlieren kannst. Drück lieber auf die Knöpfe und
dreh an deinen Rädchen.«

»Klingt, als hättest du schöne Ferien gehabt«, erwiderte Jerker schließlich und konnte sich ein Schmunzeln nicht
verkneifen.

»Der Lotsenausguck«, sagte Karin zu Robban, als sie
den Pfad zurück zur Festung und zu Tor 23 gingen, wo
die Schulklasse und die Lehrer saßen und warteten. »Wir
müssen nachsehen, ob der Lotsenausguck besetzt ist. Von
dort hat man doch eine gute Aussicht. Man kann garantiert jeden sehen, der auf diesem Weg kommt und geht.«

»Die Sache wird sich in Windeseile verbreiten.« Robban
deutete mit einer diskreten Kopfbewegung auf die Schüler, die auf dem Boden hockten und sich gegenseitig ihre
Handydisplays hinhielten. »Mittlerweile hat jedes Kind
eine Kamerafunktion in seinem Telefon, und es besteht die
Gefahr, dass sie die Leiche fotografiert haben. Außerdem
haben sie bestimmt längst Mama, Papa und ihre besten
Freunde angerufen und ihnen alles brühwarm erzählt. Und
wenn sie dazu gekommen sind, zu Hause anzurufen, haben
sie wahrscheinlich auch schon die Bilder verschickt.«

Karin nahm an, dass er recht hatte. Sie beratschlagten kurz, welche Taktik sie anwenden sollten, und gingen dann mit entschiedenen Schritten und ernsten Mienen auf das Rudel Jugendlicher zu. Nicht weniger als siebenundzwanzig Schüler saßen im Gras auf dem Festungswall, einige von ihnen telefonierten. Als Karin und Robban sich vorstellten, standen eine dunkelhaarige Frau mit Kurzhaarschnitt und ein großer Mann mit dünnem Haar auf.

»Rebecka Ljungdahl, ich bin … wir sind«, sie deutete auf ihren Kollegen, »die Klassenlehrer der 9a.«

Breitbeinig und mit finsterer Miene baute Robban sich vor den Schülern auf, woraufhin das Gemurmel verstummte. Er sagte seinen Namen und erklärte, dass an diesem Ort ein Verbrechen stattgefunden habe und die Kriminalpolizei nun herausfinden werde, was passiert sei. Er verschränkte die muskulösen Arme vor der Brust und fragte, ob jemand die Leiche fotografiert habe. Keiner der Jugendlichen antwortete. Einige Jungs sahen sich an. Robban ging mit großen Schritten auf sie zu und ließ sich ihre Handys zeigen.

»Guck mal, Karin«, sagte er ein Stück abseits. Auf allen drei Handys, die er zufällig beschlagnahmt hatte, waren Bilder vom Tatort gespeichert. Zudem hatte einer der Jungs bereits eine MMS abgeschickt.

»Leider können wir im Moment nicht viel mehr tun, als den Jugendlichen eine deutliche Ansage zu machen«, sagte Karin zu Robban. »Wir müssen die Handys an uns nehmen und alle Fotos löschen.«

Sie brauchten vierzig Minuten, um alle Mobiltelefone durchzugehen und sich die Namen der Schüler zu notieren, die noch Bilder gespeichert hatten.

»Laut Zeugen soll sich der Kopf auf einem Gestell aus Stahl befinden«, teilte Robban mit, als sie die Festung verließen und zwischen den Holzhäusern hindurch zum Hafen hintergingen.

»Steckt er da sichtbar?«, fragte Karin, während sie von dem blauen Straßenschild aus Emaille ablas, dass sie nun in die Hospitalsgatan bogen.

»Keine Ahnung, aber es klang so. Der Übeltäter wollte ihn offenbar nicht verstecken, aber wir werden es ja gleich sehen.«

»Übeltäter?«, gab Karin zurück. »Das sagst du sonst nie. Du hast zu viel Zeit mit Folke verbracht.«

»In dem Punkt sind wir uns einig«, antwortete Robban. Er räusperte sich und ahmte Folkes Stimme nach: »Was bedeutet dieses ›im Grunde‹, das du so oft verwendest, eigentlich genau?«

Die Hospitalsgatan war schmal und steil. Auf halbem Weg kamen sie an der weißgestrichenen Schule von Marstrandsön vorbei.

»Wie eine bessere schwarze Piste«, äußerte Karin mit Bezug auf die Neigung, »im Grunde.« Robban musste lachen. Nach weiteren fünfundsiebzig Metern blieb er plötzlich vor dem weißen Holzhaus stehen, das in direkter Nachbarschaft der Kirche an der Kreuzung von Hospitalsgatan und Kyrkogatan stand.

»Was in …?« Hochkonzentriert fixierte Robban einen Gegenstand auf der linken Seite. Als Karin den Blick hob und über die makellos lackierten weißen Zaunlatten blickte, entdeckte sie ein zierliches Gestell, an dem Duftwicken und Rosen hinaufkletterten. Der Umstand, der Robban aufseufzen und Karin den Kopf schütteln ließ, war der, dass irgendjemand ganz oben eine Papiertüte vom Fischgeschäft Feskarbröderna aufgesteckt hatte.

»Möchtest du Jerker mitteilen, dass irgendjemand die Güte hatte, den Kopf vor den Blicken der Allgemeinheit zu schützen, oder soll ich es tun?«, fragte Karin.

»Die Adresse stimmt.« Robban zeigte auf das Keramikschild neben dem Briefkasten. »Wilson« stand darauf.

Noch bevor sie angeklopft hatten, ging die Tür auf. Wahrscheinlich hatte die alte Dame hinter dem Vorhang gestanden und die beiden kommen sehen.

»Jaaa?«, fragte die Frau und blickte von Karin zu Robban. »Seid ihr von der Polizei Kungälv?«

»Polizei Göteborg«, erwiderte Robban. »Die Polizei Kungälv hat uns gebeten, die Angelegenheit zu übernehmen.«

»Aha«, antwortete die Frau skeptisch.

Obwohl es Frau Wilson gewesen war, die am Morgen in ihrem Garten die makabere Entdeckung gemacht hatte, wurden sie von der Nachbarin, Hedvig Strandberg, hereingebeten. Sie war auch so umsichtig gewesen, die Papiertüte über den Kopf zu ziehen.

»So ging das ja nun wirklich nicht«, sagte sie, während sie sich mit kritischem Blick vergewisserte, dass die beiden Besucher Schuhe und Jacken auszogen, bevor sie voran ins Wohnzimmer ging. Frau Wilson saß auf dem Sofa. Im Gegensatz zu ihrer Freundin war sie dünn und zart. In gewisser Weise erinnerten die beiden Frauen an Dick und Doof, waren allerdings bei weitem nicht so komisch.

Das Haus hatte niedrige Decken mit freiliegenden lackierten Balken. Im Flur hing ein verzierter goldener Spiegel, der alt und schwer aussah. Das Glas hatte ein spinnenwebartiges Muster. Die Wände im Wohnzimmer waren voller Bilder und eingerahmter Urkunden mit altmodischer Handschrift und roten Siegeln, und in einer Ecke des Raums stand ein brauner Kachelofen mit einem grünen Fleckenmuster.

»Ja ...«, begann Hedvig Strandberg. »Ich bin hier draußen auf der Insel geboren, aber so etwas habe ich noch nie erlebt. Ich kann mich noch an ein Frühjahr erinnern – oder war es Herbst? –, als …« Karin und Robban tauschten Blicke. Unter Aufbietung gewisser Überredungskünste lotste Robban die Nachbarin in die Küche, so dass Karin mit Frau Wilson unter vier Augen sprechen konnte.

»Eine Frechheit ist das«, sagte Frau Wilson schließlich. »Meinen Garten so zu verschandeln. Ein Glück, dass mein Mann das nicht erleben musste.«

Doch, dachte Karin, so kann man das auch sehen.

»Hast du eine Ahnung, wer das getan haben könnte?«, fragte Karin so vorsichtig wie möglich. Frau Wilson atmete hörbar ein, um die Frage zu beantworten, und genau in diesem Moment steckte die Nachbarin, die Karins Ansicht nach Fledermausohren haben musste, den Kopf herein und schnaubte:

»Nein, wirklich nicht!« Hedvig Strandberg warf Karin über den Rand ihrer Hornbrille hinweg einen scharfen Blick zu. »Willst du etwa andeuten, wir wüssten womöglich, wer das …, es handelt sich ja nicht gerade um einen Lausbubenstreich.«

»Natürlich nicht, aber wir müssen diese Frage stellen«, erklärte Robban, der der aufgebrachten Frau gefolgt war, und hob beschwichtigend die Hände.

»Wann bist du gestern ins Bett gegangen?«, fragte Karin Frau Wilson.

»Viertel nach zehn«, kam es wie aus der Pistole geschossen.

»Na ja, als du das Licht ausgemacht hast, war es schon zwanzig nach«, fügte Hedvig Strandberg hinzu, die sich genau gegenüber von Frau Wilson in einem Sessel niedergelassen hatte. Sie machte keine Anstalten, sich wieder in die Küche zu begeben, so dass Robban sich resigniert auf einen dreibeinigen Hocker setzte, den er in einer Zimmerecke gefunden hatte.

»Wenn du meinst«, sagte Frau Wilson in erstaunlich strengem Ton zu ihrer Nachbarin. »Dann eben zwanzig nach, das mag sein. Ich habe den Wecker aufgezogen.«

»Hast du in der Nacht besondere Geräusche gehört?«, fragte Karin.

»Diese Menschen«, murmelte sie nachdenklich.

»Welche Menschen?«

»Sie waren verkleidet. Wie in alten Filmen.«

»Kannst du sie beschreiben? Wann hast du sie gesehen, und wie viele waren es?«

»Gegen sieben Uhr abends«, erwiderte Frau Wilson. »Sie gingen durch die Kyrkogatan, ziemlich viele … fünfzehn vielleicht. Ich glaube, sie waren mit der Fähre gekommen. Sie hatten viel Gepäck und andere Dinge zu schleppen. Eine alte Karre mit Holzrädern. Sie sahen aus, als kämen sie aus einer verschwundenen Zeit. Ich meine, Karren mit Holzrädern sieht man heutzutage ja nicht mehr. Ich dachte, sie würden einen Film drehen.« Frau Wilson blickte ihre Freundin an.

»Dreharbeiten?«, sagte Hedvig Strandberg. »Nein, davon habe ich nichts gehört. Allerdings hat in der Apotheke jemand was von … Wie heißt das noch mal?« Sie durchpflügte ihr Gedächtnis. »Larv«, sagte sie schließlich. »Ich meine, so hieß das.«

»Larv?« Robban machte ein fragendes Gesicht. »Vielleicht meinst du Larp, das ist eine Art Rollenspiel, glaube ich.« Karin zuckte die Achseln, um anzudeuten, dass sie das auch später herausfinden konnten.

»Sie halten sich im Sankt-Eriks-Park auf. Eigentlich wollten sie ja die Festung mieten, aber das durften sie nicht. Die Kommune scheint ansonsten gar nichts mehr abzulehnen, ihr müsst euch bloß mal diese schrecklichen Neubauten hier überall ansehen. Und trotzdem wird ständig behauptet, wir Einwohner von Marstrand seien schwierig.«

»Liegt der Sankt-Eriks-Park auf der Insel?«, fragte Robban. Karin konnte sich auch nicht an einen Park dieses Namens erinnern.

»Eigentlich ist es wohl gar kein Park«, sagte Frau Wilson. »Ich meine einen Park … Was ich als Park bezeichne, ist ja ein *garden* … Wie heißt das noch mal im Schwedischen …«

In belehrendem Ton und mit einem gelben Bleistift als Zeigestock in der Hand meldete sich Frau Wilsons Nachbarin zu Wort.

»Gustaf Edvard Widell, ein alter, an Gartenbau interessierter Rektor, ließ auf Marstrandsön und Koön zahlreiche Bäume pflanzen. Bohuslän hatte ja einst zu Dänemark gehört und musste den Leuchtturm von Skagen, der damals nur ein großes Feuer war, mit Brennholz versorgen. Das ist einer der Gründe, warum Bohuslän so kahl ist. Dass man mit Feuerholz anheizte, wenn man während des Heringsfangs Tran kochte, ist auch ein Grund. Damit machte man den bohuslänschen Wäldern endgültig den Garaus, wie der Historiker Holmberg im neunzehnten Jahrhundert sagte. Am Ende wurde es verboten, beim Trankochen Holz zu verwenden, man sollte stattdessen Torf nehmen. Es hat tatsächlich Wald gegeben, in Mooren und anderen Stellen hat man alte Baumstümpfe gefunden.«

Sie machte eine Kunstpause. »Nach dem Tod von Rektor Widell im Jahre 1882 wurde in Erinnerung an ihn der Sankt-Erik-Verein gegründet, der die Pflanzungen auf Marstrandsön pflegen sollte. Dieser Verein hat auch den Rundweg um die Insel angelegt, den ihr vielleicht schon gegangen seid?« Da weder Karin noch Robban antworteten, ließ sie die Frage im Raum stehen und fuhr fort. »Der Sankt-Eriks-Park liegt in der Talsenke, die man erreicht, wenn man auf Norden wandert.«

»Auf Norden?«, fragte Robban.

»In nördlicher Richtung, beim Societetshuset und dem Båtellet. Die Nordseite von Marstrandsön«, flocht Frau Wilson hastig ein.

Karin und Robban stellten noch einige Fragen, bedankten sich dann für die Mithilfe und kündigten an, dass ein Team von Kriminaltechnikern auftauchen würde, um zunächst den Garten zu untersuchen und schließlich den Kopf zu entfernen. Frau Wilson hatte ein entsetztes Gesicht gemacht, als Robban ihr erklärte, dass sie nicht in den Garten gehen durfte, bevor die kriminaltechnische Untersuchung abgeschlossen war, und Hedvig Strandberg hatte empört geäußert, das sei ja »ein starkes Stück«.

Als Karin und Robban gingen, standen die beiden Damen deutlich sichtbar am Fenster im Erdgeschoss und blickten ihnen hinterher.

»Wir hätten ihnen vielleicht von ... du weißt schon ... erzählen sollen ...«, begann Hedvig Strandberg, die immer noch den Bleistift in der Hand hielt.

Frau Wilson drehte sich blitzschnell um und fixierte sie mit ihren grauen Augen.

»Wovon redest du, Hedvig?« Ohne die Antwort abzuwarten, machte Frau Wilson auf dem Absatz kehrt und ging in die Küche.

Hedvig verlagerte sorgenvoll das Gewicht von einem Bein aufs andere.

»Nun ... von ...« Frau Wilson unterbrach ihr Gemurmel mit einer Stimme, die ihr wie eine scharfe Gartenschere das Wort abschnitt.

»Ich habe diese alte Geschichte so satt, meine Liebe, und außerdem kann sie ja unmöglich etwas mit dieser Sache zu tun haben.«

# 2

## Åkerström, Trollhättan, Herbst 1958

*Was hatte sich das Mädchen bloß dabei gedacht? Nicht
genug damit, dass ihr Tunichtgut von Mann wegen
Diebstahls im Gefängnis gelandet war, eines Tages hatte
sie auch noch einen Bastard im Bauch. Natürlich hatte
sie nichts gesagt, aber Kerstin wusste trotzdem, dass es
so war. Der Junge hatte schließlich mit keinem von den
anderen die geringste Ähnlichkeit und musste zustande
gekommen sein, nachdem Örjan von der Polizei abgeholt worden war. Das hatte Kerstin genau ausgerechnet.
Sie schüttelte den Kopf. Was würden die Leute dazu
sagen?*

*Die Mädchen spielten im Hof, und Hjördis saß auf
einem Hocker und schälte Kartoffeln. Ihr Kopf war
nach vorn gebeugt, und die Haare verbargen teilweise
ihr Gesicht. Sie sieht unzufrieden aus, dachte die Mutter,
die das erste Kleidungsstück schüttelte und dann auf
die Wäscheleine hängte. Es war wahrlich kein Zucker-
schlecken gewesen, als sie noch zu Hause wohnte, und
somit eine Erleichterung, als sie heiratete und auszog.
Die Nachbarn wunderten sich, dass sie einen so erfolg-
reichen Mann ergattert hatte. Einen Handelsvertreter.
Hoffentlich würden sie nie erfahren, dass er ins Gefängnis gekommen war, weil er gestohlen hatte, und dass
Hjördis deshalb wieder zu Hause wohnen musste.
Witwe hörte sich besser an. Das war zwar keine gute
Lösung, aber es gab keine bessere. Essen und Kleidung
für drei Kinder. Sie hängte eine kleine graue Hose auf.
Vier, wenn man den Unechten mitrechnete.*

*»Guck mal, Oma!«, rief das jüngste Mädchen.
Kerstin nickte nur. Sie wendete den Blick von der
Kleinen ab und ließ ihn zu dem schmutzigen Kellerfenster schweifen. Ein kleiner Junge aß wenig und war
leicht zu verstecken. Ein größerer Junge brauchte mehr
zu essen und noch mehr Platz. Früher oder später würde
er die Kellertür selbst aufbekommen, und dann mochte
Gott ihnen gnädig sein.*

*Kerstin hielt mit der Wäsche in der Hand inne. Es
gab auch noch eine andere Möglichkeit. Man könnte ihn nach Norwegen auf diesen Hof schicken, wo
Hjördis einige Sommer bei der Heuernte geholfen
hatte. Das abgelegene Gut lag mitten in Telemark.
Ferkel hatten die da auf dem flachen Land genug,
aber eigene Kinder hatten der Bauer und seine Frau
nie bekommen. Und kostenlose Arbeitskraft in Form
von zwei zusätzlichen Händen, die mit anpackten,
war immer willkommen. Diese Lösung würde allen
zugutekommen.*

Karin drehte sich um und betrachtete das Haus, das sie
soeben verlassen hatten. Es war weiß und lag ganz dicht
an der schmalen Straße, so dicht sogar, dass sich die Steinstufen zur Haustür eher auf der Straße als daneben befanden. Die zierlichen Sprossenfenster waren genauso alt wie
die Kristallkaraffen mit den silbernen Henkeln, die auf der
Fensterbank aufgereiht waren.

Karin ließ ihren Blick die Straße entlang bis zum höchsten Punkt des Hügels wandern. Die Schule von Marstrand
lag ein paar Häuser weiter oben. Wenn man in die andere
Richtung ging, kam man am alten Pfarrhof und am Sprit-
zenhaus vorbei, bevor man den Kai und den Fähranleger
erreichte. Das Wasser im Hafen glitzerte blau.

»Aufgekratzte Damen«, sagte Robban. »Was hältst du von einem Besuch in dem Park, den sie erwähnten?« Karin nickte.

»Vom Haus bis zur Fähre hinunter braucht man höchstens ein paar Minuten, falls der Täter diesen Weg gegangen ist. Auf der anderen Seite behalten sich die Menschen in kleinen Orten im Auge. Nicht wahr?« Karin sah Robban fragend an, während sie nach links in die Kyrkogatan abbogen und am Salon Cut & Clean vorbeikamen.

»Wenn man den Öffnungszeiten auf der Tür Glauben schenken darf, hatte der Friseur bis acht Uhr abends geöffnet«, sagte Robban.

»Aber da war Frau Wilson noch wach, und es war auch noch kein Kopf aufgetaucht«, fügte Karin hinzu.

»Sie sagte, sie wäre kurz vor neun zuletzt draußen gewesen. Insofern können wir später mit dem Friseur sprechen.«

Sie gingen weiter. Vom Spielplatz gegenüber der weißen Kirche war fröhliches Kinderlachen zu hören. Robban betrachtete die Kinder auf der Rutsche.

»Bald kommt im Kindergarten die Erkältungszeit.« Er klang bedrückt. Karin staunte manchmal, wie schnell seine Gedanken zwischen Arbeit und Privatleben hin- und herwanderten. Sie selbst war zu hundert Prozent konzentriert, wenn sie ermittelte. Vielleicht war das so, wenn man Kinder hatte, dachte sie dann. Dass man immer in erster Linie Vater oder Mutter war, egal mit was für grauenhaften Dingen man sich in der Arbeitszeit auseinandersetzen musste. Sie war über dreißig und hatte keine Aussichten auf eigene Kinder und im Moment noch nicht einmal eine feste Beziehung. Das tat ein bisschen weh. An der verglasten Anschlagtafel der Kirche hing ein Foto von einem strahlenden Brautpaar, das sich mit ausgestreckten Händen vor den Reiskörnern schützte, mit denen ebenso glückliche Verwandte und Freunde sie bewarfen. Die Auf-

forderung: »Heiraten Sie in der Kirche von Marstrand!«
kam Karin wie blanker Hohn vor, und sie bemühte sich,
an etwas anderes zu denken.

»Ja, ja, damit kannst du dich beschäftigen, wenn es so
weit ist«, sagte Karin teilweise zu sich selbst, aber auch zu
Robban. »Du musst zugeben, dass es ein besonderes Gefühl ist, über diese Steine zu gehen«, fuhr sie nach kurzem
Schweigen fort und blickte auf die schwarzen Schieferplatten, die links neben dem Kopfsteinpflaster der Långgatan
wie ein spezieller Fußweg verliefen.

»Du meinst wohl ein holpriges.« Robban stolperte
theatralisch.

»Nein, ich meine all die Menschen, die vor uns hier
herumgelaufen sind. Vor hundert, zweihundert oder sogar
dreihundert Jahren. Sieh dir mal die alte Holztür da drüben an. Was die alles erzählen könnte! Über die Menschen,
die hier gewohnt haben, ihr Leben und ihre Träume.«

»Ich weiß schon, was du meinst. Vielleicht hat sie einen
Mörder gesehen, der gerade jemanden umgebracht und
anschließend kaltblütig den Kopf abgeschnitten hat, um
ihn im Garten einer alten Dame zu platzieren. Vielleicht
ist er genau hier vorbeigekommen.«

»Meinst du, der Ort wurde zufällig gewählt, oder hat
er wohl irgendeine Bedeutung?« Karins Blick war auf das
silbrig glänzende Wasser in der nördlichen Hafeneinfahrt
von Marstrand gerichtet.

»Gute Frage. Man fragt sich ja, womit Frau Wilson
verdient hat, dass ihr jemand einen Kopf in den Garten
setzt. Die Damen waren beide nicht direkt charmant.
Fräulein Hedvig Strandberg ... Also, ich sage nur so viel:
Es wundert mich nicht, dass sie ein Fräulein geblieben ist.
Der Opferstein erscheint mir schon allein wegen des Namens nicht zufällig gewählt zu sein, aber der Garten der
alten Tante, ich weiß nicht.«

»Ich glaube, wir müssen die Geschichte hinter dem Opferstein herausfinden. Warte mal! Hundert Meter hinter
uns, im Erdgeschoss des Rathauses, liegt die Bibliothek,
sie könnte einen Besuch wert sein.«

Zwanzig Minuten später besaß Karin einen Bibliotheks-
ausweis der Kommune Kungälv und kam durch die elegante Tür aus Eichenholz und Glas heraus. Ihr Rucksack
mit den vier Büchern über Marstrand und drei weiteren
über Bohuslän war nun um einiges schwerer. Außerdem
hatte die Bibliothekarin zwei CDs für sie herausgesucht,
die der Heimatverein Marstrand herausgegeben hatte. Die
eine handelte von den Häusern auf Marstrandsön und die
andere von den Häusern auf Koön, beigefügt waren Fotos,
die Geschichte sowie die früheren und jetzigen Besitzer
aller Gebäude.

»Ein Glück, dass du drei Bücher über Bohuslän mitgenommen hast, die werden uns bestimmt unheimlich
nützen.« Robban lachte.

»Nützen wird uns, dass der Mann der Bibliothekarin
Lotse gewesen ist. Sie hat mir erzählt, dass der Lotsenausguck mittlerweile nicht mehr besetzt ist. Das wissen
wir also schon.«

Lotse, dachte Karin dann, das hätte Göran auch machen
können, wenn er sich entschieden hätte, an Land zu leben.

Es war kein Problem, den Weg zu finden, den Hedvig
Strandberg erwähnt hatte. Er führte hinter das Båtellet,
das alte ockergelbe Badehaus neben dem Societetshuset,
im Volksmund Sozen genannt. Sie gingen auf dem Kai am
Wasser entlang, bis der Weg von der Küste abbog und im
Wald verschwand. Am Anfang ging es im Schatten der
Bäume auf beiden Seiten steil hinauf. Rechts gab es mehrere Abzweigungen zu Bänken, wo man auf der Klippe
sitzen und die Aussicht genießen konnte. Karin stellte sich

neben eine dieser Bänke und winkte Robban zu sich heran. Sie zeigte auf die *Andante*, die auf der Außenseite des Schwimmstegs von Koön vertäut war. Die Wellen reflektierten die Sonnenstrahlen und warfen tanzende Lichtflecke auf den schwarzen Rumpf des Boots.

»Mein Zuhause. Ich bin wie eine Schnecke, die ihr Haus auf dem Rücken trägt. Alles, was man braucht, außer Dusche und Waschmaschine. Permanenter Meerblick, frische Luft und keine Grundsteuer.«

»Ich werde wohl mal beim Finanzamt anrufen und die auf die Leute aufmerksam machen, die auf Booten wohnen. Das muss doch verboten oder zumindest steuerpflichtig sein«, sagte Robban.

Der Weg wurde schmaler und lief zwischen zwei hohen Felsen hindurch. Nach der Schneise ging es zwischen bemoosten Felsen auf beiden Seiten bergab. Orte wie dieser hatten eine starke Wirkung auf Karin.

»Stell dir das mal vor«, begann sie, bevor Robban ihr ins Wort fiel.

»Nun geht das wieder los. In den Fußstapfen früherer Generationen … Schmuggler und Zöllner, Laufburschen und …«, deklamierte Robban pathetisch und zerstörte damit die Stimmung.

Der Geruch nach Rauch und Feuer schlug ihnen entgegen, und ein Mann in einer mittelalterlichen Kutte löste sich plötzlich aus dem Schatten der Felsen. Robban zuckte zusammen.

»Seid gegrüßt, Fremdlinge«, sagte der Mann mit der Zipfelmütze und dem Mantel. »Ich bin ein Wachposten aus vergangener Zeit.«

»Mann, hast du mich erschreckt«, sagte Robban.

»Ich bitte demütigst um Entschuldigung. Wer seid ihr, die ihr an einem Tag wie diesem den Sankt-Eriks-Wald passieren wollt?« Der Mann gestikulierte mit dem Speer, den er in der rechten Hand hielt. Mit der linken hielt er sich einen kunstvoll bemalten Schild voller Kerben vor die Brust.

Karin musterte ihn fasziniert. Robban war derjenige, der schließlich das Wort ergriff, nachdem er Karins geöffneten Mund gesehen und begriffen hatte, dass daraus vorerst nichts Sinnvolles kommen würde.

Der Mann antwortete nicht, nachdem Robban sich vorgestellt hatte. Er nickte nur kurz und bedeutete ihnen mit einer Handbewegung, dass sie ihm folgen sollten. Der Pfad ging nun steil bergab, und sie gelangten in ein Wäldchen, das ringsum von Felsen umgeben war, die einen natürlichen Schutz vor der Außenwelt boten. Wie ein großer Topf, in dem es nach Wald und dem verrottenden Laub vom vergangenen Jahr duftete. Das Meer war weder zu sehen noch zu hören.

Menschen in mittelalterlicher Kleidung hielten sich hier auf. Karin zählte vierzehn Personen. Einige Ziegen, Schweine und Hunde liefen frei herum. Zwei offene Feuer brannten, über dem einen hing ein gusseiserner Kessel, über dem anderen eine große Bratpfanne, in der es qualmte und zischte.

Sie sah sich um, konnte aber keine Zelte entdecken.

»Wo wohnen die wohl?«, fragte sie Robban.

»Grand Hotel«, flüsterte Robban und musste über Karins enttäuschtes Gesicht grinsen. »Natürlich tun sie das nicht. Sie wohnen hier im Wald.« Er sprach mit seiner tiefsten Stimme. »Sie leben hier seit Urzeiten und sind eigentlich unsichtbar, aber alle dreihundert Jahre werden sie an einem Freitag im September sichtbar, wenn der Vollmond scheint …«

Karin machte sich nicht einmal die Mühe, ihm zu antworten. Der Wachposten hatte sie gebeten, hier zu warten, und Karin und Robban blieben gehorsam stehen, während er zu einem langhaarigen Mann ging, der nun mit großen

Schritten auf sie zukam. In der Hand hielt er einen Gegenstand, der an einen Hirtenstab erinnerte.

»Da kommt Gandalf«, flüsterte Robban.

»Ich hätte nicht gedacht, dass du Tolkien gelesen hast«, erwiderte Karin erstaunt.

»Habe ich auch nicht, aber die Filme gesehen.«

Robban stellte sich und Karin noch einmal vor, bevor er fragte, wie lange die Gruppe schon hier war. Karin fand es gut, dass er noch nichts von der Leiche und dem Kopf erzählte, die am Morgen entdeckt worden waren. Solche Dinge hatten manchmal eine hemmende Wirkung auf die Fähigkeit der Menschen, Fragen zu beantworten. Anstatt vorbehaltlos zu erzählen, begannen sie dann, Vermutungen über das anzustellen, was die Leute gesagt und getan hatten. Sie handelten sicherlich in guter Absicht, aber das Ergebnis wich leider häufig von der Wirklichkeit ab.

»Wir haben die Erlaubnis, uns hier aufzuhalten«, begann der Mann. Robban erklärte beruhigend, darum ginge es gar nicht.

»Was bedeutet eigentlich Larp?«, fragte Robban so entwaffnend wie möglich.

»Das ist ein Liverollenspiel«, erläuterte der Mann, der sich als Grimner vorgestellt hatte. Karin fragte sich, ob er unter seiner ganzen Mähne tatsächlich so hieß oder ob es sich um eine Art Künstlernamen handelte.

»LARP steht für Live Action Role Playing. Das ist eher eine Form von Theater, allerdings ohne festgelegte Handlung. Im Hintergrund gibt es einen Veranstalter, der die Richtlinien für das Larp aufgestellt hat. Es kann eigentlich von allem Möglichen handeln, also von jedem Thema. Wilder Westen, Horror, Krieg oder wie in unserem Fall von einer Mischung aus Mittelalter und Mythologie. Wer mitmachen will, muss sich an den Veranstalter wenden und ihm seinen Charakter vorstellen.«

»Charakter?« Karin erschauerte. Im Schatten der Baumkronen war es kühl.

»Du kannst eine Hexe sein, Casanova, eine Elfe oder was du willst. Sagen wir, du möchtest eine Bauersfrau aus dem Mittelalter darstellen. Dann stellst du dem Veranstalter ihren Charakter, also den persönlichen Hintergrund der Bäuerin vor und legst dar, wie du in die Handlung verwickelt wirst, beschreibst also den Grund, warum du als Bäuerin dabei sein willst. Du musst auch ankündigen, was du vorhast und wie sich dein Charakter entwickelt. Der Veranstalter entscheidet, ob du dazupasst oder nicht. Wenn du angenommen wirst, musst du eine Anmeldegebühr zahlen, die meistens die Mietkosten für das entsprechende Gelände, gewisse Requisiten, Transport, Versicherungen und eventuell Verpflegung abdeckt.«

»Wie viel Handlungsfreiheit haben die Darsteller?«

»Oft geben die Veranstalter bestimmte Rollen vor, aber du hast als Darsteller ziemlich viel Spielraum bei der Entscheidung, wie sich dein Charakter in verschiedenen Situationen verhält. Sagen wir, die Bäuerin schuldet dem Vogt Geld, aber als er zu ihr kommt, hat sie keins. Der Vogt kann dann entscheiden, ob er die Bäuerin bestraft oder ob er ihr eine Frist von einem Tag gewährt, um das Geld zu beschaffen. Die Bäuerin selbst darf vorschlagen, dass sie ihre Schulden in natura bezahlt.«

»Der Veranstalter hat also im Grunde nicht die volle Kontrolle über das, was passiert«, sagte Karin.

»Das kommt darauf an, wie straff das Spiel geführt wird, aber es stimmt, das hat er nicht. Man kann immer hoffen, dass das Gute siegt, aber es gibt keine Garantie dafür. Es entscheidet immer das Schicksal darüber, wie die Geschichte ausgeht. Genau wie im wirklichen Leben.«

»Wie gut kennen sich die verschiedenen Charaktere untereinander?«, fragte Robban.

»Auch das hängt vom Veranstalter ab. Du gibst dich vielleicht als Bauersfrau aus, bist aber in Wirklichkeit ein Magier. In dem Fall wissen nur du und der Veranstalter davon.«

»Wer veranstaltet Liverollenspiele?«

»Der Veranstalter kann ein Unternehmen, ein Verein oder eine Privatperson sein.«

»Und wer veranstaltet dieses Rollenspiel?«

»Der Veranstalter heißt Esus. Da ich ihm oder ihr noch nicht begegnet bin, weiß ich auch nicht mehr als das. Wir haben alle nur über das Internet Kontakt gehabt. Einen Monat vor dem Rollenspiel wurden uns die Regeln per E-Mail geschickt.«

Erst jetzt gab Robban preis, warum sie gekommen waren. Grimner erbleichte und strich sich über den langen Bart, bevor er sich auf einen bemoosten Baumstumpf sacken ließ.

»Einige Teilnehmer mussten gestern abreisen, aber sie kommen heute zurück«, sagte er.

»Kannst du sie irgendwie erreichen? Per Handy?«, fragte Robban.

»Handy? Nein, nein. Wir haben keine Handys dabei. Nur Dinge, die es schon im Mittelalter gab, alles andere ist nicht erlaubt. Wir wissen nicht einmal, wie die anderen im richtigen Leben heißen, wir kennen nur die Namen ihrer Charaktere.«

Karin überlegte insgeheim, ob es Messer oder Schwerter gab, die scharf genug waren, um damit einen Kopf abzuschneiden. Im Mittelalter müsste es so etwas ja gegeben haben. Sie drehte sich zu Grimner um.

»Entschuldige uns einen Augenblick.« Sie trat ein paar Schritte zur Seite. Robban folgte ihr. »Wir müssen alle hier vernehmen und fragen, was sie gestern und heute gemacht haben. Die Frauen sind ja genauso oder zumindest ähnlich angezogen wie unser Opfer. Außerdem möchte ich gern ihr Werkzeug sehen, Messer und Schwerter oder was sie so bei sich haben. Und wo wohnen sie eigentlich? Schlafen die unter diesen aufgespannten Tüchern da?«

»Es wird eine Weile dauern, mit allen zu sprechen«, überlegte Robban laut. »Zufällig kenne ich eine Person, die sich liebend gern in Ruhe ganz viele Aussagen auf Altschwedisch – oder was die nun sprechen – anhören würde.« Robban schien sich zu amüsieren. »Willst du Folke anrufen, oder soll ich das machen?«

»Ruf du ihn an, ich bin schließlich immer noch im Urlaub«, sagte Karin.

Während Robban bei Folke anrief, versammelte Karin die Rollenspieler. Vorsichtig und mit so wenigen Details wie möglich berichtete sie, was vorgefallen war, und bat sie anschließend, sich mit ein wenig Abstand zueinander hinzusetzen und die Ereignisse nicht zu besprechen. Von allen Orten, an denen sie je gestanden und mit Leuten gesprochen hatte, war dies wohl einer der merkwürdigsten, dachte sie. Die grünen Laubkronen bildeten hoch über ihren Köpfen ein Dach. Die Stelle war schön und still und stand in scharfem Kontrast zu der Gewalttat, die hier im Laufe der Nacht verübt worden war.

»Wie ist es passiert?«, fragte eine Frau mit strähnigen Haaren, die unter einer Kapuze hervorlugten. Karin konnte den Blick nicht von ihren Zähnen oder besser gesagt von den Lücken abwenden, wo Zähne hätten sein sollen. Sie konnte nicht erkennen, ob sich dort eigentlich Zähne befanden, die mit Theaterschminke übermalt worden waren, oder ob die Frau einfach keine hatte.

Karin antwortete zurückhaltend, dass sie nicht wüssten, was geschehen sei, und betonte, dass ihre Aussagen deswegen besonders wichtig seien.

Eine Stunde später kam Folke, um die Aussagen und

persönlichen Daten von allen aufzunehmen. Robban hatte recht gehabt, Folke schien sich in diesem Milieu wohl zu fühlen. Als nur noch zwei Personen befragt werden mussten, machten Robban und Karin sich auf den Weg zu einem Gespräch mit dem Personal der Festung Carlsten. Und im Anschluss erkundigten sie sich, ob dem Friseur in der Kyrkogatan etwas aufgefallen war.

Karin saß im Präsidium und schrieb einen Bericht. Es war Freitagabend, und Robban hatte ihr gerade einen Becher frischen Kaffee auf den Schreibtisch gestellt.

»Total krank, jemandem die Kehle durchzuschneiden. Und dazu noch die Nase abzutrennen, warum tut man so etwas?«

»Weil man eine Trophäe will?«, erwiderte Karin.

»Du meinst, man nimmt die Nase mit? Die Nase lässt sich ja von allen Körperteilen nicht gerade am leichtesten abtrennen. Ein Finger ist leichter, aber die Nase? Das ist wirklich total gestört.« Robban schüttelte den Kopf.

»Ein Finger ist also weniger gestört?«, fragte Karin.

»So habe ich das auch nicht gemeint, oder doch, ein Finger ist nicht so gestört, noch besser wäre eine Locke.«

Robbans Handy klingelte.

»Schuld«, sagte er und kritzelte das Wort auf das Deckblatt eines Ringbuchs auf Karins Schreibtisch. »Und das soll ein Name sein?« Er bedankte sich und legte auf.

»Jerker hat den Kopf und die Kleidung fotografiert, und Folke hat mit den letzten Rollenspielern gesprochen. Die Frau am Opferstein nannte sich offenbar ›Schuld‹. Laut Folke ist das der Name einer der drei Nornen in der nordischen Mythologie. Da niemand die richtige Identität der Frau kennt, ist das vorerst alles, was wir haben.«

»Schuld? Wir müssen mehr über ihre Rolle herausfinden, vielleicht im Internet recherchieren und nachsehen, ob der Name mehrere Bedeutungen hat. Außerdem sollten wir auch die Charaktere aller anderen Rollenspieler durchgehen, was meinst du?«, fragte Karin.

»Vielleicht hast du recht, es kann jedenfalls nicht schaden. Folke wollte auch mit den anderen reden, die zurückgekommen sind.«

»Hoffentlich haben die etwas zu erzählen, vielleicht hat einer von ihnen den gestrigen Abend mit der Frau verbracht. Lass mal überlegen ... Was haben wir bis jetzt überprüft? Der Lotsenausguck ist mittlerweile nicht mehr besetzt, von den Angestellten der Festung hat niemand etwas gesehen, und der Friseur wusste auch nichts zu berichten«, sagte Karin, während sie noch ein paar Zeilen ihres Berichts tippte.

»Die Obduktion findet morgen oder am Sonntag statt, dann haben wir hoffentlich mehr Anhaltspunkte ... Was können wir bis dahin checken?« Unter Zuhilfenahme der Aufzeichnungen in ihrem Notizbuch fügte sie dem Bericht weitere Angaben hinzu.

»Falls du Lust hast, die Geschichte dieses Opfersteins zu recherchieren, kann ich etwas über diese Liverollenspiele herausfinden«, sagte Robban. Karin nickte und las, was sie geschrieben hatte. Die Frage war, ob der Kopf zufällig im Garten von Frau Wilson platziert worden war oder ob die alte Dame Feinde hatte.


## Åkerström, Trollhättan, Herbst 1958

*Als er das vertraute Geräusch hörte, hockte er gerade auf dem Blecheimer. Rasch zog er sich die Hose hoch und deckte den halbvollen Eimer mit einer vergilbten Zeitung ab. Knarrend drehte sich der Schlüssel im Schloss. Dann* knirschten die rostigen Scharniere, und die Kellertür öffnete sich. Er blinzelte in das ungewohnte Licht und versuchte zu erkennen, wessen Silhouette da oben stand.

Mit gemischten Gefühlen sah er Elisabet und Stina die Treppe heruntersteigen. Elisabet trug einen Ranzen. Stina balancierte ein Tablett in den Händen. Essen. Er stürzte sich auf den kalten Fisch und die Kartoffeln. Die Schwestern sahen ihm zu. Gierig trank er die Milch.

Elisabet klappte ihre Schultasche auf und zog ein Lesebuch heraus.

»Ich gehe ja zur Schule«, sagte sie mit wichtiger Miene. »Da lernt man lesen und schreiben.«

»Und rechnen«, fügte Stina hinzu.

»Das wollte ich gerade sagen. Rechnen auch.« Elisabet warf ihm einen forschen Blick zu. »Hörst du mir zu?«

Er nickte.

»Dann sag das doch, du Dummkopf.«

»Ich höre zu.«

»Das hier zum Beispiel. Wir leben in Schweden. Schweden ist ein la…, lä…«

»Längliches Land. Da steht längliches«, sagte er.

»Das weiß ich selbst. Ich habe dir das Lesen schließlich beigebracht. Ein längliches Land.« Elisabet sah ihn verärgert an.

»Wenn du so schlau bist, kannst du ja vorlesen, was da steht.« Elisabet schlug eine Seite im hinteren Teil des Buches auf, wo sich die schwierigeren Texte befanden.

»Schwedens Klimazonen.« Er sprach es aus, ohne nachzudenken. Da Bücher seine einzige Gesellschaft waren, hatte er schnell lesen gelernt, nachdem Elisabet ihm das Alphabet erklärt hatte.

Elisabet starrte ihn an. Dann stand sie auf, riss ihm das Buch aus der Hand und schlug es ihm mit aller Kraft

*gegen den Kopf. Der Schlag traf ihn mit voller Wucht
am rechten Ohr. Er fiel zu Boden.*

Karin hatte darauf verzichtet, sich von Robban und Folke
im Auto mitnehmen zu lassen, und war stattdessen mit
dem Bus zurück nach Marstrand gefahren. Sie zog die
*Geschichte Marstrands* aus dem Rucksack. Weder zum
Opferhain noch zum Opferstein gab es blumige Beschreibungen, nur Folgendes: »Dennoch gibt es einige sicht-
bare Überbleibsel, und diese legen ein beredtes Zeugnis
von der Aktivität ab, die die ältesten Bewohner der Insel Marstrand entwickelt haben. Es wird vor allem auf
das vornehmste *Denkmal* aus der Vorzeit von Marstrand
hingewiesen, den großen Opferstein, der im Rahmen von
heidnischen Opferritualen verwendet wurde.« Es wurde
auch erwähnt, dass der Stein für Ortsfremde schwer zu
finden war. Karin fand ihn ebenfalls alles andere als auffällig. »Nach Untersuchung der Opferstelle sind Historiker
der Meinung, die in die flache Oberseite des Steins einge-
meißelte Rinne habe zum Abfließen des Blutes bei Opfer-
festen gedient.«
   Und sie funktioniert immer noch, dachte Karin und
erinnerte sich an den schauerlichen Anblick. Manchmal
machte sie sich Gedanken über ihre Berufswahl, aber
ihr war nie etwas eingefallen, das ihr genauso sinnvoll
erschien wie ihre jetzige Tätigkeit. Die Arbeit war selten
so einfach oder cool, wie die vielen Fernsehserien ständig behaupteten. Oft musste man sich stundenlang durch
Massen von Fakten wühlen und alle möglichen Aussagen
überprüfen, bis man eine vage Ahnung hatte, wie es weitergehen könnte. Karins Interesse für Geschichte, ihre blü-
hende Phantasie und ihr Einfühlungsvermögen kamen ihr
entgegen. Folke mit seinem unerschütterlichen Glauben

an feste Regeln und Robban, der selten voreilige Schlüsse zog, standen für Solidität und gesunden Menschenverstand. Manchmal war es anstrengend, dass die drei Kollegen so unterschiedlich arbeiteten, aber letztendlich auch immer fruchtbar.

Plötzlich legte ihr jemand die Hand auf die Schulter und riss sie aus ihren Gedanken.

»Entschuldige, wenn ich störe, aber du bist doch Kriminalinspektorin Adler?«

Karin blickte auf und erkannte den Mann.

»Hallo, Bruno! Du störst überhaupt nicht, im Gegenteil. Setz dich, und nenn mich bitte Karin.«

Der etwa siebzigjährige Bruno Malmer war mit seinen dicken weißen Haaren und dem wettergegerbten Gesicht ein richtiges Original und in Marstrand allgemein bekannt. Er sah aus wie ein verrückter oder zumindest leicht verwirrter Professor, aber mit seinen grauen Zellen war alles in Ordnung. Wenn es um Meeresarchäologie ging, machte ihm niemand etwas vor.

Bruno setzte sich neben sie.

»Hast du dein Boot in Marstrand liegen? *Andante*, so hieß doch die Yacht, oder?«

»Ja, sie liegt in der Blekebukten«, sagte Karin.

»Es freut mich, dass du zurückgekommen bist, obwohl hier im Frühjahr so viele traurige Dinge ans Licht gekommen sind. Wer hätte das geahnt?« Er schüttelte den Kopf.

»Tja«, erwiderte Karin und dachte, dass Bruno wohl noch nichts von dem grausigen Fund im Opferhain gehört hatte.

»Die *Geschichte Marstrands* von Eskil Olàn.« Bruno betrachtete das Buch auf Karins Schoß.

»Ich suche Informationen zum Opferstein und zum Opferhain, aber hier steht nicht viel.«

»Nein, das ist wahr. Ich überlege gerade, wer dir weiterhelfen könnte. Vielleicht Tryggve? Nein, jetzt weiß ich es! Rums-in-die-Bude«, lächelte Bruno. »Du bist doch mit Lindbloms befreundet. Sprich mit einem von ihnen, mit Lycke, Martin oder Johan.«

»Rums-in-die-Bude?« Karin schüttelte den Kopf. Ein richtiger Name hätte ihr mehr genützt, aber es konnte nicht schwer sein, die betreffende Person zu finden. Sie unterhielten sich während der gesamten Fahrt, bis der Bus die Instöbron überquerte und im Westen der Leuchtturm von Vinga aufblitzte.

Als sie an der Endhaltestelle in Marstrand ausstiegen, war es schon Viertel vor acht. Bruno ging winkend davon.

Karin warf sich den Rucksack über die Schulter und machte sich auf zu Coop Nära. Gedankenverloren griff sie nach einem Einkaufskorb und überlegte, was sie heute Abend kochen sollte. Artischocken hatte sie lange nicht gegessen. Außerdem sahen sie wirklich gut aus. Ein großes Exemplar landete im Korb. Sie stand noch vor dem Gemüseregal, als sie hinter sich ein fröhliches Juchzen hörte.

»Karin! Schön, dich zu sehen!« Lyckes Stimme war unschwer zu erkennen. Ihr Sohn Walter rannte hinter ihr her. Als er Karin erblickte, kreischte er laut und umschlang ihre Beine.

»Was machst du denn hier zu so später Stunde, junger Herr?«, fragte sie den Jungen.

»Mama helfen. Ich bin schon groß.« Während er das sagte, nickte er eifrig.

»Natürlich.« Lycke verdrehte seufzend die Augen. »Wenn mein kleiner Assistent mir beim Einkaufen behilflich ist, geht alles viel schneller. Wo hast du eigentlich den Korb gelassen, Walter?«

»Da drüben«, zeigte er, und Lycke konnte sich gerade noch rechtzeitig darauf stürzen und ihn wegreißen, bevor eine Dame mit dunklem Pagenkopf und einem eleganten Jackett in Taubenblau darüber stolperte. Die Dame sah Lycke böse an.

»Sommerweiber«, zischte Lycke in Karins Richtung. »Die glauben, ihnen würde hier alles gehören. Früher sind im August alle verschwunden, aber mittlerweile bleiben sie bis zum Herbst.«

Lyckes Blick fiel auf die einsame Artischocke in Karins Korb.

»Was für die schlanke Linie?«, fragte sie scherzhaft.

»Die Sache ist eher, dass ich noch nicht weiß, was es zum Abendessen geben soll«, antwortete Karin.

»Dann komm doch mit und iss mit uns. Das Essen ist gleich fertig, ich hole nur noch ein paar Sachen, die Martin vergessen hat.«

»Ach, ich weiß nicht …«, begann Karin, weil sie sich der Familie Lindblom nicht aufdrängen wollte.

»Hör auf, es wär doch wahnsinnig nett. Komm mit und erzähl uns, wie dein Sommer war!«

»Störe ich euch denn nicht bei eurem gemütlichen Freitagabend?«, fragte Karin.

»Martin hat auf der Arbeit in letzter Zeit so viel um die Ohren gehabt, dass er auf dem Sofa einschläft, bevor der Film um einundzwanzig Uhr anfängt. Ich bin froh über wache Gesellschaft.«

»Wenn das alles ist, was von mir erwartet wird, komme ich gern. Wach bleiben, das schaffe ich.«

»Ui!«, rief Karin, als sie Lyckes und Martins Haus im Fyrmästargången betrat. »Hier hat sich seit meinem letzten Besuch aber einiges getan. Schön habt ihr es hier!« Karin sah sich auf der wohnlich eingerichteten Veranda um, die als Eingangsbereich diente. Hier lag nun ein Steinfußboden, und die altmodische Holzverkleidung war hellgelb gestrichen.

»Martin hat sich drei Urlaubswochen nur mit dem Haus beschäftigt«, erklärte Lycke.

»Hallo, das ist aber nett, dich wiederzusehen.« Martin kam mit einer Schürze aus der Küche und versuchte, vor Walter zu verbergen, dass er etwas im Mund hatte. Karin wurde fest umarmt. »Willkommen in unserem fast fertigen Haus.«

»Fast fertig ist etwas optimistisch«, sagte Lycke, bevor sie ihren Mann fragte, was er im Mund hatte.

»Chips. Ich habe ganz hinten im Schrank eine ganze Tüte gefunden. Wusstest du von der?« Martin sah Lycke verwundert an.

»Ich will auch Chips, Papa«, sagte Walter. »Wauwau auch.« Er hielt den Spielzeughund in die Luft, der ihn zum Einkaufen begleitet hatte.

»Super«, sagte Lycke.

»Es ist doch Freitag.« Martin nahm seinen Sohn und den Spielzeughund in den Arm. »Komm, wir gucken mal, Walter. Aber Mama darf es nicht merken.« Er hielt den Finger vor die Lippen. »Pst, sag nichts.« Walter kicherte verzückt, als sie losrannten.

»Mein Mann hat einen krankhaften Appetit auf Chips. Ich muss dauernd neue Verstecke finden.«

Walter stand mit einer kleinen Schüssel Kartoffelchips an seiner Seite auf einem Hocker in der Küche und massakrierte mit stumpfem Messer eine Salatgurke. Martin holte eine Weinbox und füllte den Wein aus dem Schlauch in eine Karaffe um. Dann reichte er Karin und Lycke je ein Glas.

»Zum Wohl, ich freue mich wirklich, dich wiederzusehen«, sagte Lycke. »Nun musst du aber erzählen, wie es dir im Sommer ergangen ist. Bist du gerade erst nach Marstrand gekommen?«

Karin wollte gerade anfangen, als es an die Tür klopfte. Ein fröhliches Hallo ertönte, noch bevor Martins Bruder Johan eintrat.

»Gut, dass wir hier keine schlafenden Kinder haben«, sagte Lycke.

»Mist, an Walter hab ich gar nicht gedacht …«, begann Johan und strahlte übers ganze Gesicht, als er Karin sah.

»Keine Sorge, er ist noch wach«, beruhigte ihn Lycke.

»Onkel Johan!« Walter warf Johan, der noch auf dem Boden kniete und sich die Schuhe auszog, beinahe um. Strahlend steckte Johan sich das Stück Gurke in den Mund, das Walter ihm anbot, ohne nachzufragen, wo es sich schon überall befunden hatte.

»Hallo, Karin! Ich habe das Boot gesehen. Bist du schon lange hier?« Johan hängte seine Jacke auf und umarmte zuerst Karin und dann Lycke zur Begrüßung.

»Das haben wir auch gerade gefragt, aber vielleicht setzen wir uns, bevor wir uns unterhalten«, sagte Martin.

Lycke stellte die Teller auf den Tisch und holte das Besteck. Martin nahm eine Auflaufform aus dem Ofen und servierte ein dampfendes Fischgratin.

»Fischgratin, das ist ja fast schon herbstlich«, sagte Johan.

»Ich finde die etwas dunkleren Abende ganz gemütlich. Mit Kerzenlicht und Kaminfeuer.« Lycke stellte einen dreiarmigen Kerzenständer aus Zinn auf die karierte Tischdecke. Johan betrachtete den Kerzenständer erfreut.

»Wir haben ihn von Johan bekommen«, verriet Lycke. »Wahrscheinlich der teuerste Gegenstand in diesem Haus.«

Johan sah Karin quer über den Tisch an.

»Prost, meine Schönen.«

Karin hob ihr Glas und spürte, wie sie sich noch ein bisschen mehr entspannte. Der Übergang vom Urlaub zur Arbeit war unerwartet schnell verlaufen. Es war ein schönes Gefühl, sich an einen gedeckten Tisch zu setzen und ein leckeres Essen und guten Wein serviert zu bekommen, während man die Eindrücke des Tages allmählich verarbeitete.

»Okay, Karin, bist du dienstlich hier oder zum Vergnügen?«, fragte Johan.

»Als ich gestern Abend ankam, dachte ich noch, es wäre zum Vergnügen, aber …« Sie verstummte.

»Als ich Walter vom Kindergarten abholte, habe ich von der armen Frau gehört, die ihr gefunden habt. Eine der Kindergärtnerinnen wohnt in derselben Straße wie Frau Wilson.« Martin schien sich fast zu entschuldigen.

»Wie bitte?«, stutzte Lycke. »Und ich komme direkt vom Mittelpunkt des Geschehens und habe gar nichts mitgekriegt?«

»Ich meine Coop Nära«, fügte sie hinzu, als sie Karins fragendes Gesicht sah.

»Im Opferhain ist eine Leiche gefunden worden«, sagte Martin. »Ohne Kopf. Der Kopf wurde nämlich in der Perle entdeckt, dem Garten von Frau Wilson.«

»Mein Gott, ist das wahr? Entschuldige, Karin, vielleicht darfst du gar nicht darüber reden?« Lycke hob ihre Gabel vom Fußboden auf.

»Es hat nicht viel Sinn, es abzustreiten. Eine ganze Schulklasse ist auf die Leiche gestoßen.« Karin dachte an die armen Klassenlehrer, deren Handys unaufhörlich klingelten.

»Stimmt es, dass sie auf dem Opferstein lag?«, fragte Martin.

»Um ehrlich zu sein, brauche ich ein bisschen Hilfe«, sagte Karin, anstatt die Frage direkt zu beantworten. »Der Opferhain und der Opferstein. Ich habe versucht, mich über die Geschichte dieser Orte zu informieren, aber nicht besonders viel herausgefunden.«

»Ich glaube, über diesen Stein ist auch nicht viel bekannt«, sagte Johan.

»Ich habe Bruno Malmer getroffen, als ich mit dem Bus aus der Stadt zurückkam«, fuhr Karin fort.

»Stadt?«, fragte Lycke. »Du musst endlich begreifen, dass die Stadt nicht Göteborg bedeutet. Hier draußen sind damit die fünfundsiebzig Meter vom Wendeplatz des Busses am Fähranleger und Coop Nära gemeint.«

Karin lachte. Das war befreiend, und ihr wurde bewusst, dass sie wahrscheinlich den ganzen Tag über nicht gelacht hatte.

»Hatte Onkel Bruno denn eine Idee, mit wem du reden könntest?«, fragte Johan.

»Mit jemandem, der Rums-in-die-Bude genannt wird. Er sagte, ihr könntet mir vielleicht den Kontakt vermitteln. Kennt ihr den?«

Martin musste lachen.

»Das kann man wohl sagen. Wenn du willst, rede ich mit ihm. Manche von den Knackern hier draußen sind ein bisschen seltsam. Nicht wahr, Brüderchen?«, sagte Martin.

»Hör auf! Meiner Ansicht nach ist er gar nicht so schlimm, wie alle glauben.« Johan stand auf und deckte Walter zu, der auf der Küchenbank eingeschlafen war.

»Klingt ja nicht gerade vertrauenerweckend«, sagte Karin.

Martins Grinsen reichte von einem Ohr zum anderen. »Rums-in-die-Bude, das kann man wohl sagen. Vergiss nicht, ihn zu fragen, wie er zu dem Namen gekommen ist.«

»Das könntet ihr mir doch erzählen.«

»Nein, nein, das musst du schon selbst tun.« Martin stellte einen frisch gebackenen Apfelkuchen und ein kleines Keramikkännchen mit Vanillesoße auf den Tisch.

Lycke stand kopfschüttelnd an der Kaffeemaschine, wo sie die Milch für den Kaffee aufschäumte.

»Aha«, erwiderte Karin. »Ein bisschen könnt ihr mir vielleicht trotzdem weiterhelfen. Dieser Wald, der Sankt-Eriks-Park genannt wird. Im Moment campiert dort eine mittelalterliche Gruppe.«

»Das ist uns allerdings nicht entgangen. Es wurde heiß diskutiert, musst du wissen«, sagte Martin.

»Worüber?«, fragte Karin.

»Sie wollten ja die Festung mieten, bekamen aber eine Absage. Stattdessen gestattete ihnen die Kommune, ihre Zelte im Sankt-Eriks-Park aufzuschlagen. Es gab einen wahnsinnigen Wirbel. Frau Wilson war höchst erbost, weil sie der Meinung ist, es handle sich um eine kulturhistorische Gartenanlage.«

»Was?«, fragte Johan. »Den Begriff habe ich noch nie gehört.«

»Das wird kein Zufall sein«, erwiderte Martin. »Wahrscheinlich hat sie ihn erfunden.«

»Kannst du dich eigentlich noch erinnern, wie wir in der Grotte übernachtet haben, als wir jünger waren?« Johan sah seinen Bruder an.

»Welche Grotte?«, wollte Lycke wissen.

»Ganz links im Park befindet sich hinter den Steinblöcken eine Grotte im Berg. Ziemlich groß. Früher waren Martin und ich bei den Pfadfindern und haben einmal im Jahr in der Grotte übernachtet.«

Johan verstummte. Er schien zu überlegen.

»Wart ihr heute im Sankt-Eriks-Park?«, fragte er schließlich.

»Na ja …«, antwortete Karin ausweichend.

Es war immer eine Gratwanderung, man durfte nicht zu viel verraten. Auf der einen Seite steckte sie mitten in einem Fall und wusste noch nicht, wer darin verwickelt sein konnte. Auf der anderen Seite saß sie mit Freunden zusammen, die ihr vielleicht helfen konnten.

»Doch.« Sie kam sich albern vor, weil sie es nicht gleich gesagt hatte. »Wir waren im Park und haben diese mittelalterliche Gruppe befragt, beziehungsweise die Rollenspieler, wie sie sich nennen.«

»Seid ihr am Wasser entlang dorthin gegangen oder über den Berg?«

»Am Wasser entlang. Ich wusste gar nicht, dass man auch anders hinkommt«, erwiderte Karin erstaunt und stellte ihr Weinglas ab.

»Ja«, sagte Johan. »Es gibt tatsächlich einen Weg vom Opferhain zum Sankt-Eriks-Park. Man gelangt über eine Steintreppe direkt vor dem Eingang der Grotte dorthin.«

Karin dachte nach. Ein Weg. Das kürzte die Strecke, die die Rollenspieler vom Sankt-Eriks-Park zum Opferhain hätten zurücklegen müssen, erheblich ab. Außerdem spazierten dort wahrscheinlich nur wenige Menschen herum, besonders nachts. Für denjenigen, der etwas zu verbergen hatte oder nicht gesehen werden wollte, ein sehr geeigneter Weg.

Eine Stunde nach Mitternacht bedankte sich Karin für den schönen Abend und ging durch die Idrottsgatan zur Blekebukten hinunter. Die Luft war kühl, und Karin bibberte in ihrem viel zu dünnen Pullover. Der Herbst war im Anmarsch, abends merkte man das am deutlichsten. Die Sterne blinkten hell am schwarzen Nachthimmel. Drüben auf der Insel Marstrand brannte in einigen Häusern noch Licht, aber die meisten lagen dunkel da. Abgesehen von der Dame mit dem taubenblauen Jackett aus dem Coop Nära waren die Touristen verschwunden, dachte Karin.

In der Fredrik Bagges Gatan kam ihr ein älteres Paar entgegen, das in die Bergsgatan abbog. Die beiden lächelten still vor sich hin und schienen ihre Umgebung gar nicht wahrzunehmen. Karin hätte gerne gewusst, ob sie sich schon lange kannten. Hätte sie raten sollen, hätte sie getippt, dass die beiden sich in ihrer Jugend kennengelernt und sofort gewusst hatten, dass sie zueinander passten. Bei manchen Menschen klappte das ja. Nur bei ihr nicht. Sie hatte sich aus einem ganz bestimmten Grund von Göran getrennt, und zwar, weil die Beziehung auf Dauer nicht funktioniert hätte. Hastig überquerte Karin den kleinen Parkplatz am Strand in der Blekebukten. Die Rosen, die die Kommune pflanzte, hatten noch immer grüne Blätter, aber das Laub der großen Birke wurde bereits gelb und fiel zu Boden.

Ganz am Ende des Pontonstegs lag die *Andante* und wartete auf sie. Auch an diesem Freitagabend war es im Yachthafen auf dieser Seite des Sunds still und friedlich. Hier hatten die Ortsansässigen ihre Boote liegen, während Besucher meistens im Hafen der Insel Marstrandsön anlegten. Meeresleuchten umgab jeden beweglichen Gegenstand im Wasser mit einer schillernden Kontur. Anlegeleinen, Bojen und Fender tauchten ein, wenn die Boote schaukelten. Der Anblick war schön und romantisch. Irritiert schob sie den Gedanken beiseite und ging an Bord. Da die *Andante* gediegene acht Tonnen wog, schaukelte sie nicht unter ihrem Gewicht. Sie bewegte sich überhaupt nicht.

»Hallo, ich bin wieder zu Hause«, sagte sie leise und legte die Hand auf das Stahldeck, bevor sie das Cockpit betrat.

Das Teakholzgitter knarrte leise unter ihren Füßen, und die automatische Lenzpumpe gurgelte zur Begrüßung. Sie streckte die Hand nach dem Vorhängeschloss aus, aber anstatt gleich aufzuschließen, sah sie sich erst einmal um. Das Meer lag ganz ruhig da, spiegelte die Sterne und hob und senkte sich kaum merklich. »Das Meer iert«, sagten die Bohusläner dazu. Ein Ausdruck, der beruhigend klang. Ich bin reich, dachte sie, als sie auf die See und die Umgebung blickte – die schönen Häuser auf Marstrandsön und die roten Bootsschuppen, die sich auf der anderen Seite des Sundes an die grauen Klippen der Blekebukten klammerten.

Sie öffnete die Luke und stieg die Holztreppe hinunter. Ein kaum wahrnehmbarer Dieselgeruch kam ihr entgegen. Der Duft an Bord der *Andante* war etwas ganz Besonderes. Dies war ihr Zuhause, hier war sie in ihrem Element. Hier war sie ganz sie selbst.

Sie griff nach der Fernbedienung der Stereoanlage. Die Töne von »Taubes Sjösala« Vals, in dem die Seeschwalbe Junge bekommen hat und in die Bucht eintaucht, strömten aus den Lautsprechern der fest installierten Autostereoanlage. Auch wenn der gute Rönnerdahl sich an der Ostküste befunden hatte und das Lied vom Frühling handelte, erkannte Karin sich wieder. Dies war ihre Bucht. Vielleicht war es auch umgekehrt, und sie gehörte der Bucht und den Klippen.

Sie zündete die Petroleumlampe über dem Navigationstisch an. Trotz der späten Stunde kramte sie ihr Notebook hervor, das den ganzen Sommer über im Kleiderschrank verstaut gewesen war, und legte die CD-Rom mit der Aufschrift »Die Häuser auf der Insel Marstrand, Version 2004« ein.

Nachdem sie sich darüber informiert hatte, wie das Material zu den Gebäuden gesammelt worden war, gelangte sie zum Straßenverzeichnis. Laut ihrem Notizbuch wohnte Frau Wilson in der Hospitalsgatan 7. Nach einem Klick sah Karin ein Bild des Hauses. Es war genau das richtige, das sah sie sofort. Vor allem das Grundstück war auffällig. Ein weiterer Klick brachte sie zum Eigentümerverzeichnis. Das Haus war alt, es gehörte zu den ältesten auf der Insel.

## Hospitalsgatan 7

1685    *Brache*
1701    *kauft K. Petter Ahlgren der Stadt das Grundstück ab und baut ein Haus mit zwei Zimmern und Küche.*

Mehr stand dort nicht über K. Petter Ahlgren.

1733    *übernimmt sein Sohn Inge, der als Fischer tätig ist, das Haus. Es kommt ein Stockwerk hinzu, die Eltern bewohnen weiter das Erdgeschoss.*
1775    *Gastwirtschaft im Erdgeschoss*

Die Aufzeichnungen warfen fast mehr Fragen auf, als sie beantworteten. Karin versuchte, sich die früheren Besitzer und den Bruch vorzustellen, der dazu geführt hatte, dass sich in dem Haus plötzlich eine Kneipe befand. Was war in der Zwischenzeit passiert?

1801    *Stadthausmeister Hugo Hedén*
1813    *Amtsrichter Pettersson*
1881    *Linsbergs Sterbehaus, Gemischtwarenladen*
1913    *Hilmer Wångdahl, Kolonialwarenhandlung*
1913    *Fräulein Gerda Tomasson, Delikatessengeschäft*
1930    *Schuhmacher Jönsson. Er und seine Frau sterben 1965 an einer Kohlenmonoxidvergiftung.*
1965    *Tochter Eva übernimmt das Haus.*

Kohlenmonoxidvergiftung, dachte Karin. Was zum Teufel war das denn? Sie schrieb sich das Wort in ihr Notizbuch. Bei Gelegenheit würde sie die Rechtsmedizinerin fragen, was es bedeutete.

*1966    Rechtsanwalt Wirén und Familie nutzen das Gebäude als Sommerhaus.*

*1983    George Wilson und seine in Schweden gebürtige Ehefrau Helny erwerben das Haus, nachdem sie ihre Gärtnerei in Southampton verkauft haben. Der kleine Garten hinter dem Haus besteht aus einer Betonplatte, unter der sich ein Wassertank befindet, der offenbar einst die benachbarten Grundstücke mit Wasser versorgt hat. Das Wasser aus den Regenrinnen fließt immer noch in diesen Tank, der mehrere Kubikmeter Wasser fasst.*

Seitdem befindet sich das Haus also im Besitz der Familie Wilson, dachte Karin. Dann klickte sie weiter. Sie informierte sich über einige weitere Häuser und betrachtete die Bilder, die es von jedem Gebäude gab. Die Geschichten waren so abwechslungsreich wie unterhaltsam. Wie zum Beispiel die des Hauses von Heringsexporteur Qvirist in der Kvarngatan.

»Das Haus in der Kvarngatan wurde im Jahr 1891 von Heringsexporteur Qvirist erbaut, der darin Wohnungen für die Arbeiter in der Heringsindustrie einrichten wollte. Er gerät jedoch in Streit mit seinem Nachbar Karl Olsson, genannt Pyttekalle, und baut das Haus so, dass dessen gesamte Aussicht verstellt wird. Pyttekalle rächt sich, indem er Qvirist untersagt, Fenster in seine Richtung einzubauen, und daher besitzt das Haus bis zum heutigen Tag auf der Südseite keine Fenster.«

Karin grinste. Ihr fiel auf, dass das Haus von Frau Wilson ungewöhnlich viele Eigentümer gehabt und keiner von ihnen das Haus besonders lange behalten hatte.

Sie schaltete den Computer aus, ohne auf den rätselhaften Namen des Stadtviertels zu achten: Hexe.

# 3

## Åkerström, Trollhättan, Herbst 1958

*Er wachte auf, weil ihm kalt war. Ein Piepen verfolgte ihn vom Traum bis in den Wachzustand. Er lag auf dem Fußboden. Draußen war es dunkel, es musste Abend oder sogar Nacht sein. Seine Kleidung fühlte sich feucht an und roch streng. Er entdeckte den Blecheimer, der neben ihm lag. Jemand hatte den Inhalt seiner Toilette über ihm ausgeschüttet, daher der unangenehme Geruch. Er fasste sich ans Ohr. Der Piepton schien aus seinem Kopf zu kommen, er konnte ihn nicht zum Verstummen bringen. Das Blut, das noch immer aus seinem Ohr rann, färbte seine Hand dunkelrot. Es war nun schon eine ganze Weile so schlimm.*

*Der Gedanke war schon lange in ihm gewesen, aber als er ihn in Worte fasste, wusste er, was er zu tun hatte. »Ich haue ab.«*

*Er sah sich in dem Kellerraum um. Die Mauern des alten Hauses waren massiv, die Fenster zu klein, um hindurchzuklettern, aber an zwei Stellen im Keller befanden sich Lüftungsschächte. Sie waren weder breit noch hoch, hatten vielleicht aber genau die richtige Größe für einen unterernährten Jungen. Mit Hilfe eines rostigen Spatens und eines Schraubenziehers ohne Griff begann er noch in derselben Nacht mit der Arbeit.*

Sara saß im Fyrmästargången am Küchentisch und sah, wie Lycke und Martin nebenan durchs Haus gingen und die Lichter ausmachten. Sie hatten Besuch gehabt. Martins

Bruder Johan hatte sie sofort wiedererkannt, aber es hatte ein bisschen gedauert, bis sie merkte, dass die andere Frau Karin Adler war. Lycke winkte Sara lächelnd zu, bevor sie auch die letzte Lampe ausknipste. Sara winkte zurück und versank wieder in Gedanken.

Zwei Wochen hatte sie in der Firma bis jetzt überlebt. Zwei Wochen, in denen sie fünfundzwanzig Prozent gearbeitet hatte und fünfundsiebzig Prozent krankgeschrieben war. Ihre Sachbearbeiterin bei der Krankenkasse war alles andere als zufrieden.

»Manchmal muss man einfach die Zähne zusammenbeißen«, hatte sie während des heutigen Termins gesagt, ohne zu begreifen, dass Saras Strategie, sich immer am Riemen zu reißen anstatt zusammenzubrechen, für das ganze Elend verantwortlich war. Da der Begriff Burn-out in den Medien so inflationär verwendet wurde, bezeichneten sich schon Leute, die bei der Arbeit ein bisschen müde oder lustlos waren, als ausgebrannt, obwohl sie keinen Schimmer hatten, was das in Wirklichkeit bedeutete. Außerdem war eine neue Untersuchung zu dem Schluss gekommen, dass es für ausgebrannte Menschen besser war, an ihrem Arbeitsplatz zu bleiben. Angeblich tat es ihnen nicht gut, nur zu Hause zu sein. Sara fragte sich, wer in Gottes Namen diese Untersuchung durchgeführt hatte und wie man bloß auf ein so abwegiges Ergebnis hatte kommen können. So etwas konnte wirklich nur jemand behaupten, der nicht wusste, was es hieß, mit den finstersten Seiten der Finsternis konfrontiert zu sein, die eine Überlastungsdepression mit sich brachte.

Die Krankenkasse verlangte nun von ihr, dass sie sich innerhalb eines Monats von einer hundertprozentigen Krankschreibung auf hundert Prozent Arbeit steigerte. Die Dame von der Personalabteilung der Firma, die zusammen mit dem Betriebsarzt an dem Termin teilgenommen hatte, war keine große Hilfe gewesen. Jedenfalls nicht für Sara.

»Tja«, hatte sie zur Sachbearbeiterin, sie hieß Maria, gesagt, »als wir jung waren, gab es die Begriffe Burn-out und Überlastungsdepression ja noch gar nicht.«

»Sara, wir haben wirklich getan, was wir konnten. Ich weiß nicht, wie wir dir jetzt noch helfen können.« Die Betriebsärztin sah sie an.

»Was hast du denn schon für mich getan?«, entfuhr Sara ein plötzlicher Zornesausbruch. Wollten die damit etwa sagen, das Problem läge bei ihr? Es wäre ihre eigene Schuld gewesen, dass es ihr so schlecht ging? Drei Berater – drei! – waren eingestellt worden, um ihre Aufgaben zu übernehmen. Wenn das nicht alles sagte.

»Manchmal hatten wir Gesprächstermine vereinbart, zu denen du nicht einmal erschienen bist«, sagte die Betriebsärztin.

Die Sachbearbeiterin blickte von ihren Unterlagen auf und runzelte die Stirn. »Termine, die Sara nicht wahrgenommen hat?«, fragte sie nach, während sie sich eine Notiz machte. Anschließend blickte sie Sara scharf an.

»Moment mal.« Sara rang nach Luft. »Ich habe einen einzigen Termin versäumt. Das ist über ein Jahr her.«

»Das ist durchaus möglich, aber ich weiß noch, dass du ein anderes Mal gar nicht erschienen bist, weil du verreist warst.«

Sara fragte sich, ob sie die Rollenverteilung bei dieser Zusammenkunft vollkommen missverstanden hatte. Eigentlich war die Betriebsärztin doch da, um ihr zu helfen und sie zu unterstützen. Schließlich hatte sie die Gutachten geschrieben und fröhlich Medikamente verschrieben.

»Du hast zu mir gesagt, ich bräuchte Abwechslung. Deshalb sind die Kinder und ich mit meinen Eltern nach Dänemark gefahren. Mein Mann Tomas war ja in den

USA und hat gearbeitet. Wie du dich vielleicht erinnerst, habe ich das auf deine Empfehlung hin getan!«

Die Betriebsärztin schien sich an diese Empfehlung nicht erinnern zu wollen. Sie hatte Medikamente verschrieben und versucht, Sara so schnell wie möglich loszuwerden. Angstlösende Mittel. Tabletten, mit denen sie besser einschlafen konnte, Pillen, mit denen sie den Tag überstand oder zumindest überlebte. Irreführenderweise wurden sie Glückspillen genannt. Wenn niemand von der Personalabteilung dabei war, hatte die Betriebsärztin kein einziges Mal mehr als zehn Minuten Zeit für Sara gehabt. Immer war Sara die treibende Kraft gewesen.

All dies trug Sara in sorgfältig gewählten Worten und so ruhig wie irgend möglich vor, obwohl sie innerlich kochte und die Tränen nur mit Mühe zurückhalten konnte. Sie hatte um psychologische Hilfe gebeten und gefragt, was sie selbst konkret tun konnte. Sie war es gewohnt, an ihren Schwachpunkten zu arbeiten und sich gerade auf diesen Gebieten so anzustrengen, dass aus Schwächen Stärken wurden. Aber diese Sache war anders.

Ich hätte mir einen anderen Job suchen sollen, dachte Sara. Vielleicht würde alles wieder gut werden, wenn sie ihren jetzigen Arbeitsplatz verließ oder irgendwo anders neu anfing. Sie hatte sogar eine mögliche Alternative gefunden, die sich zumindest interessant anhörte. Es hatte für sie eine wahnsinnige Kraftanstrengung bedeutet, aber sie hatte angerufen, eine Bewerbung hingeschickt und war zum Gespräch eingeladen worden. Das Bewerbungsgespräch war gut gelaufen, aber als sie gefragt hatte, ob es möglich wäre, zum Beispiel mit fünfzig Prozent Arbeitszeit anzufangen, hatte man sie nach dem Grund gefragt. Lügen lag ihr nicht, und anstatt sich etwas aus den Fingern zu saugen und zu behaupten, sie wolle ihre Kinder nicht so lange im Kindergarten lassen, hatte sie einfach die Wahrheit gesagt. Dass sie zu viel gearbeitet und sich überanstrengt hatte und an ihrem bisherigen Arbeitsplatz krank geworden war. Und das war noch die milde Version. Sie erwähnte nicht, wie schlecht es ihr gegangen war, so schlecht, dass sie fast zwei Jahre hatte zu Hause bleiben müssen. Der Mann im Ledersessel hatte sich geräuspert, die Wendung, die das Bewerbungsgespräch genommen hatte, erfüllte ihn offensichtlich mit Unbehagen. Er wechselte einen Blick mit seinem Kollegen, der die grüne Kaffeetasse mit dem Goldrand abstellte, bevor er sich an Sara wandte. »Wir melden uns bei dir, sobald eine Entscheidung gefallen ist.« Sara hatte sich höflich verabschiedet und schon beim Gehen gewusst, dass ihr Name nie auf eine Visitenkarte des Unternehmens gedruckt werden würde.

Das war es nicht wert. Das wusste sie jetzt sehr genau, aber hätte es ihr jemand begreiflich machen wollen, bevor das alles passiert war und bevor sie krank geworden war, sie hätte es nie verstanden. Stattdessen hätte sie das Ganze verdreht und wäre böse auf ihre Mitmenschen geworden, die nicht begriffen, wie viel sie zu tun hatte. Sie musste doch nur noch diesen Bericht abschließen und jene Besprechung hinter sich bringen, und dann war Wochenende. Das Problem war, dass die Arbeit nie aufhörte. Der Anspruch, den sie an sich stellte, war viel zu hoch. Sie kam nie hinterher. Und deshalb war eines Tages ihr Körper in den Streik getreten.

Sie musste wegen akuter Brustschmerzen ins Krankenhaus. Die Kollegen ignorierten ihre wütenden Proteste und fuhren sie ins Krankenhaus. Sara wusste noch, dass sie sich während des Wartens auf den Arzt weiter mit ihren Aufgaben beschäftigt hatte. Auf diese Weise verlor sie keine Zeit. Der Arzt hatte sie gründlich untersucht und ihr erklärt, dass die Brustschmerzen von einem Herzinfarkt oder einer Lungenembolie herrühren konnten. Als eine Computertomographie zeigte, dass beides nicht der Fall war, hatte der Mediziner sein Augenmerk auf ihr überdrehtes Verhalten gelenkt. Sie verneinte Fragen, die ihre Kollegen beharrlich mit Ja beantworteten. Ob sie viel zu tun habe, ob sie ständig Überstunden mache, ob sie gestresst sei. Sie hatte versucht, ihm weiszumachen, dass es im Moment ein bisschen viel sei, es aber bald besser werde.

Sie wurde einen Monat krankgeschrieben. An den beiden ersten Tagen arbeitete sie von zu Hause aus und konnte einiges erledigen. Dass die Leute glaubten, sie wäre krank, war optimal, so konnte sie in Ruhe arbeiten. Aber da sie ja nicht im herkömmlichen Sinne »krank« war, hatte sie die Krankschreibung nach drei Tagen ignoriert und war wieder zur Arbeit gegangen.

Zwei Wochen später war Weihnachten. Während der ungewöhnlich langen Ferien in diesem Jahr war sie nun vollständig zusammengeklappt. Schwarze Sekunden, Minuten und Stunden, die sich allmählich zu angsterfüllten Wochen und Monaten ausweiteten. Lange, lange hatte sie sich durch die Dunkelheit gequält, bis sie endlich die Medikamente genommen und zu begreifen begonnen hatte, dass das Leben weitergehen und sie trotz allem überleben würde.

Sara stand vom Küchentisch auf und ging die Treppe hinauf zu den Schlafzimmern. Linus hatte seine Decke weggestrampelt. Sara deckte ihn wieder zu.

Er murmelte: »Spiderman«, und drehte sich wieder um.

Linnéa lag genau in derselben Position wie beim Schlafengehen. Sara strich ihr über das lockige Haar.

Der alte Dielenboden knarrte, als sie hinüber zu ihrem und Tomas' Schlafzimmer tappte.

Ihre Gedanken kamen nicht zur Ruhe. Es war zwar Freitagabend, und sie hatte das Wochenende vor sich, aber dann war wieder Montag. Wie sollte sie die nächste Woche schaffen? Die Krankenkasse verlangte von ihr, dass sie ihre Arbeitszeit ab Montag auf fünfzig Prozent steigerte, doch sie konnte sich beim besten Willen nicht vorstellen, wie. Lange lag sie wach und dachte nach.

Karin hatte um 9:47 Uhr die Fähre nach Marstrandsön genommen und wartete nun unter der Silberpappel, dem alten Baum vor dem Rathaus. Johan war so nett gewesen, für sie ein Treffen mit dem Mann zu arrangieren, der »Rums-in-die-Bude« genannt wurde und sich so gut mit der Marstrander Geschichte auskennen sollte.

Sie trug feste Wanderschuhe. Im Rucksack hatte sie ihr Notizbuch, die Kamera und eine Windjacke. Sie hoffte nämlich, dass ihr Guide noch fit genug war, um mit ihr in den Felsen und auf den alten Pfaden herumzuklettern, man wusste ja nie. Vielleicht war er noch ganz rüstig. Sie war jedenfalls auf alles vorbereitet.

Als ein älterer Mann auf einem Lastenmoped aus Richtung Kirche die Långgatan hinauffuhr, reckte Karin den Hals, doch der Mann hob nur die Hand zum Gruß, fuhr an ihr vorbei und bog nach links in die Kvarngatan mit dem Kopfsteinpflaster ab. Karin warf einen Blick auf ihre Armbanduhr. Fünf nach zehn. Der Alte war spät dran.

»Hallöchen, ich bin dein Guide!«

Karin drehte sich um und sah Johan am Grand Hotel vorbei die Rådhusgatan hinaufspazieren.

»Was? Du?«, fragte sie verblüfft.

»Entschuldige, vielleicht war das kindisch von mir, aber ich konnte es nicht lassen. Du bist einfach davon ausgegangen, dass es sich um einen alten Mann handeln muss, und da habe ich eben mitgespielt. Wir haben tatsächlich auch ein paar junge Talente im Heimatverein, so an die drei, und wir senken den Altersdurchschnitt immerhin auf fünfundsiebzig. Sara von Langer gehört übrigens auch dazu. Ihr habt euch doch im Frühjahr bei diesem Weiberessen kennengelernt, meine ich mich zu erinnern.«

Nicht nur beim Weiberessen, dachte Karin. Sara hatte ihnen auch bei den Ermittlungen geholfen, die im Frühling gelaufen waren. Ein Schauer lief ihr über den Rücken, als sie an die dramatischen Ereignisse dachte.

»Tut mir leid«, sagte Johan, »ich wollte dich nicht …«

»Schon okay.« Karin bemühte sich zu lächeln. »Und was soll dieses ›Rums-in-die-Bude‹?«

»Peinliche Geschichte, aber ich werd sie dir wohl erzählen müssen, denn sonst bekommst du Martins Version zu hören, und die ist garantiert schlimmer. Martin und ich sind ja hier aufgewachsen und haben schon als Kinder geangelt. Als wir größer wurden, durften wir den Fischer Ålefiskarn auf seinem Kutter begleiten. Er hatte sich gerade ein neues Schärenboot gekauft, auf das er mächtig stolz war.«

Karin wusste, wie die typischen Motorboote aus Marstrand aussahen. Sie hatten eine Kajüte und ein rundes Heck.

»Du hast doch auch ein Schärenboot?«, fragte Karin. Johan nickte.

»Martin und ich waren seit fünf Uhr morgens bei ihm an Bord gewesen und hatten uns den ganzen Tag gut benommen. Ålefiskarn wollte uns dafür belohnen, und deshalb durfte einer von uns das Boot zurückfahren, und der andere sollte im Hafen das Steuer übernehmen und an Ålefiskarns Bootsschuppen im Fiskehamnen anlegen. Martin fuhr, und ich durfte das Anlegemanöver machen. Ålefiskarn hatte es sich mit seiner Pfeife vorne auf dem Vordeck gemütlich gemacht. Ich fuhr unheimlich vorsichtig, aber in letzter Sekunde lief irgendwas schief, und ich gab versehentlich Vollgas. Wir krachten direkt in den Bootsschuppen, man hörte das Holz nur so splittern, und Ålefiskarn plumpste ins Wasser. Der Bug des Bootes war platt und der Kunststoff geborsten. Ich habe mich so geschämt. Ålefiskarn kletterte klitschnass auf den Steg und drehte sich zu mir um. Starr vor Schreck und zu Tode beschämt, stand ich da. Jetzt bekommst du die Standpauke deines Lebens zu hören, dachte ich. Aber Ålefiskarn zeigte nur auf seine Pfeife und sagte: »Das mit dem Anlegen musst du noch ein bisschen üben, mein Junge. Sonst kriege ich wieder einen Rums-in-die-Bude.«

Karin lachte.

»Rums-in-die-Bude bedeutet also mit Volldampf in den Bootsschuppen.«

»Hier draußen gibt es keinen Fischer, der die Geschichte nicht kennt und mich nicht so nennt, sobald sich eine Gelegenheit bietet. Meine Eltern haben die Reparatur des Bootes bezahlt, und Ålefiskarn ließ mich tatsächlich noch öfter mitfahren. Vor zwei Jahren habe ich ihm das Boot abgekauft, und jetzt begleitet er mich.«

»Zum Aalfischen?«

»Nein, das macht er nicht mehr. Ålefiskarn war ohnehin eher ein Spitzname. Wir fischen Hummer zusammen. Bald startet übrigens die Saison. Der Fang beginnt immer am ersten Montag nach dem zwanzigsten September. Um sieben Uhr morgens. Du kannst gern mitkommen. Hast du mir jetzt eigentlich verziehen?«

»Ich werde es mir überlegen. Du kannst schon mal anfangen, mit deinen historischen Kenntnissen zu glänzen«, sagte Karin. »Sollen wir losgehen?«

»Wohin willst du zuerst?«, fragte Johan.

»Ich glaube, zur Grotte im Sankt-Eriks-Park. Dann würde ich gerne diesen Pfad zwischen der Grotte, dem

Lotsenausguck und dem Opferstein langgehen, von dem du mir erzählt hast.«

»Okay«, erwiderte Johan.

Der Himmel war strahlend blau und die Luft klar und frisch. Typische Herbstluft. Der Wind hatte nachgelassen, und der Marstrandsfjord sah mit seinem glitzernden Wasser unglaublich einladend aus. Karin genoss die Atmosphäre, obwohl sie in gewisser Weise im Dienst war.

## Åkerström, Trollhättan, Herbst 1958

Es war halb fünf am Morgen, als Birger einen kleinen Jungen auf der Straße sah. Er wollte gerade das Wasser für den Kaffee aufsetzen, stellte den Kessel jedoch wieder zur Seite und öffnete stattdessen die Haustür. Der Junge, den er da vor sich hatte, war klein und mager und viel zu dünn angezogen. Außerdem war seine Kleidung zerrissen. Die Augen lagen tief in seinem eingefallenen Gesicht, und an seinem rechten Ohr klebte getrocknetes Blut. Mit dem einen Arm schien etwas nicht zu stimmen, und als er näher kam, merkte Birger, dass der Junge nach Kot und Urin stank. Krampfhaft hielt er einen rostigen Spaten und einen Schraubenzieher ohne Griff umklammert.

»Wo kommst du denn her, kleiner Freund?« Der Mann sah sich um, als würde er davon ausgehen, dass der Junge von jemandem begleitet würde.

»Um Gottes willen, komm doch rein. Was ist passiert?«

Bevor der Junge Birger ins Haus folgte, blickte er sich um, als ob er verfolgt würde. Birger führte ihn zur Küchenbank und bedeutete ihm, sich hinzusetzen, während er nach seiner Frau rief.

»Aina, komm schnell her.« Er drehte sich wieder zu dem Jungen um. »Du brauchst keine Angst zu haben.«

Aina tauchte auf. Sie schnürte sich gerade die Schürze um den Bauch, hielt aber mitten in der Bewegung inne.

»Mein liebes Kind, wie siehst du denn aus!«, rief sie entsetzt.

»Jetzt trinken wir erst mal einen Kaffee und frühstücken, und dann erzählst du uns alles«, sagte Birger und warf Aina einen bedeutungsvollen Blick zu.

»Wie heißt du, mein Kind?«

»Weiß ich nicht«, wisperte der Junge. »Ich wohne im Keller.« Er hob den Blick nicht von den Bodenbrettern.

»Kannst du dich nicht erinnern?«, fragte Birger und stellte ihm einen Teller mit Butterbroten hin, die Aina geschmiert hatte.

Der Junge schüttelte den Kopf und nahm einen Bissen von dem Brot, das Birger ihm reichte. Gierig schlang er es hinunter und betrachtete dann sehnsüchtig den Teller.

»Lang doch zu. Eins musst du unbedingt noch nehmen. Iss so viele, wie du willst.«

Der Junge musterte ihn, bevor er sich zaghaft traute, die Hand auszustrecken und sich noch ein Butterbrot zu nehmen. Birger sah, dass er mit geschlossenen Augen aß. Er schien es zu genießen, und Birger konnte ihn verstehen. Ainas selbstgebackenes Brot mit einer dicken Schicht Butter und geräuchertem Schinken. Köstlich.

Aina hatte gerade den Kaffee eingeschenkt, als es an die Tür klopfte.


Die Rollenspieler waren aus dem Sankt-Eriks-Park verschwunden. Der Ort war still und friedlich, und als Karin hinter Johan am Gedenkstein von Widell vorbei und danach links den steilen Pfad hinaufging, war nur das Rauschen des Windes in den Baumkronen zu hören. Eine Ansammlung von grauen Felsblöcken mit grünem Moosdach verbarg den Eingang zur Grotte.

Johan zeigte ihr den Weg, der zwischen den Steinen hindurch in die große Grotte führte. Karin ging hinein. Der Innenraum war schätzungsweise zehn Meter tief und vier Meter hoch. Der Eingang war so gut versteckt, dass ihn Spaziergänger vom Weg aus unter keinen Umständen entdecken konnten.

»Das ist ja irre«, sagte Karin.

Johan nickte.

»Man hat hier unten eine ganze Menge bearbeitete Feuersteine gefunden, und ich kann mir gut vorstellen, dass die ersten Siedler in dieser Grotte Schutz gesucht haben.«

Karin hörte zu. Johan zeigte auf einen der größeren Steinblöcke vor dem Eingang der Grotte.

»Die Kanzel«, sagte er. »1719 wurde Marstrand belagert, und einige Einwohner der Stadt flüchteten sich hierher. Pfarrer Björn Larson sprach von diesem Stein zu den verängstigten Menschen, daher der Name Kanzel. Die Grotte wird übrigens seither auch als Sankt-Eriks-Kirche bezeichnet. Es gibt auch noch eine kleinere Grotte gleich hier nebenan. Komm, ich zeig sie dir.« Johan deutete auf eine Vertiefung in der Felswand einige Meter entfernt von ihnen. »Diesmal war eine schwangere Frau mit dabei. Sie brachte in dieser Grotte einen Sohn zur Welt, und daher wird die Höhle seitdem Frau Arvidssons Schlafzimmer genannt. Ihr Sohn, Magnus Arvidsson, gehörte später zu den Gründern der Ostindischen Kompanie.«

»Ist das wahr?«, fragte Karin erstaunt.

»Bevor wir zum Opferstein und zum Opferhain gehen, fällt mir gerade noch etwas ein. Es gibt auch eine Opferquelle ganz hier in der Nähe. Willst du sie sehen?«

»Unbedingt!«, rief Karin.

»Die Opferquelle galt als heilig. Man glaubte, sowohl das Wasser als auch die Erde ringsherum hätten eine heilsame Wirkung. Die Leute pilgerten vor allem zu Pfingsten hierher, und viele hielten es für eine Sünde, wenn man den Ort noch nie besucht hatte. Wenigstens einmal im Leben sollte ein guter Katholik hierherkommen.«

»Katholik?«

»Schweden war doch damals katholisch.«

»Von welcher Zeit reden wir denn eigentlich?«

»Vom Mittelalter, vor Gustav Vasa und der Reformation im Jahre 1527. Ungefähr 1270 wurden das Marstrander Franziskanerkloster und die Kirche gegründet.«

»Es gab hier ein Kloster?«, wunderte sich Karin. »Hier? Draußen auf der Insel? Wo denn?« Karin konnte sich nicht erinnern, irgendwo Ruinen gesehen zu haben.

»Bei der Kirche«, sagte Johan. »Das Kloster stand dort, wo sich heute die Kirche befindet, Kloster und Kirche gingen teilweise ineinander über. In der Drottninggatan kann man heute noch sehen, wo der Klosterbrunnen war. Ich kann dir die Stelle zeigen, wenn wir dort vorbeikommen.«

»Aber der Brunnen war nicht heilig?«

»Nein, nicht so wie diese Quelle. Komm, ich zeig sie dir.« Johan ging an den großen Felsblöcken vorbei, überquerte eine Ebene und blieb vor einem Loch im Boden stehen, das sich direkt am Fuße des Berges befand.

»Hier. Das ist die heilige Quelle.«

Verblüfft blickte Karin ihn und die Pfütze an, auf die er zeigte.

»Das hier?« Skeptisch musterte sie die kleine Wasserlache.

»Du bist enttäuscht?«

»Ich hatte wohl etwas mehr erwartet.«

»Sieh dich um«, sagte Johan. »Schau dir die Steine an, die hier ringsum so stehen, dass man im Kreis darauf sitzen kann. Irgendjemand muss sie genau so platziert haben.«

Karin ließ sich probehalber auf einem Stein nieder, blickte über die bewaldete Senke unter ihnen und die Grotte mit den riesigen Steinblöcken davor. Der Ort hatte sicher einst eine große Bedeutung gehabt.

»Ich finde, dass hier eine ganz besondere Stimmung herrscht, als wäre die Quelle von einer Art Kraftfeld umgeben.«

»Was tat man denn, wenn man hierherkam? Als guter Katholik?«

»Man trank das mineralstoffreiche Wasser und spendete ein bisschen Geld. Manchmal einfach um zu helfen, oder vielleicht um für eine Tat zu büßen, die das Gewissen belastete, aber meistens tat man es einfach für das eigene Glück und Wohlergehen. Die Mönche hatten hier einen Opferstock, einen sogenannten Seelenschrein. Das Geld ging ans Kloster, das damit die Armen unterstützte. Hier neben der Quelle hing eine Art Kasten, wahrscheinlich nicht aus Holz. In den Sechzigerjahren des neunzehnten Jahrhunderts reinigte man die Quelle und fand Unmengen von Münzen, die Gläubige geopfert hatten. Einige von ihnen sind richtig alt. Man kann sich das alles im Rathauskeller ansehen.«

»Seelenschrein«, murmelte Karin nachdenklich. »Ein seltsames Wort.«

Hinter den vielen großen Steinblöcken verbarg sich eine schmale Steintreppe, die teilweise in den Felsen gehauen war. Die abgewetzten Stufen führten steil nach oben. Anschließend traf der Pfad auf einen mit Betonplatten ausgelegten Weg.

»Rechts«, sagte Johan.

Sie waren erst wenige Meter gegangen, als Karin auf der Anhöhe rechts von ihnen das weiße Wellblechgestell des Lotsenausgucks erblickte. Das bedeutete, dass der Opferhain ganz in der Nähe war.

Von der Stelle unterhalb des Lotsenausgucks konnten sie nun sowohl den Opferhain als auch, etwa dreihundert Meter entfernt, die Festung sehen. Bis jetzt hatten Kiefern vorgeherrscht, aber nun wurden sie durch den Laubwald des Hains ersetzt.

»Ist sie hier gefunden worden?«, fragte Johan, als sie zum Opferstein kamen.

Karin nickte.

»Leider von einer ganzen Schulklasse. Siebenundzwanzig arme Neuntklässler.«

»Auch der Opferhain ist angepflanzt worden, und zwar in den neunziger Jahren des neunzehnten Jahrhunderts, ich weiß nur nicht mehr, von wem. Es hat hier aber schon viel früher einen Wald gegeben. Das sind übrigens Buchen.«

»Und der Opferstein? Was weißt du über den?«

»Eigentlich nicht viel. Ich glaube nicht, dass sein Ursprung bekannt ist. Im Heimatverein wird immer noch diskutiert, ob er überhaupt verwendet worden ist, und wenn ja, wofür.«

»Bedauerlicherweise ist er mittlerweile benutzt worden«, sagte Karin. »Was sagen denn die verschiedenen Flügel jetzt über die Verwendung des Steins?«

»Flügel?«, lachte Johan. »Einige sagen, die Kerbe sei erst im neunzehnten Jahrhundert in den Stein gemeißelt worden, um Touristen anzulocken. Andere sind der Meinung, es handle sich um eine Opferstelle aus heidnischer Zeit. Ein kleines Grüppchen behauptet, der Stein sei ungemein bedeutsam gewesen. Sie begründen das unter anderem damit, dass hier ringsherum Thorshämmer in die Felsen gekerbt wurden.«

»Gib es hier solche Zeichen?«

»Ja, aber sie sind schwer zu finden. Zumindest vier sind mir bekannt. Zwei am Berg und zwei auf Steinen sehe ich vor mir.« Johan sah sich um. »Was möglicherweise für die Annahme spricht, dass der Opferstein von Bedeutung war, ist die Tatsache, dass sich alle Thorshämmer in genau derselben Entfernung von ihm befinden.«

»Ist es weit bis zum nächsten Zeichen?«

»Nein, ich glaube nicht.« Johan sah sich unschlüssig um, bevor er losging. »Tut mir leid«, sagte er, nachdem er eine Weile gesucht hatte. »Wenn man nicht ganz genau weiß, wo sie sich befinden, hat man keine Chance. Ich kann mich mal bei einem der Alten erkundigen, und dann kommen wir wieder.«

Sie waren bei der Festung angekommen und kletterten über das vertrocknete Gras auf dem Wall. Johan stieg nicht den steilen Festungshügel hinunter, sondern ging noch ein Stück weiter, bis sie sich im Innern der Mauern befanden und zu einer Öffnung gelangten, die zur alten Zugbrücke führte. Diese war nun immer heruntergelassen, und die schwere Eisenkette war mit frischer schwarzer Farbe angemalt.

»Als Martin und ich klein waren, haben wir immer hier bei der Festung gespielt. Damals konnte man noch an anderen Stellen hineinklettern, aber die sind heute alle verschlossen, verriegelt und gesichert. Manchmal kamen wir im Dunkeln hierher. Ich weiß noch, wie ich dachte, ich könnte die Gefangenen in den Zellen rufen hören.«

»Wann saßen denn Häftlinge in der Festung?«

»Vom Ende des siebzehnten Jahrhunderts bis 1854. Dann wurden sie nach Göteborg verlegt. Zur Festungsanlage Skansen Kronan und auf die Festung Älvsborg. Man wollte die Gefängnisinsassen nicht mehr auf Carlsten haben, weil man sich dort für den Krimkrieg rüstete.«

Karin nickte, ohne zu verraten, dass sie vom Krimkrieg keine Ahnung hatte. Stattdessen überlegte sie, ob die Häftlinge damals schon über dieselben dunklen Bretter der Zugbrücke gegangen waren, die sie gerade überquerten. Wohl kaum, dachte sie, sie waren wahrscheinlich seitdem schon mehrfach erneuert worden. Aber nach Teer roch es immer noch, wenn die Sonne auf die Brücke schien. Sie beugte sich hinunter und betrachtete das Holz aus der Nähe. Johan sah sie an.

»Teer«, erklärte sie. »Herrlich. Bei diesem Geruch muss ich immer an die Sommer meiner Kindheit denken.«

»Was hältst du von einer Mittagspause?«, fragte Johan. »Ich lade dich zum Essen ein.«

Am Samstag schien die Sonne, und Marstrand zeigte sich von seiner allerbesten Seite. Lycke saß mit einer Tasse Kaffee auf der Veranda und beobachtete die Interessenten, die am »Zu verkaufen«-Schild im Nachbargarten vorbeikamen. Traurig sah sie Leute aus ihren Geländewagen steigen und hörte sie den Makler fragen, ob es Liegeplätze für Boote gebe und ob man das Haus erweitern dürfe. Bis vor kurzem hatte Majken, eine nette alte Dame, dort gewohnt, aber nun hatte sie einen Platz im Marstrander Seniorenheim bekommen. Erst als der letzte Umzugswagen abgefahren und Majken sich in ihrer Wohnung im Heim eingerichtet hatte, stellte sich heraus, dass das Haus offiziell dem Sohn gehörte. Der wohnte mittlerweile in Stockholm und fühlte sich seinem Elternhaus nicht sonderlich verbunden. Drei Tage nach Majkens Auszug wurde die Immobilie im Internet zum Verkauf angeboten. Das Baden im Meer, das Segelmekka und die Schärenidylle mit den königlichen Ahnen dienten als Lockmittel.

Majken hatte immer davon gesprochen, dass sie ihr Haus an jemanden verkaufen wolle, der das ganze Jahr über darin wohnen und die alte Standuhr aus Stjärnsund im Flur übernehmen würde, aber seit der Sohn den Verkauf in die Hand genommen hatte, machte sich Lycke diesbezüglich keine Illusionen mehr. Einige Autos hatten ausländische Nummernschilder. Sie wollte gerade hineingehen, als sie im Haus auf der anderen Seite Sara erblickte. Lycke winkte und zeigte auf ihren Latte macchiato. Zu ihrem Erstaunen nickte Sara. Schnell ging sie hinein und bereitete noch zwei Latte macchiato zu, während Sara mit Linus und Linnéa in den Garten kam. Sie setzten sich unter den Apfelbaum.

»Das ist einfach zu deprimierend.« Lycke zeigte auf Majkens Haus.

»Hoffentlich kommen angenehme Menschen«, erwiderte Sara. »Sowohl das Museum Bohuslän als auch einige von uns Aktiven im Heimatverein haben drüben eine Bestandsaufnahme gemacht. Man kann nur die Daumen drücken, dass jemand einzieht, der sich um das Haus kümmern und das Alte bewahren will.«

Lycke packte die Gelegenheit beim Schopf.

»Johan hat mir erzählt, dass du im Heimatverein schon einiges gemacht hast.«

»Ach«, schnaufte Sara. Aber es stimmte. Sie hatte sich wieder im Heimatverein engagiert und unter anderem eine Postkartensammlung sortiert, die jemand gespendet hatte. Am Anfang war sie nur hin und wieder abends hingegangen, weil sie um diese Zeit so gut wie allein dort war, aber inzwischen kam sie auch manchmal tagsüber und redete mit den Mitgliedern. Sie waren älter und hatten keine Eile. Mühsam war nur die Tatsache, dass sie immer wieder erklären musste, warum sie zu Hause war. Eine Generation, die körperlich hart gearbeitet und das Land aufgebaut hatte, wunderte sich manchmal, dass man krank davon werden konnte, wenn man in einem Büro vor dem Computer saß. Mittlerweile drückte sie sich oft vor dem Umgang mit Menschen, und da war das Engagement im Heimatverein eine gute Übung.

Lycke half ihr auf die Sprünge. »Weißt du noch, wie wir zusammen auf Marstrandsön herumgelaufen sind? Es war wohl, bevor die Kinder kamen und unser ganzes Leben auf den Kopf gestellt haben. Du hast doch immer von all den Orten auf der Insel erzählt, vor allem von den Häusern und den Ereignissen, die sich in ihnen abgespielt haben. Du und Johan habt euch immer gegenseitig mit alten Geschichten übertroffen. Er sagt immer, am allermeisten über die Geschichte Marstrands weiß Georg, aber du kommst an zweiter Stelle und er selbst an dritter.«

»Wirklich?« Sara lächelte zaghaft. »Es ist nur so viel anderes passiert … Ich habe total nachgelassen.« Das Lächeln erlosch.

»Wie … geht es dir eigentlich, Sara?« Lycke strich ihr über die Wange. Obwohl sie direkte Nachbarinnen waren, hatte Lycke seit einem Monat nicht mit Sara gesprochen und sie auch kaum zu Gesicht bekommen. Lycke hatte zwar über Ausgebranntsein und Erschöpfungsdepression gelesen, aber wenn man es in seiner unmittelbaren Umgebung erlebte, war es etwas ganz anderes. Die zerstörerische Kraft hatte sie erstaunt. Die alte Sara schien verschwunden und durch eine blasse Kopie ersetzt worden zu sein, deren Blick von den vielen Medikamenten vernebelt war.

Nun saß sie jedenfalls hier und hatte eine Einladung zum Kaffee angenommen. Walter freute sich, als er sah, dass Linus und Linnéa mitgekommen waren.

»Es ist so«, sagte Sara. »Ich fühle mich schuldig, weil es mir nicht besser geht, weil ich keine fröhlichere Mama bin und weil ich es schon so lange nicht schaffe, wieder zu arbeiten. Neulich hatte ich einen Termin mit der Krankenkasse. Die wollten wissen, warum ich noch nicht wieder voll einsatzfähig bin, und gaben mir einen Monat Zeit, mich wieder auf hundert Prozent zu steigern. Es sind bereits zwei Wochen vergangen, in denen ich fünfundzwanzig Prozent gearbeitet habe. Nächste Woche sind fünfzig Prozent angesagt.«

»Du musst also so schnell von einer kompletten Krankschreibung auf Vollzeit hochgehen? Ist das denn wirklich gut für dich?«

»Offenbar ja. Ansonsten kürzen die mir das Krankengeld.«

»Meine Güte, dürfen die das überhaupt?«

»Wenn du wüsstest! Hätt ich's nicht am eigenen Leib erlebt, würde ich auch nicht glauben, wie es da zugeht.«

»Und was sagt dein Arzt dazu?«

»Dass ich versuchen soll, positiv zu denken und daran zu glauben, dass es geht. Die Krankenkasse entscheidet. Ich habe solche Angst, wieder in das schwarze Loch zu fallen.« Sara begann zu weinen. »Ich habe immer noch diese Panikattacken. Die Angst kann jeden Augenblick kommen, das allein ist eine Belastung.«

»Was ist denn so schwierig daran? Am Arbeitsplatz zu sein, die Kollegen zu treffen oder die Mailbox zu öffnen?«

»So funktioniert das nicht. Ich kann es nicht richtig erklären oder genau benennen, was es ist. Auch das ist frustrierend. Die ganze Situation, glaube ich. Der Druck von der Krankenkasse macht es jedenfalls nicht leichter.«

Lycke nickte. »Und was passiert jetzt?«

»Jetzt werde ich langsam anfangen und viele Taschentücher mit zur Arbeit nehmen. Und Make-up, damit ich nachbessern kann, falls nötig. Am Arbeitsplatz zu heulen ist wahrscheinlich am schlimmsten.«

»Eins nach dem andern, Sara. Niemand erwartet Höchstleistungen von dir. Nimm es als Erfolg, dass du es überhaupt zur Arbeit geschafft hast.«

»Der Psychologe hat gesagt, ich soll mir etwas suchen, das mir Spaß macht. Mir fällt nur nichts ein.«

»Gibt es denn nichts, was du gern tun würdest?«

Sara dachte einen Augenblick nach. »Vieles, aber ich traue mich nicht. Ich traue mich ja gerade erst wieder aus dem Haus. Zum Laden gehen und Milch kaufen – welch ein Glück. Wie sich das anhört. Ich bin stolz, dass ich Milch gekauft habe.« Sara trocknete sich die Tränen.

»Wenn du willst, können Linus und Linnéa eine Weile hier spielen. Dann hast du ein bisschen Ruhe.«

»Sicher?«

»Ganz sicher. Wir freuen uns.«

»Das ist wahnsinnig nett von dir. Dann mache ich vielleicht ganz allein einen Spaziergang zum Engelsmannen.«

Sara lächelte matt, bedankte sich für den Kaffee, schüttelte den Kopf über die vielen Interessenten nebenan und verschwand in ihrem Haus. Linus und Linnéa spielten mit Walter. Lycke betrachtete die Kinder, die glücklich durch den Garten rannten und sich schließlich in die Sandkiste setzten, eine alte Jolle aus Kunststoff, die Martin und Lycke in den Rasen eingegraben hatten.

Sara bog vom Fyrmästargången ab, spazierte die Idrottsgatan hinauf und versuchte, das mittlerweile vertraute Angstgefühl abzuschütteln. All diese Grübeleien, die sie fest im Griff hatten. Sie brauchte nur die Anzeigen durchzublättern und zufällig einen Blick auf die Geburts- und Todesanzeigen zu werfen. Die Gedanken gaben keine Ruhe und rissen sie mit in endlose Strudel.

»Der gesamte Friedhof ist voller unersetzbarer Menschen«, hatte einmal ein Kollege während der Kaffeepause gesagt. Die anderen hatten gelacht, aber bei Sara hatte die Bemerkung eine Panikattacke ausgelöst. In solchen Momenten merkte sie, wie verletzlich sie noch war.

Mehrmals hatte sie versucht, mit Tomas zu sprechen, aber der hatte eine andere Vorstellung vom Leben und vor allem vom Tod. »Das wird schon«, oder »Darauf haben wir sowieso keinen Einfluss.« Oft beneidete sie ihn um diese Einstellung.

Sara ging etwas schneller auf den Engelsmannen zu, die nordwestliche Spitze von Koön. Sie stellte sich immer auf den höchsten Punkt und blickte in die Ferne. Zuerst vergewisserte sie sich, dass sie allein war, damit sie ganz in Ruhe dort stehen konnte, ohne gestört oder beobachtet zu werden.

Sie ging ganz bis nach vorn an die Steilküste und blickte hinunter auf das rauschende Meer. Das Wasser lockte mit einem einfachen Weg. Ohne Rückfahrkarte. In ihrer schwersten Phase war sie in Versuchung gewesen, doch inzwischen dachte sie an die Kinder und wusste, dass es keine Alternative gab. Sie erzog sie dazu, es immer wieder zu versuchen und niemals aufzugeben. Da durfte sie selbst ihnen nicht nachstehen. Sie trat einen Schritt zurück, sah wieder auf das gewaltige Naturschauspiel und füllte ihre Lungen mit der salzigen Meeresluft.

Dann drehte sie sich um und ging zurück. Der Blick war klarer, und die Luft ließ sich etwas leichter atmen. Die Sonne kam durch und beschien den Weg, auf dem sie ging. Durch den kleinen Nadelwald von Koön wanderte sie zurück in die Siedlung.


### *Åkerström, Trollhättan, Herbst 1958*

*Als es an der Haustür klopfte, kauerte sich der Junge auf der Küchenbank zusammen. Unruhig wanderte sein Blick zu Birger, der aufstand, um die Tür zu öffnen. Birger entging das nicht.*

»Sieh mal an, Kerstin. Guten Tag. Du bist aber früh auf den Beinen. Kerstin ist da, Aina.« Er machte keine Anstalten, sie hereinzulassen.

Die Frau auf der Treppe rang die Hände.

»Kann ich dir irgendwie helfen?«, fragte Birger. »Brauchst du Eier, Milch?«

»Äh, nun, wir haben Besuch, und die hatten ein Kind dabei. Einen kleinen Jungen.«

»Ach. Besuch, tatsächlich. Jemand, den wir kennen?«

Die Frau räusperte sich.

»Nein, das glaube ich nicht. Jedenfalls hatten sie einen kleinen Jungen dabei, und als wir heute Morgen aufgewacht sind, war er nicht mehr da. Sie machen sich schreckliche Sorgen, und ich wollte fragen, ob ihr ihn vielleicht gesehen habt.«

»Warum sind sie denn nicht mitgekommen, wenn sie sich solche Sorgen machen?«

»Sie haben Angst, dass er ins Wasser gefallen ist, und suchen ihn unten am Fluss. Wir haben uns aufgeteilt. Der Junge ist etwas zurückgeblieben, wisst ihr, deshalb sind wir besonders besorgt. Er lebt in einer Phantasiewelt und denkt sich Sachen aus.«

»Ach, so ist das. Tja, wenn wir ihn finden, kommen wir vorbei.«

»Er ist hier«, rief Aina aus der Küche.

Birger drehte sich um und blickte in das angsterfüllte Gesicht des Jungen. Aina schien ihre Worte bereits zu bereuen, aber nun war es zu spät. Kerstin drängte sich in den Hausflur.

»Dummer Junge!«, schrie sie, bevor sie ihren Ton ein wenig dämpfte und zu dem Jungen ging. Sie streckte die Hand aus, um seine Wange zu tätscheln, aber er wich der Berührung aus.

»Wie heißt er?«, fragte Birger.

»Was tut das zur Sache? Hauptsache, er hat sich wieder angefunden.« Kerstin drehte sich wieder zu dem Jungen um. »Wir haben uns große Sorgen um dich gemacht! Jetzt sei so gut und komm mit.« Sie zerrte den Jungen auf die Füße, aber er entwischte ihr, versteckte sich hinter Birger und klammerte sich an dessen Hosenbeine.

»Lass nicht zu, dass sie mich mitnimmt.«

»Was ist mit seinem Ohr passiert? Und mit dem Arm?«

»Misch dich nicht in Dinge ein, die dich nichts angehen.« Kerstin packte den Jungen am gesunden Arm.

Aina war aufgestanden und trat nun neben ihren Mann.

»Bedank dich für das Essen!« Kerstin versetzte ihm einen Stoß. »Vergiss nicht, einen Diener zu machen!«

Der Junge streckte die Hand aus und verbeugte sich tief.

»Vielen Dank für das Essen, Tante.«

»So. Dann gehen wir.« Grob scheuchte Kerstin ihn zur Tür. Der Junge sah Birger mit großen Augen an. Während er sich verbeugte und für das Frühstück bedankte, flüsterte er so leise, dass nur Birger ihn hören konnte: »Ich bin im Keller eingesperrt.«

# 4

Johan zeigte auf die Häuser und erzählte, während sie durch die Hospitalsgatan zum Hafen hinuntergingen, wo das Restaurant Lasse-Maja lag. Hier begrüßten ihn sowohl die Angestellten als auch mehrere Gäste, als sie vom Kai hereinkamen.

»Hinter dem Haus kann man draußen sitzen. Dort ist es viel netter als drinnen.«

Karin wollte gerade an der Theke vorbei, als sie jemanden rufen hörte.

»Hallo, Karin!«

Sie drehte sich um und erblickte Göran. Er saß umgeben von vier Freunden an einem runden Fenstertisch. Karin kannte alle und ging zu ihnen, um sie zu begrüßen. Göran umarmte sie stürmisch und legte den Arm um sie. Dann entdeckte er Johan.

»Und das ist?« Göran nickte in Johans Richtung.

»Johan Lindblom.« Johan gab ihm die Hand.

Göran ergriff sie widerwillig, hielt jedoch noch immer schützend den Arm um Karin.

»Wir waren auf den Färöern«, sagte Göran. »Jetzt sind wir auf dem Heimweg. Es hätte dir gefallen.«

»Da bin ich mir sicher«, erwiderte Karin. »Welche Route habt ihr denn genommen? Von den Färöern zu den Shetlandinseln oder direkt nach Norwegen?«

»Eigentlich hätten wir direkt nach Norwegen fahren sollen, aber wir mussten umdisponieren. Henke wird ja immer so schrecklich seekrank.«

Henke lächelte matt und legte keinen Widerspruch ein.

»Ich hab dein Boot im Hafen gesehen«, sagte Göran. »Sieht schön aus. Wohnst du immer noch an Bord?«

Karin nickte.

»Allein?« fragte Göran laut genug, dass Johan es hören konnte.

»Wie man es nimmt. Meine Oma und ein paar Freunde sind mit mir gesegelt. Ganz allein bin ich also nicht gewesen.«

»Wo warst du denn den Sommer über?«

»Bohuslän«, antwortete Karin warmherzig.

Göran konnte sich ein Grinsen nicht verkneifen.

»Du und dein Bohuslän, und im CD-Player wie immer Evert Taube?«

»Genau«, erwiderte Karin. »Dann macht es mal gut. Gute Fahrt hinunter zum Långedrag, Henke. Sei vorsichtig, wenn du am Rivöfjord vorbeikommst.« Lächelnd befreite sie sich aus Görans Umarmung. Missmutig blickte er Johan hinterher, der Karin erst vorbeiließ und ihr dann folgte.

Es war fast wie am Mittelmeer, dachte Karin. Hinten auf dem gepflasterten Hof hatte das Restaurant eine Außenküche mit einem großen Pizzaofen. Extra angefertigte Sonnensegel bildeten ein weißes Dach, und auf den robusten Sitzbänken lagen weiße Polster. An einigen Stellen war eine Bodenplatte entfernt worden, und die nackte Erde diente als Beet für einen Baum oder eine Kletterpflanze, die nach oben strebte und Sichtschutz war zwischen den Tischen.

»Hier war ich noch nie«, sagte Karin. »Wie gemütlich!«

»Eins meiner Lieblingsrestaurants. Du … dieser Göran, lass mich raten, das ist dein Ex, oder?« Johan sah sie an.

»Stimmt genau«, sagte Karin. »Er ist übrigens nicht ganz so plump, wie er auf den ersten Blick wirkt.«

»Aber ich wage zu behaupten, dass er noch Gefühle für dich hat.«

»Vielleicht. Das weiß ich nicht«, sagte Karin nachdenklich, als ob ihr der Gedanke noch nicht gekommen
wäre.

»Liegt eure Trennung schon länger zurück?«

»Ungefähr ein halbes Jahr. Er wohnt noch in der Wohnung in Majorna, ich bin auf das Boot gezogen, das Gott
sei Dank mir gehört.« Lächelnd nahm Karin die Speise-
karte entgegen, die der Kellner ihr reichte.

Während sie gründlich die Karte studierten, tranken sie
beide ein Bier. Karin fragte sich, was Göran wohl gewählt
hatte. Eigentlich musste er sich verschluckt haben bei den
Preisen.

»Kannst du als Alteingesessener was empfehlen?«,
fragte sie.

»Es gibt hier vieles, was gut schmeckt. Mein persönli-
ches Lieblingsessen ist die Pizza Waagerecht.«

Sie mussten eine Dreiviertelstunde auf das Essen warten, und Karin bekam einen Riesenhunger. Nachdem sie
die Pizza mit Krebsschwänzen, Crème fraîche und frischen
Kräutern probiert hatte, verzieh sie der Küche jedoch.

»Hmm, sehr lecker!«, rief sie.

Johan nickte kauend.

Satt und zufrieden lehnten sie sich anschließend auf
den Sitzbänken zurück und warteten auf den Kaffee und
das Dessert, zu dem sie in Anbetracht der langen Warte-
zeit eingeladen werden wollten, wie Johan dem Besitzer
lachend erklärt hatte. Nach einer himmlischen Crème brulée mit Himbeeren und einem Latte macchiato lächelte
Karin selig.

»Ich weiß, dass du in Göteborg arbeitest, aber wohnst
du hier draußen?«, fragte sie und stellte ihr Glas auf den
Tisch.

»Nein, ich habe eine Wohnung in der Prinsgatan in
Linnéstaden. Aber da meine Eltern und nun auch Martin

und Lycke hier wohnen, habe ich immer eine gute Übernachtungsmöglichkeit. Lycke hat mir versprochen, dass ich ihre Kellerwohnung bekomme, wenn ich sie in Ordnung bringe.« Er lachte.

Johan bezahlte die Rechnung und stand auf. »Ich bin so oft hier draußen, wie ich kann, aber ich habe hier keine eigene Wohnung. Jedenfalls noch nicht. Auf lange Sicht werde ich hoffentlich dauerhaft herziehen können, aber es kommt ja auch drauf an, ob man jemanden trifft, der das ganze Jahr über hier leben möchte.«

Er lächelte, während er das sagte. Karin dachte über seine Worte nach. Sie erinnerte sich, wie sie die Nähe zum Meer und den Wechsel der Jahreszeiten genoss, seit sie auf ihrer *Andante* wohnte. Sie hatte mehr Zeit nur für sich. Zeit zum Nachdenken und Lesen, Zeit fürs süße Nichtstun und um auf das Wasser und die Klippen zu schauen.

Johan wählte beim Gehen einen anderen Weg als den, auf dem sie gekommen waren. Ein Kellner öffnete ihnen eine Tür im Bretterzaun, der den Innenhof des Restaurants umgab. Karin fragte sich, ob die Tatsache, dass Göran neben dem Eingang saß, vielleicht etwas damit zu tun hatte. Johan hielt Karin die Tür auf und winkte jemandem im Lokal zu, bevor sie hinausgingen und wieder auf der Hospitalsgatan standen. Am Kai gegenüber legte die Fähre an, und Menschen und Lastenmopeds strömten an Land.

»Du könntest ja eine der neuen Wohnungen auf Hedvigsholmen kaufen.« Karin zeigte auf die Häuser auf der anderen Seite des Sunds, wo sich einst die alte Werft befunden hatte.

»Das ist nicht so ganz mein Stil. Die Wohnungen sind unheimlich schön, aber sie haben irgendwie keine … Seele. Keinen Charme. Lauter rechte Winkel, aber keine alten Treppen, die schon drei Generationen hinaufgelaufen sind,

oder einen Garten mit knorrigen Apfelbäumen.« Johan
sah sie an.

»Ich glaube, ich weiß, was du meinst.« Karins Herz
machte einen Sprung.

»Gibt es viele, die das ganze Jahr über hier wohnen?«

»Das war wohl mal so beabsichtigt. Anfangs verlangte
die Kommune, dass die Käufer hier ihren Hauptwohnsitz
anmelden. Das fanden alle gut, weil es die Leute ermun-
terte, sich dauerhaft hier niederzulassen.«

»Schön.«

»Klar, aber leider ist die Kommune von dieser Forderung viel zu schnell wieder abgerückt. Das führte dazu,
dass der Verkauf ernsthaft in Schwung kam, und nun ist
es auf Hedvigsholmen im Winter genauso dunkel wie im
restlichen Marstrand. Manchmal frage ich mich, was in
deren Köpfen vor sich geht. Das Båtellet, du weißt schon,
dieses gelbe Warmbadehaus neben dem Societetshuset, an
dem wir heute Morgen vorbeigekommen sind, will die
Kommune jetzt verkaufen. Die Schule und das Rathaus
haben sie auch schon ins Auge gefasst.«

»Darf man alte Häuser überhaupt einfach so verkaufen? Und wo sollen die Kinder dann zur Schule gehen?«

»Du wirst sehen, sie verkaufen die Schule und mieten
sie dann teuer zurück. Kurzsichtige und simple Lösungen
scheinen im Moment wichtiger zu sein als gesundes öko-
nomisches Denken und ein lebendiger Schärengarten. So,
das war eine kleine Abschweifung.« Er grinste. »Sollen
wir weitergehen?«

»Sicher.« Karin nickte.

»So. Wir müssen nach rechts und dann da hoch.« Johan zeigte nach oben. »In dem weißen Haus dort drüben
wohnt, wie du weißt, unsere liebe Frau Wilson. Das Viertel ist übrigens eins der ältesten auf der Insel. Marstrand

wurde ja mehrmals von Bränden verwüstet, und da hier Holzhäuser standen …, du verstehst. Aber dieses Viertel und das da drüben«, er zeigte auf die andere Straßenseite, »haben jedes Feuer überstanden.«

Ein älterer Mann mit einem Stock kam auf sie zu und gab Johan die Hand. Amüsiert beobachtete Karin, dass er überlegte, wie er sie vorstellen sollte.

»Karin«, sagte er schließlich und fügte hinzu: »Eine gute Freundin von Lycke.«

»Soso. Von Lycke«, zwinkerte der Mann, und Johan wurde rot.

»Weißt du, ob Georg zu Hause ist?«, fragte Johan den Mann.

»Ich glaube schon. Klingel einfach, dann wirst du es ja sehen. Nett, dass wir uns mal über den Weg gelaufen sind, Karin.« Mit einem breiten Grinsen ging der Mann davon.

Eine Freundin von Lycke, dachte Karin und betrachtete zufrieden Johans beschämte Miene. Dann wechselte sie das Thema. »Ich war übrigens in der Bibliothek und habe mir zwei CD-ROMs ausgeliehen. Die eine handelte von den Häusern auf Koön und die andere von denen auf Marstrandsön. Die früheren und die heutigen Besitzer sind aufgelistet. Wahnsinnig interessant.«

Johan schien für den Themenwechsel dankbar zu sein.

»Einige der Fotos habe ich gemacht«, beeilte er sich zu erwidern. »Da steht viel Witziges drin. Hast du dir das Haus von Frau Wilson angeguckt?«

»Ich hab gestern Abend nur schnell einen Blick drauf werfen können, bevor ich ins Bett gegangen bin. Vor allem habe ich die Geschichte Marstrands von Eskil Olàn gelesen«, sagte Karin.

»Der Mann, den wir eben getroffen haben, ist der Sekretär des Heimatvereins. Sein Bruder Georg ist derjenige, der sich mit dem Opferstein am besten auskennt, und hoffentlich weiß er auch, wo die Thorshämmer zu finden sind. Hast du Lust, ihn zu besuchen?«

»Unbedingt.«

»In Anbetracht der Ereignisse im Frühjahr hat der Heimatverein eine turbulente Zeit hinter sich.«

Karin nickte. Der damalige Vorsitzende des Heimatvereins war indirekt in den Fall und die traurigen Dinge involviert gewesen, die sich im vergangenen Frühling abgespielt hatten.

»Der Vorsitzende ist aus freien Stücken von seinem Posten zurückgetreten, er spürte wohl, dass man ihm nicht mehr vertraut hat. Bis zur nächsten Jahresversammlung ist Georg vorläufiger Vorsitzender.«

Georg und seine Frau wohnten an der Kreuzung von Kyrkogatan und Återvändsgatan.

Johan klopfte an, erhielt aber keine Antwort. Dann griff er nach der Klinke. Die Tür war nicht abgeschlossen. Er öffnete und rief:

»Hallo?«

»Wer ist da?«, kam es aus dem Obergeschoss.

»Johan Lindblom«, brüllte Johan.

»Wie bitte?«

»Johan. Der Sohn von Putte und Anita.«

»Rums-in-die-Bude?«

»Ja, ja«, seufzte Johan.

Der Mann namens Georg hatte dickes weißes Haar und klare blaue Augen. Ihm gegenüber saß Signe, eine alte Dame mit ebenso weißem und dickem Haar, das zu einem langen Zopf geflochten war. Auf dem Tisch zwischen den beiden stand ein Schachbrett.

Karin ging auf sie zu und gab ihnen die Hand. Der Händedruck des Mannes war warm und fest, und seine gesamte Erscheinung kam ihr irgendwie bekannt vor. Er erinnert mich an meinen Großvater, dachte Karin und lächelte in sich hinein.

»Hör mal, Georg, es könnte nicht zufällig sein, dass du schon gehört hast, dass ich es war, als ich zum ersten Mal rief?«, fragte Johan.

»Kann ich mir nicht vorstellen«, erwiderte der Mann.

»Nee, klar. Wie läuft es denn so?« Johan deutete auf das Schachbrett. »Es sieht brenzlig für dich aus.«

»Gut, dass ihr gekommen seid, ich verliere mal wieder.«

Karin lachte. Mit ihrem Großvater hatte sie auch immer Schach gespielt. Aber kaum drehte sie sich um, versuchte er zu schummeln. Johan stellte Karin diesmal nicht nur als gute Freundin von Lycke, sondern auch als Polizistin vor.

»Die Thorshämmer oben am Berg beim Opferhain«, sagte Johan.

Georg nickte.

»Sollen wir erst mal ein Tässchen Kaffee trinken? Wir haben frisch geröstete Bohnen.«

Obwohl sie gerade Kaffee getrunken hatten, wollten weder Johan noch Karin das Angebot ablehnen. Georg verschwand hinter einer Tür, und kurz darauf hörten sie eine altmodische Kaffeemühle mahlen. Das Geräusch klang anheimelnd.

»Schreckliche Dinge passieren da«, sagte Signe. »Und das ausgerechnet in Frau Wilsons Garten«, fügte sie hinzu.

»Hat es mit dem eine besondere Bewandtnis?«, fragte Karin. Sie hoffte, dass sie endlich einen Anhaltspunkt finden würde.

»Also, wenn du Frau Wilson selbst fragst, dann nicht. Aber wir haben ja eine Bestandsaufnahme von allen Häusern hier draußen in Marstrand gemacht, sowohl auf Koön als auch auf Marstrandsön.«

»Die CD-ROMs«, erläuterte Johan. Karin nickte.

»Jeder Eigentümer sollte erzählen, was er über das eigene Haus wusste. Einige von ihnen haben ja eine lange Geschichte, und in gewissen Fällen hatten wir vom Heimatverein dank unserer Archive mehr Informationen als die Hausbesitzer selbst. Die meisten waren ganz begeistert, als wir ihnen alte Geschichten erzählten, von denen sie nichts wussten, aber nicht so Frau Wilson. Sie hat ein bisschen über ihr Haus, aber natürlich vor allem über ihren Garten geschrieben. Schrecklich viele lateinische Namen, wenn ich mich recht entsinne. Als wir ihr unser gesamtes Material und die Geschichte des Gebäudes zeigten, wurde sie furchtbar ... wütend. Wir versuchten, mit ihr zu reden und sie davon zu überzeugen, dass diese Dinge für kommende Generationen interessant sind, aber dafür hatte sie nicht das geringste Verständnis.«

»Was hat sie denn gesagt?«, wollte Karin wissen.

»Es war ja nicht so, dass sie mit der Geschichte des Hauses nicht vertraut gewesen wäre, aber sie wollte ganz einfach nicht, dass sie bewahrt wird. Sie stellte sich quer. Sagte, wenn wir uns nicht an das hielten, was sie uns über das Grundstück erzählt hatte, könnte ihr Haus eben gar nicht in das Verzeichnis aufgenommen werden.«

»Was war denn so schlimm?«, fragte Karin.

»Zunächst einmal der Name des Viertels. Es heißt Hexe. Das durften wir am Ende allerdings schreiben, weil alle anderen Bewohner nichts dagegen einzuwenden hatten.«

»Heißt es wirklich so? Hexe?« Karin sah verwundert aus.

»Natürlich. Das Haus steht nämlich genau dort, wo Malin im Winkel gewohnt hat. Malin im Winkel wurde 1634 geboren und war eine kluge Frau. Wenn sie heute gelebt hätte, wäre sie wahrscheinlich Ärztin geworden. Nachdem ihr Mann ertrunken war, stand sie als Witwe allein mit zwei Kindern da. Sie half bei Geburten und wenn die Leute krank waren oder sich verletzt hatten. Doch dann kamen Gerüchte in Umlauf, Malin sei angeblich eine Hexe. Schließlich kam sie in ihrer kleinen Hütte, in der sie allein mit den beiden Kindern und ohne Mann lebte, erstaunlich gut zurecht. Von den vielen Menschen, denen sie im Laufe der Jahre geholfen hatte, verteidigte sie niemand. Am Ende wurde sie an der Stelle, wo sich heute der Kai befindet, der Wasserprobe unterzogen, aber da sie nicht unterging, galt sie fortan als Hexe. Sie wurde geköpft und anschließend auf dem Scheiterhaufen verbrannt. Ihr Haus wurde ebenfalls angezündet. Dreißig Jahre später, im Jahre 1701, wurde an derselben Stelle ein neues Haus errichtet, und in dem lebt heute Frau Wilson. Böse Zungen behaupten, der Garten sei nur aufgrund der Asche von Malins niedergebrannter Hütte so außergewöhnlich schön.«

»Und das wollte sie geheim halten?«, fragte Karin.

»Ganz genau. Aber von uns Alten, die sich ein bisschen für Geschichte interessieren, wissen natürlich trotzdem viele davon.«

»Ich nicht«, sagte Johan. »Ich weiß nur, dass diejenigen, die der Zauberei beschuldigt wurden und als Hexen galten, im Rathauskeller auf ihr Urteil warten mussten.«

»Wir haben versucht, Frau Wilson entgegenzukommen und den Kindern nichts davon zu erzählen«, sagte Georgs Frau.

»Den Kindern?«, lachte Johan. »Ich bin fünfunddreißig!«

»Der Pfarrer, den wir hier zu Malins Zeit hatten, also um 1660, hieß Fredrik Bagge«, sagte Signe.

Fredrik Bagges Gatan, daran erinnerte sich Karin. Auf dem Weg zum Boot kam sie täglich an dem Straßenschild vorbei.

»Fredrik Bagge wurde erst 1675 Pfarrer, mit den Hexenprozessen hatte er nichts zu tun«, stellte Georg richtig und fing sich einen bösen Blick von seiner Frau ein.

»Oh doch, in gewisser Hinsicht schon. Vielleicht nicht direkt, während er im Amt war, aber Fredrik Bagges Mutter wurde ebenfalls der Hexerei bezichtigt. Der einzige Unterschied zwischen den beiden Frauen war der, dass die Mutter des Pfarrers einen Sohn hatte, der Fürsprache für sie einlegen konnte und als Pfarrer großes Ansehen genoss. Dass ihr Mann der Bürgermeister von Marstrand war, schadete auch nicht. Die Frau des Bürgermeisters, also die Mutter von Fredrik Bagge, wurde freigesprochen, während man Malin im Winkel hinrichtete und auf dem Scheiterhaufen verbrannte.«

»Das ist ja schrecklich«, sagte Karin.

»Mein Gott, ich kann gar nicht fassen, dass … ihr mir das nie erzählt habt. Was ist denn eigentlich mit den Kindern passiert?«, fragte Johan. »Durften sie in Marstrand bleiben?«

Karin betrachtete ihn heimlich von der Seite. Wie kam er ausgerechnet auf diese Frage, überlegte sie verwundert.

»Ich glaube, sie sind von hier weggezogen und zu Verwandten gebracht worden, aber ob sie getrennt wurden, weiß ich nicht. Die Verhörprotokolle der Hexenprozesse müssten sich in der Universitätsbibliothek in Göteborg befinden. Vielleicht steht darin auch, wie es mit den Kindern weiterging?«

»Liegen die Protokolle nicht alle im Reichsarchiv?« Georg kam mit dem Kaffeetablett herein. »Im Reichsarchiv in Stockholm? Wir planen eine Ausstellung über die Bohusläner Hexenprozesse mit Schwerpunkt auf den Ereignissen in Marstrand. Sie soll hier im Rathaus stattfinden, genauer gesagt im Kristallsaal. Ich wollte mal mit Sara sprechen. Was hältst du davon?«

»Sara von Langer?«, fragte Karin.

Johan nickte. »Ja, sie ist gut, aber sie hatte einen Burn-out und muss es vorerst noch etwas langsamer angehen lassen.«

Karin probierte den Kaffee und die selbstgebackenen Vanilleschnecken, während sie das Schachbrett studierte.

»Darf ich?« Sie wischte sich die Hand an der Serviette ab.

»Klar«, sagte Georg. »Ich kann jede Hilfe gebrauchen.«

Karin versetzte den schwarzen Springer.

»Schach«, lächelte sie.

»Schach«, wiederholte Georg und grinste seine Frau an. Sie dagegen wirkte nicht sonderlich betrübt.

»Meine Güte, Georg, das war doch nur ein Zug.« Sie betrachtete ihre weißen Figuren und bewegte schließlich einen der Türme. Karin begriff, was sie vorhatte, und machte ihr geschickt einen Strich durch die Rechnung.

»… und matt«, sagte Karin drei Züge später.

»Schachmatt«, fügte Georg zufrieden hinzu, während seine Frau noch immer die weißen Figuren anstarrte und nach einem möglichen Ausweg suchte. Er stand auf, ging zum alten Sekretär und nahm ein weißes Blatt Papier aus einem Schreibheft.

»Ich habe Eskil Olàns Geschichtsbuch an den entsprechenden Stellen ergänzt.« Georg klopfte auf das Schreibheft und zeichnete eine Karte ab, die sich darin befand. »Jetzt müsstet ihr die Thorshämmer finden.« Er reichte Johan die Karte und sagte, dass sie beide, besonders jedoch Karin, jederzeit vorbeikommen könnten, wenn sie in der Nähe wären. Am liebsten am Samstagnachmittag, denn da spielten seine Frau und er immer Schach.

Karin zog sich die Jacke an und überlegte, ob ein Kopf in einem Garten etwas mit alter Zauberkunst und den

Bohusläner Hexenprozessen zu tun haben konnte. Vermutlich nicht.

»Bist du jetzt klüger?«, fragte Johan, als sie vor dem Haus standen. »Ständig erfährt man neue alte Geschichten. Also Geschichten, die neu für mich sind. So wie heute. Allerdings war diese Geschichte grauenvoll.«

»Allerdings.« Karin wurde bewusst, dass sie nun eine Erklärung für das hatte, was sie auf der CD-ROM über das Grundstück von Frau Wilson gelesen hatte. Das von Frau Wilson und Malin. Zwischen den Zeilen stand schließlich, dass sich dort schon früher ein Gebäude befunden hatte. Nun wusste sie auch, wem das frühere Haus gehört hatte und was passiert war.

»Der Opferhain.« Karin hielt Georgs eigenhändig angefertigte Skizze in der Hand.

Sie stiefelten wieder hinauf zum höhergelegenen Teil von Marstrand. Karin gefiel es, dass Johan dauernd neue Wege ging. Die Ostseite der Insel, die auf Koön blickte und dank des Bergrückens von Marstrand vor dem Westwind geschützt war, war dicht bebaut. Zwischen den Häusern verlief ein Gitternetz aus Kopfsteinpflastergassen.

Über den Dächern erhob sich die Kirche mit dem Grünspan auf dem Kupferdach. Johan zeigte auf den weißen Kirchturm.

»Es gibt vier Zifferblätter am Turm, in jede Himmelsrichtung eins, aber keine Uhr geht richtig.«

»Ich muss zugeben, dass ich nicht besonders oft in die Kirche gehe«, sagte Karin.

»Was? Ist das wahr? Ich gehöre hier draußen zu den Kirchenältesten«, erwiderte Johan.

»Im Ernst?«, fragte Karin.

»Rate mal.« Er zwinkerte ihr zu. »Wir müssen hier links hoch.« Johann zeigte an einem der wenigen Häuser vorbei, die mit Eternitplatten verkleidet waren.

»Man weiß ja nie, du engagierst dich schließlich auch im Heimatverein. Du könntest ebenso gut in der Kirche aktiv sein. Am Eingang stehen und die Liederzettel verteilen und so.«

»Das habe ich zwar tatsächlich schon mal gemacht, aber nur, weil der Pfarrer mich darum gebeten hat. Einer der Kirchenältesten war krank geworden.«

Sie beäugte ihn heimlich von der Seite. Es war lange her, dass sie sich in der Gesellschaft eines anderen Menschen so wohl gefühlt hatte. Er brachte sie zum Lachen, und es gefiel ihr, dass er sich für Geschichte interessierte. Er war etwas größer als sie und hatte blondes Haar, das die Sommersonne noch ein wenig aufgehellt hatte. Sein Gesicht und seine Arme waren braungebrannt, und auf seiner rechten Wange zeichnete sich ein Grübchen ab, wenn er lachte. Sie mochte sein Lachen, das nie lange auf sich warten ließ und so warmherzig und aufrichtig wie er selbst war. Oma würde ihn mögen, dachte sie, bevor sie wieder zur Besinnung kam. Jetzt reiß dich zusammen, sagte sie zu sich selbst.

Johans Geschrei riss sie aus ihren Gedanken.

»Hier ist das erste Zeichen!«

Karin rannte zu der Stelle, auf die er gezeigt hatte. Sie war ungefähr fünfundsiebzig Meter vom Opferstein entfernt.

»Ist es ausgemalt?«, fragte sie verwundert.

»Scheint so«, antwortete Johan. »Ich kann mich gar nicht erinnern, dass es beim letzten Mal so war, aber das ist auch schon länger her.«

Das Zeichen war mit einer Farbe ausgemalt, die an rot markierte Felszeichnungen erinnerte. Plötzlich wurde Karin eiskalt.

»Warte mal«, sagte sie. »Könntest du Georg anrufen und ihn fragen, wann dieses Zeichen ausgemalt wurde?

Hier, nimm mein Handy.« Sie reichte ihm das Telefon und lauschte gespannt. An seinem Gesichtsausdruck merkte sie sofort, dass ihre Befürchtung zutraf.

»Nein, es dürfte nicht ausgemalt sein. Jedenfalls wusste Georg nichts davon.«

Karin beugte sich nach vorn und sah ganz genau hin, dann zog sie ihre Kamera aus der Tasche und machte ein paar Fotos.

»Was ist das denn?«, fragte Johan.

»Blut«, antwortete Karin. »Ich glaube, jemand hat das Zeichen mit Blut ausgemalt.«

## Åkerström, Trollhättan, Herbst 1958

*Birger hatte Kerstin und ihre Tochter Hjördis nie gemocht. Als er zum letzten Mal an diesem Tag aus dem Haus ging, um die Kühe zu melken, musste er wieder an den Jungen denken. Hatten sie oben bei Kerstin wirklich Besuch? Irgendwie fiel es ihm schwer, das zu glauben. Die Familie bestand aus Eigenbrötlern, und soweit er wusste, gab es keine Verwandten oder Freunde an einem anderen Ort. Hier in der Gegend auch nicht. Irgendetwas war faul an der Sache. Richtig faul.*

*Obwohl es schon nach zehn war, beschloss er, hoch zu dem Hof zu gehen. Da es am Abend ziemlich kalt geworden war, zog er warme Schuhe und eine dicke Jacke an. Aina sah seinen ernsten Blick und nickte.*

*Der Wind hatte aufgefrischt, und es lag Regen in der Luft. Zielstrebig näherte er sich der roten Hütte. Er schaute durchs Kellerfenster. Da unten war es dunkel. Dort konnte doch niemand leben, oder? Neben der Steintreppe mit dem schmiedeeisernen Geländer blühten Stockrosen und Lavendel. Die Äpfel an den drei*

Bäumen waren schon rot. In der Küche brannte Licht,
und aus dem Haus drangen laute Stimmen. Birger
konnte Hjördis' Eltern am Küchentisch sitzen sehen.
Sie selbst ging auf und ab und ruderte mit den Armen.
Ihr Vater hob die Stimme und sagte etwas zu ihr. Da
blieb Hjördis stehen, ging zu ihrer Mutter, zog den einen
Blusenärmel hoch und zeigte auf ihren Arm. Zu seinem
Entsetzen sah Birger, dass die Hand und der Arm der
alten Frau voller Kratzspuren waren. Der Junge, dachte
er.

Mit drei Schritten rannte er die Treppe hinauf und
hämmerte an die Tür. Die Stimmen dort drinnen verstummten jäh. Hjördis' Vater öffnete die Tür.

»Ach, Birger«, sagte er. »Alles in Ordnung?«

»Ist euer Besuch wieder weg?«, fragte Birger ohne
Umschweife.

»Ja, die sind abgefahren.«

»Ein Glück, dass der Junge sich wieder angefunden
hat.« Birger musterte den Mann, der vor ihm stand.

»Äh, ja. Danke für eure Hilfe. Grüß Aina von mir.«
Kerstin tauchte neben ihm auf.

»Was hast du denn mit deiner Hand gemacht, Kerstin?«, fragte Birger.

»Die Katze hat mich gekratzt.« Kerstin zog die Hand
weg. Birgers dunkle Augen fixierten sie.

»Wo ist der Junge?«

»Verdammt noch mal, Birger ...«, begann Hjördis'
Vater.

»Hol den Jungen ... jetzt!« Birger sprach die Worte
langsam und dumpf wie ein knurrender Hund aus, der
bereit zum Angriff ist.

Kerstin sah ihn prüfend an. Birger machte einen
Schritt auf sie zu.

»Sofort!«, brüllte Birger.

*Hjördis' Vater wollte die Tür schließen, aber Birger war zu schnell. Er drängte sich an den beiden vorbei ins Haus.*

*»Sie sind doch abgefahren ...«, stammelte Kerstin kraftlos. Birger sah sich im Flur um und zeigte auf eine kleine Tür, die mit der gleichen gestreiften Tapete beklebt war wie der Rest der Wand.*

*»Mach die Kellertür auf.«*

*»Wieso?«*

*»Weil ich glaube, dass ihr die Unwahrheit sagt. Aber wenn alles in Ordnung ist, dürfte es ja keine Probleme machen, die Kellertür aufzuschließen.«*

*Ohne die Antwort abzuwarten, öffnete Birger die Tür mit dem Schlüssel, der im Schloss steckte, und drückte auf den Lichtschalter.*

*Am Fuß der Kellertreppe lag ein schmutziges und blutiges Bündel. Birger stieg hinunter und strich dem Jungen die Haare aus dem Gesicht. Auf seiner Stirn stand kalter Schweiß, und er atmete hastig und mühevoll. Hjördis' Vater ging auf Birger zu, hielt jedoch inne, als er den rasenden Zorn in dessen Augen sah.*

Anderthalb Stunden später waren die Kriminaltechniker vor Ort. Jerker sah Karin an.

»Hast du auch mal frei?«, fragte er und tat verärgert.

»Man könnte auch sagen, dass ich hier die Arbeit mache, die unsere Spurensicherung hätte erledigen sollen, aber das würde ich nie wagen, weil ich damit unser gutes Verhältnis aufs Spiel setzen würde.«

»Wie kommst du denn auf die Idee?«

»Ich habe ein paar Nachforschungen angestellt und einen Tipp von einem guten Freund bekommen.«

»Von einem guten Freund. Der da drüben?« Jerker zeigte auf Johan, der ein Stück entfernt auf den Felsen saß. »Unten im Hafen haben wir übrigens Göran getroffen. Er wollte wissen, ob ich dich gesehen habe.«

»Was hast du gesagt?«

»Nein, natürlich. Ich hatte dich ja auch noch nicht gesehen.«

Jerker stippte ein Wattestäbchen in die Vertiefung, die das Zeichen im Felsen bildete.

»Und? Ist es Blut?«, fragte Karin.

Jerker ließ eine Flüssigkeit auf das Stäbchen tropfen, das sofort die Farbe wechselte. Er nickte. »Scheint ganz so. Fragt sich nur, ob das Blut gestern auch schon hier war.« Er steckte das Wattestäbchen in eine Plastiktüte. »Wo sind die anderen drei Zeichen, die du erwähnt hast?«

Karin reichte ihm Georgs Skizze und zeigte auf die Stellen.

»Weißt du, ob die auch ausgemalt sind?«

»Das wage ich nicht zu beantworten, das muss ein Profi entscheiden. Damit bist du gemeint, Jerker.«

»Super. Dann geh du wieder rüber zu deinem Date, es ist schließlich Samstag. Ich rufe später an.«

Karin drehte sich um und wollte gehen, kam aber noch einmal zurück.

»Das ist kein Date.«

Jerker blickte grinsend auf.

»Nee, auf keinen Fall. Sag ihm das. Und jetzt ab mit dir, Karin.«

»Du, Jerker …«, begann sie.

»Was hast du neulich zu mir gesagt? ›Stürz dich nie in einen verbalen Schlagabtausch, den du sowieso nicht gewinnen kannst‹?« Zufrieden winkte er mit der Tüte, in der sich das verfärbte Wattestäbchen befand.

Geschieht mir recht, dachte Karin, als sie Jerker zum Abschied winkte.

»Hast du heute Abend schon was vor, oder besteht die Möglichkeit, sich mit einem Abendessen für das Mittagessen zu revanchieren?«

Johan sah unschlüssig aus. Karin spürte Enttäuschung in sich aufsteigen. Hatte sie mit der Gegeneinladung nicht lange genug gewartet?

»Warte kurz, ich muss nur schnell telefonieren«, sagte er.

»Wir können das auch ein andermal machen«, gab sie zurück.

»Nein, nein, ich habe nur eigentlich Lycke und meinem Bruder versprochen, dass ich ihnen helfe, einen Haufen Holzpaneele auf den Dachboden zu schleppen, aber ich kann sie ja mal anrufen und fragen, ob es auch morgen ginge.«

Während Johan telefonierte, sah Karin Jerker und den Technikern zu, die das ganze Gebiet gründlich durchsuchten. Ihre Arbeit gefiel ihr. Sie mochte es, dass alle an derselben Fragestellung arbeiteten, sich ihr aber aus verschiedenen Richtungen näherten. Die Techniker, die Gerichtsmedizinerin und die Kriminalkommissare mit Hauptkommissar Carsten Heed an der Spitze. Carsten hatte sie in der Zeit nach der Trennung von Göran unterstützt. Nicht unbedingt mit Worten, aber mit Taten. Er hatte ihr die Verantwortung für einen Fall übergeben und gewusst, dass er sich auf sie verlassen konnte.

Johan telefonierte noch immer.

»Ja, ja, das verstehe ich ja, Martin, aber jetzt hör mir doch mal zu …« Johan wandte sich von ihr ab, so dass der Wind seine Stimme fortwehte und sie nicht mehr hören konnte, was er sagte. Eine Sekunde später drehte er sich wieder zu ihr um, und nun verstand sie jedes Wort. »Wunderbar, dann sehen wir uns morgen ... Nein, ich werde ihr auf gar keinen Fall ausrichten, dass du gesagt hast ...«

Als Johan aufgelegt hatte, fiel es Karin schwer, ihr Lachen zu unterdrücken.

»Was ist los? Hast du etwa verstanden, was ich gesagt habe?«

»Ein bisschen vielleicht ... Weißt du eigentlich, wann Coop Nära zumacht? Wir müssen noch einkaufen gehen, weil ich nicht mehr viel zu essen an Bord habe.«

Johan warf einen Blick auf sein Display.

»Da mit den großzügigen Sommeröffnungszeiten nun Schluss ist, nehme ich an, dass sie am Wochenende schon um sechs schließen. Wenn wir uns sputen, erwischen wir noch die Fähre um Viertel vor sechs.«

Sie waren noch fünfzig Meter von der Fähre entfernt, als der Schlagbaum gesenkt wurde. Karin verlangsamte ihren Schritt, aber Johan rannte unbeirrt weiter, und zu Karins Erstaunen ging der Schlagbaum wieder hoch. Als sie an Bord gingen, winkte Johan dem Fährmann dankbar zu. Dieser steckte den Kopf aus seiner Kajüte und rief so laut, dass es jeder mitbekam:

»Man sollte meinen, dass du die Abfahrtszeiten inzwischen auswendig weißt, Johan!«

Die Einkaufstüten schleppte Johan. Karin dachte an Göran, der sie freiwillig nicht einmal zum Einkaufen begleitet hätte. Neugierige Blicke folgten ihnen, als sie in die Bucht Muskeviken hinein- und über den Steg zur *Andante* gingen. Die Leute waren vollauf damit beschäftigt, ihre Boote aus dem Wasser zu holen, und auf einer Bank ganz vorne auf dem Pontonsteg, direkt neben der *Andante*, saßen wie üblich die Alten in der ersten Reihe und gaben zu allem ihre Kommentare ab. Lebhaft stießen sie sich gegenseitig in die Seiten.

»Hör mal, Rums-in-die-Bude«, johlte einer von ihnen, während die anderen drei sich vor Lachen bogen. »Hat die Polente dich endlich geschnappt?«

»Da sitzt ihr Schlaumeier und zerbrecht euch die Köpfe, was?« Johan stellte die Einkäufe ab.

»Der Kerl da ist als Gast nicht zu empfehlen«, rief einer der alten Männer Karin zu und zeigte auf Johan. »Der hat dem Ålefiskarn den ganzen Bug plattgemacht.«

»Ich will ihn auch gar nicht als Gast haben«, erklärte Karin mit ihrem freundlichsten Lächeln auf dem Gesicht. Die Bemerkung verschlug den Alten den Atem. »Außerdem ist das hier ein Stahlboot«, fügte sie hinzu, »das kann man nicht so einfach plattmachen.« Sie ging an Bord und schloss die oberste Eingangsluke auf.

»Aber fischen kann er«, hörte sie die Männer weiterscherzen. »Wisst ihr noch, wie er und sein Bruder auf Aalfang gegangen sind? Schnürsenkel haben sie gefischt! Und die wollten sie räuchern …«

Die Sonne hatte den ganzen Tag auf das Boot geschienen, und nun war es in der Kajüte heiß und etwas stickig. Karin machte alle Luken auf, um kräftig durchzulüften. Hastig sammelte sie die herumliegenden Kleidungsstücke ein und sah sich auf den wenigen Quadratmetern um. Es würde schon reichen. Verdammt, dachte sie dann, hatte sie überhaupt Wein an Bord?

Johan kam zu ihr herunter.

»Wie hübsch du es hier hast. Es ist größer, als ich es in Erinnerung hatte. Martin und ich waren ja im Frühjahr einmal kurz an Bord, falls du dich erinnerst.«

Karin beobachtete ihn, während er sich umblickte. Sie sah oft, wie Leute reagierten, die sie nicht kannten, wenn sie erfuhren, dass sie auf einem Segelboot wohnte. »Eine Bekloppte, die durch das soziale Netz gefallen ist«, schien der erste Gedanke zu sein, auch wenn die meisten sich zumindest bemühten, ihn sich nicht anmerken zu lassen. Dann wurden diskrete Blicke auf ihre Kleidung geworfen, als wollte man kontrollieren, ob sie frische Wäsche trug und geduscht hatte oder ob sie fettige Haare hatte oder sonst wie von der Norm abwich.

Unten im Boot gab es zwei Fächer unter den Sitzbänken, die Karin als Stauraum verwendete. Links stand ein Navigationstisch, und darüber waren das UKW-Radio, das GPS und das Display des Radars befestigt. Alle Geräte waren so günstig platziert, dass man sie auch ablesen konnte, wenn man draußen im Cockpit oder im Gang stand. Seitdem das Boot als fester Wohnsitz diente, wurde der Navigationstisch auch als Schreibtisch benutzt. Die Seekarten lagen momentan unter dem aufklappbaren Tisch, der wie eine alte Schulbank konstruiert war.

Karin öffnete einen Schrank und fand dort zwei Flaschen guten Rotwein. Vermutlich waren sie noch da, weil sie ihr zu edel erschienen, um sie ganz allein zu trinken. Zufrieden wählte sie eine aus und stellte sie auf die kleine Arbeitsfläche neben dem Spülbecken. Sie schenkte den Wein in zwei transparente Plastikbecher und reichte Johan den einen.

»Willkommen an Bord.«

Dann machten sie sich ans Kochen, und im gesamten Boot breitete sich ein herrlicher Duft aus. Um sieben Uhr setzten sie sich an den Tisch. Da es draußen zu dämmern begonnen hatte, zündete Karin die Petroleumlampe an, die über dem Tisch hing. Dann öffnete sie die zweite Flasche Wein.

»Danke für die Führung heute. Es war wahnsinnig interessant, und allein hätte ich das alles nicht herausgefunden. Schade nur, dass die Umstände so traurig sind«, sagte Karin.

»Ich habe mich zu bedanken, es hat mir Spaß gemacht.« Er stellte die ovale Schale mit den Mandarinen ab und lächelte sie an. »Viel Spaß sogar«, fügte er hinzu.

Karin spürte, dass ihre Wangen heiß wurden.

»Ich weiß gar nicht, was du beruflich machst«, sagte Karin plötzlich.

»Stimmt. Ist es nicht schön?«

»Was?«

»Dass wir so viele andere Gesprächsthemen hatten, dass wir gar nicht auf den Gedanken gekommen sind, darüber zu reden. Bei den meisten Dates wird einem diese Frage doch zuerst gestellt.«

»Dann haben wir also ein Date. Das wusste ich ja noch gar nicht«, grinste Karin.

»Ich weiß es auch nicht genau, aber so langsam hoffe ich es.« Er griff nach ihrer Hand. Dann stand er auf, ging um den Tisch herum und setzte sich neben sie auf die Bank. Ganz nah. Er strich ihr eine Haarsträhne hinter das Ohr.

»Du hast die schönsten Augen der Welt. Blaugrün wie das Meer, mit kleinen gelben Punkten.«

Ein Geräusch ließ Karin aufhorchen. Einen Augenblick später krachte es oben an Deck, wo offenbar jemand bei dem Versuch, an Deck zu kommen, zu Fall gekommen war. Karin traute ihren Ohren nicht, als sie die vertraute Stimme brüllen hörte:

*... o du mein schönstes Frauenzimmer,*
*wie mir an deinem Dasein liegt!*
*Lieben werd ich dich für immer,*
*selbst wenn das Meer einmal versiegt! ...*

Karin öffnete die Luke und erblickte Göran, der sich gerade wieder aufgerappelt hatte. In der Hand hielt er einen

Riesenstrauß Rosen, auf denen er offenbar gelandet war. Lächelnd hielt er ihr die Reste hin, doch als er Johan entdeckte, erstarrten seine Gesichtszüge.

»Wir zwei sind verlobt«, sagte er zu Karin. »Hat sie dir erzählt, dass wir verlobt sind?« Die Frage war an Johan gerichtet.

»Hör jetzt auf, Göran.« Anscheinend musste sie noch einmal in Ruhe mit ihm reden, aber in seinem gegenwärtigen Zustand hatte es keinen Sinn.

»Willst du, dass ich …?« Johan zeigte auf den Steg.

»Nein, das will ich nicht«, antwortete Karin.

Im selben Augenblick kam Görans Faust auf ihn zu, doch Johan machte in letzter Sekunde einen Schritt zur Seite. Dies hatte zur Folge, dass Göran das Gleichgewicht verlor, über Bord ging und plumpsend im schwarzen Wasser landete, ohne wieder aufzutauchen.

»Scheiße«, sagte Johan, zog sich den Pullover über den Kopf und sprang hinterher. Das Meeresleuchten umgab die beiden Gestalten mit schimmernden Konturen. Einen Moment später gelangten sie wieder an die Oberfläche. Göran hustete.

Nachdem sie die beiden ins Cockpit gehievt und jedem ein Handtuch gereicht hatte, griff Karin nach ihrem Handy und wählte die Nummer von Görans Freund Henke. Zehn Minuten später traf Henke mit noch einem Mann im Schlauchboot ein und holte Göran ab.

»Du musst ihm verzeihen, Karin. Seit ihr euch getrennt habt, ist er nicht mehr er selbst«, sagte Henke.

Stimmt, dachte Karin, und ich konnte nicht ich selbst sein, als wir noch zusammen waren.

»Karin«, sagte Göran. Mit seinen traurigen Augen sah er aus wie ein geprügelter Hund.

»Kümmere dich um ihn, Henke.« Karin blickte dem Schlauchboot hinterher.

# 5

## Maria-Alberts-Krankenhaus, Trollhättan, Herbst 1958

Birger verbrachte die ganze Nacht am Bett des Jungen. Eine freundliche Krankenschwester hatte ihm einen bequemen Besuchersessel hingestellt, auf dem er unter normalen Umständen eingeschlafen wäre, aber dafür ging ihm viel zu viel durch den Kopf. Er betrachtete die kleine Kinderhand zwischen seinen eigenen schwieligen Fingern. Die Haut des Jungen war so hell, dass sie fast durchsichtig wirkte. Seine eigene war braungebrannt und an der Innenseite verhornt. Behutsam drückte er das Händchen, um ihm ein bisschen Wärme zu schenken und dem dünnen Körper in dem Bett Kraft zu geben.

Der Arzt, der sie aufgenommen hatte, war entsetzt gewesen, kannte Birger aber Gott sei Dank noch von dessen gefährlicher Begegnung mit einem wilden Stier. Bei der Erinnerung an seinen damaligen Besuch im Krankenhaus musste er lächeln. Es war knapp gewesen. Der Arzt hatte damals gerade sein Examen hinter sich, und seitdem hatten sie sich nicht mehr gesehen.

Nachdem man sich um den Jungen gekümmert hatte, setzten die beiden sich in Ruhe hin. Birger erzählte, was passiert war. Natürlich mussten auch die Polizei und das Jugendamt eingeschaltet werden. Birger sah auf die Uhr. Es war früh am Morgen. Aina war zu Hause geblieben, um zu melken. Eigene Kinder hatten sie nie bekommen, und er bekam den Gedanken nicht aus dem Kopf, den Jungen bei sich aufzunehmen. Gleichzeitig war ihm klar,

*dass das nicht möglich war. Es war keine gute Lösung,*
*wenn der Junge in der Nähe seines alten Zuhauses*
*blieb.*

*Um Punkt acht erschien die Dame vom Jugendamt.*
*Sie war um die fünfzig und hatte die Haare zu einer*
*Bananenfrisur hochgesteckt. Sie machte ein ernstes*
*Gesicht, aber die Falten rings um ihren Mund bewiesen,*
*dass sie oft lächelte. Sie hat Ähnlichkeit mit Aina, dachte*
*Birger, während er den selbstgestrickten Pullover und*
*den Rock musterte. Die Frau schüttelte den Kopf, als*
*sie den Jungen sah. Das große Krankenhausbett und*
*die weiße Klinikwäsche ließen ihn wahrscheinlich noch*
*etwas kleiner und blasser wirken. Die roten und blauen*
*Flecke standen in scharfem Kontrast zu der hellen Haut.*

*»Ich habe ja schon viel erlebt, aber wie kann man*
*bloß ...« Sie beendete den Satz nicht. Birger wusste auch*
*so, was sie meinte.*

*An diesem Nachmittag saßen Birger, der Arzt, die*
*Dame vom Jugendamt und die Polizei vier Stunden*
*zusammen, um Klarheit in das zu bringen, was dem*
*Jungen angetan worden war. Einem Jungen, der offen-*
*bar so unwichtig war, dass man ihm nicht einmal einen*
*Namen gegeben hatte. Die Frau vom Jugendamt er-*
*stattete Anzeige, und die Polizei begann mit den Ermitt-*
*lungen. Noch am selben Tag wollte man mit der Familie*
*in Kontakt treten. Birger fand, dass das Wort Familie*
*in diesem Zusammenhang wie blanker Hohn klang. Er*
*hoffte wirklich, dass die Verantwortlichen die Folgen*
*ihrer Tat zu spüren bekamen.*


Sara und Tomas hatten gerade die Haustür abgeschlossen
und stiefelten los zur Fähre. Die Kinder hatten sich dem
Spaziergang anfangs lautstark widersetzt, aber als sie erst

einmal unterwegs waren, verstummte der Protest. Wie üblich erreichten sie nicht die Fähre um zehn Uhr sieben, die sie eigentlich nehmen wollten, und Sara musste sich mühsam beherrschen, um die Familie nicht im Laufschritt zum Anleger zu scheuchen.

»Müssen wir uns beeilen, Mama? Haben wir es eilig?« Linus warf Sara einen besorgten Blick zu. Also biss sie tapfer die Zähne zusammen und ermahnte sich selbst zur Ruhe. Ich darf meinen Stress nicht auf die Kinder übertragen, sagte sie sich.

»Nein, Liebling. Heute wollen wir es einfach nur nett haben. Wir nehmen eben die nächste Fähre.«

Tomas sah sie an.

»Hast du irgendwelche Kekse oder Brötchen eingepackt?«, fragte er.

»Nein«, erwiderte Sara. »Du? Ich habe eine Thermosflasche Kaffee für uns und etwas zu trinken für die Kinder dabei.«

»Kekse? Ich will einen Keks!« Linnéa sah Sara flehentlich an.

»Wir haben aber keine. Vielleicht können wir welche im Laden kaufen, während wir auf die nächste Fähre warten. Oder wir gehen zu Bergs Konditorei.«

Linnéa strahlte. »Zimtschnecken, wir kriegen Zimtschnecken«, trällerte sie und hopste fröhlich über das Kopfsteinpflaster.


Donnernd legte die Fähre auf Marstrandsön an, und Tomas lief am Kai entlang zu Bergs und holte Gebäck. Sara bog stattdessen mit den Kindern nach links ab und ging am Strandverket vorbei zu den Badestellen auf der Südseite der Insel. Sie hatten gerade das alte Munitionslager erreicht, als Tomas sie einholte. Sara hockte sich neben die Kinder und zeigte auf das gelbe Gebäude.

»Wisst ihr – früher hat man in diesem Haus Pulver aufbewahrt.«

»Was ist das denn?«

»Schießpulver – das hatten die Piraten in ihren Pis-
tolen, und oben auf der Festung haben sie damit ihre Ka-
nonen abgefeuert.«

Sara drehte sich lächelnd zu Tomas um.

»Hier gehen Massen von Menschen spazieren. Wie viele von denen wissen wohl, dass sie gerade am alten Pulver-
haus vorbeikommen?«

»Besonders viele werden es nicht sein. Ich habe zwar
schon mal davon gehört, aber wenn ich hier entlanggehe,
denke ich nicht daran.«

»Aber ich«, erwiderte Sara. »Ich finde es interessant,
und das würden andere bestimmt auch tun, wenn sie davon wüssten. Dass sich in dem Gebäude mittlerweile Wohnungen befinden, ist etwas anderes, aber man könnte doch
eine Erinnerungstafel mit der Geschichte des Hauses aufhängen. Das sollte man hier übrigens an mehreren Orten
machen.« Saras Blick ruhte auf dem alten Haus. Im Augenwinkel sah sie Tomas zum Wasser spurten.

»Hallo, Kinder! Nicht an den Strand, da werdet ihr
nass.« Er wandte sich zu Sara um und deutete auf die
Treppe, die hinauf zur Ejdergatan führte.

»Wir müssen weiter, sonst kippt die Stimmung.«

Der Spaziergang war herrlich, und Linus und Linnéa
hielten ein richtig gutes Tempo. Sie hatten sich gerade auf
ihre Picknickdecke gesetzt und von den Zimtschnecken
abgebissen, als Tomas' Handy klingelte.

»Hallo, Diane.«

Sara seufzte, und Tomas streckte ihr die Zunge raus.
Hätte sie geahnt, dass Tomas' große Schwester anrufen
würde, sie hätte sein Telefon zu Hause auf dem Küchentisch liegenlassen.

»Was hast du gesagt? Du bist hier draußen? Ach so, mit den Kindern. Nein, wir sitzen gerade beim Kaffeetrinken.«

Scheiße, dachte Sara, der Tag ist im Eimer. Tomas' verwöhnte Schwester mit ihren drei schlecht erzogenen Bälgern.

»Was willst du dir ausleihen?« Tomas presste sich das Handy ans Ohr. »Nein, wir machen gerade einen Spaziergang, aber dann kommen wir natürlich zurück.«

Tomas legte auf, sah Sara an und begriff sofort, dass er besser hätte erst die Lage peilen sollen, bevor er den Entschluss fasste, sofort umzukehren.

»Gehen wir wieder nach Hause, Mama? Jetzt schon?«

»Warte kurz, Mama muss mal eben mit Papa reden«, sagte Sara zu Linus. Tomas folgte Sara ein paar Schritte abseits, so dass die Kinder sie nicht hören konnten.

»Diane ist hier draußen. Sie will uns besuchen.«

»Was will sie sich ausleihen?«, fragte Sara trocken. »Ich nehme an, sie ist deswegen gekommen.«

»Jetzt fang nicht wieder an. Sie hat bei einer Auktion ein paar Stühle ersteigert und möchte sich die Schleifmaschine borgen. Ist doch nett, dass sie zu Besuch kommen. Diane wollte uns zum Kaffee einladen, aber ich habe gesagt, dass wir gerade Kaffee getrunken haben und stattdessen lieber zusammen Mittag essen sollten.«

Saras Puls stieg.

»Erstens machen wir gerade einen Sonntagsspaziergang. Du hättest mich ruhig fragen können, bevor du eigenmächtig beschließt, dass wir umkehren. Und zweitens: Warum müssen wir eigentlich alles stehen- und liegenlassen, sobald sie anruft? Außerdem habe ich heute gar nicht mit Gästen gerechnet, ich dachte, wir könnten etwas Einfacheres essen. Du weißt doch, wie mäkelig ihre Kinder sind.«

»Ärgerst du dich deswegen? Weil wir unsere Pläne ändern müssen?«

»Nicht nur. Ich möchte gern die ganze Insel umrun-
den.«

»Dann mach das doch. Geh einmal um die Insel, und
dann treffen wir uns zu Hause. Ich nehme die Kinder mit
und kaufe etwas zu essen ein.«

»Okay.« Saras Laune besserte sich.

»Lass dir Zeit. Es eilt nicht.« Er küsste sie auf die Wange. »Linus, Linnéa, wenn wir die Brötchen aufgegessen
und den Saft ausgetrunken haben, gehen wir wieder nach
Hause. Tante Diane kommt mit den Kindern zu Besuch.«

»Au ja!«, rief Linus.

»Und was ist mit Mama?«, fragte Linnéa. »Dann bleibt
sie ja ganz alleine.«

»Sie macht einen etwas größeren Spaziergang und
kommt später nach.«

Sara formte mit den Lippen ein stummes »danke«,
winkte den Kindern zum Abschied und setzte ihren Weg
alleine fort. Sie stiefelte am Skallens-Leuchtturm vorbei,
durchquerte den Sankt-Eriks-Park und ging den Hügel
hinter dem Båtellet und am Badhusplan vorbei. Tomas
hatte schließlich gesagt, sie brauche sich nicht zu beeilen,
und in Anbetracht der Tatsache, dass bei ihnen zu Hause
seine Schwester saß und wartete, ließ sie sich gerne ein
bisschen Zeit.

Beim Societetshuset bog sie vom Kai ab und ging die
Långgatan hinauf. Plötzlich wurde sie von einem Lastenmoped eingeholt. Es war Georg, der wissen wollte, ob sie
Zeit habe, eine Tasse Kaffee mit ihm zu trinken. Sara nickte und setzte sich auf die Ladefläche.

Im kleinen Büro des Heimatvereins schenkte Georg Sara
eine Tasse Kaffee ein. Die Räumlichkeiten befanden sich

neben dem Kristallsaal im Obergeschoss des Rathauses. Die Flügeltür zum Kristallsaal stand offen.

»Es ist schön hier. So friedlich.« Sara blickte hinauf zur Kassettendecke des imposanten Saals.

»Natürlich. Ich setze mich immer erst einmal in Ruhe hin und sammle mich, wenn ich hierherkomme. Das heißt, wenn ich die Zeit habe.«

»Ich dachte, als Rentner hat man mehr Zeit.«

»Ich hatte noch nie so viel zu tun wie jetzt«, lachte Georg. »Aber ich tue heute Dinge, die mir Spaß machen, und nichts mehr, wozu ich nur verpflichtet bin. Wie läuft es denn bei deiner Arbeit?«, fragte er und stellte die Kaffeetasse ab.

»Geht so. Ich komme mir so fehl am Platz vor, als sollte ich lieber etwas anderes, Vernünftigeres mit meiner Zeit anfangen.«

Georg nickte und schenkte ihr Kaffee nach.

»Wie viel arbeitest du denn?«, fragte er.

»Fünfzig Prozent.«

»Und was würdest du gern machen? Wenn du dich frei entscheiden könntest?«

Sara zuckte die Achseln. Das war eine gute Frage. Sie wünschte, sie hätte sie beantworten können.

»Etwas Sinnvolles«, sagte sie schließlich.

Georg nickte nachdenklich.

»Apropos sinnvoll«, sagte Sara. »An den Häusern sollten Schilder aufgehängt werden, die kurz und knapp von ihrer Geschichte erzählen. Wäre das keine gute Idee? Hübsche kleine Messingschilder an den alten Häusern. Sie könnten nicht nur an den Häusern befestigt werden, sondern an allen möglichen Stellen hier auf der Insel und auf Koön natürlich auch.«

»Das ist eine wunderbare Idee. Die sollten wir verfolgen. Ich wollte dich übrigens schon anrufen, weil ich angefangen habe, Pläne für die Ausstellung zu schmieden, die wir hier im Kristallsaal über die Bohusläner Hexenprozesse machen wollen. Der Schwerpunkt soll auf den Ereignissen in Marstrand liegen.«

»Das Thema gefällt mir. Eigentlich ist es merkwürdig, dass wir hier im obersten Stockwerk des Rathauses sitzen und die Atmosphäre so friedlich finden, obwohl einst die Frauen, die der Hexerei bezichtigt wurden, hier im Keller eingesperrt waren.« Sara ließ den Blick auf einem düsteren alten Landschaftsgemälde ruhen, das Marstrandsön zeigte.

»Ich frage mich, wie viele Bibliotheksbesucher wissen, dass die Prozesse genau dort stattfanden, wo heute die Bibliothek untergebracht ist, und dass die Frauen anschließend wieder in den Keller gebracht wurden, weil man nicht wollte, dass sie mit den Gefangenen oben auf der Festung Carlsten zusammenkamen«, sagte Georg.

»Siehst du. Damit hätten wir noch eine Infotafel. Mir fällt es schwer, nicht daran zu denken, wenn ich durch die Långgatan gehe oder hier drin bin. All die Qualen, all die Grausamkeit. Manchmal frage ich mich, wie das überhaupt zusammenhängt. Das Gestern und das Heute. Alle, die vor uns gelebt haben. Ihre Energie, ihre Seelen, Dinge, die sie zum Lachen oder Weinen gebracht oder die ihnen etwas bedeutet haben. Müsste von alldem nicht etwas übrig sein?«

Georg sah sie mit einer so sonderbaren Miene an, dass Sara sich fragte, ob sie etwas Dummes gesagt hatte.

»Darüber habe ich schon so oft nachgedacht, musst du wissen – können Sachen oder Räume Energie in Form einer Erinnerung oder Spiegelung speichern? Dass Ereignisse, die einen starken Energiefluss verursacht haben, an einen Ort oder einen Gegenstand gebunden werden und später in irgendeiner Form wieder frei werden, vielleicht unter ähnlichen Bedingungen.« Er verstummte und schien fast zu bereuen, was er eben gesagt hatte.

»Hast du so etwas schon einmal gesehen oder erlebt?«, fragte Sara plötzlich. Sie sah, dass Georg zögerte.

»Ich habe das noch nie jemandem erzählt, aber es gibt eine Sache, die ich wahrscheinlich weitergeben sollte, bevor ich selbst eines Tages nicht mehr bin. Komm!«

Sie verließen das Büro und stiegen die Treppe hinunter. Georg schloss die Kellertür auf und schaltete das Licht ein. Die Kellertreppe war so schmal, dass man leicht gegen die weiß verputzte Wand stoßen konnte. Die Stufen waren aus Schiefer. Kalte, feuchte und abgestandene Luft schlug ihnen entgegen. Unten im Keller waren deutlich die Felswände zu erkennen, obwohl sie weiß getüncht waren. Georg blieb am Fuß der Treppe stehen, über die man in eine Art Vorraum gelangte. Links davon lag ein zellenartiger Raum ohne Tür, den die Bibliothek als Lager nutzte, und direkt vor ihnen befand sich eine abgeschlossene Tür, hinter der die Hexen eingesperrt gewesen waren.

Der Raum war niedrig.

»Hier«, sagte Georg. »Manchmal kommt sie. Sie geht immer den gleichen Weg und verschwindet durch die Wand da vorne.« Er zeigte auf die Mauer.

»Sie hält an jeder Hand ein Kind, ich glaube, sie hat einen Jungen und ein Mädchen bei sich. Zuerst hockt sie sich hin und umarmt die beiden zärtlich. Dann wendet sie sich ab und geht durch diese Wand dort. Die Kinder folgen ihr nicht, sondern bleiben hier. Das Mädchen weint, und der Junge nimmt seine Hand und tröstet es.« Georg zog ein Taschentuch aus der Hosentasche. Er putzte sich die Nase und räusperte sich. »Sie sehen aus wie Lichtgestalten mit unscharfen Umrissen, aber in letzter Zeit empfinde ich sie immer deutlicher, aber vielleicht geht da nur meine Phantasie mit mir durch«, murmelte er.

Der letzte Satz klang wie eine Entschuldigung. Sara war mucksmäuschenstill geworden.

»Ist das wahr?«, fragte sie schließlich. »Das muss ein großartiges Erlebnis gewesen sein.« Sie kannte Georg gut genug, um zu wissen, dass ihm seine Phantasie bestimmt keinen Streich gespielt hatte.

»Ich habe lange nach den Originalgrundrissen des Hauses gesucht, sowohl in schwedischen als auch in dänischen Archiven, aber es war alles vergebens. Das Haus ist ja von den Dänen erbaut worden«, erläuterte er. Sara nickte. »Eines Abends konnte ich mich nicht länger beherrschen. Ich klopfte den Putz von der Wand, weil ich endlich wissen wollte, was sich darunter befand. Da zeigte sich, dass an der Stelle, wo die Frau immer in der Wand verschwindet, früher eine Tür war. Durch diese Tür kam man vom Hof hier herein. Alle fragten sich, woher ich das gewusst hatte. Ich musste mir einiges einfallen lassen, um das zu erklären, aber kurz darauf trafen Gott sei Dank die Grundrisse aus Kopenhagen ein, und von da an konnte ich auf die verweisen.«

Sara wusste nicht, was sie sagen sollte. Sie strich mit der Hand über die Schieferplatten auf dem Fußboden und betrachtete dann die Wand, auf die Georg gezeigt hatte.

»Ich habe immer gedacht, es könnte vielleicht Malin im Winkel sein, die sich von ihren Kindern losreißen muss. Wahrscheinlich ist das einer der Gründe, warum ich diese Ausstellung über die Hexenprozesse konzipiert habe. Einerseits möchte ich die dunklen Seiten der Stadtgeschichte ans Licht bringen, aber ich möchte auch Malin im Winkel und die anderen tüchtigen Frauen würdigen, erzählen, was ihnen angetan wurde, und ihren Seelen vielleicht Frieden schenken.«

Frieden, dachte Sara. Eins der schönsten Wörter, die sie kannte.

»Das ist ein guter Gedanke.« Sie strich Georg über den Arm. Eine Weile standen sie schweigend da, als empfänden sie Ehrfurcht vor Malin im Winkel und ihren Schwestern.

Sara dachte an Diana und deren Kinder, die bei ihr zu Besuch waren.

»Ich muss nach Hause. Tomas' große Schwester ist da, Diane.«

»Ja, die Tochter von Siri.« Georg runzelte die Stirn. »Nach all dem, was im Frühjahr passiert ist, können die letzten Monate für dich und Tomas keine leichte Zeit gewesen sein.«

»Nein, es war hart.« Sara schüttelte den Kopf. »Du hast nicht zufällig etwas ganz Dringendes zu erledigen und brauchst Hilfe? Vielleicht eine große Kiste mit alten Feuersteinen, die unbedingt sortiert werden müssen?«

Georg lachte.

»Leider nicht.« Er umarmte sie zum Abschied. »Falls mir etwas einfällt, rufe ich dich an.«


Karin hatte gerade eine Einladung zum Kaffee bei Lycke angenommen und sich auf den Weg zum Fyrmästargången gemacht, als ihr Handy erneut klingelte.

»Tja, Karin«, sagte Rechtsmedizinerin Margareta Rylander-Lilja, »war der Urlaub schön? Jerker hat mir erzählt, dass du schon wieder arbeitest, obwohl dein Dienst eigentlich erst morgen beginnt.«

»Hallo, Margareta.«

»Da du laut Jerker ohnehin wieder da bist, kann ich auch gleich dich anrufen, dachte ich mir. Ich werde morgen früh meinen Bericht abliefern, wollte aber gern mit dir persönlich sprechen. Wenn es möglich ist, jetzt sofort.« Sie wartete Karins Reaktion ab.

»Klar.« Karin setzte sich auf eine Bank mit Meerblick.

»Ich bin gerade mit der Obduktion fertig geworden und werde gleich das Protokoll schreiben, wollte dir meine Meinung aber gerne mündlich mitteilen.«

»Wunderbar.« Karin durchwühlte ihre Taschen nach Stift und Papier. Andererseits würde sie das Ganze sowieso per E-Mail bekommen. Plötzlich fiel ihr ein, was sie auf der CD-ROM mit den Häusern auf Marstrandsön über das Haus von Frau Wilson gelesen hatte.

»Übrigens, Margareta, Kohlenstoffmonoxidintoxikation«, sagte Karin schnell. »Was ist das?«

»Darauf komme ich gleich zu sprechen«, erwiderte Margareta, »aber wie hast du das erraten? Hast du etwa die Flecke am Körper gesehen?«

»Erraten?«, echote Karin. »Und Flecke? Was meinst du damit? Hat das was mit unserem Fall zu tun?«

»Ja. Soweit ich es beurteilen kann, war das die Todesursache, wir nennen es allerdings nicht Kohlenstoffmonoxidintoxikation, sondern Rauchgasvergiftung.«

»Wie wenn jemand sich mit den Abgasen in seiner Garage umbringt?«, fragte Karin.

»Genau.« Als Margareta Luft holte, um weiterzusprechen, stellte Karin schnell noch eine Frage.

»Wie hat man sich diese Vergiftung denn früher zugezogen? Woher hatte man denn das Gas?«

»Was meinst du mit früher?«, hakte Margareta nach.

»Ich meine Marstrand in den Sechzigern, als es noch keine Autos gab.« Gibt es noch immer nicht, dachte sie bei sich, da Marstrandsön relativ autofrei war.

»Aha. Einen Augenblick. Ich habe hier zufällig gerade ein ehrenwertes altes Exemplar des *Gesundheitsfreunds* von 1925 liegen. Nur damit du ein Gefühl dafür bekommst, wie man die Sache damals betrachtete. Ich muss kurz den Hörer weglegen. Zwei Sekunden, Karin.« Karin hörte Margareta blättern.

»Akute Kohlenstoffmonoxidintoxikation«, sagte Margareta und fuhr fort. »›Kohlenstoffmonoxid ist der giftige Bestandteil von Leuchtgas ….‹«

»Leuchtgas?«, fragte Karin.

»Warte, das war nicht die Stelle, an die ich gedacht hatte, ich muss ein bisschen weiter unten suchen. Hier: ›Wenn Kohle verbrennt, entsteht Kohlenstoffmonoxid, was man an der charakteristischen blauen Flamme erkennt. Ein Anteil von einem oder auch nur einem halben Prozent in der Luft kann tödlich sein, wenn er über einen längeren Zeitpunkt eingeatmet wird. Alte Eisenöfen, deren Klappen geschlossen werden, während das Feuer noch brennt, werden zu Recht gefürchtet.‹ Mein Gott, was für eine herrliche Formulierung.«

»Das könnte stimmen, es ist in einem alten Haus passiert«, sagte Karin. »Du meinst, sie haben die Rauchgasklappe geschlossen, während das Feuer noch brannte? Waren die Häuser denn damals wirklich so dicht?«

»Nicht nur die Häuser. Hör mal, wie es weitergeht: ›Auch auf Fischkuttern kommen nicht selten Kapitän und Mannschaft durch die Rauchgase aus einem kleinen Ofen ums Leben.‹«

Besorgt dachte Karin an den dieselbetriebenen Heizofen auf der *Andante*.

»Wenn ich schon mal dabei bin, lese ich dir auch den Rest vor«, sagte Margareta. »›Zu einer Kohlenstoffmonoxidvergiftung kann es besonders beim Übergang von kaltem zu warmem Wetter kommen und wenn sich der Rauchabzug in der Außenmauer befindet …‹, die meinen den Schornstein, nehme ich an, ›… und unter diesen Umständen kann es sogar bei voll funktionstüchtiger und geöffneter Rauchgasklappe geschehen.‹ Willst du auch die Symptome hören?«

»Nein, ist nicht nötig. Oder doch, man weiß ja nie.«

»Zu Beginn Schwindel, Kopfschmerzen und Übelkeit. Nach längerer Einwirkung Bewusstlosigkeit. Hier steht allerdings Besinnungslosigkeit, das klingt viel lustiger. Dunkelrotes Gesicht und rote Flecke am Körper und so. Der Puls wird allmählich schwächer und unregelmäßiger, und die Atmung träge und röchelnd. Da steht noch ein bisschen mehr, aber ich glaube, nichts davon ist für dich von Interesse.«

»Und du bist also der Meinung, dass die Frau am Opferstein auf diese Weise vergiftet und dann geköpft wurde?«

»Ja. Sie war mit Sicherheit bereits tot, als der Kopf vom Körper getrennt wurde. Das erklärt auch, warum wir an der Stelle so wenig Blut gefunden haben. Das Herz hat es gar nicht mehr durch den Körper gepumpt. Ich muss aber hinzufügen, dass wir die Untersuchung der Zellproben abwarten müssen, bis wir uns ein vollständiges Bild machen können. Der Kopf könnte auch irgendwo anders abgeschnitten worden sein.«

»Du meinst, es ist nicht am Opferstein passiert?«

»Exakt. Es muss nicht dort gewesen sein.«

»Was für eine Art von Werkzeug wurde denn verwendet? Was braucht man denn überhaupt, um jemandem den Kopf abzuhacken?«

Margareta schwieg eine Weile.

»Einen Kopf kann man mit vielen Geräten abschneiden. Es dauert nur unterschiedlich lange und hinterlässt eine andere Schnittfläche. Natürlich braucht man Kraft, aber damit meine ich nicht in den Muskeln, sondern eher mentale Stärke. Einige Täter decken den Kopf ab, um das Opfer nicht sehen zu müssen. Oft haben sie eine persönliche Beziehung zu der betreffenden Person. Auch wenn diese bereits tot ist, braucht man starke Nerven, um einen Kopf vom Rumpf zu trennen.«

Karin nickte stumm. Sie fragte sich allmählich, warum Margareta angerufen hatte, und das an einem Sonntag. Nur, um ihr das zu erzählen? Margareta war nicht der Typ, der unnötige Telefonate führte. Bis jetzt hatte sie nichts erfahren, was ein anderes Licht auf das Ganze geworfen hätte, und daher hätte der Anruf auch bis morgen warten können.

»Meiner Ansicht nach stecken wir oder besser gesagt, steckt ihr in einem gewissen Dilemma. Deshalb habe ich angerufen«, sagte Margareta.

»Ach«, sagte Karin. »Und in welchem?« Sie spitzte die Ohren.

»Der Kopf, den ihr gefunden habt, hat nie auf diesem Körper hier gesessen.«

# 6

## Åkerström, Trollhättan, Herbst und Winter 1958

Mit kleinen Unterbrechungen, die er auf Birgers und
Ainas Hof in Åkerström zwischen Trollhättan und Lilla
Edet verbringen durfte, musste der Junge fünf Wochen
im Maria-Alberts-Krankenhaus liegen. Da mehrere
Knochen in seinem Körper gebrochen und falsch zu-
sammengewachsen waren, musste er mehrmals operiert
werden. Am schlimmsten waren jedoch die Wunden der
Seele. Kinderpsychologen und Ärzte taten ihr Bestes,
aber der Junge fasste nur zu Birger wirklich Vertrauen.
Aina und Birger hatten die Ehre, einen Namen für den
Jungen aussuchen zu dürfen.

»Asko«, sagte Aina. »Ich denke an meinen Vater,
der unter schweren Bedingungen aufgewachsen ist und
trotzdem ein gutes Leben hatte.«

»Asko.« Birger sprach den Namen probeweise aus. Er
erinnerte sich daran, dass Ainas finnischer Vater als sieb-
tes Kind in einer zwölfköpfigen Kinderschar aufgewachsen war. Bei seinem Tod hatte er ein florierendes Säge-
werk in Finnland hinterlassen, das nun von Ainas Bruder
betrieben wurde, und für jedes Kind ein großzügiges
Erbe. Als sie dem Jungen von Ainas Vater erzählten und
ihn fragten, was er von dem Namen halte, nickte er zu-
stimmend. Mit einer einfachen Zeremonie in der Kirche
von Hjärtum wurde er auf den Namen Asko getauft.

»Könnte Asko vorübergehend bei euch wohnen? Bis
wir eine Pflegefamilie für ihn gefunden haben?«

Eine Woche bevor der Junge aus dem Krankenhaus
entlassen wurde, hatte Inger vom Jugendamt ihnen diese

*Frage gestellt. Asko war noch immer dünn und blass,
aber das ließ sich mit einem Aufenthalt auf dem Hof
beheben.*

*In diesem Herbst und Winter wohnte der Junge bei
ihnen. Er molk die Kühe, half Aina beim Backen und
kam mit roten Wangen zum Mittagessen. Fette Milch
von den eigenen Kühen, Ainas Hausmannskost und die
frische Landluft taten ihm gut.*

*Birger musste oft daran denken, dass sie den Jungen
nur »geliehen« hatten, weil er woanders untergebracht
werden sollte. Dann zerbrach er sich den Kopf darüber,
was er tun konnte, um an diesem Beschluss etwas zu
ändern. Jedenfalls bis zu dem Tag, an dem er und Asko
mit dem Traktor unterwegs waren und eine Begegnung
der besonderen Art hatten. Drei Mädchen gingen mit
ihrer Mutter die Straße entlang. Zu spät erkannte Birger,
dass es sich um Askos Mutter und seine Schwestern handelte. Hier würde der Junge nie richtig stark und gesund
werden können. So gern Birger und Aina es wollten, es
war unmöglich.*


Karin nahm den Aufzug in den dritten Stock des neuen Poli-
zeigebäudes, in dem die Fahndungsabteilung untergebracht
war. Sie trottete in den Pausenraum, der zwar leer war, aber
irgendjemand hatte trotzdem Kaffee gekocht. Nachdem sie
sich einen Becher vollgeschenkt hatte, ging sie durch den
stillen Flur und setzte sich dann an ihren Schreibtisch.

Sie dachte an Samstag und das schöne Abendessen, das
aufgrund von Görans plumpem Auftritt so abrupt geendet
hatte. Sie schloss die Augen, um den Anblick der beiden
triefenden Männer mit den Handtüchern in ihrem Cockpit aus ihrer Erinnerung zu vertreiben. Nach dem Telefonat, das sie am Tag darauf mit Margareta geführt hatte,

war es ihr schwergefallen, sich auf etwas anderes als die Neuigkeit zu konzentrieren. Anstatt zum Kaffeetrinken zu Lycke zu gehen, war sie hinunter zum Boot spaziert, um nachzudenken. Aus einem Mord waren plötzlich zwei geworden. Niemand, zumindest sie nicht, wäre auf den Gedanken gekommen, dass Kopf und Körper von zwei verschiedenen Personen stammten.

Karin schlug ihr Notizbuch auf. Vier Seiten mit losen Ideen, wobei auf einer nur Fragen standen, die sie gestern festgehalten hatte. Sie öffnete ihre E-Mails und suchte nach dem Obduktionsprotokoll, das Margareta ihr geschickt hatte. Karin überflog den Bericht über die Frau am Opferstein, von der sie bereits wusste, dass sie an einer Rauchgasvergiftung gestorben war. Bis sie die Ergebnisse der restlichen Proben erhielten, die Margareta ins Labor geschickt hatte, würde es noch eine Weile dauern. Sie öffnete das Protokoll über den Kopf in Frau Wilsons Garten. Es enthielt nicht viele Erklärungen, aber eine stach wirklich heraus. Als Margareta zu den inneren Teilen des Gehirns gelangt war, hatte sie eine ungewöhnlich niedrige Temperatur festgestellt. So niedrig, dass Margareta eine Abweichung vom Normalen notiert hatte. Normal? Karin schüttelte den Kopf über die Wortwahl in dem makaberen Bericht. In diesem Fall gab es wenige Dinge, die normal waren. Ganz tief im Innern war das Hirn gefroren gewesen. Margareta hatte die Temperatur mit einem Ausrufungszeichen versehen. In der Hoffnung, Jerker würde Spuren sichern können, hatten Robban und sie die Tüte, die Hedvig Strandberg über den Kopf gestülpt hatte, nicht angerührt. Ansonsten hätten sie wahrscheinlich gleich gesehen, dass der Kopf gefroren war und nun allmählich auftaute. Karin schauderte.

Als sie im Flur einen erbosten Wortwechsel hörte, blickte sie auf. Beide Stimmen waren ihr vertraut. Die eine klang jung und hitzig, die andere, ältere, bediente sich eines ruhigeren Tonfalls.

»Verdammt noch mal, Folke«, zischte Robban, »ich werde mich doch wenigstens an meinen Schreibtisch setzen dürfen, bevor du wieder damit anfängst.«

»Ich versuche dir lediglich in aller Freundlichkeit zu erklären, dass es regelrecht falsch ist, sich so auszudrücken wie du. Im Radiosender P1 gibt es eine interessante Sendung über Sprache. Dort werden solche Dinge aufgegriffen ...«

»Ist ja gut«, brummte Robban. »Ich gebe mich geschlagen.«

Karin nutzte die Gelegenheit, um sich zu Wort zu melden. »Wenn der Kopf und der Körper vom selben Individuum stammten, hätten wir es nur mit einem Mord zu tun.« Sie wartete auf die Wirkung ihrer Worte.

»Was?«, fragte Robban. Folke drehte sich zu ihr um.

»Was sagst du da? Stammen sie denn von zwei verschiedenen Personen?«

Karin nickte.

»Und damit nicht genug. Der Kopf scheint tiefgefroren gewesen zu sein, und daher lässt sich, wenn überhaupt, nur schwer sagen, seit wann die Frau tot ist. Ich habe Margaretas Gutachten eben erst überflogen. Ihr habt es per E-Mail bekommen.«

»Tiefgefroren«, murmelte Robban nachdenklich und schaltete seinen Computer ein. Dann wandte er sich an Folke. »Ich hatte mir eigentlich einen Kaffee holen wollen. Möchtest du auch einen?«

»Du *wolltest* dir einen holen.«

»Nein, ich hatte mir einen holen wollen, aber dann hast du angefangen, mich zu korrigieren. Jetzt kannst du selbst gehen.« Robban wendete sich ab und trottete zum Pausenraum.

»Ich muss das Ganze in Ruhe durchlesen«, sagte Karin. »Ich hatte nur gesehen, dass der Kopf tiefgefroren war, als ich dich und Robban kommen hörte.«

»Redet ihr über mich?« Robban tauchte mit zwei Kaffeebechern wieder auf und stellte den einen auf Folkes Schreibtisch. Der sah ihn verwundert an.

»Ganz genau«, grinste Robban zufrieden. »Wenn ich nicht so ein umgänglicher Kollege wäre, hätte ich es mir verkniffen, dir einen Kaffee mitzubringen.«

»Hört jetzt auf.« Karin legte ihren Kugelschreiber auf den Schreibtisch. »Es ist noch nicht mal acht Uhr, und ich kann mir das nicht den ganzen Tag anhören.«

Sie öffnete den Bericht, mit dem sie am Freitag angefangen hatte. Ihre Finger flogen über die Tasten und fügten die neuen Informationen hinzu.

»Morgenandacht.« Folke zeigte auf die Uhr an der Wand und nahm Kaffeebecher, Notizblock, Stift und Handy mit. Robban folgte ihm.

»Los, Karin, du weißt doch, was Carsten davon hält, wenn wir zu spät kommen«, sagte Robban.

»Das kann er nämlich gar nicht *verknusen*«, fügte Folke verschmitzt hinzu, weil er sich so über das seltene Wort freute.

Karin las ihren Bericht noch einmal durch und ergänzte weitere Details, die teilweise aus Margaretas Obduktionsbericht stammten und teilweise auf eigenen Beobachtungen beruhten. Sie warf einen Blick auf ihre Armbanduhr: eine Minute vor acht. Schnell loggte sie sich ins Register des polizeilichen Nachrichtendienstes ein. Hier konnte man verschiedene Fälle vergleichen. Die erste Seite bestand aus drei Fotos. Von einem Gutshof in Halland war eine wertvolle Kommode gestohlen worden. Dem exklusiven Weinkeller eines Restaurants im Zentrum von Göteborg war in der Nacht zum Montag ein Besuch abgestattet worden, und in Onsala war ein Einfamilienhaus abgebrannt.

»Opferplatz, Enthauptung, Verstümmelung«, gab Karin ein und startete eine Suche. Sie wollte gerade aufstehen, als sie eine Mitteilung auf ihrem Bildschirm entdeckte. Ein Treffer im Register. Karin sah, dass es nun schon nach acht war, klickte jedoch trotzdem auf den Treffer. Hastig überflog sie den Text, bevor sie Folke und Robban hinterherrannte.

Kriminalkommissar Carsten Heed telefonierte, als Karin hereinkam. Trotzdem verließ er den Raum und schleppte noch einen Stuhl herein, den er Karin mit einem Nicken hinstellte. Den Hörer legte er währenddessen nicht aus der Hand. Es war typisch für Carsten, dass er telefonierte, obwohl er eigentlich ein Treffen anberaumt hatte.

»Willkommen zurück«, begrüßte er Karin, nachdem er aufgelegt hatte. Man hörte, dass er den Sommer in Dänemark verbracht hatte. Ohne sich in detailliertere Fragen nach ihrem Urlaub zu vertiefen oder zu erklären, mit wem er so dringend hatte telefonieren müssen, kam er zur Sache.

»Marstrand. Folke, am Freitag habe ich von dir die Information bekommen, man habe eine Leiche gefunden, aber beim Lesen von Margaretas Obduktionsprotokoll habe ich den Eindruck, dass es sich um zwei Leichen handelt.«

»Es sind auch zwei«, sagte Karin. »Außerdem hatte ich einen Treffer.«

»Ja, Jerker hat schon erzählt, dass du am Samstag verabredet warst«, grinste Robban.

»Hör auf, ich meine einen Treffer im Register des polizeilichen Nachrichtendienstes.«

Im Raum wurde es still. Sie spürte, dass sie nach Robbans Kommentar rot angelaufen war.

Carsten beugte sich über seinen Schreibtisch und fixierte Karin, die noch immer stand. Sie verspürte diese Rastlosigkeit, die sie immer überkam, wenn es Tatsachen und neue Spuren gab, die man verfolgen konnte. Sie hatte ganz einfach nicht die innere Ruhe, um sich hinzusetzen.

»Nimm Platz, Karin.« Carsten zeigte auf den Stuhl, den er für sie geholt hatte.

»Bist du auf einen weiteren Tatort gestoßen?«, fragte Robban.

»Trollhättan.« Widerwillig ließ sich Karin auf der Stuhlkante nieder. Ihr Körper schien deutlich zum Ausdruck bringen zu wollen, dass er auf dem Sprung war, obwohl das Gehirn noch eine Weile in dieser Besprechung ausharren musste.

»Trollhättan«, wiederholte Carsten. »Ich habe gerade mit den Kollegen da oben gesprochen.«

»Ein Jäger hat in der Nähe des Flusses die Überreste einer weiblichen Leiche ohne Kopf gefunden«, sagte Karin.

»Exakt«, erwiderte Carsten. »Diesen Sommer, irgendwann im Juli nach den Wasserfalltagen.«

»Wasserfalltage?«, fragte Robban.

»Der Fluss fließt doch …«, begann Karin und drehte sich zur Götalandkarte um, die sonst immer bei Carsten an der Wand hing.

»Wo ist die Landkarte?«, fragte Karin und zeigte auf das blasse Rechteck, das verriet, das hier bis vor kurzem etwas gehangen hatte.

»Ja, genau«, fügte Robban hinzu. »Wo ist die überhaupt?«

Carsten stand auf, holte die Karte hinter dem Bücherregal hervor und breitete sie auf dem Schreibtisch aus. Nun stellten sich alle hin, um besser zu sehen.

»Da ist Marstrand, da ist Trollhättan und hier ist der Fluss«, erklärte Carsten.

»Der Götafluss«, fügte Folke hinzu. »Das blaue Band Schwedens.«

»Genau«, sagte Carsten. »Der Fluss fließt durch Trollhättan. Im Frühling war ich dort auf einer Konferenz. Bei Trollhättan teilt sich der Fluss. Der eine Arm dient mit seinen Schleusen der Binnenschifffahrt, und der andere Arm, an dem auch die Trollhättan-Fälle liegen, führt durch zwei Wasserkraftwerke.«

»Hojum und Olidan«, sagte Robban mit seiner erhabensten Stimme, nachdem er heimlich auf der Karte nachgelesen hatte. Er klang wie ein Schuljunge, der sich bei seinem Lehrer beliebt machen wollte. Folke hatte gerade den Mund geöffnet, wahrscheinlich um genau diese Information beizusteuern, stellte Karin fest. Robban hatte die beiden Namen der Kraftwerke mit Sicherheit nur erwähnt, um Folke zu ärgern.

»Ich muss die Kollegen aus Trollhättan zurückrufen«, sagte Carsten. Er blickte alle drei der Reihe nach an. Dann fasste er einen Entschluss.

»Kannst du den Fall übernehmen, Karin?«

Karin sah im Augenwinkel, wie Robban sich wand und Folke beleidigt das Gesicht verzog. Im Vorjahr hatte Folke an einem Fall in Vänersborg mitgearbeitet. Dort hatten es die Kollegen anderthalb Tage mit ihm ausgehalten. Dann hatte Carsten einen Anruf mit der Bitte um Ersatz bekommen. Die Tatsache, dass Vänersborg und Trollhättan benachbarte Kommunen waren, mochte die Entscheidung für Karin begünstigt haben.

»Klar«, sagte sie, »aber was meinst du damit genau?«

»Eigentlich zwei Dinge. Du sollst auf unserer Seite die Ermittlungen führen und nach Trollhättan fahren und in Erfahrung bringen, was die Kollegen dort schon haben. Erst einmal gehen wir alles gemeinsam durch.«

Sie besprachen die Lage. Die Frau, die sich Schuld

nannte, war an einer Rauchgasvergiftung gestorben, und anschließend war ihr der Kopf abgetrennt worden.

»Irgendjemand hat sich also die Mühe gemacht, den Kopf vom Körper zu entfernen und mitzunehmen, aber damit nicht genug. Außerdem hat er – oder meinetwegen sie, es könnte schließlich auch eine Frau gewesen sein – den Kopf einer anderen Leiche dabeigehabt und im Garten einer älteren Dame platziert«, sagte Karin.

»Die Identität«, sagte Carsten. »Wir müssen die Identität von Kopf und Körper herausfinden.«

»Ich bin …, wir sind schon dabei.« Robban erklärte, dass sie eine Liste aller Rollenspieler erstellt hatten.

»Rollenspieler?« Carsten machte ein fragendes Gesicht, als hätte er gerade ein äußerst merkwürdiges Wort gehört, das er sich merken musste. Robban klärte ihn kurz auf und erwähnte bei der Gelegenheit, dass nur einer der Darsteller seinen Führerschein dabeihatte und sie daher eine Streife in den Sankt-Eriks-Park hatten schicken müssen, die mit den übrigen Personen zu der Wohnung in Kungälv gefahren war, wo sich alle umgezogen und Gepäck und Papiere zurückgelassen hatten. Folke hatte auch veranlasst, dass alle Mitwirkenden fotografiert worden waren.

Carsten nickte.

Karin erzählte vom Opferstein und berichtete, dass einige Mitglieder des Marstrander Heimatvereins der Meinung seien, es handle sich um einen alten Opferplatz. Folke, Robban und Carsten hörten ihr zwar zu, aber erst als sie die ausgemalten Thorshämmer erwähnte, die sie am Samstag in den Felsen entdeckt hatte, wurde es mucksmäuschenstill im Raum.

»Womit waren sie ausgemalt?«, wollte Carsten wissen.

»Mit Blut«, antwortete Karin. »Jerker und sein Team sind sofort gekommen und haben es getestet. Es gibt vier Zeichen, und alle sind mit Blut ausgemalt.«

»Dann sind die also bei der Untersuchung am Freitag übersehen worden?«, fragte Carsten.

»Weiß ich nicht«, erwiderte Karin und dachte an die Sticheleien, die sie Jerker und den Technikern gegenüber so freimütig von sich gegeben hatte. Das würde man ihr mit Sicherheit aufs Brot schmieren. »Zuerst dachte ich auch, die Spurensicherung hätte die Zeichen übersehen. Aber es besteht ja noch eine andere Möglichkeit.«

»Vielleicht waren sie am Freitag noch nicht ausgefüllt, und der Täter ist noch einmal zurückgekommen«, brummte Folke nachdenklich.

## Åkerström, Trollhättan, Winter 1959

*»Umziehen?«, fragte Birger erstaunt. Das hatte Aina beim Abendessen vorgeschlagen. Auch sie hatte sich Gedanken gemacht, nachdem sie Askos Schwestern und der Frau begegnet waren, die ihn geboren hatte. Das Wort »Mutter« wollte er nicht in den Mund nehmen.*

*»Eriksberg«, sagte Aina und legte ihre Hand auf seine. Birger sah sie an. Nachdenklich betrachtete er ihre klaren Augen und das Lächeln, das ihre Lippen umspielte. In ihrem Schoß lagen Nadel und Faden und eine Hose, die sie für Asko kürzen wollte. Seitdem der Junge da war, hatten ihre Augen einen neuen Glanz.*

*Aina und Birger sprachen an diesem Abend lange miteinander. Eriksberg war sein Elternhaus, ein alter Hof auf der Insel Koön, die zur Kommune Marstrand gehörte. Birgers Eltern hegten schon lange den Wunsch, dass eins ihrer Kinder das Grundstück übernehmen würde. Birgers Schwester war nicht daran interessiert, und seit dem Tod der Mutter lebten nur noch der Vater und die Hühner auf dem Hof.*

»Ja«, sagte Birger gedehnt und rieb sich das Kinn.
»Du meinst, wir sollten versuchen, ihn zu behalten.«
Seine Stimme war belegt. Birger räusperte sich. »Wir
sollten schon morgen mit Vater reden.«

»Und mit Inger vom Jugendamt«, sagte Aina.

Birger nickte. »Vielleicht sollten wir damit anfangen.
Zuerst Inger. Und dann Vater.«

Aina widmete sich wieder dem Saum von Askos
Hose. Die Nadel bohrte sich durch den Stoff und hin-
terließ kleine feine Stiche. Aus ihren Augen tropften
Tränen, die den Stoff dunkel färbten.

»Wir tun, was wir können.« Birger nahm sie in den
Arm. Dann wagte er endlich, auszusprechen, was ohnehin schon lange in der Luft lag.

»Es ist sowieso unser Junge. Auch wenn er ein bisschen spät gekommen ist.«

# 7

Das Prasseln auf der Windschutzscheibe wirkte einschlä-
fernd. Karin blickte zuerst auf den nassen Asphalt der Europastraße 45 und dann hoch in den grauen Himmel, der
unerschöpfliche Wassermassen bereitzuhalten schien. Sie
fröstelte allein bei dem Anblick. Außerdem machte das
Wetter müde. Es war elf Uhr an einem Montagvormittag,
und sie war seit fünf Uhr wach. Die Tatsache, dass ihr Fall
einen Treffer im Register hervorgebracht hatte, erfüllte sie
mit Hoffnung und mit Sorge. Vielleicht erfuhren sie Dinge, die ihnen weiterhalfen, aber vielleicht hatte auch ein
und derselbe Täter in möglicherweise größeren Abständen
mehrere Verbrechen ähnlicher Art verübt.

Carsten Heed hatte schließlich den Kommissar erreicht,
der mit dem Fall betraut gewesen war. Sie drehte den Notizblock auf dem Beifahrersitz so, dass sie den Namen
lesen konnte: Anders Bielke. Mit der Schreibweise nahm
er es offenbar genau, denn er hatte Carsten extra darauf
hingewiesen, dass man den Namen nicht so schrieb, wie
man ihn aussprach: Bjälke. Jedenfalls erwartete er sie im
McDonald's-Restaurant im Överby-Einkaufszentrum in
Trollhättan.

Ihr Handy klingelte.

»Hallo, hier ist Johan. Lindblom«, fügte er hinzu. »Ich
wollte dich fragen, ob ich dich zum Mittagessen einladen
darf.«

»Das wäre schön, aber ich bin auf dem Weg nach Trollhättan.«

»Aha, dann muss ich wohl umdisponieren und dich
stattdessen zum Abendessen einladen.«

»Gerne. Wann?«

»Heute, wenn das für dich okay ist?«

»Ich werde voraussichtlich den ganzen Tag in Troll-hättan sein und weiß nicht, wann ich hier loskomme. Außerdem trage ich meine Arbeitskleidung«, sagte Karin.

»Eine Uniform, oder was?«, fragte Johan.

»Das würde dir gefallen, was? Nein, nicht ganz. Eher Jeans.«

»Mist, dann können wir nicht da hingehen, wo ich eigentlich hinwollte«, sagte Johan.

»Sollen wir es verschieben, damit ich mir vorher noch ein Abendkleid kaufen kann?«, fragte Karin.

»Nein, essen wir lieber bei mir zu Hause. Das wollte ich von Anfang an vorschlagen. Vergiss das Abendkleid.«

Nachdem Karin aufgelegt hatte, ertappte sie sich selbst dabei, dass sie einfach dasaß und vor sich hin grinste. Sie beugte sich vor und schaltete das Radio ein. Ted Gärdestad sang was von Sonne, Wind und Wasser.

Das Schild von McDonald's war schon von weitem zu sehen. Da es auf die Mittagszeit zuging, bestellte sich Karin einen Big Mac und quälte sich eine Weile mit der Frage herum, ob sie statt der Pommes frites einen Salat nehmen sollte, löste das Problem aber, indem sie zu lange wartete. In ihrem Kopf hörte sie Folke einen Vortrag über Omega-3-Fettsäuren halten und ausführlich darauf hinweisen, dass man einen Bogen um ungesunde Fette machen sollte. Gesättigt, ungesättigt und mehrfach ungesättigt. Sie vergaß immer, welches davon gefährlich war.

Im Restaurant befanden sich nur wenige Gäste. Karin suchte sich einen Platz am Fenster, von dem aus man den Parkplatz und das Överby-Einkaufszentrum überblicken konnte. Sie nahm einen Bissen von dem Hamburger. Manchmal schmeckte es bei McDonald's richtig gut, und sie war lange nicht hier gewesen. Im Sommer hatte sie täglich Makrelen geangelt, die sie anschließend gebraten und genüsslich mit Kartoffeln und saurer Sahne verspeist hatte. Sie hoffte, dass sie kleine Sünden mit dieser gesunden Ernährungsweise auf Dauer ausgleichen konnte.

Hinter ihr saß ein Typ, der unangenehm laut mit dem Handy telefonierte. Karin wollte ihn gerade bitten, seine Lautstärke ein wenig zu dämpfen, als sie ihn sagen hörte: »Der Bulle aus Göteborg ist noch nicht aufgetaucht. Typisch Großstädter, die können einfach nicht pünktlich sein.« Nach einer Pause fuhr der Mann fort: »Warte, ich sehe mal nach.« Sie hörte ihn einen Reißverschluss öffnen, der vermutlich zu einer Jackentasche gehörte. Anschließend knisterte Papier. »Kommissar Adler.«

Karin spitzte die Ohren.

»Nein, den rufe ich bestimmt nicht an! Der soll sich bei mir melden ... Total rücksichtslos, da stimme ich dir zu.«

Als Karin ihren Burger aufgegessen hatte, hielt sie sich ihr Handy ans Ohr. Ohne eine Nummer zu wählen, sprach sie mit lauter Stimme hinein: »Ich sitze hier und warte auf das Mädel von der Polizei Trollhättan. Klar weiß ich, wie spät es ist, aber sie ist immer noch nicht da. Vielleicht haben die auf dem Land ja keine Uhren. Sicher, ich habe hier irgendwo einen Zettel. Kommissarin Bjälke müsste sie heißen, Bjälkä mit zwei ä.«

Karin trank ihre Sprite Zero aus und wartete auf seine Reaktion, die prompt kam.

»Sollen wir vielleicht noch einmal von vorne anfangen?« Nun stand der Typ vor ihr.

»Hallo, Anders!« Lächelnd stellte Karin ihr Getränk ab. Dann stand sie auf und ergriff seine ausgestreckte Hand.

»Kommissarin Adler?«

»Karin.«

»Wartest du, wenn ich mir etwas zu essen bestelle?«, fragte Anders.

»Klar. Dann nehme ich noch eine Apfeltasche zum Kaffee.«

Anders war ungefähr im selben Alter wie sie. Er hatte dunkle Haare und braune Augen. Karin fand, dass er kompakt wirkte. Diese Beschreibung hätte ihm sicher nicht gefallen, aber er sah eben nicht aus wie jemand, der schnell laufen konnte, sondern wie einer, der mit der Büchse in der Hand auf einem Hochsitz im Wald auf der Lauer lag. Vielleicht vermittelte aber auch nur seine Kleidung diesen Eindruck. Schwere Stiefel, eine grüne Hose mit verstärkten Knien und eine dunkelgrüne Jacke aus grobem Stoff.

Karin erzählte von der Frau, die sie beim Opferstein gefunden hatten, und dass sie anfangs ganz selbstverständlich davon ausgegangen waren, dass der Kopf in Frau Wilsons Garten zu ihr gehörte. Anders hörte ihr während des Essens zu. Er verspeiste seinen Hamburger auf routinierte Weise und verbrauchte keine einzige Serviette. Außerdem hatte er Pommes frites statt Salat gewählt.

»Wir sollten zum Fundort fahren.« Bis jetzt hatte Anders zu seinem Fall nichts gesagt, sondern Karins Bericht aufmerksam gelauscht. Sie nickte.

»Lass dein Auto hier stehen. Wenn wir fertig sind, bringe ich dich zurück«, fügte er hinzu. »Übrigens, du hast nicht zufällig Stiefel dabei? Ich habe noch welche in Größe 44 …«

Karin öffnete ihren Kofferraum und holte ein Paar blaue Seglergummistiefel aus einer wasserdichten Reisetasche. Sie waren am Schaft eingerissen, und Karin wollte die Mittagspause nutzen, um sich deswegen in dem Geschäft am Järntorget zu beschweren, wo sie sie gekauft hatte. Es war reines Glück, dass sie die Gummistiefel ausgerechnet heute eingepackt hatte.

Anders fuhr einen grünen Volvo V70 mit Hundekäfig im Kofferraum. Im Wageninneren roch es nach Hund. Naserümpfend ließ sich Karin auf dem Beifahrersitz nieder.

Wie ein blaues Band lief der Götafluss links neben der Straße entlang. Karin übersah jedoch nicht die Strudel, die sich im Wasser bildeten. Selbst wenn die Oberfläche glatt war, war die Ruhe trügerisch. Sie hatte solche Strudel bereits im Pentland Firth, der Meerenge zwischen dem schottischen Festland und den Orkneys, erlebt und wusste, was sie anrichten konnten.

»Es gibt noch einen kürzeren Weg zum Fundort, aber wenn wir aus dieser Richtung kommen, erhältst du einen besseren Überblick. Dort drüben liegt das Zentrum. Wir haben es umfahren.« Anders zeigte auf die Klappbrücke und bog an der Ampel rechts ab. »Dort unten sind die Schleusen, aber wir fahren über die Oskarsbron und dann dort entlang.« Karins Blick folgte seinem Finger. Der Berg öffnete sich und entblößte eine Schlucht, die immer tiefer zu werden schien, je länger sie fuhren. Am Ende war in dem ansonsten ausgetrockneten und von großen Felsblöcken umgebenen Flussbett ein Rinnsal zu erkennen. Mitten auf der Brücke blieb Anders stehen.

»Dort sind die berühmten Wasserfälle. Im Moment gibt es da nicht viel zu sehen, weil kein Wasser fließt, aber manchmal lassen sie das Wasser laufen, und ich muss zugeben, dass ich es noch immer schön finde. Im Sommer gab es hier zu der Zeit eine Installation mit Licht und Ton. Die Kraft, die sich da entfaltet, hat etwas Beeindruckendes.«

Anders zeigte auf einen Felsen, der ein Stück oberhalb der Wasserfälle herausragte.

»Einmal stand dort ein Mann, der den Wasserfall aus nächster Nähe fotografieren wollte. Das ist gut dreißig

Jahre her. Er konnte ein paar hübsche Bilder machen, bevor er weggerissen wurde. Als das Wasser kam, bedeckte es die gesamte Klippe. Er hatte keine Chance. Ist nie wieder aufgetaucht.«

Die Straße schlängelte sich einen steilen Berg hinauf. Karin war dankbar, dass sie auf dem Beifahrersitz saß und sich somit auf der Bergseite befand. Den Bootsmast hinaufzuklettern war eine Sache, aber an einem steilen Abhang zu stehen war etwas ganz anderes.

Anders bog in einen Waldweg. Er stellte das Auto am Straßenrand ab, nahm eine Karte aus dem Handschuhfach und zeigte Karin, wo sie sich befanden.

»Okay. Zeit, in die Stiefel zu schlüpfen.« Er öffnete den Kofferraum.

Der Wind rauschte in den Baumkronen. Karin musste den Kopf in den Nacken legen, um die Wipfel der schwindelerregend hohen Bäume zu erkennen. Hauptsächlich waren es Tannen. Sie verlor fast das Gleichgewicht. Sie sah sich um. Tannen und Kiefern, hohe Bäume, so weit das Auge reichte.

Anders ging vor ihr über einen Steg, über dessen Bretter Kaninchendraht gespannt war, damit man nicht ausrutschte. Das Holzgeländer, das sich einst an den Seiten befunden hatte, war verfault und abgebrochen. Hinter dem Steg begann ein schmaler Pfad. Überall lagen moosbedeckte Steine herum, die so groß wie Männerköpfe waren, und erschwerten das Vorankommen. Dann lichtete sich vor ihnen der Wald, während er sich hinter ihnen zu verdichten schien. Den Pfad, auf dem sie gekommen waren, konnten sie nicht mehr sehen.

Anders blieb stehen und fing an zu erzählen.

Es handelte sich um einen alten Hinrichtungsplatz. Zugewachsen, still und vergessen. Die Gräber mit den sterblichen Überresten lagen unsichtbar in der feuchten Erde unter dem Moos. Einst hatte sich diese Stelle, von der man den Fluss hatte sehen können, tief im Wald befunden, doch nun war die Bebauung immer näher gerückt. Weniger als fünfhundert Meter von hier stand eine Siedlung mit gepflegten Häusern, Supermarkt und Kindergarten. Der Platz war seit über hundertfünfzig Jahren vergessen. Bis vor kurzem.

## Jugendamt, Trollhättan, Winter 1959

*Inger hieß sie lächelnd willkommen. Birger rutschte von einer Pobacke auf die andere und knetete die Jacke, die er in seinen groben Händen hielt. Schließlich ergriff Aina das Wort, weil das Gespräch auf ihre Initiative hin zustande gekommen war. Langsam und sachlich erklärte sie, worum es ging. Um Asko.*

*»Unser Junge«, wie sie sagte.*

*Inger hörte zu.*

*Birger bemerkte Ingers ernste Miene und fragte, ob alles in Ordnung sei. Inger sagte ihnen klipp und klar, wie die Dinge lagen. Sie hatten eine Pflegefamilie für den Jungen gefunden. Schweigen breitete sich aus.*

*Birger wollte Ainas Hand nehmen, aber Aina zog sie weg.*

*»Nein«, sagte sie mit großer Entschiedenheit und blickte Inger fest in die Augen. »Es ist unser Junge. Asko soll bei uns bleiben. Wir sind jetzt seine Familie.«*

*Stolz und ein wenig verwundert betrachtete Birger seine Frau, die nun unbeirrbar und ohne das geringste Zittern in der Stimme darlegte, dass sie umziehen und den Hof von Birgers Vater in Marstrand übernehmen wollten. Auf diese Weise bekam Asko Abstand von der Gegend und den vielen Erinnerungen. Er würde nicht*

Gefahr laufen, einem der Menschen zu begegnen, die ihm so weh getan hatten.

Als sie verstummte, drückte ihr Blick etwas aus, das Birger noch nicht oft an ihr gesehen hatte, und als er nun nach ihrer Hand griff und sie drückte, konnte sie den Druck nicht erwidern. Sie wirkte vollkommen ausgepumpt.

Inger nickte verständnisvoll. Sie war offenkundig gerührt, das sah Birger.

Aina schien noch etwas sagen zu wollen, aber Inger stand auf und ging zu ihr.

»Ich verspreche dir, dass ich alles tue, was in meiner Macht steht, Aina. Er hätte es bestimmt sehr gut bei euch, davon bin ich überzeugt. Ich gebe mein Bestes.«

Aina rang nach Worten, aber es war bereits alles gesagt. Nun konnten sie nur noch hoffen.


Sara stand in der Waschküche und faltete Wäsche. Die Kinder waren im Kindergarten, Tomas bei der Arbeit, und auf der massiven Ablage aus Kiefer türmte sich die frisch gewaschene Wäsche. Auch die Berge von Kleidungsstücken, aus denen die Kinder herausgewachsen waren, mussten dringend sortiert und weggepackt werden. Von den vielen einzelnen Socken ganz zu schweigen. Die Katze sprang auf einen der sauberen Wäschehaufen, rekelte sich genüsslich und hinterließ kleine schwarze Tatzenspuren auf einem weißen Laken.

Draußen vor dem Kellerfenster war das Wetter grau. Der einst weiße Gartenzaun war nun mit grauen und grünlich schwarzen Schimmelflecken bedeckt, stellte Sara fest, als sie hinausblickte. Man müsste ihm dringend mit der Scheuerbürste zu Leibe rücken. Sara hörte auf, die Wäsche zu falten, und füllte stattdessen einen Eimer mit heißem Wasser, dem sie einen großzügigen Spritzer Seife hinzufügte.

Mit kräftigen Handbewegungen begann sie, den Zaun abzuschrubben. Die Flecken lösten sich und ließen die weiße Farbe darunter wieder zum Vorschein kommen. Anschließend spritzte sie alles mit dem Gartenschlauch ab, aber ihre Kraft ließ allmählich nach. Nein, dachte sie, als sie einen Teil des Zauns geschafft hatte. Ich muss etwas nur für mich selbst tun, etwas für die Seele.

Der Besuch im Rathaus, den sie am Sonntag mit Georg unternommen hatte, hatte einen starken Eindruck auf sie gemacht. Sie dachte an die Frau mit den beiden Kindern, die Georg gesehen zu haben behauptete. Sie konnte seine Überlegungen zu der Ausstellung über die Hexenprozesse verstehen, und als er am Tag darauf angerufen und Sara gefragt hatte, ob sie sich vorstellen könne, eine heutige Perspektive auf das Thema zu konzipieren, hatte sie den Auftrag gerne angenommen. Sie wusste nur noch nicht genau, wie sie das anstellen sollte. Hexen heute?

Sara stellte den Eimer mit dem schäumenden Wasser ab und ließ die Bürste unter der dampfenden Oberfläche verschwinden. Der Wind hatte zugenommen, sie bibberte. Der Nordberget, der große graue Berg, schützte die Häuser im Fyrmästargången vor Nord- und Westwind, aber nun wehte der Wind aus südlicher Richtung. Sie sah sich im Garten um. Generationen vor ihr hatten hier schon gelebt. Das Grundstück kam sogar in einem Buch über die steinzeitlichen Siedlungen auf den Inseln von Marstrand vor. Beim Umgraben hatte Sara Pfeilspitzen aus Feuerstein gefunden. Andächtig hatte sie sie aufgehoben und an ihrer Jeans abgewischt. Wie ein zufällig entdeckter Schatz lagen die sorgfältig bearbeiteten Steine in ihrer Hand. Einige Funde dieser Art waren bereits erfasst und wurden im Keller des Rathauses aufbewahrt.

Dieser Gedanke brachte sie auf eine Idee. Ihr war ein Blickwinkel auf die bevorstehende Ausstellung eingefallen, auf den sie bisher nicht gekommen war. Vielleicht sollte sie erforschen, ob es noch lebende Verwandte der Personen gab, die in die Hexenprozesse verwickelt gewesen waren. Sie konnte mit ihrer ehemaligen Nachbarin Majken sprechen, die sich mit Ahnenforschung beschäftigte. Sie hatte ohnehin vorgehabt, sie bald im Seniorenheim zu besuchen.

Die Rastlosigkeit riss sie aus ihren Gedanken und kribbelte in ihrem Körper. Sara blickte sich um. Im Gewächshaus hingen verwelkte Tomatenpflanzen wie Überbleibsel des vergangenen Sommers. Auf der trockenen Erde lagen noch ein paar Erbsenschoten. Abgesehen von zwei Pelargonien, die unermüdlich blühten, sah es hier wüst und trostlos aus. Sara holte die Schubkarre, eine Forke und einen Spaten und machte sich daran, im Gewächshaus Ordnung zu schaffen, während sie weiter ihren Gedanken nachhing. Der Kater hatte sich vom Wäscheberg im Keller erhoben, war herangekommen und sah sie durch das algenbedeckte Glas forschend an.

»Na, Alter«, sagte Sara zu ihm.

Er streckte sich ausgiebig und spazierte in Richtung Straße.

Nebenan bog Lycke in die Einfahrt und trug einen schlafenden Walter ins Haus. Kurz darauf kam sie herüber zu Sara.

»Jetzt beginnt die Erkältungszeit«, seufzte Lycke.

»Was hat er denn?«, fragte Sara.

»Fieber. Hoffentlich hat er Linus und Linnéa nicht angesteckt, als sie am Wochenende zusammen gespielt haben. Du hast nicht zufällig ein fiebersenkendes Mittel da? Am liebsten ein Zäpfchen, wir haben anscheinend nichts mehr im Haus.«

Sara eilte hinein und holte eine Schachtel Fieberzäpfchen aus ihrem umfangreichen Medikamentenvorrat.

»Vielen Dank, meine Liebe.« Lycke wollte gerade wieder gehen, als sie sich noch einmal umdrehte. »Du, wir haben hier draußen in der Villa Maritime ab Freitag das ganze Wochenende über so ein Kick-off-Meeting und ...«

»Nun sag schon«, erwiderte Sara.

»Äh, ich weiß ja, dass es dir nicht so gutgeht, und ich will dir auch keine zusätzliche Belastung aufbürden, aber wenn sie schon einmal hier sind, würde ich meinen Kollegen gern ein bisschen Marstrander Geschichte vermitteln. Könntest du mir nicht einen kleinen Text schreiben, den ich dann vorlese oder frei vortrage? Oder, was mir noch lieber wäre, könntest du ihnen nicht persönlich etwas über Marstrand erzählen, vielleicht im Rahmen einer Führung?«

»Was ist mit Johan? Kann er das nicht machen?«, fragte Sara.

»Er hat keine Zeit, und außerdem finde ich die Anekdoten, die du erzählst, viel lustiger. Es war aber nur eine Idee, und du sollst dich auf keinen Fall unter Druck gesetzt fühlen. Du kannst ja mal darüber nachdenken. Ich muss jetzt zu Walter. Danke für die Zäpfchen!« Sie winkte mit der Schachtel und verschwand im Haus.

Sara steckte die Forke in die Erde, ließ die halbvolle Schubkarre vor dem Gewächshaus stehen und ging durch den Kellereingang hinein. Vor der Tür streifte sie achtlos die schmutzigen Gummistiefel ab und ließ in der Waschküche das Regenzeug liegen. Einen kleinen Text schreiben? Eine Führung? Bei Letzterem hatte sie ihre Zweifel, aber Material konnte sie auf jeden Fall für Lycke zusammenstellen. Da Tomas' Vater sehr an Geschichte interessiert gewesen war, hatten sie nach seinem Tod eine Menge Bücher von ihm geerbt.

Sie trat ans Bücherregal und suchte alles heraus, was sie fand: von Waldemars alten Ledereinbänden über Reiseführer bis zu den Heftchen, die sich die Touristen um 1900 hatten kaufen können, als Marstrand ein Badeort gewesen war. Bald lagen mehrere Bücher aufgeschlagen da, und massenhaft Papier breitete sich aus. Die Frage war, über welche Epoche sie berichten sollte. Die steinzeitlichen Siedlungen. Sara machte sich Notizen. Die katholische Zeit, das Mittelalter. Die Heringsperioden. Oder sollte sie von den Gebäuden ausgehen? Sie holte sich eine Karte von Marstrandsön, Koön und Klöverön. Eine Wanderung rings um die Insel Marstrandsön oder nur durch die Stadt ...?

Allmählich bildete sich eine Idee heraus, und gegen Mittag war sie bereits die Hälfte des Materials durchgegangen. Sie setzte Kartoffeln auf und stellte die Hackfleischbällchen vom Vortag in die Mikrowelle. Ganz hinten im Kühlschrank entdeckte sie ein Glas Wildpreiselbeeren. Die Katze kam herein und sah sie vorwurfsvoll an.

»Du hast doch etwas zu essen«, sagte Sara. »Es ist deine eigene Schuld, wenn es so trocken ist. Warum schleckst du auch die ganze Sauce ab?« Der Schwanz, der eben noch nach oben gezeigt hatte, sank hinunter, und die ganze Körpersprache signalisierte deutlich, in was für elenden Zuständen sie leben musste. Beleidigt wandte sie sich ab und tapste die Kellertreppe hinunter.

Nach dem Essen entwarf Sara einen Schlachtplan. Geschichte, Orte, Gebäude, Einzelschicksale und Marstrand heute. Sie betrachtete das Wort »Schicksale« und dachte an die Frau mit den beiden Kindern, die Georg im Rathauskeller gesehen hatte. Sara stand auf und ging zum Bücherregal, aber als sie davorstand, wusste sie nicht mehr, warum sie gekommen war. Die Konzentration ließ nach, ihre Gedanken entglitten ihr, ohne dass sie etwas dagegen tun konnte. Sie strich sich über das Haar und ging langsam zurück in die Küche.

Sara setzte Kaffee auf und beobachtete die schwarzen Tropfen, die durch den Filter rannen, während es in der Maschine behaglich gurgelte. Draußen regnete es nun kräftig. Ein kalter grauer Herbstregen prasselte gegen die Verandafenster. Das Geräusch beruhigte sie. Sie ging hinüber zum Kamin, knüllte Zeitungspapier zusammen und legte ein paar dünne Äste darauf, die leicht Feuer fingen. Auf das Anmachholz stellte sie einen alten Kerzenstummel und noch ein paar trockene Holzpaneele von Lycke und Martins Umbau. Als das Feuer in Gang gekommen war, schloss sie die beiden Glastüren und ging sich einen Kaffee einschenken. Wieder kam ihr Georgs Geschichte von der Frau mit den beiden Kindern in den Sinn.

Sara kehrte zum Bücherregal zurück, fand das Gesuchte: *Untersuchungen zur Hexerei in Bohuslän zwischen 1669 und 1672.* Sie band sich ein Tuch um den Hals, legte sich eine Strickjacke um die Schultern und setzte sich wieder. »Brennholz, Birkenreisig und Teertonnen zu vier Reichstalern für den Scheiterhaufen, auf dem die Hexen brennen sollen.« Sie blätterte um und las weiter.

Das Ganze schien in Marstrand begonnen zu haben. Ein Mann namens Sören Muremeser und seine eifersüchtige Ehefrau beschuldigen Anna i Holta, die in ihrem Haus zu Gast ist, Sören impotent gemacht zu haben. Sörens Frau bezeichnet Anna als Hexe. Im Juni 1669 kommt Anna ins Gefängnis.

Nach einem Monat im Gefängnis nimmt Anna sich das Leben, indem sie sich erhängt, doch bis dahin hat sie unter schwerer Folter eine weitere Frau beschuldigt, Malin im Winkel aus Marstrand. Seitdem ihr Mann beim Heringsfang verunglückt ist, lebt Malin mit zwei Kindern allein in einer einfachen Hütte und kommt nach Ansicht ihrer

Nachbarin erstaunlich gut allein zurecht. So gut, dass sie einigen in ihrer Umgebung ein Dorn im Auge ist. Sie besitzt eine Kuh und ein paar Hühner. Dass Malin gut aussieht, macht die Sache nicht besser. Malin ist die Frau, die gerufen wird, wenn jemand krank geworden ist oder sich verletzt hat. Sie ist eine tüchtige und tatkräftige Frau, die bei Geburten hilft und hinter ihrem Häuschen einen kleinen Kräutergarten angelegt hat. Dort befindet sie sich, als die Wachen sie abführen. Sara blickte auf und warf einen Blick auf das Gewächshaus, in dem sich ihr eigener Kräutergarten befand. Dann wendete sie sich wieder dem Buch zu.

Im Amtsgericht sind die Ratsherren, die beiden Bürgermeister der Stadt und der Pfarrer versammelt. Ganz hinten im Saal sitzen der Henker und seine Knechte. Dann führen die Wächter Malin oder besser gesagt die Hexe herein, wie es in der Beschreibung lautete. Klein und zart, wie sie ist, sieht sie sich erst einmal um. Die Anwesenden fragen sich verwundert, ob eine so sanftmütige und schöne Frau wirklich über eine so große Kraft verfügen kann, wie in der Anklage behauptet wird. Ist sie wirklich eine Hexe?

Sara merkte gar nicht, wie die Zeit verging. Plötzlich war es vier Uhr. Noch ganz benommen von dem, was sie gerade gelesen hatte, ging sie die Kinder vom Kindergarten abholen. Sie musste daran denken, dass auch sie Kräuter im Garten angepflanzt hatte. Darunter den Liebstöckel, den sie geschenkt bekommen hatte. Als Schutz vor Zauberei und bösen Geistern konnte man das Kraut entweder an jeder Ecke des Hauses oder in jeder Himmelsrichtung pflanzen. Liebstöckel roch nach Salmiak und schmeckte kräftig nach Petersilie. Sara hatte ihn vor allem aus Spaß an jeder Ecke des Hauses gepflanzt. Auch Lycke hatte sie davon abgegeben und geraten, es ihr nachzutun. Wenn

Sara es sich genau überlegte, hätte sie nach damaligem Ermessen vielleicht auch als Hexe gegolten. Geheimnisvolle Kräuter und Ratschläge für die Nachbarn.

»Hast du gemalt, Mama?«, fragte Linus, als er den überladenen Küchentisch sah.

Zwanzig Minuten später kam Tomas nach Hause.

»Du bist einfach nicht bei Trost.« Er zeigte auf den Eimer am Zaun und die Schubkarre vor dem Gewächshaus. »Man kann doch nicht tausend Dinge anfangen und nichts zu Ende bringen.« Als er den Tisch sah, griff er sich an den Kopf. »Was treibst du da bloß, Sara? So geht das nicht weiter. Jetzt räumen wir erst einmal auf.«

Sie lächelte.

»Das Essen wird heute auf dem Sofa serviert, am Kamin. Wir sind heute ein bisschen ungezogen.«

»Jaaa!«, riefen die Kinder, während Tomas ein finsteres Gesicht machte. Das war jedoch nicht so schlimm, dachte Sara, und umarmte ihn. Und dann erzählte sie ihm, was los war.

»Heute Morgen wollte ich dich anrufen und fragen, ob du glaubst, dass wir das alles schaffen. Ob wir die ganze Sache heil überstehen, und wenn ja, ob wir es zusammen oder jeder für sich tun werden. Aber nun habe ich einen Weg gefunden. Meinen Weg. Etwas, das mir Kraft gibt.« Sie zeigte auf ihre Notizen und die Bücherstapel auf den Küchenstühlen.

»Ich habe etwas richtig Sinnvolles gefunden, das mir wirklich Spaß macht. Willst du wissen, was es ist?«

Robban betrachtete die Liste mit den Charakteren der Rollenspieler. Die Namen leiteten seine Gedanken in die Welt der Mythen und Sagen.

Einige von ihnen kannte er, aber Skuld, wie die Frau am Opferstein geheißen hatte, war ihm noch nie begegnet.

Warum sollte er nicht gleich mit ihr anfangen? Seltsamer Name, Schuld. Warum nannte man sich so? Vielleicht hatte der Name eine verdeckte Bedeutung, die er nicht sah? Robban beschloss, sich gründlich über die Charaktere der Rollenspieler zu informieren, bevor er sie noch einmal vernahm.

Skuld. Er gab die fünf Buchstaben ein und startete die Suche im Internet.

Es überraschte ihn nicht, dass er viele Ergebnisse erhielt. Ganz unten auf der Liste stand Skuld als mythologischer Begriff. Er fiel zwar unter die Kategorie Asenglaube, aber damit kam er der mittelalterlich gekleideten Frau und den anderen Rollenspielern vermutlich recht nahe. Er machte eine Pause, um sich einen Kaffee zu holen, und setzte sich wieder. Während er an dem heißen Kaffee nippte, las er den Text durch. »Skuld ist eine der drei Nornen in der nordischen Mythologie. Die Nornen spinnen die Schicksalsfäden, die das Leben jedes Menschen von Geburt an bis zum Tod lenken. Die Nornen sind eng verwandt oder sogar identisch mit den Disen. Sie herrschen über das Schicksal und werden daher auch als Schicksalsgöttinnen bezeichnet. Über jedes Geschlecht herrscht und wacht eine von ihnen. Die Herkunft der Nornen liegt im Dunkeln.«

»Aha, so ist das also«, sagte er zu sich selbst. »Skuld ist verantwortlich für die Zukunft, sie repräsentiert das, was kommen wird. Eine der drei Nornen.« Drei? Der Sache ging er besser sofort auf den Grund, dachte er sich, und startete noch eine Suche. Sofort stieß er auf die Namen und Bedeutungen der beiden anderen Schicksalsgöttinnen: Urd und Verdandi. Urd war laut der nordischen Mythologie die älteste der drei Nornen und repräsentierte die Vergangenheit. Urd hatte ursprünglich Hel geheißen, bevor der Asenglaube sie an die Wurzeln des Baumes Yggdrasil befördert hatte. Hel war die Herrscherin über das unterirdische Totenreich. Der Name Hel steckt im englischen »hell« und im schwedischen Wort »helvete«, das »Hels Strafe« bedeutet. Das gehörte zu den Dingen, die Folke für gewöhnlich wusste.

Das waren zwei, dachte Robban. Blieb noch die dritte Schicksalsgöttin. Verdandi. Verdandi war die mittlere der Nornen und repräsentierte das, was jetzt ist, also die Gegenwart. Gemeinsam mit Urd und Skuld lebte sie bei Mimirs Brunnen am Fuß der Weltenesche Yggdrasil. Die drei Schicksalsgöttinnen sponnen die Lebensfäden der Menschen auf ihren Spindeln.

Da die Texte nicht besonders lang waren, kopierte er sie und fügte sie alle in ein Word-Dokument ein, dem er den Titel »Schicksalsgöttinnen« gab. Robban blickte auf die Uhr rechts unten auf dem Bildschirm und fragte sich, wie es Folke wohl bei der Gerichtsmedizinerin Margareta Rylander-Lilja erging. Er war jetzt schon über eine Stunde weg.

Normalerweise wäre Robban zu Margareta auf den Medicinarberget gefahren, während Folke die Liste durchging, aber das Problem – oder zumindest eins der Probleme – an Folke war, dass er sich nicht besonders gut mit Computern auskannte. Deshalb wusste er weder, wie die Datenbanken der Polizei aufgebaut waren, noch dass man fast alles im Internet recherchieren konnte. Daher hatte es nahegelegen, die Rollen zu tauschen. Genau in diesem Augenblick kam der Kollege. Er kratzte sich nachdenklich am Kopf.

»Wie ist es gelaufen?«

»Ich habe mit Margareta telefoniert. Sie wollte die Laborergebnisse der Proben von der Frau am Opferstein mit mir besprechen.«

»Und?«

»Und was?«

»Meine Güte, Folke, was hat sie gesagt? Wie ist es gelaufen?«

Robban reagierte gereizt. Er wusste, dass Folke Margareta eigentlich persönlich im Rechtsmedizinischen Institut hätte aufsuchen sollen, begriff aber, dass es seinem Kollegen gelungen war, das Treffen in ein Telefonat umzuwandeln. Wenn es einen Ort gab, um den Folke einen Bogen machte, dann den Medicinarberget. Robban wusste nicht, ob das an den Leichen lag, die dort aufbewahrt wurden, oder an der dominanten Erscheinung von Margareta Rylander-Lilja. Wahrscheinlich steckte ein Gemisch aus beidem dahinter.

»Ich dachte, du wolltest hinfahren.« Robban konnte es nicht lassen, seinen Kollegen ein wenig zu piesacken. Er selbst fand die Gespräche mit Margareta immer nett und bereichernd.

»Wir fanden beide, dass sich die Angelegenheit auch telefonisch erledigen lässt, weil …«, begann Folke ausweichend und machte ein betretenes Gesicht. Wir?, dachte Robban, der genau wusste, dass Margareta persönliche Gespräche E-Mails und Telefonaten bei weitem vorzog.

»Scheißegal, Folke, erzähl mir einfach, was dabei herausgekommen ist. Was hat sie gesagt?«

»Dieses Schimpfwort, das du da eben verwendet hast, finde ich für einen Mann im Staatsdienst reichlich unpassend. Von einem Kommissar sollte man eine gepflegtere Ausdrucksweise erwarten dürfen.«

»Mann, jetzt erzähl endlich! Muss das immer so verdammt umständlich sein? Gleich ruf ich sie selbst an.« Robban nahm den Hörer in die Hand, Folke schmollte. Robban musste an seine drei Kinder und den hektischen Morgen denken. Da seine Frau Sofia mit ihren Lehrerkollegen einen Kurs im englischen Glastonbury besuchte, war er mit ihnen allein zu Hause. Mit Folke hatte er heute wirklich keine Geduld.

»Was hat Margareta denn nun gesagt?«, fragte er seinen Kollegen verbissen, nachdem er den Hörer wieder auf die Gabel gelegt hatte.

»Die Frau am Opferstein ist ja an einer Rauchgasvergiftung gestorben, das wussten wir bereits, aber Margareta hat auch Spuren von Alkaloiden gefunden.«

»Was ist das denn?«, fragte Robban.

»Offenbar die erste Wirkstoffgruppe, die man aus Pflanzen isolieren konnte. Alkaloide befinden sich in der Rinde, den Blättern und auch den Früchten von Pflanzen und werden von der menschlichen Haut und den Schleimhäuten leicht aufgenommen. Als Lösungsmittel werden Alkohol oder Öle verwendet.«

»Und?«, bohrte Robban nach. »Was bedeutet das?«

»Alkaloide haben laut Margareta eine starke Wirkung auf den menschlichen Körper. Koffein, Nikotin und Morphine gehören auch zu dieser Gruppe. Ich hatte immer den Verdacht, dass Kaffee nicht gesund ist. Über Morphium und Nikotin brauche ich mich wohl nicht auszulassen …«

Nein, das kannst du dir sparen, dachte Robban und fiel ihm ins Wort. »In welcher Hinsicht haben sie eine starke Wirkung? Was passiert denn, wenn man sie einnimmt?«

»Alkaloide sind in der menschlichen Geschichte schon immer als Drogen, Heilmittel und als Gift verwendet worden. Grundsätzlich lässt sich sagen, dass sie in geringer Dosis und bei klugem Einsatz als Medizin betrachtet werden können, während eine größere Dosis mitunter lebensgefährlich sein kann. Margareta sagte, es sei extrem schwierig, diese Art von Wirkstoffen richtig zu dosieren.«

»Du weißt schließlich, wie der Kaffee schmeckt, wenn Carsten ihn gekocht hat«, lachte Robban. Folke verzog keine Miene.

»Wo findet man denn diese Alkaloide?«

»Einige kommen wild in der Natur vor.« Folke blätterte in seinem Notizbuch. »Beispielsweise in Bilsenkraut, Stechapfel und Alraune.«

»Was hat das nun alles zu bedeuten?«, fragte Robban. »Sie ist zwar an einer Rauchgasvergiftung gestorben, hatte aber auch Gift in Form von Alkaloiden im Körper. War die Konzentration denn so hoch, dass es ebenfalls tödlich hätte sein können? Eigentlich hätte ja eins von beidem gereicht – oder glaubst du, es gibt eine tiefere Bedeutung?«

»Margareta sagte, Alkaloide seien lange Zeit nicht nur als Heilmittel oder Gift, sondern auch im Rahmen von rituellen Zeremonien verwendet worden.« Folke warf sicherheitshalber einen Blick auf seine Notizen.

»Rituelle Zeremonien«, wiederholte Robban. »Vielleicht haben diese Rollenspieler ja irgendeinen Zaubertrank gebraut. Wenn es sich um eine Art von Ritual handelte, hat sie das Zeug vielleicht freiwillig getrunken. Und möglicherweise nicht nur sie.«

»Stimmt, allerdings hätte dann auch anderen schlecht werden müssen, vorausgesetzt, sie hätten genauso viel getrunken. Und das erklärt auch nicht die Rauchgasvergiftung und warum ihr der Kopf abgeschnitten wurde.«

»Ich bin die Liste mit den Namen der Rollenspieler durchgegangen.« Robban schob Folke die Liste rüber. »Mit Skuld, wie die Frau am Opferstein sich nannte, habe ich angefangen.« Er beschrieb die Funktionen der Schicksalsgöttinnen.

»Schicksalsgöttinnen?«, wiederholte Folke. »Und was ist mit den anderen?«

»Wie gesagt, ich habe mit Skuld angefangen, und, um ehrlich zu sein, ich weiß nicht, wie viel wir da hineininterpretieren sollten, aber vielleicht sind die Charaktere der Darsteller von Bedeutung.«

»Durchaus möglich«, erwiderte Folke.

# 8

## Eriksberg, Marstrand, Winter 1959

*Es war an einem Donnerstag im Februar. Er würde sich sein Leben lang daran erinnern. Das schwarze Auto hielt an, und Inger stieg mit ihrer braunen Aktentasche aus. Birger ließ die Forke los und ging ihr entgegen. Noch war sie zu weit entfernt, als dass er ihren Gesichtsausdruck hätte erkennen können.*

*Als er seinen Schritt beschleunigte, pochte ihm das Herz in der Brust. Es war gut, dass sie nun endlich Bescheid bekamen. Aina kam vom Hühnerstall und hielt inne, als sie Inger und das Auto erblickte. Dann rannte sie los. Asko, der oben im ersten Stock war, beobachtete sie verwundert vom Fenster aus. Er hatte sie noch nie rennen sehen. Noch bevor Aina sie erreicht hatte, drehte sich Birger zu ihr um. Prüfend sah sie ihm in die Augen. Er strahlte übers ganze Gesicht. Beiden liefen die Tränen über die Wangen. Sie fielen zuerst einander und dann Inger um den Hals.*

*»Kommt, wir gehen rein und erzählen es Asko«, sagte Aina.*

*»Warte.« Inger holte eine Pappschachtel aus dem Kofferraum. »Wir müssen noch haufenweise Papierkram erledigen, aber erst einmal wollte ich mit euch feiern.«*

*Birger legte den linken Arm um Aina und hielt die Tortenschachtel mit der hellblauen Schnur in der rechten Hand. Er blickte hinauf zum Himmel, wo die Wolken sich verzogen. Großzügig beschien die Sonne den Hof mit ihren wärmenden Strahlen. Für Ende Februar war das Wetter mild, und der Schnee war zum Großteil schon geschmolzen. Überall funkelten und glitzerten Wassertropfen.*

Karin hörte zu und nahm plötzlich die unheimliche Atmosphäre wahr. Es roch nach feuchtem Moos und moderndem Laub. Selbst wenn sie nichts von der Geschichte dieses Ortes gewusst hätte, hätte sie sich hier unwohl gefühlt. Es ist ungastlich hier, dachte sie zuerst. Dann fiel ihr das Wort feindselig ein.

Anders hatte eine Weile geschwiegen, aber nun ergriff er wieder das Wort.

»Ein Jäger und sein Hund haben den Fund im Juli nach den Wasserfalltagen gemacht. Der Körper der Frau war zerstückelt und danach auf ein Wagenrad gelegt worden … Weißt du, was ein Richtrad ist?«

Karin erinnerte sich vage an eine Zeichnung in einem alten Geschichtbuch, ließ es sich aber sicherheitshalber von Anders erklären.

»Stell dir ein Wagenrad mit Holzspeichen vor, so wie an alten Pferdeanhängern. Mit diesen Dingern schmücken die Leute doch heutzutage so gerne ihre Höfe und Landhäuser. Und nun stell es dir etwas größer vor. Wenn eine Person zum Tode verurteilt wurde, hatte man die Möglichkeit, die Strafe zu verschärfen. Das konnte Misshandlungen oder Verstümmelungen vor der Hinrichtung beinhalten, oder der Körper wurde nach dem Ableben entehrt. Nicht, dass der Tod an sich nicht schon schlimm genug gewesen wäre, man konnte den Verurteilten zusätzlich auch noch rädern. Das bedeutete in diesem Fall, dass man die Überreste der zerstückelten Leiche auf ein Richtrad legte, sobald man den Kopf abgehackt hatte. Nachdem sie dort oben nun eine Weile zur … wie heißt das noch mal? … Abschreckung der Allgemeinheit und zur großen

Freude der Wildvögel gelegen hatten, holte man das Rad wieder herunter und begrub die hingerichtete Person hier an Ort und Stelle.« Anders zeigte auf den Boden. »Die Angehörigen durften keine Körperteile mitnehmen, um sie zu bestatten. Übrigens auch sonst niemand. Der Glaube, dass die Knochen und das Blut von Hingerichteten Zauberkräfte hatten, war ziemlich weit verbreitet. Daher passte man auf, dass niemand etwas mitnahm. Nur der Henker durfte sich die Kleidung nehmen, wenn er wollte.«

Karin war eine Weile sprachlos. Sie nickte nur.

»Ein solches Richtrad mit einer zerstückelten Leiche stand hier im Sommer. Genau … an dieser Stelle.« Anders streckte den Finger aus. Karin ging zu dem noch immer deutlich erkennbaren Loch, in dem der Pfahl gesteckt hatte, auf dem das Wagenrad befestigt gewesen war.

»Da sich die Vögel an der Leiche gütlich getan hatten, war nicht mehr viel davon übrig, als wir kamen. Deshalb ist es schwierig, den Zeitpunkt des Todes genau zu bestimmen. Die Techniker hatten hier einiges zu tun, bis sie alles untersucht hatten, und dem Rechtsmediziner ist es am Ende tatsächlich gelungen, nahezu die ganze Leiche zusammenzubasteln. Das Einzige, was uns fehlte, war der Kopf. Wir wussten nicht, ob ihn ein Tier weggeschleppt hatte oder wo er sonst abgeblieben war. Ich bin extrem gespannt, was eure Rechtsmedizinerin über den Kopf herausfindet, den ihr auf Marstrandsön gefunden habt. In Anbetracht der Tatsache, dass er nicht zu eurer Leiche gehört, meine ich.«

Karin nickte und dachte wieder an das Gespräch mit Margareta Rylander-Lilja, in dem diese ihr erklärt hatte, was man benötigte, um den Kopf von einer Leiche abzutrennen. Einerseits eine ungeheure mentale Stärke, doch das Aussehen der Schnittflächen verriet auch etwas über das Werkzeug, das verwendet worden war.

»Lässt sich etwas über die Art der Zerstückelung sagen? Ich meine, konnte man vielleicht erkennen, ob der Täter über anatomische Kenntnisse verfügt?«

»Ich weiß nicht, ob unser Täter etwas von Anatomie versteht, aber als ich mich ein wenig mit dem Thema beschäftigt habe, ist mir etwas anderes aufgefallen. Früher zerstückelte man die Leiche in umso mehr Teile, je härter die Strafe war. Das würde auf unseren Fall zutreffen.«

»Ein Hinrichtungsplatz in Trollhättan und ein Opferhain mit Opferstein in Marstrand«, sagte Karin nachdenklich.

»Nicht nur ein Hinrichtungsplatz. Es gibt hier auch eine Wallburg, in Hälltorp.«

»Die Burganlage von Hälltorp? Tatsächlich? Unsere kopflose Leiche wurde nämlich vor einem Stein kniend gefunden, der für einen sehr alten Opferstein gehalten wird. Der Stein ist von Felsen umgeben, in die Thorshämmer geschlagen sind. Außerdem scheint der Täter zurückgekehrt zu sein, um diese Thorshämmer mit Blut auszumalen. Hinzu kommt, dass es sich um einen steinzeitlichen Siedlungsplatz handeln soll, und zwar den ältesten von Marstrand. Das kann doch kein Zufall sein. Oder was meinst du?«

Anders machte ein nachdenkliches Gesicht.

»Der Täter ist zurückgekehrt?«, fragte er schließlich.

»Wir nehmen es an. Falls die Techniker das Blut nicht bei ihrer ersten Untersuchung übersehen haben, aber davon gehe ich nicht aus. Wahrscheinlich ist der Mörder noch einmal zurückgekommen.«

»Eiskalt«, sagte Anders.

Karin fiel ein, dass sie vergessen hatte, ihm zu erzählen, dass auch der Kopf, den sie im Garten von Frau Wilson gefunden hatten, nicht ganz unversehrt war.

»Dem Kopf fehlte die Nase«, sagte Karin. »Eurem Kopf, wenn er es denn ist, was ich wirklich hoffe.«

»Pfui Teufel«, sagte Anders. »Wieso schneidet man jemandem die Nase ab?«

»Gute Frage. Als Trophäe? Oder hat das vielleicht eine tiefere Bedeutung? Unsere Rechtsmedizinerin, Margareta Rylander-Lilja, hat außerdem festgestellt, dass der Kopf tiefgefroren war. Das bedeutet, dass die Person, die hinter all dem steckt, auf den geeigneten Zeitpunkt wartet und ihre Taten sorgfältig plant. Als sie die Frau am Opferstein umbrachte, muss sie den gefrorenen Kopf dabeigehabt und ihn bei dieser Gelegenheit im Garten von Frau Wilson platziert haben. Den Kopf der Frau vom Opferstein haben wir ja noch nicht gefunden. Daher nehme ich an, dass der Täter ihn mitgenommen hat.« Karin erzählte von Frau Wilson und Hedvig Strandberg, die ganz damenhaft eine Papiertüte über den gefrorenen Kopf in Frau Wilsons Garten gestülpt hatten. »Falls dieser Kopf auf eure Leiche passt, fehlt immer noch der Kopf der Leiche vom Opferstein. Das war keine spontane Idee. Wer tut so etwas?«

»Jemand, der so gefühlskalt ist, dass er sich die Mühe macht, ein Richtrad zu zimmern und einen Kopf in die Tiefkühltruhe zu legen«, erwiderte Anders. »Falls der Kopf zu dem Körper gehört, hat er außerdem eine ganze Weile in einer Kühltruhe gelegen. Einige Wochen.« Er schwieg.

Karin sah sich ein letztes Mal zwischen den moosbedeckten Steinen um und stieg dann vorsichtig über den Untergrund, der, wie sie nun wusste, aus menschlichen Knochen und vergeudeten Menschenleben bestand.

Das Rauschen des Windes in den Baumkronen und das Knarren alter Äste begleiteten Karin und Anders auf dem Rückweg zum Auto. Sie wurde das grauenhafte Gefühl nicht los, das der Ort ihr eingeflößt hatte, als würden sich jeden Augenblick knochige Hände aus der Erde recken und nach ihren Knöcheln greifen. In ihrer Phantasie hörte sie den Pöbel kreischen und das Beil hinabsausen. Sie drehte sich um, weil sie glaubte, verfolgt zu werden, aber der Waldweg hinter ihr war leer.

Kurz bevor sie den Wagen erreichten, fragte Karin, ob dieser Weg der einzige war, der zu der Hinrichtungsstelle führte.

»Nein«, antwortete Anders. »Man kommt auch aus einer anderen Richtung hin, nämlich vom Fluss. An beiden Ufern gibt es einen Wanderweg. Über die Hängebrücke da unten sind sie verbunden. Wenn du willst, zeige ich sie dir.«

Dazu verspürte Karin nicht die geringste Lust. Sie wollte fort von hier, fort von diesem schrecklichen Ort und seiner dunklen Geschichte. Sie nahm sich jedoch zusammen und wanderte mit Anders hinunter zum Fluss, wo tatsächlich eine Hängebrücke ans andere Ufer führte. Wenn sie schon einmal hier war, konnte sie sich auch gründlich umsehen.

»Der Wanderweg geht auf der anderen Seite weiter und wird Liebespfad genannt. Er führt an den alten Schleusen vorbei. Man hat ja eine ganze Menge vergebliche Versuche unternommen, hier eine Schleuse zu bauen, bis man Erfolg hatte. Auf der anderen Seite ist der Berg voller Löcher, die dafür hineingesprengt wurden.«

»Wenn man aus der Richtung kommt, kann einen niemand sehen«, schnaufte Karin auf dem steilen Rückweg.

»Das stimmt, aber dann muss die Person, die man bei sich hat, im Grunde allein gehen. Und zwar freiwillig. Eine schwere Leiche kann man hier nicht hochschleppen.«

»Du meinst, sie lebte noch und wurde dann hier an Ort und Stelle ermordet und zerstückelt? Habt ihr Hinweise darauf entdeckt?« Karin wartete gespannt auf Anders' Antwort.

»Das Problem ist ja, dass es im Sommer ziemlich viel geregnet hat, so dass die meisten Spuren weggespült wurden, bevor man sie entdeckte und wir die Stelle untersuchen konnten. Nein, wir glauben nicht, dass sie hier zerstückelt wurde. Mit einem Vierradantrieb oder einem Motorrad mit Anhänger könnte man ja über die Hängebrücke fahren. Dann kommt man genauso nah heran wie wir heute. Das letzte Stück muss man allerdings zu Fuß zurücklegen, anders lassen sich die Steine nicht überwinden. Vielleicht hast du selbst gemerkt, wie schwer es ist, auf diesem Weg zu laufen. Die Steine liegen da wie Hindernisse, als hätte das jemand mit Absicht gemacht.« Er sah sie an.

»Eine zerstückelte Leiche kann man jedoch in mehreren Fuhren vom geparkten Wagen hierhertragen«, sagte Karin.

Anders nickte. »So muss es wohl gewesen sein.«


Tomas war zu den Kindern in die Badewanne gestiegen, und Sara nutzte die Gelegenheit, um Majken anzurufen und sie zu fragen, was sie von der Idee hielt, nach lebenden Nachkommen der angeblichen Hexe Malin im Winkel zu suchen.

»Wie schön, dass du anrufst«, rief Majken, als sie Saras Stimme hörte.

»Wie geht es dir?«, fragte Sara.

»Schon viel besser. Seitdem der Arzt eins meiner Medikamente gegen ein anderes ausgetauscht hat, bin ich viel wacher. Vielleicht ziehe ich wieder nach Hause. Was ist denn so in unserer Straße los?«

»Wieder nach Hause?« Sara fragte sich, ob Majken von dem geplanten Hausverkauf überhaupt wusste. »Ich dachte, das Haus soll verkauft werden?«

»Verkauft? Ach, was! Wie kommst du denn darauf?«

Sara überlegte, wie sie Majken möglichst schonend beibringen könnte, dass ihr Sohn das Haus bereits zwei Interessenten gezeigt hatte.

»Ich dachte, das Haus ist auf deinen Sohn eingetragen?«

»Nein, es gehört mir, und im Grundbuch steht mein Name. Der gute Peter sieht überall nur Kronen und Öre und hat keinen Sinn für wahre Werte.«

»Dann solltest du ihn vielleicht anrufen und ihm sagen, dass es dir wieder besser geht.«

»Natürlich, das werde ich tun, aber du hast doch sicher etwas anderes auf dem Herzen. Da ich bereits mit Georg über die Ausstellung gesprochen habe, kann ich mir vorstellen, warum du anrufst.«

»Ich weiß, dass du dich mit Ahnenforschung beschäftigst«, sagte Sara, »und ich überlege, ob man nicht untersuchen könnte, ob Malin im Winkel noch lebende Nachkommen hat. Was meinst du?«

Am anderen Ende der Leitung war es eine Weile still.

»Malin im Winkel? Doch, die Idee gefällt mir. Ich kann nicht versprechen, dass es geht, aber ich werde mein Bestes geben. Von einer lebenden Person auszugehen und sich zeitlich gesehen rückwärts zu bewegen ist einfacher, als den umgekehrten Weg zu nehmen.«

»Wieso?«, fragte Sara.

»Wenn du von einer lebenden Person ausgehst, hast du das ›Ergebnis‹ ja schon in der Hand, du weißt, welche Zweige Früchte getragen und den Baum haben weiterwachsen lassen, weil du ja immer nur nach den Eltern suchst. Wenn du das Ganze umdrehst – stell dir vor, eine Person aus dem achtzehnten Jahrhundert hatte fünf Kinder, was keine Seltenheit war, und diese Kinder bekamen auch jeweils fünf Kinder, dann haben wir es ganz schnell mit einer großen Anzahl von Menschen zu tun, obwohl wir erst die dritte Generation erreicht haben. Einige sind zwar bestimmt schon in jungem Alter gestorben, aber wir müssen trotzdem alle untersuchen, um festzustellen, welcher Zweig einer Familie weiterlebt. Da muss man die Lebensdaten von extrem vielen Personen recherchieren. Wir reden schließlich von zehn oder vielleicht sogar zwölf Generationen.«

Sara war enttäuscht. »So weit habe ich gar nicht gedacht.«

»Nein, und jetzt lassen wir uns davon mal nicht entmutigen. Ich finde deine Idee richtig spannend. Dann wäre da noch die Sache mit der Dokumentation. Die Kirchenbücher von Marstrand gehen zurück bis ins Jahr 1685, aber da war Malin bereits hingerichtet. Im achtzehnten Jahrhundert wurden wohl die Seelenregister eingeführt. Aber ich habe da noch ein paar Ideen.«

»Ich habe einiges über die Hexenprozesse gelesen und finde das alles so grauenhaft. Besonders bei den Frauen, die Kinder hatten oder erwarteten. Man hat gewartet, bis die Kinder auf der Welt waren.«

»Es waren harte Zeiten, Sara. Wenn sich niemand um die Kinder kümmern konnte, weil die Eltern krank wurden, verunglückten oder auf eine andere Weise ums Leben kamen, wurden sie versteigert. Oft landeten Geschwister nicht am selben Ort. Außerdem bekam derjenige die Kinder, der am wenigsten Geld dafür verlangte, dass er sich um sie kümmerte. Die Schande, die es mit sich brachte, wenn man das Kind einer hingerichteten Frau war, können wir uns gar nicht ausmalen. Sie überdauerte viele Generationen.«

Majken seufzte laut in den Hörer. Sara sah deutlich vor sich, wie sie so heftig den Kopf schüttelte, dass ihre weißen Locken wippten.

»Ich melde mich, sobald ich etwas herausgefunden habe, aber du musst dich darauf einstellen, dass es ein wenig dauert.«

Sara bedankte sich und legte auf.

Auf gut Glück schlug sie ein Buch auf, das auf dem Tisch lag, und vertiefte sich in eine Beschreibung der Kinder, die mit ansehen mussten, wie ihre Mutter geköpft und anschließend auf dem Scheiterhaufen verbrannt wurde. In den Fällen, wo die Frauen bei lebendigem Leib verbrannt werden sollten, bestachen die Angehörigen mitunter den Henker, damit er die Angeklagte diskret erwürgte, während er das Feuer entzündete. Dann war es nicht ganz so grausam.

Das fröhliche Plätschern und Lachen im Badezimmer riss sie aus ihren dunklen Gedanken. Sie legte das Buch beiseite, zog sich die Strümpfe aus und fragte Tomas und die Kinder, ob für sie auch noch Platz in der Wanne wäre.

## Eriksberg, Marstrand, Sommer 1958

*Asko nannte Birgers Vater »Großvater«. Die beiden hatten sich sofort gefunden und ähnelten einander auf seltsame Weise. Für diejenigen, die Askos Geschichte nicht kannten, und das war nur eine Handvoll Menschen, hätten der Junge und der Mann, die über den Steg zum Angeln marschierten, ohne weiteres Großvater und Enkelkind sein können. Der alte Mann war ins Gesindehaus gezogen, und Birger, Aina und Asko übernahmen das Haupthaus. Erfreut beobachtete Birgers Vater, wie dem Hof neues Leben eingehaucht wurde und wie sich die Ställe wieder mit Tieren und dem Lachen eines Kindes füllten. In diesem Herbst kam Asko in die Schule. Birger sah ihm zu, wenn er abends am Küchentisch saß* und in seinen Schulbüchern las. Sie redeten über alles, was der Junge lernte. Geschichte, Geographie, Naturkunde und Religion. Behutsam blätterte Asko die Seiten seiner Bücher um, die immer noch neu aussahen, wenn er sie durchgelesen hatte. Wie Kostbarkeiten reihte er sie im Regal in seinem Zimmer auf.

Birger und Aina fuhren mit der Fähre nach Marstrandsön, um mit seiner Lehrerin zu sprechen. Der Junge war gut in der Schule, sogar besser als die Kinder in den höheren Klassen, hatte jedoch Schwierigkeiten, Freundschaften zu schließen. Birger nickte, und die Klassenlehrerin sagte, angesichts seiner Lebensgeschichte sei das auch kein Wunder. Aina betonte, dass sie den Jungen zu nichts drängen, sondern ihm Zeit lassen wollte, sich in seinem eigenen Tempo zu entwickeln.


Sammlungsdirektor Harald Bodin vom Göteborger Stadtmuseum war bekümmert. Nun hatte er sich schon durch die siebte Kiste gewühlt, ohne das Gesuchte zu finden. Er kratzte sich am Kopf. Im Frühjahr hatten sie den Gegenstand an ein anderes Museum verliehen, rief er sich ins Gedächtnis, um seine Sorge zu dämpfen. Die Rückgabe war während seines Urlaubs durch eine Vertretung erfolgt, aber der Kollege konnte sich nicht entsinnen, den Gegenstand ausgepackt zu haben. An und für sich war es eine große Lieferung gewesen, die aus zwölf Kisten bestand, aber an diesen Gegenstand hätte sich die Urlaubsvertretung erinnern müssen.

Harald überlegte, ob er Kontakt mit dem Museum Bohuslän aufnehmen sollte, das den Gegenstand ausgeliehen hatte, aber die Sache war ihm peinlich. Vielleicht hatte die Urlaubsvertretung es in dem riesigen Magazin auch nur an die falsche Stelle gelegt. Die Frage war nur, wohin.

Harald sah sich zwischen Armbrüsten, Pallaschen, Säbeln und Degen um. Gerade diese Teile der Sammlung wurden mit äußerster Sorgfalt behandelt. Hin und wieder erhielt das Museum Anfragen von Wissenschaftlern und besonders interessierten Personen, die sich einige der Gegenstände ansehen wollten. Dann wurden sie vom Magazin in einen der Ausstellungsräume getragen. Waffen hatten die Eigenschaft, auch Menschen anzuziehen, die kein ausschließlich harmloses Interesse für sie hegten. Inzwischen hatten sie eine ganze Liste von Leuten, denen kein Zutritt mehr gewährt wurde.

Seufzend klappte er die Kiste zu. Harald wollte alles gründlich durchsuchen, damit er ganz sicher sein konnte, dass sich der Gegenstand wirklich nicht im Magazin befand. Anschließend würde er mit Börje sprechen, dem Sicherheitsbeauftragten. Ein Henkersschwert aus dem siebzehnten Jahrhundert durfte einfach nicht verlorengehen.


»Anscheinend ist es in Mode, die Vergangenheit zum Leben zu erwecken. Im Sommer hatten wir hier in der Burganlage eine Theatergruppe, die den Menschen einen Eindruck davon vermitteln wollte, wie man früher gelebt hat.«

»Was?«, fragte Karin. »Hattet ihr auch Besuch von Rollenspielern?«

»Wieso auch?« Anders trat auf die Bremse und sah sie an.

»Weil die auch bei uns waren. Ein mittelalterliches Rollenspiel auf einer alten Siedlungsstelle in Marstrand.«

»Was muss ich mir unter einem Rollenspiel vorstellen?« Anders bog nach links und kurz darauf nach rechts ab.

Karin erklärte ihm, wie die Sache funktionierte. Sie gab wieder, was Grimner gesagt hatte: dass die Teilnehmer nicht unbedingt die sein mussten, für die sie sich ausgaben, und dass in einem solchen Fall möglicherweise nur der Veranstalter und die betreffenden Teilnehmer selbst mehr wussten. Karin erzählte auch von der mittelalterlich gekleideten Gruppe, die sich im Sankt-Eriks-Park aufgehalten hatte, und von dem unbekannten Veranstalter namens Esus.

»Weißt du, ob irgendjemand die Rollenspieler in die Burg eingeladen hat?«, fragte Karin. »Oder kam das auf Initiative der Rollenspieler zustande?«

Anders sah sie fragend an.

»Verdammt. Das könnte bedeuten, dass wir es mit einem richtig durchgeknallten Typen zu tun haben. Wenn diese Person so sehr in ihre Rolle schlüpft, wie du es beschreibst, ich meine, wenn sie sich wirklich in jemand anderen hineinversetzt, dann besteht die Gefahr, dass der Mörder nicht der Ansicht ist, die Tat selbst ausgeführt zu haben.«

Anders schien recht zu haben.

»Außerdem scheint derjenige keine Eile zu haben«, fügte sie hinzu. »Wenn der erste Mord im Juli und der zweite im September verübt wurde.«

»Unter der Voraussetzung, dass der Mord im Juli der erste war und es keine weiteren Opfer gibt.«

»Könnte irgendein Verein die Rollenspieler im Zusammenhang mit den Wasserfalltagen eingeladen haben?«

»Das werde ich herausfinden. Im Moment habe ich leider keine Ahnung. Komm, ich zeig dir die Burganlage, es ist nur ein kurzer Spaziergang.«

Sie hatten das Auto bei der alten Pfingstkirche abgestellt. In dem Haus, das für die Pfingstler von Trollhättan einst das Tor zum Himmel dargestellt hatte, waren mittlerweile Geschäfte und Wohnungen untergebracht. Im Erdgeschoss gab es einen Naturkostladen, in dessen Schaufenster offenbar gesunde Menschen mit strahlend weißen Zähnen von Fotos herunterlächelten und den Passanten, die sich nebenan ein Stück Pizza geholt hatten, ein schlechtes Gewissen einflößten.

»Wolfsschlucht.« Karin zeigte auf das Straßenschild.

»Wie passend«, erwiderte Anders und zeigte ihr, dass die Straße tatsächlich durch eine Art Schlucht führte. Anschließend gelangten sie zu einer kleinen Waldung, und dahinter lag die steinzeitliche Burganlage. Niedrige alte Blockhäuser säumten den schmalen Spazierweg. Das Gelände rings um die Wallburg war tadellos aufgeräumt, der Rasen gemäht, und die Mülleimer waren geleert. Von den sommerlichen Besuchern war keine Spur mehr zu sehen.

Der Eingang befand sich am anderen Ende des kleinen Parks. Er bestand aus dicken Baumstämmen und war groß genug für einen Lastwagen. Wie ein Tor zu einer anderen Welt, dachte Karin. Ganz oben hing ein massives Holzschild mit der Aufschrift »Burganlage«. Karin machte kehrt und ging an den alten Häusern vorbei zurück zum Auto. Es war bereits halb fünf, und der Regen hatte wieder eingesetzt.

Um Viertel vor sieben kam Karin zum zweiten Mal an diesem Tag an Lilla Edet vorbei. Sie hielt bei einem kleinen Laden in der Älvängen und schnupperte sich zum wohlriechendsten Deodorant durch. Die kleine Toilette des Geschäfts war mit einem grellen Blumenmuster tapeziert. Karin wusch sich und trug das neue Deo auf. Nicht gerade die optimale Vorbereitung auf ein Date, dachte sie und musste über das Rascheln der groben Papierhandtücher lachen. In ihrer Jackentasche steckte zum Glück noch ein Lipgloss in Hellrosa. Sie konnte sich weder erinnern, wann sie ihn zuletzt verwendet hatte, noch wie er überhaupt dorthin gekommen war. Nach einem Blick in den

Spiegel löste sie ihren Pferdeschwanz, kämmte die Haare mit den nassen Fingern und ließ sie offen. »Das muss reichen«, murmelte sie.

Sie stellte den Wagen auf Johans Platz im Parkhaus ab. Sein eigenes Auto hatte er extra an der Straße geparkt. Sie verließ das moderne Parkhaus und ging zu dem älteren Gebäude auf der anderen Straßenseite. »Anno 1868« stand in verschnörkelter Schrift über dem Eingang, der allerdings mit einer modernen Gegensprechanlage und einer Kamera ausgestattet war. Kleine Messingschilder informierten über die Namen der Bewohner. Die hellgelbe Wandfarbe war ihr sofort sympathisch. Von Eisenketten an der Decke hingen elegante, matte Lampen, und als Karin den Fahrstuhl betrat und das Gitter hinter sich zuzog, überlegte sie, welchen Beruf Johan noch einmal ausübte. Eine halbe Minute später landete sie sanft im dritten Stock.

Die Düfte aus Johans Küche hatten sich im Treppenhaus ausgebreitet. Er erwartete sie an der Tür. »You're the Inspiration« von Chicago strömte aus den Lautsprechern.

»Willkommen.« Nachdem er sie umarmt hatte, zog er sie in die Wohnung. Er schob einen schweren gestreiften Vorhang mit eingewebten Goldfäden zur Seite, der als Tür eines alten Holzschranks diente, und nahm einen Kleiderbügel heraus.

»Tut mir leid, dass es später geworden ist, als ich dachte«, sagte Karin achselzuckend, während Johan ihr ein Glas perlenden Weißwein reichte.

»Das macht nichts. Ich bin froh, dass du da bist.«

»Ui!«, rief Karin, als sie ein paar Schritte in die Wohnung gemacht hatte. »Ich weiß nicht, ob mein Versicherungsschutz den Aufenthalt hier abdeckt.«

Die Wohnung hatte hohe Decken mit aufwändigem

Stuck, aber wirklich in Erstaunen hatte sie die Einrichtung versetzt. Sie zeigte von einem Gegenstand zum nächsten und wusste gar nicht, wo sie anfangen sollten. Johan ließ sich ein wenig bitten, doch dann gab er bereitwillig Auskunft. Er begann mit dem Gobelin aus Flandern, der um das Jahr 1700 entstanden war und die Wand über dem Sofa bedeckte. Das Sofa selbst stammte aus Almlunda in Uppland und war etwas später, nämlich in der zweiten Hälfte des achtzehnten Jahrhunderts, hergestellt worden. Ein spätgustavianischer Kronleuchter warf ein sanftes Licht auf den Gobelin.

»Ich schaue mal schnell nach dem Essen.« Johan verschwand. Verwundert spazierte Karin durch die Wohnung. Kein Wunder, dass er nicht in einer Neubauwohnung auf Hedvigsholmen wohnen wollte und sich im Heimatverein engagierte. Im Flur standen ein Damensekretär aus dem späten achtzehnten Jahrhundert, eine schlichte Lampe von Frötuna und ein Kalksteinmörser, in dem Johan seine Schlüssel aufbewahrte. Eine alte Anrichte diente als Bücherregal. Sie ging in die Hocke, um die Buchrücken aus der Nähe zu betrachten. Historische Werke, Kochbücher und dicke Bände über Antiquitäten und europäische Schlösser brachten Karin zum Grinsen. Daneben standen *Schwedische Zaubersprüche* und mehrere dicke Ledereinbände, die alt und wertvoll aussahen. Die goldenen Buchstaben hatten mit den Jahren ihre Farbe eingebüßt und waren nur noch an den Vertiefungen im Leder zu erkennen. *Salomonische Zauberkünste* konnte man jedenfalls noch entziffern. Karin schlug aufs Geratewohl eine Seite auf und begann zu lesen. Es schien sich um alte Zaubersprüche zu handeln.

»Für ein holdes und schönes Gesicht. Man nehme Nixenblut, lasse es im Urin eines Pferdes mit süßer Milch einkochen und wasche sich damit. Mit Freude wird man feststellen, wie wunderbar weiß und hübsch das Gesicht davon wird.«

Karin musste lachen. Meine Güte, dachte sie, wo bekommt man denn Nixenblut? Und besonders gut riechen würde das Gebräu mit Pferdeurin auch nicht. Sie las die nächste Zauberformel. »Wie man sich unsichtbar macht. Man schieße am Gründonnerstag einen Raben, schneide ihm die Zunge heraus und binde sie sich an den rechten Arm.«

Karin konnte nicht leugnen, dass sie fasziniert war. Allein der Gedanke, dass manche Menschen diese Rezepte, in dem Glauben, dass sie etwas nützen würden, tatsächlich befolgt hatten.

»Hast du Hunger? Das Essen müsste fertig sein«, rief Johan. Er stand mit der Serviette über dem Arm wie ein besserer Oberkellner in der Tür.

Sie stellte das Buch ins Regal zurück und trank den letzten Schluck von ihrem Wein. Sie überlegte, was sie mit dem Auto machen sollte. Entweder trank sie zum Essen keinen Wein mehr und fuhr mit dem Auto nach Hause, oder sie ließ den Wagen stehen und nahm den Bus nach Marstrand. Sie konnte auch bei ihrer Großmutter übernachten. Sie vertagte die Entscheidung. Ihre Oma war daran gewöhnt, dass Karin nach langen Arbeitstagen manchmal spontan bei ihr aufkreuzte, und brauchte keine Vorwarnung.

»Ich habe den Tisch in der Küche gedeckt.«

Auf der Schwelle blieb sie stehen.

»Wenn jemand zu mir sagt, dass wir in der Küche essen, erwarte ich nicht unbedingt so etwas.« Karin betrachtete die weiße Tischdecke, die Kerzenständer aus Zinn und das feine Service mit den blauen Vögeln.

Johan stand mit hochgekrempelten Ärmeln und einer gestreiften Schürze am Herd und rührte in einem roten Emailletopf.

»Okay. Falls du mich beeindrucken wolltest: Es ist dir gelungen.«

»Das möchte ich tatsächlich, aber ich besitze nun einmal nur Geschirr aus dem achtzehnten Jahrhundert. An einem schön gedeckten Tisch verzeihen die Leute einem ein nicht hundertprozentig gelungenes Essen viel eher.«

»Das sage ich auch immer.« Karin schüttelte den Kopf. »Was machst du denn, wenn Walter zu Besuch kommt? Darf er die Wohnung überhaupt betreten?«

»Natürlich. Als sein Patenonkel bin ich schließlich für seine christliche Erziehung zuständig.«

Johan setzte eine ernste Miene auf und fing dann an zu lachen. »Ach, die Sachen müssen doch benutzt werden. Ich finde, es ist ein schönes Gefühl, Dinge zu verwenden, die schon ewig in Gebrauch sind. Guck dir nur mal diese Kerzenständer an.« Johan griff nach dem einen und betrachtete ihn liebevoll. »Laut Stempel stammt er von einem Petter Samuelsson Norén in Hedemora. Wahrscheinlich hat er einen schwedischen Esstisch beleuchtet, während 1789 in Frankreich die Revolution wütete. Wenn ich in solchen Zusammenhängen denke, fühle ich mich nicht so verloren. Verstehst du, was ich meine?«

»Absolut. Beim Segeln versuche ich mir immer vorzustellen, wie die Häfen und Inseln früher ausgesehen haben.«

»Apropos vergangene Zeiten«, sagte Johan. »Ist Göran auch Vergangenheit? Ich hatte nämlich nicht den Eindruck, dass du für ihn ein abgeschlossenes Kapitel bist.«

»Fang jetzt bitte nicht davon an, wir haben es gerade so nett. Für mich ist er Vergangenheit.«

Das Essen war himmlisch, und Karin ertappte sich selbst bei der Überlegung, ob Johan wohl auch schlechte Seiten hatte. Es konnte schließlich nicht anders sein. Sie ärgerte sich sofort über sich selbst, weil sie merkte, dass sie ihn insgeheim mit Göran verglich. Vielleicht lag es daran, dass Johan seinen Namen erwähnte hatte, aber die beiden spielten wirklich nicht in derselben Liga. Sie ließ den Blick über die dicke Arbeitsplatte aus Holz schweifen, die in einem doppelten Spülbecken aus Keramik mit eleganten Armaturen endete.

»Welchen Beruf muss man ausüben, um so zu wohnen?« Karin merkte selbst, dass sie die Frage etwas plump formuliert hatte. »Sag bitte nicht, dass du dein Geld mit Bankraub oder Betrügereien verdienst, denn sonst hätten wir beide ein Problem.«

»Eine Zeitlang habe ich mich mit Antiquitäten beschäftigt und alte Möbel restauriert, aber dann habe ich beschlossen, dass diese Leidenschaft ein Hobby bleiben soll. Ich hatte sogar einen Ausbildungsplatz als Konservator, aber meine Mutter hat mir die Ausbildung ausgeredet, bevor sie überhaupt begonnen hatte. Eigentlich sah ihr das gar nicht ähnlich, aber sie meinte, man muss auch die Miete bezahlen können. Als ich noch jünger war, habe ich viel an Computern herumgebastelt, du weißt schon, Commodore 64 und Atari 500. Schließlich habe ich beschlossen, in die IT-Branche zu gehen.«

»Und was macht man da?«

»Man unterstützt Unternehmen beim Aufbau ihrer internen Strukturen. Server, Mailprogramme, Datenbanken und Sicherheitsspeicherung. Wir versuchen auch, Richtlinien für Firmen aufzustellen, die ein neues Betriebssystem einrichten wollen. Wir kommen einen Schritt vor Lycke, die das Betriebssystem pflegt. Sie hört sich die Bedürfnisse der Angestellten an, hilft ihnen hin und wieder, die für sie beste Anwendung zu finden, und übernimmt zu Beginn die Projektleitung, falls das gewünscht wird. Meistens ist es jedoch am besten, wenn eine Art von Schulung stattfindet, so dass das meiste intern geregelt werden kann. Das Wort

Veränderungsprozesse beschreibt ganz gut, was ich tue.«
Er stellte sein Glas ab.

Karin nickte und strich über die Leinenserviette auf
ihrem Schoß. Vor diesem schön gedeckten Tisch und umgeben von all diesen wunderbaren alten Dingen wäre sie
lieber ein wenig passender angezogen gewesen, aber bei
näherer Überlegung wusste sie gar nicht, welche Art von
Kleidung eigentlich geeignet gewesen wäre. Ein Rokoko-
kleid vielleicht? Sie kicherte.

»Worüber lachst du?«, wollte Johan wissen.

»Ich könnte vielleicht anbieten, dass ich den Abwasch
erledige, aber ehrlich gesagt weiß ich nicht, ob ich mir das
zutraue«, sagte Karin, anstatt zu offenbaren, was ihr wirklich durch den Kopf gegangen war.

»Ich möchte nicht, dass du abwäschst. Aber du darfst
mir gerne helfen, das Dessert und den Kaffee zuzuberei-
ten.« Karin warf einen Blick auf den hochmodernen Kaf-
feeautomaten in der Ecke.

»Da man für dieses Gerät einen Führerschein zu brauchen scheint und ich mittlerweile zu viel Alkohol im Blut
habe, werde ich mich lieber um den Nachtisch kümmern.«

Johan stand auf und rückte ihren Stuhl zurück. Karin
war es fast ein wenig unangenehm. Sie war es nicht gewohnt, so galant behandelt zu werden. Er holte zwei feu-
erfeste Förmchen aus dem Edelstahlkühlschrank.

»Crème brulée, das mochtest du doch.« Johan streute
braunen Zucker auf die Förmchen, reichte Karin einen
Bunsenbrenner und schaltete ihn ein.

»Vielleicht hätte ich doch lieber den Kaffee machen
sollen«, murmelte Karin. Johan stellte sich hinter sie und
zeigte ihr, wie man den Rohrzucker mit der Flamme zum
Schmelzen brachte. Sie lehnte sich an seine Brust und genoss die Wärme, die von ihm ausging.

Sie zogen um ins Wohnzimmer, wo Johan ein Feuer im Kachelofen gemacht hatte. Er ließ die blankpolierten Messingluken offen stehen, damit sie die Flammen sehen und es im Innern des Ofens prasseln hören konnten. Karin nippte an einem Drambuie mit zerstoßenem Eis, der ihr in einem schönen Glas serviert worden war.

»Der ist aus Schottland«, sagte Johan, »aber das wusstest du vielleicht.«

»Göran und ich sind an der Brennerei vorbeigesegelt.« Schon im nächsten Moment ärgerte sich Karin. Es hörte sich überheblich an, obwohl sie es gar nicht so gemeint hatte. Wie oft hatte sie sich gewünscht, das Gefühl in Worte fassen zu können, wenn man nach vier Tagen auf See die schottische Küste erblickte. All die Ereignisse und Empfindungen trug sie mit sich herum, und nach vier Nordseeüberquerungen waren sie ein wichtiger Teil ihrer Persönlichkeit geworden. Das Wissen darum, dass sie all die dazugehörenden Strapazen gemeistert hatte, stärkte ihre Seele und gab ihr oft noch ein bisschen zusätzliche Kraft. Zwei Menschen in einem Segelboot lernen sich ziemlich gut kennen, aber am besten hatte sie wahrscheinlich sich selbst kennengelernt.

»Ich bin so froh, dass du zurückgekommen bist«, sagte Johan.

»Wie meinst du das?«, fragte Karin.

»Dass du wieder in Marstrand angelegt hast. Im Frühjahr habe ich versucht, Kontakt mit dir aufzunehmen, aber ich glaube, du hast es gar nicht gemerkt. Und dann warst du weg. Den ganzen langen Sommer.«

Er stellte sein Glas beiseite und nahm Karins aus ihrer Hand. Dann zog er sie an sich und küsste sie warm und sanft. Heute Abend würde kein Göran sie stören, dachte Karin und bekam wieder eine Wut auf sich selbst. Sie musste jetzt wirklich aufhören, an Göran zu denken.

»Und was ist mit dir, Johan? Keine Ex, die im Zorn dein altes Geschirr zertrümmert oder versucht hat, deinen Gobelin in Brand zu stecken?«

Johan schüttelte den Kopf.

»Nichts derart Dramatisches. Wir haben einfach gemerkt, dass uns die Gesprächsthemen ausgingen. Ich möchte so gerne, dass man sich gegenseitig bereichert und sich in gewisser Weise gemeinsam weiterentwickelt. Außerdem habe ich den Gobelin erst kürzlich entdeckt.«

Sie redeten bis spät in die Nacht, und der Bus nach Marstrand oder eine Übernachtung bei der Großmutter rückten in immer weitere Ferne. Eng aneinandergekuschelt schliefen sie gegen Morgen in Johans Bett ein.

# 9

*Marstrand, Herbst 1961*

*Nur der Schularzt, die Klassenlehrerin und der Rektor
kannten Askos Geschichte. Er kam in der Schule gut
zurecht und fand mit der Zeit auch Freunde. Am besten
verstand er sich mit Kristian.*

*Asko liebte es, draußen in der freien Natur zu sein
und auf Entdeckungsreise zu gehen. Er und Kristian
dachten sich immer neue spannende Spiele aus. Sie
waren abwechselnd Piraten und Helden. Aina hatte
ihnen schwarze Umhänge mit silbernem Futter genäht,
und mit dieser Verkleidung verwandelten sie sich in
Zauberer, die sich unsichtbar machen konnten. Sie
schlichen sich verbotenerweise in die Festung Carlsten
und spielten Gefängniswärter. Sie hielten die Häftlinge
in Schach und achteten darauf, dass sie härter arbeiteten.
Manchmal waren sie Spione in geheimem Auftrag oder
fremde Herrscher aus einer anderen Zeit. Das war ihr
Lieblingsspiel.*

*Sie erforschten die Stadt auf den Klippen bei Son-
ne und Regen, lauschten aufmerksam und lernten ihr
innerstes Wesen kennen. Sie kannten jeden Pfad und
jede Abkürzung auf der Insel. Die Jungs erzählten
sich all ihre Geheimnisse und wurden mittels eines
geheimen Rituals auf der alten Schlossruine Gustavsborg auf Marstrand Blutsbrüder. Asko war blond und
hatte blaue Augen, der dunkelhaarige Kristian hatte
braune.*

Als Sofia in die Einfahrt bog, hatte Robban gerade die Arbeitsfläche abgewischt und den Geschirrspüler ausgeräumt. Er schloss die Tür auf und stellte den Müll vors Haus.

»Was für eine nette Begrüßung!« Sofia trug den Beutel die wenigen Meter bis zur Mülltonne und stieg dann mit drei großen Schritten die Treppe empor.

»Hallo! War es schön?« Robban küsste sie auf den Mund.

»Und wie! Ich muss dir alles erzählen. Allerdings wird dir einiges davon ziemlich verrückt vorkommen.«

»Das trifft sich gut, denn die Dinge, an denen ich gerade arbeite, sind auch ein wenig seltsam.« Er hatte die Schicksalsgöttinnen und die Rollenspieler im Sinn.

»Schlafen die Kinder schon?«

»Seit zwanzig Minuten. Leo hat ins Bett gemacht, aber das war meine Schuld, denn ich bin zu spät hingegangen. Hast du etwa eine Viertelstunde vorm Haus gestanden und gewartet, bis das Licht im Kinderzimmer aus- und in der Küche anging?«

»Nein, aber das ist gar keine schlechte Idee. Mache ich beim nächsten Mal.« Sofia ließ den Koffer im Flur stehen, hängte ihre Handtasche über die Rückenlehne eines Küchenstuhls und setzte sich. Robban trocknete sich die Hände ab und öffnete den Kühlschrank.

»Hast du Hunger? Oder gab es im Flugzeug etwas zu essen? Im Kühlschrank sind noch Fischbällchen und Kartoffelbrei.«

»Fischbällchen mit Kartoffelbrei. Da wundert es mich nicht, dass etwas übrig geblieben ist.«

»Pass auf, was du sagst! Die Kinder haben richtig reingehauen. Sie haben mir sogar beim Kochen geholfen. Wir haben eine Dose Fischklößchen in Brühe genommen, die Flüssigkeit abgegossen und die Klößchen vor dem Braten in Ei und Semmelbrösel getaucht. Echt lecker.«

»Wow!«, erwiderte Sofia. »Und das hast du überlebt? Dass alle mitgekocht haben? Vielleicht sollte ich öfter verreisen.«

»Nein, bitte nicht. Wir haben dich vermisst! Vor allem ich.« Robban nahm sie in den Arm.

»Jetzt erzähl mal – was ist denn so seltsam bei dir?«, fragte Sofia. »Ich sollte vielleicht hinzufügen, dass mich nach dieser Woche gar nichts mehr wundert.«

»Wirklich? Dann solltest du lieber anfangen.« Robban nahm die Reste vom Abendessen aus dem Kühlschrank. »Möchtest du ein Glas Wein?«

»Gerne! Fischbällchen und Weißwein – ein bisschen Luxus für die Eltern von Kleinkindern. Tja, ich fand doch diesen Yogakurs so toll, den ich das Frühjahr über immer mittwochs abends besucht habe. Ich hatte das Gefühl, wirklich runterzukommen und Energien freizusetzen, von denen ich gar nichts geahnt hatte.«

Sofia nippte an dem Glas, das Robban ihr gereicht hatte. Als die Mikrowelle ein »Ping« von sich gab, stellte er den Teller auf die Arbeitsplatte und garnierte ihn mit ein bisschen Rucola und Tomate, bevor er das Ganze seiner Ehefrau servierte, das Licht über dem Küchentisch dimmte und sich ihr gegenübersetzte.

»Das schmeckt ja richtig gut«, sagte Sofia.

»Wundert dich das?«

»Fisch für die Kinder und Salat auf dem Teller – kann es sein, dass du oft mit Folke rumhängst?«

»Was genau meinst du mit ›rumhängen‹?« Robban ahmte, so gut es ging, Folkes Tonfall nach. »Fang lieber an zu erzählen.«

»Wir waren ja in Glastonbury, und das ist an sich schon ein interessanter Ort. Es gibt dort Ruinen von einem alten Kloster … Oder vielleicht sollte ich lieber damit anfangen, dass die Landschaft dort recht flach ist, bis auf einen Hügel, der so aussieht, als würde er überhaupt nicht dort hingehören. Ganz oben auf diesem Hügel, dem Glastonbury Tor, steht ein Gebäude. Alle, die dort hinkommen, sind in gewisser Hinsicht Suchende. Die meisten sind auf der Suche nach sich selbst und wollen herausfinden, wo sie hingehören, oft nach einer Krise. Glastonbury ist schon seit langer Zeit ein Ort der Begegnung. Alte Römerstraßen haben sich dort gekreuzt, und mehrere Energiefelder befinden sich dort.«

»Energiefelder? Was meinst du damit?«

»Mit Hilfe von Wünschelruten hat man herausgefunden, dass ...«

»Wünschelruten? Meinst du diese Zwillen, mit denen man auf den Boden klatscht? Das hört sich total durchgeknallt an. Wolltet ihr nicht Kurse besuchen? Wer war überhaupt dabei? Doch bestimmt nicht alle Lehrer der Schule, oder?«

»Wenn du mich ausreden lässt, komme ich dazu noch. Das Kollegium durfte zusammen verreisen und hat sich für dieses Ziel entschieden. Es sollte um das gemeinsame Wertefundament und so weiter gehen. Jeder hat sich im Rahmen seines Fachs vorbereitet und musste im Zusammenhang mit den Kursen, die wir in Glastonbury besuchen wollten, einen Vortrag halten.«

»Jetzt komme ich nicht mehr mit.«

»Wir waren zum Beispiel in einem Kurs über Heilung mit Kristallen. Da sollte ich als Nawi-Lehrerin ein bisschen über Steine, Kristalle und ihre Fähigkeiten erzählen.«

»Die Fähigkeiten von Steinen?«

Sofia zeigte seufzend mit der Gabel auf ihn. »Jetzt sei doch nicht so engstirnig. Hast du etwa noch nie einen Stein in die Hand genommen und gedrückt, wenn du beim Joggen Seitenstiche hattest?«

»Doch, natürlich ...«

»Und warum hast du das gemacht? Und vor allem: Hat es etwas genützt? Wurde es besser?«

Robban dachte nach und kam widerwillig zu dem Ergebnis, dass es bei diesem einen Mal, das ihm einfiel, tatsächlich geholfen hatte.

»Und warum wurde es besser?«, fragte Sofia.

»Am Stein lag es jedenfalls nicht!«

»Nein? Wie kannst du dir da so sicher sein? Steine werden schon seit Urzeiten angewandt. Könnte es nicht doch sein, dass es funktioniert? In dem Fall wäre die nächste Frage, ob es einen bestimmten Stein gibt, der besonders gut bei Seitenstichen wirkt. Haben Steine eventuell unterschiedliche Eigenschaften? Hilft ein bestimmter Stein bei einem bestimmten Leiden? Wusstest du, dass einige Steine in Indien und Südamerika schon die gleiche Bedeutung hatten, als zwischen den Erdteilen noch gar kein Kontakt bestand?!«

Sie sah ihn herausfordernd an. Er liebte ihre pädagogischen Fähigkeiten und konnte nachvollziehen, warum sie Jahr für Jahr zur besten Lehrerin der Schule gewählt wurde.

»Okay, es ist vielleicht ein bisschen besser geworden, als ich den Stein in der Hand hielt. Willst du mir damit sagen, dass ihr dafür nach England gefahren seid?«

»Natürlich nicht. Wir haben in einem geistigen Zentrum gewohnt. Für Lehrer ist es besonders wichtig, nicht zu stagnieren und in eingefahrenen Denkmustern zu verharren.«

»Nicht nur für Lehrer«, sagte Robban. »Für die Polizei gilt das ganz genauso.«

»Da hast du es. Vielleicht solltest du da mal mit Folke hinfahren. Ich sehe ihn förmlich vor mir, im Kurs ›Die eigene Aura malen‹.«

»Die eigene was?«

Sofia schluckte einen Bissen hinunter und trank einen Schluck, bevor sie fortfuhr.

»Jeder aus dem Kollegium hatte ein Thema aus seinem Fachgebiet vorbereitet. Außerdem haben wir die ganze Zeit nach Verbindungen zwischen unseren Fächern gesucht. Der Sportlehrer hatte Kontakt mit einer guten Rugbymannschaft, die besonders viel mit mentalem Training arbeitet. Wir haben den Trainer getroffen, der uns über ihren Trainingsplan berichtet hat. Zusätzlich hat das ganze Kollegium einen Yogakurs besucht. Kannst du dir unseren Mathelehrer – du weißt schon, der kommt immer im Anzug – im Lotussitz vorstellen?«

Sofia schüttelte lachend den Kopf. »Der Musiklehrer hat über Trommeln und ihre Bedeutung referiert, was uns sowohl zum Sport als auch zur Geschichte geführt hat. Die Verwendung von Trommeln im Laufe der Geschichte war mit das Spannendste, was ich jemals gehört habe. Dann war ich an der Reihe. Ich habe über Energie referiert, dass sie nicht zerstört werden kann, sondern sich immer nur wandelt. Es kam eine Diskussion über die Energie von uns Lebenden und den Menschen auf, die tot oder noch nicht geboren sind. Wo befindet sich die Energie der Seele, und wo bleibt sie, wenn wir sterben?«

Robban sah sie an. Wenn Sofia in ihrem Element war, kam er nicht zu Wort.

»Und Psychometrie – weißt du, was das ist?«, fuhr Sofia fort. »Da geht es darum, dass jedes Ding ein Gedächtnis hat. Wir durften verschiedene alte Gegenstände in die Hand nehmen und sollten fühlen, ob wir etwas wahrnehmen oder gar eine Information von ihnen empfangen. Wenn man sich in einer solchen Umgebung befindet und alte Sachen anfasst, ist es ja schwer, nichts zu empfinden. Ich habe mir eingebildet, ich hätte tatsächlich etwas gespürt, aber vielleicht bin ich auch nur durch die Stimmung beeinflusst worden. Aber es wäre doch wirklich spannend, wenn Gegenstände ein Gedächtnis hätten und das auch weitergeben könnten. Unsere Geschichtslehrerin ist richtig in Fahrt gekommen und hat erzählt, wie eine Frau, die für ihre Sensibilität bekannt ist, einen alten Zinnteller in der Hand gehalten hat. Sie nahm plötzlich einen intensiven Kakaogeschmack auf der Zunge wahr und sah einen Mann mit weißem Bart vor sich. Hinterher stellte sich heraus, dass der Teller einem Schokoladenfabrikanten gehört hatte. Die Frau konnte ihn in allen Einzelheiten beschreiben. Uud, die bei uns Religion unterrichtet, sprach über Rollen. Wir formten Abdrücke von den Gesichtern der anderen und setzten uns diese Masken dann auf. Dabei kamen wir auch darauf zu sprechen, dass ein und dieselbe Person in viele Rollen schlüpfen kann. Die der Mutter, Lehrerin oder Ehefrau … Die Maske ist sichtbar, aber das Innenleben und die Seele verbirgt sie.«

Robban saß schweigend da.

»Ich weiß, was du denkst«, sagte Sofia. »Was für ein Unsinn.«

»Das kannst du gar nicht wissen«, sagte Robban. »Was für Kurse hat denn dieses Zentrum angeboten?« Dass sie voll ins Schwarze getroffen hatte, behielt er lieber für sich.

»Dir wäre das alles wahrscheinlich zu unseriös gewesen, aber ich fand es anregend. Es besteht ein riesiges Interesse an dieser Art von Ausbildungen, und zwar von ganz normalen Menschen und nicht von so Außerirdischen, wie du sie dir vielleicht vorstellst. In einem Kurs ging es um Schamanismus. Man spricht dort von drei Wirklichkeiten und teilt sie in drei Bereiche ein. Die niedere oder untere Welt, die Mittelwelt und die obere Welt. Die Unterwelt hängt mit der Vergangenheit zusammen. Dorthin muss man sich begeben, wenn man die Antwort auf Fragen

sucht, die der Vergangenheit angehören. Über die Mittelwelt haben wir nicht viel geredet, aber die obere Welt hat
mit der Zukunft zu tun.«

Sofia verstummte und sah Robban an.

»Wenn die untere Welt für die Vergangenheit steht und
die obere die Zukunft repräsentiert, entspricht die Mittelwelt also dem Jetzt?«

»So könnte man es ausdrücken.« Sofia legte ihr Besteck zusammen.

»Urd, Skuld und Verdandi.« Robban kratzte sich am
Kopf. Sofia warf ihm einen erstaunten Blick zu und stellte
ihr Weinglas ab.

»Was? Ausgerechnet du kennst die Schicksalsgöttinnen? Es gab auch einen Göttinnenkurs, aber das war eine
längere Ausbildung, an deren Ende man zur Priesterin von
Avalon ernannt wurde. Mehrere Frauen haben teilgenommen. Unsere Dozentin war ausgebildete Priesterin. Sie
stammt übrigens aus Schweden, heißt Marianne Ekstedt
und hat das Zentrum vor vielen Jahren gemeinsam mit
einer Engländerin aufgebaut. Danach hat sie ein eigenes
Zentrum in Göteborg gegründet, da bin ich im Frühjahr
zum Yoga hingegangen. Hätte ich damals gewusst, dass
es sich um ein geistiges Zentrum handelt, wäre ich sicher
stutzig geworden, aber nun erscheint es mir gar nicht mehr
so seltsam. Wie kommt es, dass du die Namen der Schicksalsgöttinnen kennst?«

»Das hat mit dem Fall zu tun, an dem wir gerade arbeiten. Diese Frau, die ermordet am Opferstein auf Marstrandsön aufgefunden wurde. Es hat sich rausgestellt,
dass es in Trollhättan einen ähnlichen Fall gab.«

»Grauenvoll. Das kling nach einem merkwürdigen Zusammentreffen.«

»Merkwürdig ist milde ausgedrückt. Und für einen
Zufall halte ich das ganz und gar nicht. Die Orte schei-

nen sorgfältig ausgewählt worden zu sein, und die Frau am Opferstein in Marstrand nannte sich Skuld – genau wie eine der Schicksalsgöttinnen. Deswegen hat mich das, was du von Glastonbury erzählst, so nachdenklich gemacht. Es hört sich an, als könnte es da einen Zusammenhang geben. Wie gelangt man denn in diese anderen Welten?«

»Eine Möglichkeit wäre, sich mit Hilfe einer Trommel in Trance zu versetzen. Unser Musiklehrer und die Sportlehrerin haben einen wahnsinnig spannenden Vortrag über das Zusammenspiel von Körper und Seele gehalten. Anschließend durfte jeder, der wollte, eine Trommelreise machen.«

Robban begann zu lachen. »Eine Trommelreise? Im Ernst, Sofia. Du unterrichtest doch Naturwissenschaften – findest du so etwas nicht ein bisschen dubios? Sich in Trance versetzen und so? Für mich klingt das nach Hokuspokus.«

»Natürlich, aber ich muss zugeben, dass ich nach dieser Reise einige Dinge anders sehe. Es gibt so vieles, was wir nicht verstehen. Und das mit der Trance – man saß einfach da und trommelte. Das ist vergleichbar mit einem Rave, wo laute Musik wummert und das Licht heftig blitzt. Man braucht sich ja nicht mit Drogen vollzupumpen, um so etwas wahrzunehmen, der Körper mag eben gleichmäßige Rhythmen und reagiert darauf. Als ich die Augen schloss und mich auf den Rhythmus konzentrierte, hatte ich das Gefühl, in mir selbst zu versinken, ich kam meinem eigenen Herzschlag näher, und meine Gedanken wurden klarer. Ich musste an die Zeit denken, als ich schwanger war und die Kinder in meinem Bauch lagen und meinen Herzschlag hörten, vielleicht erscheint es einem deshalb so natürlich, einem Rhythmus zu lauschen. Man knüpft an die Phase im Mutterleib an.«

»Wenn ich ehrlich sein soll, klingt das total verrückt.«

»Und die Dinge, mit denen du dich bei deinen Ermittlungen beschäftigen musst – wie klingen die?«

»Ich weiß nicht.« Robban zuckte die Achseln. Er ver-
mied es meistens, zu Hause über seine Fälle zu sprechen.
Es sei denn, er hatte das Gefühl, dass Sofia ihm mit neu-
en Ideen und interessanten Gesichtspunkten weiterhelfen
konnte. »Sollen wir ins Bett gehen? Ich möchte morgen
früh zur Arbeit.«

»Klar, aber darf ich meinen Gedanken vorher noch abschließen? Ich wollte nur sagen, dass ihr euch bei diesem
Fall wahrscheinlich von konventionellen Denkschemata
verabschieden solltet. Verlasst die gewohnten Gleise. Ihr
könntet ja mal mit Marianne Ekstedt reden, die das geistige Zentrum in der Stadt betreibt, nur um euch einen
Eindruck von ihrer Sicht auf das Leben zu verschaffen.
Vielleicht bringt euch das weiter.«

»Kannst du dir Folke in einem geistigen Zentrum vorstellen?«, fragte Robban.

Sofia grinste. »Vergiss doch mal Folke. Du könntest
doch jemand anderen mitnehmen. Karin zum Beispiel.
Oder du fährst alleine hin. Für den Anfang könntest
du zumindest dieses Buch lesen.« Sofia reichte ihm ein
schmales Heft. Zerstreut griff Robban danach und dachte
an die Entdeckung von Margareta Rylander-Lilja.

»Wir haben auch Drogen gefunden oder besser gesagt,
Gift«, sagte er. »Wir sind nicht sicher, ob es tödlich oder
nur berauschend wirken sollte. Alkaloide – das ist doch
dein Bereich.«

»Das hatten die Opfer eingenommen? Geraucht oder
getrunken? Wenn man sich damit auskennt, findet man
diese Stoffe überall. Ich kann stundenlang im Klassen-
zimmer stehen und mir vor dösenden Schülern den Mund

fusselig reden, aber sobald ich erwähne, dass in der Natur Pflanzen vorkommen, die man rauchen kann, spitzen sie alle die Ohren.«

»Du verrätst ihnen doch nicht etwa, welche Pflanzen das sind?«

»Spinnst du? Natürlich nicht. Aber das lässt sich leicht im Internet recherchieren. Die Schüler sind ja nicht blöd.«

Robban kratzte sich am Kopf.

»Es ist auch eine Gruppe von Rollenspielern involviert. Die laufen in Verkleidung rum …« Robban schien mit sich selbst zu reden. Sofia trank ihr Glas aus und stellte es ins Spülbecken.

»Rollenspieler. Davon gibt es in Glastonbury jede Menge. Ehrlich gesagt, wusste ich gar nicht, dass das so viele Leute machen. Es gibt generell unheimlich viele, die auf der Suche sind und wissen wollen, worin eigentlich der Sinn des Lebens besteht.«

»Und zu welchem Schluss bist du gekommen? Was ist der Sinn?«, fragte Robban.

»Keine Ahnung. Dass es einem gutgeht und man in sich selbst ruht, würde ich sagen.« Sie küsste Robban auf die Wange. »Jetzt gehen wir ins Bett.«


»Guten Morgen.« Als Karin die Augen öffnete, stand Johan mit verstrubbelten Haaren und dem großartigsten Frühstückstablett vor ihr, das sie je gesehen hatte.

»Guten Morgen. Danke für den schönen Abend«, lächelte Karin.

»Danke gleichfalls.«

»Geht der richtig?« Karin zeigte auf den dreibeinigen Wecker, der ein angenehmes Ticken von sich gab und anzeigte, dass es Viertel vor sieben war.

»Ja. Wann musst du bei der Arbeit sein?«

»Gegen acht. Aber das ist ja nur ein Katzensprung von hier. Frühstück im Bett, welch ein Luxus! Oder bekommen das alle deine Mädels?«

»Alle meine Mädels? Du scheinst ja ein tolles Bild von mir zu haben, es stimmt jedoch nicht ganz mit der Wirklichkeit überein. Ich weiß nicht, ob ich ›leider‹ oder ›Gott sei Dank‹ hinzufügen soll.«

»Inwiefern stimmt es denn nicht? Sind es gar nicht so viele Mädels, oder bekommen die das Frühstück nicht alle im Bett serviert?«

Johan lachte. Karin mochte sein Lachen.

Während er unter der Dusche stand, suchte Karin nach einem Fön. Johan hatte gesagt, es könnte einer im Arbeitszimmer sein. Als sie dort im Schrank ein vielversprechendes Kabel entdeckte, fiel ihr Blick auf etwas anderes.

»Hast du den Fön nicht gefunden?« Johan stand mit nassen Haaren im Bademantel hinter ihr.

»Was ist das da?« Karin zeigte auf einen zwei Meter langen Pfahl aus dunklem Holz. In der Mitte war ein Gesicht hineingeschnitzt, das ungefähr dreißig Zentimeter hoch war. Am meisten interessierte Karin jedoch das, was fehlte. Die Nase. Sie war abgehackt.

»Das war mal das verzierte Bein eines Bettes, das im Kalmarer Schloss gestanden haben soll.«

»Wie schade, dass es kaputtgegangen ist.«

»Das Bett?«

»Das auch, aber ich meinte vor allem das Gesicht.«

»Das ist absichtlich so. In dem Raum hatte einmal ein dänischer König übernachtet. Er schlief in dem Bett, das damals vier solcher Pfosten hatte. Nachdem der König wieder abgereist war, befürchtete man, sein Geist befände sich noch im Raum und wolle die Gastgeber ausspionieren. Deshalb hackte man allen Holzfiguren in dem Zimmer die Nasen ab.«

»Echt? Wieso denn das?«

»Man dachte, die Seele säße in der Nase.«

Karin drehte sich um und sah Johan bohrend an.

»Was sagst du da? Die Seele in der Nase?«

»Ja.«

»Das heißt, man hat auch die Seele in seiner Gewalt, wenn man die Nase abschneidet?«

»Jedenfalls glaubte man das damals. Wir sprechen vom Mittelalter«, fügte er hinzu.

Seelen, dachte Karin. Er oder sie sammelt Seelen.


## Gut Nygård, Vargön, Sommer 1962

*Asko drückte sich die Nase an der Scheibe platt und betrachtete die vorbeisausenden Äcker. Das ganze Wochenende würde er mit Kristian und dessen Vater auf Gut Nygård verbringen. Nachdem ihm Kristian immer wieder von diesem Ort erzählt hatte, war in seinem Kopf ein Bild davon entstanden, und nun war er unheimlich gespannt auf das Gut, das in dem uralten Geschlecht Bagge von einer Generation zur nächsten vererbt wurde. Sie waren schon seit einer Stunde unterwegs.*

*»Bald sind wir da«, sagte der Chauffeur.*

*Kristian streckte den Zeigefinger aus. »Da vorne ist es.«*

*Ein Turm überragte die Baumspitzen. »Da?«, fragte Asko. »Im Schloss?«*

*Mit großen Augen staunte er über die Ulmenallee, die zum Wohnhaus führte. Falls man es überhaupt als Haus bezeichnen konnte. Es war größer als die Schule auf Marstrandsön und bestimmt drei Mal so groß wie der Pfarrhof. Fast so groß wie die Festung Carlsten, dachte Asko und sah am Turm des gelben Gebäudes hoch.*

Kristians Vater trat hinaus auf die Treppe und kam ihnen entgegen. Sein Haar war gelockt und dunkel, und in der Hand hielt er eine Pfeife. Die andere Hand hatte er in die Jackentasche geschoben, als posiere er für ein altmodisches Foto. Ein schwarzer Labrador ließ sich schwanzwedelnd und wohlerzogen neben ihm nieder und machte das Bild komplett.

»Guten Tag, mein Sohn.« Er gab Kristian die Hand. Kristian wirkte plötzlich schüchtern.

»Guten Tag, Papa«, erwiderte er und machte einen Diener. Der Hund sprang auf und leckte ihm das Gesicht ab. Kristian kraulte ihn hinter dem Ohr. Anschließend wurde der Neuankömmling beschnuppert.

Nervös streckte Asko die Hand aus.

»Willkommen auf Nygård, Asko«, sagte Kristians Vater. »Ich heiße Torsten.«

»Guten Tag«, sagte Asko. Torsten nickte und ging durch die Flügeltür wieder ins Haus. Der Chauffeur trug ihr Gepäck hinein.

»Komm!« Kristian zupfte ihn am Ärmel. »Ich zeige dir meine besten Verstecke.« Kristian wetzte die Treppe hinauf und wäre beinahe mit der Haushälterin Elke zusammengestoßen.

»Guten Tag, junger Mann. Ich habe dich vermisst. Und du musst Asko sein. Willkommen. Habt ihr Hunger, oder haltet ihr es noch bis zum Mittagessen aus?«

»Wir halten es noch aus.« Kristian verschwand hinter einer Tür auf der linken Seite.

Asko blieb in der Eingangshalle stehen. Hier war es fast so wie in der Marstrander Kirche. Steinfußboden, große Fenster, und von der hohen Decke hingen Kronleuchter.

»Ui«, rief er aus. »Hier hallt es ja, wenn man spricht.«

»Ich weiß«, antwortete Elke. »Das habe ich auch gedacht, als ich zum ersten Mal hier war, aber das liegt nur daran, dass wir den Teppich zum Lüften hinaus-gehängt haben. Wenn er hier liegt, wird es besser. Ich bin in der Küche – da drüben. Falls du hungrig bist oder eine Frage hast, kannst du jederzeit zu mir kommen.« Sie zeigte auf die Tür, in die oben eine Milchglasscheibe eingesetzt war.

Asko nickte. Er war unfähig, etwas zu sagen.

»Asko?« Kristian kehrte mit fragendem Gesicht zu-rück. »Kommst du jetzt?«

»Einen Augenblick.« Elke hielt Kristian an der Schulter fest. »Es wird nicht mit dem Speiseaufzug gefahren.«

»Wir fangen mit meinem Zimmer an.« Kristian rann-te die gusseiserne Treppe zum oberen Stockwerk hinauf. Asko folgte ihm und sah sich die ganze Zeit staunend um.

»Hier kann man sich ja verlaufen«, sagte er, als er Kristian eingeholt hatte.

»Das da drüben ist mein Zimmer.« Gänzlich unbe-eindruckt von der Pracht, marschierte Kristian an zwei weiteren Salons mit schönen Kachelöfen und Kristall-lüstern vorbei.

Mit seinen vielen Ecken und Winkeln war das Haus wie geschaffen für zwei abenteuerlustige Jungs. Nach dem Mittagessen gingen sie nach draußen. Erst jetzt bemerkte Asko, dass es noch mehr Gebäude gab. Neben dem Haupthaus lagen Stallungen, und auf der anderen Seite der riesigen Rasenfläche, am Fuße des Hunnebergs, standen ein weißes Holzhaus und daneben eine Oran-gerie.

»Das ist Gammelgård«, sagte Kristian. »Dort haben wir gewohnt, als ich klein war.« Dann schlug er eine

andere Richtung ein und ging auf den großen Teich ein
Stück hinter der Orangerie zu. Am Ufer blieb er stehen.

»Hier wäre meine Schwester einmal beinahe ertrunken.«

»Ich wusste gar nicht, dass du eine Schwester hast«,
sagte Asko.

»Meine Eltern haben sich heftig gestritten. Jeder
meinte, der andere hätte auf sie aufpassen sollen.«
Seufzend warf Kristian einen Stein ins Wasser und erzählte, dass nach diesem Ereignis nichts mehr wie vorher
gewesen war. Die Mutter zog weg und nahm die Schwester mit, ihr Lieblingskind. Allein in dem leeren Haus,
fühlte sich sein Vater selten wohl, und Kristian hatte oft
alleine zurechtkommen müssen. Am Ende hatte man beschlossen, dass er zu seiner Tante nach Marstrand ziehen
und dort zur Schule gehen sollte.

Während Kristian von seiner Kindheit erzählte, erinnerte sich Asko an seine eigenen Erlebnisse. Er dachte
an die Zeit im Keller und an seine Schwestern. Er hatte
sich so einsam gefühlt. Nur die Bücher hatten ihm
Gesellschaft geleistet, doch denen konnte er nicht nah
sein. Sie waren nur eine Möglichkeit, der Wirklichkeit
zu entfliehen. Erst als er Birger und Aina kennenlernte,
begann er zu glauben, dass auch er irgendwo hingehörte
und dass sich jemand nach ihm sehnte.

»Wir werden immer beste Freunde sein«, sagte Asko.

»Ja, immer«, antwortete Kristian lächelnd.


Harald Bodin wartete, bis der Sicherheitsbeauftragte des
Stadtmuseums vor dem Magazin auf der Insel Hisingen
geparkt hatte. Viertel vor acht, pünktlich wie immer.

»Hallo, Harald. Alles in Ordnung?« Börje schien gar
nicht mit einer Antwort zu rechnen. Er wandte Harald

den Rücken zu und nahm Lunchbox und Aktentasche vom Beifahrersitz. »Noch sechs Monate. Dann gehe ich in Rente. Wie sieht es eigentlich bei dir aus?«

Harald ignorierte die Frage.

»Ich muss mit dir reden, Börje.«

»Äh, könntest du mir vielleicht die Tür aufhalten? Ich habe keine Hand frei. Steht etwas Besonderes an?«

Der Kerl hört mir überhaupt nicht zu, dachte Harald. Er scherte sich nicht die Bohne um die Gegenstände im Magazin und konnte die Liebe und Faszination, die die anderen Mitarbeiter für sie empfanden, nicht nachvollziehen. Harald holte tief Luft. Am besten brachte er es hinter sich.

»In der Sammlung scheint etwas zu fehlen.«

»Ach so«, kam es unbekümmert von Börje. »Vielleicht hat jemand etwas ins falsche Regal geräumt.«

»Das glaube ich nicht. Ich habe überall nachgesehen«, sagte Harald.

»Worum handelt es sich denn?«, fragte Börje. In der Eingangshalle des Magazins blieb er stehen. »Um einen von deinen Gegenständen, Harald? Ist es eine Waffe?« Plötzlich machte er ein ernstes Gesicht.

»Es ist eins von den Henkersschwertern.«

Börje fiel die Lunchbox aus der Hand.


Robban saß bereits am Schreibtisch, als Karin eintraf. Sie wollte ihm gleich von der mittelalterlichen Holzfigur erzählen, doch er kam ihr zuvor.

»Es liegt nicht nur daran, dass ich Polizist bin. Ein kleines bisschen kombinieren kann schließlich jeder«, begann er.

»Was ist los?«, fragte Karin ungeduldig.

»Du hast dasselbe wie gestern an. Warst du etwa heute Nacht nicht zu Hause?« Er grinste von einem Ohr zum anderen.

»Wie kommst du denn darauf?«

»Einerseits aufgrund deiner Kleidung, wie gesagt, aber vor allem wegen denen da.« Robban zeigte auf Karins Schreibtisch, den ein Riesenstrauß roter Rosen schmückte. »Wer hat schon das Glück, morgens vor halb neun Rosen geliefert zu bekommen?«

Karin lächelte und spürte, wie sie rot anlief.

»War es der nette Polizist aus Trollhättan oder dein Date von Samstagabend? Oder vielleicht jemand ganz anders?«

»Hör auf!«

»Ich habe übrigens die Karte gelesen. Johan. Als Polizist kann ich beim Blumenladen auch den Nachnamen erfragen. Jetzt hab dich nicht so und erzähl endlich! Sonst sehe ich mich gezwungen, in der Kaffeepause meine Version der Geschichte zu verbreiten, und die fällt bestimmt aufregender aus als deine.«

»Da sei dir nicht zu sicher.« Karin berichtete von der Holzfigur in Johans Wohnung.

»Das ist ja ein Ding! Die haben die Nasen abgehackt und wahrscheinlich mitgenommen … Da wir keine Nasen gefunden haben, können wir nahezu davon ausgehen, dass unser Täter sie bei sich hat. Die Seele in der Nase. Nicht zu fassen«, sagte Robban. »Ich bin ja gerade dabei, die verschiedenen Charaktere der Rollenspieler zu untersuchen. Diesen Veranstalter namens Esus sollten wir uns unbedingt vorknöpfen.«

»Es könnte auch eine Frau sein«, sagte Karin.

»Ja, ja, selbstverständlich. Wie war denn nun dein Date?«

»Unheimlich nett. Wir haben die ganze Nacht geredet. Ich habe in seinem Arm geschlafen. Etwas unbequem, aber romantisch.«

»Wie bitte? Mehr erfahre ich nicht?«, fragte Robban.

»Viel mehr gibt es da gar nicht zu erzählen. Abgesehen davon, dass wir mit Silberbesteck und von einem Service aus dem achtzehnten Jahrhundert gegessen haben und er wahnsinnig gut kocht. Er wohnt in der Prinsgatan in der großartigsten Wohnung, die ich je gesehen habe.«

»Prinsgatan – oha.« Robban grinste.

»Ich wollte noch berichten, was ich gestern in Trollhättan erfahren habe ... Wo sind überhaupt Carsten und Folke?«

»Wo Carsten steckt, weiß ich nicht. Folke verbessert wahrscheinlich gerade einen armen Teufel, der im selben Fahrstuhl wie er gelandet ist.«

In diesem Augenblick kam Folke, mit dem Handy noch am Ohr, herein.

»Carsten hat angerufen, er ist beim Zahnarzt. Wir sollen ohne ihn anfangen.« Folke hängte seine Jacke auf.

Sie setzten sich in einen kleineren Konferenzraum, um den Stand der Dinge zu besprechen.

»Im schlimmsten Fall haben wir es mit drei Leichen zu tun«, sagte Folke. Karin und Robban blickten auf.

»Drei?«

Folke zählte an den Fingern ab.

»Die Leiche am Fluss in Trollhättan. Sie ist dort zerstückelt worden, doch der Kopf fehlt. Die Leiche am Opferstein in Marstrand hat auch keinen Kopf, und dann wäre da der Kopf in dem Garten. Er könnte rein theoretisch von einer dritten Person stammen. Falls er zu keiner unserer Leichen passt.«

Ein Klopfen unterbrach die Diskussion. Carsten trat ein.

»Also«, begann ihr Vorgesetzter nach einer kurzen Gesprächspause. »Was haben wir denn bis jetzt?« Er nuschelte ein wenig, und die eine Hälfte seines Mundes schien sich beim Sprechen gar nicht zu bewegen.

»Du meinst wohl ›Guten Morgen‹, so wie andere das ausdrücken«, sagte Karin.

»Morgen allerseits.« Carsten zeigte auf seinen Mund. »Ob er gut ist, weiß ich nicht so recht. Ich war beim Zahnarzt. Helene hat beim Kochen gestern übersehen, dass in dem Rezept von entsteinten Oliven die Rede war. Ich habe mir einen Zahn abgebrochen.« Er verzog das Gesicht.

»Das hört sich übel an.« Folke schüttelte den Kopf.

»Karin, wie föhlt sich dat an?«, fragte Carsten mit seinem starken dänischen Akzent, den er trotz vieler Jahre in Schweden und einer schwedischen Ehefrau nicht loswurde.

»Es muss ›fühlt‹ heißen, Carsten, mit ü«, begann Folke, doch der fiel ihm ins Wort.

»Karin, wie fühlt sich das an?«, wiederholte er, woraufhin Robban aufstand und die Arme ausbreitete.

»›Verflixt, jetzt fühlt es sich wie Liebe an …‹« Sogar Folke musste grinsen, als Karin zusammenfuhr und vor Schreck ihr Handy und das Notizbuch zu Boden fallen ließ. Sie konnte gerade noch den Kaffeebecher retten.

»Yeah«, strahlte Carsten in seinem gemütlichsten Dänisch. »Ist es wirklich wahr?« Er lachte aus vollem Hals.

»Ja, es ist ganz wunderbar!«, fasste Robban die Lage zusammen und blinzelte Karin theatralisch zu.

Mit puterrotem Gesicht versuchte Karin stammelnd, die drei Kollegen auf den neuesten Stand zu bringen. Alles, was sie bereits wussten, skizzierte sie auf dem Whiteboard. Ein verzweigtes Muster zeigte sich auf der Tafel.

»Folke hat festgestellt, dass wir es im schlimmsten Fall nicht nur mit zwei Toten zu tun haben, sondern mit dreien. Würdest du das Carsten bitte noch einmal erklären, Folke?«

»Zwei Leichen ohne Kopf und ein Kopf. Wenn der Kopf auf keinen der beiden Körper passt, haben wir drei

Opfer. Außerdem sollten wir noch einen weiteren Aspekt in unsere Überlegungen mit einbeziehen. Im Rahmen der ausführlichen rechtsmedizinischen Untersuchung der Frau vom Opferstein hat Margareta Rylander-Lilja Atropin und Opium gefunden. Atropin und Opium zählen zu den Alkaloiden, das sind Stoffe, die seit Urzeiten in rituellen Zusammenhängen, aber auch als Medikament oder als Gift Verwendung finden. Hinzugefügt werden sollte, dass diese Stoffe äußerst schwer zu dosieren sind, sowie, dass sie leicht zugänglich sind, weil sie in einer Reihe von Wild-pflanzen in der Natur vorkommen.« Er legte seinen Stift auf die Schreibtischplatte und lehnte sich zurück.

»Älkäloide?« Carsten machte sich eine Notiz. »Sehr interessant, Folke.«

»Wir haben uns doch gefragt, warum die Nase fehlte«, sagte Karin. »Ich habe eine mögliche Erklärung dafür ge-funden, zumindest in Anbetracht der äußeren Umstände. Vor allem, wenn man sich vor Augen führt, was Folke gerade erzählt hat.« Sie deutete auf die Worte »Burganla-ge«, »Hinrichtungsplatz« und »mittelalterbegeisterte Rol-lenspieler«. »Im Mittelalter glaubte man, die Seele befände sich in der Nase. Wenn man die Nase abschnitt, hatte man auch die Seele der Person in seinem Besitz.«

Carsten strich sich über das Kinn. Karin wusste nicht, ob er noch Zahnschmerzen hatte oder ob er einfach über ihre Worte nachdachte.

»Urd, Skuld und Verdandi«, murmelte Robban.

»Wie bitte?«, fragte Karin.

»Ich bin ja gerade dabei, die Charaktere der Rollenspie-ler durchzugehen, ich sehe mir an, welche Namen sie sich gegeben haben und was diese Namen bedeuten. Die Frau am Opferstein nannte sich ja Skuld. Ich habe im Internet eine Menge Erklärungen dafür gefunden. Der Asenglaube kennt drei Schicksalsgöttinnen. Sie werden Urd, Skuld und

Verdandi genannt. Manchmal bezeichnet man sie auch als Disen, Schicksalsdisen oder Nornen. Die Schicksalsgöttinnen stammen eigentlich aus der nordischen Mythologie«, fuhr Robban sinnend fort.

»Die Thorshämmer in den Felsen«, warf Karin ein.

»Meine Frau, Sofia, ist gerade von einem Kurs in England zurückgekehrt, den sie mit Lehrerkollegen besucht hat. Es ging hauptsächlich darum, ein bisschen aufgeschlossener zu werden, und das müssen wir hier wohl auch sein.« Er sah Folke forschend von der Seite an.

»Die Schicksalsgöttinnen spinnen die Schicksalsfäden, die jedes Menschenleben von der Geburt bis zum Tod lenken, und über jedes Geschlecht wacht und herrscht eine Schicksalsgöttin.«

»Jä?«, sagte Carsten aufmunternd.

»Ich habe mir überlegt, dass vielleicht jemand dahinterstecken könnte, der glaubt, das Schicksal in seinen Händen zu halten und zu lenken«, sagte Robban. »Aber ich weiß ehrlich gesagt nicht, ob uns das weiterhilft. Soweit ich das verstanden habe, können die Rollenspieler ihren Charakteren ihren eigenen Stempel aufdrücken. Möglicherweise verwendet jemand nur den Namen des Charakters, zum Beispiel Skuld, aber nicht die restlichen Eigenschaften.«

Carsten räusperte sich. »Wir müssen die Rollenspieler noch einmal gründlicher befragen, bevor wir eine andere Richtung einschlagen oder unsere Suche ausweiten. In Anbetracht der Tatsache, dass die Frau ja auch dieser Gruppe angehörte, sollten wir dort einen Schwerpunkt setzen. Wenn wir die Rollen erst besser verstehen, können wir hoffentlich auch treffsicherer nachhaken.«

»Ich würde jetzt gern alle Zeugenaussagen durchgehen.« Dieser Satz stammte von Folke. »Ich bin ebenfalls der Ansicht, dass wir erneut mit den Rollenspielern aus

dem Sankt-Eriks-Park sprechen sollten, damit wir herausfinden, als was sie sich verkleidet haben und worauf dieses
Spiel hinausläuft.«

»Was ist mit dem Veranstalter, Robban?«, fragte Karin.

»Auf den wollte ich gerade zu sprechen kommen. Er
nennt sich Esus. Keiner der Teilnehmer weiß, wer er oder
meinetwegen sie ist, da alle Vereinbarungen per E-Mail
abgewickelt wurden. Was den Veranstalter betrifft, habe
ich eigentlich nur herausbekommen, was der Name bedeutet.« Robban legte einen Zettel auf den Tisch.

»›Esus‹«, las er vor. »›The furious one or the respected
one.‹« Robban blickte auf. »Man könnte sich fragen,
womit er sich den Respekt verdient hat. Hier steht auch
›Lord‹ und ›Master‹ und dass Esus Menschen opferte, die
man an einen Baum fesselte und häutete.«

»Wie bitte?«, fragte Carsten verständnislos.

»Man hat ihnen die Haut abgezogen«, erläuterte Robban.

Carsten verzog das Gesicht zu einer Grimasse, die
deutlich zeigte, dass er es nun verstanden hatte. Es wurde
still am Tisch.


## Marstrand, Sommer 1962

*Seit Asko aufgetaucht war, redeten Birger und Aina*
*oft über Vererbung und Milieu. Da Asko mit Kristian*
*nach Nygård gefahren war, hatten sie nun zwei Abende*
*für sich. Asko war zum ersten Mal weg, aber Birger*
*hatte sich telefonisch vergewissert, dass es ihm gutging.*
*Nachdem er aufgelegt hatte, saß er eine Weile nachdenk-*
*lich da.*

*»Mach dir keine Sorgen.« Aina schenkte den Abend-*
*kaffee ein.*

»Er scheint sich gut zu amüsieren«, erwiderte Birger. »Und der Vater macht einen ordentlichen Eindruck, auch wenn ich nicht verstehe, warum der Junge nicht bei ihm wohnt, sondern hier.« Als Aina eine Augenbraue hochzog, fügte Birger hinzu: »Wenn er wirklich ein vernünftiger Mann ist, meine ich. Warum wohnt Kristian dann bei seiner Tante in Marstrand?«

»Beiden Jungs scheint es gutzugehen. Sowohl oben auf Nygård als auch hier in Marstrand. Das ist doch die Hauptsache.« Aina setzte sich und reichte ihm den Teller mit den Butterbroten.

»Weißt du noch, damals in Åkerström? Als es an jenem Morgen an die Tür klopfte und er plötzlich dastand ... da saßen wir fast genauso da wie jetzt. Der Arme.« Birger schüttelte den Kopf.

Aina legte ihre Hand auf seine. »Ich weiß, dass du dir Gedanken machst, aber es fehlt ihm an nichts, und er kommt morgen zurück. Jetzt nimm dir ein Brot.«

Ausnahmsweise konnten sie reden, ohne Rücksicht auf zwei kleine lauschende Ohren zu nehmen. Der Junge hatte so viele Fragen, auf die sie keine Antwort wussten. Wer wollte ihm das bei der Geschichte zum Vorwurf machen?

Aina strich über den Stammbaum ihrer finnischen Vorfahren, die ursprünglich aus Karelien stammten.

»Wir geben ihm zwei Beine, auf denen er stehen kann. Wie ein Baum mit weitverzweigten Wurzeln«, sagte Aina an diesem Abend zu Birger.

»Vererbung ist eine Sache«, erwiderte Birger. »Das Milieu ist etwas anderes.«

Aina hatte fein säuberlich auch Askos Namen eingetragen, doch sie hatte nicht vor, ihm etwas zu verheimlichen.

*Deshalb holte sie nun auch den Stammbaum hervor,
den sie mit ihrer guten Freundin Majken für Asko auf-
gezeichnet hatte. Aina hatte sich lange den Kopf zerbrochen und die Sache immer wieder mit Birger diskutiert,
bevor sie schließlich alle Informationen weitergab. Da
Askos Familie das Sorgerecht entzogen worden war und
er später adoptiert wurde, hätten es kommende Generationen schwer gehabt, seine Wurzeln zurückzuverfolgen.
Der Junge hatte ein Recht, alles zu erfahren.*

*Majken gelang es, Askos Vorfahren bis ins Jahr 1778
zurückzuverfolgen. Dann war Schluss, doch Majken
sagte, sie würde die Hoffnung nicht aufgeben, eines
Tages noch weiter zurückgehen zu können. Manchmal
kamen neue Tatsachen ans Licht. Auch bei sich zu Hause bewahrte sie eine Kopie des Stammbaums auf, den sie
Aina und Birger ausgehändigt hatte.*

*»Woher stammt er denn nun?«, fragte Aina.*

*»Orust«, antwortete Majken, als sie zusammen
Kaffee tranken.*


Börje hatte das Telefonat so lange wie möglich vor sich
her geschoben. Nun hielt er den Hörer in der Hand und
hatte gerade die Vorwahl eingetippt. Als Harald ihm von
dem fehlenden Schwert erzählte, hätte er sofort dort anrufen sollen, aber er hatte sich trotz allem erst vergewissern wollen, ob es sich nicht doch irgendwo anfand. Die
Sammlungsleiter beobachteten ihn skeptisch, während er
hektisch durch die Gänge rannte und vergeblich alle Kisten durchsuchte.

»Ja, hallo, Börje Broberg, Sicherheitsbeauftragter
vom Stadtmuseum Göteborg … Es geht um das Objekt
GM:103, ein Henkersschwert aus dem siebzehnten Jahrhundert. Ihr hattet es euch für eine Ausstellung in …« Der

Sicherheitsbeauftragte des Museums Bohuslän nannte den Namen und die Daten der Ausstellung. »Genau, das ist richtig. Tja, äh, es scheint da ein Problem oder vielmehr ein Missverständnis zu geben … Befindet sich das Schwert möglicherweise noch bei euch, ich meine, könnte es vielleicht beim Transport gefehlt haben?«

Am anderen Ende der Leitung war es still.

»Du warst selbst dabei, als die Lieferung abgeschickt wurde?« Börje seufzte. Mist. Er beendete das Gespräch. Es war nichts dabei herausgekommen. Zumindest konnte er jetzt einen Punkt auf der Liste mit den Maßnahmen abhaken, die zu treffen waren, wenn wider Erwarten ein Gegenstand verschwand.

# 10

Folke hatte die Zeugenaussagen der Rollenspieler vor sich. Er war beim letzten Namen auf der Liste angelangt und hatte gerade die Personenkennzahl eingegeben, als er die Meldung auf dem Bildschirm bemerkte. Person verstorben.

»Was um alles in der Welt hat das zu bedeuten?«, murmelte er und gab die Kennzahl erneut ein. Mit dem gleichen Ergebnis. Person verstorben.

»Das ist ja merkwürdig.«

Folke versah den Namen mit einem Fragezeichen, stand auf und ging nachdenklich zu seinen Kollegen.

»Karin, Robban ... ich bin auf etwas Seltsames gestoßen.«

»Was denn?«

Robban blickte auf.

»Sven Samuelsson ist tot. Nicht tot, aber ...« Folke sah sich verwundert um. Unvollständige Sätze passten gar nicht zu ihm.

»Ich verstehe kein Wort«, kam es von Robban. »Wer ist tot?«

»Ich habe die Namen all jener, die sich im Sankt-Eriks-Park befanden, in den Computer eingegeben, weil ich dachte ..., aber das spielt jetzt keine Rolle ... Seht euch das an!« Folke reichte Robban einen Ausdruck des Ergebnisses seiner Suche im Register.

»Sven Samuelsson. Person verstorben?« Robban runzelte die Stirn. »Hast du es auch richtig gemacht?« Er warf Folke einen skeptischen Blick zu.

Eilig gab Robban die Personenkennzahl in seinen Computer ein und kam zu dem gleichen Resultat wie Folke.

»Sven Samuelsson«, sagte Robban. »Wer von denen war das denn?«

»Der Typ, der wie Gandalf aussah«, sagte Karin. »Grimner war wohl der Name seiner Rolle.«

»Grimner?«, fragte Folke in Gedanken versunken. »Der Maskierte.«

»Was?«, fragte Robban.

»Odin, der alte Heidengott, hat viele Namen. Grimner ist einer davon, und wenn ich mich recht entsinne, bedeutet er ›der Maskierte‹. Von Sven Samuelsson habe ich zwar, genau wie von allen anderen, ein Foto gemacht, aber unter dieser Mähne und dem langen Bart kann man ihn überhaupt nicht erkennen.« Folke schüttelte den Kopf.

»Ein falsches Spiel.« Robban legte die Stirn in Falten.

Der Mann hatte alle ihre Fragen zum Rollenspiel im Allgemeinen und im Besonderen freundlich beantwortet. Was hatte er als Letztes gesagt? Robban versuchte, sich zu erinnern. Hatte es nicht etwas mit dem Schicksal zu tun?

»Du, Folke, weißt du, was Grimner zu mir und Karin gesagt hat, bevor du kamst? Irgendetwas im Sinne von: Man kann nur hoffen, dass das Gute am Ende siegt, aber es gibt keine Garantie dafür. Genau wie im wirklichen Leben entscheidet immer das Schicksal über den Ausgang der Geschichte.«

»Das hat er zu euch gesagt?«

»Klar«, erwiderte Robban. »Er treibt ein Spiel mit uns, und es läuft nach seinem Plan ab. Ich wette, dass wir es mit dem Veranstalter persönlich zu tun hatten.«

»Was zum Teufel machen wir jetzt?« Robban kratzte sich am Kopf. »Die Liste mit den Rollenspielern«, sagte er schließlich. »Wenn wir die Bedeutungen der Rollen und ihre Beziehungen untereinander kapiert haben, müssen wir mit jedem Einzelnen Kontakt aufnehmen.«

»Allerdings gehen wir dann von unseren eigenen Interpretationen der Rollen aus«, wandte Folke ein. »Wir gehen davon aus, dass die Frau, die sich Skuld nannte, auch Skulds Charaktereigenschaften hatte. Das muss aber überhaupt nicht der Fall gewesen sein.«

»Als Erstes müssen wir an den Veranstalter herankommen und mit ihm oder ihr sprechen.«

»Du hast recht. Wir sollten jemanden aus der IT-Abteilung auf ihn ansetzen. Wenn alles über das Internet abgewickelt wurde, sollten wir vielleicht auch dort mit der Suche beginnen«, sagte Robban.

»Trollhättan hatte ja ebenfalls Besuch von Rollenspielern«, sagte Karin.

»War das dieselbe Gruppe wie in Marstrand?«, wollte Robban wissen.

»Keine Ahnung, aber wir sollten es herausfinden. Anders Bielke von der Polizei Trollhättan hat nie den Zusammenhang zwischen der Toten und den Rollenspielern erkannt, weil sie bereits abgereist waren, als die Leiche entdeckt wurde.«

»Vielleicht gibt es auch gar keinen Zusammenhang«, sagte Folke. »Es muss nicht zwangsläufig miteinander zu tun haben.«

»Es erscheint mir doch ein wenig unwahrscheinlich, dass rein zufällig an beiden Orten so ein Rollenspiel-Event stattfindet, während zwei Frauen ermordet werden«, sagte Robban.

»Wir müssen Anders Bielke unsere Namensliste geben«, sagte Karin. »Dann haben sie wenigstens etwas, womit sie anfangen können. Mailst du ihm alles, Robban? Ich gehe ihn jetzt gleich anrufen.«

Robban klappte seinen Notizblock zu. Folke stand auf.

»Ich gehe rüber zu Carsten.«

Carsten hatte gerade das Fenster geöffnet, um den Zigarrenrauch zu vertreiben, als es an seine Tür klopfte. Schnell steckte er den Stummel in einen nicht ganz geleerten Kaffeebecher und verstaute die Brühe in einer Schreibtischschublade.

»Jä?«

Folke trat ein. Carsten rechnete mit einer Bemerkung wegen des Zigarrenrauchs, aber Folke schien den Geruch überhaupt nicht zu registrieren. Er zog die Stirn in tiefe Falten und machte ein, gelinde gesagt, sorgenvolles Gesicht. Dann öffnete er die blaue Mappe, die er unter dem Arm getragen hatte.

»Tot?«, fragte Carsten, nachdem Folke ihm alles erklärt hatte. »Das bedeutet, dass wir nicht die blasseste Ahnung haben, wer uns da im Sankt-Eriks-Park in Marstrand eigentlich gegenübergestanden hat.«

Folke nickte langsam und legte den Ausdruck zurück in seine Mappe. »Das stimmt. Auf eine Person trifft es zumindest zu.«

»Und von den anderen Rollenspielern hat niemand etwas Merkwürdiges bemerkt?« Carsten kratzte sich am Bart.

»Richtig.«

»Der Verstorbene, dessen Identität er sich bedient hat, braucht mit dem Fall gar nichts zu tun zu haben.«

»Wir sollten der Sache trotzdem nachgehen«, betonte Folke.

Carsten überlegte. »Mag sein.« Die unscheinbaren Wörter waren oft am schwierigsten. Er machte das Fenster zu, setzte sich wieder an den Schreibtisch, zog versehentlich die Schublade mit dem Kaffeebecher heraus, schob sie hastig wieder zu und fand schließlich in der zweiten Lade ein Ringbuch.

»Wie gehen wir vor?«, fragte Folke.

»Meiner Ansicht nach sollten wir zunächst nicht davon ausgehen, dass der Verstorbene darin verwickelt ist, sondern dass jemand mit Hilfe der Identität eines Toten ein Täuschungsmanöver unternommen hat. Wie heißt er?«

»Sven Samuelsson.«

»Na dann«, sagte Carsten. »Robban oder ich werden uns darum kümmern. Wenn du mir alles gibst, was wir bisher wissen, kann einer von uns nach diesem Sven Samuelsson forschen.« Carsten war dankbar für jede Unterbrechung seiner Verwaltungsaufgaben.

Folke reichte ihm die Mappe mit den Unterlagen und Notizen und erhob sich. Als er die Türklinke schon in der Hand hielt, drehte er sich noch einmal um.

»Es ist übrigens verboten, hier zu rauchen.«


## Marstrand, Sommer 1965

*In diesem Sommer tauchte das Mädchen auf. Sie stand mit ihrer Großmutter in der Schlange vor der Eisdiele. Aina hatte gerade das Eis der Jungs bezahlt, als die Frau sie begrüßte und ihre Enkeltochter Marianne vorstellte.*

*»Das ist ja nett«, erwiderte Aina. »Das hier sind Asko und Kristian. Ich glaube, sie wollen nach Söder zum Baden. Marianne kann bestimmt mitkommen. Was meint ihr?«*

*Die Jungs sahen zuerst einander und dann das Mädchen an.*

*»Klar«, sagte Asko. Kristian leckte an seinem Eis und nickte.*

*»Darf ich, Oma?«*

*»Ja, sicher. Nimm dein Eis mit. Ich setze mich eine Weile mit Aina hierhin, während du deinen Badeanzug holst.«*

*Das Mädchen rannte los, die Frau lächelte. Da Mariannes Mutter den ganzen Sommer arbeiten musste, verbrachte das Mädchen die Ferien bei ihren Großeltern, die im Eckhaus zwischen Kyrkogatan und Hospitalsgatan wohnten.*

*Asko, Kristian und Marianne trafen sich in diesem Sommer oft im Haus ihrer Großeltern. Sie grillten im Kachelofen Würstchen und lasen alte Bücher, die stapelweise auf dem Dachboden lagen. Wenn der Regen an die Scheiben prasselte und man das Gefühl hatte, es sei Oktober und nicht Juli, saßen sie im flackernden Schein der Flammen, spielten Spiele und lasen.*

*Ein Buch interessierte sie ganz besonders. Es handelte von Asenglaube, Mythologie und den geheimnisvollen Nornen Urd, Skuld und Verdandi, die auch als Schicksalsgöttinnen bezeichnet wurden. Der urnordischen Mythologie zufolge lebten diese drei Schicksalsgöttinnen oder Schicksalsdisen am Brunnen der Urd bei der Weltenesche Yggdrasil. Die Schicksalsgöttinnen holten Wasser vom Brunnen und weißen Sand, den sie über die Baumwurzeln streuten, damit die Esche am Leben blieb.*

*Asko war gefesselt von der Geschichte über die Göttinnen, die die Lebensfäden spannen und die Schicksale der Menschen lenkten. Er stellte sich vor, dass die große Silberpappel oben am Rathaus Yggdrasil war. Allerdings gab es dort keine Quelle, die Urds Brunnen hätte sein können. Höchstens unterirdisch. Asko glaubte jedoch, dass der Schicksalsbrunnen dort irgendwo sein musste, allerdings nur von Eingeweihten zu finden.*

*Kristian und Marianne hatten nur mit halbem Ohr zugehört, bis Asko konkrete Orte vorschlug. Seiner Ansicht nach kamen drei Stellen in Frage. Die erste war der Brunnen in der Drottninggatan, der einst zu dem*

Franziskanerkloster aus dem dreizehnten Jahrhundert gehört hatte. Die zweite war die Opferquelle im Sankt-Eriks-Park.

»Und die dritte?«, hatte Kristian gefragt.

»Die Quelle in Mariannes Garten. Außerdem gibt es dort weißen Sand. Der besteht zwar aus Muscheln, aber er ist ganz fein gemahlen und weiß, genau wie der an den Wurzeln von Yggdrasil.«

Marianne nickte. Plötzlich fiel ihr der Gegenstand ein, den sie im Muschelsand gefunden hatte. Doch sollte sie ihren neuen Freunden wirklich davon erzählen? Sie beschloss, damit noch ein bisschen zu warten.

Das Haus hatte etwas Merkwürdiges an sich. Das lag nicht nur am Knarren der alten Dielen, sondern auch an dem Eindruck, es wäre immer jemand da. Jemand, der das Haus hütete und bewachte. Ein seltsames Gefühl. Als würde einem etwas in die Seele kriechen und versuchen, einem etwas zuzuflüstern. In gewisser Weise erinnerte die Atmosphäre Kristian an Nygård. Vielleicht hallten durch alle alten Häuser Stimmen und nicht abgeschlossene Gespräche.

»Spürt ihr es auch ...«, begann Kristian zu fragen und sah seine beiden Freunde an. Marianne nickte.

»Großmutter glaubt, dass die Frau, die hier früher gewohnt hat, nicht zur Ruhe kommt«, sagte Marianne, »aber Großvater sagt, das sei Unsinn. Er mag es nicht, wenn man darüber spricht.«

Marianne zögerte einen Augenblick.

»Wartet mal kurz, dann zeige ich euch, was ich letzten Sommer im Garten gefunden habe.« Sie verschwand im Haus und kehrte mit einer Art Schale aus angelaufenem Messing zurück.

»Was ist das?«, fragte Asko.

»Ein Mörser«, antwortete Marianne. »Der Stößel ist aber nicht mehr da. Ihr wisst schon, dieses Ding, mit dem man im Mörser etwas zerstößt.«

»Das wolltest du uns zeigen?«, fragte Kristian enttäuscht.

»Ja. Er ist irgendwie merkwürdig. Finde ich jedenfalls. Fühlt mal.« Sie reichte Kristian den Mörser. Zuerst stand er schweigend da, dann zuckte er zusammen. Mit aufgerissenen Augen starrte er seine Freunde an.

Nachdem er ihr den Mörser zurückgegeben hatte, fragte Marianne: »Du hast es auch gespürt, oder?«

»Ja, da war etwas ...« Nachdenklich verstummte er.

»Was denn?«, wollte Asko wissen. »Darf ich es auch mal ausprobieren?«

»Natürlich. Hier.« Marianne reichte ihm das Ding. Asko hielt den Mörser in den Händen, ließ ihn jedoch urplötzlich fallen und fasste sich ans rechte Ohr. Der Mörser hinterließ eine tiefe Kerbe in den lackierten Dielen.

»Tut dir etwas weh?«, fragte Kristian besorgt.

»Nein. Da hat jemand geschrien. In meinem Kopf. Es war wie bei diesem Piepen, das nur ich hören kann.«

»In meinem Kopf sind Bilder aufgetaucht«, sagte Kristian, »und dann hatte ich einen ganz bestimmten Geschmack im Mund. Salz oder Blut. Ach, ich weiß es nicht.«

»Bei mir war es genauso«, sagte Marianne. »Hundertprozentig. Ist das nicht merkwürdig? Vielleicht ist es ein Zaubermörser.«

»Ich hatte das Gefühl, jemand hätte das Radio voll aufgedreht und wieder abgeschaltet, als ich den Mörser losgelassen habe. Habt ihr nichts gehört?«

Kristian schüttelte den Kopf.

»Der Stößel müsste auch noch irgendwo im Garten liegen. Sollen wir ihn suchen?«, fragte Marianne.

An diesem Abend konnte Asko nicht gut einschlafen. Er dachte an diesen merkwürdigen Mörser und ihre Gespräche über die Schicksalsgöttinnen. Über jede Familie wachte angeblich eine Schicksalsdise. Asko fragte sich, welche Göttin wohl ihn behütete. War es diejenige, die über seine biologische Familie wachte, oder die von Aina und Birger? Wenn sie wirklich den Schlüssel zum Schicksal in ihren Händen hielten, wussten sie vielleicht auch, warum eine Mutter ihren kleinen Sohn im Keller einsperrt.

Am Tag darauf saß Kristian verschlafen am Frühstückstisch, als die Nachbarin hereinstürmte und von dem entsetzlichen Ereignis berichtete. Der Schuhmacher und seine Frau, Mariannes Großeltern, waren in der Nacht gestorben. Der Arzt glaubte, eine Rauchgasvergiftung könne die Ursache sein. Möglicherweise war die Ofenklappe des alten Kachelofens nicht richtig geöffnet gewesen oder zugefallen. Marianne hatte glücklicherweise überlebt.

Tante Lea setzte sich kerzengerade auf.

»Gütiger Gott!«

»Ein böses Omen«, murmelte die Nachbarin, während sie zur Tür eilte, um die Kunde weiterzuverbreiten. »Ihr werdet noch an meine Worte denken. Das ist ein böses Omen. Ausgerechnet im Haus der Hexe.«

Kristian sank in sich zusammen. Als die Nachbarin gegangen war, musterte Tante Lea ihn.

»Was ist passiert?«, fragte sie.

»Ich habe nichts getan, Tante. Ich lag im Bett und habe geschlafen.«

»Erzähl mir mal, was ihr in den vergangenen Tagen
getrieben habt. Ich weiß, dass ihr in dem Haus wart.«

»Warum hat sie gesagt: ›im Haus der Hexe‹? Heißt es
so?«, fragte Kristian vorsichtig.

»Das ist eine alte Geschichte, die du nicht zu kennen
brauchst. Fang an zu erzählen, Kristian.«

Kristian zögerte eine Weile. Dann vertraute er seiner
Tante an, wie sie am vergangenen Tag den Stößel zu dem
Mörser gefunden hatten, nachdem sie zwei Stunden in
Knochen und altem Schutt gegraben hatten.

»Einen Stößel? Ausgerechnet dort.« Tante Lea
schüttelte den Kopf. Zwischen ihren Augenbrauen bildete sich eine tiefe Furche. Sie hob warnend den Zeigefinger.

»Pass auf dich auf. Dinge, die einmal begraben
wurden, soll man ruhen lassen.«

Kristian erzählte ihr nie, was Asko, Marianne und
er erlebt hatten, als sie den Stößel in den Händen hielten.

Nach diesem Ereignis versuchte Kristian, das merkwürdige Gefühl zu vergessen, das ihn in dem alten Haus be-
fallen hatte. Mit zusammengebissenen Zähnen standen
die drei Freunde neben ihren Familien, als in der Marstrander Kirche die Beerdigung von Mariannes Großeltern stattfand. Der Sommer war zu Ende. In diesem
Herbst beugte sich Kristian dem Wunsch seines Vaters
und ging auf dasselbe Internat, das dieser einst besucht
hatte. Gegen Ende des Winters verkaufte Mariannes
Mutter das Haus an der Ecke von Kyrkogatan und
Hospitalsgatan, nachdem es den Herbst über leerge-
standen hatte. Ganz leer war es jedoch möglicherweise
nie gewesen.

Robban hatte den überlasteten IT-Spezialisten der Polizei kontaktiert, der zufrieden berichtete, man habe den Veranstalter gefunden, er heiße Sven Samuelsson. Robban teilte ihm mit, dass Sven Samuelsson verstorben war und unmöglich etwas mit dem Rollenspiel zu tun haben konnte. Da war der IT-Spezialist an die Decke gegangen, ohne dass Robban begriffen hatte, warum.

Als Jerker zu Robban in den Pausenraum kam, war es halb elf.

»Gibt es was Neues?«, fragte Robban. Kopfschüttelnd goss sich Jerker einen Kaffee ein.

»Wir hätten sicher mehr Unterstützung von der IT-Abteilung bekommen, wenn nicht jemand von uns zu den Kollegen dort gesagt hätte, Achtung, ich zitiere: Sie seien langsam und inkompetent. Nun sind sie nicht mehr ganz so kooperativ.«

»Folke, dieser Idiot«, sagte Robban. »Könnten wir ihn nicht zu irgendeinem Kurs in sozialer Kompetenz schicken? Ich würde meinen Gesundheitsbonus dafür opfern.«

Jerker ließ zwei Stück Würfelzucker in seinen Kaffee plumpsen und rührte mit einem weißen Plastiklöffel um.

»Ich kenne einen Typen, der uns vermutlich helfen kann«, sagte Jerker ein wenig zögerlich.

»Du meinst jemanden aus der IT-Abteilung, den wir noch nicht verärgert haben?«, fragte Robban.

»Ganz genau. Der Typ kennt sich irre gut mit dem Internet aus.«

»Super. Wer ist es?« Robban strahlte bei dem Gedanken, dass sie nun vielleicht einen Schritt weiterkommen würden.

»Er ist ein bisschen ulkig. Wohnt in einem Bungalow in Lindome. Seit einem Autounfall sitzt er im Rollstuhl, aber mit seinem Kopf ist alles in Ordnung.«

»Warum klingst du so komisch? Ist der Typ nicht ganz koscher?«

»Doch, doch. Er kennt jede Abkürzung im Netz. Wenn uns jemand helfen kann, dann er, aber seine Vorgehensweise ist manchmal nicht ganz stubenrein. Wir müssen schließlich dokumentieren, wie wir an die Informationen herangekommen sind. Vergiss das nicht. Und nimm auf keinen Fall Folke mit zu ihm.«

Robban lachte.

»Okay.«

Robban und Karin wollten sich gerade auf den Weg zu diesem Internetexperten in Lindome machen, als Karins Handy klingelte. Nachdem sie sich gemeldet hatte, blieb sie stehen.

»Okay, dann fahre ich jetzt direkt dorthin. Ihr könnt nachkommen. Einen Augenblick, bitte ...« Sie deckte das Mikrofon mit der Hand ab und flüsterte Robban etwas zu. »Ich kann dich nicht nach Lindome begleiten, weil ich mich zuerst um diese Sache hier kümmern muss. Telefonieren wir nachher?«

Im selben Augenblick tauchte Folke auf. Umständlich setzte er sich eine Kappe auf und knöpfte seine Jacke zu. Klopfte die Lederhandschuhe am Hosenbein ab, streifte sie über und zupfte jeden Finger einzeln zurecht. Bevor Karin verschwand, signalisierte sie Robban mit einer Kopfbewegung, dass er Folke mitnehmen sollte. Seufzend ging Robban mit Folke im Schlepptau zum Auto. Nun würde es schwierig werden, den IT-Spezialisten ohne ihn zu besuchen.

Mit Hilfe einer Münze untersuchte Folke zunächst das Profil von Robbans Reifen.

»Wusstest du, dass dreiunddreißig Prozent aller schwedischen Autos mindestens einen abgefahrenen Reifen aufweisen und neunundsechzig Prozent aller Fahrer schon lange nicht mehr den Luftdruck kontrolliert haben?«

»Nein, davon hatte ich keine Ahnung«, gab Robban zu. »Wie ich höre, hast du mit der IT-Abteilung telefoniert.«

»Ich habe mich mal erkundigt, wie sie so vorankommen, und habe bei der Gelegenheit versucht, ihnen ein bisschen Dampf zu machen. Hat es etwas gebracht?«

Allerdings, dachte Robban. Das konnte man wohl sagen.

Am Ende nahmen sie Folkes Wagen. Er schien bester Laune zu sein, denn er summte auf dem gesamten Weg nach Lindome vor sich hin. Robban betrachtete ihn und seine karierte Kappe verstohlen von der Seite. Ob ich mit fünfzig auch so sein werde? Oder erst, wenn ich über sechzig bin? Eine Kappe werde ich aber bestimmt nicht tragen, dachte er.

Der Bungalow hatte eine weiße Klinkerfassade und war hufeisenförmig um einen Swimmingpool herumgebaut. An einem Ende des Beckens befand sich ein Lift. In der Einfahrt stand eine rote Corvette. Folke stellte sich neben den Wagen und sah sich genötigt, zu betonen, wie unpraktisch er doch sei.

»Sieht aber echt gut aus«, erwiderte Robban. »Richtig lecker, findest du nicht?« Er konnte es sich nicht verkneifen, Folke ein wenig zu provozieren.

»Schon, aber was soll man damit?« Folke musterte die breiten Reifen der Corvette. »Außerdem sind die gar nicht erlaubt.«

»Okay, Folke«, seufzte Robban müde. »Wir scheißen auf die Reifen, denn jetzt brauchen wir die Hilfe eines IT-Spezialisten, der hier wohnt. Insbesondere nachdem du unsere eigene IT-Abteilung mit der Bemerkung, sie sei langsam und inkompetent, gegen uns aufgebracht hast.

Daher wollen wir ihn besser nicht darauf hinweisen, dass seine Reifen nicht zugelassen sind.«

»Aber wie würde das denn aussehen, wenn …«

Robban machte sich nicht einmal die Mühe, Folke auszureden zu lassen.

»Die wichtigste Aufgabe der Polizei besteht doch wohl darin, Leben zu retten, oder meinst du nicht?«

»Ja, laut …«

»Ganz genau. Wir wollen der Person, die diese Frauen umgebracht hat, das Handwerk legen, und deshalb ist das Aufrechterhalten der schwedischen Reifenzulassungsordnung vielleicht momentan zweitrangig. Was meinst du?« Ohne Folkes Antwort abzuwarten, ging Robban zur Eingangstür und klingelte.


Karin wartete vor dem Eingang des Präsidiums auf Carsten. Er tauchte schneller auf als erwartet.

»Was ist denn so dringend?«, fragte Carsten, als er Karin erblickte.

»Ein Einbruch.«

Er seufzte tief und breitete ratlos die Arme aus.

»Was? Ein Einbruch? Du hast dich angehört, als ginge es um Leben und Tod.« Carsten sah Karin an. Er wusste, dass sie niemals angerufen hätte, wenn es nicht wichtig gewesen wäre.

»Vielleicht tut es das auch wirklich. Das Stadtmuseum hat angerufen. Denen ist etwas abhandengekommen.«

»Einbrüche im Stadtmuseum fallen wohl kaum in unser Ressort«, wandte Carsten ein.

»Wenn es sich bei dem verschwundenen Gegenstand um ein Henkersschwert aus dem siebzehnten Jahrhundert handelt, vielleicht schon.«

Carsten starrte sie an. »Henkersschwert?«

»Komm, wir nehmen mein Auto.«

»Wollen wir nicht zu Fuß gehen? Das Stadtmuseum liegt doch in der Norra Hamngatan.« Carsten zeigte zum Kanal.

»Stimmt, da befindet sich das Ausstellungsgebäude, aber die Sammlungen werden auf Hisingen aufbewahrt. Das Henkersschwert ist offenbar aus dem Magazin verschwunden.«

Karin schloss den Wagen auf und setzte sich ans Steuer.

»Kommst du?«, fragte sie durch das geöffnete Fenster.

»Warum um alles in der Welt stiehlt jemand ein Henkersschwert?« Carsten ließ sich auf dem Beifahrersitz nieder. »Du glaubst, dieses Schwert ist die Tatwaffe?« Carsten sah sie an.

»Vielleicht. Eigentlich habe ich nur so ein Gefühl, aber denk doch mal an das ganze Drumherum. Ich stand gerade im Pausenraum, als Jerker wegen des Schwertes angerufen wurde. Die Spurensicherung kommt nachher auch und untersucht gründlich, wie es zu dem Diebstahl gekommen sein könnte. Da wir für den Diebstahl selbst nicht zuständig sind, habe ich um einen Vorsprung gebeten. Aber ein Schwert aus dem siebzehnten Jahrhundert liegt in meinen Augen auf einer Linie mit all dem anderen, was wir schon haben.«

Sie brauchten zwanzig Minuten, um das Magazin des Stadtmuseums in der Arendals Allé zu finden. Ein Mann in Jeans und Jackett wanderte vor den geschlossenen Türen des ehemaligen Industriegebäudes auf und ab. Unter dem Arm trug er einen Ordner. Als Karin den Wagen abstellte, hielt er zunächst inne und kam dann hastig auf sie zu.

Carsten ergriff seine ausgestreckte Hand.

»Börje Broberg, ich bin hier der Sicherheitsbeauftragte«, sagte er ohne die Andeutung eines Lächelns und wandte sich Karin zu.

»Schön, dass du so schnell gekommen bist. Folge mir!«
Eilig erklomm Börje die Treppe und schloss die Tür auf.
»Bitte sehr.«

Er bat sie in eine Halle. Karin sah sich neugierig um.
Sie befanden sich in einem riesigen Lager, dessen offene
Räume bis obenhin voller Regale waren. Ein Gabelstapler
kam langsam angefahren, hob eine Palette von der höchsten Ebene und verschwand durch einen der Gänge in einer
benachbarten Halle.

Börje ging an zwei Lagerregalen vorbei und deutete auf
eine Palette. Darauf standen fünf Kisten unterschiedlicher
Größe. Zwei waren aus Pappe, die übrigen aus Holz. Alle
waren mit einem Strichcode sowie mit Ziffern und Buchstaben gekennzeichnet.

»Hier lag unser Henkersschwert. Warte, ich zeige dir
ein Foto.« Er schlug den Ordner auf und blätterte darin.
»So sieht es aus.«

Karin studierte das Bild.

»Wie und wann hast du bemerkt, dass das Schwert
fehlt?«, fragte Carsten.

Börje wand sich wie ein Aal. »Harald Bodin, der für
das Schwert verantwortlich ist, wollte zuerst selbst danach
suchen«, antwortete er vage. »Das Schwert war zuvor mit
einigen anderen Ausstellungsstücken ans Museum Bohuslän in Uddevalla verliehen gewesen. Einige der Exponate
waren von einer Urlaubsvertretung ausgepackt worden,
und der Rest lag noch in den Kisten. Daher wollten wir
überprüfen, ob sich das Schwert nicht unter diesen Sachen
befand, bevor wir euch anriefen.«

»Wie lange, sagtest du, ist das Schwert schon weg?«,
fragte Karin.

»Ich bin mir nicht sicher, du sprichst besser mit unserem Sammlungsdirektor. Einen Augenblick.« Börje verschwand, kehrte aber fünf Minuten später mit einem rund-

lichen Herrn mit dicken Brillengläsern und einer in der Taille ziemlich stramm sitzenden Weste zurück.

»Harald Bodin.« Er begrüßte zuerst Carsten und dann Karin. Da eins seiner Augen ein Eigenleben zu führen schien, war Karin unsicher, wie sie ihn ansehen sollte.

»Tja, das Henkersschwert.« Harald schüttelte den Kopf.

»Kannst du mir etwas über diese Waffe erzählen?«, fragte Karin.

»Verzeihung«, fiel Carsten ihr ins Wort. »Börje und ich können uns vielleicht in der Zwischenzeit ansehen, wer überhaupt die Möglichkeit hat, hier reinzukommen, und wie es mit der Alarmanlage, den Sicherheitscodes und so weiter aussieht.«

Börje nickte und reichte Harald den Ordner mit dem Foto des Schwerts.

»Gern. Komm, ich zeige dir, wie unser Sicherheitssystem funktioniert.«

»Erzähl mir von dem Schwert«, wandte sich Karin an Harald. »Ist es wertvoll?«

Er schnaubte.

»Für einen Sammler schon, aber Geld ist für diejenigen, die hier arbeiten, nicht die treibende Kraft. Wir haben es mit höheren Werten zu tun. Wir pflegen das historische Erbe für unsere Nachkommen, damit auch sie an der Geschichte teilhaben können. Kannst du dir etwas Wertvolleres vorstellen?«

Karin merkte, dass sie falsch angefangen hatte, und nahm einen neuen Anlauf.

»Ich habe vollstes Verständnis dafür, dass man mit alten Gegenständen arbeiten möchte. Das war auch nicht der Grund meiner Frage, sondern ich wollte mir eher ein Bild von dem Schwert machen. Der Wert ist die eine Sache, aber die Geschichte dieser Waffe würde mich auch interessieren. Vielleicht könnte ich mir mal ein ähnliches Schwert aus eurer Sammlung ansehen?«

Harald nickte erfreut.

»Selbstverständlich. Das Henkersschwert stammt, wie gesagt, aus dem siebzehnten Jahrhundert. Es ist ein beidseitig geschliffenes Schlagschwert mit gerader Parierstange und einer flachen, breiten Klinge. Das Heft besteht aus Holz und ist mit Draht umwickelt. Die Parierstange ist auf beiden Seiten abgebrochen, der Knauf fehlt.« Er deutete auf das Foto in dem Ordner, den Börje dagelassen hatte.

»Parierstange und Heft?«

»Die Parierstange dient als Schutz für die Finger, und Heft ist ein anderes Wort für Griff. Der Knauf, der in diesem Fall fehlt, sitzt normalerweise am Ende des Schwerts.«

»Warum ist die Spitze stumpf? Schwerter haben doch immer eine scharfe Spitze.« Karin betrachtete das Foto. Die Klinge erinnerte eher an ein Lineal.

»Ganz im Gegenteil. Dieses Schwert ist ja keine Stich-, sondern eine Hiebwaffe und hat deshalb keine Spitze. Allerdings waren die Klingen unheimlich scharf.«

»Ist es schwer?«, fragte Karin.

»Nicht besonders. Anderthalb Kilo. Das Schwert ist insgesamt fast neunzig Zentimeter lang und misst an der breitesten Stelle neun Zentimeter. Die Klinge ist etwas schmaler, aber gut zwei Zentimeter dick. Das Schwert weist Gebrauchsspuren auf – und ist scharf geschliffen.«

»Geschliffen?«

Harald nickte. »Es liegt in einer extra angefertigten Stoffhülle, die das Eisen schont. Daher hat der Schliff so gut gehalten.«

»Bist du sicher, dass es als Henkersschwert verwendet wurde?«

»Ja. Die Klinge ist auf besondere Weise gekennzeichnet.«

Karin hielt den Atem an, als Harald ihr eine Vergrößerung des eingravierten Symbols zeigte. Auf der einen Seite
ein Galgen, auf der anderen Pfahl und Rad.

Der Mann, der ihnen die Tür öffnete, war etwa fünfzig
Jahre alt und saß tatsächlich im Rollstuhl. Der Schäferhund an seiner Seite fixierte Robban und Folke reglos.

»Kommt rein. Die Schuhe könnt ihr anbehalten.« Er
machte eine Kehrtwende und rollte durch den langen
Gang. Robban folgte ihm. Folke blickte sich um und hielt
Ausschau nach dem Hund.

Als sie den Raum betraten, saß das Tier bereits neben
dem Computer. Die Jalousien waren heruntergelassen,
und es war zwar nicht stockduster, aber ziemlich dunkel. Die Luft war warm, und überall surrten Computer.
Robban zählte fünf Notebooks, die allesamt in Betrieb
waren. Daneben gab es vier normale Desktop-Computer
mit ebenso vielen Flachbildschirmen. Langsam gewöhnten
sich die Augen an die Dunkelheit.

»Okay. Was steht an?«, fragte Hektor.

»Eine Person, die sich Esus nennt, und eine Website
mit dieser Adresse.« Diese Information hatten sie von den
Rollenspielern erhalten. Robban legte den Zettel mit der
Adresse neben Hektors Tastatur.

Der Raum war größer, als er zuerst gewirkt hatte. Eine
Wand war komplett von einem tiefen Lagerregal aus Holz
verdeckt. Das oberste Fach war mit Kartons gefüllt, deren
Aufdruck verriet, dass sie Chipstüten der Marke Estrella
enthielten. In der Mitte waren Zweiliterflaschen Joltcola
aufgereiht. Mindestens dreißig Stück. Das Regal daneben
war voller Software und Bücher, und in einem blauen
Müllsack auf dem Fußboden befand sich eine Anzahl

leerer Colaflaschen, die auf einen immensen Verbrauch hindeuteten.

»Mein Gott.« Das war die Stimme von Folke, der soeben den Raum betreten hatte. Wie versteinert stand er vor dem Regal mit den Chips und den Flaschen. »Jolt-cola?«

»Extra viel Koffein. Ich importiere die selbst aus den USA. Ihr könnt euch gerne eine Flasche nehmen.« Während er antwortete, kamen seine Finger nicht einen Augenblick zur Ruhe.

Folke verschlug es fast die Sprache. Robban blickte von einem zum anderen und überlegte fieberhaft, wie er ihn stoppen konnte.

»Du wirst vorzeitig sterben. Ist dir klar, wie viel Zucker ...« Folke wurde unterbrochen.

»Wenn ich schon einen Autounfall überlebt habe, habe ich mir auch ein Laster verdient, finde ich. Cola und Chips sind wirklich ein recht unschuldiges Vergnügen.«

»Acrylamid ...«, begann Folke, doch Robban fiel ihm ins Wort.

Er erzählte Hektor kurz, wie die Rollenspielveranstaltung funktioniert hatte, und erklärte ihm, dass alle Teilnehmer unterschiedliche Rollen innehatten und eigene Namen bekamen. Die Finger flogen über die Tasten, und kurz darauf erschien auf dem Bildschirm ein Suchergebnis. Robban sah beeindruckt zu.

»Hast du dir die Beiträge auf dieser Seite mal angesehen?«

Robban zog einen Stapel Papiere aus der Tasche.

»Ich habe das alles gelesen, aber ich kann nicht behaupten, dass mich das in Bezug auf unsere Ermittlungen klüger gemacht hätte.«

Schnell blätterte Hektor Robbans Papierstapel durch und wandte sich wieder dem Computer zu. »Es scheint noch mehr zu geben. Ich glaube nicht, dass ihr alles gefunden habt«, sagte Hektor. »Manchmal muss man Mitglied sein, um weitere Informationen zu erhalten. Außerdem gibt es einige Foren, in denen die Mitglieder unterschiedliche Niveaus beziehungsweise Befugnisse haben, und daher müssen wir auf die höchste Ebene gelangen, um die Seite vollständig zu sehen.«

»Und wie macht man das?«, wollte Robban wissen.

»Entweder man arbeitet sich hoch, oder man schummelt ein bisschen.«

»Wie denn?«

»Ich versuche jetzt, als Administrator hineinzukommen.«

»Braucht man denn kein Passwort, um sich einzuloggen?«

Robban sah sich verstohlen nach Folke um.

»Nun … wenn mich die Seite nach meinem Administrator-Passwort fragt, gebe ich stattdessen einen Bit-Code ein. Man könnte sagen, dass ich die Einstellungen verändere, während der Server die Passwörter vergleicht. Mit dem Erfolg, dass ich eingeloggt werde.«

»Sieht man das denn nicht? Ich meine, merkt niemand, dass du da warst?« Robban senkte die Stimme. »Du bist dazu ja eigentlich nicht berechtigt.«

Hektors Finger bewegten sich noch immer hektisch über die Tastatur, doch nun hielt er inne.

»Wenn wir ein schnelles Resultat wollen, sollten wir mit diesen Dingen nicht zu kleinlich sein. Und die Antwort lautet: Nein, das Schöne ist, dass niemand meinen Besuch bemerkt, weil ich nichts kaputtmache. Man muss nur ein bisschen aufpassen, falls während des Einloggens Informationen abgespeichert werden. Sieh mal.« Hektor zeigte auf den Bildschirm. »Logdateien, da wird alles registriert. Jetzt schauen wir mal, hier haben wir Esus und seine Angaben – dort ist das Passwort, aber es ist verschlüsselt ... hm.«

»Kann man den Code nicht knacken?«, fragte Robban.

»Man kann alles knacken, es dauert nur manchmal etwas länger, und dann muss man ein wenig fummeln. Hier muss ich das Passwort einfach reversieren.«

Robban verzichtete auf Nachfragen.

»Oft gibt man eine Mailadresse an, damit man unterschiedliche Nachrichten erhalten kann, zum Beispiel von Menschen, die sich gerade auf der Seite befinden. Hier sieht man die Mailadresse, die er verwendet. Es wäre zweifellos interessant, sich mal in seinem Posteingang umzusehen, aber das ist der zweite Schritt. Wenn wir Glück haben, benutzt er dasselbe Passwort wie hier, den Leuten fällt es schwer, sich einzigartige Passwörter auszudenken, und die meisten verwenden immer dasselbe, ohne an die Risiken zu denken. Ihr wisst schon, ›Sommer 2010‹ und solche Klassiker. Wenn man sich beispielsweise in die Mails von jemandem hacken will, verschafft man sich ein paar Informationen über die Person. Die Namen der Kinder, des Hundes, Geburtsdaten und so'n Zeug. Damit kommt man normalerweise ziemlich weit. Aber die Kombination aus Ziffern und Buchstaben, die hier verwendet wird, kommt mir bekannt vor. Wo habe ich die bloß schon mal gesehen?«

Robban fühlte sich ertappt. Das Passwort seines Computers im Büro war seine Postadresse, allerdings hatte er vor und nach der Hausnummer ein Prozentzeichen eingefügt.

»Man kann jedenfalls alles sehen, was auf dieser Seite geschrieben wurde, alle Beiträge, bis auf diese ... hm.« Hektor zeigte auf den Bildschirm.

»Und jetzt?«

»Wir machen natürlich weiter«, erwiderte Hektor unbekümmert. »Allerdings scheint hier einiges verschlüsselt worden zu sein ...«

»Ach, übrigens, Jerker hat mir gegenüber noch einmal betont, dass wir genau nachweisen müssen, wie wir an die Informationen gelangt sind«, sagte Robban leise.

»Aha. Dann haben wir Esus eigentlich noch nicht gefunden. Das dauert etwas länger«, murmelte Hektor so leise, dass nur Robban es hörte.

»Genau.« Robban warf einen bedeutungsvollen Blick in Folkes Richtung. Er hoffte, dass Hektor den Wink mitbekommen hatte, und wandte Folke den Rücken zu.

»Vielleicht kannst du uns per E-Mail ganz genau erklären, wie wir all das herausbekommen haben, damit wir den«, er betonte nun jede Silbe und sah Hektor bedeutungsvoll in die Augen, »korrekten Weg zum Ziel genauestens nachweisen können.«

Hektor erwiderte seinen Blick. Robban kam sich albern vor, doch nun stellte sich Folke neben ihn und musterte den Bildschirm.

»Wir machen es so.« Hektor tippte einen Befehl aus grünen Buchstaben auf den schwarzen Bildschirm und rollte zu einem anderen Computer.

Folke legte die Hände auf den Rücken. »Ah so, ja.« Er sah auf die Ziffern und Buchstaben, die sich in rasender Geschwindigkeit nach unten bewegten.

Hektor drehte sich um und bearbeitete den zweiten Computer. Dann kehrte er zum ersten zurück, auf dessen Bildschirm nun ganz unten eine Zeile stand. Er nickte. »Sieh mal einer an. Ich glaube übrigens, dass es eine Seite gibt, die noch interessanter für euch ist.« Er rollte zu einem der fest installierten Computer und gab eine Internetadresse ein.

»Nein, das war falsch. Wie lautete sie noch mal?« Er

unternahm einen zweiten Versuch und gelangte auf eine schwarze Seite mit rotem Text.

»Leute, die sich an Rollenspielen beteiligen, interessieren sich normalerweise auch für Geschichte. Manchmal sind sie richtige Nerds, die ihre Kontakte lieber via Internet pflegen und sich gern verkleiden. Vielleicht fällt es ihnen leichter, Beziehungen zu anderen einzugehen, wenn sie nicht sie selbst sind, was weiß ich. Rollenspieler wickeln vieles per E-Mail ab, und oft sitzen diese Menschen weit verstreut in Schweden oder sogar ganz im Norden, haben in ihren Chatrooms jedoch trotzdem engsten Kontakt.«

»Chatroom?«, fragte Folke. »Ist das ein gebräuchliches Wort?«

»Für diejenigen, die sich im einundzwanzigsten Jahrhundert bewegen, schon. Seht mal«, sagte Hektor. »Im Zimmer nebenan stehen übrigens zwei Stühle. Holt euch doch jeder einen, dann braucht ihr nicht zu stehen.« Als Robban die Stühle geholt hatte, setzte Folke sich hin und las eifrig die Diskussionen über Verwünschungen, frühere Leben und die Frage, wie man seine innere Kraft entfaltete. Robban gestand sich widerwillig ein, dass er vieles bereits von Sofias Kursbericht aus Glastonbury wusste.

»Die Sache ist verzwickter, als ich dachte«, sagte Hektor zufrieden. »Wenn die Leute sich ein bisschen anstrengen, macht es viel mehr Spaß. Hier scheinen jedenfalls mehrere der Benutzernamen von eurer Liste aufzutauchen.« Hektor zeigte auf den hellgrünen Text neben einem glitzernden Kristall. »›Willkommen in unserem geistigen Zentrum in Göteborg. Hier beginnt deine Reise. Wer weiß, wo sie endet ...‹«

Robban wurde eiskalt. Dort ging Sofia zum Yoga.

# 11

## Gut Nygård, Vargön, Herbst 1971, Grab der Familie Bagge

*Das Auto hielt an, und der Chauffeur machte die Tür auf. Kristian und Asko stiegen aus und sogen die Landluft ein.*

*»Herrlich, wieder hier zu sein«, sagte Kristian. Asko nickte.*

*»Ja, es ist schon eine Weile her.«*

*Die Eingangstür wurde geöffnet, und Torsten kam heraus. Er stützte sich auf seinen Stock. »Da seid ihr ja. Willkommen.«*

*»Hallo, Papa.« Kristian wirkte plötzlich angespannt.*

*»Wirklich schön, dich wiederzusehen, Asko.« Torsten legte ihm die Hand auf die Schulter.*

*»Freut mich auch, Torsten«, sagte Asko.*

*Sie aßen im großen Salon zu Mittag. In die vier Ecken der Decke waren in einem schönen Dunkelblau die Initialen von Kristian und seiner Familie gemalt. Zwei Namen kannte er nicht, vielleicht waren es die von Kristians Mutter und seiner Schwester. Asko wagte nicht zu fragen. Die schweren Vorhänge passten farblich zu den Buchstaben. Die goldgelben Kordeln waren so an dem dunkelblauen Stoff festgenäht, dass sie an den Zinnenkranz eines Burgfrieds erinnerten.*

*»Ein wenig körperliche Arbeit kann nicht schaden, wenn man seine Nase so oft in Bücher steckt wie ihr«, sagte Torsten, der am anderen Ende der langen Tafel saß. Asko und Kristian blickten auf und warteten auf die*

*Fortsetzung, die tatsächlich nicht lange auf sich warten ließ.*

*»Ihr könnt entweder den Friedhof in Ordnung bringen«, er zupfte an seinem Schnurrbart und setzte eine Denkermiene auf, »oder den Dachboden aufräumen.« Dann murmelte er sich in den Bart: »Da oben steht zweihundert Jahre alter Krempel herum.« Er nahm den Rest Soße mit einem Stück Brot auf und legte das Silberbesteck auf den Teller. »Na? Wofür habt ihr euch entschieden?«*

*Asko und Kristian sahen sich an und blickten dann nach draußen in die schöne Herbstlandschaft.*

*»Friedhof.«*

*Als sie nach dem Mittagessen auf den weißen Gartenstühlen Kaffee tranken, sah Asko sich um. Er und Kristian hatten über das Schicksal und die Frage diskutiert, wie viel im Leben vorherbestimmt sein mochte. Hier waren ihre Meinungen auseinandergegangen. Asko behauptete, man könne sein Leben selbst gestalten und in jedem Augenblick eine freie Entscheidung treffen, während Kristian der Ansicht war, vieles wäre vorherbestimmt. Er sprach über das Blut, das in seinen Adern floss, und zeigte auf die Häuser, die seine Vorfahren vor mehr als zweihundert Jahren erbaut hatten. Natürlich hatte man eine stärkere Verbindung zu seinen früheren Familienmitgliedern, wenn man den Ort übernahm, den sie einst ausgewählt und zu dem sie den Grundstein gelegt hatten. Nygård verfügte sogar über einen eigenen Friedhof, auf dem nur das Geschlecht der Bagges beigesetzt werden durfte.*

*Nach dem Mittagessen waren sie zu der von einer Mauer umgebenen Grabstelle gegangen, die sich vierhundert Meter vom Wohnhaus entfernt befand. Torsten ging ihnen hinterher. Er zeigte auf das Denkmal, das ein*

Stück entfernt am Weg stand. »Begleitet ihr mich auf einen Spaziergang, bevor ihr anfangt?«

»Klar«, erwiderte Asko. Kristian lehnte die Harke an die Friedhofsmauer. Die Sonne schien ihnen auf die Köpfe, als sie über einen Kiesweg zu dem steinernen Denkmal gingen.

Torsten zeigte auf die Umgebung. »Ich weiß nicht, ob es mit meinem Alter zusammenhängt, aber ich finde, das ist ein merkwürdiger Ort.«

»Wie meinst du das?«, fragte Asko.

»Das Torstenssondenkmal hier wurde Harald Torstensson zu Ehren errichtet, ein erfolgreicher und ziemlich angesehener Kriegsherr, der zu Beginn des siebzehnten Jahrhunderts auf Forstena geboren wurde, dem Hof nebenan.

Von Forstena wurde nach und nach ein Stück abgespalten – Nygård, der neue Hof. Diese Erde hier wurde schon lange vor uns von unseren Vorfahren bestellt, und unser eigener Gammelgård wurde zwei Mal von den Dänen niedergebrannt. Manchmal, wenn ich die Augen schließe, meine ich, das alles vor mir zu sehen. Dieser Ort hat eine ganz besondere Atmosphäre. In den letzten Jahren habe ich begriffen, was deine Mutter meinte, als sie sagte, sie habe sich hier nie willkommen gefühlt.«

»Ich wusste gar nicht, dass sie es so empfunden hat«, sagte Kristian.

»Sie mochte diesen Ort nie, aber ich konnte mir nicht vorstellen, von hier wegzuziehen. Es war, als würde Nygård einen Keil zwischen uns treiben, als schlage es sie in die Flucht und hielte mich fest. Ich hätte mir wohl mehr Mühe geben können, aber dann kam alles so, wie es kam.« Schweigend ging er zurück zu dem alten Friedhof und öffnete die Eisenpforte. »Eines schönen Tages werde ich selbst hier ruhen. Das ist ein gutes Gefühl.«

*In den Laubkronen über ihnen raschelte der Wind. Torsten zeigte ihnen ein Grab nach dem anderen. »Sie sind alle hier, aber das Schöne ist, dass sie in dem Haus da drüben wahrscheinlich noch präsenter sind.« Er deutete auf Nygård.*

*Asko betrachtete die Grabsteine, besonders die ältesten, die auf der Erde lagen und das ganze Grab abdeckten. Das Moos hatte die Namen der verstorbenen Verwandten in die Vertiefungen im Stein geschrieben.*

*»Ich hoffe, dass du jemanden findest, der sich vorstellen kann, hier zu leben, Kristian. Einen Menschen, der diesen Ort nicht ... feindselig und unheimlich findet.«*

*»Keine Sorge, Papa«, sagte Kristian.*



»Ich nehme an, hier kommt nicht jeder rein«, sagte Carsten zum Sicherheitsbeauftragten des Stadtmuseums.

»Das stimmt, aber es ist trotzdem ein Gegenstand verlorengegangen. Unfassbar. Ich gehe nächstes Jahr in Pension, aber das hier ist mir noch nie passiert.« Er seufzte tief und zeigte auf die Stahltüren. »Um deine Frage zu beantworten, wer hier reingelassen wird: Grundsätzlich bekommt man nur dann Zugang zum Magazin, wenn man einen besonderen Grund hat. Wenn man sich etwas Bestimmtes ansehen möchte, muss man rechtzeitig anfragen und sein Ansinnen gut begründen. Das Stück aus der Sammlung wird einem dann von einem Sammlungsleiter in einem Vorführraum gezeigt. Wir erheben in solchen Fällen eine Gebühr.«

»Wer hat außer den Mitarbeitern hier Zutritt?«

»Handwerker. Wir hatten zum Beispiel einen Wasserrohrbruch und brauchten einen Klempner. Diese Firma werden wir übrigens nicht mehr beschäftigen, aber das ist eine andere Geschichte. Menschen von der Sicherheitsfirma oder vom Brandschutz. Ansonsten Studenten, die sich zum Archivar, Konservator, Historiker oder Ethnologen ausbilden lassen. Manchmal kommt jemand, der ein Buch oder einen Artikel schreibt. Natürlich haben wir auch Besuch von Forschern, Vereinen und hin und wieder von ganz gewöhnlichen Interessierten. Ab und zu machen wir in bestimmten Sammlungen sogar Führungen. Das sind sogenannte Themenführungen.«

»Themenführungen?«

»Im Frühjahr hatten wir ›Braut im Frühling‹, da haben wir Brautkleider aus verschiedenen Epochen gezeigt. ›Best of Bronzezeit‹ kam auch gut an.«

»Hattet ihr schon mal eine Führung, in der dieses Henkersschwert gezeigt wurde?«

»Das wage ich mit Entschiedenheit zu verneinen. Unsere Waffen zeigen wir bei den Führungen nie. Es sei denn, jemand hat eine gezielte Anfrage gestellt. Aber auch dann würde die betreffende Person nie hier hereinkommen, sondern nur in einen unserer Vorführräume.«

»Wie ist es deiner Ansicht nach zu dem Diebstahl gekommen?«

»Das weiß ich wirklich nicht. Es könnte höchstens irgendwie intern passiert sein, aber auch das kann ich mir nicht vorstellen. Alle, die hier arbeiten, sind sehr besorgt um die Stücke. Manchmal sind die Mitarbeiter zwar so fasziniert von einem Gegenstand, dass sie die Vorsichtsmaßnahmen vergessen, aber, nein, ich glaube nicht, dass einer unserer Angestellten involviert ist.«

Carsten überlegte eine Weile.

»Gibt es ein Verzeichnis der Personen, die hierherkommen, um sich etwas anzusehen?«

»Natürlich. Über jeden Besucher wird Buch geführt. Mails und Briefe werden dokumentiert. Auch die Telefonate. Wir haben hier eine äußerst fleißige neue Angestellte. Maja heißt sie. Rede mit ihr.«

»Bevor man hier reinkommt, stellt man also eine Anfrage und begründet, warum man sich einen bestimmten Gegenstand ansehen möchte«, wiederholte Carsten, um sicher zu gehen, dass er das Ganze richtig verstanden hatte.

»Man muss den Grund nicht unbedingt angeben, aber die meisten Leute tun das. Sie erzählen, warum sie sich dafür interessieren. Anschließend vereinbart man einen Termin mit dem jeweiligen Sammlungsleiter. Im Fall des Schwertes müsste man also mit Harald reden.«

Carsten nickte.


Carsten und Börje waren gemeinsam die Sicherheits- und Alarmanlage durchgegangen und machten sich wieder auf den Weg zu Karin und Harald.

Karin hatte gerade ein Paar weiße Handschuhe übergestreift und nach dem Schwert gegriffen, das Harald ihr reichte.

»Das verschwundene Schwert ist diesem hier ziemlich ähnlich«, sagte er bekümmert.

Ein ganz besonderes Gefühl erfüllte sie. Es war großartig und unheimlich zugleich. Genauso hatte vor langer Zeit der Henker dagestanden und denselben Gegenstand in den Händen gehalten wie sie jetzt. Vorsichtig gab sie Harald das Schwert zurück. Er nahm es behutsam entgegen, verstaute es wieder in der Stoffhülle und legte es zurück an seinen Platz zwischen einer Armbrust und einem Offiziersschwert. Karin zog die weißen Handschuhe aus.

»Dann sind wir hier vorerst fertig«, sagte Carsten zu Karin und Harald. »Tja, Harald, ist dir denn einer der Besucher in besonderer Erinnerung geblieben?«

Harald dachte nach. »Wenn man mit Waffen zu tun hat, tauchen immer wieder Menschen mit ungesundem Interesse daran auf, aber dieser Typus konzentriert sich meist auf Sachen aus dem Ersten oder Zweiten Weltkrieg. Mehrere dieser Personen haben hier mittlerweile keinen Zutritt mehr, und im Hinblick auf das Henkersschwert und ähnliche Dinge hatte ich hauptsächlich Besuch von Sammlern und Historikern. Alle, die von mir empfangen wurden, sind registriert worden, du darfst dir gerne unser Archiv ansehen. Ich werde auch meine eigenen Notizen noch einmal durchgehen, aber aus dem Stegreif fällt mir kein auffälliger Besucher ein, und es handelt sich auch nicht um besonders viele Menschen.«

»Falls die Möglichkeit bestünde, jetzt sofort mit Maja zu sprechen, die sich um alle Anfragen kümmert, wären wir äußerst dankbar.«

»Natürlich«, erwiderte Börje. »Das ist kein Problem. Folge mir.«

Karin bedankte sich bei Harald und reichte ihm ihre Visitenkarte. Dann steckte sie ihr Portemonnaie wieder ein und folgte Carsten und Börje. Sie betrachtete die vielen Kisten und dachte an die Gegenstände, die hier behutsam von Sammlungsmitarbeitern und Textilkonservatoren umsorgt wurden, damit auch kommende Generationen sie sehen konnten. Sie drehte sich zu Harald um, weil sie ihm genau diesen Gedanken mitteilen und ihm zeigen wollte, dass sie die Faszination verstand, die von diesen alten Dingen ausging. Harald stand bedächtig da und sah sie an.

»Ist dir noch etwas eingefallen, Harald?«, fragte Karin.

»Äh … nein, ich war mit meinen Gedanken nur gerade ganz woanders.«

»Es muss phantastisch sein, mit diesen Sachen zu arbeiten. Vielleicht darf ich noch einmal wiederkommen, um mir alles in Ruhe anzusehen? Rein privat, meine ich.«

»Sehr gern. Du hast ja meine Nummer.« Er winkte ihr zum Abschied und ging in die Halle nebenan. Karin folgte Carsten und Börje mit dem Gefühl, etwas übersehen zu haben.

Maja trug eine Brille mit einem blauen Gestell, das von selbst zu leuchten schien. Ihr dunkles Haar war kurzgeschnitten, und auf ihrem Schreibtisch herrschte militärische Ordnung. Carsten musste den Empfang des Besucherverzeichnisses quittieren und unterschreiben, dass sie Dokumente des Stadtmuseums mitnahmen. Es war geradezu erheiternd, dass sich ausgerechnet die Polizei so strengen Sicherheitsmaßnahmen unterwerfen musste, obwohl sie gekommen war, weil das Museum ein Schwert verloren hatte.

Maja verschwand und kehrte mit sechs prall gefüllten Ordnern und einem schwarzen Besucherverzeichnis zurück. Rasch erklärte sie ihnen, wie die Register aufgebaut waren. Anschließend legte sie alles in einen Pappkarton und überreichte ihn Carsten.

»Tja.« Karin bog nach rechts ab und fuhr auf die Älvborgsbron. »Wer hat das Vergnügen, das alles durchzugehen?«

»Darüber denke ich gerade nach. Eigentlich ist das nicht unser Bier, aber falls es mit unseren Ermittlungen zu tun hat, sollten wir überprüfen, ob wir darin Anhaltspunkte entdecken.«

»Wer um alles in der Welt macht sich die Mühe, ein Henkersschwert zu stehlen, um jemanden zu ermorden?«

»*Falls* es überhaupt die Mordwaffe ist, Karin. Und wie hat er …«

»Oder sie …«

»Gut, okay. Wie hat er oder sie das Schwert aus dem Magazin des Stadtmuseums herausgeschmuggelt? Es wurde kein Alarm ausgelöst, und keine der Türen weist Schäden auf. So ein Schwert steckt man sich nicht einfach in die Hosentasche.«

Er zeigte auf eine Frau mit langem Rock, die einen Hund ausführte. »Unter so einem könnte man es allerdings verstecken und gemächlich hinausspazieren. Bleibt die Frage, wie man ins Magazin hineinkommt. Glaubst du, sie verheimlichen uns was?«

»Nein, warum sollten sie?«

»Dieser Börje war mehr um sein eigenes Ansehen als um das verschwundene Schwert besorgt. Er hat mir erzählt, dass er bald pensioniert wird, und fürchtet nur um seinen mäkellosen Ruf.«

»Du meinst makellos. Harald dagegen war wirklich wegen des Schwertes bekümmert. An sich selbst scheint er dabei gar nicht zu denken.« Karin verstummte.

»Was noch?«, fragte Carsten.

»Ach, vielleicht irre ich mich auch, aber ich hatte das Gefühl, dass er noch etwas sagen wollte. Ich habe ihn sogar gefragt, ob ihm noch etwas eingefallen sei.«

»Wir werden sehen, was Jerker nach der technischen Untersuchung sagt.«

»Aber was wollen sie denn untersuchen? Ehrlich gesagt, wissen wir doch gar nicht, wann das Schwert verschwunden ist. Vielleicht war es nicht dabei, als das Museum Bohuslän die ausgeliehenen Sammlungsstücke zurückgab. In dem Fall hätte sich der Diebstahl nicht im Stadtmuseum ereignet.« An der roten Ampel vor dem Sahlgrenska-Universitätskrankenhaus blieb Karin stehen und sah Carsten an.

Er stützte den Kopf mit der Hand ab.

»Zuerst fragen wir Margareta, ob das Ding als Mordwaffe in Betracht kommt. Dann sehen wir weiter.«

Auf der Suche nach Zutaten für das Abendessen streifte Sara ziellos durch den Supermarkt. Entscheiden, was es heute geben sollte, und gleichzeitig versuchen, sich von gestressten Kunden und Kassiererinnen abzuschirmen. Sobald sie einem Menschen begegnete, der unter Stress stand, steckte sie sich an. Im Grunde war alles möglich. Jemand, der hektisch telefonierte, losrannte, um den Bus noch zu erwischen, oder die Kinder zu spät in den Kindergarten brachte.

Sie hatte das Gefühl, in einem ewigen Trott aus Fischstäbchen, Blutpudding, Fleischbällchen mit Kartoffeln und Spaghetti mit Hackfleischsoße festzustecken. Fischgratin, dachte sie. Es bestand zwar die Gefahr, dass die Kinder davon nichts essen würden, aber sie wollte nicht zu den Eltern gehören, die sich nur noch nach dem Geschmack der Kinder richteten. So hatte sie jedenfalls vor der Geburt der Kinder gedacht. Nun war sie vor allem darauf bedacht, dass sie überhaupt etwas zu sich nahmen.

Sara ging zur Kühltheke hinüber und betrachtete das Fischangebot. Warum musste immer sie sich etwas einfallen lassen, einkaufen und kochen? In geruhsamem Tempo ging ein Vater mit randvollem Einkaufswagen und einem schlafenden Säugling an ihr vorbei. Sara legte die Packung Fischfilets wieder zurück und zog stattdessen ihr Handy aus der Tasche. Ohne ein einziges »Liebling« zu verwenden, teilte sie Tomas mit, er solle sich um das Abendessen kümmern, das spätestens um halb sechs auf dem Tisch zu stehen habe, damit kein Chaos ausbreche. Sie legte auf und spazierte an der langen Schlange vorbei aus dem Laden.

Sara arbeitete zwar nur fünfzig Prozent, aber die kamen ihr wie einhundertfünfzig Prozent vor. Mittlerweile ging sie schnell in die Luft und herrschte die Kinder an, was ihr Gefühl von Unzulänglichkeit nur verstärkte. Die Betriebsärztin war der Meinung gewesen, sie solle fünf halbe Tage arbeiten, aber Sara merkte schnell, dass sie nach der Arbeit nicht abschalten konnte. Mit dem Ergebnis, dass sie auch zu Hause immer auf hundertachtzig war. So boten ihre freien Nachmittage nicht die beabsichtigte Erholung. Auch aus den Spaziergängen, die sie sich vorgenommen hatte, war nur bedingt etwas geworden. Bei dem Gedanken daran fiel ihr ein, dass es eine vollkommen idiotische Idee gewesen war, sie könnte am Freitag eine Führung für Lyckes Kollegen machen. Sie hätte auf der Stelle nein sagen müssen, aber gerade das war ihr Problem – es war tausendmal leichter, ja zu sagen. noch eine Entscheidung, die gefällt werden musste. Anstatt einen Entschluss zu fassen und dann daran festzuhalten, konnte Sara nicht aufhören, sich den Kopf darüber zu zerbrechen, ob sie sich wirklich für die beste Lösung entschieden hatte. Sie wünschte, es wäre ihr leichtergefallen, mit den Schultern zu zucken und sich zu sagen: »Das wird schon.«

Sara hatte gerade den Staubsauger weggeräumt, als die Haustür aufging.

»Hallo?«, rief Tomas.

»Hallo, meine Süßen!«, antwortete sie, während sie die Kellertreppe hinaufstieg.

Tomas ließ die Einkaufstüte auf der Arbeitsfläche liegen, ohne die Lebensmittel in den Kühlschrank zu stellen. Stattdessen begann er, durch die Tageszeitung zu blättern.

»Hattest du einen guten Tag?« Sara sah sich um. »Wo sind die Kinder?«

»Ich dachte, du holst sie ab.« Verwundert blickte Tomas von der Zeitung auf.

»Mittwochs bist du an der Reihe«, erwiderte Sara.

»Ich habe aber doch schon eingekauft.«

»Stimmt ja. Wenn man einkaufen geht, kann man natürlich nicht die Kinder abholen. Was glaubst du eigentlich, wie ich das mache?« Sara spürte, wie diese Müdigkeit sie überkam.

»Ich dachte, da du nicht Vollzeit arbeitest …«

Seufzend überlegte Sara, wie viel Wind sie um die Sache machen sollte. Manchmal wunderte sie seine Begriffsstutzigkeit. Dabei hatte er sie doch in ihren schlimmsten Zeiten erlebt, als sie noch nicht einmal die Post aus dem Briefkasten nehmen konnte.

»Wenn du das Essen machst, hole ich die Kinder. Falls es dir nicht zu viele Umstände macht.« Die letzte Bemerkung war vollkommen überflüssig, aber sie hatte sie sich nicht verkneifen können.

Als sie sich auf den Weg zum Kindergarten machte, waren ihre Schritte anfangs noch voller Wut, doch dann hielt sie inne und warf einen Blick auf die Blekebukten, den Sund und Marstrandsön. Mitten in der alten Stadt ragte der weiße Kirchturm in die Höhe, und die leuchtend gelbe Holzfassade des Grand Hotels bildete einen schönen Kontrast zu dem tiefblauen Abendhimmel. Wer konnte mit dieser Aussicht vor Augen schon böse sein? Die Luft war leicht und klar, und der Tischler, der etwas weiter oben in der Straße wohnte, fuhr winkend auf seinem Lastenmoped an ihr vorbei. Sara grüßte zurück und ging etwas leichtfüßiger die Kinder holen.

Robban und Folke bedankten sich bei Hektor, der mit ihnen zur Haustür rollte. Der Schäferhund blieb immer an der Seite des Rollstuhls.

»Dieses geistige Zentrum, zu dem mehrere der Charaktere eine Verbindung zu haben scheinen …«, sagte Robban zu Folke.

»Das scheint in der Tat ein recht undurchsichtiger Ort zu sein.« Erleichtert zog Folke die Wagentür zu. Robban dachte nach. Karins Handy sendete noch immer ein Besetztzeichen. Also wandte er sich an Folke. Ihm blieb nichts anderes übrig.

»Es könnte einen Besuch wert sein. Meine Frau hat ja in England einen Kurs besucht, und die Besitzerin des Göteborger Zentrums veranstaltet auch in England Seminare.«

»Sofia hat einen geistigen Kurs besucht?«, fragte Folke. »Hast du nicht gelesen, was Hektor recherchiert hat? Tänze und Verwünschungen, wer zum Teufel beschäftigt sich denn mit so etwas?«

»Meine Frau zum Beispiel«, erwiderte Robban kurz angebunden. »Willst du mitkommen oder nicht? Falls du jedoch beabsichtigst, die ganze Fahrt über nur herumzumeckern, mach ich's lieber alleine.«

»Das ist übrigens mein Auto«, antwortete Folke verärgert.

Mist, dachte Robban, da hat er recht.

»Entschuldige, Folke. Ich kann nur deine ständigen Belehrungen nicht ertragen. Sollen wir es mal mit dem Zentrum versuchen?«

»Entschuldigung angenommen.« Folke ließ den Wagen aus Hektors Einfahrt rollen. »Du musst dich aber anschnallen.«

Während der Autofahrt bemühte sich Robban, Folke so gut wie möglich vorzubereiten, indem er ihm aus den Texten vorlas, die Hektor auf der Webseite des Unternehmens gefunden und ausgedruckt hatte.

Dann steckte Robban sich die Freisprechvorrichtung in die Ohren und rief Sofia an.

»Folke und ich sind gerade auf dem Weg zu Marianne Ekstedt.«

»Folke?«, fragte Sofia. »Nimmst du etwa Folke mit?«

»Ja. Meinst du nicht ...«

Sofia schüttete sich aus vor Lachen. Robban hatte sie fragen wollen, wie man am besten mit Marianne Ekstedt umging, aber da Sofia nicht aufhörte zu lachen, schaltete er das Handy einfach aus. Er würde eben das Beste aus der Situation machen müssen.

»Willkommen.« Marianne Ekstedt war eine Dame um die fünfzig, mit wachem Blick. Sie strahlte so viel Ruhe und Ausgeglichenheit aus, dass Robban sich steif vorkam. Sie schien direkt durch ihn hindurchzusehen.

Sie stellten sich vor. An Mariannes Seite erschien eine Frau in Tunika, die ihre blonden Haare zu einem langen Zopf geflochten hatte.

»Das ist Gisela. Wusstest du, dass der Name ›die Strahlende‹ bedeutet? Wenn du mit mir kommst«, sie legte Robban eine Hand auf die Schulter, »kann Folke mit Gisela einen Rundgang machen. Auf diese Weise habt ihr beide am meisten von dem Besuch, denke ich. Vor allem in Anbetracht der Tatsache, dass ihr gar nicht genau wisst, wonach ihr sucht.« Sie lächelte. Robban merkte, dass sich sein Gesicht ebenfalls zu einem Lächeln verzog. Sie hatte soeben sein Problem mit Folke gelöst, als hätte sie die Anspannung zwischen ihnen gespürt.

»Nun gut.« Folke klopfte seine Kappe am Hosenbein ab, nickte Marianne und Robban zu und verschwand in der entgegengesetzten Richtung.

Marianne führte Robban in eine Art Atrium. Ein gewölbtes Glasdach schützte exotische Bäume und Blumen, für die es sonst viel zu kalt gewesen wäre. Zwischen den Pflanzen waren hier und da einige Tische platziert, die sich so diskret in die Umgebung einfügten, dass sie kaum auffielen. Über einen Felsen plätscherte ein Bach. Er schlängelte sich durch ein Bett aus Steinen und floss schließlich in eine Rinne im Fußboden. Marianne öffnete eine Glastür.

238

»Ich hatte eigentlich gedacht, wir würden uns in mein Zimmer setzen, aber vielleicht ist es hier viel angenehmer.«

Robban trat ein. Warme, feuchte Luft schlug ihm entgegen. Es roch gut. In ihrem Gewächshaus hatte es genauso gerochen, als Sofia und die Kinder Tomaten darin gepflanzt hatten. Er zog seine Jacke aus und meinte, in einer Ecke eine Bewegung gesehen zu haben. Dort saß ein großer Schmetterling und schlug mit den Flügeln.

»Sie heißt Butter«, erklärte Marianne, der Robbans Blick nicht entgangen war. »Das ist eine Abkürzung von Butterfly. Früher hatten wir mehrere, aber dann hat jemand behauptet, sie würden die Meditierenden ablenken und die Konzentration erschweren. Völliger Unsinn. Die Handys dagegen – die stören unsere Aura wirklich, das schwöre ich dir. Ich habe noch nie mit einem telefoniert und werde mir auch nie eins anschaffen.«

»Ich brauche meins bei der Arbeit«, sagte Robban.

»Du bist skeptisch.« Marianne fixierte noch immer den Schmetterling.

»Das muss ich zugeben. Man ist wahrscheinlich skeptisch gegenüber Dingen, die man nicht versteht.«

»Du fühlst dich etwas unwohl mit deinem Kollegen Folke?«

»Nein, Folke ist schon in Ordnung, aber manchmal ist es schwierig, mit ihm zusammenzuarbeiten. Er sieht die falschen Dinge.«

»Sieht die falschen Dinge? Das ist aber ein interessanter Ausdruck. Und du siehst also die richtigen.«

Robban sah sie an und fragte sich, wie er in diese Diskussion geraten war.

»Dass Folke und ich nicht gerade ein Herz und eine Seele sind, hätte jedem auffallen können.«

Marianne lächelte.

»Durchaus möglich. Du stellst dir gewisse Fragen. Wie kann ich dir helfen? Wir können uns hier hinsetzen.« Marianne ließ sich inmitten von grünen Gewächsen an dem plätschernden Bach nieder.

»Wir ermitteln in einem Fall, der uns einige Rätsel aufgibt. Vielleicht kannst du uns helfen, unsere bisherigen Ergebnisse zu verstehen?«

»Ich hoffe es.«

»Da es sich um einen Mordfall handelt, brauche ich wohl nicht zu erwähnen, dass …«

»Nein, das ist nicht nötig. Ich bin ursprünglich Psychologin und mit der Schweigepflicht vertraut.«

»Zwei Frauen sind ermordet aufgefunden worden. Ihre Köpfe sind von den Körpern abgetrennt und auch räumlich entfernt worden. Nur ein Kopf ist wieder aufgetaucht, und zwar ohne Nase. Die Orte, an denen die Leichen entdeckt wurden, sind mit großer Sorgfalt ausgewählt worden und werden schon seit langer Zeit von Menschen genutzt. Bei dem einen handelt es sich um den Opferstein einer steinzeitlichen Siedlungsstelle, bei dem anderen um eine vorgeschichtliche Burganlage, die jahrelang als Hinrichtungsstätte gedient haben könnte. Bei beiden Ereignissen befanden sich Rollenspieler in der Nähe.«

Marianne streckte den Rücken.

»Erzähl weiter«, forderte sie Robban auf.

»Es befanden sich also an beiden Orten Rollenspieler, die in Verkleidung in einen anderen Charakter hineinschlüpfen. Sie tun, als wären sie jemand anders, legen sich die Eigenschaften eines anderen zu und interagieren mit den Rollen der anderen Darsteller. Meistens haben sie einen übergeordneten Plan für das Rollenspiel, aber eigentlich weiß außer dem Veranstalter niemand, wie das Rollenspiel enden soll …« Robban verstummte und schaute Marianne an.

»Ich weiß, was ein Rollenspiel ist, aber es ist immer interessant, zu hören, wie andere Menschen das sehen.«

Robban war irritiert, er fühlte sich nahezu manipuliert. Schließlich war er hergekommen, um Fragen zu stellen und Antworten zu bekommen, aber irgendwie wurde er das Gefühl nicht los, dass Marianne die Zügel in der Hand hielt und immer schon wusste, was er fragen wollte.

»Wir haben Anlass zu der Vermutung, dass mehrere der Beteiligten eine Verbindung zu dir haben.«

»Wie das?«

»Darauf kann ich leider nicht näher eingehen.« Robban lächelte.

»Kannst du nicht, oder willst du nicht?« Marianne winkte ab. »Ich verstehe das schon.«

Lass dich nicht aus dem Konzept bringen, dachte Robban und grinste weiter.

»Kannst du mir noch mehr verraten? Wenn du mir Namen nennst, kann ich dir vielleicht sagen, welche Kurse die betreffenden Personen hier besucht haben und wofür sie sich interessieren.«

Robban überlegte, ob er der Frau Namen nennen sollte. Umgekehrt wäre es besser gewesen. Lieber hätte er Einblick in ihre Kartei gehabt und eine Liste aller Menschen eingesehen, die einen gewissen Kurs belegt hatten. Vorausgesetzt, es gab eine solche Kartei mit echten Namen, und sie führte überhaupt Teilnehmerlisten, die vom Finanzamt anerkannt wurden.

»Wer kommt denn zu euch?«, fragte er stattdessen.

»Suchende. Menschen, die sich nach dem Sinn des Lebens fragen. Manchmal, nachdem sie von einer Krankheit erfahren haben oder nach einem Bruch wie zum Beispiel einer Scheidung. Meistens haben sie die Antworten in sich. Wir helfen ihnen, indem wir sie aus ihnen herauslocken.«

»Und wie?«

»Unter anderem durch die Kurse, die wir anbieten. Ab nächsten Freitag werde ich zum Beispiel einen viertägigen Kurs in Glastonbury abhalten, einen ›Guide zu dir selbst‹. Ziel ist es, dass die Teilnehmer ihr wahres Ich finden, ihre innere Stimme hören. Jeder hat viel Material über sich eingeschickt. Im Laufe der Woche werde ich mich vorbereiten, indem ich mich in die Lebenssituationen einlese und mir Gedanken über ihre Erwartungen an den Kurs mache. Dann ziehe ich mich zum Meditieren zurück und spreche ein paar Tage lang kein Wort. Ich sammle Kraft. Niemand darf mich stören. Das lässt sich nur bewerkstelligen, wenn mein Aufenthaltsort geheim ist. Wir sind von zu viel Rauschen umgeben. Unser innerer Kompass verkraftet all diese Störungen nicht.«

Robban lächelte in sich hinein, weil sein Leben als Vater von Kleinkindern und als Kriminalkommissar ein wenig anders aussah als das von Marianne.

»Aha.« Er überlegte, welche Frage er überhaupt gestellt hatte.

»Eigenzeit und der Frieden mit sich selbst sind die Schlüssel zum eigenen Weg. Die Teilnehmer haben einen ganzen Tag, um schweigend auf sich selbst zu hören und ihre Kernfragen zu entdecken.«

»Was für Fragen sind das? Und was für Antworten?«

»Oh, das kann alles Mögliche sein. Manche möchten in Kontakt mit verstorbenen Angehörigen kommen, und einige wünschen sich mehr Sinn in ihrem Leben. Manchmal sind die Antworten woanders zu finden, auf einer anderen Ebene, in einer anderen Welt.«

»Einer anderen Welt? Wie meinst du das?«, fragte Robban.

»Man öffnet sich und wird empfänglich, anstatt zu denken, alles wäre so, wie es ist. Man kann die Augen schließen und trotzdem sehen.«

»Ah ja«, erwiderte er skeptisch.

»Bist du jemals zum ersten Mal an einem Ort gewesen und hast ihn trotzdem wiedererkannt? Als würde man vor einem alten Haus stehen und wissen, wie es hinter der geschlossenen Tür aussieht?«

An genau so ein Erlebnis konnte sich Robban erinnern. Sofia und er wollten heiraten und hatten die Wahl zwischen verschiedenen Kirchen. Bei einer war die Wegbeschreibung mangelhaft, aber Robban fand sich trotzdem mühelos zurecht. Er war an jener Kreuzung nach Gefühl gefahren. Auch der Ort selbst war ihm eigenartig vorgekommen. Als wäre er schon einmal dort gewesen.

»Ich glaube nicht an solche Dinge«, antwortete er ausweichend.

»Das vielleicht nicht, aber dennoch hast du so etwas schon einmal erlebt, nicht wahr? Du hast dich an einem Ort ausgekannt, an dem du mit Sicherheit noch nie vorher gewesen warst. Wie soll man das erklären?«

»Ich nehme an, dass ich den Ort schon einmal in der Zeitung oder im Fernsehen gesehen habe.«

»Unsere Gedanken begrenzen unsere Welt. Es ist nicht gefährlich, sich ein wenig zu öffnen und ein bisschen Glauben zu wagen.«

»Nein? Wir haben da allerdings zwei tote Frauen, die anscheinend mit deinem Zentrum in Verbindung standen.« Robban fasste einen Entschluss. Er zog die Liste mit den Namen aus der Tasche und reichte sie Marianne.

»Was kannst du mir über diese Personen sagen? Ist von denen jemand bei dir gewesen?«

Marianne griff nach dem Blatt Papier, setzte sich eine Lesebrille auf die Nase und überflog die Liste. Robban meinte, ein winziges Zucken in ihrem Gesicht zu erkennen, als sie die Namen las, aber da sie die Augen ein wenig zusammenkniff, war er sich nicht sicher. Als sie aufstand, wirkte sie genauso gelassen und unbeschwert wie vorher.

»Es tut mir leid, aber ich fürchte, ich kann dir nicht helfen.« Sie öffnete die Glastür. Robban musterte sie erneut.

»Bist du sicher? Ist niemand dabei?«

Marianne zuckte die Achseln. »Es gibt so viele, die uns verhöhnen wollen und behaupten, wir wären unseriös. Dass unser Zentrum in einen Kriminalfall verwickelt wird, ist das Letzte, was ich will. Es wäre verheerend. Wir haben lange und hart daran gearbeitet, ernst genommen zu werden.«

»Natürlich, dafür habe ich vollstes Verständnis. Wir arbeiten jedoch ebenfalls hart, damit diese Wahnsinnstaten ein Ende haben. Deine Deutung ist wichtig für uns, weil du von einem anderen Blickwinkel ausgehst. Hast du eine Idee, warum jemand so etwas tut? Siehst du etwas, was ich nicht sehe?«

»Die Orte scheinen von großer Bedeutung zu sein. Möglicherweise möchte jemand diese Personen in die Unterwelt befördern, in die Hölle. Zur Strafe.«

»Aber wofür werden sie bestraft?« Robban wollte sie animieren, weiterzusprechen.

»Du musst mich entschuldigen, meine Zeit wird langsam knapp. Wie gesagt, ich werde verreisen und muss noch ein paar Dinge vorbereiten, wenn du also keine weiteren …« Sie deutete auf den Ausgang.

»Klar.« Er reichte ihr seine Visitenkarte. »Falls dir noch etwas einfällt, ruf mich doch bitte an.«

»Grüß Sofia von mir. Das ist doch deine Frau?«

»Danke, das werde ich tun. Und vielen Dank, dass du dir Zeit genommen hast.« Sie hatte es die ganze Zeit gewusst. Vielleicht spielte es keine große Rolle, aber Robban erfüllte es trotzdem mit Unbehagen.

## Universität Göteborg, Weihnachten 1978

Da die Mauern der Universität Marianne zu eng gewor-
den waren, suchte sie sich nach ihrem abgeschlossenen
Psychologiestudium keine Stelle, sondern ging ins
Ausland. In der Ausbildung hatte sie mehr Fragen als
Antworten gefunden, und es dürstete sie danach, weiter-
zukommen.

Eines Abends hatte sie an einem besonderen Treffen
teilgenommen. Die Leiterin erzählte von Parallelwelten,
kosmischen Kräften, Psychometrie – der Lehre vom
Gedächtnis der Dinge – und davon, wie man sich auf
andere als auf traditionelle Art und Weise leiten lassen
konnte. Nach dem Treffen war Marianne geblieben,
um mit der Frau zu reden. Sie spürte, wie sich in ihrem
Innern neue Wege öffneten, neue Möglichkeiten zu
einem tieferen Verständnis. Zwei Jahre begleitete sie Joy
um die ganze Welt. Sie traf gelehrte Männer in China,
lebte in Indien in einer Kommune und lernte schama-
nische Trommeltechniken von nordamerikanischen
Indianern, bevor sie gemeinsam in Joys Heimatstadt
Glastonbury zurückkehrten und ein geistiges Zentrum
eröffneten.

Glastonbury war ein seltsamer Ort – mehrere Energiefelder der Erde überschnitten sich hier. Wenn man
eine Landkarte zur Hand nahm und Linien zwischen
Glastonbury, Stonehenge und Avebury zog, stellte
man fest, dass sie ein Dreieck bildeten, ein Kraftzen-
trum, das seit Urzeiten bekannt war. Glastonbury war
ein Wallfahrtsort, und man konnte sich dort sogar
zur Priesterin oder Göttin ausbilden lassen. Der cha-
rakteristische Hügel mit dem Turm Glastonbury Tor
überblickte die Stadt wie die Christusstatue von Rio
de Janeiro. Zahllose Legenden rankten sich um den

*Hügel mit dem merkwürdigen Gipfel. Am meisten*
*faszinierte Marianne jedoch die Art und Weise, wie*
*die Edgarkapelle, die alte Klosterkirche, ausgegraben*
*worden war. Der Architekt Frederick Bligh Bond, der*
*1907 die Ruinen der Klosterkirche ausgraben sollte,*
*wusste nicht, wo er mit den Ausgrabungen beginnen*
*sollte. Während einer spiritistischen Sitzung begann sein*
*Freund Kapitän Bartlett plötzlich, den Umriss der Ka-*
*thedrale zu zeichnen, und endete mit einem lateinischen*
*Text, in dem es um eine Kapelle ging, die Anfang des*
*sechzehnten Jahrhunderts zu Ehren von König Edgar er-*
*richtet, aber später dem Verfall überlassen worden war.*
*Mit Hilfe der Skizze begann Frederik Bligh Bond, an*
*dem genannten Ort zu graben und fand schließlich die*
*Edgarkapelle.*

*Marianne dachte an den Mörser und den Stößel,*
*die sie viele Jahre zuvor im Garten ihrer Großeltern*
*gefunden hatte, und ihr kamen die Bilder wieder in den*
*Sinn, die sie gesehen hatte, als sie den Mörser in den*
*Händen hielt. An der Stelle hatte sich einst der Kräu-*
*tergarten des Marstrander Franziskanerklosters und*
*danach der Garten von Malin im Winkel befunden. Sie*
*sprach mit Joy darüber, die ihr auf scheinbar einfache*
*Weise erklärte, wie das alles zusammenhing. Psycho-*
*metrie war eine phantastische Wissenschaft – denn*
*wenn Dinge wirklich ein Gedächtnis hatten, öffneten*
*sich einzigartige Tore zur Vergangenheit. Ein lebendes*
*Geschichtsbuch. Rätselhaft blieb jedoch, ob die Gegen-*
*stände ihre Erinnerungen allen vermitteln konnten oder*
*ob sie nur zu demjenigen sprachen, der das, was die*
*Dinge zu erzählen hatten, auch aufnehmen konnte.*

*Mariannes Mutter war alles andere als begeistert von*
*dieser Spinnerei, wie sie es nannte, und die Einladung*
*zum Weihnachtsfest nahm Marianne vor allem an, weil*

zur selben Zeit ein Wiedersehen ihrer alten Studien-
kollegen stattfand. Sie war gefragt worden, ob sie vor
Psychologiestudenten einen Vortrag über grenzenloses
Wissen halten wollte. Marianne trug ein orangefarbe-
nes Batikkleid, das zusammen mit den Perlen in ihrem
Haar so auffällig war, dass wildfremde Menschen sich
nach ihr umdrehten.

Asko verstummte mitten in einem Gespräch mit
seinen alten Studienkameraden, als er sie mit einem
ganzen Pulk von Studenten im Schlepptau auf dem Weg
vom Vorlesungssaal zur Bibliothek erblickte. Obwohl
sie ihm den Rücken zuwandte, kam sie ihm bekannt
vor. Die braunen Haare, das glockenhelle Lachen, das
die Universitätsbibliothek erfüllte und den Bibliothekar
erzürnte. Die Psychologiestudenten bestürmten sie mit
Fragen, für die in der Vorlesung keine Zeit gewesen war.
Marianne versuchte, sie zu beantworten, forderte die
jungen Leute jedoch auch auf, sich eigene Gedanken
zu machen. Der Bibliothekar war der Ansicht, die
Veranstaltung sollte nicht ausgerechnet in seinem
Hoheitsgebiet stattfinden, scheuchte die Mannschaft
mehr oder minder hinaus, und als sie sich umdrehte,
stand plötzlich Asko vor ihr. Einen Augenblick lang
wirkte sie überrascht, doch dann breitete sich ein
vertrautes Lächeln auf ihrem Gesicht aus.

»Hallo, Asko, glaubst du an die Macht des Schicksals?« Sie grinste noch breiter.

Marianne griff nach seiner Handfläche und
verfolgte die Linien darin. »Ich sehe, dass du sehr
glücklich sein wirst.« Dann lachte sie auf eine Art,
die im Unklaren beließ, ob sie scherzte oder es ernst
meinte. Sie hörte auf zu lachen. »Ich sehe aber auch,
dass du es schwer gehabt hast und dass du einsam
warst.«

*Asko zog seine Hand zurück. Auf seltsame Weise schien die Zeit seit diesen längst vergangenen Sommerwochen stehengeblieben zu sein. Marianne hatte sich nicht verändert.*

*»Es kommt mir vor, als würden wir beide uns schon lange kennen. Als wären wir uns in einem früheren Leben schon mal begegnet. Glaubst du, dass wir schon einmal gelebt haben?«*

*Asko überlegte.*

*»Darüber habe ich wohl noch nie nachgedacht. Falls du damit nicht die verregneten Sommerferien im Haus deiner Großeltern auf Marstrandsön meinst.«*

*»Hast du dir denn noch nie Gedanken darüber gemacht, ob es eine Fortsetzung gibt? Wir haben doch in dem Sommer damals viel über solche Dinge geredet.«*

*Asko stand eine Weile schweigend da und suchte nach einer Antwort, mit der er sie beeindrucken konnte, musste sich aber schließlich eingestehen, dass ihm nichts einfiel.*

*»Mein Wissen stammt eher aus Büchern, die wir an der Handelshochschule gelesen haben, die Wirtschaftstheorie von Keynes und so. Betriebswirtschaft und Jura lassen nicht viel Raum für Gedanken über frühere Leben.«*

*»Ein Psychologiestudium auch nicht, wenn ich ehrlich sein soll. Wahrscheinlich habe ich deshalb nach dem Studium einen anderen Weg eingeschlagen.«*

*»Was glaubst du denn?«, fragte Asko.*

*Sie nahm seine Hand, flocht ihre Finger zwischen seine und blickte ihm tief in die Augen. Auf einmal wurde sie ernst.*

*»Ich glaube, wir beide gehören zusammen.«*

Carsten saß auf seinem Bürostuhl und trommelte mit den Fingern auf die grüne Schreibtischunterlage. Margareta hatte gesagt, das Schwert könne zwar durchaus zum Abtrennen des Kopfes verwendet worden sein, anhand eines Fotos allein ließe sich das jedoch nicht mit Sicherheit sagen. Carsten musste noch einmal mit dem Stadtmuseum reden und offenbaren, dass sie sich für das Henkersschwert in seiner Eigenschaft als mögliche Mordwaffe interessierten. Das hatten sie bisher für sich behalten, aber vielleicht würde es dem Sicherheitsbeauftragten den Ernst der Lage bewusstmachen. Manchmal diente diese Art von Information als Katalysator, besonders freitags. Nun hatten Harald Bodin und Börje Broberg das ganze Wochenende Zeit, um sich zu fragen, ob sie nicht etwas vergessen hatten. Die Frage war nur, ob Carsten gleich hinfahren oder einfach anrufen sollte. Er warf einen Blick auf die Uhr und kam zu dem Schluss, dass er die Sache gut auf dem Heimweg nach Torslanda erledigen konnte.

Als Folke sich nach dem Besuch im geistigen Zentrum wieder im Polizeigebäude befand, schüttelte er den Kopf. So ein Unsinn, dachte er, und wandte sich den Ordnern und dem schwarzen Besucherverzeichnis aus dem Stadtmuseum zu. Vielleicht fanden sie hier eine Antwort auf die Frage, wie das Henkersschwert hatte verschwinden können. Falls es sich überhaupt um die Mordwaffe handelte, doch die Rechtsmedizinerin hatte nach einem ersten Eindruck immerhin mitgeteilt, dass dies nicht undenkbar sei. Nach all den seltsamen Begegnungen war es ein richtig schönes Gefühl, wieder Papierkram erledigen zu dürfen, auch wenn er Berge von Material durchgehen musste.

Wie üblich begann Folke damit, sich ein System zu überlegen, nach dem er das Material ordnen konnte. Eine Tabelle für Daten, eine für die Namen derjenigen, die eine

Anfrage an das Stadtmuseum gestellt hatten, und eine Tabelle für den jeweiligen Gegenstand. Neben dem Gegenstand standen die Kategorie und die Signatur sowie der Name des verantwortlichen Sammlungsleiters. Fein säuberlich und übersichtlich. Allmählich füllte sich die Liste. Er warf einen Blick auf die Uhr. Es war Zeit, Feierabend zu machen, aber da seine Frau Vivan übers Wochenende zu ihrer Schwester gefahren war, konnte er den ganzen Kram auch mit nach Hause nehmen und dort weiterarbeiten. Er hatte die Hälfte der Unterlagen in seine braune Aktentasche gestopft, als er merkte, dass nicht alles hineinpassen würde und er stattdessen alles in den Karton vom Stadtmuseum packen musste. Die Aktentasche legte er obendrauf. Er schleppte die Kiste bis zum Fahrstuhl, nickte einigen der Kollegen zu und wünschte allen ein angenehmes Wochenende.

# 12

Sara saß am Küchentisch und betrachtete die Texte, die neben einer Karte der Insel auf dem Tisch ausgebreitet waren. Ein Rundgang durch die Stadt. Eine schöne Wanderung über Marstrandsön. Eine Weile hatte sie vorgehabt, beide Inseln zu zeigen, doch dann fiel ihr ein, dass es mit der Fähre und den nötigen Fußwegen zu kompliziert geworden wäre. Besser, sie beließ es bei einem Spaziergang auf Marstrandsön selbst und zeigte den Gästen von dort aus Koön und vielleicht auch Klöverön.

Sie hatte sich Stichpunkte auf dickerem Papier im DIN-A5-Format notiert. Die Aufzeichnungen lagen nun zusammen mit der Materialsammlung, auf die sie bei Bedarf zurückgreifen konnte, in einer Klarsichthülle. Sie hatte alte Dokumente fotokopiert, die in schöner verschnörkelter Handschrift abgefasst und mit roten Siegeln versehen waren, hatte Fotos von früher aus versteckten Winkeln des Heimatvereins gekramt, sich in die Geschichte beider Inseln eingelesen und sich über die Heringsperioden und nicht zuletzt die älteren Gebäude informiert.

Die Frage war, ob sie die Führung selbst machen oder Lycke überlassen sollte. Was, wenn sie mittendrin eine Panikattacke bekam? Oder in Ohnmacht fiel? Einmal war ihr das bei der Arbeit passiert. Sie packte alles in eine Mappe und stand auf. Nein, sie musste das Material zu Lycke bringen und ihr den Aufbau der Führung erklären.

Sara schlüpfte in ihre Jacke und ging nach nebenan.

»Hallo, komm rein. Möchtest du einen Kaffee?«

Sara behielt die Jacke an und hatte die Einladung eigentlich ablehnen wollen, hörte sich aber selbst sagen, sie wolle gern einen Augenblick bleiben. Sie legte die Mappe mit der Materialsammlung beiseite und setzte sich auf die gestreifte Küchenbank.

»Mit der Renovierung seid ihr weit gekommen. Es wird richtig schön!«

»Danke. Du warst schon länger nicht mehr hier.«

»Ein halbes Jahr, glaube ich. Im Frühjahr beim Weiberabend, weißt du noch?«

Lycke deutete auf die Mappe, die Sara mitgebracht hatte. »Was ist das?«

»Der Rundgang. Ich glaube, es ist besser, wenn du es machst. Ich schaffe das einfach nicht.« Sara spürte Tränen in sich aufsteigen und räusperte sich. »Diese bescheuerte Heulerei. Wenn das doch endlich aufhören würde!«

Lycke hatte gerade Milch aufgeschäumt und reichte Sara einen Latte macchiato.

»Es braucht eben Zeit.«

»Erklär das mal der Krankenkasse.«

»Entschuldige, Sara, ich habe es nicht so gemeint.«

»Ach was, mir tut es leid. Ich finde nur, dass es so unendlich lange dauert, und außerdem habe ich nicht das Gefühl, dass Tomas mir genug Verständnis entgegenbringt.«

»Es ist wohl auch nicht so leicht zu verstehen. Manche Dinge muss man selbst erlebt haben, um sie wirklich zu begreifen. Hat Tomas dich schon einmal zu einem Termin mit dem Betriebsarzt oder der Krankenkasse begleitet?«

Sara dachte an das letzte Gespräch und malte sich aus, welchen Verlauf es genommen hätte, wenn Tomas dabei gewesen wäre. Ihn hätte der Schlag getroffen, dachte sie und trank ihr Glas aus. Sie wollte nach Hause, jetzt sofort. Dieses Gefühl überkam sie oft und immer völlig unerwartet. Zu Hause fühlte sie sich sicher und geborgen. Man brauchte nicht die Tür zu öffnen, wenn jemand anklopfte, sondern konnte so tun, als wäre man nicht da. Sara atmete

252

einige Male tief durch, um ihr Unbehagen zu überwinden. Sie ging zur Spüle und nahm sich ein Glas Wasser, damit Lycke sich keine Gedanken machte. Das half. Nur ein paar Minuten, dann würde sie nach Hause gehen. Sara räusperte sich, griff nach ihren Unterlagen und zeigte Lycke, wie sie sich das Ganze vorgestellt hatte. Die Texte und die alten Fotos wirkten in gewisser Weise beruhigend auf sie. Sie sprach langsamer und fing Lyckes Blick auf.

»Findet eure Konferenz in der Villa Maritime statt?« Sara suchte die ersten Fotos heraus, auf denen die elektrisch betriebenen Fähren zu sehen waren, mit denen die Reisenden von 1913 bis 1985 den Sund überquert hatten.

Lycke nickte. Die Villa Maritime, ein modernes Hotel in Hellblau, lag nur einen Katzensprung von der Fähre entfernt am Kai.

»Ich habe allen per E-Mail geschrieben, dass sie festes Schuhwerk und winddichte Jacken mitbringen sollen. Irgendjemand wird wahrscheinlich trotzdem so schlau sein, im Anzug, Kostüm oder auf hohen Absätzen zu kommen, aber das ist dann nicht unsere Schuld.«

»Perfekt. Ich habe mir überlegt, dass ihr vor dem Eingang vom Maritime anfangt. Die Leute sollen sich vor dem großen Stockanker auf der Rasenfläche links vom Hotel versammeln. Dort stehst du genau zwischen dem Maritime und dem Turisthotellet. Dann gehst du in Richtung Strandverket. Mit der Geschichte des Turisthotellet und dem Konflikt zwischen den neuen Besitzern und denjenigen, die das Gebäude bewahren und unter Denkmalschutz stellen wollten, könntest du übrigens anfangen. Vergiss nicht, das Engagement der Kommune zu erwähnen.«

»Welches Engagement?«

»Na, eben. Das habe ich gemeint.«

»Wie merkst du dir die Jahreszahlen?«, fragte Lycke.

»Weiß ich nicht. Ich hefte sie an verschiedene Dinge vor und nach bestimmten Ereignissen, so wie ein Bilderrätsel in meinem eigenen Kopf.« Wenn sie sich geschichtliche Daten einprägte, schien ihr Gedächtnis aus irgendeinem Grund besser zu funktionieren als bei der Arbeit. Vielleicht lag es daran, dass sie nicht den gleichen Leistungsdruck verspürte. Ihr Gedächtnis hatte ziemlich gelitten und ließ sie oft im Stich. Als habe ihr Gehirn diese Funktion als zweitrangig eingestuft. Wenn es ums nackte Überleben ging, war Erinnern zweitrangig.

»Das ist doch egal«, sagte Lycke. »Ich kann mir gerade noch merken, wann Oscar II. hier war, den Rest muss ich eben ablesen. Wohin gehe ich dann?«

»Nach Süden. Wenn du möchtest, kannst du ja erzählen, dass man hier ›auf Nord‹ und ›auf Süd‹ sagt. Und erwähnte, dass wir eine Krankenpflegestation, einen Zahnarzt und ein Pflegeheim für die Älteren haben. Das stellen sich die Leute hier draußen bestimmt idyllisch vor.«

»Allerdings, die Krankenstation und die Apotheke kann ich auf jeden Fall blumig beschreiben. Vielleicht lasse ich mich sogar zu einem politischen Exkurs hinreißen und verrate, dass sie nur montags und donnerstags geöffnet sind. Das ist doch wirklich ein Skandal. Glauben die eigentlich, dass man nur an diesen Tagen krank wird?«

»Ich stimme dir vollkommen zu, aber erwähn es lieber nur nebenbei und spar dir das Pulver für einen Leserbrief an die *Kungälvsposten*, wo er vielleicht etwas nützt. Ich finde, du solltest eine Atmosphäre schaffen, eine Art historische Stimmung.«

Langsam und methodisch ging Sara das restliche Material durch. Ihr fiel auf, dass sie das meiste auswendig wusste. Lycke las mit und versuchte, sich wenigstens einen Teil davon zu merken.

Sie öffnete die Haustür und hatte bereits einen Blick in den Kühlschrank geworfen, bevor sie merkte, dass die Kaffeemaschine lief. Gleichzeitig wurde die Klospülung betätigt. War Tomas schon zu Hause? Das Auto war doch gar nicht da.

»Hallo? Tomas?«, rief Sara.

Die Badezimmertür öffnete sich, und ihre Schwiegermutter Siri trat heraus. Sara hielt sich wohl oder übel zurück. Im Frühjahr hatten polizeiliche Ermittlungen gezeigt, dass Tomas' Mutter eine dunkle Vergangenheit hatte. Ein alter Fall war noch einmal aufgerollt worden, was Saras ohnehin schon gespanntes Verhältnis zu ihrer Schwägerin und ihrer Schwiegermutter nicht gerade verbesserte.

»Hallo, Sara.« Siri machte keine Anstalten, sie zu umarmen.

»Äh, hallo«, erwiderte Sara matt.

»Ich habe Kaffee aufgesetzt.«

»Ist Tomas nicht zu Hause?«, fragte Sara.

»Ich glaube nicht.«

»Wie bist du denn hereingekommen?«

»Mit meinem Schlüssel.«

»Ich wusste gar nicht, dass du einen eigenen Schlüssel hast.«

»Da ihr mir nie einen gegeben habt, habe ich mir neulich selbst eine Kopie anfertigen lassen, als ich die Kinder gehütet habe. Ich meine, dann braucht ihr euch nicht drum zu kümmern.«

Sara spürte, wie sich ihr Puls beschleunigte. Siri hatte sich einfach heimlich einen Schlüssel nachmachen lassen. Oder wusste Tomas davon? Du musst versuchen, das verminte Terrain zu verlassen, ohne sie zum Teufel zu jagen, sagte sie zu sich selbst.

»Was habt ihr für heute Abend geplant?« Siri schenkte sich eine Tasse Kaffee ein. »Möchtest du auch einen?«

Sara stellte fest, dass Siri sich soeben den Rest eingegossen hatte.

»Danke, schon okay, ich hatte gerade einen bei Lycke.« Nach kurzer Verhandlung mit sich selbst fasste Sara einen Entschluss. Sollte sie ihre Schwiegermutter unterhalten oder Lyckes Kollegen die Insel zeigen?

»Gut, dass du da bist, ich muss nämlich gleich eine Führung für den Vorstand von Lyckes Firma machen.« Vorstand klang in den Ohren ihrer Schwiegermutter bestimmt wichtiger, dachte Sara. »Es wäre ganz toll, wenn du die Kinder vom Kindergarten abholen könntest.«

»So lange wollte ich eigentlich nicht bleiben …«

»Tomas findet es bestimmt wahnsinnig nett von dir, und die Kinder werden sich freuen, dich zu sehen. Du bist ja nur noch so selten hier, und ich bin schon spät dran.«

Sara erblickte Lycke, die sich bereits auf den Weg machte. Hastig riss sie die Haustür auf.

»Hallo, Lycke. Alles in Ordnung, Siri ist hier, ich muss nur noch dafür sorgen, dass sie die Kinder abholt. Hast du Lust, kurz auf mich zu warten, dann können wir zusammen gehen.« Sara verdrehte die Augen. Lycke verstand den Wink und begrüßte Siri.

»Das ist aber nett. Da werden sich Linus und Linnéa aber freuen, wenn ihre Oma sie abholt und es sich am Freitagnachmittag mit ihnen gemütlich macht.«

»Gibst du mir fünf Minuten?« Sara raste ins Badezimmer. Rasch wusch sie sich das Gesicht und schminkte sich. Sie schlüpfte in einen frischen Pulli und eine Strickjacke und zog noch eine Windjacke darüber. Handy, Fahrkarte und Brieftasche steckte sie ein.

»Lieb von dir, Siri. Dann haue ich jetzt ab. Wir sehen uns später. Du kannst im Kindergarten gern die Fächer der Kinder ausräumen, ist ja Wochenende.«

Sara teilte dem Kindergarten telefonisch mit, dass die

Großmutter die Kinder abholen würde, und rief anschließend Tomas an, um ihm zu sagen, dass er sich um das Abendessen mit seiner Mutter kümmern solle.

»Du hast es dir also anders überlegt?«, lächelte Lycke.

»Ein Freitagabend mit meiner Schwiegermutter oder etwas tun, was ich mich eigentlich nicht traue. Tja …«

»Du wirst das wunderbar machen.« Lycke reichte Sara das Material. »Du musst nur die Ruhe bewahren.« Gemeinsam spazierten sie hinunter zur Fähre und überquerten den Sund. Lyckes Kollegen standen bereits vor der Villa Maritime und warteten.

»Sind alle da?« Lycke sah sich um. »Scheint so. Das ist Sara von Langer. Sie wohnt hier in Marstrand. Außerdem ist sie meine Nachbarin, also benehmt euch ein bisschen. Sara wird mit uns einen Rundgang machen und uns etwas über die Geschichte der Insel erzählen. Ich hoffe, alle sind passend angezogen und tragen vor allem geeignete Schuhe. Wir sind etwa eine Stunde unterwegs. Kommt das hin, Sara?«

Sara nahm einen tiefen Atemzug und dachte sich: Jetzt ziehe ich das durch. Ruhig und gelassen. Sprich langsam und deutlich. Du kannst das, Sara. Und keiner von denen kennt deine Geschichte, niemand weiß von deinen Panikattacken. Sei einfach diejenige, die du sein möchtest.

»Das müsste hinkommen. Willkommen in Marstrand.«

Sara lächelte ihr Publikum an. Dann begann sie zu erzählen. Vom Hafen, der so wertvoll war, weil er zwei Einfahrten hatte, und von der Stadt, die zwischen den beiden Stränden gewachsen war. Nachdem sie das alte Munitionslager passiert hatten, die vielen Stufen erklommen hatten und nun die Ejdergatan hinuntergingen, wurde sie von Lyckes Kollegen umringt, die sie mit Fragen bestürmten und sie inständig baten, noch mehr zu erzählen. Ich habe die Sache wirklich im Griff, dachte Sara. Es machte sogar Spaß. Und in gewisser Weise fühlte sie sich doppelt belohnt, weil sie sich nicht nur wohl fühlte, sondern sich auch den Abend mit ihrer Schwiegermutter ersparte. Vor der Marstrander Kirche blieb sie stehen.

»Ende des dreizehnten Jahrhunderts errichtete der Franziskanerorden ein Kloster in Marstrand. Diese Kirche war ein Teil davon.« Als die Gruppe die Kirche durch den südlichen Eingang betrat, verstummte das Gemurmel.

»Ich würde den Rundgang gern mit einem Besuch in unserer Kirche beenden. Seht ihr die Gemälde? Fünf an der einen Wand und fünf an der gegenüberliegenden. In der Sakristei hängt auch noch eins. Sie werden Schola-Cordis-Bilder genannt. Ursprünglich waren es fünfzehn Stück.«

»Was bedeutet das?«, fragte einer der Zuhörer.

»Schule des Herzens.« Sara war erleichtert, dass sie die Frage beantworten konnte. »Schola Cordis handelt vom Weg der Seele von Sünde und Verfall zur Vereinigung mit Gott. Bei den beiden Figuren, die auf fast jedem Bild dargestellt sind, handelt es sich um die menschliche Seele und die göttliche Liebe. Früher stand unter jedem Bild ein Zitat. Nur noch eins davon ist übriggeblieben. Es lautet: *Mögen andre hier in diesem Leben nach großem Glanz und Ruhme streben, soll meine Ehr am Ende seyn, dass Gott die KRON' mir wird verleihn. Mein Totenhaupt soll sie erst tragen, wenn schon am Leib die Würmer nagen.* Wie ihr seht, stellt das düstere Gemälde einen gekrönten Schädel auf einem Sarg dar.« Lycke wandte den Blick nach oben.

»Die Bilder sind ein Geschenk von Pfarrer Fredrik Bagge, der hier in der zweiten Hälfte des siebzehnten Jahrhunderts tätig war. Er hatte die Bibelworte und die Motive bestellt. Es hat eine weitere Inschrift existiert, die jedoch verschwunden ist. Sie lautete: ›Nach meiner Zerstörung soll Fredrik Bagge fortleben.‹ Wenn man von der Marstrander Kirche spricht, darf Fredrik Bagge nicht unerwähnt bleiben. Am bekanntesten ist er dafür, dass er sich König Christian widersetzt hat, indem er für Karl XI. und die Schweden betete, als Marstrand 1677 von den Dänen eingenommen wurde. Sensenmänner und Totenschädel waren Ende des siebzehnten Jahrhunderts gängige Motive. Hier seht ihr ein Doppelporträt von Fredrik Bagge und seiner Ehefrau Elisabeth über einem Totenschädel. Fredrik Bagge starb im Jahre 1713, und sein Grab befindet sich hier in der Sakristei.«

»Ein äußerst mutiger Mann«, sagte einer der Zuhörer.

»In der Tat«, erwiderte Sara. »Aber er war auch in die schwedischen Hexenprozesse verwickelt. Wir bereiten im Rathaus gerade eine Ausstellung über die Hexenprozesse in Bohuslän vor. Hier in Marstrand haben sie 1669 angefangen, und eine der Angeklagten war tatsächlich die Mutter Fredrik Bagges. Ich mache mir vor allem Gedanken über die Rolle, die er in diesem Zusammenhang als Pfarrer gespielt hat, denn während seine Mutter in letzter Minute freigesprochen wurde, verurteilte man einen Großteil der anderen Frauen und richtete sie hin. Besonders in dieser Hinsicht ist der Grabstein von Fredrik Bagges Eltern interessant. Eigentlich hätte es der Kirche schwerfallen müssen, eine Frau zu beerdigen, die an einem der heiligsten Orte der Kirche der Hexerei angeklagt gewesen war. Bitte kommt mit mir, dann können wir zusammen lesen, was auf dem Grabstein steht, denn er ist noch erhalten.« Artig folgten ihr die Zuhörer durch das Kirchenschiff bis vor den Altar. Noch hatte niemand eine Unterhaltung begonnen, woraus Sara schloss, dass man ihr noch immer zuhörte.

»Da.« Sie zeigte auf einen verzierten Stein im Fußboden und ließ den Leuten ein paar Minuten Zeit zum

259

Lesen. »Am interessantesten ist jedoch ein Text, den wir nicht mehr lesen können, weil er mittlerweile von den Stufen zum Altar verdeckt wird. Es handelt sich um eine Drohung.« Sara griff nach einem Zettel und las laut vor.

»›Wer den Frieden dieses Grabes stört, den soll ein schlimmer und jäher Tod treffen. Er wird keine Ruhe finden und an der Seite von Judas liegen.‹ Nach meiner Deutung haben die Menschen hier miterlebt, wie ganz normale Leute der Hexerei angeklagt und verurteilt wurden. Die Verurteilten durften nicht auf dem kirchlichen Friedhof bestattet werden, und auch die wenigen, die freigesprochen wurden, waren für den Rest ihres Lebens abgestempelt. Als unter diesen Umständen eine Angeklagte in der Kirche selbst beerdigt wurde, muss es trotz des Freispruchs böses Blut gegeben haben. Wenn diese Frau nicht die Witwe des Bürgermeisters und die Mutter des Pfarrers gewesen wäre, hätte sie niemals hier ihre letzte Ruhestätte gefunden, glaube ich. Deswegen hat man das Grab mit einer Drohung versehen. Man wollte nicht, dass es jemand schändet.«

In der Kirche war es mucksmäuschenstill.

Sara ging den Altargang zurück und blieb vor dem großen Opferstock stehen.

»Wer möchte, kann eine kleine Spende in den Seelenschrein werfen. Sie sollten ihn sich auf jeden Fall ansehen, weil er so einzigartig ist. Er stammt aus dem Jahre 1734 und war für diejenigen gedacht, die es sich nicht leisten konnten, der Kirche Kronleuchter, Kanzeln oder Gemälde zu schenken.«

Sara öffnete die Tür zum Turm und drückte auf den Lichtschalter.

»Bis zu den Kirchenglocken geht es ein ganzes Stück hinauf, und falls jemand doch umkehren möchte: Es gibt ein paar Treppenabsätze mit Platz für zwei. Die Holzstufen sind schon alt, also haltet euch am Geländer fest, und geht vorsichtig.« Nach diesen Worten machte sie den ersten Schritt.

## Göteborg, Sommer 1980

*Marianne war wild und ein wenig verrückt, und in ihrer Nähe schien alles möglich. Asko kannte niemanden, der so lebendig war wie sie.*

*Aina und Birger hatten Marianne mit offenen Armen empfangen. Sie sahen, wie Asko aufblühte und Marianne stolz den Arm um die Schultern legte. Von den beiden ging ein Leuchten aus. Vor dem Altar hielt er die Luft an, als der Pfarrer die entscheidende Frage stellte.*

*Mariannes Mutter war froh, dass Marianne Asko mit seinem soliden Wirtschaftsstudium kennengelernt hatte, und äußerst dankbar, dass er nicht so viele seltsame Ideen im Kopf hatte wie ihre Tochter. Dass Marianne eine halbe Stelle an der Universität gefunden hatte, beruhigte sie noch mehr.*

*Allerdings erzählte Marianne ihr nichts von den Reisen nach Glastonbury, die sie einmal im Monat unternahm, und dem geistigen Zentrum, das sie in Göteborg aufbaute.*

*Asko gefielen ihr unverfälschtes Engagement und die Gedanken, die sie sich über Gerechtigkeit und die Ressourcen der Erde machte. Auch wenn sie teilweise nicht mit seiner Weltsicht übereinstimmten, führten sie oft zu bereichernden Diskussionen. Manchmal kam er sich in ihrer Anwesenheit etwas beschränkt vor, und er wünschte, er wäre so befreit wie sie. Sie sah keinerlei Hindernisse und versuchte nie, sich selbst oder anderen vorzumachen, eine andere zu sein. Wahrscheinlich liebte er sie deshalb so.*

*Hin und wieder war sie vielleicht unnötig ehrlich. Di-
plomatie war nie ihre Stärke gewesen. Die Wohnung war
voller indianischer Decken und Zaubertrommeln. Laut
Marianne kam es darauf an, dass die Energien ungehin-
dert fließen konnten. Er selbst hatte viel zu viel Energie
darauf verschwendet, das Vergangene zu vergessen.*

*Asko betrachtete die Broschüren, die Marianne mit
nach Hause gebracht hatte. »Aquarellmalerei ist ja okay,
aber ›Psychometrie – das Gedächtnis der Dinge‹ und
›Male deine eigene Aura‹? Oder das hier: ›Heilen mit
Kristallen‹?«*

*Aina verteidigte Marianne jedes Mal, wenn Asko
die Kurse zu suspekt waren. »Es gibt so vieles, was wir
nicht verstehen«, sagte sie immer.*

*»Natürlich, Mama …, aber …«, erwiderte Asko
dann, doch Aina ließ sich nicht zum Schweigen bringen.*

*»Denk nur mal daran, wie unsere Wege sich gekreuzt
haben. Ich finde, man sollte Respekt vor den Dingen
haben, die man nicht versteht. Gerade weil man sie nicht
versteht. Vielleicht kann man gar nicht alles erklären.«*


»Das war aber nett«, sagte Lycke auf dem Weg von der
Villa Maritime zur Fähre.

»Ja, das war ein gelungener Tag«, nickte Asko. »Vor
allem die Führung hattest du gut organisiert. Sara ist deine Nachbarin, wenn ich dich richtig verstanden habe. Sie
kennt sich gut aus. Macht sie so etwas öfter?«

»Nein, es war das erste Mal.«

»Wir sollten sie für den Aufwand entschädigen – küm-
merst du dich darum?«

»Klar«, erwiderte Lycke und freute sich schon darauf,
Sara davon zu berichten.

»Was hältst du eigentlich vom morgigen Programm?«

»Ich finde es prima«, antwortete Lycke wahrheitsgemäß. Sie war positiv überrascht gewesen, als sie von den für Samstag geplanten Aktivitäten erfuhr. »Eine gute Balance zwischen Individuum und Unternehmen.«

Es war Viertel vor elf, und der Rest der Gruppe wollte in der Villa Maritime übernachten. Der Schlagbaum senkte sich, und die Fähre klappte die Rampe ein. Tagsüber war das Wetter schön gewesen, doch nun wurde die Luft so stickig, als wäre ein Gewitter im Anmarsch.

»In welchem Haus wohnt ihr? Kann man es von hier sehen?«, fragte Asko, als die Fähre abgelegt hatte.

»Da oben im Fyrmästargången.« Lycke zeigte auf die Häuser in der Blekebukten, die der große graue Nordberget vor dem Westwind schützte.

»Das liegt aber schön. Ihr seht von dort aus den Hafen, oder?«

»Richtig. Als wir es kauften, war es ein kleines, mit Eternitplatten verkleidetes Haus. Wir sind seit sechs Jahren dabei, es zu renovieren. Du weißt ja, es ist hier nicht wie im schicken Rosenlund, wo man sich einfach einen Handwerker holt.«

»Ich habe das Haus von meinen Eltern geerbt«, sagte er ein wenig düster, doch als er weitersprach, klang seine Stimme fröhlicher: »Außerdem mache ich viele Tischlerarbeiten selbst. Ich habe zum Beispiel das Bootshaus und den Steg gebaut.«

»Das Bootshaus, ach wirklich.« Lycke lachte. »Hast du nicht vor, dauerhaft hier rauszuziehen?«

»Doch, ständig«, sagte Asko. »Wir sprechen davon, seit die Kinder klein waren.« Er schwieg eine Weile. »Ich kann mich noch an die Zeit erinnern, als Marianne und ich jünger waren und versuchten, alles unter einen Hut zu bringen. Geld und Zeit. Zeit für die Kinder, Zeit für die Arbeit und nicht zuletzt für uns. Man befindet sich ja in so vieler Hinsicht in einer Aufbauphase. Es wäre besser gewesen, man hätte eine Sache nach der anderen angehen können, aber so funktioniert das leider nicht.«

Die Fähre legte an, und die wenigen abendlichen Mitreisenden gingen auf Koön an Land. Der Bus nach Göteborg wartete bereits. Drei junge Leute um die zwanzig hatten bereits das Wochenende eingeläutet und kamen schwankend auf sie zu.

»Soll ich dich mitnehmen?« Asko zeigte auf ein Auto auf dem Parkplatz vor dem Supermarkt.

»Danke, ich gehe lieber zu Fuß. Wir sehen uns morgen.« Winkend bog Lycke nach links in die Korsgatan ab und sah Asko zu seinem Wagen gehen.

Als Asko Ekstedt bei der verlassenen Bushaltestelle am Gunnardalsvägen nach links abbog, streiften die bläulichen Scheinwerfer seines Volvo XC90 das Schild mit der Aufschrift: »Auf Wiedersehen«. Er konnte sich nicht erinnern, dass hier jemals jemand auf den Bus gewartet hätte. Das Haus im Rosenlund lag auf der nordöstlichen Seite von Koön, weiter konnte man sich vom Fähranleger nicht entfernen. Nicht, dass der Weg besonders weit gewesen wäre – in raschem Tempo ein Spaziergang von höchstens fünfundzwanzig Minuten. Er beschloss, am nächsten Morgen zu Fuß zur Fähre zu gehen. Da sie sich um neun vor dem Hotel Maritime treffen würden, konnte er vor dem Spaziergang zur Fähre sogar noch ins Wasser springen. Als es steil hinaufging, schaltete das Automatikgetriebe in einen niedrigeren Gang, und Asko beugte sich nach vorn, als wollte er mithelfen.

Das Essen in der Villa Maritime war in guter Stimmung verlaufen, sie hatten viel gelacht.

Noch hatte er Asphalt unter den Reifen, doch nach wenigen Metern war damit Schluss. In den Sommerhäusern auf der linken Seite brannte kein Licht, und an einigen waren sogar schon die Fensterläden für den Winter angebracht. Auf der rechten Seite tauchte der schmale Weg auf, der zwischen den moosbewachsenen Felsblöcken hindurchführte. Der Anblick rief in ihm immer die Erinnerung an die Trollbilder des Malers John Bauer hervor und ließ ihn an die Märchen denken, die er früher den Kindern vorgelesen hatte. An diese Abende damals, die ihm so viel bedeutet hatten.

Das schmiedeeiserne Tor stand offen. Er fuhr hindurch und weiter zu dem Haus im Rosenlund. Die Federung wurde auf dem holprigen Weg stärker beansprucht. Das Gras, das sich von allein zwischen Reifenspuren ausgebreitet hatte, musste sich dem Unterboden des Wagens beugen. Er drückte auf den Knopf, um die Fensterscheibe auf der Fahrerseite zu versenken, und atmete lächelnd die salzige Luft ein, die ihm entgegenschlug. Es duftete süßlich nach blühendem Heidekraut. Er nahm einen tiefen Atemzug und fuhr die letzten Meter bis zum Haus. Dann schaltete er mit der Fernbedienung die Außenbeleuchtung ein. Ein anheimelnder, sanfter Schein reichte vom großen Haus über das Gästehaus, in dem einst der Gärtner gewohnt hatte, bis zum Bootshäuschen am Fuße des Stegs.

Eine Weile blieb er im Auto sitzen und genoss es einfach, hier zu sein. Die Digitalanzeige der Uhr stand auf 23:04, als er den Zündschlüssel aus dem Schloss zog. Daran würde er sich später erinnern. Die Luft war schwül und gesättigt, und über den Nachthimmel jagten dunkle Wolken.

Das Gepäck stellte er auf dem Steinfußboden im Eingangsbereich ab. Der Bootshausschlüssel hing an einem Haken in dem handbemalten norwegischen Eckschrank, den Marianne vor sieben Jahren zum fünfzigsten Ge-

burtstag bekommen hatte. Mit dem Schlüssel in der Hand
nahm er sich nach kurzem Zögern ein kaltes Bier aus dem
Kühlschrank. Er trank einen Schluck und nickte sich im
Spiegel selbst zu. So müsste es immer sein. Nur Marianne
fehlte ihm. Noch hatte er die Tote im Wohnzimmer nicht
bemerkt.

Draußen auf dem Steg riss der Wind ihm beinahe den
Liegestuhl aus der Hand, und Asko beschloss, sich einen
etwas massiveren Stuhl aus Teakholz zu holen. Sogar die
Bootshaken, die immer an der Wand hingen, waren herab-
gefallen. Er verstand nicht, wie das möglich gewesen war,
und hängte sie wieder auf. Sicherheitshalber umwickelte
er beide Haken mit einem Tampen und knotete sie mit einem Webeleinenstek fest. Dann setzte er sich in den Wind-
schatten des Bootshauses und betrachtete fasziniert, wie
die Schaumkronen von den Wellenkämmen weggeweht
wurden. Da er den Gast nicht hatte kommen hören, ließ er
vor Schreck seine Bierflasche fallen. Mit einem dumpfen
Platschen verschwand sie im schwarzen Wasser.

»Entschuldige, ich wollte dich nicht erschrecken, aber
ich war gerade eine Runde joggen, und da habe ich dein
Auto gesehen.«

»Mensch, Kristian. Ich habe dich nicht kommen hören,
in diesem Sturm kann man ja sein eigenes Wort nicht verstehen.«

»Wolltest du nicht im Maritime übernachten?«, fragte
Kristian.

»Ich habe es mir anders überlegt.«

Schwere Regentropfen fielen vom Himmel und bildeten große Flecken auf den ausgetrockneten Stegbrettern.

»Komm mit rein, ich lade dich auf ein Bier ein, falls
dein asketischer Lebenswandel das erlaubt«, sagte er und
schloss das Bootshaus ab.

Kristian zog sich im Eingangsbereich die Laufschuhe aus, als er Askos Schrei hörte. Mit einem Fuß auf Socken stolperte er über die Schnürsenkel des linken Turnschuhs und rannte zu seinem Freund, der die Hand auf die linke Seite seiner Brust gelegt hatte und atemlos am Türrahmen lehnte. Die andere Hand zeigte zitternd auf die Frau, die in einem Lichtkreis auf dem dunklen Holzboden lag. Ein Blitz erhellte mit seiner durchdringenden Helligkeit den Raum, wenige Sekunden später hallte der Donnerschlag von den Felsen wider, die das Haus umgaben.

»Mein Gott«, flüsterte Kristian.

»Ist sie … lebt sie noch?« Asko war weiß im Gesicht, und seine Lippen hatten einen bläulichen Schimmer.

Da der Strom ausgefallen war, stammte die einzige Beleuchtung von den Teelichtern, die rings um die Frau flackerten. Kristian ging langsam zu ihr, stieg vorsichtig über die Kerzen und kniete sich neben sie. Geübt tastete er am Hals der Frau nach ihrem Puls. Dann drehte er sich kopfschüttelnd zu Asko um.

»Sie ist tot. Ganz kalt.«

Asko antwortete nicht. In sich zusammengesackt, lehnte er an der Wand.

»Die Polizei.« Asko räusperte sich und wiederholte mit festerer Stimme. »Wir müssen die Polizei rufen.« Mühsam erhob er sich, um zum Telefon zu gehen. Erst dann fiel ihm das Handy in seiner Hosentasche ein. Mit zitternden Fingern tippte er den Notruf ein, während er sich mit der anderen Hand an der Wand abstützte und sich schwerfällig in einen Sessel fallen ließ. Draußen prasselte der Regen auf das grüne Blechdach über der Veranda.

Karin hatte den Wetterbericht vom DMI, dem Dänischen Meteorologischen Institut, gehört und anschließend die Vertäuung der *Andante* kontrolliert. Bug- und Hecklcine, eine Vorder- und eine Achterspring. Der Wind hatte allmählich aufgefrischt. Im Hafen schlugen die Großsegelfallen gegen die Masten, und der Wind zerrte unheilverkündend an den Takelagen. Karin empfand eine Art Hassliebe zu diesem Geräusch. Es ging immer einher mit der Sorge, dass die Vertäuung nicht halten könnte, und war mit der bangen Frage verbunden, ob der nächtliche Hafen wirklich eine gute Wahl war. Ob sie ruhig schlafen würde oder noch einmal aufstehen und das Boot neu vertäuen müsste.

Karin stellte fest, dass sie am Pontonsteg von Koön einen guten Platz gefunden hatte. Sie hatte sich zuerst an die Außenseite des Stegs gepresst, dann aber beschlossen, das Boot so zu platzieren, dass der Wind die *Andante* von vorn und nicht von der Seite traf. Nun war das Boot auf beiden Seiten fest an einem Ausleger aus Metall vertäut. Vier Stunden später ertönte draußen im Marstrander Fjord das Tosen der sich brechenden Wellen, und der Wind wurde noch stärker. Karin schaffte es gerade noch, die Persenning einzuholen, die als Regenschutz über ihrem Cockpit diente, als der Schauer anfing.

»Zuerst kommt der Wind, dann der Regen«, sagte sie zu sich selbst. Meistens stimmte das. Drei Minuten später brach das Unwetter über Marstrand herein. Die Regentropfen prasselten auf das graugestrichene Stahldeck und wuschen das Salz ab. Sie hatte die Heizung eingeschaltet, es sich im Schein der Petroleumlampe auf einer der Bänke bequem gemacht und beobachtete nun die Wasserlache, die sich auf der durchsichtigen Luke über ihrem Kopf bildete. Als die *Andante* eine weiche Verbeugung machte, leerte sich die Pfütze, um sich kurz darauf erneut zu füllen. Blitze schlitzten mit ihrem grellen Licht den Nachthimmel auf, und der Donner grollte. Es war herrlich, bei diesem Sauwetter nicht draußen sein zu müssen. Der Teekessel gab ein Pfeifen von sich. Das Wasser kochte. Während sie einen Teebeutel in die Tasse legte und nach Milch und Honig Ausschau hielt, ahnte sie noch nicht, dass wenige Kilometer entfernt im selben Augenblick ein Polizeiauto zu der großen Villa im Rosenlund unterwegs war. Ihr Handy klingelte in dem Moment, als sie den ersten Bissen von ihrem Toast nahm.

Die Frau lag in einem Kreis aus Grablichtern. Karin meinte sich zu erinnern, dass diese ziemlich lange brennen konnten, ungefähr eine Woche oder so. Die Lampen flackerten kurz, und dann war der Strom wieder da. Erst jetzt sah man, dass die weiße Haut blaurote Leichenflecke aufwies. Die Nase fehlte, und das Blut hatte einen dunklen Fleck auf dem Holzboden hinterlassen. Sie griff nach der Digitalkamera und knipste vier Bilder von der Türschwelle aus. Schwere Vorhänge mit Blumenmuster hingen vor den hohen Fenstern. Sie wurden von Kordeln mit goldenen Troddeln gehalten, die ihnen einen eleganten Fall verliehen. Auf einem dunklen Holztisch mit helleren Intarsien standen eine Weinflasche und zwei Gläser. Abdrücke, dachte Karin und ließ ihren Blick weiterschweifen. Sie achtete auf jeden Schritt und war sorgsam darauf bedacht, nichts anzufassen, bevor die Kriminaltechniker eintrafen.

»In der Küche«, sagte einer der Männer aus dem Streifenwagen, bevor sie danach fragen konnte. »Asko Ekstedt und Kristian Wester. Asko ist der Besitzer des Hauses.«

»Gut. Danke.« Karin ging in die Küche. Dort saßen zwei Männer am Tisch. Der eine in Jogginghose und mit einem Handtuch um den Hals auf der Küchenbank. Der andere hatte die gefalteten Hände auf den Tisch gelegt und saß auf einem Stuhl. Er trug ein weißes Hemd und eine Anzughose und stand auf, als Karin den Raum betrat.

»Asko Ekstedt.« Sein Gesicht war vollkommen farblos, aber sein Händedruck war fest und warm. Angestrengt deutete Asko auf den anderen Mann. »Mein guter Freund und Betriebsarzt Kristian Wester.« Dann sank er wieder auf den Stuhl.

»Hallo.« Der Arzt reichte ihr die Hand.

»Karin Adler, Kripo Göteborg.« Sie nahm auf einem der Stühle neben Asko Platz und aktivierte ihren Sony M-Bird, eine Kombination aus Diktiergerät, Radio und MP3-Player.

»Erzähl mal«, sagte sie, nachdem sie sich vergewissert hatte, dass die Aufnahmefunktion eingeschaltet war.

Asko begann seinen Bericht. Vorsichtig tastend und mit bebender Stimme beschrieb er, wie sie vor dem Regen geflüchtet waren. Vom Bootshaus in die Villa.

»Ist das hier dein fester Wohnsitz?«, fragte sie.

»Nein.« Er schüttelte den Kopf. »Und eigentlich hatte ich wie alle anderen auch in der Villa Maritime übernachten wollen, aber dann habe ich es mir im letzten Moment anders überlegt.«

»Bist du aus Göteborg hierhergekommen?«, fragte Karin und sparte sich die Frage, wer die anderen waren und was sie in der Villa Maritime machten, für später auf.

»Nein, von Marstrandsön, wo unsere Firma an diesem Wochenende ein Kick-off-Meeting veranstaltet. Wir haben die Villa Maritime gemietet, das ist ein Hotel. Wir hatten dort heute ein Abendessen.« Karin nickte und notierte sich einige Stichpunkte, hauptsächlich, damit ihr Gesprächspartner sich entspannte und nicht die ganze Zeit ihrem prüfenden Blick ausgesetzt war.

»Wann bist du dort weggefahren? Ich nehme an, du hast die Fähre genommen. Weißt du noch, wie spät es war?«

Asko überlegte. Karin ließ ihren Blick währenddessen durch die Küche schweifen. Die Fronten waren aus Eiche.

Vor den Fenstern hing eine blau-weiß karierte Gardine, und auf dem Tisch lag eine passende Decke. Es war gemütlich. Der Raum wirkte einfach und gepflegt. Kein Geschirr im Spülbecken oder auf dem Abtropfgestell.

»Es war halb elf, als wir zur Fähre aufbrachen, aber bei der Abfahrtszeit bin ich mir unsicher.«

Karin notierte sich die Zeitangabe und sah ihn an. Asko hatte kurze, hellgraue Haare, aber sein Gesicht wirkte jünger, als die Haarfarbe vermuten ließ. Auf den ersten Blick machte er einen offenen und ehrlichen Eindruck.

»Du hast ›wir‹ gesagt. Meintest du damit euch beide?«

»Nein, Kristian ist erst später hier aufgetaucht. Ich meinte mich und eine Kollegin, die ebenfalls hier draußen wohnt. Sie heißt Lycke Lindblom.« Karin blickte von ihrem Notizblock auf, als sie den Namen hörte. Asko glaubte, sie habe ihn nicht richtig verstanden und wiederholte ihn:

»L-i-n-d-b-l-o-m.«

Lycke?, dachte Karin. Sie stellte Asko noch ein paar Routinefragen und wandte sich dann an den Arzt Kristian Wester.

»So spät noch joggen?«, fragte sie, ohne einen Hehl aus ihrer Verwunderung zu machen.

»Ich laufe immer diese Runde. Auf Koön gibt es viele Spazierwege. Da ich morgen vor Askos Kollegen einen Vortrag halte, wohne ich auch in der Villa Maritime.«

»Du wohnst also im Maritime und hast trotzdem die Fähre genommen, um eine Runde zu joggen …«

»Ich habe Askos Auto gesehen und dachte, ich sage mal hallo.«

»Und das Abendessen im Maritime?«, fragte Karin. »Warst du auch dabei?«

»Ja. Es war nett, Askos Kollegen kennenzulernen.«

»Erkennt einer von euch die Frau wieder?«

Kristian schüttelte den Kopf, und Asko verneinte.

Karin hatte gerade um eine Art von Ausweis gebeten, womit allerdings nur Asko dienen konnte, und notierte sich die Telefonnummern, unter denen die beiden Männer zu erreichen waren, als vor dem Haus zwei Autos hielten. Die Kriminaltechniker trugen ihre Ausrüstung herein, während sich die Beifahrertür des anderen Wagens öffnete und KG von der Kripo ausstieg. Er hieß eigentlich Karl Göran, wurde aber immer nur KG oder manchmal heimlich BD wie Bulldozer genannt. Er schüttelte seine nasse Jacke, dass der ganze Eingangsbereich und ein Teil der Küche nass wurden, streifte die Schuhe nur leicht am Perserteppich hinter der Tür ab und behielt sie an, als er ins Haus ging. Karin atmete tief ein, als er die Küche betrat, und verkniff es sich mühsam, ihn über die landläufigen Manieren aufzuklären. Karin war ihm mehr als einmal über den Weg gelaufen, als sie noch in derselben Abteilung arbeitete wie er, doch sie hatte sich weitestgehend bemüht, einen Bogen um KG zu machen, der gerne betonte, dass Frauen bei der Polizei und im Priesteramt nichts zu suchen hatten.

Nun stand er in der Küchentür und starrte Karin albern an. Hinter ihm tauchte ein junger Kerl auf mit roten Flecken auf Gesicht und Händen, die im Verhältnis zu seinem schmächtigen Körper viel zu groß waren.

»Sieh mal an, Kommissarin Karin Adler ist schon an Ort und Stelle. Tüchtig, tüchtig.« KG gluckste.

Sie ignorierte die Bemerkung und erklärte ihm stattdessen sachlich die Lage.

»Spielt überhaupt keine Rolle«, sagte KG. »Wir fangen noch einmal ganz von vorne an.« Er wandte sich an Asko und Kristian.

»KG und …« Sie warf dem Jüngling, der sich mit dem Rücken an die Küchenwand presste, einen herausfordernden Blick zu.

»Kim«, presste er schließlich zwischen den Zähnen hervor, ohne sich von seinem sicheren Platz wegzubewegen.

»KG und Kim sind von der Kripo-Zentrale in Göteborg. Nun befand ich mich zwar zufällig bereits hier draußen, aber es macht euch hoffentlich nichts aus, den beiden noch einmal alles genau zu erzählen.« Sie legte zwei Visitenkarten auf den Tisch und bedankte sich bei Asko und Kristian. Den M-Bird ließ sie auf dem Tisch liegen, als sie ging. Jerker seufzte nur, als er sie erblickte.

»Das ist doch nicht dein Ernst«, sagte er. »Wie schaffst du es bloß, immer als Erste vor Ort zu sein?«

»Ich kann keine Einbruchsspuren an der Tür entdecken«, sagte sie, ohne auf seine Bemerkung einzugehen. »Vielleicht hatten sie irgendwo draußen einen Schlüssel liegen? Entweder in einem schlechten Versteck, oder derjenige, der ins Haus eingedrungen ist, kannte es.«

»Ich sehe mir die Tür mal an. Das hätte ich auch gemacht, wenn du nichts gesagt hättest. Du hältst das vielleicht nicht für möglich, aber wir haben nicht nur Checklisten, sondern auch eine Ausbildung. Wusstest du nicht, was? Die schnappen sich nicht einfach irgendwelche Leute von der Straße und bezeichnen sie als Kriminaltechniker ...«

Karin grinste.

»Entschuldige, Jerker. Ich möchte einfach überall gleichzeitig sein, um dieser Person das Handwerk zu legen. Und dann kam KG, und ich bin mir unsicher, ob er alles mitbekommt.«

»Da bist du dir unsicher?«

»Nein, im Gegenteil, ich bin mir sicher, dass er nicht alles mitkriegt, und das bedrückt mich enorm. Ich habe mir einen Überblick verschafft, aber wir dürfen nichts übersehen.«

»Ich werde die Augen besonders offen halten.«

»Danke, Jerker. Ach, ich habe übrigens mein Diktiergerät auf dem Küchentisch vergessen ...«

»Vergessen?«, lachte Jerker. »Ich kümmere mich darum, wenn ich gehe.«

Nachdenklich ging Karin die Treppe hinunter und hielt auf dem Kies vor dem Haus inne. War ihr etwas entgangen? Hatte sie etwas übersehen? Sie musste alles noch einmal durchgehen und Einzelheiten mit wachem Blick auf sich wirken lassen. Sie hätte eine Nacht darüber schlafen und sich erst am nächsten Morgen damit befassen sollen, aber sie spürte, dass sie es jetzt sofort tun wollte. Irgendetwas war diesmal anders. Dass sich die Frau nicht im Freien befand, war das eine, aber dazu kam, dass Opfer und Täter offenbar ein Glas Wein zusammen getrunken hatten. Hatten sie sich gekannt?

## Rosenlund, Marstrand, Spätsommer 2008

*Die Jahre waren vergangen. Die Mädchen kamen auf die Welt und wurden viel zu schnell groß. Aina und Birger waren oft zu Besuch in Göteborg, um die Kinder zu hüten. Solange sie den Hof noch hatten, kamen die Kinder auch oft zu ihnen nach Eriksberg.*

*Am Ende aber wurde die Hofarbeit zu schwer für das Paar. Eriksberg wurde verkauft, und stattdessen kauften sie einen Kilometer entfernt die alte Villa im Rosenlund. Hier wollten sie ihren Lebensabend verbringen. Und so kam es auch. Marianne stellte Birger frische Blumen ins Zimmer, reinigte die Luft von verbrauchter Energie und bereitete den Übergang vor, wie sie sich ausdrückte.*

*Asko verbrachte seine gesamte freie Zeit mit Birger. Behutsam hob er ihn in den Rollstuhl und schob ihn*

über die Gartenwege, damit er sich an den Blumen erfreuen konnte.

In Birgers letzter Woche nahm Asko sich frei. Aina,
Asko und die Mädchen saßen an Birgers Bett, als er einschlief. Seine letzten Worte würde Asko nie vergessen:
»Mein geliebter Sohn. Ich bin dir so unendlich dankbar.« Dann schloss er die Augen.

Asko saß noch lange im Schlafzimmer des alten
Mannes und hielt seine Hand genau so, wie Birger vor
langer Zeit seine gehalten hatte, als Asko im Kranken-
bett gelegen hatte.

Nach der Beerdigung machte Asko einen gefassten
Eindruck. Niemand hätte ahnen können, welche Ab-
gründe sich in ihm öffnen würden.


Obwohl sich alle bemühten, Aina auf jede erdenkliche
Weise aufzumuntern, baute sie zusehends ab.

»Ich habe so ein wunderbares Leben gehabt«, und
während sie das sagte, lächelten sogar ihre Augen.
»Schöner, als ich je zu hoffen gewagt hätte.«

Als Asko an diesem Sonntagmorgen mit dem Frühstückstablett in Ainas Zimmer kam und die alte Frau
in der Nacht für immer eingeschlafen war, stürzte seine
Welt ein. Nur vier Monate nach Birgers Tod wurde auch
Aina in dem Familiengrab auf Koön beerdigt, das Asko
ausgewählt hatte. Mit leerem Blick stand er da, während der Sarg in der Erde versenkt wurde, legte Blumen
auf das Grab und strich mit der Hand über den kalten
Stein.

An diesem Abend erfuhren seine Töchter zum ersten
Mal die ganze Wahrheit über die Kindheit ihres Vaters. Voller Entsetzen hörten sie zu. Agneta, die älteste
Tochter, die gerade ihr erstes Kind erwartete, übergab
sich mitten ins Zimmer.

»Wie?«, begann sie. »Du hast im Keller gelebt,
während die anderen oben wohnten? Ich verstehe das
einfach nicht.«

»Liebes«, sagte Marianne im Versuch, sie zu trösten,
»das tut keiner von uns.«

Asko saß immer noch im schwarzen Anzug und mit
dem weißen Schlips von der Beerdigung da, war ganz
grau im Gesicht und schwieg.

»Nein«, sagte er nur. »Das tut keiner von uns. Man
kann es einfach nicht verstehen.«

Vor dem Fenster wurde es dunkel, aber Asko blieb im
Ohrensessel sitzen.

Marianne nahm die Mädchen mit aus dem Zimmer
und ließ ihm seine Ruhe.

»Aber«, fuhr Agneta fort, »lebt sie denn noch? Wo
ist sie denn heute?«

»Papa möchte das alles hinter sich lassen. Er will
nicht, dass wir nach ihr suchen.« Marianne sah Agneta
an.

»Aber du sagst doch immer, man soll nichts mit sich
herumtragen, was einen belastet und einem die Energie
raubt, Mama.«

»Stimmt, aber nicht in diesem Fall. Ich möchte, dass
ihr den Wunsch eures Vaters respektiert, das Vergangene
ruhen zu lassen.«

Die Mädchen sahen sich an.

Als Marianne am nächsten Morgen hinunterkam,
um Frühstück zu machen, saß Asko noch immer in dem
Sessel.

»Liebster«, sagte sie. »Hast du etwa die ganze Nacht
hier gesessen? Hast du nicht geschlafen?«

Asko antwortete nicht, sondern starrte bloß die beiden Gegenstände auf seinem Schoß an. Einen rostigen
Gartenspaten und einen Schraubenzieher ohne Schaft.

*Eine Woche später rief eine verzweifelte Marianne bei Kristian an und erzählte ihm, dass Asko in einem schlimmeren Zustand war als je zuvor.*

*»Er ist wie ein schwarzes Loch. Ich glaube, seine Kindheit kommt mit voller Wucht wieder hoch. All die Erinnerungen, die er verdrängt hatte.«*

*»Was sagt er selbst dazu?«*

*»Seine einzige Antwort lautet: ›Es geht mir gut.‹ Aber das stimmt ja nicht. Es geht ihm überhaupt nicht gut.«*

*»Ich komme«, sagte Kristian.*

# 13

»Wie fühlst du dich nach dem gestrigen Tag?«, fragte Tomas Sara beim Frühstück.

»Etwas schlapp, aber ansonsten gut. Danke, dass ich
ausschlafen durfte.«

Sara hatte nicht gut einschlafen können, weil sie nach
der Führung am Vortag so aufgedreht gewesen war. Am
Ende hatte sie eine Tablette genommen, und als ihr Körper
sich gegen vier Uhr morgens endlich entspannt hatte, war
sie in einen richtigen Tiefschlaf gefallen. Tomas hatte das
Frühstück gemacht und sich um die Kinder gekümmert.
Nun war es neun Uhr, und obwohl sie weniger geschlafen
hatte als sonst, war sie erstaunlich ausgeruht.

»Es hat richtig Spaß gemacht. Die Leute waren wirklich interessiert, und ich glaube, es hat ihnen gefallen,
durch die Gassen zu spazieren. Ich fand es phantastisch,
ihnen von früher zu erzählen.« Tomas nickte. Sara hatte
ihm das Material gezeigt, als sie nach Hause gekommen
war, hatte ihm von den Orten berichtet und die alten
Schwarzweißbilder aus den Plastikhüllen gezogen. Für
einen kurzen Moment hatte er wieder dieses Funkeln in
ihren Augen gesehen, das schon so lange verschwunden
war.

»Dein Material ist tierisch gut!«

Er hatte schweigend zugehört, wie Sara das Leben in
alten Zeiten und die spannende Geschichte schilderte, die
Marstrandsön und die umliegenden Inseln umgab.

»Das ist für dich, Mama.« Linus reichte Sara ein rotes
Geschenkband.

»Danke. Wie hübsch. Was ist das denn?« Zerstreut
griff sie nach dem Band.

»Das ist von Papa und von uns. Geh doch mal nach-
gucken.«

»Was?«, fragte Sara.

»Ich habe etwas gekauft«, sagte Tomas.

»Für mich?«

»Folg dem Band, Mama«, drängte Linus.

»Schuhe«, sagte Linnéa.

»Soll ich nach draußen gehen?«, fragte Sara erstaunt.

Linnéa nickte nur, wortkarg wie sie war. Linus lächelte.

»Du wirst schon sehen«, sagte er mit feinsinniger Miene.

Sara folgte dem Band, das tatsächlich unter der Haustür hindurchlief. Sie zog sich die Jacke und ein Paar Schuhe
an und trat in der Schlafanzughose vors Haus. Das Band
führte von der Treppe über den Weg, an den Himbeer-
büschen vorbei und bis zum Parkplatz. Linus und Linnéa
hopsten erst hinter ihr her und dann voraus.

»Hier drüben!«, rief Linus.

Sara bog um die Ecke und betrachtete das flache Pa-
ket, das an der Hauswand lehnte. Es war sorgsam in Luft-
polsterfolie eingepackt und mit einer roten Schnur umwickelt.

»Was ist denn das?«, fragte Sara. Tomas öffnete die
Verpackung mit einem Messer und enthüllte den Inhalt.

»Ein Whiteboard, nur in fröhlicheren Farben. Dann
hast du es leichter, wenn du etwas ändern möchtest.«
Lächelnd reichte er ihr eine Schachtel mit verschiedenen
Stiften und einem Schwamm.

Sara wischte sich die Tränen ab, die ihr über die Wangen kullerten, und dachte verwundert, dass Tomas offenbar mehr begriff, als sie ahnte. Dass er sah, was sie da zu
tun versuchte.

»Bist du traurig, Mama?«, fragte Linus. »Gefällt dir
das Geschenk nicht?«

»Doch«, sagte Sara. »Ich weine, weil ich so gerührt bin. Das ist das Schönste, was ihr mir hättet schenken können.«

»Umgerührt? Wieso bist du umgerührt?«, fragte Linnéa.

Tomas nahm seine Tochter lachend auf den Arm. »Gerührt, nicht umgerührt. Das bedeutet, dass Mama sich so gefreut hat, dass sie weinen musste.«

Während Karin die Nummer wählte, überlegte sie, wie sie ihr Anliegen formulieren sollte.

»Hallo, Lycke, hier ist Karin.«

»Hallo. Kann ich dich später zurückrufen? Ich bin gerade unterwegs auf die andere Seite. Wir haben hier draußen eine Konferenz, und ich bin schon spät dran.«

»Ich könnte zu dir stoßen. Wenn wir zusammen gehen, können wir uns auf dem Weg unterhalten.«

»Alles okay bei dir? Ist was passiert? Du musst mich wirklich entschuldigen, aber ich muss jetzt gleich los, um die Fähre noch zu erwischen.«

»Natürlich, bei mir ist alles in Ordnung, aber ich muss mit dir reden. Wenn du zum Steg runterkommst, fahre ich dich mit dem Schlauchboot rüber. Dann haben wir wenigstens ein paar Minuten.«

Drei Minuten später kam Lycke im Laufschritt über den Steg.

»Dass man nie lernt, pünktlich zu sein«, keuchte sie. »Und meine Kondition ist ein Trauerspiel, hör dir das mal an.« Sie umarmte Karin, bevor sie ins Boot kletterte und sich auf das mittlere Sitzbrett setzte, auf das Karin ein Kissen gelegt hatte.

»Was ist denn so wichtig?«

»Kannst du bestätigen, dass du gestern mit Asko Ekstedt das Maritime verlassen hast?«

Lycke sah Karin verwundert an.

»Ob ich das bestätigen kann? Klar.«

»Welche Fähre habt ihr genommen?«, fragte Karin, während sie den Außenbordmotor startete. Immer, wenn sie ihn eine Zeitlang nicht benutzte, vergaß sie, was er für einen Krach machte.

Nachdem Lycke eine Weile überlegt hatte, rief sie laut:

»Es muss die Fähre um 22 Uhr 45 gewesen sein.«

»Waren auf der außer euch noch andere Leute?« Karin umrundete den Schwimmsteg und fuhr hinaus auf den kleinen Sund zwischen Koön und Marstrandsön.

»Ganz bestimmt, aber niemand, der mir aufgefallen wäre. Asko und ich standen draußen. Es waren bestimmt auch Leute unter Deck, das ist ja immer so. Die Firma veranstaltet eine Konferenz im Maritime, und die anderen haben alle dort übernachtet, nur wir nicht, weil wir hier draußen wohnen. Asko und seine Frau besitzen ein Sommerhaus im Rosenlund. Bei Coop Nära in der Korsgatan haben wir uns getrennt. Ich wollte zu Fuß nach Hause und er zu seinem Auto. Er fragte noch, ob er mich mitnehmen solle, aber ich sagte, ich würde lieber einen Spaziergang machen.«

Karin überlegte, wie viel sie Lycke erzählen sollte. Sie kannten sich erst seit einem halben Jahr, waren sich in dieser Zeit jedoch sehr nah gekommen. Sie vertraute Lycke voll und ganz.

»In Asko Ekstedts Haus ist heute Nacht eine Frau tot aufgefunden worden. Er und eine weitere Person sind im Laufe der Nacht verhört worden.«

»Um Gottes willen, ist das wahr? In Askos Haus?«

Karin bejahte die Frage und schaltete den Motor ab. Das Schlauchboot glitt auf den Kai vor der Villa Maritime zu. Lycke saß da wie gelähmt. Karin musste den Tampen selbst an einem der rostigen Eisenringe befestigen.

»Aber wer hat ... Ich meine, Asko war doch den ganzen Abend hier bei uns. Was ist denn passiert?«

»Darüber kann ich nichts sagen, das verstehst du hoffentlich. Eigentlich habe ich schon mehr erzählt, als ich sollte, aber ich vertraue dir, Lycke. Ich wäre dir dankbar, wenn du dieses Gespräch nicht erwähnst. Außer dass ich dich nach seinem Alibi gefragt habe.«

Lycke nickte. Dann stieg sie aus dem Schlauchboot und die fünf Treppenstufen zum Kai hinauf. Karin wollte gerade den Motor starten, als Lycke sich noch einmal zu ihr umdrehte.

»Diese Frau, die tot aufgefunden wurde. Wer war das?«

»Das wissen wir noch nicht.«


### Rosenlund, Marstrand, Herbst 2008

*Marianne und Kristian hatten lange Diskussionen über die Frage geführt, wie Asko am besten zu helfen sei. Der Verlust von Birger und Aina hatte alte Wunden wieder aufgerissen. Asko hatte sich vergeblich um Heilung bemüht. Nun war ihm und seinen engsten Angehörigen mit aller Deutlichkeit bewusst geworden, wie tief die Wunden trotz der langen Zeit waren.*

*Kristian hatte zugehört, hatte sich bemüht, Asko durch all seine Erinnerungen zu begleiten, und mit ihm versucht, in all der Sinnlosigkeit einen Sinn zu entdecken. Hatte sein gesamtes medizinisches Wissen zur Anwendung gebracht, aber als er damit nicht weiterkam, hatte er begonnen, nach anderen Mitteln zu greifen und die Erklärung woanders zu suchen. Hier kamen Mariannes Kenntnisse ins Spiel, doch wie sie es auch drehten und wendeten, am Ende blieb die Frage: warum?*

»*Ich wünschte einfach, ich wüsste, warum. Jedes Mal, wenn ich meine Töchter und jetzt deren Kinder ansehe, frage ich mich, wie man nur so grausam sein kann.*« Er schüttelte den Kopf, als wollte er sich auf diese Weise von seinen Erinnerungen befreien.

»*Hast du irgendeine Ahnung?*«

»*Glaub mir, ich denke viel zu oft darüber nach. Das schönste Geschenk, dass man mir machen könnte, wäre eine Erklärung dafür, dass man seinen vierjährigen Sohn im Keller einsperrt.*«

*Ich werde es herausfinden, dachte Kristian.*

*Dies führte dazu, dass Asko sich von Mariannes Kollegin Joy hypnotisieren ließ, die aus England her- übergekommen war. Im Nachhinein würde er sich nicht mehr erinnern, was er getan oder gesagt hatte, aber Kris- tian und Marianne erfuhren Dinge, die sie nie wieder vergessen konnten. Doch die Frage, wie sie ihm helfen sollten, war damit noch immer nicht beantwortet.*

Börje legte die *Göteborgs-Posten* zur Seite und starrte auf das Telefon. Das Museum Bohuslän? An einem Samstag? Seufzend ging er an den Apparat und meldete sich mit finsterer Stimme.

»Broberg. Was? ...« Ein Lächeln breitete sich auf sei- nem Gesicht aus. »Was für ein verdammter Idiot«, rief er erleichtert in den Hörer.

»Was hat man sich dabei bloß gedacht? Vermutlich gar nichts.«

Börjes Frau sah ihn verwundert an. Daraufhin sagte er in gemäßigterem Ton, der Vorfall sei natürlich außer- ordentlich unglücklich und bedauerlich. Er gab sich wirk- lich Mühe, es so klingen zu lassen, als ob er es ernst mein- te.

»Wirklich unheimlich traurig … aha … Tschüs dann.«
Börje legte auf und ging sich noch einen Kaffee einschenken. Anschließend suchte er die Nummer von Harald Bodin heraus.

»Hallo, Börje hier«, sagte er ungewöhnlich gut gelaunt. »Das Museum Bohuslän hat gerade angerufen, um sich zu entschuldigen. Das Schwert ist nicht von uns verschlampt worden, sondern von denen. Einer von den Typen dort hatte an diesem Freitag alles eingepackt, was am Montag darauf zurück zu uns geschickt werden sollte. Zwölf Kisten, so weit stimmt alles. Doch da der Kerl eine Art Freilufttheater betreibt, hat der Schwachkopf einfach beschlossen, sich das Schwert übers Wochenende auszuleihen, um es seinen Freunden zu zeigen. Er wollte es natürlich vor dem Transport am Montag wieder zurücklegen. In der alten Burganlage in Trollhättan ist es ihm dann offenbar gestohlen worden. Er wusste nicht, was er machen sollte, und da am Montag die korrekte Anzahl von Kisten nach Göteborg geschickt wurde, entschied er sich, erst mal abzuwarten. Bis jetzt. Der Fall ist erledigt, wie man so schön sagt. Jedenfalls für uns.«

Harald fragte, ob Börje noch mehr über das Schwert erfahren hatte.

»Das Schwert? Nein, da weiß ich auch nichts Neues. Aber am Montag müssen wir uns zusammensetzen und schleunigst die Versicherungsfrage angehen. Mach's gut, Harald!« Börje legte auf und grinste seine Frau an.

Lycke betrat die Villa Maritime, wo ihre Kollegen bereits beim Frühstück saßen. Die Tische waren gemütlich an die Fenster gestellt, so dass die Gäste die Aussicht auf den kleinen Sund zwischen Marstrandsön und Koön genießen konnten. Lycke war daran gewöhnt, von Koön aus den umgekehrten Blick zu genießen. In ihren Augen bot der

Kai mit den alten Holzhäusern und dem Kirchturm mit seinem grün angelaufenen Kupferdach das schönste Bild. Sie begrüßte die anderen, griff gedankenverloren nach einem Teller und nahm sich einen Becher Joghurt und ein getoastetes Sandwich.

»Kann ich dich kurz sprechen, Lycke?« Der ernste Ton in Askos Stimme war nicht zu überhören.

»Natürlich.« Sie stellte ihren Teller ab.

»Vielleicht können wir uns hier drüben hinsetzen, nimm dein Frühstück doch mit. Ich will auch versuchen, etwas zu mir zu nehmen.« Sie nahmen an einem Tisch Platz, der ein Stück von den anderen entfernt war.

»Tja«, begann Asko. »Es ist so …« Erneut verstummte er. Lycke sah ihn an, bemerkte die dunklen Ringe unter seinen Augen.

»Die Polizei hat mich bereits kontaktiert«, sagte sie, um ihm zu helfen. »Ich habe bestätigt, dass wir beide gestern Abend die Fähre um Viertel vor elf genommen haben.«

Asko nickte, während er mit seinem Löffel immer wieder im Kaffee rührte.

»Sie haben also bereits mir dir gesprochen. Das ist natürlich …« Asko nahm den Löffel aus der Tasse und führte sie zum Mund. Er zuckte zusammen, als er sich am heißen Kaffee die Lippe verbrannte. Als wäre er erst jetzt aufgewacht und zu der Erkenntnis gelangt, dass er tatsächlich wach und das Ganze kein Alptraum war.

»Wie geht es dir?«, fragte Lycke bedrückt. »Ich meine, was um alles in der Welt ist denn bloß passiert?« Sie arbeiteten seit vier Jahren zusammen, aber diesen Gesichtsausdruck hatte sie noch nie an ihm gesehen.

»Um ehrlich zu sein, beschissen. Ich weiß gar nicht, wo ich anfangen soll … Als ich gestern Abend nach Hause kam, fand ich eine … eine … jemand hatte … im Wohnzimmer lag eine tote Frau auf dem Fußboden.«

»Mein Gott«, sagte Lycke. »Wie ist sie denn in dein Haus gekommen? Kanntest du die Frau?«

»Nein, nein. Keine Ahnung, wer sie ist. Sie lag da in einem Kreis aus brennenden Grablichtern. Man hat sofort gesehen, dass sie tot war, denn ihre Haut war ganz blass, und im Gesicht war sie schwer verletzt, es war dunkel und nicht leicht zu erkennen, aber rings um ihren Kopf war der Fußboden voller Blut. Ich weiß nicht, wie sie dort hingeraten ist, aber die Polizei hat die halbe Nacht mit mir und Kristian gesprochen.«

»Kristian?«

»Kristian Wester, unser Betriebsarzt. Er wird übrigens auch kommen und über Gesundheit und Prävention sprechen.« Asko blickte auf seine Armbanduhr. »In fünf Minuten. Gestern kam er bei mir vorbei, weil er sowieso gerade eine Joggingrunde gelaufen ist. Deshalb war er dabei, als ich sie fand. Gott sei Dank! Hinterher durfte ich nicht mehr ins Haus. Ich durfte mir nicht einmal etwas zum Anziehen holen.«

»Auch nicht aus deiner Göteborger Wohnung?«

Asko schüttelte den Kopf. »Noch dauert die kriminaltechnische Untersuchung an, und meine Wohnung will sich die Polizei auch erst ansehen, bevor ich wieder hinein kann. Ich musste mir frische Wäsche von Kristian leihen und hab hier im Maritime übernachtet. Nicht, dass ich viel geschlafen hätte. Ich komme mir vor wie in einem schlechten Film.«

Asko redete ungewöhnlich schnell. Normalerweise sprach er langsam und wählte jedes Wort mit Bedacht. Als er eine ausladende Geste machte, hätte er beinahe das Frühstücksgeschirr vom Tisch gefegt.

»Was sagt Marianne dazu?«, fragte Lycke.

»Sie ist zum Glück verreist«, antwortete Asko.

»Ich weiß gar nicht, was ich sagen soll«, erwiderte Lycke. »Kann ich dir irgendwie helfen? Du kannst gern bei uns schlafen.«

»Danke, das ist nett von dir, aber ich bleibe heute Nacht im Hotel. Ich weiß nur nicht, wie ich damit umgehen soll.«

Ihr Gespräch wurde unterbrochen, als Kristian Wester sich an die versammelten Hotelgäste wandte.

»So, alle zusammen, darf ich um eure Aufmerksamkeit bitten? Die meisten waren wohl schon zum Gesundheitscheck bei uns, aber für diejenigen, die mich noch nicht kennen: Ich heiße Kristian Wester, bin als Arzt tätig und Eigentümer des Santé-Health-Institute, des Gesundheitsinstituts in eurer Firma. Im Laufe des Tages werde ich euch noch mehr über uns erzählen, aber zunächst einmal stellen wir uns alle für eine einfache Entspannungsübung auf.« Er nickte seinem braungebrannten Assistenten zu, und kurz darauf tönte Musik aus den Lautsprechern.

Lycke betrachtete ihre Kollegen, die den Anweisungen folgten und die Schultern schüttelten. Sie selbst saß immer noch Asko gegenüber, der sich, seinem Blick nach zu urteilen, ganz weit weg befand.


Karin überlegte, ob sie Robban anrufen sollte, aber es war Samstag, und er brauchte auch Zeit für seine Familie. Sie musste sich mit Folke begnügen. Während sie seine Nummer wählte, hoffte sie inständig, dass er einen seiner besseren Tage hatte.

Nun war Folke immerhin so nett gewesen, bei der Dienststelle der Polizei vorbeizufahren und den Bericht aus dem Rosenlund abzuholen, bevor er hinaus zu Karin nach Marstrand kam. Ursprünglich hatte sie nach Göteborg fahren wollen, aber nachdem Folke sie darauf aufmerksam gemacht hatte, dass sie sich den neuesten Verbrechensschauplatz noch mal gemeinsam ansehen sollten, hatte sie ihre Pläne geändert. Außerdem war es angenehm, nicht nach Göteborg raus zu müssen.

»So wohnst du also«, sagte Folke, während er an Bord kam. Interessiert und gewissenhaft wie immer sah er sich auf der *Andante* um. Zeigte auf die Instrumente und stellte Fragen.

Karin ließ ihn gewähren und ging währenddessen den Bericht durch, den die Kollegen von der Bereitschaft verfasst hatten. KG, der Bulldozer, hatte nicht mehr in Erfahrung gebracht, als sie bereits wussten. Der Absender der E-Mail, die Folke ausgedruckt hatte, war Kim, KGs schmächtiger Kollege mit den großen Händen. KG hatte offenbar diktiert, und der Jüngling hatte ihm assistiert. Karin legte das Material auf den Tisch und setzte Kaffee auf.

»Gaskocher?«, fragte Folke mit einer tiefen Sorgenfalte auf der Stirn. Jetzt geht es los, dachte Karin, schüttelte rasch den Kopf und verneinte.

»Spiritus.«

»Du sorgst hoffentlich für eine gute Belüftung?« Folke war unnachahmlich, wenn er sich wie eine lebende Bedienungsanleitung ausdrückte.

Karin zeigte auf die beiden Ventile an der Decke und zeigte ihm, dass man sie auch schließen konnte, wenn die Wellen auf rauer See das Deck überspülten. Er nickte zufrieden, ließ sich aber trotzdem über Ansammlungen von gefährlichen Gasen in geschlossenen Räumen aus. Seine Ausführungen erinnerten Karin an die Rauchgasvergiftung und die Frau am Opferstein. Wie hatte sie sich die Vergiftung zugezogen?

Karin stellte Gebäck auf den Tisch, das sie kurz zuvor in Bergs Konditorei gekauft hatte. Ein himmlischer Duft breitete sich im Boot aus.

Skeptisch betrachtete Folke den Inhalt des Brotkorbs.

»Mandelbrot und Plätzchen aus Bergs Konditorei.

Frisch gebacken.« Nachdem sie den Kaffee eingeschenkt hatte, setzte sie sich ihrem Kollegen gegenüber.

»Wir nehmen nicht genügend Ballaststoffe zu uns.« Folke griff nach den Keksen.

Karin beschloss, ein anderes Thema anzuschneiden.

»Hast du den Bericht gelesen?«

»Nein, ich wollte ihn mir hier ansehen.«

»Ich kann ihn kurz zusammenfassen. Die Leiche wurde von Asko entdeckt, einem etwa fünfzigjährigen Geschäftsführer, dem das Haus gehört. Sein guter Freund Kristian war auch dabei. Kristian war am Abend joggen gegangen und hatte Askos Auto vor dem Haus im Rosenlund entdeckt. Zuerst saßen sie draußen im Bootshaus, aber als es zu regnen anfing, gingen sie hinein. Die Frau lag auf dem Fußboden in der Bibliothek. Als Arzt konnte Kristian sofort ihren Tod feststellen. Und dass ihre Nase entfernt worden war.«

»Im Laufe der Nacht haben wir die beiden Männer verhört, nehme ich an?«, fragte Folke.

»Das hat die Bereitschaft in Gestalt von KG übernommen. Ich war nur ganz kurz da, habe mich aber verzogen, als KG eintraf.«

»Aha. Auf dem Weg hierher habe ich übrigens über eine Sache nachgedacht.«

»Und?«

»Wieso vermisst niemand diese Frauen?«, sinnierte Folke.

»Erstens ist noch nicht viel Zeit vergangen, und zweitens: Weißt du eigentlich, wie viele Alleinstehende es in Schweden gibt?«, gab Karin zu bedenken.

»Doch, natürlich.«

»Eben. Wie ist es denn in Göteborg im geistigen Zentrum gelaufen?«, unterbrach ihn Karin. »Ist etwas dabei herausgekommen?«

»Nein, nicht direkt. Robban und ich haben uns aufgeteilt. Er hat mit der Gründerin gesprochen, und ich habe mich mit einer Angestellten unterhalten. Nichts Konkretes.«

»Aha.«

»Was ist mit dem Ort, an dem die Frau gefunden wurde?«, fragte Folke.

»Rosenlund«, antwortete Karin. »Das liegt auf der anderen Seite von Koön. Es gibt zwei Zufahrtswege mit etwas exklusiverer Bebauung. Der eine führt nach Backudden und zu einigen anderen Häusern und der andere zum Rosenlund und einer einzelnen Villa mit eigenem Wasserzugang. Ich bin nur im Dunkeln dort gewesen. Wenn du willst, können wir sofort hinfahren.«

Folke saß am Steuer. Wie ein Rentner, dachte Karin, als er am Fiskehamnen links abbog. Sie fuhren am Friedhof und der alten Kapelle vorbei. Der Asphalt war vom nächtlichen Regen noch immer nass, aber es waren trotzdem Spaziergänger in winddichten Jacken und Goretex-Schuhen unterwegs. Kinder stapften fröhlich durch die Pfützen, während die Eltern versuchten, einen Sicherheitsabstand zu halten.

Sie fuhren an Marstrands Camping, dem alten Hof Eriksberg und einigen bunten Sommerhäusern vorbei. An den geschlossenen Fensterläden konnte man erkennen, dass die Saison beendet war. An der T-Kreuzung, wo Eriksbergsvägen und Rosenlundsvägen aufeinandertrafen, blieb Folke stehen. Gewissenhaft sah er sich um, bevor er rechts abbog. Karin nahm an, dass hier für gewöhnlich höchstens ein Auto am Tag vorbeikam, schaffte es aber gerade noch, den Mund zu halten. Zweihundert Meter später mündete die Straße in einen Wendehammer mit zwei Ausfahrten.

»Was hältst du davon, wenn wir hier parken und zu Fuß zum Haus hinuntergehen?«, schlug Karin vor.

»Das ist keine schlechte Idee.« Folke stellte den Wagen neben der großen Eiche in der einen Ecke des Platzes ab. Die Reifen hatten tiefe Spuren im feinen Sand hinterlassen. Links von der Eiche begann ein Weg, der breit genug für einen Kinderwagen gewesen wäre, und auf der gegenüberliegenden Seite waren zwei kleine, mit dem Auto befahrbare Wege zu sehen, die hinunter zum von hier aus nicht sichtbaren Wasser führten. Vor jeder Einfahrt befand sich ein geöffnetes schmiedeeisernes Tor, und zwischen den beiden Wegen erhob sich ein Hügelkamm, der die Sicht in beide Einfahrten verdeckte. Vor den Eisentoren standen zwei Schilder, die darauf hinwiesen, dass der linke Weg nach Backudden und der rechte zum Rosenlund führte.

Die Kommune Kungälv und die Provinzialverwaltung hatten eine Infotafel aufgestellt. Folke stemmte die Hände ins Kreuz, las den verblassten Text und betrachtete die Abbildungen der Pflanzen, die in diesem Gebiet vorkamen.

»Sieh mal an, das Salomonssiegel«, stellte er fest, bevor er sich intensiv mit der Landkarte auseinandersetzte. Karin ging hinunter zum Rosenlund. Moosbedeckte Felsen auf beiden Seiten. Der Weg schien über ein Wiesengelände zu verlaufen, obwohl sich offenbar jemand die Mühe gemacht hatte, den Boden mit Schotter zu bedecken. Rechts und links der Fahrbahn standen hohes Gras und alte Bäume, deren Wurzeln von Farnkraut umgeben waren. Bis auf die Geräusche des Waldes war es vollkommen still. Karin drehte sich um und wartete auf Folke.

»An solchen Orten findet man häufig eine ganz besondere Fauna.« Er ließ den Blick über die Felsen und das dichte Grün schweifen. Das Laub wurde an den Rändern bereits gelb und an manchen Stellen sogar schon orange, aber noch immer war es erstaunlich grün.

»Es gibt hier zwar auch Buchen, Linden, Birken, Vogelkirschen und, nicht zu vergessen, das Geißblatt, die Regionalpflanze von Bohuslän, aber in erster Linie besteht dieser Wald aus Eichen.« Folke näherte sich dem Dickicht und roch an einer Schlinge, die noch Blüten trug.

Karin dachte an den dunklen und ungastlichen Wald, in dem sie zusammen mit Anders Bielke in Trollhättan gestanden hatte, und wunderte sich, dass die Stimmungen so verschieden sein konnten. Dieser Wald erschien ihr heller und freundlicher, aber vielleicht kam ihr das auch nur so vor, weil sie wusste, dass sich hinter dem Hügelkamm das Meer befand.

Genau an der Stelle, wo ein schmaler Pfad den Kiesweg kreuzte, stand noch eine Infotafel. Auch hier blieb Folke stehen und sah sich alles genau an.

»Das ist hier ein Naturschutzgebiet, aber sieh dir mal an, was die gemacht haben!«

Karin stellte sich neben ihn. Irgendjemand hatte ein Kaugummi in die rechte untere Ecke geklebt.

»Rowdys!« Folke hob ein Stöckchen vom Boden auf und kratzte damit das Kaugummi ab. Karin hatte bereits kehrtgemacht und war weitergegangen, als Folke sagte:

»Für uns könnte allerdings das hier von Interesse sein.« Er klopfte auf die Stelle, wo das Kaugummi geklebt hatte. Karin musste ganz nah herangehen, um zu erkennen, worauf er zeigte. Ein eckiges Symbol.

»Ein Steingrab«, sagte Folke.

»Wie bitte?«, fragte Karin. »Gibt es hier etwa ein Steingrab?«

»Anscheinend.« Folke deutete auf die Karte.

»Da haben wir es wieder. Die Orte sind alle sorgfältig ausgewählt worden. Der Täter bemüht sich nicht im Geringsten, seine Taten zu verschleiern, sondern beabsichtigt etwas anderes. Das erinnert mich an das, was Robban von Übergangsritualen berichtet hat. Diese Tore führen in andere Welten und manchmal in die Vergangenheit, die Rituale konnten jedoch auch dazu verwendet werden, jemanden von den Lebenden in die Gemeinschaft der Toten zu schicken.«

»Jetzt hörst du dich an, als hättest du mit jemandem aus diesem geistigen Zentrum in der Stadt gesprochen«, sagte Folke.

Jerker öffnete ihnen die Tür. Er sah müde aus.

»Hallo. Kommt rein. Wir sind fast fertig.« Er reichte den beiden je ein Paar blaue Schuhüberzieher.

Folke blieb eine Weile im Eingangsbereich stehen und sah sich um, bevor er das Wohnzimmer betrat.

»Diese Bilder hier sind eine ganze Menge wert«, sagte er. »Falls sie echt sind.«

»Die Familie Ekstedt, der das Haus gehört ...«, begann Karin, als Folke ihr ins Wort fiel.

»Hast du Ekstedt gesagt?«

»Asko Ekstedt«, antwortete Karin, »habe ich das nicht erwähnt? Wir haben ihn heute Nacht verhört.«

»Der Besitzer heißt Ekstedt? Ist das sein Haus? Er ist nicht zufällig mit Marianne Ekstedt verheiratet?«

»Möglich. KG hat ihn zum Verhör mit nach Göteborg genommen, nicht ich.«

Hastig griff Folke nach dem Telefon und bat die Kollegen, einen Blick ins Melderegister zu werfen.

»Wer ist Marianne Ekstedt?«, fragte Karin.

»Sie betreibt dieses geistige Zentrum in Göteborg, verdammt. Massenhaft verrückte Kurse über Kristalle und anderen Quatsch. Robban und ich waren gemeinsam dort, aber Robban hat mit ihr gesprochen. Dass ich das nicht sofort bemerkt habe, als ich den Bericht las! ... Ja?«, fragte Folke in den Hörer. »Das stimmt. Danke.« Er legte auf. »Sie ist es tatsächlich. Ich glaube, wir sollten uns nicht auf ihren Mann konzentrieren, sondern auf sie.«

## Åkerström, Trollhättan, Herbst 2008

*Es war einer von Kristians wenigen ärztlichen Hausbesuchen gewesen, nur wenige Wochen, nachdem er und Marianne Asko zu der Hypnose gedrängt hatten. Die Adresse gehörte eigentlich gar nicht zu seinem Bezirk, aber er hatte gerade Notdienst, und die Leute hatten keinen anderen Arzt erreicht. Im Nachhinein würde er denken, dass es keine Zufälle gab.*

*Die Bezirkskrankenschwester hatte ihn nach erstem Zögern zu dem Hof begleitet.*

*»Eastwick«, hatte sie gemurmelt und nervös gelacht. »Entschuldige, das war blöd ausgedrückt. Ich mag diesen Ort nicht. Das Grundstück liegt auf einer Lehmschicht, die jederzeit nachgeben kann. Ich verstehe nicht, wie man dort wohnen kann. Irgendwann im siebzehnten Jahrhundert hat ein Erdrutsch Äcker, Wiesen, Häuser und eine ganze Hochzeitsgesellschaft mit sich gerissen. Daraufhin staute sich der Fluss und verursachte eine Überschwemmung, die noch mehr Höfe wegspülte. Fast hundert Menschen kamen dabei ums Leben. Im Lehm findet man immer noch Überreste.«*

*»Aber du hast doch Eastwick gesagt?«, fragte Kristian.*

*»Die Leute waren damals unheimlich abergläubisch. Man glaubte, der Erdrutsch sei von einer Zauberin hervorgerufen worden, der man den Zugang zum Hof verweigert hatte. Seitdem haben sich am Fluss natürlich*

mehrere Erdrutsche ereignet, aber hier ist mir die Gefahr immer besonders bewusst.«

»Interessant.« Kristian bog links in einen Schotterweg ab, der vor einem Haus endete. Er parkte auf dem Hof und betrachtete den Fluss, der sich in etwa hundert Meter Entfernung geruhsam durch die Landschaft schlängelte. Schön sah das aus.

Der Ort kam ihm seltsam bekannt vor. Im Wohnhaus lebte eine ältere Frau. Die Nebengebäude waren in keinem guten Zustand, und das Dach der Scheune schien jeden Augenblick einstürzen zu wollen. Neben den Steinstufen, die zur Eingangstür führten, standen verblühte Stockrosen. Trotz der Kälte wuchs dort ein üppiges Basilikum.

Die Frau saß in einem Schaukelstuhl. Der Tisch war zugestellt mit schmutzigen Tellern und Töpfen voller eingetrockneter Essensreste. Am meisten faszinierte ihn jedoch der Baum auf dem Tuch an der Wand. Stumm betrachtete er die Verästelungen und Wurzeln. In kräftigen Farben stellten sie den Weg dar, den die Sippe von längst vergangenen Tagen bis heute genommen hatte. Neben jedem Zweig standen ein Name und zwei Daten, die manchmal sogar zusammenfielen. Geburt und Tod. Er betrachtete Hjördis' Linie und alle weiteren Verästelungen. Ihr wachsamer Blick ruhte auf ihm.

»Wer bist du?« Sie zeigte mit einem knochigen Finger auf ihn.

»Ich bin Arzt. Ich bin hier, um die Wurzel des Übels zu finden.« Er warf wieder einen Blick auf den Baum an der Wand.

»Ich komme allein zurecht«, sagte die Alte irritiert. »In ein Heim gehe ich nicht.«

»Vielleicht gibt es Möglichkeiten, die Wohnung an

*deine Bedürfnisse anzupassen. Ich werde mich ein biss-
chen umsehen.«*

*Die Bezirkskrankenschwester sah ihn verwundert
an. Normalerweise hatte nicht der Arzt zu entscheiden,
ob die Patienten zu Hause bleiben durften, damit hatte
sich bereits ein Pflegegutachter befasst. Die Frau konnte
nicht mehr alleine wohnen. Auf dem Weg zum Hof
hatte die Bezirkskrankenschwester ihm erklärt, dass
der Pflegedienst bereits da gewesen war, die alte Frau
aber jede Hilfe ablehnte. Nun war die Situation unhalt-
bar.*

*Kristian ging in den Flur. Tatsächlich entdeckte er
dort die Tür. Der Schlüssel fühlte sich kalt an, als er
ihn im Schloss umdrehte. Es roch muffig, und aus der
Dunkelheit kam ihm ein kalter Luftzug entgegen. Er
tastete nach dem Schalter und machte das Licht an. An
der Decke hing eine nackte Glühbirne. Er war gerade
unten angekommen, als die Tür zufiel und das Licht
ausgeschaltet wurde.*

*Während der wenigen Minuten im Dunkeln passierte
etwas. Etwas, das in ihm geschlummert hatte, erwachte
zum Leben und fing an zu wachsen. Vielleicht wäre es
nicht geweckt worden, wenn er nicht so erschüttert, so
tief in seiner Seele berührt worden wäre. Kristian begriff
voll und ganz, was vor so vielen Jahren geschehen war,
er spürte plötzlich, wie ihm die Kälte in die Hosenbeine
kroch, und fühlte die dicken Mauern näher kommen.
Bei Askos Hypnose waren entsetzliche Erinnerungen
aufgetaucht. Nun starrte Kristian in die Dunkelheit und
sah alles vor sich. Als das Licht wieder anging, wusste er
nicht, wie lange er dort gestanden hatte. Oben in der Tür
stand die Frau und stützte sich auf einen dicken Stock.*

*»Was machst du da?«, zischte sie. »Dazu hast du kein
Recht.«*

Als sie später das Grundstück verließen, musterte die Bezirkskrankenschwester ihn von der Seite.

»Was sollen wir davon halten?«

»Wir müssen sie in einem Heim unterbringen«, antwortete Kristian. »Ich werde versuchen, meine Beziehungen spielen zu lassen.«

»Es gibt noch eine Sache, die mir an diesem Ort nicht gefällt, und die hat nichts mit dem Erdrutsch zu tun.«

»Aha. Und die wäre?«, fragte Kristian.

Sie erzählte ihm von dem kleinen Jungen, der der Familie Hedlund weggenommen worden war, nachdem sich herausgestellt hatte, dass er wie ein Gefangener gehalten wurde.

»Er hatte nicht einmal einen Namen – kannst du dir so etwas vorstellen?«

Kristian hörte der Frau schweigend zu. Verbissen klammerte er sich ans Lenkrad. Kopfschüttelnd berichtete die Bezirkskrankenschwester auch von den drei Töchtern der Frau, die weder untereinander noch zu ihrer Mutter nennenswerten Kontakt hatten.

»Elisabet, meines Wissens die Älteste, hat den Besitzer der Reitschule geheiratet. Sie interessierte sich weder für ihn noch für Pferde, doch als er eines Tages von einem Heuhaufen fiel, war sie plötzlich die alleinige Besitzerin. Der Betrieb war lange Zeit vernachlässigt worden, und die Tiere mussten leiden, bis man eine Frau mit zwei Pferden einstellte, die ihre Pflege übernahm. Stina war Künstlerin, musste ihren Lebensunterhalt jedoch oft auf andere Weise bestreiten. Sie betreibt einen Naturkostladen in Strömslund. Verblichene Plakate im Schaufenster und abgelaufene Lebensmittel. Wenn ich das richtig verstanden habe, reist sie viel herum und importiert beispielsweise aus Südafrika die Waren direkt. Vielleicht verdient sie so ihr Geld? Gut gebrauchen kann sie es bestimmt, denn ich kann mir nicht vorstellen, dass jemand ihre Bilder kauft. Sie sind dunkel und bedrückend, manchmal mit einer dünnen weißen Gestalt im Vordergrund – vielleicht ist das ihre Art, die Erinnerung an ihren Bruder zu verarbeiten, der im Keller eingesperrt wurde.« Sie schüttelte den Kopf. »Warum der Mutter die Mädchen nicht weggenommen wurden, als das Jugendamt den Jungen in seine Obhut nahm, ist mir ein Rätsel. Die Jüngste ist Immobilienmaklerin in Göteborg geworden, glaube ich. So, nun weißt du ein wenig mehr über die Familie Hedlund. Disa hat ...«

Kristian wandte sich zu ihr um. »Disa?«

»Sie heißt Hjördis, wird aber Disa genannt.«

»Und der Junge?«, fragte er. »Was ist aus ihm geworden?«

»Weiß ich nicht. Den hat ja, wie gesagt, das Jugendamt in seine Obhut genommen, aber einige Leute behaupten, Disa habe ihn zurückbekommen und dann hätten sie und seine Schwestern ihn erschlagen und irgendwo vergraben. Soweit ich mich entsinne, wurde er jedoch in einer Pflegefamilie untergebracht und hatte es dort schließlich gut. Eine solche Kindheit muss allerdings Spuren hinterlassen.«

»Stimmt.« Kristian biss die Zähne zusammen. »So etwas schleppt man sein Leben lang mit sich herum.«

»Die damals Zuständige im Jugendamt hat eine dicke Akte über den Fall. Wenn du Disa auf dem Tisch hast, darfst du sie dir bestimmt ansehen. Sprich mit Inger Nilsson.«

»Wer ist das?«, fragte Kristian.

»Die Leiterin des Jugendamts. Inzwischen ist sie pensioniert, aber damals war sie für den Fall zuständig. Ich frage mich, wie man wohl reagiert, wenn man nach einer solchen Kindheit später im Leben seine Peiniger wiedertrifft. Ob man ihnen verzeihen kann?«

Nachdenklich blickte die Bezirkskrankenschwester aus dem Seitenfenster, an dem Zäune vorbeisausten. Dahinter schlängelte sich der Fluss durch das Tal.

»Ich weiß nicht.« Kristian machte eine Pause. »Aber vielleicht bringt es einen weiter.«

# 14

Nach dem kurzen Besuch entfernten sich Karin und Folke zu Fuß von der Villa im Rosenlund.

»Robban hat mit Marianne Ekstedt gesprochen«, sagte Folke, während er darauf wartete, dass der Kollege ans Telefon ging. Als sich schließlich der Anrufbeantworter meldete, hinterließ Folke eine Nachricht.

»Als ich Asko heute Nacht vernommen habe, hatte ich den Eindruck, seine Frau wäre verreist«, sagte Karin.

Das Klingeln von Folkes Handy unterbrach ihr Gespräch – es war Robban. Obwohl das Display Robban Sjölin anzeigte, meldete sich Folke wie immer mit Vor- und Nachnamen.

»Marianne Ekstedt besitzt kein Handy, und Robban hatte ebenfalls den Eindruck, sie plane eine Reise, er weiß aber nicht, wohin. Vielleicht in eine andere Welt.« Letzteres sagte Folke mit leicht verstellter Stimme. Karin grinste.

»Asko besucht hier draußen eine Konferenz. Wir müssen mit ihm reden«, sagte Karin.

»Als Robban mit Marianne Ekstedt gesprochen hat, habe ich mich mit ihrer Kollegin Gisela unterhalten, die auch im Zentrum arbeitet. Vielleicht kann sie uns helfen, Marianne zu finden? Ich meine, bevor wir es über ihren Mann versuchen.« Folke zog einen Kalender mit Notizbuch aus der Tasche und fand die Telefonnummer.

»Wenn das so ist.« Kopfschüttelnd sah er Karin an, die nicht die geringste Ahnung hatte, was er ihr damit sagen wollte.

»Würdest du Marianne bitten, mich anzurufen, wenn du etwas von ihr hörst?«

Nachdem Folke das Gespräch beendet hatte, wandte er sich an Karin.

»Marianne Ekstedt wird ein Seminar in Glastonbury halten, aber das beginnt erst nächsten Freitag. Laut Gisela nutzt sie die Woche davor immer für die Vorbereitung und hält sich zu diesem Zweck an einem unbekannten Ort auf. Manchmal begibt sie sich verfrüht an den Veranstaltungsort, manchmal verbringt sie ihre Auftankwoche jedoch auch in Schweden.«

»Und Gisela weiß nicht, wie sie es diesmal macht?«, fragte Karin.

»Nein.«

»Wir fragen Asko. Vielleicht hatte er Kontakt mit ihr. Ansonsten müssen wir eben warten, bis ihr Seminar beginnt.«

Folke nickte.

Kristian Wester erzählte, wie seine Laufbahn begonnen und er begriffen hatte, dass er die Menschen erreichen musste, bevor sie krank wurden, wenn er wirklich etwas Nützliches tun wollte. Einen Monat im Jahr arbeitete er ehrenamtlich auf einer paradiesischen Insel in Westindien. Er beschrieb den immer noch starken Volksglauben auf der Insel und seinen Versuch, eine Balance zwischen Medizin und den traditionellen Denkweisen in Bezug auf Aberglauben und die Geister der Vorfahren zu finden.

Kristian hatte von Gesundheitsvorsorge und der Entwicklung der eigenen inneren Kraft gesprochen. Wie man selbst die bewusst steuernde Kraft im Leben wurde. Er betonte, dass sie alle, genau wie seine Freunde und Patienten in Westindien, das Erbe ihrer Vorfahren in sich trügen und dass dieses Erbe manchmal eine größere Rolle für unser Verhalten spiele, als uns bewusst sei.

»Wir Schweden denken oft an unser medizinisches

Erbe, unser genetisches Erbe, ihr wisst schon, wenn man Anträge ausfüllt, muss man manchmal über Krankheiten in der Familie Auskunft geben, man wird zum Beispiel gefragt, ob ein Elternteil erwiesenermaßen schlecht hört und so weiter. Doch wer macht sich schon Gedanken darüber, wer wir wirklich sind?«

Einer der Zuhörer winkte.

»Ich komme nicht ganz mit. Wie meinst du das?«

»Gibt es möglicherweise ein seelisches Erbe? Augenfarbe und Blutdruck sind offensichtlich, aber könnte es nicht auch sein, dass wir noch mehr von unseren Vorfahren geerbt haben? Vielleicht haben wir auch eine, sagen wir, mathematische Begabung geerbt oder, wenn wir noch einen Schritt weitergehen, vielleicht sogar eine bestimmte Weltanschauung oder bestimmte Triebkräfte.«

»Was meinst du mit Triebkräften? Die Dinge, die uns dazu bringen, scheinbar ohne nachzudenken etwas zu tun?« Die Frage war von derselben Person wie vorher gestellt worden.

»Genau. Das mit den Triebkräften ist interessant«, sagte Kristian. »Denkt einen Augenblick darüber nach, wer oder was die treibende Kraft in eurem Leben ist.«

Marianne machte das immer viel besser, dachte er. Ihre Argumentation hatte eine ganz andere Tiefe, und es machte viel mehr Spaß, wenn sie zusammenarbeiteten.

Lycke versuchte, sich zu konzentrieren, gab es aber bald auf und ließ ihre Gedanken wieder zu Asko und dem Fund in der Villa im Rosenlund wandern.

Vor dem Mittagessen hatte Kristian Stöcke verteilt, mit denen sie gemeinsam einen Spaziergang um die Insel machten. Als sie zurückkehrten, sah Lycke Karin mit einem Kollegen auftauchen. Sie sprachen kurz mit Asko, der daraufhin die Dehnübungen abbrach, seine Stöcke weglegte und ihnen in die Villa Maritime folgte.

»Sie macht das schon seit zehn Jahren so«, beantwortete Asko eine Frage von Folke, die Karin nicht gehört hatte, die aber ganz offensichtlich seine Frau betraf.

»Und du hast keine Möglichkeit, sie zu erreichen?«, fragte Folke.«

»Nein, das war auch noch nie notwendig.«

»Wir würden deine Frau wirklich gern erreichen. Vielleicht kann sie uns zumindest helfen, die Tat in deinem Haus zu verstehen.«

»Glaubst du, das war gegen meine Frau gerichtet? Hat es mit ihrer Tätigkeit zu tun?«, fragte Asko bedrückt.

»Mein Kollege Robban und ich haben Mariannes geistiges Zentrum gestern aus einem anderen Grund aufgesucht. Ich hatte den Eindruck, dass Marianne oft intuitiv handelt.«

»Das stimmt«, sagte Asko. »Auf diese Weise bestreitet sie größtenteils ihren Lebensunterhalt.«

»Bedeutet das nicht im Grunde, dass sie einer spontanen Eingebung gefolgt und sonst wohin gefahren sein könnte?«, fragte Folke.

»Nicht ganz, aber manchmal ändert sie ihre Pläne natürlich in der letzten Sekunde. Einmal wollte sie für eine Woche nach Mallorca, aber als sie an der Bushaltestelle stand und auf den Flughafenshuttle wartete, kam ihr plötzlich die Idee, mit dem Zug nach Värmland zu fahren. Wenn ich mich recht entsinne, hat sie die Woche in Karlskoga verbracht«, lächelte Asko, bis ihn Folkes skeptische Miene aus seinen Erinnerungen riss.

»Theoretisch könnte sie überall sein, aber zu einem vereinbarten Termin wird sie garantiert erscheinen. Ihr nächstes Seminar beginnt am Freitag. In Anbetracht der jüngsten Ereignisse wäre es mir natürlich auch lieber, wenn ich sie erreichen könnte.« Er seufzte. »Ein Handy hat sie leider nicht«, fügte er hinzu.

»Das wissen wir«, kam es von Folke.

»Marianne braucht viel Zeit für sich«, sagte Asko. »In der Woche vor einem Seminar bereitet sie sich vor, indem sie meditiert und sich vollkommen abkapselt. Sie sagt immer, dass jeder Kurs neu und einzigartig sein soll.«

»Okay«, sagte Karin. »Melde dich, wenn du etwas von ihr hörst.«

»Oder wenn dir etwas anderes einfällt«, schob Folke ein, bevor Karin reagieren konnte. »Zum Beispiel, wo sie sich aufhält.«

Asko nickte. Karin hätte Folke am liebsten einen Tritt ans Schienbein versetzt.

Die Gruppe mit den Nordic-Walking-Stöcken war mit den Dehnübungen fertig. Kristian kam zu Asko, Karin und Folke herüber.

»Gibt es etwas Neues?«, fragte er.

Asko schüttelte den Kopf. »Darum geht es nicht, Kristian«, sagte er. »Sie wollen mit Marianne sprechen. Die Frau, die wir im Rosenlund aufgefunden haben, könnte mit dem Zentrum zu tun haben.«

»Was?«, fragte Kristian. »Wieso sollte sie?«

»Im Moment verfolgen wir jede erdenkliche Spur. Mariannes Zentrum ist nur eine davon«, sagte Karin, bevor sie sich verabschiedete und mit Folke im Schlepptau zur Fähre ging.

Karin hatte Folke auf den Weg gebracht und befand sich wieder auf dem Boot. Ihre Gedanken rasten. Folke hatte versprochen, dass er Robban kontaktieren und die Sache mit dieser Marianne vorantreiben würde. Außerdem war er fleißig gewesen und hatte das Besuchermaterial des Stadtmuseums durchgeackert.

Karin war frustriert. Sie wusste, dass sie im Moment nicht mehr machen konnte und Folke bei Robban anrufen würde. Andere kümmerten sich momentan um den Fall und suchten nach Marianne. Trotzdem fiel es ihr schwer, abzuschalten. Immer wieder ging sie das Ganze im Kopf durch und überprüfte, ob sie jeder Spur nachgegangen war. Sie hatte das Gefühl, dass alles zusammenhing, sie aber das dahinterstehende Muster nicht erkennen konnte.

Sie hatte Hunger und sah auf die Uhr. Da der Laden geschlossen hatte, blieb nur die Pizzeria. Oder Tee und belegte Brote, aber das erschien ihr für einen Samstagabend nicht festlich genug. Also Pizza. Schnell den Pulli und die Jacke übergezogen. Sie hatte gerade das Boot abgeschlossen, als ihr Handy piepte. Neue Mitteilung. Von Johan.

»Biete Privatkoch mit Proviantkorb gegen Benutzung einer Kombüse und hoffentlich einige Küsse. Johan.«

Lächelnd antwortete Karin.

»Herzlich willkommen. Wann?« Nach höchstens dreißig Sekunden erschien Johans Antwort auf dem Display.

»Zwanzig Minuten. In Ordnung?«

»Perfekt. Bis dann.«

Sie schnappte sich ein Handtuch und ihren Kulturbeutel. Frische Unterwäsche. Fünf Minuten waren bereits vergangen. Mist, verdammter! Nun konnte sie den Bootsschlüssel nicht finden. Sie suchte noch eine Minute danach, bis sie einsah, dass das Boot eben unverschlossen bleiben musste. Sie pustete die Petroleumlampe aus, stieg hoch, klappte die Eingangsluke herunter und rannte den Steg hinauf.

Zwei Dinge fehlten an Bord, eine Waschmaschine und eine Dusche. Besonders die Dusche fehlte ihr oft, und sie hatte bereits Entwürfe für einen Einbau in der Toilette gezeichnet.

Der Yachthafen bot keine Duschen in der Nähe des Liegeplatzes der *Andante*, aber die Besitzer der Werft Ringens

Varv waren so nett gewesen, ihr den Schlüssel zum Personalraum zu geben. Was zum Teufel hatte sie sich bloß dabei gedacht, als sie zwanzig Minuten zugestimmt hatte? Das würde sie nie schaffen. Sie war ganz verschwitzt von dem kleinen Spurt. Wie durch ein Wunder waren immerhin auch Make-up und Parfüm im Kulturbeutel gelandet. Plötzlich wurde ihr klar, dass es eigentlich keinen Grund zur Hetze gab. Sie schrieb Johan per SMS, das Boot sei nicht abgeschlossen und sie käme gleich wieder.

Als sie etwas später wieder über den Steg spazierte, strömte Licht aus den runden Luken der *Andante*. Das sah einladend aus. Es war ein wohliges Gefühl, ein beleuchtetes Boot zu betreten, auf dem bereits jemand wartete. Nicht irgendjemand, korrigierte sie sich. Johan.

»Hallo. Darf man eintreten?« Karin klopfte auf das Deck.

Johan stand mit einem Feuerzeug in der Hand in der Kombüse und hörte sie nicht kommen. Er versuchte vergeblich, den Kocher zu entzünden.

»Der Spiritus im Brenner ist alle.« Karin klappte eine Bank im Cockpit auf.

»Hallo«, sagte Johan. »Ich hab dich gar nicht kommen hören.« Mit einem Schritt erklomm er die Treppe zum Cockpit und umarmte sie fest.

Mit Hilfe eines Plastiktrichters füllte Karin einen Liter Flüssigkeit in den Behälter, bevor sie den kleinen Einsatz wieder in den Kocher steckte und den Deckel zumachte.

Johan schnitt währenddessen das Landbrot und schälte Knoblauch.

»Versuch es noch mal«, sagte Karin. Johan hielt das Feuerzeug an den Herd und brachte eine Flamme zustande.

»Perfekt«, sagte er, während die feingehackte Zwiebel in dem Olivenöl zischte, das er mitgebracht hatte. In zwei

Gläsern, die Karin nicht kannte, stand bereits Rotwein auf dem Tisch.

»Heißt das, dass dir meine Weingläser aus Plastik nicht gefallen?«

»Ach, betrachte die Gläser doch einfach als ein kleines Geschenk. Du nimmst mir das doch hoffentlich nicht übel?«

»Dass du zu Besuch kommst, für mich kochst und mir schöne Weingläser schenkst? Nicht direkt. Allerdings sehen deine nicht ganz so seetauglich aus wie meine. Muss ich jetzt das ganze Boot neu versichern?« Karin betrachtete die schön geschliffenen Gläser, die sich angenehm schwer anfühlten.

»Aus Norwegen«, sagte Johan, ohne auf die Versicherungsfrage einzugehen. »Hadelands Glasbläserei. Das Muster mit den Ovalen heißt Olivenschliff. Apropos Oliven, würdest du diesen Teller bitte auf den Tisch stellen? Und noch etwas.«

»Was denn?«

»Du siehst so schön aus. Warte kurz, ich muss dich noch einmal in den Arm nehmen.«

»Danke.« Karin lächelte. So geschminkt und in der hübschen roten Bluse, die sie schon lange nicht mehr angehabt hatte, fühlte sie sich tatsächlich schön.

Johan stellte einen gusseisernen Topf auf den Tisch.

»Fondue«, sagte er. »Ich bin mir allerdings nicht so sicher, ob das hier auf dem Boot nicht zu gefährlich ist. Was meinst du?«

»Das dürfte kein Problem sein. Bei mir laufen ja auch ständig die Heizung und die Petroleumlampen.«

Karin dachte an den Vortrag, den Folke ihr heute über gefährliche Gase gehalten hatte. Er wäre an die Decke gegangen, wenn er wüsste, dass sie ausgerechnet hier Fondue essen wollten.

Johan hatte Rinderfiletscheiben, Riesengarnelen und Champignons auf einen rustikalen blauen Teller gelegt und daneben große schwarze und grüne Oliven platziert.

»Das sieht phantastisch aus! Ich kann mich gar nicht mehr an mein letztes Fondue erinnern.«

»Ich auch nicht.« Johan stellte den Topf auf den Tisch und zündete den Brenner an. »Meine Eltern, Martin und ich haben das eine Zeitlang ziemlich oft gegessen, wenn wir es uns samstags vor der Cosby-Show gemütlich gemacht haben«, sagte Johan mit träumerischem Gesichtsausdruck.

»Die Serie war echt toll!«, sagte Karin.

»Ich habe sie mir mit Walter noch einmal angesehen, als sie im Frühjahr wiederholt wurde.«

Karin bestückte einen Spieß mit Oliven, Champignons und Rinderfilet und tauchte ihn in das heiße Öl. Die flackernde Flamme in der Lampe über dem Tisch kündigte normalerweise an, wenn das Petroleum zur Neige ging. Sie stand auf und blies die Flamme aus. Ihre Gedanken wanderten zu der tot aufgefundenen Frau und den Kerzen rings um die Leiche. Und zu der fehlenden Nase.

»Wie sieht es aus?«, fragte Johan, nachdem er den letzten Spieß mit Riesengarnelen und Rinderfilet in den Topf gesteckt hatte. »Gerüchten zufolge habt ihr eine Frau im Rosenland gefunden. Ehrlicherweise muss ich zugeben, dass Lycke mir das erzählt hat«, sagte Johan.

»Ich kann gut verstehen, dass sie dir das erzählt hat, und es stimmt auch. Das ist der Nachteil an meinem Beruf. Ich kann nicht einfach mit Außenstehenden darüber sprechen.«

»Mit Außenstehenden«, sagte Johan etwas traurig.

»Entschuldige, so habe ich es nicht gemeint. Es ist nur so …«

»Schon okay. Ich verstehe das.«

»Ist dir meine Arbeit unangenehm?«, fragte sie besorgt.

»Nein, aber du musst ziemlich stark und ausgeglichen sein. Schon allein, weil du so viele Dinge mit dir allein ausmachen muss. Wenn du mit Freunden zusammensitzt, kannst du schließlich nicht einfach erzählen, wie deine Woche war. Ich finde dich bewundernswert. Gleichzeitig würde ich dir gern näherkommen.« Er wirkte nahezu beschämt, während er das sagte.

»Das hast du schön ausgedrückt. Ich möchte auch gern, dass du mir näherkommst. Was hältst du davon, den Kaffee oben im Cockpit zu trinken? Die Nacht ist sternenklar.«

»Kaffee interessiert mich nicht so.« Johan deckte den Brenner zu und löschte die Flamme. »Lieber sitze ich hier mit dir.« Er lächelte.

Am Himmel ging ein Licht nach dem anderen an. Das Sternbild Kepheus stand direkt über der *Andante*. Südlich davon der Schwan, der Steinbock und der Schütze. Im Osten der Widder und Andromeda. Das Glucksen der Wellen wiegte die beiden Liebenden in den Schlaf, während die Temperatur zum ersten Mal in diesem Herbst unter Null fiel.


## Altenheim Björndalsgården, Trollhättan, Herbst 2008

*Fünf Wochen später konnte Kristian Hjördis Hedlund telefonisch einen Platz im Altenheim Björndalsgården anbieten. Die alte Frau war alles andere als dankbar und musste am Ende unter Zwang eingewiesen werden. Anschließend begann Kristian, nach Antworten zu suchen, von denen er hoffte, dass sie Asko irgendeine Erklärung* bieten würden. Vielleicht würde er Hjördis sogar mit ihrem Sohn zusammenbringen. So dass Asko ihr seine vielen Fragen selbst stellen konnte.

Nach zwei Monaten holte Kristian das große Tuch mit dem aufgemalten Baum, dem Stammbaum, aus dem Haus von Hjördis Hedlund und hängte es in ihrem neuen Wohnzimmer auf. Die Decken in dem Reihenhaus waren niedriger als im ehemaligen Haus der Frau, und er hatte das Tuch vorsichtig zusammengerollt, so dass die älteren Namen nicht zu sehen waren. Er hatte sie sich jedoch eingeprägt.

»Hallo, Hjördis.«

»Was willst du? Es ist deine Schuld, dass ich an diesem elenden Ort festsitze.«

»Ich habe gehört, dass es dir richtig gutgeht und dass du dich mit Gunnar unterhältst.«

»Gunnar? Dieser Idiot. Ihr seid doch alle Idioten.«

»Erinnerst du dich an den Stammbaum in eurem Haus?« Er zeigte auf das Tuch hinter ihr.

Die Frau drehte sich kaum um.

»Verzieh dich. Meine Familie geht dich nichts an.«

»Der Zweig. Ich würde gern wissen, ob du mir etwas über den abgebrochenen Zweig erzählen kannst.«

»Der geht dich gar nichts an. Was bist du überhaupt für ein Arzt? Ein Irrenarzt?« Sie wandte sich ab.

»Ich glaube, dass der Zweig für jemanden steht. Eine Person. Habe ich recht?«

»Einen Nichtsnutz. Einen Bastard.« Sie sprach die Worte mit einer Leichtigkeit aus, die ihn erstaunte, und verzog keine Miene.

»Ein Junge. Dein Sohn?«

»Was spielt das für eine Rolle?« Sie sah ihn an. »Was willst du hier überhaupt? Wenn es nichts Wichtiges ist, möchte ich, dass du gehst.«

*»Mein bester Freund, der genauso alt ist wie ich, wohnte in einer Pflegefamilie. Mittlerweile hat er selbst Kinder – zwei Töchter – und ist verheiratet. Aber bevor er zu den Pflegeeltern kam, war er im Keller eingesperrt.«*

*»Kein Interesse. Das hat nichts mit mir zu tun.«*

*»Ich glaube, es hat unheimlich viel mit dir zu tun. Du bist mit ziemlicher Sicherheit seine biologische Mutter.«*

*Der Blick der Frau ruhte auf ihm.*

*»Ich habe keinen Sohn und will auch keinen. Vor allem will ich, dass du gehst. Jetzt.«*

*Die Gespräche liefen immer ähnlich ab. So sehr er auch bohrte, nie bekam er die gewünschten Antworten. Keine Antwort, die er an seinen Freund weitergeben konnte, und vor allem keine Erklärung.*

Am Sonntag stand Johan in seinem Schärenboot am Ruder und sah Karin zu, während sie die erste Hummerreuse aus dem Wasser zog.

»Hast du Lust auf Krebse zum Abendessen?«, fragte er.

»Wenn ich ehrlich sein soll, mag ich die nicht besonders«, sagte Karin. »Die Scheren gehen gerade noch. Ansonsten esse ich fast alles. Außer Krebsen und Muscheln. Und Leber.«

»Dann dürfen sie wieder hinein«, sagte Johan.

Er vergewisserte sich, dass sich keine anderen Fischereivorrichtungen, Boote oder Untiefen in der Nähe befanden, bevor er in den Leerlauf schaltete und zu Karin ging.

»Na dann.« Er drehte die Reuse über dem Wasser um und schüttelte sie. Die Krebse, die sich an das Netz geklammert hatten, lösten sich und plumpsten zurück ins Meer. Außer drei besonders hartnäckigen Exemplaren.

Johan stülpte die Reuse wieder um und stellte sie auf den Boden.

»Wie bekommen wir die da raus?«, fragte Karin.

»Fass sie an den Scheren an, aber sei vorsichtig. Sie sind schneller, als man denkt, und haben eine irre Kraft.« Johan hielt dem einen Krebs einen Teelöffel hin. Hastig packte der Krebs das blitzende Ding mit der rechten Schere.

»Ui«, sagte Karin. »Jetzt weiß ich, was du meinst.«

Nach langem Gefummel hatte Karin schließlich auch den letzten Krebs gelöst.

»Mach's gut, Kleiner«, rief sie ihm hinterher, als er in der Tiefe verschwand.

»Wir brauchen einen neuen Köder«, sagte Johan. »Die sind in dem Eimer da drüben.« Er zeigte auf eine graue Plastiktonne, die fest am Boot vertäut war. »Makrele und Lippfisch, riecht nicht besonders. Rechts liegen Handschuhe.«

Karin nahm den Deckel ab und musste von dem Gestank husten. Die Handschuhe waren zwar zu groß und ein wenig feucht, aber sie griff trotzdem beherzt nach einem Makrelenkopf, spießte ihn gemäß Johanns Anweisungen auf den Köderhaken und ließ die Reuse wieder zu Wasser.

»Jetzt hängt sie gut«, sagte sie zu Johan.

»Okay, dann kannst du loslassen.« Karin warf die restliche Leine und den Schwimmer mit Johans Namen und Telefonnummer ins Wasser. Ihre Gedanken wanderten wieder zu den Ermittlungen. Folke und Robban arbeiteten und würden anrufen, falls sie ihre Hilfe benötigten. Entspann dich, sagte sie zu sich selbst.

»Wie läuft es?«, rief Johan.

»Gut!«, antwortete Karin und bemühte sich, die Arbeit zu vergessen.

Johan hatte vierzehn Reusen im Wasser, und mit jeder Reuse, die er hochzog, leerte und mit einem neuen Köder bestückte, wurde ihm wärmer ums Herz. Es war Teamwork auf höchstem Niveau, die Seekarte im Blick zu behalten und auf den Wind, die Strömung und die vielen Schwimmer von anderen Leuten zu achten, während der andere zog. Anerkennend sah er Karin zu. Sie bewies wirkliches Interesse und war nicht nur ein Mädel, das sich zu Beginn der Beziehung verstellte, um ihn zu beeindrucken. Beziehung, dachte er und hoffte inständig, dass sich eine solche zwischen ihnen entwickeln würde. Es gab so viele Dinge, die er an ihr mochte. Ihre Art, das Wasser und die Klippen zu betrachten oder schweigend auf einen Schwarm von trompetenden Schwänen zu zeigen. Behutsam hatte sie Gummibänder über die Scheren der drei Hummer gestreift, die sie gefangen hatten.

»Du lenkst das Boot unheimlich gut. Besser als mein Bruder und fast besser als ich selbst.«

»Was du nicht sagst. Nur fast? Warte mal, bist du nicht der Typ, der Rums-in-die-Bude genannt wird?« Karin lachte.

»Ach, komm her.« Johan zog sie an sich. »Mit dir geht es mir so gut«, sagte er.

»Mir geht es genauso«, erwiderte Karin und drückte ihn an sich.

Während sie Marstrandsön umrundeten, ging allmählich die Sonne unter und färbte den blauen Himmel immer rötlicher. Der Lichtkegel vom Leuchtturm Pater Noster strich über den Horizont, als sie sich der nördlichen Hafeneinfahrt von Marstrand näherten.

Zu seinem Erstaunen war es Robban gelungen, Folke von der Idee zu überzeugen, den Kaffee nicht im Pausenraum, sondern in der Sonne zu trinken. Nun saß er um zehn Uhr an einem Montagvormittag neben Folke auf einer Bank vor dem Polizeigebäude und ließ sich genüsslich die Sonne ins Gesicht scheinen, als plötzlich das Klingeln eines Handys das Vogelgezwitscher übertönte.

Robban fummelte das Telefon aus der Tasche.

»Sjölin.«

»Hallo, Robban, Hektor hier. In die Sache ist Bewegung gekommen.«

»In welche Sache?«, fragte Robban.

»Sieh mal«, sagte Folke. »Ein Feldsperling.«

»Entschuldige bitte, Hektor, was hast du gesagt – was ist passiert?«

Robban erhob sich von der Bank und entfernte sich ein Stück.

»Das ist eine gute Frage, die ich nicht ohne weiteres beantworten kann, aber ihr müsst irgendetwas getan haben, das in diesem Internetforum eine Menge Aktivitäten ausgelöst hat.«

»Aktivitäten welcher Art?«

»Eigentlich bin ich der Meinung, dass ihr das selbst lesen und euch ein eigenes Urteil bilden solltet. Ich kann gerne vorbeikommen und den Kram bei dir abgeben, weil ich ihn ungern per E-Mail verschicke.«

»Heißt das, du hast den Code gek…«

Hektor fiel ihm barsch ins Wort.

»Wie gesagt, ich komme persönlich vorbei und gebe alles bei euch ab. Vielleicht können wir dann darüber sprechen.«

»Klar. Wann kannst du kommen?«

»Ich fahre gleich los. In zwanzig Minuten müsste ich bei euch sein.«

Robban gelang es, Folke wieder ins Polizeigebäude zu lotsen, ohne ihm zu verraten, dass Hektor im Anmarsch war. Neunzehn Minuten nach Hektors Anruf kam Robban mit zwei Kaffeebechern wieder heraus. Genau in diesem Moment stellte der Computerspezialist seine Corvette auf dem Behindertenparkplatz ab.

»Setz dich zu mir ins Auto«, sagte Hektor, »dann brauche ich nicht den Rollstuhl aus dem Kofferraum zu wuchten.« Robban nahm auf dem Beifahrersitz Platz und reichte ihm einen Kaffee.

»Danke.« Er nahm einen Schluck. »Ich wollte nicht am Telefon drüber sprechen, und in Anbetracht der Art und Weise, wie ich mir die Informationen beschafft habe, wollte ich sie auch nicht mailen. Ich habe den Code geknackt. Einige Worte in den Beiträgen waren zwar nicht markiert, aber man konnte sie anklicken.«

»Was meinst du damit?«, fragte Robban.

»Wenn du dich bei deiner Bank einloggst, hast du vielleicht die Wahl zwischen verschiedenen Alternativen. Du kannst dich zum Beispiel als Privatkunde anmelden. Nun stell dir vor, du wüsstest nicht, auf welche Stelle du dafür klicken musst. Du müsstest vielleicht auf ›Bausparvertrag‹ klicken, um dich einzuloggen.«

»Du meinst, der Text ›Bausparvertrag‹ wäre markiert?«, fragte Robban.

»Nein, das war ja in diesem Fall gerade das Problem. Ich musste ziemlich lange herumprobieren, bis ich herausgefunden habe, dass man einige Wörter anklicken konnte.«

»Wie bist du darauf gekommen?«, fragte Robban beeindruckt.

Hektor trank noch einen Schluck Kaffee.

»Das ist eine lange Geschichte. Guck mal.« Hektor griff nach hinten und reichte Robban einen Stapel Papier.

»Hier ist die Diskussion zwischen Esus und anderen Personen. Sie hatten eine eigene Ebene, ein eigenes Forum.

Anscheinend ging es um eine Art Reinigungsritual, aber es passt zu dem, was du mir über Rollenspiele und den ganzen Kram erzählt hast. Bis ihr das alles durchgegangen seid, habe ich euch einen leichteren Zugang verschafft. Danke für den Kaffee.«

Mit den beiden Kaffeebechern und einem Stapel Papier in den Händen stieg Robban gebückt aus dem Auto.

»Hat diese Ziffern- und Buchstabenkombination, die dir bekannt vorkam, etwas ergeben?«, fragte er.

Hektor ließ per Knopfdruck die Scheibe herunter, und Robban schloss die Beifahrertür.

»So weit bin ich noch nicht. Im Moment lasse ich mein Unterbewusstsein für mich arbeiten.« Er tippte sich an die Stirn.

»Eine Sache noch«, sagte Robban. »Auf welches Wort musste man klicken, um sich einzuloggen?«

»Dreimal darfst du raten.« Hektor grinste. Robban überlegte.

»Seelenschrein?« Er dachte an das, was Karin ihm über die Opferquelle im Sankt-Eriks-Park erzählt hatte.

»Schicksalsfaden.« Hektor ließ den Motor an. »Ich melde mich.«

»Schicksalsfaden«, murmelte Robban auf dem Weg zurück zum Schreibtisch. In der Teeküche stellte er die Kaffeebecher in die Spüle und zögerte einen Augenblick, bevor er mit dem Stapel Papier zu Folke ging.

»Schicksalsfäden und Schicksalsgöttinnen. Urd, Skuld und Verdandi und der Teufel und seine Großmutter«, sagte er, als könnte er seine Gedanken auf diese Weise in die richtige Bahn lenken.

Er hielt inne und blätterte zurück.

»Du, Folke, irgendetwas ist da im Gange. Ich glaube, wir haben die aufgeschreckt.«

»Wir haben die aufgeschreckt? Wie denn das?«

»Weiß ich auch nicht genau.« Robban berichtete von Hektors Besuch und zeigte Folke den Papierstapel. Was, wenn Hektor bei seinen Recherchen nun doch Spuren hinterlassen hatte?

Robban las laut vor:

»›Mittels eines reinigenden Übergangsrituals im Feuer werden die bindenden Versprechen an die Vergangenheit gekappt und die Seelen wieder an ihren Platz in der Unterwelt verwiesen.‹ Von wem ist hier die Rede?«

»Könnte das nicht eine ganz allgemeine Überlegung sein?«, schlug Folke vor.

»Das glaube ich kaum. Nicht, wenn das gesamte Rollenspiel über diese Internetseite organisiert wird. Die fühlen sich hier sicher und denken, niemand könnte ihre Konversation lesen. Was, wenn sie von Marianne sprechen? Vielleicht bereiten sie ihren Übergang vor?«

Karin saß bereits im Büro von Margareta Rylander-Lilja im Rechtsmedizinischen Institut, als diese den Raum betrat. Sie war eine aparte Dame um die fünfzig oder vielleicht fünfundfünfzig. Karin kannte sie vor allem in der Schutzkleidung, die sie im Obduktionssaal trug, nun aber erschien sie in einer elfenbeinfarbenen Wickelbluse und passender Hose. Lächelnd streifte Margareta ein schweres Goldarmband über, legte einen Hefter auf den Tisch und setzte sich Karin gegenüber. Ein diskreter, angenehmer Duft breitete sich im Raum aus.

»Möchtest du eine Tasse Tee oder vielleicht einen Kaffee?«, fragte Margareta.

»Ich nehme gerne Tee.« Karin wusste, dass Margareta überhaupt keinen Kaffee trank, aber über ein beeindruckendes Teesortiment verfügte.

Margareta verschwand nebenan. Wenige Minuten später kehrte sie mit zwei Bechern heißem Wasser zurück.

»Der hier ist neu.« Margareta hielt eine Tüte losen Tee hoch. »Wirkt angeblich beruhigend und harmonisierend. Was meinst du?«

»Klingt nicht verkehrt.«

Geschickt befüllte Margareta zwei Teeeier und stellte Karin den einen Becher hin. Daneben platzierte sie ein Tellerchen mit vier italienischen Mandelkeksen.

»Dann wollen wir mal sehen.« Margareta loggte sich in ihren Computer ein und sah Karin an. »Eigentlich habe ich alles im Kopf, aber ich will sichergehen, dass ich die Namen nicht durcheinanderbringe.« Sie nahm einen Schluck Tee, klickte mit der Maus und wandte sich erneut Karin zu.

»Nimm dir noch eins von den Biscotti. Eigentlich sind sie steinhart, aber ich weiche sie immer ein bisschen ein. Italiener würden wahrscheinlich in Tränen ausbrechen, aber meine Zähne werden es mir vermutlich danken.«

Karin stippte ein Biscotti in ihren Tee.

»Da die Frau aus dem Rosenlund noch nicht der erweiterten Untersuchung unterzogen wurde, werde ich auf sie nicht eingehen. Wir versuchen, sie mittels der zahnärztlichen Patientenkartei zu identifizieren, aber du weißt ja selbst, wie lange so etwas dauert, und es könnte ja auch sein, dass sie nie bei einem Zahnarzt war – was weiß ich? Da sie keine einzige Füllung hatte, ist das nicht ausgeschlossen.«

Margareta legte den gelben Hefter zur Seite und blickte wieder auf den Bildschirm.

»Wir beginnen mit dem Kopf, den ihr auf Marstrandsön gefunden habt. Dank eines Zahnarztes aus Trollhättan konnten wir die Identität der Frau beziehungsweise des Kopfes feststellen. Sie heißt Elisabet Mohed. Nachdem ihr die beiden Fälle aus Marstrand und Trollhättan in Verbindung gebracht hattet, wurden Abdrücke an einige

Zahnärzte dort und in Vänersborg geschickt. Ein Schuss ins Blaue, aber es hat sich gelohnt. Die Polizei in Trollhättan hatte ja leider nicht die Möglichkeit, weil ihr bisher ein Kopf fehlte.«

Margareta streckte die Hand nach dem Blatt aus, das aus dem Drucker hinter ihr geschoben wurde. Sie legte es auf den Schreibtisch und drehte es so, dass Karin den Text lesen konnte.

Elisabet Mohed. Karin überflog die Personenkennzahl und las die Meldeadresse der Frau.

»Trollhättan«, sagte Karin. »Bist du schon dazu gekommen ...«

»Ich habe erwartet, dass du danach fragst. Ja, bin ich. Der Kopf passt zu den Körperteilen auf dem Richtrad am Fluss.« Margareta klickte mit der Maus. »Die Polizei in Trollhättan freut sich bestimmt, dass sie es jetzt mit einer vollständigen Leiche zu tun hat, deren Identität zweifelsfrei feststeht. Das Gespräch mit den Kollegen dort überlasse ich dir.«

Karin nickte. Sie freute sich auf den Anruf bei Anders Bielke. Die Polizei in Trollhättan würde ihnen viele Türen öffnen und bei den Gesprächen mit Nachbarn und Kollegen behilflich sein.

»Aber wieso platziert man einen Kopf an einem ganz anderen Ort und außerdem viel später?«, fragte Karin nachdenklich.

»Das ist eine berechtigte Frage. Zum Glück brauche ich mir darüber nicht den Kopf zu zerbrechen.« Lächelnd fuhr Margareta fort. »Am interessantesten ist allerdings der zweite Fund. Wir haben das Ergebnis der DNS-Analysen, und die haben ergeben, dass die beiden Frauen verwandt sind. Nachdem ich mir die Sache mehrfach angesehen habe, wage ich zu behaupten, dass sie Schwestern sind.«

»Schwestern?«, fragte Karin.

»Wir kennen zwar nicht den Namen der Frau am Opferstein, aber wir wissen nun, dass sie die Schwester von Elisabet Mohed ist. Nun müssen wir nur noch überprüfen, wie viele Schwestern sie hat.«

»Und die Frau, die im Rosenlund aufgefunden wurde?«

»Du meinst, falls sie auch zur Familie gehört? Ich habe die Proben bereits eingeschickt und melde mich, sobald ich Genaueres weiß.«

»Danke, Margareta, du bist super.«

Karin ging die Treppen hinunter und durch die automatischen Türen. Die kalte Luft machte sie munter. Auf dem Weg zum Parkplatz dachte sie laut nach.

»Die eine Schwester wird ermordet, zerstückelt und in Trollhättan ohne Kopf auf ein Richtrad gespießt. Der Kopf taucht an dem Tag auf Marstrandsön wieder auf, als ihre Schwester hingerichtet oben beim Opferstein aufgefunden wird. Elisabet Mohed. Schwestern. Trollhättan – Marstrand.«

Karin setzte sich ins Auto und wählte Anders Bielkes Nummer. Beim zweiten Klingeln ging er ran.

»Hallo, Anders, hier ist Karin Adler. Jetzt wirst du staunen. Die Frau, deren Kopf wir im Garten von Frau Wilson und deren Leicheteile auf deinem Richtrad am Fluss gefunden haben, heißt Elisabet Mohed und ist in Trollhättan gemeldet. Jetzt hast du eine vollständige Leiche. Die Identität der Frau am Opferstein in Marstrand haben wir noch nicht festgestellt, aber laut DNS ist sie die Schwester von Elisabet Mohed.«

»Was? Sie sind Schwestern?«

»Ja. Ich komme gerade von der Gerichtsmedizinerin.«

Karin lauschte dem Schweigen am anderen Ende der Leitung, bis Anders die Sprache wiederfand und sie fragte, ob sie ihn zu den Angehörigen der Frauen begleiten könne. Während sie ihm eine Zusage gab, ließ sie bereits den Motor an und warf einen Blick auf die Tankanzeige. Bis Trollhättan würde das Benzin noch reichen.

# 15

## Gut Nygård, Vargön, Herbst 2008

»Es ist schön hier.«

Marianne saß entspannt in einem der Korbstühle vor der Orangerie und blickte auf den Hunneberg, der neben dem alten Gut aufragte. Kristian schenkte ihr Kaffee ein.

»Frierst du?«, fragte er.

Bevor sie antworten konnte, war Kristian aufgestanden, ins Haus gegangen und mit einer karierten Wolldecke zurückgekommen, die er ihr über die Beine legte.

»Eigentlich wollte ich nein sagen. Trotzdem danke.«

»Ich habe gesehen, dass dir kalt ist. Du ziehst dann die Schultern hoch.«

»Wirklich? Vielleicht hast du recht.« Marianne stellte ihre Kaffeetasse auf den Tisch, erhob sich und wickelte sich die Decke um die Schultern. Dann setzte sie sich wieder hin.

»Wie geht es ihm? Was glaubst du?« Ihr Blick ruhte auf der glatten Wasseroberfläche des Teiches, auf dem zwei Entenpaare umherschwammen.

»Weiß ich nicht. Ich würde gern sagen: besser, aber ehrlich gesagt habe ich keine Ahnung. Es ist ein gutes Zeichen, dass er immer noch so viel schläft. Schlaf ist eine wunderbare Medizin.« Kristian legte ihr eine Hand auf die Schulter. »Und du, Marianne? Wie geht es dir?«

»Ich versuche, mich nur auf den nächsten Schritt zu konzentrieren und Asko nicht zu viele Fragen zu stellen.

Normalerweise plädiere ich vehement dafür, dass alles ans Licht kommt, aber in Askos Fall bin ich mir nicht so sicher.«

»Du hast meine Frage nicht beantwortet. Wie geht es dir?«

»Das erscheint mir nicht so wichtig. Ich mache mir vor allem Sorgen um Asko, so habe ich ihn noch nie gesehen. Hat er mit dir über seine Kindheit gesprochen, als ihr klein wart?«

»Ein bisschen, aber mir ist erst jetzt klargeworden, wie schlimm das ist.«

Seit Ainas Tod waren drei Monate vergangen. Kristian hatte Asko in Absprache mit Marianne vorgeschlagen, eine Zeitlang auf Nygård zu bleiben. Der Tapetenwechsel würde beiden guttun, und Asko hatte es dort immer gefallen.

»Eine Patientin von mir ist in Therapie, um ein schwieriges Kindheitserlebnis zu verarbeiten, das darauf beruht, dass die Eltern sich getrennt haben und Mutter und Tochter von Vater und Sohn weggezogen sind.«

Marianne sah ihn an.

»Das kommt mir bekannt vor.«

»Ich habe mir gedacht, dass du das sagen würdest, aber diesmal geht es nicht um mich. Ich mache mir Gedanken über die Sache mit der Therapie. Ich glaube nicht, dass sie etwas nützt. Es scheint eher so, als würde der Therapeut die Patientin in ihrem Trauma gefangen halten.«

»Das kann sein.« Marianne nickte.

»In eine andere Rolle zu schlüpfen ist eine hervorragende Möglichkeit, um mit seinem Inneren in Kontakt zu treten. Man muss sich mit der fremden Person identifizieren. Sich hingeben. Vielleicht sollte ich meiner

*Patientin das vorschlagen? Rollenspiel zu therapeuti-
schen Zwecken?« Kristian lachte.*

»Das wäre durchaus denkbar, aber um eine Empfehlung abzugeben, bin ich mit der Materie nicht vertraut
genug.«

»Allerdings ist es wahrscheinlich nicht ganz in Ordnung, wenn sich ein Arzt in seiner Freizeit mit Liverol-
lenspielen beschäftigt. Asko und ich haben uns in unserer Jugend oft verkleidet. Sowohl hier bei meinem Vater
auf dem Gut als auch in Marstrand. Die Orte sind dafür
schließlich wie geschaffen. Ich glaube, es ist gut, wenn
man der Wirklichkeit etwas Märchenhaftes verleiht.
Das bringt einen auf andere Gedanken. In einer anderen
Rolle erlaubst du dir auch, anders zu denken.«

»Und vielleicht lernt man beim Rollenspiel wenigstens Frauen kennen …«

»Womit wir wieder beim Thema wären.« Er hatte
plötzlich einen verkniffenen Zug um den Mund.

Marianne lächelte.

»Du musst lernen, Leute an dich heranzulassen.
Ihnen überhaupt eine Chance zu geben. Es ist ja nicht
so, dass es an Gelegenheiten oder interessierten Frauen
gemangelt hätte.«

Er zuckte die Achseln.

»Glaubst du, es hätte Asko geholfen, ihnen zu
begegnen?«, fragte er plötzlich.

»Wem? Seiner Mutter und seinen Schwestern?«

»Ja.«

»Darüber habe ich viel nachgedacht, und normalerweise hätte ich es für eine gute Idee gehalten, aber
nicht in Askos Fall. Du siehst ja, in welchem Zustand
er ist.«

»Ich habe sie getroffen. Hjördis Hedlund. Eine bös-
artige Alte, die behauptet, sich an nichts zu erinnern.«

»Wie bitte? Du kennst sie? Was führst du im Schilde, Kristian? Und wie bist du überhaupt an sie rangekommen?«

»Reiner Zufall.«

»Zufall? Das glaube ich kaum.« Marianne hatte die Stirn in tiefe Falten gelegt, saß nun ganz vorne auf der Kante ihres Korbstuhls und kümmerte sich nicht darum, dass ihr die Wolldecke von den Schultern geglitten war. »Kristian. Das ist jetzt wichtig. Du darfst ihn auf keinen Fall mit so etwas konfrontieren.« Sie sprach langsam und sah ihm dabei in die Augen.

»Glaubst du denn nicht …«, begann Kristian.

»Nein«, fiel ihm Marianne ins Wort. »Asko ist in einem furchtbaren Zustand, und ich mache mir wirklich Sorgen um ihn. Wir dürfen seine mentale Gesundheit unter keinen Umständen aufs Spiel setzen.«

»Natürlich nicht.« Er setzte sich noch gerader hin. »Er ist schließlich mein bester Freund. Fast so etwas wie ein Bruder.«

»Wo ist sie?«, fragte Marianne.

»Im Altenheim Björndalsgården. Ich wurde mit der Bezirkskrankenschwester gerufen und habe wirklich erst kapiert, dass es sich um Askos Mutter handelte, als ich das Haus wiedererkannte. Unten im Keller habe ich ein Gefühl erlebt, dass ich kaum beschreiben kann. Es war der Horror, Marianne.«

»Hast du mit ihr gesprochen? Hast du ihr gesagt, dass du Asko kennst?«

»Ich habe gesagt, dass ich von ihrem Sohn weiß …«

»Und was hat sie erwidert?«

»Sie hat es geleugnet und forderte mich auf zu gehen.«

»Du hörst es ja selbst. Eine Begegnung mit ihr ist das Letzte, was Asko nach all dem gebrauchen kann.

*Ich werde dafür sorgen, dass er sich sicher fühlt. Ehrlich gesagt, weiß ich nicht, wozu ich fähig wäre, wenn ich sie in die Finger bekäme.«*

*Sie stand so hastig auf, dass der Korbstuhl umfiel, und entfernte sich mit schnellen Schritten.*

Es war fünf Minuten vor zwei an einem Montagnachmittag, und Tomas und Sara saßen im Büro der Krankenversicherung in Kungälv.

»Möchtest du, dass ich dich begleite?«, hatte Tomas am Abend zuvor gefragt. Sara kam sich lächerlich vor, weil der Termin sie so beunruhigte, aber dann rief sie sich ins Gedächtnis, wie es beim letzten Mal gelaufen war und wie mies sie sich danach gefühlt hatte. Angesichts dieser Erinnerung hatte sie zu Tomas gesagt, sie würde sich freuen, wenn er mitkäme. Nun warteten sie auf die Sachbearbeiterin. Tomas nahm ihre Hand.

»Das wird schon«, sagte er. Sie hoffte, er hätte recht, machte sich aber keine große Hoffnung mehr, sondern spürte nur, wie sich die Nervosität in ihrem Körper ausbreitete und ihr Puls von Minute zu Minute stieg.

Weiteratmen, dachte sie. Tiefe, lange Atemzüge. Sie atmete durch die Nase ein und durch den Mund wieder aus. Tomas drückte ihre Hand, während die Tür mit Hilfe eines Codes geöffnet wurde und Maria eintrat, die Frau mit dem roten Bürstenschnitt. Obwohl außer Sara und Tomas nur drei andere Personen anwesend waren, stellte sie sich aus Gewohnheit mitten in den Raum und brüllte:

»Sara von Langer.«

Tomas hatte zunächst mit offenem Mund dagesessen, als traute er seinen Ohren nicht. Dann wurde er rasend vor Wut.

»Ist dir klar, dass du jemanden vor dir hast, den seine hohen Ansprüche an sich selbst krank gemacht haben?«, fragte er herausfordernd. Maria holte tief Luft, aber Tomas ließ sie nicht zu Wort kommen.

»Weißt du eigentlich, dass drei Berater die Aufgaben von Sara übernommen haben? Drei!«

»Das mag sein, aber ...«

»Sie ist ja nicht freiwillig zu Hause geblieben, weil es ihr dort so gut gefällt. Das ist dir hoffentlich klar.«

»Es war Saras Entscheidung, zu Hause zu bleiben.«

»Nein, sie hat sich nicht freiwillig dafür entschieden. Pass auf, was du sagst.«

»Ich muss mich in jedem Fall vergewissern, ob hier eine korrekte Einschätzung vorliegt.«

»Mein Gott, wenn ihr das hier als korrekt bezeichnet, wage ich mir nicht einmal auszumalen, was eurer Ansicht nach *nicht* korrekt wäre. Du hast mit Menschen zu tun. Menschen, die hier sitzen, weil sie hart gearbeitet haben und im Moment nicht mehr können.«

»Nun ist es so, dass es unserer Ansicht nach nicht gut ist, immer nur krankgeschrieben zu sein und zu Hause zu bleiben.«

»Es dürfte nur wenige Menschen geben, die tatsächlich zu Hause herumhängen *wollen*. Und was hat das mit meiner Frau zu tun? Sie hat zu hart gearbeitet und braucht jetzt die Möglichkeit, in aller Ruhe wieder einzusteigen. Hast du gesehen, was ihre Betriebsärztin geschrieben hat?«

Tomas las aus dem Gutachten vor, das er aus Saras Ordner gefischt hatte. »›Die Patientin hat schon einmal an einer schweren Depression gelitten. Sie weist eindeutig die Tendenz auf, sich zu viel vorzunehmen und keine Grenzen zu setzen. Es ist von äußerster Wichtigkeit, dass sie in einem geeigneten und der Gesundheit förderlichen

327

Tempo wieder anfängt.‹ Wie interpretierst du diese Äußerung?«

Maria wandte sich an Sara.

»Sara, du arbeitest nun wieder fünfzig Prozent, und das ist gut, aber wir würden es lieber sehen, wenn du versuchst, etwas länger zu arbeiten. Da du ja nun wieder drin bist, bringst du es vielleicht bis Monatsende auf die volle Arbeitszeit.«

»Das ist unrealistisch. Das geht nicht«, antwortete Sara mit dünner Stimme. »Ich muss es vorsichtig angehen. Ein zweites Mal stehe ich das nicht durch.«

»Man schafft oft viel mehr, als man glaubt. Was erscheint dir denn so belastend, dass du dich nicht auf fünfundsiebzig oder hundert Prozent steigern kannst?«

»Die Frage kann ich nicht beantworten. Ich weiß es nicht, aber ich habe das Gefühl, dass fünfzig Prozent im Moment meine absolute Obergrenze sind.«

»Aber was ist denn so anstrengend?«, bohrte Maria weiter. »Sind es die Aufgaben, die Kollegen oder der Arbeitsplatz an sich?«

Sara überlegte, was sie darauf erwidern sollte.

»Der Arbeitsplatz ist es nicht. Ich bin diejenige, die zurzeit nicht hundertprozentig funktioniert. Ich scheine mittlerweile gegen Stress allergisch zu sein. Wenn ich im Fahrstuhl stehe und eine nervöse Person kommt herein und telefoniert hektisch mit dem Handy, nehme ich den Stress dieser Person in mich auf und werde selbst unruhig, obwohl ich eigentlich gar nicht betroffen bin. Oder wenn die Kassiererin im Supermarkt eine lange Schlange von ungeduldigen Kunden vor sich hat. So etwas verkrafte ich nicht, es ist, als hätte mein Körper keinen Ruhemodus mehr.«

»Hast du darüber nachgedacht, dir einen anderen Job zu suchen?«

»Natürlich habe ich darüber nachgedacht, aber andererseits fühle ich mich da wohl, wo ich bin, und meine Kollegen stärken mir den Rücken.«

»Manchmal ist der Arbeitsplatz selbst das Problem.«

»Da Sara jedoch gerade erzählt hat, dass sie ganz unabhängig von der Umgebung gestresst reagiert, glaube ich eigentlich nicht, dass ihre Probleme mit dem Arbeitsplatz an sich zusammenhängen. Ich glaube, dass sie einfach langsam wieder einsteigen muss«, meldete Tomas sich zu Wort.

»Ich finde es angenehm, dass meine Kollegen wissen, was passiert ist. Sie geben mir Rückhalt und sind verständnisvoll«, sagte Sara.

»Verständnis könnte es ja auch an einem anderen Arbeitsplatz geben. Welche Art von Tätigkeit kannst du dir denn vorstellen?«

»Wie soll ich eine neue Stelle bekommen, wenn ich gleich frage, ob ich mit fünfundzwanzig oder fünfzig Prozent anfangen kann?«

»Einen Versuch wäre es wert.«

Tomas beugte sich nach vorn. Sara merkte, dass er sich bemühte, nicht die Beherrschung zu verlieren.

»Ich habe im Auftrag meiner Firma eine ganze Reihe von Menschen eingestellt und muss ehrlicherweise gestehen, dass ich noch nie jemandem mit Burn-out-Syndrom eine Stelle gegeben habe. Mir hat der Mut gefehlt. Schließlich besteht die Gefahr, dass es der betreffenden Person wieder schlechter geht. So schön der Gedanke auch ist, dass Menschen ehrlich von ihrer Krankheit berichten, glaube ich nicht, dass Sara einen Job bekommt, wenn sie beim Vorstellungsgespräch fragt, ob sie mit fünfundzwanzig Prozent anfangen kann. Außerdem bin ich der Meinung, dass das Unternehmen, das ihre Erkrankung verschuldet hat, ihr auch beim Wiedereinstieg behilflich sein sollte. Das ist deren verdammte Pflicht und Schuldigkeit.«

Maria klappte den Ordner mit Saras Unterlagen zu und nahm die Brille ab, die daraufhin an einer roten Plastikkette vor ihrer Brust baumelte.

»Meiner Ansicht nach hast du zwei Möglichkeiten, Sara. Entweder suchst du dir eine andere Stelle, oder du steigerst dich an deinem jetzigen Arbeitsplatz in einem angemessenen Zeitrahmen auf einhundert Prozent. Andernfalls werden wir deine Situation wohl untersuchen müssen. Das würde für den Anfang ein Gespräch mit dem Versicherungsarzt bedeuten.«

»Meine Güte«, sagte Tomas. »Hörst du Sara denn nicht zu? Du weißt doch, was der Betriebsarzt in seinem Gutachten geschrieben hat.«

»Unser Versicherungsarzt würde Saras Zustand möglicherweise anders beurteilen. Ich bin der Meinung, dass Sara länger arbeiten kann.«

Sara bekam kaum noch Luft.

»Ich glaube nicht, dass du dir vorstellen kannst, wie verletzlich man sich nach einer solchen Sache fühlt«, sagte sie. »Du siehst gar nicht, wie sehr ich mich bemühe, wieder auf die Beine zu kommen. Ich habe mich gerade etwas berappelt, aber anstatt mich zu unterstützen, stellst du mir noch ein Bein.«


Hinterher versank Sara mit geschlossenen Augen im Autositz. Sie war vollkommen am Ende, aber für heute hatte sie es wenigstens überstanden.

»Wie geht es dir?«, fragte Tomas und strich ihr über die Wange.

Sara fühlte sich wie zerschlagen und konnte die Tränen nicht mehr zurückhalten.

»So geht das nicht weiter. Was für ein Drachen.« Kopfschüttelnd bremste er vor dem Kreisverkehr in Ytterby. Trotz der doppelten durchgezogenen Linie zog ein silberner Mercedes an ihnen vorüber. Die entgegenkommenden Autos hupten aufgebracht.

»Ein armes Schwein, das total unter Druck steht«, sagte Sara.

»So ein Idiot. Das hätte übel ausgehen können.«

»Mal im Ernst, Tomas. Was soll ich tun? Wenn wir das Geld nicht bräuchten, könnte mich die Versicherung kreuzweise. Aber der Kredit für das Haus, die Kinderklamotten, Essen und Benzin müssen ja auch bezahlt werden. Diese Termine sind so grauenhaft.«

»So kann es allerdings auf keinen Fall weitergehen. Ich bin froh, dass ich mitgekommen bin, weil ich jetzt weiß, was du meinst. Ich sehe zwar die Nachrichten und lese Zeitung, aber dass es da wirklich so zugeht, hätte ich mir in meinen wildesten Phantasien nicht ausmalen können. Ich will nicht, dass du dich zwingst, deine Arbeitszeit zu erhöhen, wenn du dafür noch nicht bereit bist. Zu Hause werden wir unsere Finanzen durchgehen und überlegen, ob es nicht noch eine andere Lösung gibt.«

Tomas verstummte, strich ihr über die Wange und wischte ihre Tränen weg.

»Wir könnten das Boot verkaufen«, sagte er schließlich.

Sara blickte auf.

»Du liebst doch das Boot.«

»Dich liebe ich mehr.«


Carsten überquerte gerade die Älvsborgsbron, als sein Handy klingelte. Er steckte sich das Headset in die Ohren und ging ran.

»Carsten Heed.«

Der Mann am anderen Ende zögerte, aber nur einen Moment.

»Hier ist Harald Bodin vom Stadtmuseum. Könntest du vielleicht herkommen?«

»Ich bin in der Nähe und könnte in zehn Minuten bei euch sein.« Carsten bog rechts ab, anstatt geradeaus weiter nach Torslanda zu fahren. Er gab Helene Bescheid, dass er auf dem Heimweg noch einen Termin hatte und sich vielleicht verspäten würde. Dann stellte er den Wagen vor dem Stadtmuseum ab. Hier stand nur noch ein anderes Auto. Ein alter roter Volvo 240.

»Danke.« Harald Bodin nahm Carsten mit in sein Zimmer. »Dass du gekommen bist, meine ich.« Er schien nervös. »Ich hätte das wohl besser sofort erzählen sollen, aber es handelt sich um eine heikle Angelegenheit, und ich bin mir auch nicht sicher, ob es etwas mit der Sache zu tun hat. Schließlich war letztendlich das Museum Bohuslän für das Schwert zuständig, als es verschwand. Aber das, was du mir am Freitag erzählt hast, dass das Schwert als Mordwaffe benutzt worden sein könnte, hat mich nachdenklich gemacht.«

Carsten nickte wortlos. Schweigen war manchmal die beste Art, den anderen zum Reden zu bringen.

»Was Börje gesagt hat, stimmt: Wir zeigen die Waffen nicht in den Führungen. Aber ausgerechnet das Henkersschwert war Teil einer Führung. Einer privaten Führung am Abend.«

»Einer Privatführung?«, fragte Carsten.

»Früher gab es hier zwei Sammlungsdirektoren. Rebecka und mich. Rebecka ist ungeheuer gebildet und weiß doppelt so viel wie ich, obwohl sie erst halb so alt ist. Wir konnten unheimlich gut zusammenarbeiten. Als Sammlungsdirektor hat man schließlich eine große Verantwortung, weil man die Gegenstände für kommende Generationen aufbewahrt und das Wissen und das kulturelle Erbe weiterträgt. Rebecka hat sich jedoch noch andere Gedanken gemacht, zum Beispiel über unsere Verantwortung gegenüber der Wissenschaft im Allgemeinen. Sie hat sich intensiv mit Psychometrie auseinandergesetzt – sagt dir der Begriff etwas?«

Carsten schüttelte den Kopf. »Das könnte daran liegen, dass ich Däne bin«, lächelte er. Harald schien sich ein wenig entspannt zu haben. »Was ist denn das, Psychometrie?«

»Die umstrittene Lehre vom Gedächtnis der Dinge.«

Carsten beugte sich nach vorn. Die Sache klang interessant, auch wenn er keinen Zusammenhang mit dem Einbruch im Stadtmuseum erkennen konnte, der im Übrigen so gut wie aufgeklärt zu sein schien.

»Das musst du mir erklären.«

»Falls Dinge ein Gedächtnis haben, falls Dinge uns erzählen könnten, was sie miterlebt haben – kannst du dir vorstellen, wie großartig das wäre?«

»Ob ich mir das vorstellen kann?«, fragte Carsten lächelnd. »Ich als Polizist? Darauf kannst du dich verlassen. Das wäre wie Weihnachten und Ostern an einem Tag.«

Harald nickte.

»Es wird diskutiert, inwieweit die Dinge ein Gedächtnis haben, ob der Gegenstand selbst der Träger ist oder ob es vom Betrachter abhängt. Vielleicht braucht er eine besondere Fähigkeit, um die Information aufzunehmen, die ihm das Ding vermitteln will. Ansonsten wäre es ja so, als würde man ein Buch lesen. Man könnte den Gegenstand seine Geschichte selbst erzählen lassen. Rebecka hat Experimente zu dem Thema durchgeführt, und während eines dieser Versuche kamen in einem unserer Schauräume mehrere Gegenstände zur Anwendung. Das Henkersschwert war auch dabei. Wir dürfen die Gegenstände ja nicht mit bloßen Händen berühren, sondern müssen Handschuhe tragen, aber um die Geschichte eines Gegenstands wahrzunehmen, muss man ihn betasten und festhalten. Sonst bekommt man keinen Kontakt zu ihm. An diesem Abend hatte Rebecka einige Leute eingeladen, die sich für Psychometrie interessieren.«

»Was ist passiert?«

»Eine der Teilnehmerinnen bekam Kontakt und reagierte äußerst aufgewühlt. Geradezu geschockt. Sie erlebte so etwas wohl zum ersten Mal. Zum Teil schockierte sie die Geschichte des Gegenstands, aber auch ihre eigene Fähigkeit, glaube ich.«

»Mit welchem Gegenstand war sie in Kontakt?«

»Mit einem Messgewand aus dem fünfzehnten Jahrhundert und mit besagtem Henkersschwert. Es waren noch ein paar Dinge dabei, aber die riefen nicht so eine heftige Reaktion hervor wie das Schwert.«

»Weißt du, wie sie heißt?«

»Marianne Ekstedt. Rebeckas Mutter.«

Carsten zog eine Augenbraue hoch.

»Zu wie vielen wart ihr?«

»Mit mir sechs.«

»Wer waren die anderen?«

»Die Namen weiß ich nicht, jedenfalls nicht alle. Aber die Sache kam raus, und Rebecka musste hier aufhören.«

»Sie wurde entlassen?«

»Nein, von der Kommune Göteborg bekommt man keine Kündigung. Man wird versetzt.«

»Wie könnte das deiner Ansicht nach mit dem Raub des Henkersschwertes zusammenhängen? Hat Rebecka etwas damit zu tun?«, fragte Carsten.

»Niemals. Ich weiß auch nicht, ob die Sache überhaupt etwas mit dem Schwert zu tun hat, aber als ich von dir erfuhr, dass es als Mordwaffe gedient haben könnte, wollte ich euch keine Informationen vorenthalten. Rebecka hat mich geschützt, indem sie gegenüber der Museumsleitung nie erwähnt hat, dass ich bei der Sitzung ebenfalls anwesend war. Sonst hätten wir beide hier aufhören müssen.«

Carsten nickte.

»Ich bräuchte die Namen der anderen Teilnehmer, soweit sie dir bekannt sind. Vielleicht muss ich auch mit Rebecka sprechen. Wo arbeitet sie jetzt?«

»Sie ist Lehrerin an der Fiskebäcksskolan in Västra Frölunda«, sagte Harald.

Carsten dachte nach.

Das kam ihm bekannt vor. Plötzlich fiel es ihm wieder ein. Die Schulklasse, die im Opferhain die Leiche gefunden hatte.


## Gut Nygård, Vargön, Frühling 2009

*Als Kristian sich an diesem Freitag von Disa Hedlund verabschiedete und nach Hause fuhr, hatte er miese Laune. Dass sie Askos Existenz hartnäckig leugnete, betrachtete er als Ausdruck reiner Bosheit. Er hatte fast das Gefühl, sie greifen zu können. Sogar die Rosen im Beet vor ihrem Reihenhaus erweckten den Eindruck, als hielten sie absichtlich Abstand von der Hauswand und wollten ihre Wurzeln aus der Erde ziehen und sich aus dem Staub machen.*

*Marianne war die ganze Woche damit beschäftigt gewesen, ein Fest zur Tagundnachtgleiche im geistigen Zentrum vorzubereiten. In einem schwachen Moment hatte Kristian ihr angeboten, es auf Nygård zu veranstalten, und in den vergangenen Tagen hatte sich der Ort verändert. Autos waren von dort verbannt worden und mussten einen Kilometer vom Gebäude entfernt parken. Aus allen Himmelsrichtungen strömten Menschen in Verkleidung – manche kamen angeritten, manche mit*

Pferd und Wagen, und einige kamen zu Fuß. Die Zu-
fahrtsstraße war von Fackeln gesäumt. Kristian schaltete
die Scheinwerfer aus, stellte sein Auto neben dem Haus
ab und ging los.

In diesem Moment fiel ihm ein, dass er kein Kostüm besaß – als was hätte er sich verkleiden können?
Er öffnete die alte Eingangstür und schlich sich durch
den Keller ins Haus. Marianne nahm oben gerade die
Gäste in Empfang, und er wollte ungern die Stimmung kaputtmachen, indem er dort unverkleidet auftauchte. Ein Geräusch im dunklen Keller ließ ihn
herumfahren. Auf einem Hocker in der alten Küche saß
Asko.

»Ich wollte dich nicht erschrecken«, sagte er zu
Kristian. »Aber ich weiß nicht, wo ich sonst hin soll.
Du müsstest die da oben mal sehen. Wenn man be-
denkt, wie wir früher immer über die Insel gerannt
sind, würden wir zwar ganz gut dazupassen, aber ich
weiß nicht ... Ich ziehe ernsthaft in Erwägung, hier
unten zu bleiben. Außerdem besitze ich lediglich eine
Mönchskutte, und in der bin ich irgendwie nicht ich
selbst.«

»Ich habe das gleiche Problem«, sagte Kristian. In
diesem Moment fiel ihm ein, dass sie vor vielen Jahren
beabsichtigt hatten, den Dachboden auszumisten, aber
nie dazu gekommen waren.

»Der Dachboden. Dort könnte etwas sein. Alte Kla-
motten und vielleicht Hüte. Was hältst du davon?«

»Wie ich Torsten kenne, gibt es da oben alles, was
man sich vorstellen kann. ›Zweihundert Jahre alter
Krempel‹, hat er das nicht immer gesagt?« Kristian nickte. Sein Vater hatte die Angewohnheit gehabt, so gut wie
alles für die Nachwelt aufzubewahren.

Oben auf dem Dachboden klappte Asko schon den dritten Überseekoffer auf und durchwühlte seinen Inhalt. Frauenkleidung. Ausgeschlossen, selbst wenn sie ihm von der Größe hätte passen können. Er warf einen Blick auf die Uhr. Höchste Zeit, hinunterzugehen. Plötzlich kam er auf die Lösung. In einem Kleiderschrank hingen die Talare und Pfeifenkragen, die Torsten so wichtig gewesen waren.

»Ja, die können wir nehmen.« Kristian strahlte. »Ich hole uns zwei Bier, und dann gehen wir zum Umziehen in die Bibliothek, dort ist es wärmer.«

Asko erinnerte sich daran, wie er sich als kleiner Junge vor den Kleidungsstücken und ihrem ehemaligen Besitzer hatte verbeugen müssen. Nicht auszudenken, wenn Torsten jetzt hätte sehen können, wie sie sich damit kostümierten.

»Ich möchte dir etwas zeigen.« Kristian trat ans Bücherregal. Er musste einen Augenblick suchen. Dann schloss er die Glastür einer Vitrine auf und holte vorsichtig ein Buch heraus. »Ein Exemplar des Malleus Maleficarum aus dem Jahre 1669.«

»Der Hexenhammer?«, fragte Asko beeindruckt. »Welche Rolle hat die Familie Bagge noch mal in den Marstrander Hexenprozessen gespielt?«

Kristian schlug das Buch auf und zeigte auf die verschnörkelten Buchstaben. »Mit Anmerkungen meines Ahnherrn Fredrik Bagge.« Kristian stand mit dem Buch in der Hand in dem alten Priestergewand da. »So kommt man sich fast vor wie er, ich meine, wie Fredrik Bagge.«

»Bewahrst du das Buch etwa hier auf?«, fragte Asko. »Bist du wahnsinnig, Kristian? Es muss so wertvoll sein, dass es in einen Tresor gehört.«

»Mein Vater hatte es immer hier. Manchmal hat

er hineingeguckt. Es gefällt mir, dass es hier im Regal steht, und außerdem weiß niemand, dass ich es besitze.«

»Wurde nicht eine Verwandte von Fredrik Bagge der Hexerei bezichtigt?«

»Doch«, sagte Kristian. »Seine Mutter. Aber Fredrik konnte ihren Freispruch erwirken.«

»Was sich da alles abgespielt hat, war ja vollkommen verrückt.«

»Irgendwann zeige ich dir Fredrik Bagges Aufzeichnungen über die Hexenprozesse. Es ist schauerlich, eine Beschreibung von jemandem zu lesen, der selbst dabei war.«

Plötzlich sagte Asko: »Entweder bilde ich mir das ein, oder es riecht hier nach Pfeifenrauch.« Schnellen Schrittes verließ er die Bibliothek und ging zum Kapitänssalon. Der Rauch war deutlich wahrnehmbar, aber es war niemand dort.

»Mein Vater hat den Rauch immer gerochen, und ich rieche ihn auch, vor allem in den vergangenen Jahren.«

Asko nickte und dachte an Kristians Vater Torsten, der vor seinem Tod zunehmend verwirrt gewesen war. Er hatte Dinge gesehen und sich im Kapitänssalon mit jemandem unterhalten, obwohl er allein dagestanden hatte. Aber den Rauch hatte Asko an diesem Abend zum ersten Mal gerochen. Wohl war ihm nicht dabei.


Anders stellte den Wagen vor dem Björndalsgården ab. Das hohe Gebäude bestand aus blassgelben Ziegeln. Ein kränkliches Gelb, dachte Karin und knöpfte sich die Jacke zu. Anders zeigte auf ein Gebiet mit niedrigen Reihenhäusern, das sich neben dem Björndalsgården ausdehnte.

Sie waren in kräftigeren Farben gestrichen und wirkten munterer.

»In den Reihenhäusern wohnen diejenigen, die noch alleine zurechtkommen. Falls nötig, steht ihnen trotzdem rund um die Uhr Pflegepersonal zur Verfügung. Hjördis Hedlund, die Mutter der beiden Opfer, wohnt hier. Elisabet Mohed ist die älteste von drei Töchtern, verwitwet, keine Kinder. Außer ihrer Mutter haben wir keine Angehörigen gefunden.«

Ein neu angelegtes Beet ließ keinen Zweifel daran, dass der Herbst im Anmarsch war. Bäume und Büsche versprühten ein kleines Farbfeuerwerk, das von knalligem Gelb bis zu dunklem Weinrot reichte. Sie betraten das Gebäude durch die Automatiktüren am Haupteingang und gingen direkt zum Pförtner.

»Anders Bielke, guten Tag. Ich suche Britt Barsk. Wir möchten Hjördis Hedlund besuchen, aber man hat mich gebeten, nach Britt Barsk zu fragen«, sagte er zu der Frau, die erschienen war, nachdem sie geklingelt hatten.

»Ah ja. Einen Augenblick.« Die Frau schob die Glasscheibe wieder zu. Karin bemerkte, dass sie Anders einen besorgten Blick zuwarf, bevor sie wieder verschwand.

Fünf Minuten später erschien eine kräftig gebaute Krankenschwester. Nicht nur ihre Uniform hatte die gleiche blassgelbe Farbe wie das Gebäude, sondern auch ihre Zähne und Fingerkuppen.

»Britt Barsk.« Sie reichte ihnen eine starke, aber feuchte Hand, die nach Desinfektionsmittel roch. Die Frau wirkte barsch. Wie der Name schon sagt, dachte Karin.

»Anders Bielke, ich habe angerufen. Das hier ist meine Kollegin Karin Adler von der Kripo Göteborg.«

Als Britt hörte, woher Karin kam, runzelte sie die Stirn.

»Göteborg, tatsächlich«, sagte sie von oben herab in einem so breiten Trollhättandialekt, dass Anders' Aus-

sprache sich dagegen wie neutrales Reichsschwedisch aus-
nahm.

»Wir möchten mit Hjördis Hedlund sprechen.«

»Du meinst: über sie«, sagte Britt.

»Über?«, fragte Karin.

»Sie ist tot. Weilt nicht mehr unter uns.« Sie standen
immer noch vor der Pförtnerloge. Die Frau machte keine
Anstalten, sie in einen Raum zu bitten. Offenbar wollte sie
das Ganze möglichst schnell hinter sich bringen.

»Wann ist das passiert?«, fragte Karin.

»Ich gucke gerade nach. Am zehnten September.« Britt
sah Karin nicht an, während sie das sagte.

Karin stutzte. Zehnter September, zwei Tage, nachdem
die Frau am Opferstein aufgefunden worden war.

»Was ist passiert?«, fragte Anders in ausgeprägtem
Dialekt. Karin nahm an, dass er die Frau damit für sich
einnehmen wollte. Als ob das etwas nützen würde, dachte
sie, beschloss aber trotzdem, den Mund zu halten.

»Passiert? Sie war alt. Das werden wir alle.«

»Wohnte sie in einem der Reihenhäuser oder hier im
Hauptgebäude?«, wollte Anders wissen.

Die Frau schnaubte nur.

»Die Mädels haben nichts von sich hören lassen, obwohl ich eine Menge Nachrichten auf den Anrufbeantworter gesprochen habe.«

»Mädels? Hatte sie Töchter?«, fragte Anders.

»Drei Stück. Aber sie waren nie hier.«

»Was ist mit der Leiche von Frau Hedlund?«

»Eingeäschert. Die Asche wurde vom Pflegepersonal
im Friedwald verstreut.«

Das ging aber schnell, dachte Karin. Die Leiche einzuä-
schern, obwohl man die Angehörigen noch nicht erreicht
hat. Sie war ja erst vor kurzem gestorben.

»Besteht die Möglichkeit, ihre Wohnung zu sehen?«,

fragte Karin. Britt starrte sie zunächst an und brachte dann mit einem lauten Seufzen zum Ausdruck, was für eine Zumutung das war.

»Ich weiß zwar nicht, wozu das gut sein soll, aber ich kann gern den Schlüssel holen.«

Karin zuckte die Achseln.

»Wo wir gerade hier sind«, sagte sie zu Anders und fügte im Flüsterton hinzu: »Wie charmant.«

»Nichts gegen die Leute aus Trollhättan«, erwiderte Anders leise. Karin grinste und musste an Folke denken, der an dem Dialekt der Frau sicher seine Freude gehabt hätte.

Hjördis Hedlund hatte in Nummer 13b gewohnt. Sie wollten gerade das Hauptgebäude verlassen, als die Luke aufging und Britt ans Telefon gerufen wurde. Nach winzigem Zögern gab sie den Schlüssel an Anders weiter und zeigte auf eine der Häuserreihen.

»Wir sind also gekommen, um die Mutter vom Tod ihrer Töchter zu unterrichten, und müssen feststellen, dass sie selbst verstorben ist?«, murmelte Karin nachdenklich.

»Sieht ganz so aus. Wenn ich ehrlich sein soll, bin ich ziemlich erleichtert. Ich habe mir schon den Kopf darüber zerbrochen, wie ich mich ausdrücken soll, aber es gibt keine schonende Art und Weise, jemandem mitzuteilen, dass ein Angehöriger ermordet worden ist. Und eine detaillierte Beschreibung des Tathergangs wäre in diesem Fall ein Alptraum gewesen.«

»Ist das nicht ein merkwürdiges Zusammentreffen?«, fragte Karin, während Anders Haus 13b aufschloss.

Auf dem Briefkasten stand mit weißen Plastikbuchstaben »Hedlund«. Der dritte Buchstabe war verrutscht und hing nun ein Stück unterhalb der anderen. Niemand hatte sich die Mühe gemacht, ihn wieder hochzuschieben.

Wahrscheinlich lag das daran, dass hier bald mit neuen Plastikbuchstaben ein anderer Name stehen würde.

»Was?«, fragte Anders gedankenverloren.

»Die ganze Familie.«

Obwohl im Flur ein Schrubber und ein Staubsauger standen, roch es muffig. Nach Einsamkeit und Krankheit, dachte Karin und betrachtete die knallgelbe Ajaxflasche neben dem Putzeimer. Plötzlich überkam sie ein schlechtes Gewissen. Ihre Großmutter Anna-Lisa hatte sie auch schon lange nicht mehr besucht. Sie gab sich selbst das Versprechen, es bald zu tun.

Das Haus war ausgeräumt. Nur die Möbel standen noch da. Vielleicht wurden sie mitvermietet. Die Jalousien waren heruntergezogen. Im Wohnzimmer standen drei Umzugskartons an der Wand. Karin öffnete einen davon. Nippes und Tischläufer. Sie machte ihn wieder zu und öffnete den nächsten. Ganz oben lag ein Fotoalbum. Karin schlug es auf, griff zerstreut nach dem Zettel, der herausfiel, und betrachtete die ersten Bilder. Eine ältere und drei jüngere Frauen. Wahrscheinlich ihre Töchter. Dann erstarrte sie. Eine der Frauen erkannte sie von den Fotos im Rechtsmedizinischen Institut wieder. Das musste die Frau sein, deren Kopf man im Garten von Frau Wilson gefunden hatte. Sie wollte gerade Anders davon erzählen, als ein Mann nahezu lautlos zur Tür hereinkam und sich umsah. Dann machte er plötzlich das Licht im Flur aus.

»Hallo«, sprach Karin ihn an. Er hatte kurze Haare und war fast so breit wie hoch.

»Bist du eine von den Töchtern?«, fragte der Mann. Nervös sah er sich um und wartete ihre Antwort nicht ab. »Ich bin Hjördis' Nachbar. Wir haben an dem Tag Karten gespielt.«

»Wann war das?«, fragte Karin.

»Als sie ... starb«, antwortete der Mann.

»Was hatte sie denn?«

»Nichts. Es ging ihr gut. Die behaupten, sie habe sich verletzt und all das, weil sie oft hingefallen wäre, aber das ist nicht wahr.«

»Was hatte sie denn für eine Verletzung?«, fragte Karin. »Eine schwere?«

»Ja, schließlich ist sie gestorben. Sie sah aus, als hätte sie Kopfstand gemacht. Sie war umgefallen und hatte sich die Nase gebrochen, aber ich weiß, dass sie Besuch hatte. Ich weiß, dass jemand hier war.«

»Ein Nasenbruch?« Karin lief ein Schauer über den Rücken, während sie auf die Antwort des Mannes wartete. Sie wollte gerade fragen, von wem Hjördis Besuch gehabt hatte, als plötzlich Britt in der Tür stand. Sie wirkte zunächst erstaunt und dann verärgert, als sie den Mann im Halbschatten entdeckte. Geübt betätigte sie den Lichtschalter mit dem Ellbogen und setzte ein angestrengtes Lächeln auf.

»Mensch, Gunnar, hast du dich schon wieder verlaufen?«

»Habe ich das?«, fragte der Mann verwirrt. »Stimmt, das ist ja gar nicht mein Sessel.« Er zeigte auf das Sofa.

»Komm mit mir, dann sehen wir weiter.« Barsch packte Britt den Mann am Arm. Karin bemerkte, wie er sich unruhig nach ihr umsah, als hätte er noch etwas mitteilen wollen.

»Gunnar«, sagte Britt kopfschüttelnd, nachdem sie den Mann zum Nachbarhaus begleitet hatte. »Er wird von Tag zu Tag verwirrter. Ich bin gespannt, wie lange er noch hier wohnen kann.« Sie räusperte sich. »Tja, das sind Hjördis' Sachen.« Sie zeigte auf die Umzugskisten. In Karins Augen hatte der Mann überhaupt keinen verwirrten Eindruck gemacht, bevor Britt aufgetaucht war.

»Sind das die Töchter?«, fragte Karin und zeigte auf ein Foto in dem Album. Britt schien Einspruch dagegen erheben zu wollen, dass Karin in den Kartons gewühlt hatte, ließ die Sache aber auf sich beruhen und musterte stattdessen das Bild.

»Ja, das ist eine von ihnen.« Sie zeigte auf die Frau, deren Kopf im Garten von Frau Wilson gefunden worden war.

Britt riss ihr das Album mehr oder weniger aus den Händen. Dann blätterte sie erst eine und dann noch eine Seite um und hielt Karin das Album hin.

»Da«, zeigte sie. »Das sind die beiden anderen.«

Karin beugte sich nach vorn. Die Frau aus dem Kerzenkreis im Rosenlund lächelte sie an. Dunkles Haar hing ihr über die Schulter. Ihre Augen glänzten.

Anders hatte ein Team von Kriminaltechnikern beauftragt, Hjördis' Haus gründlich zu untersuchen, und andere Kollegen gebeten, Britt Barsk zum Verhör abzuholen. Britt hätte genauso gut bei Anders im Auto mitfahren können, aber offenbar wollte er sie durch das formelle Vorgehen und ein Verhör im Polizeigebäude gefügiger machen, dachte sich Karin. Er war zwar die ganze Zeit über freundlich zu ihr, signalisierte ihr jedoch mit dem Polizeiwagen, wie ernst die Sache war.

Zudem war er nicht untätig gewesen, während Karin und Britt das Album betrachteten, sondern hatte mit Gunnar gesprochen, dem alten Mann, der alles andere als verwirrt war.

»Da der Notruf nicht funktionierte, musste er selbst Hilfe holen«, sagte Anders. »Und da waren noch ein paar Dinge. Zum Beispiel trug sie Straßenschuhe und ihren Mantel. Hoffentlich sind seine Aussagen zuverlässig, aber auf mich hat er vollkommen klar im Kopf gewirkt.«

344

»Das hoffe ich auch«, sagte Karin. »Und dass Britt Barsk den Mund aufmacht.«

»Ich werde wohl meinen Charme einsetzen müssen.« Anders verabschiedete sich mit einem warmen Händedruck. »Sobald ich mehr weiß, rufe ich dich an.«

Als Karin sich ins Auto setzte, rechts auf die Europastraße 45 abbog und zurück nach Göteborg fuhr, war sie zwar nicht ausgelassen vor Freude, aber immerhin voller Zuversicht.

Schon seit einer guten Stunde saß Anders jetzt mit Britt Barsk zusammen. Er war überzeugt, dass die Frau nicht alles gesagt hatte, was sie wusste, wollte sie jedoch nicht unter Druck setzen. Drohungen würden bei ihr nicht ziehen. Er setzte auf Liebenswürdigkeit. Warmherzig sprach er über die Gegend rings um Trollhättan und erzählte, warum er nach Beendigung seiner Ausbildung zurückgekehrt war, obwohl man ihm eine Stelle bei der Stockholmer Polizei angeboten hatte.

Britt hörte zu. Anders redete darüber, dass man den Schwachen und den Außenseitern in der Gesellschaft helfen musste, weil er glaubte, Britt könnte vielleicht Berührungspunkte zwischen seinem und dem Beruf erkennen, für den sie sich entschieden hatte. Als er freundlich fragte, ob sie noch einen Kaffee wolle, fing sie an zu erzählen.

»Es war am Abend, weißt du«, begann sie leise.

Anders atmete geräuschlos aus und legte sich im Kopf zurecht, wie er das Gespräch in die gewünschte Richtung lenken wollte. Die Frau, die ihm gegenübersaß, war weder dumm noch leicht um den Finger zu wickeln.

»Am Abend des zehnten September?«, fragte Anders.

Britt nickte.

»Sie war nicht in ihrem Zimmer, und der Mantel hing auch nicht da.«

»Sie kann ja einen Spaziergang gemacht haben und zum Kartenspielen zu Gunnar hinübergegangen sein.«

»Gunnar.« Britt rümpfte die Nase.

O je, dachte Anders und schlug einen anderen Pfad ein, der Hjördis' kartenspielenden Nachbarn nicht mit einbezog.«

»Mir ist positiv aufgefallen, dass die alten Leute bei euch viel rauskommen.«

»Stimmt, aber Hjördis hatte nie Lust mitzukommen.«

»Ihr habt euch also gewundert, als der Mantel weg war?«, fragte Anders.

»Wir fingen an zu suchen. Erst in der Nähe und dann auf der anderen Straßenseite.«

Britt streckte die Hand aus, als befände sie sich vor Ort und nicht in einem Raum im Polizeipräsidium. Anders versuchte, sich zu erinnern, wie es auf dem Björndalsgården aussah. Wenn ihn nicht alles täuschte, befand sich auf der anderen Seite der Straße vor dem Pflegeheim ein Wald.

»Auf der anderen Seite ist ein Waldweg«, kam es nun von Britt. »Eine von unseren Aushilfskräften ist da hochgegangen. Er hat Hjördis zwischen ein paar Steinen auf einer Wiese gefunden.«

»Zwischen ein paar Steinen auf einer Wiese?«

»So ein alter Steinkreis, ich habe vergessen, wie die heißen.«

»Ein Domarring?«, fragte Anders nachdenklich. »Meinst du einen Domar- beziehungsweise Richterring?«

»Sie lag mit dem Gesicht nach unten mitten in diesem Kreis. Als ich dazukam, hatten die anderen sie bereits umgedreht.«

»War sie tot?«

»Mausetot. Und schmutzig im Gesicht. Weil es schon dunkel war, haben wir eine Weile gebraucht, bis wir begriffen haben, dass sie nicht nur Dreck, sondern auch Blut im Gesicht hatte und dass sie verletzt war.«

»Was heißt verletzt? War sie ausgerutscht?«

Britt war anzumerken, dass sie überlegte, wie viel sie preisgeben sollte.

»War sie geschlagen worden?«, fragte Anders in dem Versuch, sie aus ihren Überlegungen zu reißen.

»Die Nase«, sagte Britt. »Die Nase war weg.«

Anders wollte gerade noch eine Frage stellen, als Britt fortfuhr.

»Bis dahin hatten wir geglaubt, dass sie sich die Verletzung möglicherweise selbst zugezogen hatte, aber als wir sie in ihrer Wohnung hatten, fiel uns auf, dass sie etwas im Mund hatte.

»Im Mund?«, fragte Anders verwundert.

»Stoff.«

»Was? Sie hatte Stoff im Mund?«

»Ja. Sie hatte lange Stoffstreifen verschluckt und war vermutlich an ihnen erstickt. Dir ist doch klar, was mit diesem Heim passiert, wenn das herauskommt. Dann können wir dichtmachen. Die Leute wären ihre Jobs los, und die Alten, wo sollten die hin?«

»Und dir ist nie der Gedanke gekommen, dass da ernsthaft etwas faul sein könnte, dass möglicherweise ein Verbrechen begangen worden war?«

»Darüber habe ich nicht nachgedacht.« Britt knetete ihre Fingerknöchel. Gar nicht mehr so störrisch, dachte Anders.

Sie fuhr fort: »Ich habe mir eher überlegt, was zu tun war. Der Tod musste festgestellt werden und so weiter. Zum Glück hatten wir an diesem Abend einen Arzt im Haus.«

»Einen Arzt? Zum Glück? Und was hat er gesagt? Fand er, dass die Sache nach einem natürlichen Tod aus dem

Bilderbuch aussah? Mein Gott!« Anders war aufgebracht. Welcher Arzt bestätigte einen natürlichen Tod, fuhr anschließend nach Hause und konnte nachts gut schlafen?

»Da er zu den Eigentümern des Heims gehört, war der Fall besonders heikel.«

»Das glaube ich gern«, sagte Anders. »Schlecht fürs Geschäft. Es ist also keiner von euch auf die Idee gekommen, die Polizei zu kontaktieren, damit der Sache auf den Grund gegangen wird?«

Britt starrte die Tischplatte an und schien sich zu schämen.

»Natürlich ist mir der Gedanke gekommen, aber ...«, murmelte sie fast tonlos. Komm mir nicht mit einer müden Entschuldigung, dachte Anders. Er sah sie streng an.

»Aber was?«, fragte er knapp. »Du hattest es vor, aber dann kam etwas dazwischen? Und wie heißt überhaupt dieser sogenannte Arzt?« Er legte absichtlich ein hohes Tempo an den Tag, damit die Frau nicht zum Nachdenken kam.

»Musst du wirklich ...?« Britt blickte erschrocken auf.

»Ja, ich muss.«

»Er wird sofort wissen, dass ich nicht dichtgehalten habe.«

»Und das ist deiner Ansicht nach das größte Problem? Ist dir der Ernst nicht bewusst?«

»So meine ich das nicht ...« Britt war in sich zusammengesackt. Von der barschen Krankenschwester, die so forsch den Raum betreten hatte, war nichts mehr übrig. Anders packte die Gelegenheit beim Schopf.

»Sag mir jetzt den Namen, Britt!«


Karin warf einen Blick auf ihr Handy, weil sie wissen wollte, wie spät es war, und bemerkte, dass sie drei weitere Anrufe verpasst hatte. Irgendetwas konnte mit ihrem Telefon nicht stimmen. Sie hörte die Mailbox ab. Margareta hatte eine Nachricht hinterlassen und bat um Rückruf. Sie ging nach dem vierten Klingeln ans Telefon und wirkte beschäftigt.

»Ist es gerade ungünstig?«, fragte Karin.

»Einen Augenblick«, sagte Margareta. Karin hörte sie im Hintergrund jemandem lateinische Fachbegriffe zuraunen und offenbar Instruktionen erteilen.

»Karin, prima. Die Frau aus dem Rosenlund.« Margareta raschelte mit Papier und tippte etwas auf der Tastatur. »Ich muss mich nur schnell einloggen, der Computer fährt immer nach einigen Minuten runter ... so. Die Frau starb am Mittwoch zwischen 13 und 15 Uhr einen Tod durch Ertrinken, wurde aber erst gute zwei Tage später gefunden. Wir haben Wasser in den Lungen entdeckt. Salzwasser. Habe ich dir schon von den Abdrücken an ihrem Körper erzählt?«

»Abdrücke?«, fragte Karin. »Ich glaube nicht. Dafür habe ich Neuigkeiten für dich – sie war die Schwester der beiden anderen Opfer.«

»Sieh mal an«, sagte Margareta. »Die drei waren Schwestern? Ich wollte dir erzählen, dass sie zwei verschiedene Arten von Abdrücken hatte. Der eine Typ an Handgelenken und Fußknöcheln stammte von Fesseln. Zum Todeszeitpunkt war sie mit Sicherheit gefesselt.«

»Sie war also gefesselt, als sie ertrank?«, fragte Karin.

»Das wage ich zu behaupten. Über Kreuz gefesselt.«

»Über Kreuz? Was meinst du damit?«

»Das linke Handgelenk war mit dem rechten Fußknöchel verbunden und umgekehrt. Erinnert dich das an etwas Bestimmtes?« In Margaretas Stimme hatte sich ein hintersinniger Ton eingeschlichen. Anscheinend war sie auf eine Idee gekommen und überlegte nun, ob Karin die gleiche Schlussfolgerung gezogen hatte. Karin dachte nach.

»Du hast gesagt, es gebe zwei verschiedene Arten von Abdrücken. Wie sahen die anderen aus?«

»Sie stammen von dem Haken im Bootshaus. Ich habe eine Weile gebraucht, um darauf zu kommen. Zuerst konnte ich überhaupt nicht begreifen, woher diese kleinen Ringe auf ihrem ganzen Körper, vor allem auf dem Rücken, stammen. Bis mir Jerker auf die Sprünge geholfen hat. Nachdem wir Salzwasser in ihren Lungen entdeckt hatten, zogen wir in Erwägung, dass sie mit einem Gegenstand aus dem Bootshaus getötet worden war. Das war eine reine Vermutung, aber von da an suchten wir dort nach der Tatwaffe. Und tatsächlich. Es stellte sich heraus, dass es der Bootshaken war.«

»Sie war also gefesselt und hatte Wunden am Körper, die vom Bootshaken stammten«, sagte Karin.

»Das ist richtig. Und die Hände und Füße waren über Kreuz miteinander verbunden.«

Karin versuchte, sich die Körperhaltung nicht auszumalen.

»Wie interpretierst du das?«, fragte sie leise.

»Eine Wasserprobe. Ich glaube, dass sie gezwungen wurde, die Wasserprobe zu machen. Genauso hat man das früher mit den Hexen gemacht.«

# 16

Irgendwie fiel es ihr jetzt leichter, zur Arbeit zu gehen. Ihr kleines Projekt zu Hause gab ihr Kraft. Sie konnte sich daran festhalten und erfreuen.

Sara öffnete die E-Mail von ihrem Chef Torbjörn. »Hallo, wie bereits in unserem Abteilungsmeeting letzte Woche erwähnt, möchte ich ein kurzes Treffen mit allen in der Gruppe veranstalten, wenn die Verhandlungen abgeschlossen sind. Da es nun so weit ist, möchte ich mit jedem von euch heute oder morgen ein Einzelgespräch führen. Mit freundlichen Grüßen, Torbjörn.«

Sara war beim Abteilungsmeeting in der vergangenen Woche nicht dabei gewesen, aber dass sich Torbjörn extra vom Firmensitz in Nacka hierherbequemte, konnte nur eines bedeuten. In der Gruppe standen Veränderungen bevor, was wiederum eine hübsche Umschreibung für Entlassungen war. Da Sara schon am zweitlängsten festangestellt war, machte sie sich allerdings keine wirklichen Sorgen.

Kaum hatte sie die E-Mail durchgelesen, stand Torbjörn an ihrem Schreibtisch.

»Wie läuft es denn so? Bist du gut wieder reingekommen?«

Sara überlegte, was er mit der Frage wohl meinte.

»Doch«, sagte sie so neutral wie möglich. »Langsam, aber sicher. Es geht in die richtige Richtung.«

»Das ist schön«, erwiderte Torbjörn ohne größere Begeisterung.

Sara spürte, dass sie auch sofort zum Punkt kommen konnte.

»Ich habe deine E-Mail bekommen. Wenn es dir passt,

würde ich das Gespräch jetzt gern sofort führen. Danach muss ich die Kinder vom Kindergarten abholen.«

»Klar. Sollen wir uns in ein Konferenzzimmer setzen?«

Sara wusste einen Raum, der meistens leer war.

»Wie du weißt, läuft das Unternehmen seit einiger Zeit nicht gut. Allein in diesem Jahr haben die Eigentümer dreihundert Millionen zugeschossen.«

»Ja«, antwortete Sara in das Klingeln von Torbjörns Handy.

»Entschuldige«, murmelte er und ging ran. Es war typisch, dass Torbjörn das Gespräch in so einer Situation entgegennahm, anstatt die Leute einfach auf die Mailbox sprechen zu lassen. Sara fragte sich, ob er genauso unverschämt gewesen wäre, wenn der Geschäftsführer vor ihm gesessen hätte. Wohl kaum.

»Entschuldige«, wiederholte er, nachdem er aufgelegt hatte. »Tja, wir müssen also den Gürtel enger schnallen.«

Sara nickte, obwohl sie eigentlich viel lieber den Kopf geschüttelt hätte. Wie sie solche Ausdrücke verabscheute. Sie wirkten so verschämt. Torbjörn räusperte sich.

»Äh ... nun ja, du gehörst leider zu denjenigen, von denen wir uns trennen müssen.« Er sah sie gequält an.

Sara saß schweigend da und wusste nicht, was sie darauf erwidern sollte. Sie kannte die nackte Realität. Wenn man seinen Posten nicht voll ausfüllte, hatte man wenig Chancen. Dass sie einst mit Leib und Seele hier gearbeitet hatte, wurde mit keinem Wort erwähnt. Sie überlegte, nach welchen Spielregeln diese Dinge abliefen. Durfte man jemanden einfach entlassen, wenn er krankgeschrieben war? Der Betriebsrat hatte von jedem einen Lebenslauf angefordert, aber sie hatte nicht damit gerechnet, jemals auf seine Hilfe angewiesen zu sein. Sie hatte nie beunruhigende Signale wahrgenommen und war in einer Gruppe von acht Personen am zweitlängsten dabei. Doch was hätte sie eigentlich getan, falls sie auf der anderen Seite gestanden hätte? Wenn sie ganz ehrlich war? Sie blickte auf das Blatt Papier, das ihr Vorgesetzter ihr rüberschob.

»Ich bräuchte deine Unterschrift.« Sara beugte sich vor und versuchte, die winzigen Buchstaben zu entziffern.

»Das bedeutet nur, dass du die Kündigung erhalten hast.«

»Vollkommen egal, ich unterschreibe nichts, bevor ich es nicht gelesen habe.« Sara verstand kein Wort von dem, was da stand. Ihre Gedanken rasten. Sie blickte auf. »Das ist doch Wahnsinn. Ich bin gerade dabei, mich wieder ein-zuarbeiten. Wie lange bin ich jetzt schon wieder hier? Seit vier Wochen?«

»Ich gebe zu, dass die Sache unglücklich gelaufen ist. Äußerst bedauerlich. Wir werden versuchen, aus deiner verbleibenden Zeit das Beste zu machen.«

»Es wäre mir lieber, wenn du mich für den Rest der Zeit freistellen könntest.«

»Drei Monate? Nein, darauf kann ich nicht eingehen.«

»Mal ganz im Ernst: Nach vier Wochen kann man wirklich noch nicht von Wissensvermittlung sprechen. Da musst du mir zustimmen.«

»Und was würden die anderen Mitarbeiter davon hal-ten?«

»Wie viele sind denn zusammengeklappt und so lange weg gewesen wie ich? Für mich persönlich wäre es viel sinnvoller, wenn ich diese drei Monate nutzen könnte, um mir eine neue Stelle zu suchen.«

»Nun, du bist ja krankgeschrieben. Dann müssen wir das mit der Krankenversicherung und deinem Arzt klären. Ich kann dich nicht einfach freistellen.«

Die Krankenversicherung, dachte Sara. Das sind genau die Richtigen.

»Ich wüsste nicht, was die Krankenversicherung damit zu tun hat, wenn du mich von der Arbeit freistellst. Das ist doch eine Sache zwischen uns beiden.«

»Ich würde eher sagen, dass mehrere Akteure in den Fall involviert sind. Du, ich, der Arzt, die Personalabteilung und die Krankenversicherung. Am besten sprichst du mal mit den Vertrauensleuten. Die könnten die vielen unterschiedlichen Interessen unter einen Hut bringen.«

»Ich habe den Eindruck, dass du von uns beiden sprichst.« Sara bemühte sich, diplomatisch vorzugehen und nicht wütend zu werden. »Sollen deiner Ansicht nach die Vertrauensleute entscheiden, ob du mich freistellen kannst oder nicht?«

Nach zwei Tagen fand man endlich eine Lösung, an der auch der Personalchef beteiligt war. Sara durfte zu Hause bleiben, musste aber telefonisch oder per E-Mail erreichbar sein. Mit Freude nahm sie das Handbuch über das interne Projektmanagementsystem entgegen, das sie auf den neuesten Stand bringen sollte. Sie bat ihren Chef, zu konkretisieren, was er sich darunter vorstellte, steckte das Handbuch deshalb in einen internen Versandumschlag und adressierte ihn an den Hauptsitz in Nacka. Sie rechnete nicht mit einer Antwort. Wahrscheinlich würde sie das Handbuch nie wieder zu Gesicht bekommen. Sie steckte ihren Laptop ein und zog sich die Jacke an.

Tomas nahm Saras Kündigung gelassen auf. »Das wird schon«, sagte er. »Das war sowieso nicht der richtige Job für dich. Wir müssen uns etwas anderes überlegen. Und nun kannst du für alles offen sein.« In solchen Momenten liebte sie ihn besonders und wusste wieder ganz genau, warum sie ihn geheiratet hatte. Außerdem sagte er nicht »du«, sondern »wir«: »Wir müssen uns etwas überlegen.« Er und sie gehörten zusammen, sie stand nicht alleine da.

Er hatte die Kinder vom Kindergarten abgeholt und mit ihnen zusammen Pfannkuchen gebacken. Sara durfte sich an den gedeckten Tisch setzen und sich bedienen lassen. An diesem Abend redeten sie lange miteinander.

Drei Monate Kündigungsfrist, dachte Sara am nächsten Morgen beim Frühstück. Es war ihr erster Tag zu Hause. Die Kinder waren im Kindergarten, und draußen herrschte kaltes, aber sonniges Herbstwetter. Sie stieg in ihre gut eingelaufenen Wanderstiefel, zog eine Jacke über und ging nach draußen. Beim Spazierengehen konnte sie meistens gut nachdenken.

Sie war weiterhin festangestellt und bezog das volle Gehalt, musste aber nicht an ihrem Arbeitsplatz erscheinen. Wenn man mir während der Kündigungsfrist nicht so viele Aufträge erteilt, komme ich mit meinem Projekt voran. Was sollen die dagegen tun? Mich noch einmal entlassen?

Dann kam sie auf die Idee, dass sie sich ja auch gesundschreiben lassen konnte. Sie würde der Krankenversicherung mitteilen, dass sie nun wieder Vollzeit arbeiten könne. Zumindest auf dem Papier, und alles andere schien denen ohnehin egal zu sein.

Als sie wieder zu Hause war, setzte sie sich an den Computer. Sorgfältig las sie alle Informationen auf der Website der Krankenversicherung durch. Dann griff sie zum Hörer und erklärte dem Kundendienst, sie wolle nun kein Geld mehr. Auf die Frage, ob sie mit ihrer Sachbearbeiterin verbunden werden wolle, erwiderte sie, das sei nicht notwendig.

»Du darfst ihr gerne ausrichten, dass sie mich auch überhaupt nicht anzurufen braucht.«

Nachdem sie aufgelegt hatte, dachte sie, sie hätte die Sache vielleicht zuerst mit Tomas besprechen sollen, aber dafür war es nun zu spät.

Das wird schon wieder, dachte Sara. Sie schlug den Stel-

lenmarkt der *Göteborgs-Posten* auf und studierte die An-
noncen. Dann legte sie die Zeitung wieder weg. Was will ich
machen, überlegte sie. Was will ich tief im Innern wirklich?
Sie ging hinüber ins Arbeitszimmer und betrachtete das
Whiteboard und ihre Notizen auf der grünen Glasscheibe.

Das Telefon klingelte.

»Wie steht's?«, fragte Lycke.

»Ganz okay«, antwortete Sara. »Obwohl man mich
entlassen hat. Aufgrund von Arbeitsmangel gekündigt,
und nun weiß ich nicht, was passiert.«

»Das tut mir aber leid – oder wie geht es dir damit?«

»Es kommt wie gerufen. Ich mache mir zwar Sorgen
wegen unserer Finanzen, aber wenn ich ehrlich sein soll,
habe ich das Gefühl, dass ich diese Stelle erst hinter mir
lassen muss, bevor ich weiterkomme. Da ich nun mit vollem Gehalt zu Hause bin, habe ich der Krankenversicherung erklärt, dass ich nun wieder hundert Prozent arbeiten
kann, und da waren die auch sehr zufrieden. Ich möchte
nie wieder so ein Krankengeldformular von denen in den
Händen halten.«

»Apropos Geld, genau deswegen rufe ich an. Mein
Chef war so beeindruckt von deiner Führung, dass er dich
für deine Arbeit gern entlohnen würde.«

»Ist das wahr?«

»Klar. Wie viel sollen wir veranschlagen? Ich habe ja
selbst gesehen, dass du viel Zeit in die Vorbereitung in-
vestiert hast.«

»Ich weiß gar nicht, was ich sagen soll.«

»Dann mache ich dir einen Vorschlag. Viertausend
Kronen, allerdings vor Abzug von Steuern.«

»Bist du verrückt geworden? Viertausend?«

»Es ist ein bisschen knifflig, dass du keine Firma hast,
an die wir das Geld überweisen können, aber ich werde
schon eine Lösung finden. Allerdings haben vielleicht

noch mehr Leute Interesse an einer Führung – willst du dich nicht selbständig machen?«

»Selbständig? Ich?«, erwiderte Sara. »Ich weiß nicht.«

»Denk doch mal darüber nach.« Lycke legte auf.


## Gut Nygård, Vargön, Frühling 2009

*An diesem Abend traten zwei Pfarrer auf die Freitreppe von Gut Nygård. Schwarz angezogen und in steifen Lederstiefeln und gestärkten Pfeifenkragen, die lange darauf gewartet hatten, wieder benutzt zu werden.*

*Diese Stiefel hatten etwas. Kristian war ein anderer, wenn seine Füße darin steckten. Jemand, der Macht hatte. Plötzlich verstand er besser, was Marianne gemeint hatte, als sie über den Strom der Zeit und das Gedächtnis der Dinge gesprochen hatte. Seine Kleidung schien buchstäblich mit ihm zu sprechen, schien ihm zu erklären, wie er sich verhalten sollte und wie sich sein Vorgänger verhalten hatte. Alle seine Sinne waren geschärft, wenn er der Vergangenheit lauschte. Irgendetwas war geschehen, eine Kraft durchströmte ihn, eine Stärke und ein Scharfsinn, die er so noch nie erlebt hatte. Auf dem Maskenball traf er zum ersten Mal auf Menschen, die voll in ihrem »anderen Ich« aufgingen, sich verkleideten und andere Seiten ihrer Persönlichkeit auslebten. Rollenspieler.*

*Marianne fühlte sich auf Nygård wie zu Hause und hieß die Gäste des Frühlingsfestes willkommen, als gehörte das Gut ihr. Und es hätte ihr auch gehören können, ihnen beiden. Kristian versuchte, den Gedanken abzuschütteln, aber er schien ihm nun immer öfter zu kommen. Er war froh, dass er sich entschlossen hatte, dabei zu sein. Er tanzte und nahm an den rituellen*

*Übungen teil. Marianne sah ihm erst verwundert, dann beeindruckt zu und stellte ihm schließlich in Avalon und Glastonbury ausgebildete Priesterinnen, Druiden und Schamanen vor. Ihre Begrüßungsrede hatte Marianne bereits vor ein paar Stunden gehalten, und seitdem war der Geräuschpegel beträchtlich gestiegen. Kristian hatte schon eine ganze Weile nur dagesessen und sie angesehen, als sie ihn schließlich bemerkte. Die Stiefel hatten so gescheuert, dass er sie ausziehen musste und nun ohne Schuhe auf den weißen Gartenmöbeln saß und seine bloßen Füße den kalten Steinfußboden berühren ließ.*

*»Da bist du ja.« Marianne stellte sich neben ihn und legte ihm eine Hand auf die Schulter. »Wie gut das alles geklappt hat. Hast du Asko gesehen?«*

*»Asko? Wir sind doch gleich angezogen.«*

*»Ich weiß, aber er identifiziert sich wirklich mit seiner Rolle.«*

*Kristian drehte sich um und erblickte den Freund. Er schritt durch die Menge und schenkte hin und wieder jemandem, der sich tief genug vor dem Pfarrer verbeugt hatte, ein gnädiges Nicken.*

*»Mein Gott«, sagte Kristian. Nicht einmal die Körpersprache schien der von Asko zu entsprechen. Kristian konnte ihn verstehen. Die Stiefel waren zwar hart und unbequem, aber er fühlte sich in ihnen wirklich wie ein anderer Mensch.*

*»Mir ist eine Idee gekommen.« Kristian massierte seine kalten Füße. Dann beschloss er, die Stiefel wieder anzuziehen. »Vielleicht wäre es einen Versuch wert, Asko an einem Rollenspiel teilnehmen zu lassen. Erinnerst du dich an unser Gespräch über meinen Patienten?«*

*Marianne schwieg lange, bevor sie ihm eine Antwort gab.*

»Erstens bin ich mir nicht so sicher, ob das eine gute Idee ist, Kristian, und zweitens: Wie kommst du darauf, dass er das mitmachen würde?«

»Glaubst du, dass er hier nur dir zuliebe mitmacht? Er hat sich immer gern verkleidet. Wusstest du das nicht? Blockierte Energien freisetzen, nennst du das nicht immer so? Ich halte es für eine gute Idee. Du könntest wenigstens darüber nachdenken.« Kristian stand auf.

»Interessant, dass ausgerechnet du, der heimlich nach biologischen Müttern sucht, die nicht einmal die Bezeichnung verdient haben, von guten Ideen sprichst. Ehrlich gesagt, hätte ich nicht gedacht, dass er hier mitmacht.« Sie deutete auf die Menschen und die brennenden Fackeln, die den alten Gutshof umgaben.

Er rauschte in seinem Mantel davon, obwohl er es eigentlich gar nicht wollte. Die Stiefel schienen einen eigenen Willen zu haben. Marianne sah ihm hinterher. Er spürte ihren Blick im Rücken.

In dieser Nacht wandelten zwei Priester auf Nygård. Beide suchten sie in der Vergangenheit nach Antworten, und bei dem einen gewann allmählich eine noch ungewohnte Seite der Persönlichkeit an Gewicht. Das Rollenspiel bot ihm die Möglichkeit, seine verdrängte dunkle Seite auszuprobieren und zu entfalten. Erinnerungen aus einer längst vergangenen Zeit kamen zum Vorschein, und manchmal war schwer zu erkennen, ob es seine oder die eines anderen waren.


Folke kam zum Drucker, neben dem Robban mit einem noch warmen Stapel Papier in der Hand stand, und berichtete, was bei Karins Besuch in Trollhättan herausgekommen war.

»Die drei Frauen sind Schwestern?«, staunte Robban.

»Damit nicht genug. Als Karin und der Kollege aus Trollhättan die Mutter der drei benachrichtigen wollen, stellt sich heraus, dass sie ebenfalls verstorben ist.«

»Ermordet?«

»Scheint so. Mal sehen, was sie sagt.« Folke zeigte auf Karin, die in diesem Moment zur Tür reinschritt, während vom anderen Ende des Flurs Jerker angerannt kam.

»Geht hier denn niemand ans Telefon?«, keuchte Jerker außer Atem.

Karin warf einen Blick auf ihr Handy und bemerkte, dass ihr zwei Anrufe entgangen waren. Einer von Jerker und einer von Lycke.

»Was verschafft uns die Ehre?«, fragte Robban.

»Die Fingerabdrücke.« Jerker versuchte, seinen Atem wieder unter Kontrolle zu bekommen.

»Welche Fingerabdrücke?«, fragte Robban.

»Die Gläser im Rosenlund?«, überlegte Karin. »Auf den Weingläsern und der Flasche?«

Jerker nickte und stützte die Hände auf die Knie wie ein Sprinter, der hinter der Ziellinie nach Atem ringt.

»Ja, aber von wem sind sie denn?«, fragte Folke in einem eifrigen Ton, der alle überraschte. »Von wem?«

»Asko«, stieß Jerker zwischen zwei Schnaufern hervor. »Asko Ekstedt.«

Verdammt, dachte Karin. Dass ich mich so in ihm getäuscht habe.

»Wir müssen ihn abholen und ihm auf den Zahn fühlen«, sagte Robban. »Vielleicht wollte er aus einem bestimmten Grund verhindern, dass wir sofort nach seiner Frau fahnden.«

»Er scheint mir gar nicht der Typ dafür zu sein«, sagte Karin.

»Typ?«, erwiderte Robban. »Ich glaube nicht, dass es da einen bestimmten Typ gibt. Unter den richtigen – oder sollte ich besser sagen: unter den falschen – Bedingungen ist jeder zu fast allem fähig, glaube ich.«

Karin wollte gerade ihre Mailbox abhören, als Marita von der Rezeption den Besuch einer Lycke Lindblom ankündigte. Karin überlegte, wie sie mit der Neuigkeit umgehen sollte, dass die Fingerabdrücke von Asko Ekstedt stammten, Lyckes Chef. Es war wichtig, dass sie die Ermittlungen von ihrem Privatleben trennte, auch wenn das in diesem Fall besonders schwierig war.

Als Karin unten ankam, stand Lycke mit Walter vor dem Fahrstuhl.

»Könntest du uns nach Marstrand mitnehmen?«, fragte Lycke. »Mein Auto streikt, der nächste Bus fährt erst in drei Stunden, und Walter ist nicht ganz auf dem Damm.«

»Natürlich. Ich muss das hier nur zu Ende bringen.« Karin ging in Richtung Fahrstuhl voran, drehte sich aber noch einmal um. »Sag mal, steht dir über den Werkstattservice deines Dienstwagens nicht vielleicht ein Leihwagen und so weiter zu?«

»Erinnere mich nicht daran«, knurrte Lycke und beschrieb die Verteilung der Autos im Lindblomschen Haushalt.

Karin lachte.

»Kommt mit.« Sie lotste die beiden zu den Fahrstühlen. Als die Türen geschlossen waren, wandte sich Karin dem schniefenden Walter zu, dem seine Mutter die Strickmütze mit seinem Namen tief ins Gesicht gezogen hatte.

»Na, Junge, wie geht es dir?« Karin strich ihm über die Wange. Walter starrte wortlos vor sich hin und rückte ein

Stück von ihr ab. Vorsichtig nahm Lycke ihm die Mütze ab und knöpfte seine Jacke auf.

»Karin nimmt uns mit dem Auto mit nach Hause, Kleiner, ist das nicht prima?«

»Im Polizeiauto?«, fragte Walter erwartungsvoll und wischte sich mit dem Ärmel den Rotz ab.

»Das könnte man schon so sagen, aber wir nehmen eins, auf dem nicht Polizei steht. Sonst merken die Diebe ja, dass wir kommen.«

Walter nickte verständnisvoll und lächelte leise.

»Wir haben hier oben einen Ruheraum. Ich bringe euch ein paar Stifte und Papier und komme, so schnell ich kann«, sagte Karin zu Lycke. »Falls Walter zum Malen zu schlapp ist, kann er sich ja hinlegen. In der Teeküche müssten noch Comics liegen, ich sehe gleich mal nach. Möchtest du mitkommen, Walter? Du kannst gerne an meiner Hand laufen.«

»Nur bei meiner Mama«, schnaufte der Junge und klammerte sich noch fester an Lycke.

»Tut mir leid, dass ich dir so viele Umstände mache«, sagte Lycke. Sie beugte sich hinunter und wischte den Sturzbach unter Walters Nase weg.

»Hör auf, du machst mir keine Umstände.« Karin öffnete den Ruheraum. Aus dem benachbarten Zimmer kam Jerker und sagte hallo.

»Das ist Jerker. Er ist auch Polizist«, erklärte Karin.

»Dann bist du also Walter.« Jerker warf einen Blick auf die Zipfelmütze in Lyckes Hand.

»Weißt du etwa, wie ich heiße?«, staunte Walter.

»Klar, ich bin doch Polizist. Sollen wir mal gucken, ob wir etwas Spannendes für dich zu tun finden, wenn du uns schon mal besuchst? Ich meine, falls deine Mutter einverstanden ist«, sagte Jerker an Walter gewandt und warf Lycke einen bedeutungsvollen Blick zu.

Lycke lächelte Karin und Jerker müde, aber dankbar an.

»Wartet hier. Ich beeile mich.« Karin ließ die beiden mit Jerker zurück und sprach noch ein stummes Danke in seine Richtung. Jerker winkte jedoch ab, offenbar freute er sich auf die Aufgabe.

»Wir könnten vielleicht Fingerabdrücke von dir und deiner Mama nehmen. Mit richtigen Verbrechern machen wir das auch«, fuhr Jerker fort.

Normalerweise hätte Walter zwar auch nicht ganz verstanden, worum es ging, aber begeistert zugestimmt. Diesmal nickte er nur müde.

Karin war in Bezug auf Asko hin und her gerissen. Sie wollte selbst mit ihm sprechen, wusste jedoch, dass Folke und Robban ihre Sache mindestens so gut machen würden wie sie. Außerdem musste sie Dinge abgeben und durfte sich nicht um alles selbst kümmern.

Fünfundvierzig Minuten später fuhr Karin in Gesellschaft von Lycke und Walter auf der Europastraße 6 in Richtung Marstrand.

»Ich habe ganz schmutzige Finger«, berichtete Walter glücklich und drückte den Polizeiteddy an sich, den Jerker ihm geschenkt hatte. »Mama auch.« Er saß in einem Kindersitz, den Karin sich von Robban ausgeliehen hatte.

»Wurden von deiner Mama auch Fingerabdrücke genommen?«, fragte Karin. Walter nickte.

»Jerker hat uns gezeigt, wie das Suchprogramm für Fingerabdrücke funktioniert«, sagte Lycke. »Echt toll. Ich arbeite ja auch viel mit dem Computer, aber es ist spannend, andere Datenverarbeitungsprogramme zu sehen.«

Walter bekam einen Hustenanfall, der den kleinen Körper erschütterte. Karin dachte an die vielen Keime, die nun durchs Auto schwirrten. Robban wäre ganz kribbelig geworden, wenn er mitgefahren wäre. Wahrscheinlich würde er den Kindersitz ohnehin desinfizieren, wenn er ihn zurückbekam.

Nachdem er Asko begrüßt hatte, setzte sich Robban ihm gegenüber. Karin hat recht, dachte er. Der Mann wirkte zwar im Moment müde und bedrückt vom Ernst der Lage, machte aber einen sympathischen Eindruck. Das karierte Hemd war tadellos gebügelt, und der nüchterne graue Anzug wurde von einer Krawatte in warmem Rot aufgepeppt. Er hatte den Kaffee dankend angenommen, aber später nicht mehr angerührt. Vielleicht hatte er ihn vergessen, schließlich gingen ihm andere Dinge durch den Kopf. Nach einigen neutralen Fragen teilte Robban ihm mit, was die Techniker entdeckt hatten.

»Es ist so, dass wir deine Fingerabdrücke auf den Weingläsern neben der Toten in deinem Haus im Rosenlund gefunden haben.«

Asko zuckte zusammen und sah ihn entsetzt an. Robban fiel auf, dass er ehrlich überrascht wirkte.

»Wie ist das möglich?« Asko riss die Augen auf. Er schien ein Mann zu sein, der es gewohnt war, sich mit großen Fragen zu beschäftigen, aber in diesem Moment hatte er keinerlei Kontrolle über die Situation.

»Das wollte ich dich gerade fragen. Auf beiden Gläsern und der Flasche befinden sich die Fingerabdrücke der Frau – und offenbar auch deine.«

»Meine Fingerabdrücke? Das verstehe ich wirklich nicht«, erwiderte Asko verwirrt. »Ich habe deinem Kollegen, ich glaube, er wird KG genannt, schon erzählt, dass ich die Gläser überhaupt nicht kenne. Solche Weingläser besitzen wir nicht, frag meine Frau.«

Während er das sagte, wurde Asko noch ein bisschen blasser. Robban konnte ihn verstehen. Niemand hatte etwas von Marianne gehört, und niemand wusste, wo sie sich befand. Unter normalen Umständen wäre das vollkommen in Ordnung gewesen. Nur weil sie Robban von ihrer Reise und ihrem Aufenthalt an unbekanntem Ort erzählt hatte, wurde darauf verzichtet, nach ihr zu fahnden und mehr Druck auf den Ehemann auszuüben. Was die Fingerabdrücke anging, sah das schon anders aus. Trotzdem war Asko nach Robbans Anruf sofort zur Polizei gekommen.

»Du meinst also, jemand hat sich die Mühe gemacht, seine eigenen Weingläser mit in dein Haus zu bringen und anschließend eine Frau dort umzubringen. Auch falls das stimmt, erklärt es nicht, wie deine Fingerabdrücke auf Flasche und Gläser gelangt sind.«

»Ich begreife nicht, was hier los ist«, murmelte Asko.

»Es sieht schon ziemlich eindeutig aus: Wir haben sie samt Weinflasche und Gläsern mit deinen Fingerabdrücken in deinem Haus gefunden. Das musst du zugeben.«

»Ja, du hast recht. Leider kann ich es dir nicht erklären.«

»Auch auf den Grablichtern rings um die Leiche haben wir deine Fingerabdrücke gefunden.«

»Dafür gibt es eine Erklärung. Ich kaufe immer Großpackungen für das Grab meiner Großeltern. Sie stehen im Vorratsraum im Keller. Ich nehme sie immer aus dem großen Beutel und stelle sie ins Regal. Manchmal macht Marianne das, aber meistens kümmere ich mich darum.«

Robban nickte und reichte Asko ein Blatt Papier.

»Es gibt eindeutige Verbindungen zwischen dem Fall Ann-Louise Carlén aus deinem Haus und weiteren Morden. Deswegen möchte ich dich bitten, ganz genau zu überlegen, was du zu den fraglichen Zeiten gemacht hast.«

Asko griff nach dem Blatt. Dann starrte er Robban wortlos an. Robban wurde mulmig zumute. »Wir tun das, um dich aus den Ermittlungen auszuschließen. Deine Frau wird ebenfalls die Möglichkeit zu einer persönlichen Erklärung bekommen.«

Nach kurzem Klopfen stand Folke in der Tür und winkte Robban zu sich auf den Flur.

»Entschuldige mich einen Augenblick«, sagte der Ermittler zu Asko und verschwand aus dem Zimmer.

»Irgendetwas ist hier verdammt merkwürdig«, sagte Jerker, der neben Folke stand.

»Wie meinst du das?«, fragte Robban.

»Ich habe doch Walters und Lyckes Fingerabdrücke genommen, während sie auf Karin warteten. Vor allem zum Spaß, aber dann interessierte sich Lycke für unser Programm, und da habe ich ihr anhand ihrer eigenen gezeigt, wie man damit nach Fingerabdrücken sucht.«

»Ja, und?«

»Und dann habe ich eine Suche gestartet, die soeben einen Treffer ergeben hat.«

»Einen Treffer?«, wiederholte Robban verwundert. »In welchem Zusammenhang?«

»Das ist es ja gerade. Ihre Fingerabdrücke befinden sich ebenfalls auf der Weinflasche im Rosenlund.«

»Was sagst du? Reden wir von der Flasche mit Askos Fingerabdrücken? Wie zum Teufel …?« Robban fuhr sich durch die Haare. Das Ergebnis war eine Frisur, die ihm in Kombination mit seinen weit aufgerissenen Augen einen vollkommen wahnsinnigen Ausdruck verlieh.

»Wir sollten erst einmal zur Besinnung kommen und bedenken …«, begann Folke, wurde aber von Robbans und Jerkers Blicken zum Schweigen gebracht.

»Wir haben also die Abdrücke von drei Personen auf der Flasche gefunden«, sagte Jerker sachlich. »Bis vor kurzem hatten wir lediglich zwei von ihnen identifiziert, und das waren die von Asko Ekstedt und der toten Frau,

Ann-Louise Carlén. Jetzt sind noch die Fingerabdrücke von Karins Freundin Lycke dazugekommen.«

»Sie war an dem Abend mit Asko zusammen«, sagte Folke.

»Das ist interessant. Verdammt interessant sogar.«

»Kein Grund, gleich zu fluchen ...«, begann Folke, aber Robban unterbrach ihn.«

»Ruf Karin an, Folke. Ich werde mich weiter mit Asko befassen. Was sein Alibi betrifft, müssen wir wissen, wo er sich am Mittwoch nach zwölf Uhr aufgehalten hat. Bis auf weiteres werden wir ihn hierbehalten.«

»Stopp. Ihr habt was vergessen.« Folke wandte sich an Jerker. »Die Fingerabdrücke. Da Lycke weder in Untersuchungshaft noch verdächtig ist, nützen sie uns nichts.«

»Das stimmt. Wir können sie aber wenigstens fragen, wie sie dort hingekommen sind, oder etwa nicht? Schließlich war sie mit der Überprüfung einverstanden.«

Karin setzte Lycke und Walter vor dem Haus im Fyrmästargången ab.

»Halt die Ohren steif, Kleiner«, sagte Karin zu dem Häuflein Elend, das glasig über die Schulter seiner Mutter blickte.

»Vielen Dank, meine Liebe, dass du uns mitgenommen hast«, sagte Lycke. Sie klang müde.

»Kommt Martin später?«, fragte Karin.

»Das kann man wohl sagen. Viel später. Er ist in Singapur und kommt erst Samstag zurück. Unser einziges funktionstüchtiges Auto steht am Flughafen Landvetter.«

»Kann ich dir irgendwie helfen? Brauchst du was aus dem Supermarkt? Ich muss sowieso hin.«

»Danke, aber ich glaube, ich habe alles. Ach, jetzt fällt mir doch was ein. Würdest du mir einen Liter Milch mitbringen?« Lycke warf einen Blick auf Walters fiebrige Augen. »And Icecream«, sagte sie, »and moreover the not so healthy American drink?«

»Hm«, machte Karin. »Kein Problem. Noch was?«

»Nein, das wär's. Und vielen Dank!«

Zwanzig Minuten später hatte Karin die Lebensmittel bei Lycke abgeliefert und das Auto auf dem Parkplatz in der Muskeviken abgestellt. Draußen war es dunkel und richtig kalt. Ein rauer Wind kroch in jede Ritze zwischen Handschuhen und Jacke oder Kragen und Schal. Karin fröstelte. Sie freute sich auf den Heizofen an Bord. Und auf die Petroleumlampen. Die Dunkelheit in der Bucht wirkte nicht bedrohlich, sondern eher behaglich. Das leise Knirschen der Pontonstege, das brummende Lotsenboot, das im Hafen auf und ab schipperte, und der Krach, den die Fähre zwischen Marstrandsön und Koön jedes Mal verursachte, wenn sie anlegte und ihre Klappen ausfuhr.

Sie wollte gerade den Schlüssel ins Vorhängeschloss stecken, als Folke anrief.

»Lindblom«, antwortete sie. »Lycke Lindblom, aber ich lege meine Hand dafür ins Feuer, dass sie nichts mit der Sache zu tun hat.«

Karin stellte die Einkaufstüte ab und drehte mit der freien Hand den Schlüssel um. Das Schloss musste dringend geölt werden.

»Nein, es ist besser, wenn ich mit ihr rede, sie kann im Moment sowieso nicht zu euch kommen. Ihr Sohn ist krank. Was ist denn so wahnsinnig dringend …«

Folkes Antwort brachte sie zum Schweigen.

»Wie ist denn das möglich?«, fragte sie. »Du meinst, sie …? Tu mir einen Gefallen: Sag Jerker, er soll sich bei mir melden, bevor ich zu ihr rübergehe. Okay? Tschüs.«

Ohne die Jacke auszuziehen oder die Einkäufe auszupacken, ließ Karin sich schwerfällig auf die Sitzbank in der Kajüte sinken. Auf einmal überkam sie eine große Müdigkeit, die sich in ihrem ganzen Körper ausbreitete. Da die letzte Zeit alles andere als ereignislos gewesen war, brauchte sie sich darüber eigentlich nicht zu wundern, aber dass Lycke mit all diesen Ereignissen etwas zu tun haben sollte, glaubte sie nie im Leben. Die Konferenz im Maritime, dachte sie dann. Das Abendessen. Sowohl Asko als auch Lycke hatten den Abend in dem Hotel verbracht. Allzu schwierig dürfte es nicht gewesen sein, der Flasche habhaft zu werden, die auf ihrem Tisch gestanden hatte und natürlich Fingerabdrücke von beiden aufwies.

Die Kälte aus den Polstern drang durch ihre Jeans. Zitternd stand sie auf, klopfte auf die Dieselanzeige und pumpte einige Liter für den Heizofen hoch. Dann zündete sie die Petroleumlampe über dem Tisch an und stellte einen Kessel Teewasser auf die Kochplatte.

Langsam breitete sich die Wärme von Lampe und Ofen aus und vertrieb die Kälte. Karin hängte ihre Jacke an den Messinghaken neben dem Navigationstisch. Sie hatte sich wirklich darauf gefreut, sich nur noch auf die gepolsterte Bank zu legen und gar nichts zu tun, und verspürte nicht die geringste Lust, das Boot noch einmal zu verlassen. Sie wollte Musik hören und ein gutes Buch lesen. Und an Johan denken. Beim Gedanken an ihn wurde ihr warm ums Herz. Sie musste lächeln.

Karin hängte einen Teebeutel in den Becher und goss kochendes Wasser darauf. Während der Tee zog, schnitt sie sich drei Scheiben von dem frischen Roggenbrot ab. Ein paar Scheiben Gurken mussten ihr schlechtes Gewissen beruhigen, weil sie sich anstelle eines richtigen Abendessens nur Brote machte. Folke hätte das vermutlich gar nicht gefallen. Nach dem Essen stand sie widerwillig auf und stellte den Teebecher in das kleine Spülbecken. Den Käsehobel und das Buttermesser steckte sie in den Becher

und schüttete das restliche heiße Wasser dazu. Der Abwasch musste warten, bis sie zurückkam. Am besten, sie
brachte es so schnell wie möglich hinter sich, sagte sich
Karin, während sie das Petroleumlicht löschte. Sie drehte
die Heizung herunter und zog sich die winddichte Mütze
über den Kopf. Ganz hinten im Schrank fand sie den dunkelblauen Fleeceschal, den sie im Winter beim Segeln trug.
Durch den kam die Kälte nicht durch. Dann drückte sie
das Vorhängeschloss zu und stieg über die Reling.

Vorsichtig klopfte Karin bei Lycke an. Walter schlief wahrscheinlich schon, und sie wollte ihn auf keinen Fall auf-
wecken. Sie klopfte noch einmal so leise wie möglich.
Hinter der verglasten Veranda ertönten Schritte. Dann
tauchte Lycke auf. Als sie Karin erblickte, machte sie ein
erstauntes Gesicht.

»Hallo, Karin. Ist alles in Ordnung?«, fragte sie, während sie die Tür öffnete.

»Darf ich kurz reinkommen?«

»Ja, natürlich. Walter ist gerade eingeschlafen, ich war
es übrigens auch. Es ist verhängnisvoll, sich zu ihm ins
Bett zu legen. Ich weiß nicht, wie oft ich dort schon um
elf aufgewacht bin und einsehen musste, dass der Abend
vorbei war. Walter hat ein fiebersenkendes Mittel bekommen, aber solange das noch nicht wirkt, schläft er so unruhig.«

»Mama«, ertönte eine klägliche Stimme, und Lycke
verschwand im Innern des Hauses.

Karin zog sich die Schuhe aus und hängte ihre Jacke
auf. Im Garderobenspiegel sah sie ihre Nase, die schon
von dem kurzen Spaziergang kalt und rot geworden war.
Vorsichtig massierte sie sie, wovon sie allerdings nur noch
röter wurde.

Lycke kam zurück.

»Entschuldige die Störung, insbesondere, weil es Walter nicht gutgeht«, sagte Karin leise.

»Ich nehme an, es ist wichtig. Du klingst so förmlich.«

»Ja, ich muss dir eine Frage stellen, die mit den Ermittlungen zusammenhängt.«

»Komm, wir setzen uns aufs Sofa. Ich wollte sowieso den Kamin anmachen, um ein bisschen runterzukommen.«

Sorgfältig knüllte Lycke Zeitungspapier und legte einige kleinere Holzstücke darauf. Dann holte sie drei Kerzenstummel aus einer Kiste und setzte sie auf das Anmachholz. Obendrauf schichtete sie einige zersägte Bretter. »Ich wage mir kaum vorzustellen, was wäre, wenn es in diesem Haus brennt.« Sie setzte sich aufs Sofa und drehte sich zu Karin um. »Schieß los.«

»Die Frau, die im Rosenlund gefunden wurde«, begann Karin.

»In Askos Haus, meinst du.«

»Ja. Nun, wir haben dort noch ein paar Dinge gefunden. Unter anderem eine Weinflasche und zwei Gläser.«

Lycke sah sie wortlos an.

»Auf dem einen Glas und der Flasche waren Askos Fingerabdrücke«, sagte Karin.

»Ich kann mir nicht vorstellen, dass Asko etwas mit ihrem Tod zu tun hat«, erwiderte Lycke. »In meinen Augen ist er wirklich ein von Grund auf ehrlicher und guter Mensch.«

»Eigentlich wollte ich dich nach deinen Fingerabdrücken fragen«, sagte Karin.

»Nach meinen Fingerabdrücken? Was meinst du damit?«

»Deine Fingerabdrücke waren auch auf der Weinflasche. Und das bedeutet, dass du sie irgendwann angefasst haben musst.« Karin wollte zwar, dass Lycke sich zunächst selbst dazu äußerte, konnte sich aber mittlerweile gut vorstellen, wie die Fingerabdrücke auf die Flasche gekommen waren. Es fragte sich nur, wer sich die Mühe gemacht hatte, die Flasche zu entwenden.

»Was? Warte mal. Meine Fingerabdrücke waren auf einer Weinflasche in Askos Haus? Das kann doch gar nicht sein.« Lycke starrte sie an.

»Jerker hat doch deine Fingerabdrücke in das Suchprogramm eingegeben, als du mit Walter auf mich gewartet hast. Erinnerst du dich, dass ihr euch über das Programm unterhalten habt?«

»Diesen Teil der Geschichte verstehe ich schon, aber ich kann einfach nicht begreifen, wie meine Fingerabdrücke auf einer Flasche in Askos Haus gelandet sein sollen.«

»Bist du schon mal dort gewesen? In dem Haus im Rosenlund?«

»Ein einziges Mal, da bin ich mit Walter bei ihnen vorbeispaziert, als ich in Elternzeit war, aber ins Haus sind wir nicht rein. Asko und Marianne, so heißt seine Frau, machten gerade Frühjahrsputz im Garten, und deshalb haben wir den Kaffee draußen im Stehen getrunken. Wenn ich mich recht entsinne, wurde er im Becher serviert.«

Die Abdrücke auf der Flasche erklärt das allerdings nicht, dachte Karin bei sich.

»Ich verstehe das nicht«, fuhr Lycke fort. »Kann man denn irgendwo meine Fingerabdrücke nehmen und sie woanders anbringen? Geht das? Aber wozu sollte das gut sein? Und wer hätte etwas davon? Ich weiß wirklich nicht, was ich sagen soll.«

»Hast du Asko vielleicht mal eine Flasche Wein geschenkt? Oder hast du mit ihm zusammen Wein getrunken?«

»Nein.« Lycke verstummte. »Nur während der Konferenz.« Sie blickte auf. »Das Kick-off-Meeting im Maritime«, sagte sie dann. »Da haben wir Wein getrunken, ich zumindest. Ich glaube übrigens nicht, dass Asko mehr als ein Glas getrunken hat, denn er hatte das Auto dabei und wollte noch fahren.«

»Hat er die Flasche denn angefasst?« Karin musste an das denken, was ihr Folke am Telefon erzählt hatte. Asko hatte gesagt, er habe die Weingläser noch nie gesehen. Solche besäßen sie gar nicht.

»Ich weiß noch, dass er mir mindestens zwei Mal nachgeschenkt hat«, sagte Lycke. »Du meinst, irgendjemand könnte sich die Flasche beschafft haben?«

»Ehrlich gesagt, weiß ich das auch nicht, aber bislang ist das die beste Erklärung«, erwiderte Karin. »Auch wenn sie nicht besonders logisch klingt.«

Karin bedankte sich mit gemischten Gefühlen bei Lycke. Gab es etwas Schlimmeres, als eine gute Freundin zu fragen, ob sie etwas mit einem Mord zu tun habe? Ja, sagte sie sich: sie zu verdächtigen.

Als hätte sie ihre Gedanken gelesen, sagte Lycke: »Es ist völlig okay, Karin«, und nahm sie in den Arm.

Nichts ist okay, dachte Karin, während sie zurück zum Boot ging. Ganz im Gegenteil. Wollte etwa jemand den Eindruck erwecken, Lycke wäre in den Mord an der Frau im Rosenlund verwickelt? Wer hätte daran ein Interesse? Und warum? Karin überlegte einen Moment, ob sie mit der Fähre auf die andere Seite fahren und sich in der Villa Maritime die Gläser ansehen sollte, aber sie musste sich erholen. Sie wusste nicht, ob es an den Krankheitserregern von Walter lag oder ob sie es seit dem Urlaub mit der Arbeit übertrieben hatte. Jedenfalls spürte sie ein Kratzen im Hals und hatte einen schweren Kopf – von den Beinen ganz zu schweigen. Ihre Schuhe schienen mit Blei gefüllt zu sein, und beim Auftreten platzte ihr fast der Schädel. Sie hoffte, dass es ihr besser ging, wenn sie ausgeschlafen hatte. Morgen war schließlich auch noch ein Tag.

Folke klang mehr als skeptisch, als sie ihm am Telefon von dem Gespräch mit Lycke berichtete. Er fing gleich davon an, dass es besser gewesen wäre, wenn Robban oder er Lycke aufgesucht hätten. Karin merkte ihm an, dass er ihre Unvoreingenommenheit stark in Zweifel zog. An und für sich hatte er damit ja auch recht. Trotzdem wies sie ihn in ziemlich schnippischem Ton darauf hin, dass sie weder blind noch taub war.

Das Handy verhielt sich in letzter Zeit merkwürdig. Oft landeten Nachrichten auf ihrer Mailbox, obwohl das Telefon eingeschaltet gewesen war, aber nicht geklingelt hatte. Hin und wieder schaltete es sich ohne Vorwarnung von alleine ab. Nun piepte es, und es stellte sich heraus, dass sie drei neue Mitteilungen hatte. Die erste stammte von Johan, der sich nach ihrem Befinden erkundigte. Er war an diesem Abend im Kristallsaal im Rathaus, um letzte Hand an eine Ausstellung zu legen, und sagte, dass er sich über Karins Besuch freuen würde. Die Nachricht von Lycke war erst vor zwei Minuten eingegangen. Sie musste das Telefon wirklich durchchecken lassen. Das Stahlboot hatte zwar mit Sicherheit einen Einfluss auf den Empfang, aber sie hatte auch schon Probleme damit gehabt, wenn sie nicht an Bord war. Lycke teilte mit, ein Kollege von Karin habe angerufen, ein gewisser Folke, der sie bat, am nächsten Tag ins Präsidium zu kommen. Lycke hatte sich dazu bereit erklärt.

Karin legte den Kopf aufs Kissen und überlegte, ob sie noch die Energie hatte, die Fähre nach Marstrandsön zu nehmen und zum Rathaus zu gehen, war aber mit ihren Überlegungen noch nicht weit gekommen, als die Müdigkeit sie überwältigte. Daher kam sie gar nicht mehr dazu, die dritte Nachricht abzuhören, die ebenfalls von Johan stammte und von der Entdeckung handelte, die im Rathauskeller gemacht worden war.

# 17

*Gut Nygård, Vargön, Frühling 2009,*
*Fest zur Tagundnachtgleiche – am selben Abend*

*Marianne war in einem Sessel im Kapitänssalon versunken und weinte.*

*»Er schläft jetzt.« Kristian legte ihr eine Hand auf die Schulter. »Ich habe ihm etwas zur Beruhigung gegeben.«*

*»Mein Gott.« Kopfschüttelnd wischte sie sich die Wimperntusche ab, die ihr übers Gesicht gelaufen war.*

*Der Abend hatte ein schreckliches Ende genommen. Mit Asko, der sich anfangs unter die Gäste gemischt und seine Rolle als Pfarrer sichtlich genossen hatte, war allmählich eine Veränderung vor sich gegangen. Als eine Frau angerannt kam und berichtete, der verrückte Pfarrer habe sie geschlagen, hielt Marianne das zunächst für ein Missverständnis. Dann fand sie Asko und war entsetzt. Er war laut und grob und schon von weit her zu hören. Die anderen Gäste hielten sich von ihm fern. Einige waren sogar abgefahren.*

*Kristian hatte dafür plädiert, Asko noch eine Weile Zeit zum Austoben zu lassen, doch schließlich hatte er Marianne beigestanden. Mit vereinten Kräften hatten sie ihn ins Gästezimmer verfrachtet. Und jetzt saßen sie im Kapitänssalon. Askos Talar hing über einem Sessel. Der Stoff hatte sich in Falten gelegt, als würde er grinsen.*

*»Was da für Energien frei geworden sind!«, schwärmte Kristian. »Er war großartig.«*

»Bist du nicht mehr bei Trost? Das war doch eine Katastrophe!«

»Nun, im Hinblick auf das Fest war die Aktion vielleicht nicht so gelungen, aber ich glaube, Asko hat es gutgetan.«

»Gut? Das kann nicht dein Ernst sein!«

»Doch, wirklich. Ich glaube, dass er einiges ausgelebt hat. Er konnte Energie freisetzen und sich von altem Leid befreien.«

»Er ist total ausgerastet.«

»Manche Leute weinen sich still und leise bei ihrem Therapeuten aus. Asko hat mich eher an einen Vulkanausbruch erinnert. Da sind jahrelang angestaute Ängste, Trauer und Wut aus ihm herausgeschossen. Schade für dein Fest, aber Asko wird morgen bestimmt wie ein neuer Mensch aufwachen.«

»Hast du dir überhaupt schon mal überlegt, dass das Trauma auch verschlimmert werden könnte? Wir entfesseln Kräfte, die wir nicht im Geringsten kontrollieren können, und das kann ins Gegenteil umschlagen. Möglicherweise schadet es ihm. Vielleicht bekommt er sogar eine Psychose. Du als Arzt müsstest das doch bedenken.«

»Willst ausgerechnet du meine medizinische Kompetenz in Frage stellen?«

»In diesem Fall schon. Ich glaube, du bist auf dem Holzweg. Für Asko ist es wohl am besten, wenn er sich ganz allmählich, Schritt für Schritt, mit seiner Vergangenheit auseinandersetzt. Ich glaube, dass sich in ihm zu viele Dinge aufgestaut haben, und wenn die alle auf einmal an die Oberfläche kommen, passiert möglicherweise etwas Schlimmes.«

»Ich denke aber ...«

376

»*Ich weiß, was du denkst.*«

*Marianne schnäuzte sich.*

»*Ich gehe jetzt ins Bett.*«

»*Alles wird gut, Marianne. Möchtest du nicht noch ein Glas Wein oder einen Likör?*«

»*Nein, ich möchte nur noch schlafen und diesen Abend vergessen.*«


Johan stand seufzend im Kristallsaal im Obergeschoss des Rathauses. Schon in der Planungsphase hatte Frau Wilson hartnäckig gegen die Ausstellung über Hexen und Aberglauben protestiert. Jetzt, wo die Ausstellung fast fertig war, hätte sie ruhig endlich aufgeben können. Seit einer Viertelstunde lief sie jammernd hinter Georgs Frau her. Johan wollte sie gerade ansprechen, als der Strom ausfiel und im Kristallsaal das Licht ausging. Die stimmungsvolle Musik verstummte, und es war nur noch das Knarren des Fischgrätenparketts zu hören, wenn sich jemand bewegte.

»Ich sehe mal nach, ob ich das wieder in Ordnung bringen kann«, sagte Johan zu Georg und tastete sich durch die Dunkelheit. Die Straßenbeleuchtung reichte nicht bis in den ersten Stock. Die Häuser ringsum schienen noch Strom zu haben, denn ihre Fenster waren hell erleuchtet.

»Manchmal frage ich mich, ob es in dem alten Gemäuer nicht spukt«, murmelte Georg. »Damals haben die Hexen unten im Keller auf die Wasserprobe oder ihre Verurteilung gewartet, und nun stehen wir hier gute dreihundert Jahre später und machen eine Ausstellung über sie, und da fällt der Strom aus. Vielleicht wollen sie uns etwas sagen.«

»Wo ist denn deine Taschenlampe, Georg?«, fragte Johan, nachdem er im benachbarten Büroraum danach gesucht hatte. »Die liegt doch sonst immer auf dem Schreibtisch.«

»Tut sie das etwa nicht?«

»Soweit ich sehe, nicht. Aber ich schaffe das auch so.«

Johan drückte einen Knopf auf seinem Handy und fand mit Hilfe des leuchtenden Displays die hohen Holztüren zum Treppenhaus. Der Sicherungskasten hing im Erdgeschoss neben der Kellertür. Als er einen Blick auf die Kellertreppe warf, fielen ihm Georgs Worte wieder ein, und er musste an die Frauen denken, die man der Hexerei beschuldigt und gezwungen hatte, diese schmalen Stufen hinunterzugehen. Ein kalter Windzug ließ ihn erschauern. Er drehte sich um.

»Reiß dich zusammen«, murmelte er und ließ sein Handy noch einmal aufleuchten. Er war ganz allein hier. Als Kind war er oft hier herumgerannt. Die Sammlung im Keller hatte ihn damals schon fasziniert. Es war lange von einem Museum die Rede gewesen, damit sich auch die Öffentlichkeit an den vergessenen Schätzen im Rathauskeller erfreuen konnte, aber am Ende hatte es am Geld gemangelt.

Er fand den Sicherungskasten. Johan hielt gerade sein Handy hoch, als er plötzlich ein Geräusch hörte. Er drehte sich um. Soweit er wusste, hielten sich nur oben im Kristallsaal Menschen auf, aber das Geräusch schien aus dem Keller gekommen zu sein. Dann war es wieder still. Johan klopfte an die Toilettentür.

»Hallo?«, rief er, bevor er nach der Klinke griff. Keiner da. Er ging zurück zum Sicherungskasten und stellte sich auf einen Stuhl, als wieder das Geräusch ertönte. Vorne links in der Bibliothek gab es einen Lagerraum, aber es war schon nach acht, und die Bibliothek schloss um sieben

Uhr. Johan wandte sich wieder dem Sicherungskasten zu. In dem alten Haus mit den vergitterten Lüftungsschächten und der gusseisernen Eingangstür konnte einem auch der Wind einen Streich spielen.

»Hallo?« Die leise Stimme schien unten aus dem Keller zu kommen.

Johan drehte sich zur Treppe um, konnte aber niemanden sehen. Zumindest keine lebendige Menschenseele, dachte er und erschrak über seine eigenen Gedanken.

»Ja, hallo …?«, erwiderte Johan zögerlich. Es fiel ihm schwer, die Stimme zu erkennen und zu orten. Nun näherten sich Schritte. Erneut drehte er sich um und blinzelte in die Dunkelheit. Aus dem Schatten auf der Treppe trat eine Gestalt hervor und kam auf ihn zu. Johan wich zurück. Ein Taschenlampenstrahl richtete sich auf ihn.

»Komm mal her, Johan, das musst du dir ansehen«, sagte Sara.

Johan atmete auf.

»Meine Güte, Sara, ich wusste nicht, dass du da unten bist. Sehen konnte ich auch nichts.«

»Ich weiß. Anscheinend ist der Strom ausgefallen. Zum Glück hatte ich Georgs Taschenlampe dabei.« Sara richtete den Lichtkegel auf den Sicherungskasten. Johan betrachtete die alten Sicherungen, die jedoch alle zu funktionieren schienen.

»Seltsam. Sieht aus, als hätte der FI-Schalter ausgelöst.« Johan schaltete den Schutzschalter wieder ein. Nach kurzem Flackern ging das Deckenlicht wieder an. Aus dem Kristallsaal drang fröhliches Gejohle herunter.

»Würdest du mit mir in den Keller kommen und dir eine Sache ansehen? Ich habe ein merkwürdiges Geräusch aus dem abgeschlossenen Teil gehört.«

»Ein merkwürdiges Geräusch? Wie hat es sich denn angehört?«

»Als ob es jemandem nicht gutginge. Als hätte jemand Schmerzen. Wie ein Stöhnen.«

»Bist du sicher?«, fragte Johan.

»Ja! Glaubst du mir etwa nicht?«

»Ich finde nur, dass es seltsam klingt.«

»Natürlich. Deshalb bin ich ja die Treppe hinaufgegangen und habe den Schlüssel geholt. Als ich wieder unten war und gerade aufschließen wollte, schien eine schwere Tür zuzufallen. Es war so ein dumpfer Knall. Zuerst wollte ich jemanden holen, aber dann dachte ich mir, dass bestimmt nur ein Tier hereingekommen ist, eine Katze oder so. Ich hab also die Tür aufgemacht, bin reingegangen und … Komm, ich zeig es dir …«

Johan ging hinter Sara die schmalen Schieferstufen hinunter und stützte sich mit einer Hand an der gekalkten Wand ab. Die Luft dort unten war kalt und feucht. Sara steckte den Schlüssel in das imposante Vorhängeschloss an der Metalltür vor dem großen Kellerraum. Der muffige Geruch von alten Dingen kam ihnen entgegen. Johan drückte auf den Lichtschalter, aber die Deckenlampe ging nicht an. Durch die dicke Glasscheibe, vor deren Außenseite sich ein schmiedeeisernes Gitter befand, drang der blasse Schein einer Straßenlaterne herein.

»Da drüben.« Sara hatte die Taschenlampe eingeschaltet und richtete den Lichtkegel im Gehen auf etwas Bestimmtes. »Es sieht so aus, als wäre hier jemand eingesperrt gewesen.«

»Eingesperrt?«

»Zumindest hat hier jemand geschlafen. Das sieht aus wie ein Bett. Aber wer würde freiwillig hier übernachten?«

»Niemand. Das musst du mir zeigen. Wo?«

»Du wirst deinen Augen nicht trauen.« Sie drehte sich zu ihm um. »Da.« Vorsichtig schlängelte sie sich zwischen alten Holzkisten, Galionsfiguren und Kartons voller Pfeilspitzen aus Feuerstein hindurch. »Genau hier haben die Hexen die letzte Nacht vor ihrer Hinrichtung verbracht.«

Es war spät geworden, und Johan verspürte nicht die geringste Lust, bei Frau Wilson vorbeizuschauen, hatte aber das Gefühl, dazu verpflichtet zu sein. Als der Strom ausgefallen war, war sie aufgebracht nach Hause gegangen. Georg begleitete ihn. Nach der Entdeckung im Keller hatte Johan eine Nachricht auf Karins Mailbox hinterlassen. Sie hatte zwar nicht zurückgerufen, aber es war ein gutes Gefühl, die Polizei informiert zu haben. Hätte die Polizei der Neuigkeit große Bedeutung beigemessen, hätte Karin sich mit Sicherheit gemeldet. Da sich die Ereignisse in letzter Zeit geradezu überschlugen, hatte sie wahrscheinlich Dringenderes zu tun.

Johan stellte fest, dass Frau Wilson längst nicht mehr so barsch wirkte, sondern ihm und Georg nun viel gedämpfter und unsicherer gegenübertrat. Zunächst schien sie gar nicht zu wissen, ob sie die beiden ins Haus lassen sollte, und dann standen alle drei eine Weile ratlos im Windfang. Schließlich fasste sich Georg ein Herz und fragte, ob sie sich nicht irgendwo hinsetzen könnten. Wortlos und verwirrt ging Frau Wilson in die Küche. Dort setzte sie sich auf einen Stuhl und starrte ins Leere. Ihre Strickjacke war falsch geknöpft und die Frisur, die sonst immer tadellos saß, verstrubbelt. Wahrscheinlich war sie auf dem Weg ins Bett gewesen. Beim leisesten Ton zuckte sie zusammen, als wären ihr die Geräusche des Hauses oder die knatternden Mopeds und die Stimmen draußen auf der Straße nicht vertraut. Nach einer Weile korrigierte Johan seinen ersten Eindruck. Sie war nicht unsicher und verwirrt, sie hatte Angst.

»Ist alles in Ordnung?«, fragte er. »Wir haben uns Sorgen gemacht, als du einfach aus dem Kristallsaal verschwunden bist.«

Die Frau riss die Augen auf und blickte sich wortlos um. Schließlich sagte sie mit dünner Stimme:

»Das ist eure Schuld. Mit der Ausstellung im Rathaus habt ihr sie wütend gemacht, und deshalb ist sie wiedergekehrt.«

»Was?«, fragte Johan verwundert.

»Sie stand im Garten …«

»Wer denn?« Er sah ihrem Zeigefinger hinterher, der zitternd aus dem alten Sprossenfenster zeigte. Im Garten brannten Lampions.

»›Die Asche, die Asche‹, sagte sie immer wieder. Ich habe ihr Licht gemacht, damit sie nach Hause findet.«

»Asche?«, fragte Georg nachdenklich und warf Johan einen skeptischen Blick zu. »Vielleicht sollten wir deinen Sohn anrufen und ihn bitten herzukommen, meine liebe Helny.‹

»Sie hatte langes dunkles Haar und trug ein Kleid. Genau wie man sie sich vorgestellt hätte«, fuhr Frau Wilson fort und rang die Hände.

»Es stand also eine Frau in deinem Garten? Da in der letzten Zeit einige unheimliche Dinge passiert sind, kann ich verstehen, wenn du …«

»Ich weiß, was ich gesehen habe. Eine Frau. Sie stand da draußen.« Wieder zeigte Frau Wilson in den Garten.

»Aber wer war das?«, fragte Johan.

»Ihr wisst, wer es ist. Malin. Ich habe nie ganz geglaubt, was über dieses Haus gesagt wird, aber seit gestern weiß ich nicht mehr, was ich glauben soll. Das Viertel hier heißt ja ›Hexe‹ nach Malin im Winkel, die hier im siebzehnten Jahrhundert lebte und als Hexe beschuldigt wurde. Sie wurde hingerichtet, und das Haus wurde niedergebrannt. Ich weiß, dass einige Leute behaupten, dieser Ort sei verflucht und der Garten wäre nur wegen der Asche von Malins Haus so schön, aber das stimmt nicht. Du, Georg, weißt genau, dass ich mich diesem Garten mit ganzer Seele gewidmet habe.« Wieder sah sie aus dem Fenster. Johan folgte ihrem Blick.

»Steht sie jetzt auch da?«, fragte er, um Frau Wilsons geistigen Zustand auf die Probe zu stellen.

»Nein, nein, jetzt nicht.« Sie schien Johan durchschaut zu haben, denn ihre Antwort klang müde und ein wenig verärgert.

»Hast du sie erkannt?«, fragte er, doch diesmal antwortete sie nicht. Er wartete einen Augenblick, bevor er fortfuhr. »Wann hast du die Frau gesehen?«

»Ich glaube, sie kam aus dem Rathaus. Da wurden sie ja eingesperrt. Im Keller. Die Hexen.«

Georg sah Johan verwundert an. Er schien auch nicht zu wissen, was er glauben sollte.

»Aber meine liebe Helny, das ist doch dreihundertfünfzig Jahre her.« Georg hatte offenbar das Interesse an dem seltsamen Gespräch verloren.

»Warst du heute Abend unten im Keller?«, fragte Johan.

»Irgendjemand hatte vergessen, den Eingang an der Långgatan abzuschließen. Als ich ging, war er noch offen. Das ist ein böses Omen.« Sie starrte mit leerem Blick vor sich hin.

»Wir wollten uns nur vergewissern, dass du gut nach Hause gekommen bist. Gute Nacht, Helny.« Georg deutete an, dass sie aufbrechen würden.

»Das ist mal eine Kehrtwende«, sagte Johan vor der Haustür. »Asche und Hexen. Dabei hat sie nie daran geglaubt. Und ein böses Omen.«

»Ich werde ihren Sohn anrufen. Er muss kommen und nach ihr sehen.«

»Glaubst du, sie hat eine Schraube locker?«, fragte Johan.

»Ich weiß es nicht. Ich hatte eine Schwester, die geistig beängstigend schnell abgebaut hat. Sie brachte alles durcheinander. An ihre Kindheit und Dinge, die vor langer Zeit passiert waren, konnte sie sich erinnern, aber das Kurzzeitgedächtnis war so gut wie weg.«

»Frau Wilson dagegen hat keine Probleme mit dem Kurzzeitgedächtnis. Sie hat nur viele seltsame Dinge von sich gegeben. Das sieht ihr gar nicht ähnlich.«

Georg winkte ab. »Wir werden alle nicht jünger. Die jüngsten Ereignisse haben sie bestimmt nicht kaltgelassen. Alles andere wäre auch ein Wunder.«

Keiner von beiden sah die Gestalt, die sie aus dem Garten von Frau Wilson beobachtete. Einen Augenblick später wurde die Gestalt wieder von der Dunkelheit verschluckt.


Folke fuhr mit dem Auto vom Präsidium nach Hause in sein Reihenhaus in Mölndal und dachte über die Frau nach, die im Rosenlund aufgefunden worden war, Ann-Louise Carlén. Asko hatte alle Fragen so korrekt wie möglich beantwortet, aber es wäre gut gewesen, wenn sie auch mit Marianne Ekstedt hätten sprechen und sie fragen können, ob es ihr gutging. Im Grunde jedoch schien sich niemand ernsthaft Sorgen um sie zu machen. Im Gegenteil, alle behaupteten, sie würde sich vor ihren Seminaren immer so verhalten. Ihr Ehemann hatte betont, wie anstrengend ihre Kurse seien. Doch was, wenn er selbst sie aus irgendwelchen Gründen loswerden wollte? Der Zeitpunkt wäre jedenfalls günstig gewesen, denn sie würde eine ganze Woche lang von keinem vermisst werden. Eigentlich hatten sie sich mit Mariannes Vorgeschichte überhaupt nicht beschäftigt. Folke wollte sichergehen, dass ihre Vergangenheit keine unliebsamen Überraschungen bereithielt, und wählte die Nummer von Marita, die sich hoffentlich noch im Polizeigebäude befand.

»Nein«, sagte Marita. »Keine früheren Ehen. Zwei Töchter mit Asko Ekstedt. Warte, da ist etwas. Aber das ist eine alte Geschichte, lass mal sehen. 1965. Verdammter Mist, jetzt verpasse ich die Straßenbahn.«

»Wenn du mir das ausdruckst, komme ich vorbei und fahre dich nach Hause.« Folke kehrte am Kreisverkehr Toltorpdalen um.

Nachdem er Marita nach Hause gebracht hatte, fuhr er zurück ins Büro. Erst nachdem er das gesamte Material durchgesehen hatte, rief er Robban an.

»Marianne Ekstedt war in einen alten Fall verwickelt?«, fragte sein Kollege.

»Genau«, sagte Folke. »Ein Fall aus dem Jahre 1965.«

»Bei dem es um Folgendes ging …«, fügte Robban hinzu, um ihn zum Fortfahren zu animieren.

»Um einen Unglücksfall, bei dem ihre Großeltern ums Leben kamen.«

»Wie denn, Folke?«

»Kohlenmonoxidvergiftung.«

»Nee!«, gab Robban erstaunt zurück.

»Doch«, erwiderte Folke.

»Wo denn das?«

»Auf Marstrandsön.«

»Du machst Witze.«

»Keineswegs«, antwortete Folke ernst. Er hörte Robban seufzen, hatte aber keine Ahnung, warum.

»Mensch, Folke, *wo* denn nun auf Marstrandsön?«

»Möchtest du, dass ich dir den Bericht vorlese? Er ist achtzehn Seiten lang.«

»Nein, das will ich nicht, ich frage mich nur, wo auf Marstrandsön das passiert ist. Hast du die Adresse?«

»Adresse ... Warte mal, ich sehe nach ... bei den Verstorbenen handelt es sich um Schuhmacher Jönsson und seine Frau, Marianne war ihr Enkelkind. Adresse ... Kyrkogatan, nein, hier steht noch ein Straßenname, offenbar handelt es sich um ein Eckhaus. Kyrkogatan Ecke Hospitalsgatan.«

Robban schnappte nach Luft.

»Mist. Hospitalsgatan 7«, sagte er. »Das ist das Haus von Helny Wilson, wo wir den Kopf gefunden haben. Ruf Carsten an.«

Carsten hörte Folke zu und stellte hin und wieder Zwischenfragen.

»Robban hat am Freitag mit Marianne Ekstedt gesprochen«, sagte Carsten. »Sie hat ausdrücklich gesagt, dass sie verreisen und nicht erreichbar sein wird. Was du da erzählst, muss nicht das Geringste mit unserem Fall zu tun haben, aber ich werde der Sache auf jeden Fall nachgehen. Mariannes Kollegin soll mich morgen anrufen und mir alle Angaben zu Mariannes Reisegewohnheiten mitteilen. Sie soll Marita auch ein paar Fotos von Marianne mailen. Ich möchte, dass du und Robban mit den Ermittlungen an der Stelle weitermacht, wo ihr gerade seid. Diese Geschichte ist doch ziemlich lange her, und da steht nur, dass das Mädchen anwesend war und die Verstorbenen gefunden hat.«

»Ja, aber ...«, begann Folke.

»Wie gesagt, ich kümmere mich darum. Bis morgen.«


Das Wetter an diesem Morgen war merkwürdig. Oben war der Himmel hellblau, aber unten schien der Künstler seine Farbwahl bereut und noch einmal mit einem dunkleren Graublau angefangen zu haben, das nun bis zum

Horizont reichte. Es sah seltsam aus. Unnatürlich. Auf Marstrand blieben an diesem Morgen die Leute stehen und kommentierten das Phänomen. Später würde man darüber diskutieren, ob hier vielleicht zwei Welten aufeinandergestoßen waren. Gegenwart und Vergangenheit. Oder vielleicht Gut und Böse?

Lycke fluchte, als sie merkte, dass sie den Bus verpasst hatte. Sie hatte zu Hause nach der Abfahrtszeit gesehen, aber offenbar hatte sie noch einen Sommerfahrplan. Walter wurde netterweise von seiner Oma betreut, und nun stand sie an der Bushaltestelle. Der nächste Bus fuhr erst in zwei Stunden. Verdammter Mist. Sie hatte gerade zu überlegen begonnen, welches Auto sie sich wohl für einen Tag ausleihen konnte, als neben ihr ein Pick-up hielt. Erstaunt sah sie Kristian Wester, den Betriebsarzt ihrer Firma, daraus winken.

»Soll ich dich mit in die Stadt nehmen?«

»Gern.« Lycke stieg in den blauen Transporter. Sie stellte einen Koffer vom Beifahrersitz auf den Fußboden und klemmte ihre Beine und ihre Laptoptasche neben das schicke gelbe Bordcase. Richtig gute Qualität, ein Samsonite natürlich.

»Danke, das ist wirklich nett. Mein Sohn ist krank. Seine Oma kümmert sich um ihn. Ich habe bei der Arbeit einige Besprechungen, die ich besser nicht versäumen sollte. Leider habe ich den Bus verpasst.« Kristian nickte wortlos. Er wirkte zerstreut.

»Ich wäre nie auf die Idee gekommen, dass du ausgerechnet so ein Auto fährst.« Kaum hatte sie das gesagt, fragte sich Lycke, ob ihre Bemerkung den Mann vielleicht kränken könnte.

»Normalerweise fahre ich einen Mercedes.« Er legte den ersten Gang ein, und sie ließen den Marstrander Fähranleger und die Bushaltestelle hinter sich.

»Mein Auto hat mich gestern in Göteborg im Stich gelassen. Dir ist nicht zufällig etwas Ähnliches passiert?«

»Nein, mein Wagen ist zur Inspektion und wird gründlich gereinigt.« Er schaltete in den vierten Gang. Das Getriebe protestierte gegen die unsanfte Behandlung. »Mittlerweise sollte Automatik Standard sein«, brummte er. Dann wandte er sich in etwas scherzhafterem Ton an Lycke: »Meine Patienten erwarten von mir, dass ich in einem sauberen und schönen Mercedes komme.«

Ich nicht, dachte Lycke. Für meinen Geschmack dürfen Ärzte auch auf einem rostigen Fahrrad angeradelt kommen, solange sie freundlich und kompetent sind. Sie fragte sich, was Doktor Wester in einem Pick-up machte, wenn schicke Autos ihm so viel bedeuteten.

»Willst du verreisen?«, fragte sie, um das Thema zu wechseln.

Kristian warf einen Blick auf den Koffer.

»Ach ja«, antwortete er zerstreut. Er schien mit seinen Gedanken ganz woanders zu sein. »Das mit Asko ist furchtbar. Wie kommt die Polizei denn voran? Du kennst doch diese Kommissarin Karin Adler.«

Lycke dachte an das Gespräch, das sie am Vorabend mit Karin geführt hatte.

»Stimmt. Sie hat mich gestern Abend besucht.«

»Ach, und wieso?«, fragte Kristian.

»Es hat sich herausgestellt, dass sich auf der Weinflasche aus Askos Haus im Rosenlund nicht nur die Fingerabdrücke von Asko und dem Opfer befanden, sondern auch meine.«

»Deine? Wie ist das möglich?«

»Das frage ich mich auch. Die Polizei natürlich auch. Ich muss da später noch hin.«

»Aber du bist doch nicht ins polizeiliche Register eingetragen.«

»Nein, oder doch. Das ist eine andere Geschichte.« Lycke hatte keine Lust, zu erklären, dass Jerker ihr das Programm erklärt und in diesem Zusammenhang ihre Fingerabdrücke eingegeben hatte.

»Glaubst du, dass Asko etwas mit der Sache zu tun hat?«, fragte Kristian.

»Asko? Nein, das kann ich mir überhaupt nicht vorstellen.«

»Das ist alles so erschütternd. Man glaubt, jemanden zu kennen, und dann kommen plötzlich Dinge ans Licht, die alles über den Haufen werfen.«

»So was habe ich noch nicht erlebt. Ich arbeite seit Jahren mit Asko zusammen. Er hat nichts damit zu tun.«

»Nein, natürlich nicht. Asko und ich stehen uns fast so nah wie Brüder.« Er schüttelte lächelnd den Kopf und schien sich in Erinnerungen zu verlieren.

»Seht ihr euch oft?«

»Mal so, mal so, das hängt vor allem von Marianne ab. Sie kann ein wenig dominant sein, auch wenn sie es gut meint. Wenn sie ihre Seelenreisen antritt und mehr oder weniger vergisst, sich bei ihren Mitmenschen zu melden, müssen alle hinter ihr stehen.« Er zuckte mit den Schultern. »Aber wie gesagt, Asko und ich stehen uns sehr nahe. Wir sind sogar Blutsbrüder.«

»Das ist wahrscheinlich ein bisschen so, wie wenn man verheiratet ist. Man muss ja alle Entscheidungen zu zweit fällen und eine gemeinsame Basis finden. Dafür sind Kompromisse nötig.« Erst hinterher fiel ihr ein, dass Kristian vielleicht gar nicht verheiratet war und ihre Bemerkung möglicherweise als Beleidigung auffasste. Gab es denn überhaupt keine neutralen Gesprächsthemen? Sie sah aus dem Fenster und betrachtete die kahlen Äste an den Bäumen vor der Kirche in Hålta und die dick eingepackten

Schafe. Das gefrorene Gras muss sich an den Zähnen eisig anfühlen, dachte sie.

»Das sieht kalt aus.« Sie zeigte auf die Schafe. Dann wurde es wieder still im Auto.

Als Karin aufwachte, fühlte sie sich richtig elend. Es war schon nach neun. Sie hatte Halsschmerzen, und das Schlucken tat weh. Der Heizofen war über Nacht an gewesen, aber sie fröstelte trotz der zweiundzwanzig Grad, die das Thermometer anzeigte.

Die Scheiben waren mit Raureif bedeckt, und das Außenthermometer hatte als nächtliche Tiefsttemperatur zwei Grad minus verzeichnet. Nun schwankte die Anzeige zwischen null und einem Grad minus. Karin ging auf die Toilette und nahm die Schiffsapotheke aus dem Teakregal. Zum Glück fand sie eine Packung fiebersenkende Schmerztabletten, und schließlich gelang es ihr mit verzerrtem Gesicht auch, zwei davon zu schlucken. Sie blieb auf dem Klo sitzen, bis das Schwindelgefühl nachließ. Eigentlich hätte sie Fieber messen müssen, bevor sie die Tabletten nahm. Sie wühlte ein bisschen in dem Karton mit der Medizin und fand schließlich ihr altes Quecksilberthermometer. Neununddreißig drei. Mit anderen Worten: Bettruhe.

Ihr Handy hatte sich ausgeschaltet. Das erklärte, warum sie nicht aufgewacht war. Sie brauchte unbedingt einen richtigen Wecker und ein neues Mobiltelefon. Drei Mal musste sie es einschalten und ihre PIN eingeben, bis sich das Ding dazu herabließ, eine Weile zu laufen.

Sie rief Robban an und musste feststellen, dass sie kaum sprechen konnte.

»Jetzt geht es los«, sagte er entsetzt. »Erkältungen und Grippe, und pünktlich zu Weihnachten kommen dann die Magen-Darm-Infekte.«

»Du hättest ruhig ein bisschen Mitleid äußern und mir Mut zusprechen können«, erwiderte Karin, »bevor du mir wieder von kranken Kindern und Zeichentrickfilmen erzählst, die du auswendig kennst.«

»Übrigens, Margareta hat dich zu erreichen versucht. Sie hat vor einer Stunde angerufen, aber dein Handy war abgeschaltet.«

Karin erklärte ihm, dass ihr Telefon ein Eigenleben führte und dass sie es besser im Auge behalten würde, bis sie sich ein neues zugelegt habe.

»Folke hat Lycke angerufen und sie gebeten, hierherzukommen und eine Erklärung abzugeben.«

»Ich weiß«, krächzte Karin mit letzter Kraft. »Dabei hatte ich ihm doch gesagt, dass ich schon mit ihr gesprochen habe«, fügte sie irritiert hinzu, konnte sich aber nicht aufraffen, eine große Sache daraus zu machen.

»Ich verstehe ja, dass es seltsam für dich ist, weil ihr befreundet seid, aber genau deshalb ist es vielleicht besser, wenn wir uns mit ihr unterhalten. Ich werde dabei sein. Eigentlich wollte ich dir von zwei anderen Dingen erzählen, auf die Folke gekommen ist.«

Karin räusperte sich, um ihm zu zeigen, dass sie noch zuhörte.

»Bist du noch da, Karin?«

»Ja, ja.« Mehr bekam sie nicht heraus. In Bezug auf Lycke hatte Robban natürlich recht, tief im Innern wusste sie das.

»Marianne Ekstedt ist in einen alten Fall aus dem Jahr 1965 verwickelt. Ihre Großeltern wohnten im Haus von Frau Wilson, sind aber an einer Kohlenmonoxidvergiftung gestorben. Was sagst du dazu?«

»Wenn Marianne kommt, müsst ihr sie darauf ansprechen. Es tut mir leid, Robban, aber es geht mir wirklich nicht gut.«

Karin bekam einen Hustenanfall und schnäuzte sich kräftig, bevor sie sich den Hörer wieder ans Ohr hielt.

»Angenehm«, sagte Robban. »Schönes Geräusch.«

»Hat sich auch gut angefühlt, musst du wissen. Komm zum Punkt, Robban. Das war die eine Sache, auf die Folke gekommen ist. Und die zweite?«

»Entschuldige. Seit wir bei Hektor waren, diesem IT-Typen in Lindome, nutzt Folke das Internet.«

»Und?«

»Im Hals von Hjördis Hedlund wurden doch Stoffstreifen gefunden, an denen sie nach Ansicht des Arztes erstickt ist.«

»Ja?«

»Folke hat im Netz etwas über die Hexenprozesse gefunden. Es war üblich, das mit Hexen zu machen.«

»Mit ihnen was zu machen?«

»Man hat sie gezwungen, Wasser mit Stoffstücken darin zu trinken. Ich weiß nicht, ob man sie auf diese Weise umbringen wollte oder ob es sich um eine Foltermethode handelte, aber im Zusammenhang mit den Hexenprozessen war es jedenfalls nicht unüblich.«

Schon wieder Hexen?, dachte Karin. Laut sagte sie: »Das musst du mir erklären.«

»Sekunde.« Robban verschwand. Karin hörte Papier rascheln, dann begann er vorzulesen.

»›Folter war ein gängiger Bestandteil von Hexenprozessen. Viele Geständnisse wurden Frauen abgepresst, die sich vor Schlafmangel und Erschöpfung nur noch den Schmerzen entziehen wollten. Eine grausame Foltermethode bestand darin, den Angeklagten Wasser einzuflößen und sie zu zwingen, Stoffstücke zu verschlucken. Atmen war da fast nicht möglich. Laut den Berichten sollen während dieser sogenannten Verhöre mehrere Personen ums Leben gekommen sein.‹ Hallo, bist du noch da, Karin?«

»Ja, ich habe nur so Halsschmerzen. Reden fällt mir schwer.«

»Je intensiver man sich mit diesen Hexenprozessen beschäftigt, desto grässlicher wird es. Wenn du irgendwie ins Internet kommst und deine Mails liest, schicke ich dir alles. Schaffst du das?«

»Ehrlich gesagt, muss ich mich wohl erst mal ausruhen. Ich habe ein Mittel genommen, das bald wirken müsste. Vorausgesetzt, dieses bescheuerte Handy funktioniert, werde ich mir alles angucken.«

Sie ließ sich ermattet auf eine der gepolsterten Sitzbänke sinken, stopfte sich ein zusätzliches Kissen hinter den Rücken und wickelte sich in ihre Daunendecke.

Wieder klingelte das Telefon. Mühsam öffnete sie die Augen und sah nach, wer es war. Johan. Nachdem sie ihren Arm aus der Decke befreit hatte, konnte sie das Gespräch endlich annehmen.

»Wie du dich anhörst, du Arme«, sagte er. »Kann ich dir helfen? Brauchst du etwas?«

»Nein, danke«, erwiderte Karin automatisch. »Oder darf ich mich noch einmal umentscheiden? Ich habe nichts zu essen an Bord. Nicht, dass ich im Moment Appetit hätte, aber ich muss ja etwas essen. Hagebuttensuppe und Halstabletten. Milch und Honig und vielleicht irgendeinen Tee, denn meiner ist fast alle. Aber keinen Zitronentee, den mag ich nicht.«

»Keinen Zitronentee«, wiederholte Johan. »Du stellst ganz schön hohe Ansprüche. Ich werde mal sehen, was sich da machen lässt. Wie ist es mit Küssen, sind die ausgeschlossen?«

»Nein, gar nicht.«

Karin legte auf und kämpfte sich auf wackligen Beinen zur Toilette. Von ihren Segeltörns bei starkem Seegang kannte sie jede Stelle, an der man sich festhalten konnte.

Das Spiegelbild, das sie anblickte, war nicht gerade aufmunternd. Eine rote Nase und fiebrig glänzende Augen. Wie ein Albinokaninchen. Was Johan wohl sagen würde? Aber sie war schließlich krank.

Während sie auf ihn wartete, rief sie ihre Oma an, bereute diesen Entschluss aber nach den Einleitungsfloskeln sofort.

»Kindchen, wie geht es dir denn?«, fragte Anna-Lisa bekümmert. »Hast du dich etwa erkältet? Füße und Kopf sind am wichtigsten. Du trägst doch eine Mütze?«

Karin versuchte, eine Hustenattacke zu unterdrücken, allerdings ohne Erfolg.

»Du klingst ja furchtbar, liebes Kind. Heißes Wasser mit Zucker oder am besten Honig. Habe ich dir von meiner Freundin Rosa und ihrem Husten erzählt?«

Karin legte das Telefon auf die Bettdecke und hustete sich aus, während ihre Großmutter zum wiederholten Mal die Geschichte von Rosas Husten zum Besten gab.

»Schnee, Treibeis und die Schule hundert Kilometer entfernt. Hör jetzt auf, Oma.«

Karin beendete das Gespräch, indem sie ihr Handyproblem vorschob. Anna-Lisa solle sich also keine Sorgen machen, wenn sie nicht rangínge. Nachdem sie aufgelegt hatte, sank sie müde in die Kissen. Sie musste wieder eingeschlafen sein, denn sie merkte gar nicht, wie Johan an Bord kam. Eine kühle Hand auf ihrer Stirn weckte sie.

»Ui«, sagte Johan, als sie die Augen aufschlug.

»Was, ui?«, krächzte Karin. »Sag bitte nicht Albinokaninchen zu mir.«

Johan lachte. »Das hatte ich eigentlich nicht vor. Was ist denn mit dir los?«

»Endlich jemand, der Mitleid mit mir hat.« Karin lächelte. Sie lehnte sich zurück und schloss die Augen.

In einem Topf auf dem Spirituskocher machte Johan Milch warm. Dann löste er ein paar Halsbonbons mit Eukalyptusgeschmack darin auf. Er schmierte Brote, goss die Hagebuttensuppe in ein Glas und stellte Blumen auf den Tisch.

»Wie schön du alles hergerichtet hast«, sagte Karin, nachdem sie einen Bissen von dem Butterbrot herunterbekommen hatte. Ihrem schmerzverzerrten Gesicht war anzusehen, dass sie auf den Rest lieber verzichtete. Ihr Hals war mit der Nahrungsaufnahme ganz offensichtlich nicht einverstanden.

»So schlimm?«, fragte Johan. »Soll ich dich zum Arzt fahren? Vielleicht brauchst du ein Medikament?«

»Ach was, das ist doch nur eine Erkältung. Musst du eigentlich nicht zur Arbeit?«

»Nun, ich könnte heute mal andere Prioritäten setzen. Mich um dich zu kümmern, steht ganz oben auf meiner Liste.«

»Es besteht natürlich die Gefahr, dass ich dich anstecke.«

»Von niemandem auf der Welt würde ich mich lieber anstecken lassen.« Johan lächelte. »Jetzt mal im Ernst. Kann ich dir irgendwie helfen?«

»Der Computer«, sagte Karin. »Könntest du ihn vielleicht mal rausholen und damit ins Netz gehen? Ich muss meine E-Mails und noch ein paar andere Dinge checken.«

»Klar.«

Er fuhr den PC hoch und stellte ihn auf den Tisch neben Karin. Mit Hilfe seines Handys stellte er eine Verbindung zum Internet her.

Sie loggte sich ein und warf einen Blick auf ihren Posteingang. Dann nahm sie das Notebook auf den Schoß und öffnete die Mail von Robban. Nach der Lektüre hatte sie eine Reihe von Fragen.

»Ich müsste mal telefonieren. Darf ich mir dein Telefon ausleihen, Johan?«

»Unbedingt.« Er reichte ihr sein flaches silberfarbenes Handy.

Karin tippte Robbans Nummer ein, aber es meldete sich Folke.

»Hallo, Folke«, sagte Karin.

»Du klingst, als bräuchtest du dringend Vitamin C«, erwiderte Folke. »Kiwi und Knoblauch. Tee mit …«

»Hexen …«, fiel Karin ihm ins Wort, woraufhin Johan sich vom Spülbecken abwandte und sie nachdenklich ansah. »Laut Robbans Mail hast du herausgefunden, dass man Hexen gezwungen hat, Wasser mit Stoffstücken zu schlucken.«

Endlich hatte sie Folke, wo sie ihn haben wollte. Ausführlich beschrieb er seine Entdeckung. Karin warf hin und wieder Fragen ein. Folke schaffte es sogar, sie erstaunlich kurz und präzise zu beantworten. Schließlich hörte sie im Hintergrund Robbans Stimme und wollte auch noch mit ihm sprechen.

»Ich habe ein Problem mit meinem Handy und weiß nicht, ob ihr mich erreichen könnt«, sagte Karin.

Johan wedelte mit dem Küchenhandtuch, um ihre Aufmerksamkeit zu erregen.

»Du kannst so lange meins nehmen«, sagte er.

»Warte kurz, Robban«, sagte Karin.

»Du kannst meins nehmen. Vor allem, wenn du gleichzeitig ins Internet musst. Einen Moment.« Er schrieb seine Handynummer auf einen Zettel. »Sag ihnen, dass sie dich da erreichen können. Damit ersparst du dir auch eine Menge Anrufe von Leuten, die nicht wissen, dass du krank bist.«

»Höre ich da im Hintergrund den Liebesdoktor?«, lachte Robban.

Ohne auf seinen Kommentar einzugehen, gab Karin ihm die Nummer und verabschiedete sich.

»Folke?«, fragte Johan.

»Zuerst Folke und dann Johan. Folke kann jetzt mit dem Internet umgehen. Eigentlich ist er nicht dumm, man muss ihn nur dazu bringen, sich auf die richtigen Dinge zu konzentrieren.« Karin bekam einen Hustenanfall. Johann reichte ihr den Becher mit der Eukalyptusmilch.

»Mit meiner sexuellen Anziehungskraft kann ich im Moment wohl keinen Blumentopf gewinnen, was?« Sie rieb sich die tränenden Augen.

»Aber mit anderen Dingen.« Zärtlich küsste er sie auf die schweißnasse Stirn.

Karin wusste nicht, was sie darauf erwidern sollte.

Johan schien etwas sagen zu wollen, zögerte aber.

»Was?«, fragte Karin. »Hast du deine Meinung bezüglich meiner Anziehungskraft geändert?« Sie lächelte müde und schloss die Augen. Die Decke hatte sie weggestrampelt, sie lag zusammengeknüllt am Fußende. Der gestreifte Flanellschlafanzug reichte vollkommen aus. Klitschnass klebte er an ihrer heißen Haut, die alle Anstrengungen unternahm, ihre Körpertemperatur zu senken.

Johan hatte ihre Frage entweder nicht gehört, oder er war so in seinen Gedanken versunken, denn er antwortete nicht. Er wollte gerade anfangen, ihr vom gestrigen Abend im Rathaus zu erzählen, als er bemerkte, dass sie eingeschlafen war.

»Ruh dich ein bisschen aus.« Er strich ihr über die nasse Stirn.


»Ich hab's!«, sagte Hektor, als Robban sich meldete.

»Entschuldigung?« Robban erkannte die Stimme zwar wieder, konnte sie aber nicht auf Anhieb einordnen.

»Hier ist Hektor aus Lindome.«

»Hallo, Hektor.« Robban entschuldigte sich bei dem Mann an der Kasse, der darauf wartete, dass er sein Mittagessen bezahlte. Folke bedeutete ihm, er solle sich ruhig ein paar Schritte entfernen, weil er die Rechnung für beide übernehmen könne. Der Kassierer sah seufzend zu, wie Robban mit dem Handy zwischen Schulter und Ohr geschickt seinen Teller am Büfett volllud.

»Ich hab's!«, wiederholte Hektor.

»Was denn?«, fragte Robban.

»Diese Ziffern- und Buchstabenkombination, die mir bekannt vorkam. Ich weiß jetzt, was das ist. Lass es mich kurz erklären. Es gibt eine Firma, die ihren Kunden maßgeschneiderte Computer liefert. Früher konnte man die nur bestellen, aber inzwischen kann man die Sachen auch in Läden kaufen. Der Kern meiner Überlegung ist jedoch der Umstand, dass jeder Kunde genau darlegt, wie er sich seinen Computer vorstellt. Anschließend wird dem Gerät eine Nummer zugewiesen. Jeder Computer von dieser Firma hat eine unverwechselbare Identifikationsnummer. Bei der Kombination aus Ziffern und Buchstaben, die euer Esus da als Kennwort verwendet, handelt es sich ganz einfach um die Identifikationsnummer seines Computers.«

»Konntest du sehen, wer er ist?«, fragte Robban und fand nach längerem Suchen einen funktionierenden Stift in seiner Jackentasche.

»Nein, aber wie die Firma heißt, die den Computer bestellt hat. Der Kunde war ein Unternehmen.« Hektor klang zufrieden, während Robban daran dachte, wie viele Computer es in ein und demselben Unternehmen geben konnte. Nicht wenige.

»Ein Unternehmen?«, fragte Robban nachdenklich.

»Klar.«

»Du meinst also, dass diese Person, die sich Esus nennt, in diesem Unternehmen arbeitet.«

»Genau. Zumindest tut das der Computer, in dem Esus erschaffen wurde.«

»Nicht zu fassen!« Robban bedankte sich und beendete das Gespräch. Er strahlte übers ganze Gesicht.

»Jetzt wirst du Augen machen!«, sagte er zu Folke. »Das war dein Freund Hektor. Er hatte eine interessante Neuigkeit für uns.«

»So?« Folke widmete sich dem Salat, den er sich auf den Teller gehäuft hatte.

»Es hat sich herausgestellt, dass der Computer, auf dem Esus seine virtuelle Persönlichkeit erschaffen hat, mit einer unverwechselbaren Identifikationsnummer ausgestattet ist. Hektor hat rausgefunden, dass der PC einem Unternehmen hier in Göteborg gehört. Kannst du mir folgen?«

»Nach Göteborg?«, fragte Folke.

»Nein, ich meine gedanklich«, erwiderte Robban, ohne eine Miene zu verziehen.

»Du meinst also, der Computer befindet sich in Göteborg.«

»Zumindest das Unternehmen, dem er gehört.«

»Hast du den Namen erfahren?«

»Nein, aber eine Registriernummer. Hier.« Er zeigte auf die Zahlen auf seinem Block. »Das lässt sich herausfinden.«

Folke nickte langsam, während Robban bei Marita anrief und ihr die Nummer nannte.

»Eine Aktiengesellschaft namens Sleipner Security«, wiederholte Robban, nachdem Marita ihm das Unternehmen genannt hatte. Dann fragte er sie nach der Adresse. Exportgatan.

Nachdenklich sah er Folke an. »Sleipner Security.« Robban trank einen Schluck Leichtbier, lehnte sich zurück und versuchte, sich zu konzentrieren. »Verfluchter

Mist, Folke, ich kenne das Unternehmen. Warum kommt mir der Name bloß so bekannt vor? Ich habe ihn irgendwo schon mal gelesen oder gehört ... Sagt er dir etwas?«

»Das achtbeinige Ross Odins heißt Sleipner«, sagte Folke.

»Ein achtbeiniges Pferd?«, wiederholte Robban. »Nein, das meine ich nicht, es ist der Name, der mir so bekannt vorkommt. Sleipner Security. Wo habe ich den bloß gesehen? Ruf Karin an und frag sie, ob sie das Unternehmen kennt.«

»Was hältst du davon, wenn wir gleich hinfahren und mit den Leuten reden?«, fragte Folke. »Hier schmeckt der Kaffee sowieso nicht besonders.«

»Klar.«

Zehn Minuten später standen sie vor Robbans Auto.

»Nur damit du es weißt: Die Reifen sind neu.«

»Gut.« Folke schnallte sich an.

»Hast du eigentlich Karin angerufen und nach Sleipner Security gefragt?«

»Nein.« Folke machte keine Anstalten, nach seinem Handy zu greifen.

Robban rief die zuletzt gewählten Nummern auf und wählte die von Karin aus, unterbrach die Verbindung jedoch, bevor die Mailbox ansprang, und hinterließ keine Nachricht. Dann entschied er sich um und wählte ihre Nummer noch einmal. Schließlich hatte er Karin doch etwas zu sagen. Gute Besserung.

»Hallo, du hast die Nummer von Johan Lindblom von Sleipner Security gewählt. Im Moment kann ich deinen Anruf nicht persönlich entgegennehmen, aber wenn du deinen Namen und die Telefonnummer hinterlässt ...« Robban starrte das Telefon an.

»Was zum Teufel ...«, begann er. »Folke.« Er reichte das Telefon an seinen Kollegen weiter. »Sieh nach, ob ich von der Nummer, die ich eben gewählt habe, heute Morgen um zehn angerufen wurde.«

»Wie denn das?« Folke warf einen skeptischen Blick auf Robbans Handy.

»Verflucht noch mal, Folke!« Robban fuhr bei Stigs Center an die Tankstelle. Hastig scrollte er sich durch das Menü, wählte die Nummer erneut und schaltete den Lautsprecher ein.

»Hallo, du hast die Nummer von Johan Lindblom von Sleipner Security gewählt …«

Robban erstarrte vor Schreck, als ihm klar wurde, dass Karin krank im Bett lag und sich aus irgendwelchen Gründen das Handy von Johan Lindblom von Sleipner Security ausgeliehen hatte. Das konnte nur eines bedeuten. Sie saß in der Klemme.

»Sleipner Security. Das Unternehmen gehört also Johan, dem Neuen von Karin?«, fragte Folke.

»Warum geht sie nicht ran?« Robban wählte die Nummer noch einmal. Folke machte ein verkniffenes Gesicht, aber Robban wusste, dass er nicht verärgert war, sondern sich Sorgen machte.

»Als ich mit ihr gesprochen habe, war sie auf dem Boot«, sagte Robban. »Sie lag krank in der Kabine, und im Hintergrund habe ich die Stimme von diesem Johan gehört.«

»Fahr los!«, sagte Folke. Robban machte einen Blitzstart und fuhr wieder auf die E6. »Ich rufe Carsten und die Kollegen aus Kungälv an. Die kommen da schneller hin.« Folke griff nach seinem Handy, und Robban gab Gas.

Es war drei Uhr nachmittags, und draußen wurde es bereits dunkel. Rings um die Marstrander Vorschule herrschte dichter Verkehr, weil massenhaft Eltern ihre Sprösslinge mit dem Auto abholten. In der Fredrik Bagges

Gatan parkten die Leute direkt vor dem Kindergartentor, obwohl die Erzieherinnen immer wieder darauf hinwiesen, dass das verboten war. Eigentlich sollte der Parkplatz an der Slipanlage in der Muskeviken benutzt werden, aber daran hielten sich gestresste Eltern auf dem Weg von und zur Arbeit selten.

Zwei Polizeiautos mit Blaulicht und Sirene fuhren mit quietschenden Reifen auf den Parkplatz an der Muskeviken. Vier Beamte sprangen heraus und rannten über den Steg zu Karins Boot. Johan, der gerade einkaufen ging, sah sie verwundert an.

»Johan Lindblom?«, fragte einer der Polizisten, der mit einem weiteren Kollegen stehen geblieben war, während die beiden anderen weiter zur *Andante* eilten.

»Ja?«, fragte Johan.

# 18

»Einen Augenblick.« Carsten forderte Lycke auf, sich zu setzen. Nachdem er sich vergewissert hatte, dass auf seinem Schreibtisch nichts lag, was nicht für fremde Augen bestimmt war, schloss er die Tür. Eilig rief er Robban auf dem Handy an, bekam jedoch nur ein Besetztzeichen. Folke dagegen meldete sich sofort. Carsten berichtete ihm, dass er soeben die Bestätigung erhalten hatte, dass die Kollegen aus Kungälv Johan Lindblom, den Besitzer von Sleipner Security, gefasst hatten und Karin sich in Sicherheit und auf ihrem Segelboot befand. Anschließend kehrte er zurück in sein Zimmer, wo Lycke wartete.

»Du, Folke, eine Sache noch«, sagte Carsten. »Ich habe hier eine Lycke Lindblom. Du hast sie gebeten, hierherzukommen und eine Erklärung abzugeben«, begann Carsten in der Hoffnung, dass Folke ihn auf den neuesten Stand bringen würde.

Lycke sah sich währenddessen in dem Eckzimmer um. Es roch nach Klimaanlage, nach Fenstern, die nie geöffnet wurden, und als hätte hier jemand geraucht, obwohl Lycke sich schwer vorstellen konnte, dass das erlaubt war.

»Die Fingerabdrücke«, sagte Carsten, nachdem er aufgelegt hatte. Lycke nickte und beschrieb die einzige Möglichkeit, wie ihre Fingerabdrücke ihres Wissens nach auf die Weinflasche im Rosenlund gekommen sein konnten.

»Karin hat mich das alles gestern schon gefragt, und da sind wir gemeinsam zu dem Schluss gekommen, dass offenbar jemand die Weinflasche, die Asko und ich beim Abendessen im Hotel Maritime getrunken haben, an sich genommen und anschließend in Askos und Mariannes Haus im Rosenlund gebracht haben muss.« Als Lycke

Mariannes Namen erwähnte, runzelte Carsten bekümmert die Stirn.

»Du kennst Marianne auch?«, fragte er.

»Kennen würde ich nicht sagen, aber da sie die Frau meines Chefs ist, bin ich ihr schon ein paarmal begegnet.«

Ein festes Klopfen unterbrach ihr Gespräch. Marita trat ein.

»Jä!«, antwortete Carsten und entschuldigte sich gleichzeitig bei Lycke.

»Die Fotos von Marianne Ekstedt.« Marita legte sie neben Lycke auf den Schreibtisch. Das eine war die Großaufnahme einer lächelnden Marianne Ekstedt, auf dem anderen Bild war sie mit zwei Koffern in einer Abflughalle. Neben ihr stand Asko, doch er war nicht derjenige, der Lyckes Aufmerksamkeit erregte.

»Der Koffer«, sagte Lycke. Sie überlegte zwei Sekunden, wie sicher sie sich ihrer Sache war. »Den habe ich heute Morgen gesehen.«

»Was?«, fragte Carsten. »Von diesen Koffern gibt es doch Tausende.«

»Nicht in Gelb, glaub mir. Ich bin beruflich ziemlich herumgekommen, und die meisten Bordcases sind schwarz.«

»Wo hast du ihn gesehen?«, fragte Carsten.

»In einem Auto. Von unserem Betriebsarzt. Kristian Wester heißt er.«

»Beschreib den Koffer mal«, sagte Marita, bevor Carsten den Mund öffnen konnte.

Lycke schloss die Augen und versuchte, sich genau zu erinnern. Sie hatte ihn während der gesamten Fahrt von Marstrand nach Göteborg vor sich gehabt.

»Ein gelber Samsonite auf Rädern. Ein Bordcase. Vorne waren zwei Fächer, und auf dem einen war ein Känguru abgebildet. Das Känguru hatte eine Kappe auf, und neben ihm stand ein Koalabär, glaube ich. Es war auf jeden Fall ein Bär. Der Henkel war aus Plastik und hatte eine Art Lederhülle. Ich hatte ihn in der Hand, weil ich den Koffer auf den Boden stellen musste, als ich einstieg.« Lycke überlegte, ob sie etwas vergessen hatte. »Ich glaube, das ist alles.«

Carsten sah sie bewundernd an. Er verglich ihre Angaben mit der Beschreibung, die eine der Töchter gemacht hatte. Alles stimmte. Die gelbe Farbe war ungewöhnlich, und den Aufkleber hatte Lycke haargenau wiedergegeben.

»Da ist noch etwas … Ich habe Kristian nämlich gefragt …« Lycke machte ein zweifelndes Gesicht.

»Jä?«

»Ich habe ihn gefragt, ob er verreisen wolle. Wegen des Koffers, meine ich, aber er hat mir gar nicht richtig geantwortet. Er war überhaupt ziemlich zerstreut.«

»Du bist also mit ihm im Auto gefahren?«, fragte Carsten. Lycke erzählte, dass sie den Bus verpasst und Kristian an der Bushaltestelle gehalten und sie gefragt hatte, ob er sie mitnehmen solle. Sie fügte hinzu, dass er in einem Pickup fuhr, weil sein Mercedes in der Werkstatt war.

Carsten machte sich Notizen. Er fragte nach der Uhrzeit und worüber sie geredet hätten. Lycke versuchte, sich zu entsinnen. »Er hat mich gefragt, wie die Polizei vorankommt, und da habe ich ihm von den Fingerabdrücken erzählt.« Lycke holte tief Luft. »Er scheint Marianne nicht besonders zu mögen.«

Carsten bedankte sich und begleitete Lycke zur Tür. Er kratzte sich am graugesprenkelten Bart. Aus Lyckes Aussage ging hervor, dass sie den Koffer von Marianne Ekstedt gesehen hatte. Tatsache war, dass sie am Tatort im Rosenlund die Fingerabdrücke von Lycke und Asko gefunden hatten. Was, wenn Lycke und Asko ein Verhältnis hatten und Marianne beseitigen wollten? Der Polizei lagen ja nur Lyckes Angaben über den Koffer vor, und sie hatte ihn ganz offensichtlich gesehen. Es fragte sich nur, in welchem Zusammenhang. Während des Gesprächs hatte er sie genau beobachtet. Er konnte sich kaum vorstellen, dass sie etwas mit der Sache zu tun hatte, aber ganz sicher konnte man so etwas nie wissen.

Carsten machte ein paar Anrufe, um den Stein ins Rollen zu bringen. Laut Mariannes Kollegin Gisela flog Marianne immer vom Flughafen Landvetter nach London. Es würde eine Weile dauern, die Überwachungskameras aus Landvetter zu überprüfen, aber die Bestätigung der Passagierlisten erhielt er nach zwanzig Minuten. Marianne hatte einen Flug von Göteborg nach London gebucht, hatte ihn aber nie angetreten. War sie überhaupt abgereist?

Dem Rascheln nach zu urteilen, ging Robban ans Telefon. Karin sah ihn förmlich vor sich.

»Sjölin am Apparat. Hallo.«

»Was ist hier los, Robban?«, fragte Karin heiser.

»Wo bist du? Ist alles in Ordnung?«

»Die Kollegen aus Kungälv haben mich gerade geweckt, aber niemand konnte mir erklären, warum. Und wo ist Johan?«

»Wir sind in fünf Minuten bei dir«, sagte Robban. »Dann erkläre ich dir alles.«

»Einverstanden.«

Karin sank zurück auf die Kissen. Sieben Minuten später trat Robban auf die übliche Weise ein. Wie ein Elefant im Porzellanladen bestieg er das Boot und sprang offenbar mit beiden Füßen gleichzeitig auf den Teakfußboden im Cockpit.

406

»Irgendwann bringe ich dir bei, wie man ein Boot betritt.«

»Aber nicht jetzt.« Er lächelte.

Karin setzte sich auf und hustete, worauf Robbans Lächeln erstarb. Er wich demonstrativ zurück.

»Wollt ihr eine Tasse Tee oder Kaffee?«, fragte sie, nachdem sie sich laut geräuspert hatte.

»Äh …«, begann Robban.

»Ja, gerne.« Folke stieg durch die Luke in die Kajüte. Robban blieb trotz der Kälte draußen stehen. »Kommst du, Robban?«, fragte er.

»Ich habe alle Becher abgeleckt«, sagte Karin zu Robban.

»Wahrscheinlich hast du mich bereits angesteckt.« Er kam nach Folke herein.

»Was ist hier los?«, fragte Karin.

»Nun, wir waren ja auf der Jagd nach diesem Rollenspieler, oder wie man das nennt, namens Esus. Es hat sich herausgestellt, dass die Firma, in der Esus seine Internetidentität erschaffen hat, Sleipner Security heißt.« Robban beobachtete Karin, während er das sagte. »Diese Firma gehört zufällig Johan Lindblom.«

»Johan?«, fragte Karin erstaunt. »Ihr glaubt doch nicht ernsthaft, dass er etwas mit der Sache zu tun hat?«

»Doch, das tun wir«, erwiderte Folke trocken.

»Wir würden ihn zumindest gern danach fragen«, fügte Robban hinzu, um Folkes Bemerkung etwas abzumildern.

»Ihr könnt ihn anrufen und fragen. Als ich einschlief, war er noch hier«, sagte Karin. Sie war ein bisschen enttäuscht, dass er einfach gegangen war, ohne etwas zu sagen.

Robban und Folke sahen sich an.

»Was?«, fragte Karin.

»Das könnte eine Weile dauern. Die Kollegen aus Kung-älv bringen ihn gerade in die Stadt.«

Karin warf die Bettdecke von sich und setzte die Füße auf den kalten Kajütenboden. Als sie sich aufrichtete, musste sie sich am Tisch festhalten.

»Seid ihr verrückt? Warum habt ihr mich nicht ange-rufen?« Sie strich sich über die Stirn und dachte an Johan, der nun in einem Streifenwagen nach Göteborg unterwegs war. »Mein Gott«, murmelte sie.

»Das haben wir doch. Deswegen waren wir ja so be-sorgt. Du bist nicht rangegangen, und stattdessen meldete sich die Mailbox mit einer Ansage von Sleipner Securi-ty.«

»Das liegt am Boot«, sagte Karin. »An diesem Stahl-boot, der Empfang hier drinnen ist mies. Ich muss mir eine Außenantenne besorgen, die ich mit dem Telefon ver-binden kann.«

Der Wasserkessel gab einen Pfiff von sich.

»Das Auto mit Johan muss umkehren. Wir müssen hier mit ihm reden«, sagte Karin nachdenklich. »Es gibt be-stimmt eine Erklärung dafür.«

Folke und Robban hatten nichts gegen den Vorschlag einzuwenden. Robban ging zum Telefonieren hinauf an Deck.

»Okay.« Er stecke den Kopf durch die Luke. »So weit sind sie noch nicht. In zwanzig Minuten sind sie hier.«

Karin war so unvorsichtig, den Kopf zu schütteln, wor-auf sich ihre Welt noch heftiger drehte.

Sie hörte Robban noch einen Anruf machen, offenbar telefonierte er mit Carsten.

»Jetzt werdet ihr staunen!«, sagte er, als er zurück-kehrte. »Deine Freundin Lycke hat mit Carsten gespro-chen.«

»Lycke? Wegen der Sache mit den Fingerabdrücken?«

Karin nippte an dem heißen Tee, den Folke ihr hingestellt hatte. Es gefiel ihr gar nicht, dass Lycke und Johan in den Fall involviert waren.

»Anfangs ja, aber dann hat sich herausgestellt, dass sie heute Morgen auf dem Weg zur Arbeit eine Mitfahrgelegenheit hatte.«

»Ach. Und?«, fragte Karin.

»Der Typ hatte den Koffer von Marianne Ekstedt im Auto. Lycke konnte ihn haargenau beschreiben.«

»Und wie heißt der Typ?«

»Kristian Wester. Der Arzt.«


»Hallo, Majken, ist bei dir alles in Ordnung?«, frage Sara, die die Telefonnummer auf Anhieb erkannt hatte.

»Ja, alles in Ordnung, aber …«

»Ist was passiert?«, fragte Sara.

»Was heißt schon passiert …? Vielleicht ist es ja eine Bagatelle, aber ich dachte mir, falls doch etwas nicht stimmt, und ich rufe *nicht* an … Hier draußen sind ja in letzter Zeit so viele merkwürdige Dinge passiert, und falls die Sache damit zu tun hat …« Majken klang bedrückt.

»Jetzt musst du mir aber alles erzählen, Majken. Was ist los?«

»Ich saß hier und hatte gerade das Kirchenbuch weggelegt und das Geburtsregister zur Hand genommen, weil ich mich gerade mit einer genealogischen Fragestellung beschäftige. Ich wollte wissen, ob ich lebende Nachkommen der armen Malin finde, die wegen Hexerei zum Tode verurteilt wurde.«

»Kommst du damit voran?«

»Und wie! Plötzlich kamen mir die Namen, die da auftauchten, bekannt vor. Auch die Notizen des Pfarrers sagten mir etwas. Irgendwann zeige ich dir mal unsere wunderbar eingescannten Kirchenbücher. Man hat fast das Gefühl, ein Buch zu lesen, obwohl man vor einem Bildschirm sitzt. Unglaublich.«

»Sagtest du nicht, die Namen kämen dir bekannt vor?«, fragte Sara.

»Nun, es haben mich ja schon viele Leute gebeten, ihnen bei der Ahnenforschung behilflich zu sein, und einige alte Anfragen habe ich aufbewahrt. Manchmal bleibe ich stecken und kann nur einen Zwischenstand abliefern, denke aber, dass ich zu einem späteren Zeitpunkt vielleicht weiterkomme. Außerdem bekommt man manchmal Unterstützung von anderen Ahnenforschern, deren Familienzweige sich mit meinen überschneiden, und dann erhält man auf einmal genau das Puzzleteil, das einem noch fehlte.«

»Es tauchte also ein Name auf, den du aus einer früheren Anfrage kennst?«

»Genau. In den sechziger Jahren hat hier draußen ein Ehepaar einen Jungen adoptiert. Sie wollten, dass ich seine Familiengeschichte erforsche, damit er sich nicht so entwurzelt vorkommt. Es stellte sich heraus, dass er ursprünglich von der Insel Orust stammt, die Familie aber später nach Åkerström gezogen ist, das liegt zwischen Trollhättan und Lilla Edet. Damals kam ich bis 1778, dann war Schluss.«

»Weiter bist du nicht gekommen?«

»Damals nicht, aber heute Abend las ich einige Unterlagen von einer Dame aus Dänemark, die sich mit den Angehörigen von wegen Hexerei verurteilten Frauen beschäftigt hat. Auch hier hatte sie drei Frauen entdeckt, und eine davon war Malin. Leider gab es nicht viele Fakten. Sie wusste nur, dass Malins Kinder 1660 und 1661 geboren waren und Lars und Sigrid hießen – und dass sie Marstrand verlassen hatten. Sie hatte keine Ahnung, wo sie abgeblieben waren. Deshalb bin ich an der Stelle nicht weitergekommen. Aus purem Zufall entdeckte ich in einem Kirchenbuch eine Anmerkung vom Pfarrer aus Orust. Dem Pfarrer, der 1674 die Familie auf dem Hof Grindsby nach den häuslichen Verhältnissen befragt, macht es zunächst Sorgen, dass die Familie sich der Kinder der zauberkundigen Malin aus Marstrand angenommen hat. Die Namen stimmen, Sigrid und Lars. Anfangs hält er ein besonders wachsames Auge auf sie. Die Familie und der Pfarrer scheinen jedoch ein gutes Verhältnis gehabt zu haben, und so erzählt der Pfarrer niemandem, woher die Kinder kommen. Ihm leuchtet ein, dass es für die Kinder das Beste ist, wenn keiner von ihrer Herkunft erfährt.

Zuerst war ich skeptisch, ob ich wirklich so viel Glück haben konnte, dass ich die Kinder von Malin gefunden hatte, aber es gab mehrere Anmerkungen. Unter anderem steht da, dass der Vater beim Heringsfang ums Leben kam und die Mutter die Kinder allein großziehen musste. Weil das auch auf Malin zutrifft, machte ich weiter und verfolgte ihre Lebensgeschichte. Ich begann mit dem Jungen, Lars, der heiratet und fünf Kinder bekommt. Nur zwei Mädchen überleben, und lediglich eins davon bringt selbst Kinder zur Welt. Und auf einmal war ich, ohne es zu wissen, auf meiner alten Spur, die 1778 abrupt geendet hatte. Jahreszahl und Namen kamen mir bekannt vor. Ich kramte meinen alten Ordner mit den Fällen hervor, bei denen ich steckengeblieben war, und es zeigte sich, dass der Junge, dessen Adoptiveltern in den sechziger Jahren zu mir kamen, mit unserer Freundin verwandt ist, die wegen Hexerei verurteilt und dann hingerichtet wurde.«

»Das ist ja großartig, Majken! Weißt du den Namen des Jungen?«

»Tja, ein Junge ist er natürlich schon lange nicht mehr, aber ich kann mich noch gut an ihn erinnern. Asko Ekstedt heißt er. An dieser Stelle kam ich ins Grübeln. Die

Tote wurde doch drüben in seinem Haus gefunden. Und deshalb hatte ich ... äh, das Gefühl, die Dinge könnten irgendwie zusammenhängen. Ich meine, zuerst der Opferstein, dann der Garten von Frau Wilson und schließlich das Haus von Ekstedts. Außerdem habe ich gehört, dass seine Frau Marianne verschwunden ist. Plötzlich kam ich auf den Gedanken, dass alles mit alter Hexerei zu tun hat. Obwohl das natürlich vollkommen verrückt klingt, das sehe ich ja selbst.«

»Ich weiß nicht«, sagte Sara. »Sicher, ein bisschen verrückt hört es sich an. Aber es bedeutet, dass wir einen lebenden Nachfahren von Malin im Winkel gefunden haben. Asko Ekstedt. Das ist toll.«

»Ja. Ich bin nur noch nicht dazu gekommen, Sigrids Lebensweg weiter zu verfolgen.«

»Sigrid?«, fragte Sara.

»Die Tochter. Bei dem Sohn war es leichter, weil ich ja bereits alle Fakten in der Hand hatte, als mir die Verbindung klargeworden war. Das Leben der Tochter muss ich auf die herkömmliche Weise recherchieren. Ich habe gerade frischen Kaffee aufgesetzt und werde bestimmt noch eine Weile hier sitzen.«

»Tu das«, sagte Sara. »Was sollen wir wegen der Verwandtschaftsbeziehung unternehmen? Meinst du, die Sache hat etwas mit dem Mord zu tun?«

»Ich weiß es nicht, aber ich wollte dir unbedingt von meiner Entdeckung erzählen. Du kennst doch diese Polizistin.«

Sara verabschiedete sich von Majken und legte auf. Dann fiel ihr die Schlafstatt im Rathauskeller vom Vorabend wieder ein. Während sie Karins Nummer heraussuchte, überlegte sie, was sie ihr sagen sollte. Als sich die Mailbox meldete, hinterließ sie eine kurze Nachricht und bat um Rückruf. Dann rief sie Johan an, um sich zu erkundigen, ob er Karin von ihrer Entdeckung im Rathauskeller berichtet habe.

»Ach, hallo«, rief Sara verwundert aus, als sich Karins Stimme an Johans Handy meldete. Karin sagte, sie sei auf dem Boot und Sara könne gern vorbeikommen, wenn sie etwas Wichtiges auf dem Herzen habe.

Sara zog sich Schuhe und Jacke an. Egal, wie verrückt das Ganze klang, sie wollte Karin die Neuigkeit überbringen.

Majken schickte die E-Mail mit ihrer Suchanfrage nach Lars und Sigrid auf Grindsby ab. Sie hatte das Ausstellungskonzept beschrieben und erklärt, dass sie Nachkommen von Malin suchte, die wegen Hexerei zum Tode verurteilt worden war, deren Kinder jedoch bei einer Bauernfamilie auf Orust unterkamen. Vielleicht wisse jemand im Genealogieverein auf Orust von Sigrids weiterem Lebensweg. Wohin sie gezogen sei, ob sie Kinder habe … Majken ging in die Küche, um ihre Kaffeetasse abzuspülen. Sie überlegte kurz, ob sie all ihre Unterlagen und Ordner einfach auf dem Schreibtisch liegen lassen sollte, aber dann entschied sie sich um und legte das Ganze zumindest auf einen ordentlichen Stapel. Sie wollte gerade ihr E-Mail-Programm schließen, als sie bemerkte, dass sie eine Antwort erhalten hatte.

»Hallo, Majken! Ich muss deine Anfrage einfach sofort beantworten, weil ich in diesem Frühjahr schon einmal eine ganz ähnliche erhalten habe. Ein Kristian Wester, Nachkomme von eurem Bagge aus Marstrand, wollte guten Freunden ihren Stammbaum schenken. Asko und Marianne Ekstedt. Eigentlich hatte ich den Eindruck, dass er sich nur für den Stammbaum der Frau interessierte, aber das Merkwürdige daran war die Kombination der beiden. Sie stammen nämlich beide von Malin im Winkel ab, eurer sogenannten Hexe. Asko geht direkt auf den Sohn Lars zurück, und Marianne auf Sigrid. Den detaillierten Stammbaum findest du in der angehängten Datei. Nicht zu fassen, dass manche Leute meinen, Ahnenforschung wäre langweilig! Mit freundlichem Gruß, Bengt-Yngve.‹

Majken musste sich setzen. Konnte es wirklich wahr sein, dass zwei Nachkommen derselben Frau sich viel später begegneten und heirateten? Und was hatte Kristian Wester, ein direkter Nachfahre von Fredrik Bagge, mit der Sache zu tun? Warum in Gottes Namen hatte er sich für ihre gemeinsame Herkunft interessiert? Majken griff nach dem Hörer. Sie musste Sara noch einmal anrufen.

Karin hatte die Petroleumlampe über dem Tisch entzündet. Langsam vervollständigte sich das Puzzle. Sie tasteten sich voran und fügten einige Teile zusammen, während sie andere voneinander trennten. Die Tabletten zeigten langsam Wirkung, und auch wenn ihr Körper sich noch nicht so anfühlte wie sonst, war sie wieder klarer im Kopf. Sie begann, über das nachzudenken, was ihr Johan über den gestrigen Tag, die Ausstellung und Frau Wilson erzählt hatte. Mehrmals rief sie sich in Erinnerung, was genau er gesagt hatte. Am Ende formulierte sie nur noch eine stille Bitte: Lass ihn nichts damit zu tun haben. So beschissen darf das Leben einfach nicht sein. Schließlich munterte sie sich selbst auf: Verdammt noch mal! Natürlich war er nicht in den Fall involviert. Allerdings brauchten sie einige Informationen von ihm, und zwar so schnell wie möglich. Sie konnte sich nicht entsinnen, ob er von Angestellten in seiner Firma berichtet hatte, aber sie hatte den Eindruck gewonnen, dass es welche gab.

Fünfundzwanzig Minuten später klopfte Johan an ihre Luke. Karin war betrübt. Wollte er auf Abstand gehen?

Sie dachte daran, wie die kühle Hand auf ihrer Stirn sie geweckt hatte.

Karin stellte Johan ihre Kollegen Robban und Folke vor. Sie hätte es wirklich lieber unter anderen Umständen getan. Er nahm die Tasse Kaffee, die ihm angeboten wurde, gerne an.

»Sleipner Security«, fragte Robban. »Ist das dein Unternehmen?«

»Klar«, antwortete Johan. »Wenn bitte jemand so freundlich wäre, mir zu erklären, was los ist …« Er sah Karin hastig an, wandte sich dann aber wieder Folke und Robban zu.

Robban fragte zunächst nach der Anzahl der Angestellten und der Arbeitsweise. Karin beobachtete Johan. Acht Mitarbeiter. Fünf waren meistens zu Kunden unterwegs, während drei immer im Büro in Göteborg saßen. Die Kunden stammten hauptsächlich aus Westschweden. Überwiegend aus Göteborg, aber es gab auch einige in Trollhättan und … Als Johan Trollhättan erwähnte, blieb Karin fast die Luft weg. Sie verbannte die unwillkommenen Gedanken jedoch vorerst in die Warteschleife und hörte zu, während Johan die Fragen von Folke und Robban beantwortete. Keiner von beiden ließ sich auch nur das geringste Interesse an Trollhättan anmerken. Karin saß schweigend da. Sie wusste nicht, wie sie mit der Situation am besten umgehen sollte. Die beiden würden mit Sicherheit auf das Thema zurückkommen.

»Uns liegt eine Internetidentität vor, die auf einem Computer der Firma Sleipner Security erschaffen wurde.«

»Was meint ihr mit Internetidentität?«, fragte Johan.

Hier mischte Karin sich zum ersten Mal ein. Sie lehnte sich über den Tisch.

»Die Rollenspieler im Sankt-Eriks-Park.« Sie sah Johan an. »Alle hatten sich neue Namen zugelegt, oft haben sie auch einfach die Namen ihrer Netzidentität verwendet. Jedenfalls im Internet.«

Robban beschrieb, wie man die Beteiligten des Rollenspiels ausfindig gemacht hatte. Johan hörte aufmerksam zu. Sie diskutierten die Benutzerkonten, Computer und Internetidentitäten in allen Einzelheiten, bis Johan plötzlich verstummte. Er überlegte eine Weile, dann räusperte er sich.

»Mir ist tatsächlich etwas eingefallen. Ich habe einem Kunden einen Computer ausgeliehen. Normalerweise tun wir das nicht, also Computer verleihen, aber er steckte in der Klemme. Vom Zeitpunkt her passt es zu dem, was ihr erzählt habt. Außerdem interessierte er sich unheimlich für Geschichte, er war nahezu besessen von der Vergangenheit.« Johan strich sich nachdenklich über die Stirn. »Ich beschäftige mich ja nebenbei mit Antiquitäten und habe ihm ein paar Tipps gegeben ...«

Karin dachte an Johans Wohnung, an den flandrischen Gobelin und die schönen hauchdünnen Gläser. An das Frühstück, das sie serviert bekommen hatte, und an den Pfosten eines Bettes mit abgehackter Nase, das angeblich einst im Kalmarer Schloss gestanden hatte.

»In letzter Zeit hat er sich merkwürdig verhalten. Eigentlich hätte ich mich längst melden und den Computer zurückverlangen müssen, aber ich habe das vor mir hergeschoben. Ich möchte niemanden anschwärzen, aber er hat mich einmal gebeten, ihm Dinge zu besorgen, die mir nicht ganz sauber erschienen. Es ist schon ein paar Monate her. Am Ende habe ich behauptet, ich wüsste nicht, wie man an solche Sachen herankommt.«

»Worum ging es denn?«

»Um so ein Henkersschwert, wie sie es im Stadtmuseum haben.«

»Hatten«, korrigierte ihn Folke.

An Deck ertönte ein Klopfen, und Robban schob den Kopf durch die Luke nach draußen. Einen Augenblick später stieg Sara ins Boot. Verwundert blickte sie zuerst Johan und dann Folke und schließlich Karin an, die noch im Flanellschlafanzug in der Koje lag.

»Hallo, Sara«, sagte Karin. »Jetzt musst du alles noch einmal erzählen. Ich bin mir nicht sicher, ob ich am Telefon richtig mitgekommen bin.«

Sara schien nicht wohl dabei zu sein.

»Es klingt bestimmt seltsam, aber ich habe einer älteren Dame, die Ahnenforschung betreibt, versprochen, es zu erzählen. Wir machen ja im Rathaus eine Ausstellung über die Hexenprozesse in Marstrand. Um einen Bezug zur Gegenwart herzustellen, haben wir untersucht, ob eine der hier hingerichteten Frauen noch lebende Verwandte hat.«

Es war still im Boot. Alle warteten auf die Fortsetzung.

»Und das hat sie. Asko Ekstedt, dem die Villa im Rosenlund gehört, ist direkt mit einer der Frauen verwandt ...«

»Und Marianne Ekstedt ist verschwunden«, sagte Robban schnell.

»Das ist noch nicht alles.« Sara dachte an den erst wenige Minuten zurückliegenden Anruf von der aufgewühlten Majken. »Marianne Ekstedt ist ebenfalls mit der Frau verwandt. Sowohl Asko als auch Marianne sind Nachfahren von je einem Familienzweig von Malin, die wegen Hexerei verurteilt wurde. Asko stammt von ihrem Sohn Lars und Marianne von der Tochter Sigrid ab.« Sara überlegte, ob sie sich richtig erinnerte. Aber genau das hatte Majken doch gesagt, oder?

»Sie sind verwandt?«

»Ich finde, das ist ein merkwürdiger Zufall. Vor allem, wenn ich an gestern denke.« Sie nickte Johan zu.

»Das könnte mit dem zusammenhängen, was ich dir gestern Abend erzählt habe.«

»Gestern Abend?«

»Ich habe dir auf die Mailbox gesprochen«, sagte Johan.

»Scheißtelefon«, sagte Karin. »Das habe ich nicht gehört. Los, erzähl!«

Johan berichtete von der Ausstellung im Kristallsaal des Rathauses, die sich mit den Hexenprozessen in ganz Bohuslän beschäftigte, aber einen Schwerpunkt auf die Ereignisse hier in Marstrand legte.

»Eigentlich passierten mehrere Dinge ... Erinnerst du dich noch, dass Georg genau beschrieb, wo sich die Thorshämmer in den Felsen beim Opferhain befinden?«

Karin nickte.

»Georg und ich unterhielten uns gerade, als Frau Wilson sich zu uns gesellte. Sie war von Anfang an gegen die Ausstellung gewesen und hatte mit aller Macht versucht, sie zu verhindern. Sogar unser Gemeindepfarrer hat erboste Anrufe von ihr erhalten. Sie drohte damit, aus der Schwedischen Kirche auszutreten, und fragte ihn, ob er wirklich wolle, dass ans Licht komme, welche Rolle die Kirche damals gespielt habe.«

»Meine Güte«, sagte Karin.

»Der Strom fiel aus, und als das Licht wieder anging, war Frau Wilson verschwunden. Auf dem Heimweg gingen Georg und ich bei ihr vorbei, und da war sie vollkommen durch den Wind.«

»In welcher Hinsicht?«, fragte Karin.

»In jeder. Sie war nicht mehr sie selbst. Meinte, sie hätte in ihrem Garten eine Hexe gesehen, die ›Asche‹ sagte.«

»Asche?«, fragte Karin nachdenklich. »Oder vielleicht Asko?«

»In der Nachricht, die ich dir auf die Mailbox gespro-

418

chen habe, ging es jedoch um Saras Entdeckung im Rathauskeller.«

Karin sah Sara an und wartete darauf, dass sie weitersprach.

»Es sah so aus, als wäre jemand dort gewesen. Als wäre da ein Bett auf dem Boden. Aber wer würde freiwillig in diesem Keller schlafen wollen? Außerdem handelte es sich um den Teil, der immer abgeschlossen gewesen war. Wer wegen Hexerei angeklagt war, wurde nämlich im Rathauskeller eingesperrt, und wer am nächsten Tag hingerichtet werden sollte, hatte dort einen besonderen Platz.«

»Was hast du gesagt?«, fragte Robban. »Dort war jemand eingesperrt?«

»Das weiß ich nicht, aber es sah so aus. Ich habe ein Geräusch gehört, aber die Tür war ja abgeschlossen. Während ich nach oben rannte, um den Schlüssel und eine Taschenlampe zu holen, hätte die Person, die sich hinter der verschlossenen Tür befunden hatte, ja verschwinden können«, sagte Sara.

»Aber wie? Auf welchem Weg? Ich meine, wenn die Tür abgeschlossen war?«, fragte Robban.

»Durch den anderen Ausgang. Die alte Eisentür, die zur Långgatan führt.«

»Warte mal kurz«, sagte Johan. »Wir waren doch gestern Abend noch bei Frau Wilson, und die hatte gesehen, dass die Tür offen stand. Sie hatte Windlichter im Garten angezündet, damit die Hexe nach Hause findet, und redete wirres Zeug.«

»Würdest du uns den Keller zeigen?«, erkundigte sich Robban.

»Na klar, wir können sofort hingehen.«


»Ist das Gebäude 1647 erbaut worden?«, fragte Robban, als Sara die Kellertür aufschloss.

»Ja, von den Dänen. Wir gehörten ja damals zu Dänemark. Alle Häuser waren aus Holz, und die Dänen hatten den Bewohnern von Marstrand Steuererleichterungen
versprochen, wenn sie ihre Häuser aus Stein bauten, weil
wegen der dichten Besiedlung die Feuergefahr so hoch
war. Marstrand wurde natürlich weiterhin von Bränden
heimgesucht. Es blieb bei einem einzigen Haus aus Stein,
und das war dieses hier.«

Folke sah sich im Keller um. Die Decke war niedrig und
die Wände waren weiß gestrichen. Hier und da war Putz
abgeblättert, was die alten Ziegelsteine freigelegt hatte.
Der Raum war vollgestopft mit Krempel, und das Metall-
regal an der einen Längswand war voller alter Holzkisten.
Nur ein Fleckchen gleich neben der Treppe war noch frei.
Theoretisch konnte hier jemand eingesperrt gewesen sein,
aber ob es tatsächlich so war, ließ sich nur schwer oder
überhaupt nicht sagen. Folkes Blick fiel auf ein Paar alter
Handschellen an einer Eisenkette. Die Eisenkette war neben dem freien Fleckchen in die Wand eingelassen.

»Handschellen?«, fragte Folke. »Hängen die immer
da?«

»Keine Ahnung. Sie wurden früher bei der Prügel-
strafe verwendet, deswegen befindet sich neben der Kette
ein Haken für den Stock. Ob sie gestern schon da waren,
weiß ich nicht«, sagte Sara. »Sie hätten uns eigentlich auffallen müssen, aber das Licht funktionierte ja nicht, und
wir hatten nur eine Taschenlampe.«

Robban musterte die alte Eisentür zur Långgatan. In
dem Augenblick klingelte sein Handy. »Und die glauben,
es ist Kristian Wester? Danke, wir machen uns sofort auf
den Weg. Komm, Folke, wir müssen los. Auf Brattön
brennt es, und angeblich befindet sich Kristian Wester
dort, eventuell mit Marianne Ekstedt.«

Sara sah sie verwundert an.

»Kristian Wester? Wisst ihr, wer das ist?« Sie dachte an das, was Majken ihr am Telefon erzählt hatte.

»Ja, er spielt auch eine Rolle in unseren Ermittlungen.« Robban stieg die schmale Treppe hinauf.

Sara dachte nach. Brattön, die Familienbande, Ekstedt und Wester.

»Es klingt natürlich vollkommen verrückt, aber ich sage es trotzdem. Ich habe euch doch erzählt, dass Asko und Marianne Ekstedt verwandt sind mit Malin, die hier in Marstrand 1669 wegen Hexerei angeklagt und zum Tode verurteilt wurde. Asko und Marianne Ekstedt sind gut mit Kristian Wester befreundet. Das Interessanteste ist jedoch, dass Kristian Wester mit Fredrik Bagge verwandt ist, der an den Hexenprozessen beteiligt war. Wenn man es zuspitzen möchte, kann man sagen, dass der Ahnherr von Kristian Wester die Ahnherrin von Asko und Marianne hingerichtet hat. Vor dreihundert Jahren hier in Marstrand. Und Brattön sagt hier niemand, die Insel wird von allen nur der Blocksberg genannt.«

»Danke.« Carsten legte auf.

Er erhob sich vom Stuhl und ging zum Fenster. Es war Mariannes ungewöhnlichem Koffer zu verdanken, dass man sie auf dem Überwachungsvideo vom Flughafen Landvetter gefunden hatte. Carsten würde die Bilder jeden Moment per E-Mail bekommen. Als der Computer ein »Ping« von sich gab, setzte er sich wieder. Kein Zweifel, das war tatsächlich Marianne Ekstedt.

Sie ist gerade durch die Schwingtür in die internationale Abflughalle gekommen und befindet sich auf dem Weg zum Check-in, als ein Mann sie aufhält. Er sagt etwas zu ihr, woraufhin sie abrupt stehen bleibt und ihm anschließend folgt.

Ich wünschte, der Film hätte auch eine Tonspur, dachte Carsten. Was zum Teufel sagt er bloß zu ihr? Wieso kommt sie sofort mit? Behauptet er, jemand wäre verletzt? Asko säße bei der Polizei? Aber wenn sie die Absicht gehabt hätte, ihn zu begleiten, hätte sie doch Bescheid sagen müssen, dass sie den Flug nicht in Anspruch nimmt. Doch das tut sie nicht. Oder sie ist so geschockt von dem, was er ihr erzählt, dass sie gar nicht daran denkt. Und wer ist der Mann? Offenbar kennt sie ihn.

Carsten leitete die Aufnahmen an Jerker weiter und griff zum Telefon. Der Mann musste so schnell wie möglich identifiziert werden, und sie mussten Kontakt mit Kristian Wester aufnehmen, um ihn zu fragen, wie der Koffer von Marianne Ekstedt in seinem Auto gelandet war.

»Ich habe dir eine Mail geschickt«, sagte Carsten, nachdem Jerker sich gemeldet hatte. »Die Frau ist Marianne Ekstedt, aber wir müssen herausfinden, wer der Typ ist. Es könnte Kristian Wester sein.«

Als Carsten Jerkers Antwort hörte, kratzte er sich am Kopf.

»Bist du sicher? Wann hast du ihn gesehen?« Dann bedankte er sich und legte auf.

Der Mann, den Marianne Ekstedt am Flughafen getroffen hatte, war tatsächlich Kristian Wester. Jerker war sich ganz sicher. Er war ihm in der Nacht begegnet, als sie die Tote in Askos Haus im Rosenlund aufgefunden hatten.


»Wo sind denn alle?«, fragte Jerker, als er vor dem Fahrstuhl mit Carsten zusammenstieß.

»Ich bin hier, aber mich hast du offenbar übersehen«, erwiderte Carsten.

»Ich meine Karin, Folke und Robban. Es geht auch niemand ans Handy.«

»Folke und Robban sind unterwegs, und Karin ist krank. Kann ich dir irgendwie behilflich sein, Jerker?«

»Ist Asko Ekstedt noch da?«

Carsten bestätigte das.

»Könntest du Asko noch einmal fragen, wie sie die Frau gefunden haben?«

»Klar. Irgendein besonderer Grund?«

»Ja, aber ich will dich nicht beeinflussen. Er soll einfach erzählen, was passiert ist, als sie die Frau fanden.«

Asko wirkte mitgenommen und bedrückt. Er hatte nicht die Ruhe, um sich hinzusetzen, und ging in dem kleinen Raum auf und ab.

»Das habe ich doch alles schon erzählt«, erwiderte er auf Carstens Frage. »Mehr als einmal übrigens.«

»Ich weiß, dass du uns das schon erzählt hast, aber bitte sei so nett und beschreibe noch einmal, was von dem Moment an passiert ist, in dem du und Kristian das Haus betreten habt.«

Asko seufzte tief.

»Natürlich. Ich gehe als Erster hinein. Oder besser gesagt, ich renne, denn es regnet in Strömen. Ich ziehe mir die Jacke und die Schuhe aus. Kristian kommt nach mir ins Haus. In der Bibliothek sehe ich die Frau auf dem Boden liegen. Sie ist umgeben von brennenden Kerzen. Grablichter aus unserem Vorratsschrank, wie mir erst später bewusst wird. Ich glaube, ich gebe bei ihrem Anblick einen Schrei von mir. Kristian kommt ins Zimmer gerast. Er hat erst einen Schuh ausgezogen und stolpert fast über seine Schnürbänder.«

»Was passiert dann?«, fragte Carsten.

»Kristian läuft zu ihr und tastet nach ihrem Puls. Dann dreht er sich zu mir um und sagt, dass sie tot ist. Außerdem teilt er mir mit, dass sie kalt ist.«

»Okay. Danke.« Carsten stand auf und verließ den Raum.

»Genau das habe ich vermutet«, sagte Jerker.

»Was meinst du damit?«, fragte Carsten.

»Asko berichtet, dass Kristian mit nur einem Schuh an den Füßen hereinkommt. Er trägt Laufschuhe, hat aber erst den einen ausziehen können.«

Carsten nickte.

»Das Problem ist, dass wir rings um die Leiche die Abdrücke von beiden Laufschuhen gefunden haben«, sagte Jerker, »vom rechten und vom linken.«

»Was bedeutet das?«

»Dass er zu irgendeinem Zeitpunkt mit beiden Schuhen an den Füßen um die Leiche herumgegangen sein muss.«

»Aber Kristian und Asko behaupten beide, dass er nur einen Schuh am Fuß und den anderen ausgezogen hatte. Wann hätte er dort mit beiden Schuhen herumgehen sollen?«, fragte Carsten.

»Vielleicht, als er die Kerzen angezündet hat?«

Zehn Minuten später fuhren vier Polizeiautos mit hoher Geschwindigkeit vor dem Polizeipräsidium in Trollhättan ab. Am Steuer des ersten Fahrzeugs saß Anders Bielke. Beim Kreisel in Stallbacka bogen sie in Richtung Malöga, dem Flugplatz von Trollhättan, und kurz darauf sahen sie das gelbe Schloss. Nygård.


Verwundert betrachtete Margareta die Testergebnisse vom Labor. Es war ein spontaner Einfall gewesen, die Blutproben miteinander vergleichen zu lassen. Sie wusste gar nicht genau, wie sie auf die Idee gekommen war.

»Das ist doch wie verhext!«, sagte sie laut zu sich selbst. »Wie verhext ist das.«

Sie griff zum Telefon und wählte vergeblich Karins Handynummer. Bei Folke und Robban war besetzt. Allmählich war Margareta frustriert. Sie musste die drei dringend erreichen. Am Ende meldete sich wenigstens Jerker.

»Sitzt Asko noch bei euch im Verhör?«, fragte Margareta.

»Ja, Carsten spricht gerade mit ihm. Wieso?«

»Ich habe eine entscheidende Frage an ihn«, erwiderte Margareta.

»Und die wäre?«

»Wie kommt es, dass er uns nicht erzählt hat, dass alle Opfer mit ihm verwandt sind?«

»Was? Sie sind verwandt? Das kann nicht sein. Wir haben doch seine Familie gecheckt. So etwas überprüfen wir immer zuerst, das weißt du doch.«

»Meiner Ansicht nach müssten sie seine Schwestern sein, und in Anbetracht der Tatsache, dass die Frau in dem Pflegeheim in Trollhättan ihre Mutter war, ist sie wahrscheinlich auch Askos Mutter.«

»Warte kurz, Margareta, ich glaube, Carsten ist gerade hier vorbeigegangen. Bleib mal eben dran.«

Margareta hörte, wie Jerker den Hörer auf den Schreibtisch legte und sich entfernte. Dann kam er schnellen Schrittes zurück.

»Keine Ahnung, wie wir das übersehen konnten«, sagte jemand anders im Raum, bevor Jerker wieder zum Telefon griff.

»Er ist nicht mehr da. Wir hatten nicht genügend Indizien, um ihn hierzubehalten«, sagte Jerker. »Er durfte vor einer halben Stunde gehen.«

# 19

Mit Maritas Hilfe suchte Carsten alle Unterlagen heraus, die mit Asko Ekstedt in Zusammenhang standen. So fanden sie endlich die Lücke. Die ersten sechs Jahre seines Lebens waren schlicht und einfach nirgendwo dokumentiert worden. Er hatte sogar erst im Alter von sechs Jahren eine Personenkennzahl erhalten, und da er zu diesem Zeitpunkt bereits bei Aina und Birger Ekstedt lebte, hielt man sie natürlich für seine Eltern. Diesen Fehler hat derjenige zu verantworten, der Asko damals registriert hatte, dachte Carsten. Da Asko denselben Nachnamen trug wie Birger und Aina, mussten sie ihn anscheinend adoptiert haben.

Später war die Familie nach Marstrand gezogen. Inger Nilsson vom Jugendamt in Trollhättan war als Ansprechpartnerin verzeichnet. Marita wählte die angegebene Telefonnummer, landete aber in der Gemeindezentrale, weil Inger Nilsson seit langem pensioniert war. Der Mitarbeiter im Amt brauchte eine Stunde, um den alten Ordner zu finden, den Inger vor so vielen Jahren weggeräumt hatte, ohne sich etwas dabei zu denken.

»Unterbringung in einer Pflegefamilie ...«, las Marita laut, als der Bericht eingescannt und per E-Mail an sie geschickt worden war.

Dann entdeckte sie, was die Ärzte notiert hatten, als Birger mit Asko zu ihnen gekommen war. Obwohl die Worte vor so langer Zeit aufgeschrieben worden waren und sich ganz flach aufs Papier drückten, erfüllten sie Marita mit Abscheu. Sie drehte sich zu Carsten um.

»Wenn das kein Mordmotiv ist.«

Der Scheiterhaufen war so weit. Er blickte über den Platz, den er mit Bedacht gewählt hatte. Alles war bereit. In Kürze würde er das Feuer entzünden.

Das Schicksal an sich war seit langem vorbestimmt, aber nun würde er die Fäden kappen und die beiden befreien. Sorgfältig, wenn nicht in gewisser Weise sogar liebevoll, hatte er sich den Plan zurechtgelegt.

Marianne stand mit leerem Blick neben ihm. Ihr Mund stand halb offen, und aus dem linken Mundwinkel rann Speichel. Als er vorwärtsging, erfasste der Wind den schwarzen Talar und den weißen Pfeifenkragen. Der Ort barg so viel Geschichte, und es öffneten sich hier so viele Pforten in die Vergangenheit. Für Asko und ihn selbst auch in die Zukunft. Er schlug den *Hexenhammer* auf und las, ließ die Worte dort, wo das Richtrad stand, zu Boden fallen und vom Wind in die Abendluft und aufs Meer hinaustragen. Er las die Abschnitte über den Scheiterhaufen und die Leiter, strich über die ausgetretenen Sprossen und lehnte sie an den ordentlich aufgeschichteten Haufen aus Zweigen und Brennholz.

Dann griff er nach dem kleinen Kasten, dem Seelenschrein, drehte den Schlüssel im Schloss und klappte den gewölbten Deckel hoch. Die Nasen waren in Leintücher gewickelt, und der Hauch von verfaultem Fleisch wurde vom Wind verweht. Er hob die Kiste in die Höhe und senkte sie wieder in Richtung Erde, zur Urmutter und dem unterirdischen Reich. Hier waren sie nun alle versammelt. Ihre schwarzen Seelen würden von der höheren Macht verurteilt werden. Und er hatte seinen Teil dazu beigetragen.

Aus einem schwarzen Lederbeutel nahm er eine Handvoll Bilsenkrautsamen und warf sie auf den Holzhaufen. Nun war es so weit. Er drehte sich zu Marianne um. Sie würde keine weitere Spritze brauchen. Wenn er ihr noch mehr verabreichte, würde sie einschlafen, und das wollte er nicht. Er wollte sie nur gefügig machen. Bewegungsunfähig

Kein Stern war am dunklen Himmel zu sehen. Graue Wolkenfetzen rasten vorüber. Er führte Marianne zum Scheiterhaufen und die Leiter hinauf. Er selbst stieg hinter ihr her, fesselte ihre Hände an den Pfahl und stellte den Seelenschrein vor ihren Füßen ab. Der Wind nahm zu und peitschte Schaumkronen in die südliche Hafeneinfahrt. Die heimtückischen Schären vor Marstrand zermalmten die Gischt. Plötzlich öffnete sich die Wolkendecke, und der Vollmond kam zum Vorschein.

## *Gut Nygård, Herbst 2009*

*Die Kraft, die Kristian so lange von sich ferngehalten hatte, übermannte ihn nun mit voller Wucht. Er entspannte sich, öffnete seine Sinne und begriff, dass er die ganze Zeit auf diesen Augenblick hingelebt hatte. Er erinnerte sich an die Worte, die Asko vor langer Zeit gesagt hatte: »Und was ist mit mir? Welche Bedeutung hat meine Herkunft?« Er wusste auch noch, was er geantwortet hatte. »Man kann die Verbindung kappen, kann sich aus dem Netz des Schicksals befreien.« »Aber wie?«, hatte Asko gefragt. Ich werde dir helfen, hatte Kristian gedacht.*

*Asko erholte sich nicht von Ainas und Birgers Tod, er kam nicht so schnell auf die Beine, wie Kristian sich das vorgestellt hatte. Das Opfer war offenbar nicht groß genug gewesen. Es reichte noch nicht. Alle Fäden mussten durchschnitten werden, damit Asko frei sein konnte.*

*Am sichersten war es, die Seelen einzusammeln und zu verbrennen. Dass sie herumirrten wie die alten Seelen*

*auf Nygård und die Lebenden störten, war das Letzte,
was er wollte.*

*Als er Marianne vom Flughafen in Landvetter ab-
holte, war ihm klar, dass das letzte Hindernis für Askos
Gesundung direkt vor ihm stand. Sie hatte die Kraft, das
wusste er. Sie war die Gefährlichste von allen. Er dachte
an diesen Sommer zurück, in dem Mariannes Großeltern
an einer Kohlenmonoxidvergiftung verunglückt waren
und sie noch einmal davongekommen war. Wie durch
ein Wunder hatte sich das giftige Gas von Marianne
ferngehalten – oder hatte es ihr nichts anhaben können?
Sie hatte seine Sinne getrübt. Asko würde es verstehen.
Schließlich tat er es für ihn.*

Seit Folke, Sara und Robban sich auf den Weg gemacht
hatten, war die Stimmung an Bord der *Andante* gedrückt.

Johan warf einen skeptischen Blick auf das Display, bevor er sich meldete und das Handy an Karin weiterreichte.

»Für dich«, sagte er.

Karin griff nach dem Telefon und hörte die vertraute
Stimme von Anders Bielke.

»Schöne Grüße von uns Süßwasserpiraten. Sagt ihr da
unten das nicht immer zu uns?«

Karin räusperte sich, um ihre Stimme und den Husten
unter Kontrolle zu bringen. Johan reichte ihr eine Hals-
pastille.

»Ich bin so erkältet, dass ich momentan fast gar nichts
sage.«

»Das höre ich, aber was ich zu erzählen habe, wird
dich schon aufmuntern. Ich befinde mich auf Gut Nygård,
einem Schloss nördlich von Trollhättan. Carsten Heed hat
mich hierhergeschickt. Das Anwesen gehört einem Kristian Wester, der allerdings nicht zu Hause ist.«

Karin hielt erwartungsvoll die Luft an.

»Und?«, flüsterte sie.

»Wir haben den Kopf gefunden, euren Kopf. Jedenfalls hoffe ich wirklich, dass es euer Kopf ist. Ansonsten hätten wir es mit noch einem Mord zu tun, und ich wage gar nicht darüber nachzudenken, was das bedeuten würde. Wie bei allen anderen fehlt die Nase. Unser Rechtsmediziner kommt gerade, wir werden gleich wissen, was er dazu sagt. Der Kopf befand sich in einer Gefriertruhe im Keller.«

»Scheint, als wärt ihr am richtigen Ort«, sagte Karin.

»Ja, sieht so aus, aber ich wollte dich etwas anderes fragen. Im Schloss gibt es eine Bibliothek, in der Kristian offenbar in letzter Zeit gewohnt hat. Wenn man sich seine Aufzeichnungen ansieht, gewinnt man den Eindruck, dass er nicht ganz gesund ist, und das ist noch milde ausgedrückt. Über jedes Opfer hat er sorgfältig und nahezu wissenschaftlich Buch geführt. Adresse, Beruf, Gewohnheiten und eine detaillierte Darstellung der Verwandtschaftsbeziehungen. In erster Linie zu einem Asko Ekstedt, aber die Stammbäume gehen auch weit zurück, und zwar bis ins …«, sie hörte Papier rascheln, »siebzehnte Jahrhundert. Das ist mal eine gründliche Recherche. Außerdem gibt es hier genügend Arzneimittel, um einen Elefanten einzuschläfern, der Typ ist anscheinend Arzt. Und in einem Anatomiebuch waren der Aufbau des Schädels und eine Vergrößerung der Nase markiert. Es wird eine Weile dauern, alles durchzugehen, aber eben habe ich eine Karte von Marstrand gefunden. Auch auf ihr finden sich Markierungen. Da niemand Kristian Wester erreichen konnte, dachte ich …«

»Was sind das für Markierungen?«, fragte Karin und suchte selbst eine Karte von Marstrand. Sie musste schnell einsehen, dass sie keine besaß. »Eine Karte von

Marstrand?«, sagte sie zu Johan, der ihr zunächst Eskil Olàns Buch über die Geschichte der Insel reichte, dann aber eine Broschüre für Touristen fand. Auf der Rückseite war eine Karte abgebildet, auf der sowohl Koön als auch Marstrandsön zu sehen waren.

»So, jetzt bin ich dabei«, sprach Karin in den Hörer. Mit der winddichten Mütze auf dem Kopf und eingewickelt in ihre Bettdecke saß sie in der Luke. Hier war der Empfang am besten, und sie hatte die Karte auf dem Navigationstisch im Blick. Auch das klare Denken schien ihr in der kühlen Luft leichter zu fallen.

»Rosenlund«, sagte Anders.

»Rosenlund«, wiederholte Karin. »Okay, dort haben wir die letzte Leiche gefunden. Die Frau mit den Kerzen rings um sie herum.« Johan hatte unaufgefordert zu Stift und Papier gegriffen und schrieb nun »Rosenlund« ganz oben auf eine neue Seite. Dankbar lächelte sie ihn an. »Okay, Anders. Was noch?«

»Ich habe hier einen Ort … Es steht kein Name da, aber die Stelle liegt zwischen der Festung und dem Lotsenausguck … auf dem höchsten Punkt von Marstrandsön.«

»Der Opferhain, der Opferstein«, sagte Karin. »Die mittelalterlich gekleidete Frau. Du, Anders, sind es viele Markierungen?«

»Noch vier Stück. Das Haus an der Kreuzung von Hospitalsgatan und Kyrkogatan.«

»Der Garten von Frau Wilson«, bestätigte Karin.

»Brattön Schrägstrich Blocksberg.«

»Der Blocksberg. Da fahren unsere Leute gerade hin, weil …« Sie hielt inne. Das spielte jetzt keine Rolle, es war wichtiger, dass sie schnell erfuhr, wo sich die anderen Markierungen befanden. »Okay, Anders, sprich weiter.«

»Långgatan. Ein Eckhaus. Es hat keine Hausnummer, scheint aber am Marktplatz zu liegen. Sagt dir das etwas?«

»Das muss das Rathaus sein«, sagte Karin zu Johan. Davor stand die alte Silberpappel, und auf einer Karte konnte man leicht den Eindruck gewinnen, dort sei ein Marktplatz. Johan schrieb »Rathaus« auf den Notizblock.

»Die letzte Markierung ist bei Gustavsborg«, sagte Anders.

»Gustavsborg? Wo liegt das?« Karin blickte zu Johan, der auf die Karte zeigte. »Da«, sagte er. Karin beugte sich nach vorn. Dort stand in winziger Schrift »Schlossruine Gustavsborg«, aber das Wort, das wirklich ihre Aufmerksamkeit erregte, war in das blaue Wasser daneben gedruckt: »Richtbucht«.


Als Folke und Robban mit der freiwilligen Feuerwehr aus Marstrand eintrafen, hatten die Feuerwehrleute aus Kode das Feuer bereits gelöscht und packten gerade ihre Sachen zusammen. Der Aufstieg war nicht leicht gewesen, weil sich bereits die Dunkelheit über die bewaldete Insel gesenkt und dessen steile Hänge noch heimtückischer gemacht hatte.

Irgendjemand hatte sich die Mühe gemacht, auf dem höchsten Punkt der Insel einen Scheiterhaufen zu errichten. Die Feuerwehrleute hatten den Kopf geschüttelt.

»Ein Sechzehnjähriger aus Tjuvkil hat mal fünfhundert Kronen dafür bekommen, dass er zu einem bestimmten Zeitpunkt ein Feuer gelegt hatte. Er behauptete, ein älterer Mann hätte ihn darum gebeten. Er wollte angeblich einem befreundeten Feuerwehrmann, der an diesem Tag Geburtstag hatte, einen Streich spielen. Wenn der Boden trocken gewesen wäre, hätten wir ein echtes Problem gehabt.«

Robban glaubte nicht an einen Geburtstagsstreich. Auch ohne Gepäck war der Anstieg zum höchsten Punkt der Insel beschwerlich gewesen. Der Haufen schwelte noch immer.

»Scheiße«, sagte Robban. »Da stimmt was nicht.«

Folke umrundete die Feuerstelle und betrachtete die verkohlten Reste des riesigen Feuers.

»Gibt es hier etwas, das mit Hexen oder Aberglauben zu tun hat?«, fragte Robban den Feuerwehrmann.

»Abgesehen davon, dass die Insel auch Blocksberg genannt wird? Klar. Auf der Südseite gibt es eine tiefe Schlucht.« Der Feuerwehrmann hatte sich ein Seil über die Schulter gelegt und machte sich bereit für den Heimweg. »Sie endet an einer Steilküste. Es gibt dort ein schwarzes Loch, das angeblich der Eingang zu einem unterirdischen Gang ist, der zum Schieferbruch in Tjuvkil führt. Dem alten Volksglauben zufolge handelt es sich jedoch um den Eingang zur Hölle. Früher haben hier viele Seemänner in der Osterzeit Hexen aus der Schlucht kommen sehen.« Er schüttelte den Kopf. »Tja. Zeit für den Abstieg.«

Obwohl es inzwischen ganz dunkel war, hatte man vom höchsten Punkt aus eine großartige Aussicht. Als sich alle gerade auf den Weg machen wollten, hielt Folke inne.

»Was ist das da?« Er zeigte auf Marstrandsön.

»Was denn?«, fragte Robban.

»Dort drüben. Hat jemand ein Fernglas?« Der Feuerwehrmann mit dem Seil öffnete eine große Tasche an seiner orangefarbenen Jacke und reichte Folke ein Fernglas.

»Auf Marstrandsön brennt es.« Folke gab ihm das Fernglas zurück.

»Was zum Teufel sagst du da?« Der Feuerwehrmann blickte durch das Fernglas. »Und alle Diensthabenden von der Freiwilligen Feuerwehr Marstrand stehen hier auf dem Blocksberg. Keine Ahnung, wer von den Kollegen zu Hause ist.« Er griff nach seinem Handy und drehte sich zu Robban um. »Wir schaffen es nicht rechtzeitig dorthin, um das Feuer zu löschen. Keine Chance. Ich muss die Feuerwehr in Kungälv anrufen, aber die brauchen mindestens zwanzig Minuten. Wenn sie Glück haben.«

Eine halbe Stunde, nachdem Folke und Robban sich auf den Weg gemacht hatten, waren Karin und Johan mit Johans Schärenboot hinüber nach Marstrandsön gefahren. Johan bezweifelte zwar, dass Karin fit genug war, aber sie hatte darauf bestanden, zumindest nach dem Rechten zu sehen. Sie hatten das Boot unten am Seniorenheim festgemacht, und Karin war auf wackligen Beinen an Land gewankt. Johan hatte Georg angerufen und gefragt, ob er sich das Lastenmoped ausleihen könne, aber Georg hatte ihm stattdessen das Quad des Schulwachtmeisters empfohlen. Wie vereinbart, stand das vierrädrige Geländefahrzeug bereits am Kai. Johan war Karin beim Einsteigen behilflich. Dann ließ er den Motor an und fuhr mit Vollgas die Återvändsgatan entlang. Er raste an der Krankenpflegestation vorbei und hinauf zur Schlossruine Gustavsborg.

Ich brauche Kraft, dachte Karin, während sie über das Kopfsteinpflaster rumpelten. Sie schlang die Arme um seine Taille und verfluchte ihren miesen Zustand.

Es ging steil hinauf, aber der Allradantrieb bewältigte den Anstieg ohne Probleme. Kaum konnte sie das Wasser in der südlichen Hafeneinfahrt sehen und die Bucht erkennen, die – wie sie nun wusste – Richtbucht hieß, bog Johan nach links auf einen Pfad ab, der zu dem Plateau führte, wo sich einst die Festung Gustavsborg befunden hatte.

Karin war sich nicht sicher, wie lange Folke und Robban bis nach Marstrandsön brauchen würden, falls sie ihre Unterstützung benötigte. Der Wind war kräftig, und im Marstrandsfjord herrschte hoher Wellengang, was ihre Fahrtzeit noch verlängern würde.

Ein leichter Brandgeruch war wahrnehmbar. Sie sah sich auf der mit Gras bewachsenen Ebene um. Große Steine legten Zeugnis von dem Gebäude ab, das hier vor langer Zeit gestanden hatte. Johan hatte angehalten und wartete auf weitere Anweisungen. Karin ließ den Blick erneut umherschweifen, diesmal nahm sie sich mehr Zeit und sah genauer hin. Bist du hier irgendwo, Marianne Ekstedt?, fragte sie sich im Stillen. Sie kniff die Augen zusammen, als könnte sie auf diese Weise besser erkennen, was sich außerhalb des Lichtkegels ihrer Scheinwerfer befand.

Da hörten sie den Schrei. Den angsterfüllten Schrei einer Frau in der Dunkelheit. Johan gab Gas, und das Motorrad suchte sich seinen Weg über das steinige Plateau. Nun sahen sie das Feuer, das langsam immer größer wurde, und die Frau oben auf dem Scheiterhaufen. Neben ihr eine kleine Kiste. Ihr Kopf hing vornüber, und ihre Haare bedeckten das Gesicht. Es war nicht zu erkennen, ob sie tot oder lebendig war, aber immerhin hatte sie vor wenigen Augenblicken noch die Kraft gehabt, laut zu schreien. Karin wusste, dass die Opfer von Bränden oft nicht durch das Feuer selbst, sondern durch die Rauchgase zu Tode kamen. Es war höchste Zeit.

Vor dem Scheiterhaufen stand ein schwarzgekleideter Mann. Er hielt ein Buch in der Hand und wandte ihnen den Rücken zu. Er schien laut vorzulesen, behielt das aufflackernde Feuer jedoch im Blick.

Johan fuhr, so schnell er konnte, aber sie schienen trotzdem eine Ewigkeit zu brauchen. Der Mann im schwarzen Talar sah sie erstaunt an. Johan sprang vom Quad und erklomm mit zwei Schritten die Leiter. Hustend versuchte er, die gefesselte Frau zu befreien, während sich das Feuer langsam in die Leiter fraß, auf der er stand.

»Nein!«, schrie der Mann mit einer Stimme, die so tonlos klang, als wäre sie nicht seine eigene.

Karin wollte absteigen, aber ihre Beine fühlten sich so schwer und taub an, als hätte jemand anders die Kontrolle über sie. Stattdessen packte sie das Lenkrad und gab Gas. Das Quad jaulte auf und setzte sich in Bewegung. Ohne zu zögern, raste sie auf Kristian Wester zu. Beim Aufprall stürzte er zu Boden, und das Buch fiel ihm aus der Hand. Karin nahm all ihre Kraft zusammen und stieg von dem Geländefahrzeug. Schwerfällig ließ sie sich auf Kristian plumpsen, der sich noch nicht wieder aufgerappelt hatte, und nahm ihn in den Polizeigriff. Halt ihn fest, sagte sie sich und wünschte, sie hätte Folke und Robban Bescheid gegeben, bevor sie sich auf den Weg machte. Du schaffst es niemals, ihn festzuhalten. Sie wandte den Kopf, um zu sehen, wie es Johan erging.

Im selben Augenblick riss Kristian den Kopf hoch und warf sich nach hinten. Karin musste loslassen, und der Mann stand wankend auf. Er hob das Buch vom Boden auf und ging mit erstaunlich festem Schritt in dem Moment auf das Feuer zu, als Johan mit der Frau auf den Armen herunterstieg.

»Johan!«, rief Karin, um ihn zu warnen, während sie sich keuchend am Quad hochzog und zuerst auf die Knie und dann auf die Beine kam. Sie schwankte so, dass sie sich am Lenker festhalten musste. Warmes Blut tropfte ihr aus der Nase, und ihr Blick schien sich nicht auf einen Punkt konzentrieren zu können. »Du schaffst das«, sagte sie laut zu sich selbst. Der Wind nahm zu und fachte das Feuer zusätzlich an. Es prasselte immer lauter, und je näher sie kam, desto kräftiger schlug ihr die Hitze entgegen.

»Das passiert wirklich«, sagte sie zu sich selbst, um ihren Körper aus dem fatalen Irrtum zu reißen, das Ganze wäre ein Alptraum und sie könne ruhig weiterschlafen. Ihr Körper flehte nach Ruhe. Karin kämpfte dagegen an.

Sie strich sich mit der Hand über die Oberlippe und leckte sich den Finger ab. Der Blutgeschmack war höchst real.

Johan schleifte die Frau vom Feuer weg und sah Kristian nicht von hinten kommen.

Karin schrie, aber der Wind trug ihre Warnung mit sich fort. Sie sah Johan nach dem Schlag auf den Kopf in sich zusammenfallen. Kristian zog an der allem Anschein nach leblosen Frau und versuchte, sie wieder auf den Scheiterhaufen zu zerren.

Karin biss die Zähne zusammen und kämpfte sich auf das ohrenbetäubend prasselnde, brausende Feuer zu. Der Rauch brannte in den Augen, und die schwarze Luft war schwer zu atmen. Kristian war nun fast an der Leiter. Das Buch hatte er sich fest unter den Arm geklemmt. Während er sich bemühte, Marianne zum Aufstehen zu bewegen, murmelte er unentwegt vor sich hin. Karin nahm ihr letztes bisschen Kraft zusammen, stolperte auf ihn zu und entriss ihm das Buch.

»Nein!« Er richtete den Blick auf sie. Karin war verblüfft, wie viel Stärke aus seinen Augen zu strömen schien. Die Flammen, die sich darin spiegelten, ließen sie noch furchterregender wirken. Hastig warf sie das Buch ins Feuer.

»Hol es dir, wenn du es haben willst!« Sie wusste nicht, ob sie es laut sagte oder nur dachte, aber zu ihrem Erstaunen stieg Kristian, ohne zu zögern, auf den Scheiterhaufen. Es dröhnte, als die Leiter nachgab und er in den Flammen verschwand. Dann erhob er sich noch einmal. Mit dem brennenden Buch in der Hand stand er einen Augenblick aufrecht da. Dann rissen ihn die Flammen nach unten. Im Nachhinein würde sie sich darüber Gedanken machen. Es hatte tatsächlich so ausgesehen, als hätte ihn ein Wesen ins Feuer gezogen. Er schien eins mit den Flammen zu werden, die ihn verzehrten.

Ihre Haut fühlte sich an, als würde sie Feuer fangen. Karin packte die Frau an den Armen und zog sie, so schnell sie konnte, rückwärts vom Feuer weg. Johan war wieder aufgestanden und kam ihr zu Hilfe. Marianne lag auf der Erde. Karin fühlte ihren Puls, zuerst am Handgelenk und dann am Hals. War alles vergebens?, fragte sie sich und klopfte fest auf ihre Wange.

»Marianne! Marianne, hörst du mich?«

Keine Reaktion.

»Wo ist er?« Johan sah sich um.

»Da oben auf dem Scheiterhaufen«, sagte Karin.

Karin betastete Mariannes Oberkörper, fand das Brustbein und strich mit den Knöcheln darüber, wie sie es im Erste-Hilfe-Kurs gelernt hatte.

Die Frau bewegte sich, keuchte.

»Du bist jetzt in Sicherheit, Marianne. Hörst du mich?«

Der Rettungshubschrauber landete oben an der Festung Carlsten. Im selben Moment tauchte gemeinsam mit Folke und Robban die Verstärkung aus Kungälv auf. Marianne bekam Sauerstoff und wurde in Decken gewickelt, bevor man sie auf die Trage legte. Ihr Haar war versengt, und der Körper war von Brandwunden gezeichnet. Aber sie lebte.


Zwei Ärzte kamen Karin aus Zimmer 48 im Sahlgrenska-Krankenhaus entgegen. Marianne lag mit geschlossenen Augen im Bett. Es waren zwei Tage vergangen, seit sie im Eiltempo hierhertransportiert worden war.

»Entschuldige bitte, falls wir stören«, sagte Karin.

»Schon gut«, sagte Asko, der neben Marianne saß. Ihre Arme und Beine waren mit wässrigen Blasen bedeckt, und das Gesicht war rot und verquollen.

»Bist du in der Lage, kurz mit der Polizei zu sprechen?«, fragte Asko seine Ehefrau.

Marianne nickte.

Asko stellte das Kopfende höher, damit sie sich aufsetzen konnte.

»Hallo, Marianne. Ich heiße Karin Adler, und das ist mein Kollege Robban Sjölin. Ich weiß nicht, ob du dich noch erinnerst, aber ich war bei Gustavsborg ... am Feuer.«

»Danke, Karin«, sagte Marianne. Tränen stiegen ihr in die Augen. »Die Ärzte sagen, dass ich dir mein Leben zu verdanken habe.«

Robban räusperte sich. Auch Karin war ergriffen.

»Wir hatten wohl auch großes Glück.« Karin bemühte sich, ihre Stimme unter Kontrolle zu bekommen. Robban warf ihr einen Blick zu und ergriff das Wort.

»Wir wissen, dass das alles nicht leicht für dich ist, aber wir haben ein paar Fragen an dich. Ist das in Ordnung? Könnten wir vielleicht mit Landvetter anfangen?«

Karin sah ihn dankbar an. Der beste Kollege der Welt, dachte sie.

»Ich kam am Freitag mit dem Flughafenbus und hatte den Flug nach London gebucht. In der Abflughalle rannte Kristian hinter mir her und sagte, Asko liege schwerverletzt im Krankenhaus, und er habe unseren Töchtern versprochen, mich zu holen. Natürlich ging ich sofort mit ihm und kam gar nicht dazu, irgendetwas in Frage zu stellen. Andernfalls hätte ich mich vielleicht gewundert, dass er wusste, welchen Flug ich nehmen wollte, denn das wusste ja niemand.«

Karin nickte. Es stimmte alles mit dem Video aus der Überwachungskamera überein.

»Wasser«, bat Marianne. Asko hielt ihr das Glas so hin, dass sie aus dem Strohhalm trinken konnte.

»Kaum saß ich im Auto, spürte ich einen Stich in den Arm. Es muss eine Spritze gewesen sein, denn ich wurde ganz benommen und konnte mich nicht mehr bewegen, geschweige denn sprechen. Wir fuhren natürlich nicht in ein Krankenhaus, sondern nach Nygård. Kristian hatte sich in letzter Zeit immer seltsamer verhalten. Noch kurz zuvor waren wir regelrecht aneinandergerasselt, weil ich der Meinung war, dass er mit seinen merkwürdigen Ideen einen ungesunden Einfluss auf Asko ausübte. Außerdem hat mich geärgert, dass er mein Zentrum in die polizeilichen Ermittlungen verwickelt hat. Sven Samuelsson, der Name, den er im Rahmen des Rollenspiels verwendete, stand ja auch auf der Liste, die ihr mir gezeigt habt.«

»Sven Samuelsson alias Grimner alias Esus«, zählte Robban auf.

»Nicht in meinen wildesten Phantasien hätte ich mir vorstellen können, dass Kristian etwas mit den Morden zu tun hatte. Auf der Fahrt nach Nygård fing er an zu erzählen. Dass er Kontakt mit Hjördis Hedlund gehabt hatte, Askos biologischer Mutter, war mir bekannt, aber von den Schwestern wusste ich nichts.«

Asko schien sie unterbrechen zu wollen.

»Wir können auch gleich alles auf einmal besprechen«, sagte Marianne.

Asko stand auf. »Ich gehe rüber in die Cafeteria und trinke einen Kaffee.«

»Tu das«, sagte Marianne.

»Soll ich dir Gesellschaft leisten?«, fragte Robban.

»Nein, es ist schon in Ordnung. Kümmert ihr euch um Marianne.« Asko öffnete die Tür.

Nachdem er gegangen war, schien Marianne freier erzählen zu können. Nun brauchte sie keine Rücksicht mehr auf ihren Mann zu nehmen.

»Ich bin auch selbst zu Hjördis gefahren, um mit ihr zu reden. Im Allgemeinen bin ich überzeugt, dass Menschen keine ungelösten Konflikte oder Traumata mit sich herumtragen sollen, die ihnen nur Energie rauben. Asko redet wenig über seine Kindheit, aber ich weiß, dass er jeden Tag an sie denkt. Er schweigt und verschließt sich. In jüngster Zeit hat er allerdings versucht, seine Erlebnisse in Worte zu fassen. Die Tür war jedoch so lange verschlossen, und sobald er sie auch nur einen Spalt öffnet, strömen ihm Unmengen von Erinnerungen und verdrängter Erlebnisse entgegen. So etwas braucht Zeit und Kraft.

Ich hatte mich ins Auto gesetzt und war bis zum Parkplatz Björndalsgården gekommen. Dort blieb ich sitzen und überlegte, was ich zu Hjördis Hedlund sagen sollte. Und was sollte ich Asko nach dem Besuch erzählen? Am Ende kam ich zu dem Schluss, dass in unserem Leben kein Platz für sie war. Ich wollte die Rolle, die sie für uns spielte, nicht noch größer machen. Also ließ ich den Motor an und kehrte um. Ich weiß nicht, ob es richtig war, und nun gibt es keine Möglichkeit mehr, mit ihr zu reden. Ehrlich gesagt, ist das eine Erleichterung.«

»Du hast sie also nie gesehen?«, fragte Karin.

»Alles, was ich weiß, habe ich von Kristian.« Marianne streckte die Hand nach dem Wasserglas aus. Robban half ihr.

»Kannst du noch ein bisschen?«, fragte er Marianne, nachdem sie getrunken hatte.

»Ich glaube, wir müssen alle mit dieser Geschichte abschließen. Oder zumindest anfangen, mit ihr abzuschließen«, sagte Marianne und fuhr fort.

»Hjördis hatte offenbar einen seltsamen Stammbaum an der Wand, und Kristian kannte die Namen von Bagges Aufzeichnungen zu den Marstrander Hexenprozessen im siebzehnten Jahrhundert. Kristian vergrub sich ständig in diesen Büchern. Er nahm Kontakt zu einem Genealogen auf, weil er herausfinden wollte, ob Asko tatsächlich von Malin im Winkel abstammte, die wegen Zauberei hingerichtet worden war. Da Kristian die Namen von dem Stammbaum hatte, dauerte es nicht lange, bis er die Bestätigung bekam. Plötzlich war ihm klar, warum die Frauen sich so verhalten hatten – sie waren böse, hatten böses Blut und schwarze Seelen. Er glaubte im Ernst, sie wären Hexen. Sie zu finden war kein Problem, weil er die alte Akte vom Jugendamt gelesen hatte, die sich nun im Archiv des sozialen Dienstes befindet. Dort standen die Personenkennzahlen und alles andere.« Ohne Ironie fügte Marianne hinzu: »Wunderbares Schweden, wo man alles finden kann.«

»Und das in seiner Eigenschaft als Nachfahre von Fredrik Bagge ...«, sagte Karin.

»Genau. Er betrachtete es als seine Aufgabe, die Geschichte zu beenden. Auf Nygård zu sitzen und ihm im Kerzenschein zuzuhören gehört zu den beängstigendsten Dingen, die ich je erlebt habe. Er ist vollkommen verrückt, dachte ich, konnte aber keinen Muskel meines Körpers bewegen. Das Gebäude ist riesig und der nächste Nachbar einen guten Kilometer weit weg.«

»Wenn ich Asko richtig verstanden habe, ist Kristian ... enorm stolz auf seine Herkunft«, sagte Robban.

»Besessen ist er von ihr«, erwiderte Marianne. »Er erzählte mir, wie er sich Hjördis und den Schwestern genähert hatte. Stina, die mittlere Schwester von Asko, die sich Schuld nannte, hat er diesen Sommer bei einem Rollenspiel kennengelernt, ihm ist aber erst später klargeworden, mit wem er es zu tun gehabt hatte. Also lud er sie zu dem Rollenspiel in Marstrand ein. Ihre Leiche und das Richtrad hat er mit dem Pferdetransporter von Elisabet befördert. In dasselbe Fahrzeug hat er später bei der Festung Autoabgase geleitet.«

»Ich hatte mich schon gefragt, wie es zu Stinas Kohlenmonoxidvergiftung gekommen war«, sagte Karin.

»Es fällt mir schwer, mich an alle Einzelheiten zu erinnern, manches liegt wie im Nebel. Er betrachtete die Ereignisse jedoch als vorherbestimmt. So, als würde ihm das
Schicksal den Weg weisen.«

»Und das Henkersschwert?«, fragte Karin und musste
an Harald Bodin im Stadtmuseum denken.

»Er hatte es auf Nygård, ich durfte es mir ansehen.
Ein Typ aus irgendeinem Museum hatte es unvorsichtiger-
weise zu einem Rollenspiel mitgebracht. Kristian hat es
gestohlen. Aus seiner Sicht ein weiteres Zeichen.«

»Weißt du, wie er in Kontakt mit Ann-Louise Carlén
kam, der jüngsten Schwester?«

»Sie war Immobilienmaklerin. Unter dem Vorwand,
das Haus verkaufen zu wollen, lud er sie in den Rosenlund
ein. Da er weiß, wo unsere Schlüssel liegen, hat sie keinen
Verdacht geschöpft.«

»Kristian hätte doch bedenken müssen, dass ihr als
tatverdächtig gelten würdet, weil ihr die Hausbesitzer
seid.«

»Ich weiß nicht. Er selbst sagte, er habe es getan, um
Asko näherzukommen und ihm Kraft zu geben. Er betrachtete es als ein Geschenk an ihn, ein Opfer. Alles nur
Asko zuliebe. Die Leiche im Rosenlund machte Asko zwar
zum Verdächtigen, aber Kristian sah darin auch eine Möglichkeit, die Sache zu Ende zu bringen. Auch was mich an-
betrifft, denn er hatte inzwischen erfahren, dass auch ich
von Malin im Winkel abstamme.«

»Hat er dir das alles erzählt?«, fragte Robban.

»Ja, unter anderem. Das Ganze war umso erschrecken-
der, als er der Meinung war, vollkommen klar zu sehen. Er
beschrieb mir sogar meine Rolle, damit ich begriff, dass
er sich nicht täuschte. In seinen Augen war ich eine Hexe,
die Asko in ihren Fängen hatte. Meine Großeltern sind
1965 an einer Kohlenmonoxidvergiftung gestorben, und

Kristian war überzeugt davon, dass ich schuld an ihrem Tod war. Dass das Gas mir nichts hatte anhaben können.«

Marianne hustete. Die Tür ging auf, und Asko kam wieder herein.

»Vielleicht reicht das fürs Erste?«, wandte sich Robban an Karin.

»Eine Sache noch. Hatte er dich im Rathauskeller eingesperrt?«

»Ja. Solche Dinge waren ihm wichtig, alles musste stimmen. Kristian war spät dran, und die Wirkung der Spritze ließ allmählich nach. Als er kam, konnte ich ihm entwischen und bin zum alten Haus meiner Großeltern gerannt. Es brannte noch Licht. Ich muss die alte Dame, die dort heute wohnt, zu Tode erschreckt haben. Aber dann hatte Kristian mich eingeholt.«

»Mein Liebling.« Asko nahm sie behutsam in den Arm.

»Ihn muss der Schlag getroffen haben, als er bemerkte, dass ihr von derselben Frau abstammt«, sagte Karin.

»Nicht nur ihn.« Asko lächelte.

»Da hast du's«, sagte Marianne zu ihrem Mann, »wir beide gehören zusammen, das habe ich dir immer gesagt.«


Erst spät fiel Sara die Post wieder ein, die noch ungeöffnet auf der Veranda lag. Da der Film, den Tomas und sie sahen, gerade eine Werbepause machte, holte sie die Briefe. Dem Apfelbaum in Lyckes und Martins Garten nach zu urteilen, stürmte es da draußen ziemlich. Wild bogen sich seine Äste vor dem Abendhimmel. Die Katze schlief in einer Sofaecke auf Tomas' Fleecepulli und öffnete nicht einmal die Augen, als sie vorbeiging.

»Dieser Fernseher«, Tomas zeigte auf den grünen Streifen, der horizontal über den Bildschirm lief, »der hält nicht mehr lange.«

»Doch, doch«, erwiderte Sara. »Der hält noch lange durch. Keine Sorge. Guter alter Fernseher, prima Qualität.«

Sara hatte sich das Gerät während des Studiums zugelegt. Es war ein Monogerät, das nur halb so viel wie ein Stereofernseher gekostet hatte.

»Mono-TV, Tomas. Das hat nicht jeder«, fügte Sara hinzu, während sie die Post durchsah.

»Stimmt, und dafür gibt es Gründe.« Wieder zeigte er auf den grünen Streifen. »Und diese Linie ist da schon seit einem Jahr.« Er seufzte.

»Was für ein Glück, dass er nicht kaputtgegangen ist.« Sara grinste. »Das hast du doch gemeint, oder?«

»Natürlich. Genau das wollte ich sagen.« Tomas schüttelte den Kopf.

Der Brief von dem Versicherungsunternehmen war an Tomas gerichtet. Das verwirrte sie. Meistens war sie diejenige, die sich um Versicherungen und Ähnliches kümmerte. Sie reichte ihm den Brief und den Katalog vom Elektronikfachhändler Clas Ohlsson. Erstaunlicherweise blätterte er nicht sofort den Katalog durch, sondern öffnete den Brief.

»Was zum Teufel …«, begann er, doch dann verstummte er. Zehn Sekunden später räusperte er sich.

»Du, Sara, es wird alles gut.«

»Ja, das wird es ganz bestimmt«, erwiderte sie abwesend, weil sie in ihre Post vertieft war.

»Die Lebensversicherung«, sagte Tomas.

Sara hob den Kopf.

»Welche Lebensversicherung?«

Tomas räusperte sich.

»Die von meinem Vater. Papas Versicherung.«

»Von Waldemar?« Tomas' Vater war im Frühjahr verstorben.

445

»Ja. Ich oder besser gesagt, wir sind die Begünstigten von Papas Lebensversicherung.«

Tomas drehte das Schreiben so, dass Sara es lesen konnte. Sie griff nach dem Blatt, ließ es aber auf ihren Schoß sinken.

»Wir? Und was ist mit Siri und Diane?«

»Ach, das war es also, was Mama am Freitag hier gesucht hat, als du mit Lyckes Kollegen unterwegs warst. Von Siri und Diane steht da nichts. Jedenfalls nicht, soweit ich das hier erkennen kann, aber sie haben sicher ebenfalls ein Schreiben erhalten. Allerdings wird Annelie erwähnt …, aber nicht die anderen. Ich weiß nicht, was das zu bedeuten hat. Zwei Millionen für uns beide. Donnerwetter. Zwei Millionen. Siehst du, es wird alles gut, Sara.« Tomas strahlte. »Morgen werde ich Annelie und die Versicherung anrufen und fragen, ob das auch wirklich alles stimmt.«

Sara setzte sich neben Tomas aufs Sofa. »Zwei Millionen?«, sagte sie nachdenklich, nachdem sie den Brief gelesen hatte.

»Eine für uns und eine für Annelies Familie, wenn ich es richtig verstanden habe.«

Sara lachte in sich hinein. Das würde ein Leben werden!


Es war halb sieben. Draußen war es dunkel und eisig kalt an diesem Samstag, dem 10. Dezember. Am Nachmittag hatte es geschneit, und nun waren Koön und Marstrandsön von einer dicken Schneeschicht bedeckt. Noch immer segelten große Flocken vom Himmel, und unter den Füßen der Besucher des Weihnachtskonzerts in der Marstrander Kirche knirschte es. Die Eintrittskarten für die beiden Aufführungen am Samstag waren seit langem ausverkauft.

Im Küchenfenster von Frau Wilson brannten Advents-
kerzen, und der Gehweg vor ihrem Haus war geräumt.
Zwei große Töpfe mit Winteräpfeln und Wacholderzwei-
gen standen rechts und links vom Eingang.

Schick angezogene Menschen strömten auf die erleuch-
tete Kirche zu. Die Mehrzahl der Damen zog kalte rote
Ohren einer warmen Mütze und plattgedrücktem Haar
vor. Fackeln hießen die Besucher an der Kirchenpforte
willkommen und geleiteten sie zum alten Holzportal.
Durch die schönen Fenster waren die Messingleuchter zu
sehen, die von der Decke hingen.

Als Johan die Kirchentür öffnete, schlug Karin Wärme
entgegen. Obwohl das Konzert erst in einer halben Stunde
beginnen sollte, war die Kirche schon so gut wie voll besetzt. Aus einer der vorderen Reihen auf der rechten Seite
winkten ihnen Martin und Lycke zu. Vertraute Gesich-
ter, darunter Frau Wilson, Georg mit seiner Ehefrau und
Marianne und Asko nickten ihnen freundlich zu, als sie
durch den Mittelgang nach vorne gingen. Plötzlich wurde
Karin bewusst, was genau sie gerade taten: Sie gingen Seite an Seite auf den Altar zu. Sie sah Johan an, der lächelnd
ihre Hand drückte. Ob er das Gleiche gedacht hatte wie
sie?

Robban und seine Sofia hätten eigentlich auch hier
sein müssen, aber da sich ihr jüngster Sohn einen Ma-
gen-Darm-Infekt eingefangen hatte, hatte sich die gesamte
Familie für achtundvierzig Stunden unter Quarantäne gestellt. Nach sechsundvierzig Stunden musste die Tochter
sich übergeben und zwei Stunden später der mittlere Sohn.
Unpassenderweise hatte Karin lachen müssen, als Robban
ihr am Telefon davon berichtete, aber sie konnte es sich
einfach nicht verkneifen. Den ganzen Herbst über hatte
er befürchtet, die Kinder könnten krank werden, aber sie
hatten sich wacker gehalten. Bis jetzt. Folke und sie hatten

beschlossen, ein Geschenk für die Familie zu besorgen. Folke hatte Karins Vorschlag, der Familie die DVD von *Ferien auf Saltkrokan* zu schenken, verworfen und stattdessen für ein pädagogisch wertvolles Alphabetspiel plädiert. Am Ende hatten sie beides gekauft, und Folke hatte alles in rotes Papier und eine geteerte Schnur eingewickelt, die Karin vom Boot geholt hatte.

»Hört mal, Mädels.« Karin, die zwischen Johan und Lycke saß, drehte sich um, als sie ein zartes Klopfen auf ihrer Schulter spürte.

»Ich habe gerade eine neue Stelle angenommen«, sagte Sara freudestrahlend. Lycke beugte sich über die Rückenlehne und nahm sie fest in den Arm.

»Herzlichen Glückwunsch! Was wirst du tun?«

»Ich werde dokumentieren, was Georg und die anderen älteren Leute über Marstrand wissen, und die Sammlungen von Ture Bonander durchgehen. Ich träume davon, im Rathauskeller ein Museum zu eröffnen.«

Tomas lachte.

»Ich glaube, denen ist überhaupt nicht klar, was ihnen blüht, wenn sie dir erst mal freien Lauf lassen. Sara wünscht sich, dass Marstrand das ganze Jahr über lebendig bleibt. Die Krankenstation soll jeden Tag geöffnet sein. Im Seniorenheim, in der Schule und in der Vorschule soll Bioessen serviert werden. Historische Wanderungen über die Inseln und Bootsfahrten im Fahrwasser der Freibeuter … Die Politiker in Kungälv werden keine ruhige Minute mehr haben.«

Johan lachte aus vollem Hals.

»Du wirst das wahnsinnig gut machen, Sara!«

Auf der ruhigen See, die die beiden Inseln umgab, hatte sich, wie seit Urzeiten, eine dünne Eisschicht gebildet. Nur die Fähre riss die spröde Eisdecke auf dem Sund zwischen

Koön und Marstrandsön immer wieder auf. Karin lehnte den Kopf an Johans Schulter. Aus der Trompete von Magnus Johansson strömten die hellen Töne von »Glanz über See und Strand« und schwebten durch die hohen Kirchenfenster, am Hexenviertel vorbei und hinauf in den sternenklaren Winterhimmel.

# NACHWORT

Dichtung wird oft von der Wirklichkeit übertroffen, und auch während der Entstehung von *Die Tote auf dem Opferstein* bin ich viele Male über die unwahrscheinlichsten Zufälle gestolpert.

Einer ereignete sich, als ich gerade ein geeignetes Haus für meine wegen Hexerei angeklagte Frau gefunden hatte. Um meine Geschichte glaubwürdig erzählen zu können, sah ich mir die Besitzverhältnisse der umliegenden Gebäude an. Ein paar Häuser weiter, in der Hospitalsgatan 7, las ich Folgendes: »Der Legende nach wohnte hier Marstrands letzte Hexe.« Ich bekam eine Gänsehaut. Das ist doch verrückt, dachte ich. Ich änderte die Adresse und ließ meine angebliche Hexe in ihr eigenes Haus einziehen. Die »echte« Hexe war die Mutter von Pfarrer Fredrik Bagge, der später Gemeindepfarrer in Marstrand wurde. Die Familie lebte hier, lange bevor das Haus, das heute auf dem Grundstück steht, schriftlich erfasst wurde.

Auf ein anderes merkwürdiges Zusammentreffen stieß ich während der Suche nach einem guten Wohnort für meine Figur Kristian. Die Journalistin Jenny Johansson und der Fotograf Jerry Lövberg besuchten mich, um eine Reportage über mein erstes Buch *Die Tochter des Leuchtturmmeisters* zu machen, und erzählten mir von Gut Nygård. Nygård ist ein Schloss auf der Insel Vargön nördlich von Trollhättan, in dem es angeblich spukt. Da ich mich ohnehin in diesem Gebiet bewegte, las ich einiges über das Schloss. Ich staunte nicht schlecht, als ich die Verbindungen nach Marstrand entdeckte, ein Zweig der Familie Bagge war nach Nygård gezogen … Natürlich musste Kristian dort wohnen.

Ich nahm Kontakt mit Lillemor und Kurt Blennermark auf, denen das Schloss heute gehört, und fragte sie, ob ich ihr Zuhause in meinem Buch verwenden darf. An einem winterlichen Samstag werde ich zum Kaffee eingeladen und darf einen Blick in Kurts Ordner werfen. Darin hat er alle unerklärlichen Ereignisse auf Nygård gesammelt. Gewissenhaft hat er jeweils das Datum, die Uhrzeit und den Vorfall selbst festgehalten.

Es ist schon merkwürdig, wenn man in der hellen Küche dieses riesigen Gebäudes sitzt und einem zwei so freundliche und vernünftige Personen – sie ist Pferdezüchterin und er leitet ein Unternehmen – ganz sachlich von all den rätselhaften Dingen erzählen, die sich dort abspielen. Schwere Schritte auf der gusseisernen Treppe ins Obergeschoss. In den neuen Kleiderschränken riecht es plötzlich so durchdringend nach Pferdemist, dass Kurt seine Kleider woanders aufhängen muss. Der alte Besen wandert manchmal über den Hof zum Stall, in dem Lillemors Pferde stehen. Einmal hat eine der Töchter Kurt hinter einem Fenster stehen sehen und ihm im Vorbeireiten zugewinkt, obwohl er zu diesem Zeitpunkt einen Spaziergang machte und das Haus leer war.

Der Friedhof der Familie Bagge befindet sich auf den Ländereien des Guts, und als Kurt und Lillemor einzogen, wurden sie gefragt, ob sie sich um die Gräber kümmern würden. Sie richteten Steine wieder auf, beschnitten Bäume und Büsche und mähten das Gras, zündeten Kerzen an und legten Kränze auf alle Gräber.

»An dem Abend war vielleicht was los!«, erzählte Lillemor, als ich da mit meiner Kaffeetasse in der Küche saß. Ein einziges Mal haben unsere Töchter Anna und Julia richtig Angst bekommen, da waren sie allein zu Hause und durften fernsehen. Plötzlich hob sich ein Stein aus der Steinsammlung von einer der beiden Töchter in die Luft, wurde über die Köpfe der Mädchen hinweggeschleudert und landete krachend auf dem Fußboden. Die Eltern verließen sofort das Weihnachtsfest, auf dem sie sich befanden, und fuhren nach Hause. Kurt blättert zurück zu einem der ersten Ereignisse. Laut liest er mir vor: »Heute Nacht haben mich seltsame Geräusche auf dem Dachboden geweckt. Es hörte sich an, als rutschten Schneemassen vom Dach oder als würde etwas über den Fußboden geschleift. Ich ging hinauf, um nachzusehen, doch da verstummten die Geräusche. Kaum lag ich im Bett, ging es wieder los. Am besten erzähle ich der Familie nichts davon, denn sonst wollen die anderen wahrscheinlich umziehen. Verdammt unheimlich!« Kurt blickt von seinen Aufzeichnungen auf.

Alle Beschreibungen von Dingen, für die sich später eine logische Erklärung fand, sind aus dem Ordner entfernt worden. Es sind nur noch die Sachen übrig, die sich nicht erklären lassen. Vierundachtzig Vorfälle.

Ich als große Skeptikerin weiß nicht recht, was ich sagen soll, als Kurt seinen Ordner zuklappt und er und Lillemor mich anschließend auf dem Anwesen herumführen. Als ich Nygård verlasse und am Bagge'schen Friedhof vorbeifahre, versuche ich, die Eindrücke des Tages zu verarbeiten. In der folgenden Woche rede ich pausenlos über das Schloss.

Das war eine kleine Abschweifung, aber für die Entstehung des Buches war sie von enormer Bedeutung.

Die historischen Orte, die darin vorkommen, existieren wirklich.


Das Heimatmuseum Forngården in Strömslund und die steinzeitliche Burganlage in Hälltorp am Göta Älven liegen beide in Trollhättan. Einen Hinrichtungsplatz hat es in Hälltorp, soweit ich weiß, allerdings nie gegeben.

Das Henkersschwert befindet sich im Magazin des Göteborger Stadtmuseums in Hisingen, und Psychometrie ist eine umstrittene Wissenschaft, die der Frage nachgeht, ob und inwiefern Gegenstände ein Gedächtnis haben. Wäre es nicht großartig, wenn Dinge ihre Geschichte bewahren könnten?

Den Jungen im Keller gab es leider. Meine Geschichte ist erfunden, aber zu der Idee hat mich eine reale Person inspiriert. Mein Cousin Mikael Thorsell besuchte im Rahmen seiner Ausbildung zum Rettungshelfer eine Vorlesung, in der ein Mann von einem Jungen erzählte, der von seiner Familie im Keller eingesperrt worden war. Die Decke war so niedrig, dass er nie aufrecht stehen konnte und Rückenprobleme bekam. Bemerkenswerterweise hatte der Vortragende die Geschichte am eigenen Leib erlebt. Mich hat das tief berührt, und so schrieb ich über einen Jungen im Keller. Der Hof, auf dem der Junge namens Asko aufwächst, liegt zwischen Trollhättan und Lilla Edet in Åkerström. Das ist ein ganz besonderer Ort. Im Jahre 1548 wurde er durch einen Erdrutsch verwüstet. Deshalb habe ich Askos Kindheit dorthin verlegt. Der Fluss staute sich, Häuser, Einrichtung und Menschen wurden von der Flutwelle weggespült, und bis heute findet man im Lehm noch Gegenstände, die damals begraben wurden.

Die Protokolle und Berichte von den Bohusläner Hexenprozessen sind eine haarsträubende Lektüre. Vor allem, wenn man sich klarmacht, dass das alles tatsächlich passiert ist. Es stimmt, dass das Ganze in Marstrand seinen Anfang nahm, wo Sören Muremester und seine eifersüchtige Ehefrau Anna i Holta, die bei ihnen zu Gast ist, beschuldigen, sie habe Sören impotent gemacht. Anna wird festgenommen und nennt während der Folter im Gefängnis die Namen von weiteren Frauen. Nach einem Monat in Gefangenschaft erhängt sie sich, aber da sind

454

bereits mehrere Frauen angeklagt worden, und der Prozess ist in vollem Gange. In einem Gesetz aus dem Jahre 1734 werden für Hexerei Richtrad und Scheiterhaufen vorgeschrieben, und erst im Jahre 1779 wird die Todesstrafe für Zauberkünste wieder aufgehoben.

Die Familie Bagge spielte damals eine große Rolle, und es gibt bis heute Nachkommen. Dass Fredrik Bagges Mutter wegen Zauberei angeklagt wurde, ist wahr, und es stimmt ebenfalls, dass der Pfarrer ihren Freispruch erwirken konnte. Kristians Verwandtschaft mit der Sippe dagegen ist meiner Fantasie entsprungen. Malin im Winkel ist eine fiktive Person, die stellvertretend für alle Frauen steht, die wegen Zauberei angeklagt und hingerichtet wurden. Die Prozesse fanden wirklich im Rathaus statt, und die Angeklagten mussten im Keller und auf dem Hof in Käfigen sitzen, weil man es nicht wagte, sie mit den Gefangenen oben auf der Festung Carlsten zu vermischen.

Das 1647 erbaute Rathaus ist das älteste Steinhaus Bohusläns, und das Gefühl, das einen im Keller überkommt, ist äußerst seltsam. Vielleicht liegt das nur daran, dass man von all den Ereignissen und von den Frauen weiß, die hier unten unter schlimmsten Umständen gesessen haben. Oder können sich die Kellerwände möglicherweise an diese Frauen erinnern?

Den Hof Grindsby auf Orust habe ich als Zuhause für die Kinder von Malin im Winkel ausgesucht, weil der Name des Hofes in einem alten Stammbaum meines Großvaters mütterlicherseits auftauchte.

Die Schola-Cordis-Gemälde, der Opferstock und die Grabsteine befinden sich in der Marstrander Kirche. Es hat tatsächlich ein Franziskanerkloster auf der Insel gegeben. Im Moment läuft ein Projekt, in dessen Rahmen man etwas mehr über dieses Kloster herausfinden will. Unter anderem möchte man erforschen, ob der Kirchturm wirklich, wie behauptet wird, aus Steinen des alten Klosters erbaut wurde. Vor der Kirche, in der Drottninggatan, kann man noch den Umriss des alten Klosterbrunnens erkennen.

Der Opferstein befindet sich im Opferhain zwischen dem Lotsenausguck und der Festung, und die heilige Quelle findet man einen Katzensprung von den Grotten entfernt im Sankt-Eriks-Park. Es gibt dort auch einen Wunschbrunnen, aber wenn man die Quelle sucht, muss man beim Gedenkstein von Rektor Widell abbiegen und an den Grotten entlang den Pfad hinaufsteigen.

Der Fyrmästargången dagegen, die Straße, in der Sara und Lycke wohnen, ist meine Erfindung.

Ich bin oft versucht, mich in Beschreibungen, Anekdoten oder interessanten historischen Fakten zu verlieren. Dann sagen meine Verlegerin oder meine Lektorin manchmal: »Sind vier Seiten über die Marstrander Kirche nicht ein bisschen viel?« Aber dieser Ort hat so viel zu bieten, und zwar ganzjährig. Das Meer und die Jahreszeiten wandeln sich ständig. Die Natur, die Geschichte und die Menschen.

Marstrand, mein Platz auf Erden.

*Ann Rosman, April 2010*

# Quellen:

## Schriftliche Quellen:

Musik, ohne die ich nicht leben kann: die von Evert Taube! Textauszüge aus »Min älskling« (»Mein Liebling«) und »Inbjudan till Bohuslän« (»Einladung nach Bohuslän«), aus »Ballader i Bohuslän«, Albert Bonniers Verlag, Stockholm 1943.
Die Auszüge wurden mit freundlicher Genehmigung von Evert Taubes Rechteinhabern veröffentlicht.

Eskil Olàn: »Marstrands Historia«, Faksimile (1982) der Ausgabe von 1917. Publikation und Vertrieb durch Carl Zakariasson. Auf den Seiten 9–14 werden die ersten Bewohner von Marstrand, der Opferstein, die heilige Quelle und die Vorzeitgräber behandelt. Ich habe mir, vor allem wegen ihres altertümlichen Tons, einige Formulierungen von Eskil Olàn geborgt. Auf Seite 197 findet sich die Grabinschrift von Bürgermeister Bagge.

Peter Fiebag, Elmar Gruber und Rainer Holbe: »Mysterien des Westens. Religiöse Wunder, geheime Wissenschaften, unerklärliche Phänomene«. Knaur, 2002. Hier habe ich mich über Psychometrie informiert.

Lars Manfred Svenungsson: »Rannsakningarna om trolldomen i Bohuslän 1669–1672«, Lilla Edet 1970. »Brennholz, Birkenreisig und Teertonnen zu vier Reichstalern ...« Der Text steht auf Seite 10.

Ruth Larsson: »En trollkona skall du icke låta leva«, Tre Böcker AB, Göteborg 1975.

Bengt af Klintberg: »Svenska trollformler«, Wahlström & Widstrand, 1965.

Die CD-ROM »Marstrandsön« in der Version 2004 wurde vom Heimatverein und dem Fotoclub in Marstrand hergestellt. Einen Teil der Geschichte des Gebäudes in der Hospitalsgatan 7 habe ich hier entnommen, der Rest ist frei erfunden.

»Hälsovännen« Nr. 10 aus dem Jahre 1925. http://runeberg.
org/halsovan/1925/0196.html. Hier findet Margareta Rylander-Lilja die Beschreibung der Rauchgasvergiftung.

Leseprobe aus

ANN ROSMAN

# Die Wächter von Marstrand

Karin Adler ermittelt

Kriminalroman

Aus dem Schwedischen von Katrin Frey
Ca. 400 Seiten. Klappenbroschur
ISBN 978-3-352-00855-9
Erscheinungstermin: Mai 2013

*Ein neuer Fall für Karin Adler*

*Spaziergänger entdecken im Moor von Klöverö eine weibliche Leiche mit einem toten Säugling im Arm. Kommissarin Karin Adler wird hinzugerufen. Für die Gerichtsmedizin ist die Sache klar: Die Moorleichen liegen schon eine halbe Ewigkeit dort. Die Akte wird daraufhin geschlossen. Doch kurz darauf wirft ein neuer Fall weitere Fragen auf: Eine Frau auf einem nahe gelegenen Gutshof wurde tot aufgefunden. Nur ein Zufall? Oder haben die beiden Toten eine gemeinsame Geschichte? Der Fall lässt Kommissarin Adler nicht mehr los. Bei ihren unermüdlichen Ermittlungen stößt sie bald auf ein tief bewegendes Frauenschicksal – die Spur führt zurück bis ins 18. Jahrhundert, in eine Zeit der Seeräuber, Schmuggler und Mörder im Freihafen von Marstrand.*

# Kapitel 5

Bei der Bake von Nord-Kråkan senkte das graue Fest-
rumpfschlauchboot seine Geschwindigkeit auf dreißig
Knoten, und als sie den Lilla Sillesund durchquerten und
anschließend links an Karlsholm vorbeifuhren, waren sie
bereits auf zehn Knoten hinuntergegangen. Dann fuhren
sie in die sogenannte Schnauze hinein. Der Name passte, weil sich die große Bucht tief in die Insel Klöverö hi-
neingefressen hatte. Hier befand sich ein beliebter und
geschützter Übernachtungshafen, der sich besonders für
vor Anker liegende Boote eignete. Karin warf einen Blick
auf den Kartenplotter. Karlsholm kannte sie bereits, aber
nicht die Landzunge Korsvike auf der anderen Seite der
Bucht. Das Polizeiboot war an den Felsen rechts von ihnen
vertäut. Sie quälte sich aus dem Rettungsanzug und bedankte sich bei den beiden Küstenwächtern. Geübt sprang
sie auf die grauen Klippen und blickte dem Schlauchboot
hinterher, das wendete und aus der Bucht hinausglitt.

»Guten Tag. Was für ein Auftritt!« Ein uniformierter
Kollege von der Wasserpolizei gab ihr die Hand. »Ich nehme an, du bist Karin Adler, die segelnde Kriminalkommissarin?«

»Ja.« Karin deutete in die Richtung, in der die beiden
Küstenwächter verschwunden waren. »Sechzig Knoten. Es
hat durchaus Vorteile, auf See abgeholt zu werden.«

»Aber was ist mit deinem Boot? Was hast du damit
gemacht?«

»Mein …«, sie überlegte kurz, als was sie Johan bezeichnen sollte, »… Freund segelt es nach Hause.«

»Prima. Schön, dass du so schnell kommen konntest.
Es sind sehr viele Leute hier, aber wir haben sie alle vom
Fundort weggebracht.«

»Gut.« Karin folgte dem Kollegen durch ein Wäldchen zu dem Grasfleck, auf dem sich die Botanische Vereinigung Göteborg befand. Als Erste erblickte sie Sara von Langer, die ganz blass dasaß und in das angrenzende Moor starrte.

»War sie dabei, als die Leiche entdeckt wurde?«, fragte Karin bekümmert.

»Richtig. Sie hat es wohl am schlechtesten verkraftet.«

Karin nickte, wahrscheinlich hatte er recht. Sie eilte zu Sara und nahm sie in den Arm.

»Wie geht es dir, meine Liebe?«

»Da liegt jemand im Moor, Karin. Es ist so schrecklich. Ich bin nur hier, weil sonst niemand im Heimatverein zu einer Inselwanderung in der Lage ist. Deshalb habe ich das übernommen.«

»Warst du nicht diejenige, die endlich lernen wollte, Nein zu sagen?«

Sara lächelte matt.

»Stimmt, das wollte ich eigentlich üben.«

Einer der Kollegen vom Polizeiboot brachte Sara frischen Kaffee und eine Zimtschnecke. Dann ging er mit seinem Picknickkorb weiter zu den Leuten von der Botanischen Vereinigung.

»Kannst du mir erzählen, was passiert ist?«

»Es kam so unerwartet.«

»Das ist oft so. Möglicherweise erscheint es einem noch schlimmer, weil man in dieser Umgebung hier nun wirklich nicht damit rechnet, auf eine Leiche zu treffen.«

Der Wind rauschte in den Baumkronen, und sie saßen auf einem Teppich aus frischem grünen Gras. Die Idylle war perfekt, zumindest äußerlich. Rechts von ihnen breiteten sich Wiesen und Felder aus, und in der Ferne war ein Zaun zu erkennen, der darauf schließen ließ, dass dahinter Tiere weideten. Direkt vor ihnen ging es steil den

Lindenberg hinauf, und gleich daneben lag die Schnauzen-bucht.

Sara nahm einen Schluck Kaffee.

»Wir waren über den Lindenberg gestiegen.« Sie zeigte auf den bewaldeten Berg.

»Ich kenne mich nicht so gut mit Pflanzen aus, aber ich glaube, sie wollten sich Sonnentau und eine seltene Orchidee ansehen, die angeblich am Rand des Moores wächst.« Sara deutete mit dem Kinn auf die Damen, die sich um den Mann mit der Baskenmütze geschart hatten. »Er wollte vorgehen, weil es gefährlich sein kann, über einen sumpfigen Untergrund zu gehen, den man nicht genau kennt. Eigentlich glaube ich eher, dass er vorausgehen wollte, weil er eine kleine Überraschung eingeplant hatte. Wir sollten nämlich miterleben, wie einige Biologen von der Universität Göteborg Bodenproben aus dem Moor entnehmen. Er kennt die Dozentin, es ist die Frau dort drüben.« Karin folgte Saras Blick.

»Niemand hätte erwartet, dass wir ein Ohr finden.«

Karin stellte noch ein paar Fragen, um sich ein genaues Bild davon zu machen, wie die Bodenprobe entnommen worden war. Während Sara berichtete, betrachtete Karin die Studenten und deren Dozentin auf der einen Seite und die Damen, die unter Leitung des Vorsitzenden der Botanischen Vereinigung Göteborg gekommen waren, auf der anderen Seite des kleinen Moores.

»Sind alle hier, die an der Wanderung teilnehmen wollten? Oder ist jemand abgesprungen oder hinzugestoßen?«

Sara sah sich um.

»Ich glaube, das sind alle. Ich weiß gar nicht mehr, wie viele wir waren.«

»Ist dir sonst irgendetwas aufgefallen?«

Sara überlegte eine Weile, dann schüttelte sie den Kopf.

»Oder doch, eine Sache schon, aber die hat wahrscheinlich nichts damit zu tun. Astrid Edman hat uns mit ihrem Boot hierhergebracht.«

»Astrid Edman?«, fragte Karin.

»Sie wohnt auf Klöverö. Ich glaube, sie hat ihr ganzes Leben hier verbracht.«

»Und sie hat euch von Koö herübergefahren?«

»Ja, aber sie mag den da drüben nicht. Sie hat ihn als Wichtigtuer bezeichnet, was ich voll und ganz verstehen kann. Im vorigen Jahr war Astrid bei derselben Wanderung auch dabei, und da haben sie sich offenbar gestritten.«

»Sonst hast du hier heute nichts gesehen?«

»Nein, nichts. Niemanden. Aber frag doch mal die anderen, vielleicht haben die etwas bemerkt, was mir nicht aufgefallen ist.«

»Weißt du, warum ausgerechnet dieser Ort für die Bodenprobe ausgewählt wurde?«

»Nein.« Sara zuckte mit den Schultern.

Wer auch immer das Moor als Grabstätte gewählt hatte, konnte nicht mit der Exkursion der Göteborger Universität gerechnet haben, dachte Karin. Ohne sie wäre die Leiche vielleicht nie gefunden worden.

»Hast du schon zu Hause angerufen und Tomas erzählt, was passiert ist?«, fragte sie Sara.

»Nein, auf dieser verdammten Insel gibt es ja keinen Empfang. Die Ärmste da im Sumpf hätte also nicht einmal um Hilfe rufen können, wenn sie ihr Handy dabei gehabt hätte.«

»Bleib einfach hier sitzen und komm ein bisschen zur Ruhe. Wenn ich mit den anderen geredet habe, werdet ihr im Polizeiboot zurückgebracht. Falls etwas ist, ruf mich einfach. Okay?«

»Okay«, erwiderte Sara. Karin nahm sie nochmals in den Arm.

Die Kollegen hatten bereits mit den anderen gesprochen. Hastig überflog Karin die Zeugenaussagen. Sie schienen alle übereinzustimmen.

»Was meinst du?«, fragte der Kollege aus dem Polizeiboot.

»Ich glaube, wir sind so gut wie fertig. Ich will die Dozentin noch fragen, nach welchen Kriterien die Stelle für die Bohrprobe ausgewählt wurde, aber dann bringen wir die Leute an Land. Hast du Lust, mal nachzusehen, wo die Techniker stecken? Am besten holen wir sie gleich auf Koö ab, wenn wir diese Truppe dort abgesetzt haben.«

»Klar. Ich gehe zum Boot und rufe sie an.«

»Übrigens die Frau da drüben, Sara. Sie wohnt hier draußen in Marstrand. Könntest du Tomas von Langer, ihren Mann anrufen und ihn bitten, sie hier abzuholen? Erzähl ihm, was passiert ist. Ich befürchte, sie steht unter Schock, und möchte sie nicht allein lassen. Einen Arzt braucht sie wahrscheinlich nicht, nur ein bisschen Fürsorge und jemanden zum Reden. Äh, du weißt schon, was ich meine. Sorge einfach dafür, dass sich ihr Mann um sie kümmert.«

»Geht klar. Tomas von Langer.«

»Während ihr die Leute nach drüben bringt, kann ich hier aufpassen, dass niemand durchs Moor trampelt.«